U0107416

教育部人文社会科学研究规划基金项目（项目批准号17YJA751015 ）

元代進士與元代文壇

贾继用 著

ZHEJIANG UNIVERSITY PRESS
浙江大学出版社

图书在版编目(CIP)数据

元代进士与元代文坛 / 贾继用著. —杭州:浙江
大学出版社,2023.4
　ISBN 978-7-308-23552-5

Ⅰ.①元… Ⅱ.①贾… Ⅲ.①中国文学－古典文学研
究－元代 Ⅳ.①I206.47

中国版本图书馆 CIP 数据核字(2023)第 037426 号

元代进士与元代文坛

贾继用　著

策划编辑	徐　婵
责任编辑	吴　庆
责任校对	蔡　帆
封面设计	项梦怡
出版发行	浙江大学出版社
	（杭州市天目山路 148 号　邮政编码 310007）
	（网址:http://www.zjupress.com）
排　版	浙江时代出版服务有限公司
印　刷	杭州高腾印务有限公司
开　本	710mm×1000mm　1/16
印　张	29
字　数	460 千
版 印 次	2023 年 4 月第 1 版　2023 年 4 月第 1 次印刷
书　号	ISBN 978-7-308-23552-5
定　价	88.00 元

目　录

绪　言

科举制度从隋大业元年(605)进士科算起至清光绪三十一年(1905)正式废除,历时 1300 年之久。作为选官制度,科举制度对中国社会政治、文化、社会、生活诸方面影响甚广甚深,而进士多为政治之菁英,文坛之翘楚,在政界和文坛颇具影响力。

隋人发明斯事,首创科举,惜国祚甚短,不足四十载,科举仅举行四五次,得进士十数人,对政坛文坛影响甚微。然隋代科举奠定了科举制度的基础,开启了科举与文坛之关系,其中,进士起首要作用。

一是政治地位的提高在很大程度上影响文坛上的地位。唐代科举分为常科和制举两类,明经科与进士科是常科中最重要的两种。然二者难度和录取人数相差很大。《通典·选举三·历代制下》载,"进士大抵千人得第者百一二;明经倍之,得第者十一二"。[①] 故有"三十老明经,五十少进士"[②]的说法。然在唐代的重要官职中,进士科出身者占据了相当大的比重,甚至有"缙绅虽位极人臣,不由进士者,终不为美"[③]。据吴宗国《唐代科举制度研究》中的统计,自宪宗至懿宗 7 朝中,共计有宰相 133 人,其中进士出身者 104 人,占了 78%,在敬宗朝甚至占到了 100%。[④] 北宋时期宰相共有 71 人,其中科举出身者 65 人,占92%;副宰相共有 153 人,其中科举出身者 139 人,占 91%。南宋时期,科举出

---

① 杜佑:《通典》卷一五,中华书局 1988 年版,第 357 页。
② 王定保:《唐摭言》卷一,《唐五代笔记小说大观》下册,上海古籍出版社 2000 年版,第 1579 页。
③ 王定保:《唐摭言》卷一,《唐五代笔记小说大观》下册,第 1578—1579 页。
④ 吴宗国:《唐代科举制度研究》,辽宁大学出版社 1992 年版,第 181 页。

身的比例则更高。①

　　政治地位时常决定了文坛地位。如唐进士韦处厚仕至宰相。其出守开州时有组诗《盛山十二景诗》，和者云集，"大行于时，联为大卷，家有之焉。慕而为者将日益多，则分为别卷"，韩愈为之序。② 韩愈、白居易都是进士出身，韩愈仕至礼部侍郎，白居易曾任翰林学士、秘书监（从三品），他们掀起的诗文运动在文学史上影响巨大。宋代翰林学士较之唐代进一步提高，为典型的文学之选，其政治地位和文学声望决定了其在当代文坛的影响力，欧阳修、苏轼莫不如此。③万历三十五年（1607）叶向高（万历十一年进士）入主内阁，政治地位的提高也提升了叶向高的文学地位与影响。在叶向高的倡导下，台阁体再次走入人们的视野，成为翰林学士和上层文人的竞习对象。④ 清代王士禛为顺治十五年（1658）进士，入翰林，官至刑部尚书。借以居庙堂之高，名满天下，门生无数，成为诗坛盟主，其"神韵说"更是风行一时。

　　二是座师与门生形成文坛网络中最重要之伦理关系。科举考试中，考官为座师（座主），及第进士为门生。唐代的知贡举（主考官），权力甚大，取舍与名次甚至确定于一人，而座主的提携往往影响门生的命运。这在政治和文坛都形成了一个紧密的网络。大历八年（773）进士陆贽于贞元八年（792）以宰相身份知贡举，韩愈、欧阳詹、李观等二十三人登第，时称"龙虎榜"，誉为"天下第一"，陆贽自然成为韩愈等人的座师。欧阳修于嘉祐二年（1057）为知贡举，以翰林学士身份主持进士考试，录取苏轼、苏辙、曾巩、张载、程颢等人，这对"'欧门'的组成，文风的改革乃至宋代文学的发展导向，具有多方面的重要意义。"⑤北宋"三入翰林"、四知贡举的范镇，更是"门生满天下，显贵者不可胜数"，其文章"清丽简远，学者以为师法"。⑥ 明代进士解缙、杨溥、杨荣、徐阶、张居正等都曾为主考官，尤其是张居正门生众多。清代会试主考官（清代称总裁）须从进士出身的大

---

① 张希清、毛佩琦、李世愉主编，张希清著：《中国科举制度通史·宋代卷》，上海人民出版社 2015年版，第 22 页。

② 韩愈：《韦侍讲盛山十二诗序》，韩愈撰，马其昶注，马茂元整理：《韩昌黎文集校注》，上海古籍出版社 1986 年版，第 290—291 页。

③ 陈元锋：《北宋翰林学士与文学研究》，复旦大学出版社 2019 年版，第 382 页。

④ 赵莹莹：《叶向高与晚明台阁体文学研究》，江苏大学出版社 2018 年版，第 259 页。

⑤ 王水照：《王水照自选集》，上海教育出版社 200 年版，第 198 页。

⑥ 苏轼：《范景仁墓志铭》，孔凡礼点校：《苏轼文集》卷一四，中华书局 1986 年版，第 442 页。

员中简选。① 王鸿绪、张廷玉、史贻直、翁同龢都曾为主考官,其中史贻直(1682—1763)康熙三十九年(1700)进士,曾任两江总督,文渊阁大学士兼吏部尚书,三任会试总裁,门生弟子,人才济济,多据显要。袁枚为其作贺寿联云:"南宫六一先生座,北面三千弟子行"②。这种座主与门生的关系遂成为文坛最有影响的伦理关系,对文学思想和风气影响甚大。

三是科举实行之后,进士文学家渐成文坛主体。据龚延明《〈中国历代登科总录〉总序》,唐代举行 268 榜,录取秀才、进士、明经、孝廉、制举等约 10200 人;五代举行 47 榜,录取进士等 1500 人;两宋共举行 118 榜科举考试,各种科目登第人数 11 万人,可考录进士有 4 万人;明代举行 89 榜,进士 24595 人;清代 112榜,进士 26800 余人。③ 据各家研究,中国历代进士约有 11 万之众,再加上数百万之举人和难以计数之秀才,科举人数极为庞大。

因与科举考试内容相关,科举所取之士,多为文学之士(除了武举)。从隋代科举伊始,进士始入文坛,但无大影响。自唐至清,进士文学家在文坛占有相当大的比例,以谭正璧《中国文学家大辞典》统计,在总数 600 人的唐代文学家中,由进士或诸科出身的有 302 人,占了一半以上。④ 宋辽金文学家 1170 人,宋代进士文学家 465 人(北宋 303,南宋 162);金代进士文学家 81 人;元代文学家594 人,进士文学家 44 人。明清进士文学家的所占比例更高于唐宋。

进士文学家负有盛名者甚多,如唐之贺知章、王勃、宋之问、王昌龄、王维、岑参、高适、孟郊、韩愈、柳宗元、刘禹锡、白居易、李商隐、杜牧;宋之柳开、王禹偁、杨亿、范仲淹、张先、宋祁、梅尧臣、石介、柳永、文彦博、欧阳修、苏舜钦、韩琦、蔡襄、司马光、曾巩、文同、张载、王安石、李之仪、苏轼、苏辙、黄庭坚、秦观、张耒、晁补之、汪藻、陈与义、陆游、杨万里、范成大、尤袤、张孝祥;辽之杨佶、王鼎、王枢;金之蔡珪、王庭筠、王寂、党怀英、赵秉文、王若虚、元好问、段克己、段成己;明之解缙、杨荣、杨溥、吴宽、程敏政、李东阳、王鏊、王九思、王守仁、李梦阳、王廷相、边贡、徐祯卿、朱应登、何景明、杨慎、李开先、唐顺之、李攀龙、徐中行、梁有誉、宗臣、王世贞;清之宋琬、曹尔堪、施闰章、王士禛、曹贞吉、高士奇、

① 张希清、毛佩琦、李世愉主编,李世愉、胡平著:《中国科举制度通史·清代卷》,上海人民出版社2015 年版,第 182 页。

② 袁枚:《随园诗话》卷七,人民文学出版社 1960 年版,第 245 页。

③ 龚延明、祖慧编著:《宋代登科总录》,广西师范大学 2014 年版,总序第 4—6 页。陶易《唐进士录》(安徽大学出版社 2010 年版)收录进士 1557 人,与此差距较大。

④ 吴宣德:《中国区域教育发展概论》,湖北教育出版社 2003 年版,第 77 页。

查慎行、纳兰性德、赵执信、方苞、沈德潜、彭端淑、袁枚、纪昀、蒋士铨、赵翼、姚鼐、翁方纲、李调元、洪亮吉、高鹗、石韫玉、张惠言、李兆洛、张维屏、龚自珍。这些进士文学家是一代文坛之菁英,甚至是文坛领袖,其中很多人在当时和后世都颇有影响。显然,历朝进士文学家是文坛最具影响力的群体。

元开国建号,不足百年,元社即屋。自金亡灭(1234),科举停废,士人遂失仕进之途,沉沦于驱役之列,奔命于穷困之中。耶律楚材推动之"戊戌选试",有保护文士之功,因反对者力大,惜未能延续。到延祐二年(1315)科举始行,科举停止持续了八十年。以延祐二年为界,此前几十年,文坛以金宋遗民和世家子弟为主,如元好问、王鹗、王磐、姚燧、赵孟頫、张伯淳。

延祐科举之后,元进士逐渐成为文坛最重要的群体。

元代实行科举不足五十年,举行十六科,进士1139人。从录取的进士数量,远低于唐宋明清。从政治仕途看,也不如唐宋明清。但元代进士文学家在元代文坛也影响甚大。

本书从四个方面探讨这一问题。

第一,进士文学家的地理分布是大都文坛和江南文坛形成的一个主要因素。

终有元一代,元代馆阁文人始终是大都文坛的主体。元中后期,尤其是延祐科举之后,仕于大都的元代进士多任职于翰林国史院、集贤院、奎章阁、秘书监,成为馆阁文人的主要群体,当时文坛领袖和著名人物多在其中,在元代文坛极有影响。大都文坛的繁荣与元代进士文学家有直接的关系。

自延祐二年科举举行之后,元代文坛中,科举之士渐多,名家大家辈出。元代江南蒙古色目进士文学家如萨都剌、余阙、泰不华、偰逊、金哈剌、达溥化、月鲁不花、雅琥、三宝柱、张雄飞、哈八石;汉族进士如黄溍、干文传、汪泽民、胡行简、杨维桢、刘基、高明、黄清老、张以宁等等,都是当时文坛一代胜流。而以黄溍为盟主的婺州作家群,以杨维桢为首的吴越作家群,在元代文坛影响甚大。尤其是以杨维桢为首的铁崖诗派人数众多,风靡江南,进而波及大都,为元代最具影响力的诗人群体。元代江南文坛之所以能与大都文坛抗衡,杨维桢及其铁崖诗派,居功甚伟。

第二,汉族进士文学家是元代文坛的核心部分,在文坛具有领袖地位。

元代汉族进士文学家在元代文坛的意义有三:一是元代汉族进士是元中期之后文坛生力军,在创作实绩和文学思想都卓越于当时,地位和影响甚大。馆阁汉族进士文学家是大都文坛的主力,是盛世文风的创作主体,"二宋"、"谢宋"有名于当时,许有壬、欧阳玄、黄溍堪称大家,杨载与虞集、揭傒斯、范梈并称元诗四家,黄溍与虞集、揭傒斯、柳贯被誉为儒林四杰,他们文章道德,卓然名世,共同造就了元中期的盛世文风。二是汉族进士文学家强化了地域上的南北文坛格局,使大都文坛和江南文坛相互融通,又各自独立。三是以杨维桢为首的铁崖诗派发起的"古乐府运动"始补元诗古乐府之缺,使元代后期诗风为之一变,影响深远,不止在元代文坛,在明代犹有余音,在整个文学史上也有重大意义。

第三,蒙古色目进士文学家异军突起,元代文坛的民族构成和文学生态自汉唐以来发生了明显变化。

元代色目进士文学家是色目文人中最为优秀的群体,在当时和后世评价甚高,影响甚大,他们的诗文创作是色目文学家的半壁江山,显示了色目文人对元代文坛贡献。色目进士文学家是汉族进士文学家之外人数最多的,影响最大的文学群体,在元代文坛举足轻重。蒙古进士文学家在文坛的真正意义在于与其他元代蒙古族文学家一起,真正开启了蒙古族士人的汉文学创作,填补和充实了双语的蒙古文学史。元代文坛繁荣,蒙古、色目进士文学家的创作有很大功劳。

第四,高丽进士文学家是元代文坛另一支特殊的群体,虽然人数较少,但对元大一统的真正的多族文坛格局的形成起到了关键的作用。高丽进士文学家进入元代文坛形成了一个囊括除日本之外的东亚文坛,在整个文学史上,前之汉唐宋,后之明清,均未出现,以此而论,这在文学史上具有特别的意义。

元代进士文学家跨越了种族和文化,在一定意义上,他们的文学活动引领了时代风气,是元中后期文坛的核心和主力军,他们的文学创作是有元一代文学创作的高峰和标志。因此,研究元代进士文学家就是研究元代最重要的多族文化士人圈的精英文学群体,是元代文学和文化的研究都需要开辟的领域,然元代进士与文坛关系研究此前少有论述。

首先,与历代的科举与文学研究比较看,元代科举与元代文坛关系的研究相对较少,而元代进士文学家与元代文坛的研究更少。如唐代科举与文学的研究最多。前辈学者程千帆《唐代进士行卷与文学》、傅璇琮《唐代科举与文学》是这方面研究的发轫之作。除了专著之外,研究论文至少有 500 余篇(以中国知网统计,下同)。宋代科举与文学的研究如祝尚书《宋代科举与文学考论》、《宋代科举与文学》、吴建辉《宋代试论与文学》，姚红、刘婷婷《两宋科举与文学研究》及大约 60 篇论文。金代的有裴兴荣《金代科举与文学》。明代这方面的研究较多，最重要的是陈文新主编《明代科举与文学编年》、余来明《明代文学与科举文化》、郭万金《明代科举与文学》、朱焱炜《明代的苏州状元与文学》，论文约 50 篇。清代科举与文学的研究的论文约 50 篇。而关于元代科举与文学的研究，仅有余来明《元代科举与文学》、许慈晖《元代科举与文学》（扬州大学 2004 年硕士学位论文）、吴志坚《元代科举与士人文风研究》（南京大学 2010 年博士学位论文），论文约 10 篇。上述研究，大都以科举与文学为研究对象，尚未集中研究元代进士文学家创作与元代文坛之关系，而从整个学术史看，尚无以元代进士文学家与元代文坛作为研究对象的著作。

其次，散见于通史、元代历史文化及文学的研究著作中。陈垣《元西域人华化考》是开山之作。是书从文学、儒学、佛老、美术、礼俗等各方面考察了元代进入中原的西域人（色目人）逐渐为中原文化所同化的情况，显示出在当时中原文化的先进性和生命力。其中《文学篇》涉及了近 20 位元代色目进士出身的文学家。

继陈垣《元西域人华化考》之后最重要的研究西域文人的著作是杨镰先生一系列研究成果，其中《元西域诗人群体研究》最具代表性。是书不局限于文学家及其作品，而是从社会历史和文化的角度考察西域诗人群体的人生经历、政治生涯、文学活动及两种文化冲撞之下对他们的影响，对于元代文坛的研究有很大的帮助，其中对部分色目进士文学家有深入的探讨。杨镰其他著作如《元诗史》、《元代文学编年史》、《元代文学及文献研究》，陈文新主编《中国文学编年史》（元代卷）等都涉及了元代进士文学家。

在通论性质的文学史中，如邓绍基《元代文学史》（1991）、程千帆、吴志达《元代文学史》（2013）对元代科举与文学的关系有所论述，对元代进士文学家也有所涉及。么书仪《元代文人心态》（2013）、徐子方《元代文人心态史》（2015）、赵其钧《透视元代文人精神文化》（2011）偶涉及元代少数进士的心态研究。

上述著作中涉及的元代进士文学家并非立足于元代进士文学创作的角度，也非立足于元代文坛研究的视角。

最后，元代进士研究取得了一定成绩。作为元代科举研究的一个最重要的方面，元代进士的研究取得了令人瞩目的成就。

最初对元代进士做过研究的专著是清代学者钱大昕《元进士考》。近年来，关于元代进士的研究中,陈高华、萧启庆、桂栖鹏、沈仁国、余来明及若干日本学者都取得重要的成就。

元代进士题名录较少,元代进士名单的考察至为重要。这方面的成果如楼占梅《〈伊滨集〉中的王征士诗》(1983)列举了与王沂同年的 40 位进士的名字。植松正《元代江南の地方官任用について》(1997)考察了 37 人。陈高华《元泰定甲子科进士考》(2005)确定了泰定元年进士 49 人。余来明《元代科举与文学》进一步对元代进士题名录进行了建构。这些成果为元代进士名录的全面整理提供了基础。

当前元代进士的研究中,以下三部著作引人注目:

桂栖鹏《元代进士研究》(2001)收录了《元代科举中的高丽进士》、《元代色目人进士考》、《元代的蒙古族进士》,提出了高丽、色目人、蒙古族进士的名单,不仅考察了元代进士的仕宦、政治素质与政治实践及在元末明初的动向,而且考察了元代进士的著述及文学艺术活动。这是当前第一部研究元代进士的专著,具有较强的开拓性和学术性,对研治元代的历史、文学和古代科举制度均有一定的参考价值,值得重视。

已故我国台湾学者萧启庆《元进士辑考》(2012 年)对元代 16 次科举的进士名录进行了全面的复原,考知元代进士 870 人,占全部录取进士 1319 人的76.4%,元代进士的面貌最终呈现出来。萧启庆以四十年之功实现了重构元代进士录的夙愿,嘉惠后学,让人尊重。萧启庆的其他著作《蒙元史研究》、《元代的族群文化与科举》、《元朝史新探》等诸书对蒙古色目人的汉化与士人化、蒙古色目进士的背景、社会网络及易代之际各族进士的政治抉择做了深入的研究,为元进士的文化和文学的研究提供了重要的指导和参考。

沈仁国《元朝进士集证》是关于元代进士研究的最新成果,本书重构元朝各科进士录,详细考订各科进士的生平事迹,较《元进士辑考》有所增益,对元朝科举制度的认识有参考价值,对元代文坛的研究也很有裨益。

在围绕元代科举的研究中,日本学者也取得了一定的成绩。如三浦秀一《元朝南人における科挙と朱子学》(2003)讨论了恢复和科举对江南士人的影响。森田宪司在《元朝の科挙資料について》(2004)中对《宋元科举题名录》、《元统元年进士录》、《元进士考》、《三场文选》各自结构和内容进行了解说。樱井智美《元代カルルクの仕官と科挙》(2009)是关于庆元路哈剌鲁的进士讨论。

总之,研究者对元代进士录的构建用功甚大,对元代文学和科举的研究也做了有益的探讨,但未有从元代科举考试中的特殊群体——进士去考察元代文坛之面貌。元代进士文学家与元代文坛的研究尚有许多空白。

近年来,相关科举与文学的研究也逐渐增多,已经成为文学研究的一种态势。本书的研究希望能为此做出一些贡献。

需要特别指出的是,从《全元文》、《全元诗》、《全元词》、《全元戏曲》、《全元散曲》作家及作品统计,元代文学仍以诗文为主,而元进士少有曲作家,故本书论述以诗文为主。

另外,本书引文出自古代文献之今人整理本者,标点或偶有不同,系本人改写,特此说明。

第一章 元代科举考试与元代进士文学家的民族

第一节 元代科举考试与元代进士

一个时代之文坛必有一代文学群体之产生。自科举制推行以来,科举之士便在文坛中占据重要地位。进士诗人和作家群体因科举而产生,文坛亦因科举而盛衰。但元代科举所处历史文化背景与唐宋明清迥异,故其面貌与影响自有所不同。虽然,元代进士文学群体在元代文坛地位与其他科举时代的文学颇有相同之处,但其时代之特征更为显著。

一、元代科举考试的背景

与前代王朝一样,元代社会也实行了科举取士的途径。然而,元代的科举与唐宋、明清都有所不同。"在中国科举史上,元代是一段明显的变异,也是一个重要的转折。"①

元代科举考试的实行并非一帆通顺,颇为颠簸。前期经过长期的争论,在实施过程中又曾被强行废弃和中断,后期则在战乱中勉强实行。

在正式实行科举考试之前,在窝阔台十年(1238)举行了"戊戌选试"。安部

---

① 萧启庆:《元代科举特色新论》,《"中央研究院"历史语言研究所集刊》,第八十一本,第一分,2010年,第27页。

健夫《元代的知识分子和科举》认为"戊戌选试"是"元朝第一次科举考试"。[①]

《元史》卷八一《选举志·科目》：

> 太宗始取中原，中书令耶律楚材请用儒术选士，从之。九年(1237)秋八月，下诏命断事官宜术忽觯与山西东路课税所长官刘中，历诸路考试。以论及经义、词赋分为三科，作三日程，专治一科，能兼者听，但以不失文义为中选。其中选者，复其赋役，令与各处长官同署公事。得东平杨(英)奂等凡若干人，皆一时名士，而当世或以为非便，事复中止。[②]

"戊戌选试"能够举行的一个主要原因是耶律楚材(1190—1244)等人的推动。

《元史·耶律楚材传》记载：

> 丁酉(1237)，楚材奏曰："制器者必用良工，守成者必用儒臣。儒臣之事业，非积数十年，殆未易成也。"帝曰："果尔，可官其人。"楚材曰："请校试之。"乃命宣德州宣课使刘中随郡考试，以经义、词赋、论分为三科，儒人被俘为奴者，亦令就试，其主匿弗遣者死。得士凡四千三十人，免为奴者四之一。"[③]

"守成者必用儒臣"，是历代举行科举的目的，也是耶律楚材请求举行考试的理由。

然而，宋子贞(1185—1266)《中书令耶律公神道碑》云：

> 丁酉，汰三教，僧道试经通者，给牒受戒，许居寺观。儒人中选者，则复其家。公初言僧道中避役者多，合行选试，至是始行之。[④]

---

① 刘俊文主编，索介然译：《日本学者中国史研究选译》第五卷，中华书局1993年版，第638页。
② 宋濂：《元史》卷八一，中华书局1976年版，第2017页。
③ 宋濂：《元史》卷一四六，第3461页。
④ 苏天爵编，张金铣校点：《元文类》卷五七，安徽大学出版社2020年版，第1169页。

显然，耶律楚材推动"戊戌选试"的动机有两个方面：第一，在政治上，为汉地草创的行政体系遴选适当的人才，并且为国储才。第二是救济儒士，使儒士在经济上取得与僧、道相等的特权，压抑日益膨胀的佛、道教团。① 而"三教"之中，"儒家本为一哲学体系，而非宗教。当时蒙古人对儒家哲学层次当无认识之可言，若说儒家为宗教，则是他们所能理解的"②。故以"汰三教"为借口。这"恰以考试僧道的机会来考试儒生的，或许是继僧道之后而考试儒生的"③。虽然《元史》所载"得士凡四千三十人，免为奴者四之一。""其中选者，复其赋役，令与各处长官同署公事。"但能够进入仕林的却在少数，仅许衡、张文谦、杨奂、雷膺、许楫、赵良弼等数人而已，故"戊戌之试在历史上的重要性，不在于举拔官吏，而在于救济流离失所及陷入奴籍的儒士，使他们以'儒户'的身份，取得优免赋役的特权"④。从这个意义上，"戊戌之试不是一次科举考试"⑤。

当时蒙元统治者"以为非便"，此类考试，遂复中止，没有成为经常的制度。然戊戌之试为元代科举考试的实行作了前期的舆论准备。

此后，元世祖至元初年（1264），丞相史天泽（1202—1275）条具当行大事，曾经提到科举，但没有实行。至元四年（1267）九月，翰林学士承旨王鹗（1190—1273）等请求推行科举取士，中书左三部与翰林学士议立程序。至元十一年十一月，元裕宗（真金）在东宫时，省臣复启，谓"去年奉旨行科举，今将翰林老臣等所议程序以闻"。至元二十一年九月，丞相火鲁火孙与留梦炎等谏言推行科举。⑥ 科举虽未实行，但选举之制已经确立。

至元仁宗爱育黎拔力八达皇庆二年（1313）十一月始下诏开科取士，距戊戌选试已有七十五年。

元代科举考试长期停废，既有汉族士人对考试内容争议过大，争持不下，无

---

① 萧启庆：《元代的儒户：儒士地位演进史上的一章》，《内北国而外中国：蒙元史研究》，第381页。

② 萧启庆：《元代的儒户：儒士地位演进史上的一章》，《内北国而外中国：蒙元史研究》，第382页。

③ 安部健夫：《元代的知识分子和科举》，刘俊文主编，索介然译：《日本学者中国史研究选译》第五卷，第639页。

④ 萧启庆：《元代的儒户：儒士地位演进史上的一章》，《内北国而外中国：蒙元史研究》，第384页。据宋彭大雅撰《黑鞑事略》记载，约窝阔台七年（1245），宋使徐霆出使燕京，看到的士大夫之惨状："外有亡金之大夫，混于杂役，堕于屠沽，去为皇冠，皆尚称旧官。王宣抚家有推车数人，呼运使，呼侍郎。长春宫多有亡金朝士，既免跋焦，免赋役，又得衣食，最令人惨伤也。"见彭大雅撰，徐霆疏证：《黑鞑事略》，上海师范大学古籍整理研究所编：《全宋笔记》第7编第2册，大象出版社2015年版，第254页。

⑤ 萧启庆：《元代进士辑考》，台湾"中央研究院"历史语言研究所2011年版，第4页。

⑥ 宋濂：《元史》卷八一，第2017—2018页。

法作出结论,及胥吏入仕制度取代和排挤了科举用人制度①,更有"科举制度的精神与蒙元政治社会组织的中心原则大相抵牾②"。直到元仁宗延祐二年(1315),迁延数十年,元代的科举在千呼万唤中才得以实行。

但是,元仁宗虽然接受了自古"科目得人为盛"、"必先德行、经术而后文辞"③的科举取士,但无意于改变"根脚"用人制度。因而,"科举取士在统治阶层中并无共识,仍不免常受攻击",遂成为政权更替的牺牲品。④ 在后至元元年(1335),右丞相伯颜以"今科举取人,实妨选法"⑤为由废止科举。在伯颜被罢免,科举被废止六年之后,在至正元年(1341)才得以恢复。

元代科举从延祐二年(1315)首科到至正二十六年(1366)共五十二年,其中1335—1341的六年为中断期,实际举行四十六年。其间,元代科举共举行会试十六科,录取进士1139人。

元代科举考试与宋辽金明清各朝相比还有许多不同点。表1-1从五个方面比较了六个朝代的科举的"数字"。

表 1-1　历代进士录取名额⑥

朝代	榜数	实行科举时间	进士总数	每榜平均数	年平均数
北宋	69	共 167 年(960—1126)	19149	277.5	114.7
南宋	49	共 153 年(1127—1279)	20562	419.6	134.4
宋代	118	共 320 年(960—1279)	39711	336.5	124.1
辽	53	共 188 年(938—1125)	2211	41.7	11.8
金	31	共 96 年(1139—1234)	4160	134.2	43.3
元	16	共 54 年(1135—1369)	1139	71.2	21.1
明	85	共 274 年(1371—1644)	24594	289.3	89.8
清	112	共 260 年(1646—1905)	26747	238.8	102.9

---

　　① 姚大力:《元代科举制度的兴废及其社会背景》,《元史及北方民族史研究集刊》第六期,第26—59页。

　　② 萧启庆:《元代科举特色新论》,《"中央研究院"历史语言研究所集刊》,第八十一本,第一分,2010年,第4页。

　　③ 黄溍:《元故翰林学士承旨中书平章政事赠旧学同德翊戴辅治功臣太保仪同三司上柱国追封魏国公谥文忠李公行状》,《金华黄先生文集》卷二三,续修四库全书第1323册,第316页下。

　　④ 萧启庆:《元代科举特色新论》,《"中央研究院"历史语言研究所集刊》第八十一本,第6页。

　　⑤ 宋濂:《元史》卷一四二,第3405页。

　　⑥ 详参陈昭扬:《征服王朝下的士人——金代汉族士人的政治、社会、文化论析》,台湾清华大学历史所博士学位论文,2007年,第42页。金代登录进士与龚延明《中国历代登科总录》相差较大。

从表 1-1 可以看出,除元代进士每榜平均数和年平均数仅高于辽代(仅中原东北一隅,与元地域广阔不能相提并论)之外,与北宋、南宋、辽、金、明、清相比,元代科举时间最短,榜数最少,录取进士人数也最少。显然,在这几个方面,元代的科举规模大为逊色。

元代科举考试规模不如其他各朝,其根本原因是元朝当政者并未把科举当做选材取士的主要手段,无意也不愿改变"根脚"用人制度,遂使元代科举考试"规模狭隘,作用有限"。所谓"作用有限",指的是元代科举由于"规模小,录取人数少,对元代官僚构成成分之影响自然不大"。① 在 1139 名进士中,仕至三品以上的显宦不过一百五十一人次,占进士总数的 12.5%,无人任中书、行省左、右丞相,任平章者仅一二人。从三品以上的右榜进士,基本上都是掌握实权的要职,历任文学闲职的人次极少。而汉人,尤其是南人进士备受歧视,即使升至高位,也多为"无实权的文学闲职"②。故元末人称,元代科举"不过粉饰太平之具"③。

所谓"无实权的文学闲职"即为文学侍从之类。如欧阳玄,历任太常礼仪院事、任翰林直学士、国子监祭酒(从三品)、翰林侍讲学士(从二品)、翰林学士(正二品)、翰林学士承旨(从一品)。黄溍,历任应奉翰林文字、同知制诰,兼国史院编修、国子博士、翰林直学士、知制诰同修国史兼经筵事。杨宗瑞,任翰林侍讲学士、翰林学士(正二品)。汪泽民,集贤直学士(从三品)。岑良卿,奎章阁学士(正二品)。谢端,翰林直学士(从三品)。张以宁,翰林侍讲学士(从三品)。林泉生,翰林直学士(从三品)。曾坚,翰林直学士(从三品)。显然,上述诸人在元代虽为"显官",却没有实际的权力。

虽然,汉人南人进士及少数蒙古色目进士多为无实权的文学闲职,但对于元代文坛却产生了极大的作用和影响。

二、元代科举考试的程序

皇庆二年(1313)十一月,颁布《科举条制》,制定考试程序:

---

①　萧启庆:《元代科举特色新论》,《"中央研究院"历史语言研究所集刊》第八十一本,第 7—8 页。

②　桂栖鹏:《元代进士研究》,兰州大学出版社 2001 年版,第 4—48 页。萧启庆《元代科举特色新论》,《"中央研究院"历史语言研究所集刊》第八十一本,第 9 页。

③　叶子奇:《草木子》卷四下,中华书局 1959 年版,第 82 页。

　　蒙古、色目人，第一场经问五条，《大学》《论语》《孟子》《中庸》内设问，用朱氏章句集注。其义理精明，文辞典雅者为中选。第二场策一道，以时务出题，限五百字以上。汉人、南人，第一场明经经疑二问，《大学》《论语》《孟子》《中庸》内出题，并用朱氏章句集注，复以己意结之，限三百字以上；经义一道，各治一经，《诗》以朱氏为主，《尚书》以蔡氏为主，《周易》以程氏、朱氏为主，已上三经，兼用古注疏，《春秋》许用《三传》及胡氏《传》，《礼记》用古注疏，限五百字以上，不拘格律。第二场古赋诏诰章表内科一道，古赋诏诰用古体，章表四六，参用古体。第三场策一道，经史时务内出题，不矜浮藻，惟务直述，限一千字以上成。蒙古、色目人，愿试汉人、南人科目，中选者加一等注授。蒙古、色目人作一榜，汉人、南人作一榜。第一名赐进士及第，从六品，第二名以下及第二甲，皆正七品，第三甲以下，皆正八品，两榜并同。①

　　元代科举考试的最重要的特色是族群配额，其原意是保障蒙古、色目人的仕进特权。从考试内容上，左榜（汉人、南人）明显难于右榜（蒙古、色目）。从录取名额上，乡试各族群七十五名，共三百名。会试、御试录取亦按族群平均分配。仅占全国人口 3％的蒙古色目人和 97％的汉人南人的人数比例看，这一族群配额的不公平亦显而易见。②

三、元代科举考试的贡士和进士

　　延祐开科之时，元代乡试名额已经确定，在元代的整个科举考试中都未曾改变。

　　按《元史·选举志》，元代乡试在全国分十七个考区，即行省一十一：河南、陕西、辽阳、四川、甘肃、云南、岭北、征东、江浙、江西、湖广。宣慰司二：河东、山东。直隶省部路分四：真定、东平、大都、上都。每次乡试共录取乡贡进士 300 人赴京城参加会试，其中蒙古、色目、汉人、南人各占 75 人（见表 1-2）。在其中录取进士 100 人，四大族群平均分配，各 25 人。③

---

①　宋濂：《元史》卷八一，第 2019 页。
②　萧启庆：《元代科举特色新论》，《"中央研究院"历史语言研究所集刊》第八十一本，第 10—11 页。
③　宋濂：《元史》卷八一，第 2021 页。

表 1-2　乡贡进士配额表①

	考区	蒙古	色目	汉人	南人	合计
直隶省部	大都	15	10	10	0	35
	上都	6	4	4	0	14
	真定	5	5	11	0	21
	东平	5	4	9	0	18
宣慰司	河东	5	4	9	0	16
	山东	4	5	7	0	16
行省	辽阳	5	2	2	0	9
	岭北	3	2	1	0	6
	陕西	5	3	5	0	13
	甘肃	3	2	2	0	7
	云南	1	2	2	0	5
	四川	1	3	5	0	9
	征东	1	1	1	0	3
	河南	5	5	9	7	26
	江浙	5	10	0	28	43
	江西	3	6	0	22	31
	湖广	3	7	0	18	28
总计		75	75	75	75	300

自延祐二年开科,至至正二十六年元代科举结束,元代共举行 16 次会试,17 次乡试。据文献所载,元代的进士的数量为 1139 人。《元史·选举一·科目》记载:"天下选合格者三百人赴会试,于内取中选者一百人"。② 以 17 次乡试名额统计,每次 300 人,共有 5100 个乡贡进士。然历科乡贡进士不足,以"三取一"取进士的标准计算,即 1139×3＝3417 人,即最多有 3417 名乡贡进士参加

---

① 此为萧启庆先生据《元史·选举志》所制《乡贡进士配额》表。见萧启庆:《元代进士辑考》,台湾"中央研究院"历史语言研究所 2011 年版,第 13 页。

② 宋濂:《元史》卷八一,第 2021 页。

会试,除去 1139 名进士(见表 1-3),有 2278 未中进士①。

元统元年科之前,"知举官泥条制之文,止凭赴会试数中三取一,故累举中选者恒不及百。沿袭至是举,会试进士亦不及三百。公(宋本)持论坚请,取中选者百人,实自公举始。"②由于元统元年科知贡举宋本的争取,元统元年会试者不足三百,仍中选者百人。当然,由于大部分科次的乡贡进士都未能足额,除元统元年进士科录取百人外,其他十五科均不及百。从历次会试的人数看,延祐二年参加会试 135 人,录取 56 人,录取率为 41%,也并未严格执行"三取一"即 33%的取进士的标准,而延祐五年会试 150 人取 50,则合乎"三取一"标准。故元代未中进士的贡士未有如上面的统计数字。元代乡贡进士严重不足,其主要原因是金亡之后八十年始恢复科举,士人大量减少,考生不多,合格者更少。苏天爵《燕南乡贡进士题名记》:"其始也,或阖郡不荐一人"③,反映了当时的实际情况。

表 1-3　元代历科进士人数表及会试人数表④

科次	左右榜状元	录取人数	参加会试人数
延祐二年(乙卯,1315)	护都答儿、张起岩	56	135
延祐五年(戊午,1318)	忽都达儿、霍希贤	50	150
至治元年(辛酉,1321)	达普化(泰不华)、宋本	64	不详
泰定元年(甲子,1324)	捌剌、张益	86	不详
泰定四年(丁卯,1327)	阿察赤、李黼	86	不详
至顺元年(天历三年,庚午,1330)	朵列图、王文烨	97	不详
元统元年(至顺四年,癸酉,1333)	同同、李齐	100	不详
至正二年(壬午,1342)	拜住、陈祖仁	78	不详
至正五年(乙酉,1345)	普颜不花、张士坚	78	不详
至正八年(戊子,1348)	阿鲁辉帖穆而、王宗哲	78	不详
至正十一年(辛卯,1351)	朵列图、文允中	83	373(包括国子生)

① 萧启庆《元代科举特色新论》(12 页):"元代乡举十七科产生蒙古、色目乡贡进士约二千人,而乡试不幸落榜者可能十倍于此。"

② 宋褧:《故集贤直学士大中大夫经筵官兼国子祭酒宋公行状》,《燕石集》卷一五,文渊阁四库全书第 1212 册,第 515 页上。

③ 苏天爵:《燕南乡贡进士题名记》,《滋溪文稿》卷四,中华书局 1997 年版,第 46 页。

④ 本表进士人数参见萧启庆《元代进士辑考》,台湾"中央研究院"历史语言研究所 2011 年版,第 19—20 页。

续表

科次	左右榜状元	录取人数	参加会试人数
至正十四年(甲午,1354)	薛昭晗、牛继志	62	不详
至正十七年(丁酉,1357)	倪征、王宗嗣	51	不详
至正二十年(庚子,1360)	买住、魏元礼	35	88
至正二十三年(癸卯,1363)	宝宝、杨輗	62	不详
至正二十六年(丙午,1366)	赫德溥化、张栋	73	不详
总计	1139		

元代 1139 名进士和 2000 多名乡贡进士是元中后期文坛的主要群体。元代进士出身的著名文学家汉族如欧阳玄、许有壬、黄潜、汪泽民、杨载、宋本、宋褧、吴师道、李黼、张以宁、杨维桢、李祁、李齐、宇文公谅、刘基、李国凤、刘丞直、鲁渊、程国儒、朱梦炎、陈高、曾坚、李延兴、宋讷、高明;蒙古族如泰不华、月鲁不花、达溥化;色目人如马祖常、萨都剌、金哈剌、余阙;高丽人如崔瀣、李仁复、李穀、李穑。他们或是元代中后期文坛的领袖,或是影响一时的人物。[①]

总之,元代科举考试是在元朝建立数十年之后才得以举行,相比较历代王朝,元代科举时间短,录取少,中间又经废止,考试难度及族群配额对汉族士人(汉人、南人)极不公平,而汉族及第者多在馆阁之中,为文学闲职,有实权者寥寥。虽然如此,元代科举一方面因科举产生了许多颇负盛名进士文学家。元中后期馆阁文臣大多是进士出身,他们是大都文坛的核心,在元代文坛最具声望。另一方面,族群配额和考试难度,对蒙古色目人颇为有利,元代文坛因此出现一大批蒙古色目进士文学家,对元代文坛多族格局的形成有重大影响。

第二节　元代进士文学家的民族

元代的民族有蒙古、色目、汉人、南人的说法。[②] 这应是元代的种族而非民

---

① 从元赋作者统计,元中后期文坛,元代进士和乡贡进士占很大的比例。元代许多著名文学家或是乡贡进士,如吴莱、沈梦麟、熊太古、贝琼、朱升、梁寅、唐肃、苏伯衡、张羽、杨基。

② 屠寄《蒙兀儿史记》卷七《忽必烈可汗本纪第六下》:"于时大别人类为四等,曰蒙兀人,曰色目人,曰汉人,曰南人。"《元史二种》(2),上海古籍出版社 2012 年版,第 118 页下。蒙思明《元代社会阶级制度》:"元代法定之种族四级制,读史者类皆能言之。"中华书局 1980 年版,第 25 页。元朝四种人制是屠寄提出,之前未有此说。

族之称谓。

然而，按照蒙古、色目、汉人、南人所囊括的民族，元代民族的来源和数量就有大致的概括。

蒙古人，蒙古高原的居民，严格地说，是 1206 年成吉思汗统一蒙古高原游牧部落的总称。元陶宗仪《南村辍耕录》卷一列举"蒙古七十二种"①，可见当时的蒙古部落之多。钱大昕鉴于"蒙古七十二种"字音不正，记载互异，重复伪舛，作《元史氏族表》，列蒙古族有四十三种氏族，分别是札剌儿氏、八邻氏、召烈台氏、阿鲁剌氏、珊竹氏、兀鲁兀台氏、□□先忙兀台氏、八鲁剌觪氏、斡鲁纳儿氏、晃合丹氏、别速氏、薛亦氏、瓮吉剌氏、亦乞烈思氏、汪古部、斡亦剌氏、许兀慎氏、逊都思氏、怯烈氏（克烈氏）、兀良合氏、燕只吉台氏、达达儿氏、蔑儿吉觪氏、脱脱里台氏、土别燕氏、拓跋氏、按赤歹氏、兀罗带氏、彻兀台氏、伲漷沃鳞氏、捏古台氏、卜领勒多礼伯台氏、秃立不带氏、度礼班氏、兀速儿吉氏、察台氏、凯烈氏、东吕夗氏、忙古台氏、札只剌歹氏、察罕达□□氏、乞失里台氏、□□歹氏等。②《新元史·氏族表上》则列出六十余种。③

色目人，主要指元代的西北民族。"色目"一词，在唐、宋时已然流行，有"种类"、"各色名目"等含义。有时将"姓氏稀僻"的人称为"色目人"。蒙元时期，蒙古人接触到西北各民族人，因其种类繁多，名目不一，故而用"色目人"概括之。④

陶宗仪《南村辍耕录》卷一列举了"色目三十一种"：哈剌鲁、钦察、唐兀、阿速、秃八、康里、苦里鲁、剌乞歹、赤乞歹、畏吾兀、回回、乃蛮歹、阿儿浑、合鲁歹、火里剌、撒里哥、秃伯歹、雍古歹、蜜赤思、夯力、苦鲁丁、贵赤、匣剌鲁、秃鲁花、哈剌吉答歹、拙儿察歹、秃鲁八歹、火里剌、甘木鲁、彻儿哥、乞失迷儿。⑤ 清人钱大昕的《元史氏族表》则列为二十三种。因有重出、错漏，元代色目人实际不过二十种左右。其中，"人数较多，地位较重要，所起作用较突出的是回回、畏吾儿

①　陶宗仪：《南村辍耕录》卷一，中华书局 1959 年版，第 12—13 页。

②　钱大昕：《元史氏族表》卷一，钱大昕著，陈文和主编：《嘉定钱大昕全集》第 5 册，上海古籍出版社 1997 年版，第 2—118 页。

③　柯劭忞撰，张京华、黄曙辉总校：《新元史》卷二八《氏族表》上，上海古籍出版社 2018 年版，第 456—529 页。

④　罗贤佑：《元代民族史》，四川民族出版社 1996 年版，第 125 页。

⑤　陶宗仪：《南村辍耕录》卷一，第 13 页。据黄时鉴考证，元代乃蛮是蒙古而非色目。见黄时鉴《元代乃蛮是蒙古而非色目考》，《黄时鉴文集》第一册，中西书局 2011 年版，第 113—119 页。本书以乃蛮为蒙古族。

与唐兀(或河西)三种"①。在元朝立国过程中,西域人随官附籍、随军驻守、经商贸易、迁徙罪犯、传播宗教、被虏等等原因大量入居原金宋之地。②"西域人者,色目人也。"③

汉人,淮河以北原金国境内的汉、契丹、女真等族以及较晚被蒙古征服的四川、云南(大理)人。《南村辍耕录》卷一"汉人八种":"契丹、高丽、女直、竹因歹、术里阔歹、竹温、竹赤歹、渤海(女直同)"④,其中,高丽人也称汉人。

南人,又称"蛮子"、"囊加歹"、"新附人",指最后被蒙古征服的原南宋境内各族,即元朝的江浙、江西、湖广三行省和河南行省南部的各族人民⑤。

马祖常《送李公敏之官序》:"延祐初,诏举进士三百人,会试春官百五十人,或朔方、于阗、大食、康居诸土之士,咸囊书橐笔,联裳造庭而待于有司,于是可谓盛矣。"⑥西域各族参加科举前所未有。

元代的科举考试因民族之不同,考试的内容和难易自然有所不同,这与元政府对蒙古、色目人在科举考试之优待有关,这或许是蒙古四种人名称的来源。

宋濂《元史》卷八一:"天下选合格者三百人赴会试,于内取中选者一百人。内蒙古、色目、汉人、南人分卷考试,各二十五人。"⑦元代十六科科举共产生1139名进士,按蒙古、色目、汉人、南人各占四分之一的规定,蒙古、色目、汉人、南人应各为285人。但从已考知的录取各族进士的实际数量而言,蒙古、色目远少于汉人、南人。

表 1-4　可考知的元代历科进士族属表⑧

科次民族	蒙古	色目	蒙古或色目人	汉人	南人	汉人南人贯不详	实际录取人数
延祐二年	2	5	1	11	26	1	56

①　罗贤佑:《元代民族史》,第 126 页。
②　陈垣:《元西域人华化考》,上海古籍出版社 2000 年版,第 3 页;潘清:《元代江南蒙古、色目侨寓人户的基本类型》,《南京大学学报》(哲学·人文科学·社会科学),2000 年第 3 期。
③　陈垣:《元西域人华化考》,第 1 页。
④　陶宗仪:《南村辍耕录》卷一,中华书局 1959 年版,第 14 页。
⑤　中国大百科全书《中国历史》编辑委员会:《元史》,中国大百科全书出版社 1985 年版,第 101 页。
⑥　马祖常著,李叔毅、傅瑛点校:《石田先生文集》卷九,中州古籍出版社 1991 年版,第 182 页。
⑦　宋濂:《元史》卷八一,第 2021 页。
⑧　此表根据萧启庆《元代进士辑考》(台湾"中央研究院"历史语言研究所 2011 年版)制成。沈仁国《元代进士集证》(中华书局 2016 年版)中每科人数稍有增加。

续表

科次民族	蒙古	色目	蒙古或色目人	汉人	南人	汉人南人贯不详	实际录取人数
延祐五年	2	2		13	25		50
至治元年	2	5	1	13	26		64
泰定元年	5	10	5	18	25		86
泰定四年	5	10	5	20	25	1	85
至顺元年	5	7	3	22	26		97
元统元年	25	25		25	25		100
至正二年	4	4	5	10	22	3	78
至正五年	5	4	3	6	15		78
至正八年	1	5		9	24	1	78
至正十一年	3	3	30	13	23	17	83
至正十四年	1	7	2	7	10	1	62
至正十七年	1	0		5	5		51
至正二十年	1	0		5	5		35
至正二十三年	1	1	4	7	12		62
至正二十六年	1	0		6	2		73
科次不详者	7	16	32	82	18	5	
合计	71	94	91	272	314	29	1139

　　从表 1-4 可以看出,可考知的元代蒙古色目进士有 256 人,而有记载延祐二年右榜 16 人,至治元年右榜 21 人,显然有相当多的蒙古色目进士难以考出。可考知的汉人南人进士有 600 余人。汉人南人是文学家最大的群体,后文再作论述。下面探讨蒙古、色目、高丽进士及文学家民族的大致状况。

二、蒙古进士及文学家

　　蒙古进士分属 21 个族属,其分类见表 1-5。

表 1-5　蒙古进士族属分类表

科次	讬讬里氏	捏古思氏、捏古艀氏	伯牙吾台氏	酎温台氏	逊都思氏、逊都台	乃蛮氏	忙古台氏、忙兀台氏	哈儿柳温台氏	翰罗那颜氏、翰罗台,翰罗纳儿部	脱托历人	那歹氏	弘吉艀氏	札只剌歹	亦乞列思	乞失里台	塔塔儿、察罕达达,即汪古部	弘吉剌	札剌儿人	怯烈歹	燕只吉台	部族不详或仅称蒙古人
延祐二年	1																				1
延祐五年		1																			1
至治元年			1	1																	1
泰定元年					1	1	1														2
泰定四年		1			1			1	1												
至顺元年		1				1				1											3
元统元年					1	3					1	1	1	1	1	?	1	3	1	1	7
至正二年		1				1															3
至正五年		1				1															3
至正八年						1															1
至正十一年																					3
至正十四年																					2
至正十七年																					1
至正二十年																					2
至正二十三年																					1
至正二十六年																					1
科次不详																					5
合计	1	5	2	1	4	8	2	1	1	1	1	1	1	1	1	2	1	3	1	1	38
总计										77											

在可考知的 77 名进士中,乃蛮氏进士最多,其次是捏古思氏、逊都思氏、札剌儿人、伯牙吾台氏、忙兀台氏、塔塔儿。

元代蒙古族进士有诗文传世者共二十三人,其中被陈垣称为元季诗人第一的泰不华是蒙古伯牙吾台氏。答禄与权,乃蛮氏。其他如月鲁不花、拜住、笃列图(字彦诚)为蒙古逊都思氏,完迮溥化是蒙古忙兀台氏,燮理溥化是蒙古斡罗纳儿氏,笃列图(字敬夫)、揭毅夫是捏古台氏,哲理野台是蒙古脱托历氏,亦速歹是蒙古札只剌歹氏,察伋是塔塔儿氏,也先溥化是蒙古弘吉剌氏,襄加歹是察罕达达氏(塔塔儿之一部),和里互达是燕只吉台氏,八儿思不花、达溥化、伯颜、同同、山同、宝宝、月忽难、赫德尔族属不清。

三、色目进士

色目进士分属 16 个族属,其分类如表 1-6 所示。

表 1-6　色目进士的族属分类表

科次	汪古	畏吾儿	回回	唐兀氏	西夏	高昌	哈鲁氏、哈剌鲁、哈儿鲁	答失蛮氏	也里可温氏	西域人	天竺人	钦察族	穆速鲁蛮氏	康里氏	北庭人	别失八里人（又称北庭）
延祐二年	2	1	1	1		1										
延祐五年		1						1								
至治元年		3					1	1								
泰定元年		2		2	1			2	1							
泰定四年		3	1	2	1			1		1	1	1				
至顺元年	1	1	4	2		1										
元统元年		6	7	9			3						2			
至正二年	1	1	1						1	2						
至正五年		2				1				1						
至正八年		1	3	1						2						
至正十一年		1														
至正十四年		1	2	1	2									1	1	
至正十七年																

续表

科次	汪古	畏吾儿	回回	唐兀氏	西夏	高昌	哈鲁氏、哈剌鲁、哈儿鲁	答失蛮氏	也里可温氏	西域人	天竺人	钦察族	穆速鲁蛮氏	康里氏	北庭人	别失八里人（又称北庭）
至正二十年																
至正二十三年			1													
至正二十六年																
科次不详	1	2	7	1	1					1						
合计	5	26	27	18	5	3	5	4	2	7	1	1	2	1	1	
总计	108															

凡世言高昌、北庭者,皆畏吾部族。[1]　这样,畏吾儿有 30 人。唐兀氏(或西夏)23 人,回回 27 人。汪古或认为是蒙古部族。西域人或是畏吾儿、回回,或其他部族。但色目进士大致属于畏吾儿、回回、唐兀、哈鲁氏、答失蛮氏、也里可温氏、钦察族、穆速鲁蛮氏、康里氏,其中答失蛮氏、也里可温氏是其宗教信仰而非部族。

元代色目进士至少包括汪古、畏吾儿、回回、唐兀氏(包括西夏人)、高昌人、哈鲁氏、答失蛮氏、也里可温氏、西域人、天竺人、钦察族、穆速鲁蛮氏、康里氏、北庭人、别失八里人十五种。这十五种,或称族属,或称地域,或称宗教,是由族属、地域、宗教的笼统称呼。

从可以考知的蒙古色目进士名单看,蒙古进士七十七人,色目进士一百零八人,尚有一百零四人未知为蒙古色目人。色目进士文学家数量和整体成就远高于蒙古进士文学家。陈垣《元西域人华化考》卷四《文学篇》涉及元代诗文曲家 49 人,把他们分为西域之中国诗人、基督教世家之中国诗人、回回教世家之中国诗人、西域之中国文家及西域之中国曲家五部分。

本书论述元代色目进士有诗或文或曲存世者有 45 人。

为了论述方便,我们把元代色目进士的族属可以分为西域各族、西夏各族及色目中族属不详者。

(一)西域各族

元代进士有畏吾儿、回回、高昌人、哈鲁氏、答失蛮、也里可温、西域人、天竺

---

①　柯劭忞撰,张京华、黄曙辉总校:《新元史》卷二九《氏族表》下,第 530 页。

人、钦察族、穆速鲁蛮氏、康里氏、北庭人、别失八里人。

马祖常是元代名臣和最有成就的文学家之一,其家世原为也里可温,即基督教世家。《元西域人华化考》分别列入"基督教世家之儒学"、"基督教世家之诗人"、"西域之中国文家"。① 金哈刺、马世德、雅琥均为也里可温诗人。

萨都刺是元代最杰出的诗人之一,其先世为西域人,答失蛮(回回)氏。陈垣《元西域人华化考》列之为"回回教世家之中国诗人。"②其他有哈八石(丁文苑)、慕禼、哈珊沙(沙可学)、伯笃鲁丁、乌马儿、别罗沙、吉雅谟丁(马元德)、阿鲁温沙、马速忽、爱理沙。

偰氏家族偰哲笃、偰伯僚逊、偰玉立、偰朝吾、偰列篪等,畏兀氏。其他还有普达世理、纳璘不花、三宝柱、廉惠山海牙、寿同海涯、买住(敏珠尔)、袁州海牙、伯颜帖木儿、脱脱木儿、海鲁丁。

铁间,完泽溥化(汉名沙德润),哈刺鲁人。

伯颜忽都,钦察人。

沙班、蒲里翰、马彦羣、定住、雅理、大食哲马、倚南海牙,只称西域人。

(二)西夏各族

唐兀氏(包括西夏人)。唐兀,即党项羌族,如元统元年进士,被陈垣称为与泰不华同为元季诗人第一的著名文学家余阙,即为羌族人。其他有昂吉、张翔、观音奴、塔不歹、张吉、斡玉伦徒。

(三)族属不详的色目进士

哈珊沙(字子山),燕山人,族属不明,估计为色目人。

四、高丽进士

高丽属于元征东行省,但征东行省不同于内地行省,是元朝在高丽王朝的特殊行政机构。高丽国王名义上为"征东省左丞相",元朝不直接任命征东省官署。

元仁宗皇庆二年(1313),颁行科举诏,在十一行省、二宣慰司、直隶四部十七处设乡试考场。征东行省于高丽王京,分配录取名额三人,即蒙古、色目、汉人各一人。③《高丽史》卷七四《选举志》记载:

---

① 陈垣:《元西域人华化考》,第 18—23 页。
② 陈垣:《元西域人华化考》,第 68 页。
③ 宋濂:《元史》卷八一,第 2018 页,2021 页。

忠肃王元年(延祐元年,1314)正月,元颁科举诏,令选合格者三人贡赴会试。二年正月,遣朴仁干等三人应举,皆不第。四年十二月,遣安震应举。五年,震中制科第三甲十五名。七年十一月,遣安轴、崔瀣、李衍宗应举。八年,瀣中制科,授辽阳盖州判官。十年十二月,遣安轴、赵廉、崔龙甲应举,十一年(1324),轴中制科。① 后二年,李穀中制科第二甲,授翰林国史院检阅官。忠惠王后三年,李仁复中制科,授大宁路锦州判官。忠穆王初年十一月,遣尹安之、安辅、郭珚应举。明年,辅中制科。三年九月,遣尹安之、白弥坚、朴中美应举。忠定王元年,安之中制科,授大宁路判官。二年,遣白弥坚、金仁琯应举。恭愍王二年以李穑充书状官应举,三年,穑中制科第二甲第二名,授应奉翰林文字。②

结合《高丽史》卷七四《选举志》等文献及当今学者研究成果,拟定《元代高丽进士表》③(见表1-7)。

表 1-7　元代高丽进士表

姓名	征东行省乡试	会试	(元)初官、终官	(元)出官与否	归国后官职/终官	诗文集/著述
安震	忠肃王四年(1317)	延祐五年(1318)第三甲第十五名	不明	不明	艺文应教总部直郎/政堂文学(从二品)	纂修忠烈、忠宣王、忠肃王《三朝实录》,与李齐贤共同增修《编年纲目》
崔瀣	忠肃王七年(1320)	至治元年(1321)第三甲第十五名	辽阳路盖州判官(从八品)	短任	艺文馆应教。历典教副令……艺文馆提学,同知春秋馆事/检校成均大司成(正三品)	《拙稿千百》二卷,编《东人之文》二十五卷

---

① 其他文献有赵廉于泰定四年中第信息,见桂栖鹏:《元朝科举中的高丽进士》,韩国研究第二辑。
② 郑麟趾:《高丽史》卷七四《选举二》,四库全书存目丛书史部第161册,第28页。
③ 本表参照裴淑姬:《元代制科及第者》,见裴淑姬:《宋元时期的高丽进士》,《科举学论丛》,2008年第1期。

续表

姓名	征东行省乡试	会试	（元）初官、终官	（元）出官与否	归国后官职/终官	诗文集/著述
安轴	忠肃王十年（1323）中征东行省乡试第一名	泰定元年（1324）第三甲第七名	辽阳路盖州判官（从八品）	未赴任	超授成均乐正。右文馆大提举，领春秋馆事，封兴宁君/议赞成事（正二品）	《关东瓦注》，纂修忠烈、忠宣王、忠肃王《三朝实录》，与李齐贤共同增修《编年纲目》
赵廉	忠肃王十三年（1326）	泰定四年（1327）	辽阳路总管府知事（从八品）	不明	典礼佐郎。密直副使（正二品）	
宾宇光	中中朝制科	第三人	翰林	不明	不明	
李榖	忠肃王后元年（1332）征东行省乡试第一名	元统元年（1333）第二甲第八名	翰林国史院检阅官（正八品）、徽政院管勾、征东行省左右司郎中	赴任	典仪副使。政堂文学/都议赞成事（正二品）	《稼亭集》二十卷、《关东游山录》，纂修忠烈、忠宣王、忠肃王《三朝实录》，与李齐贤共同增修《编年纲目》
李仁复	忠惠王二年（1341）	至正二年（1342）进士及第	大宁路锦州判官（从八品）、征东行省都事，迁征东行省左右司郎中	赴任	右献纳，迁起居郎，起居注。艺文馆大提学，知春秋馆事/都议赞成事（正二品）	《樵隐集》二卷，与李齐贤共同增修《编年纲目》及纂修忠烈、忠宣、忠肃《三朝实录》，与李榖等合撰《增修金镜录》及《本朝金镜录》，与许琪等合撰《古今录》六卷
安辅	忠惠王五年（1344）征东行省乡试第二名	至正五年（1345）进士及第	辽阳行中书省照磨兼承发架阁库	赴任	历艺文供奉，授密直举兼监察大夫/政堂文学（正二品）	
尹安之	忠穆王七年（1347）	至正八年（1348）进士及第	大宁路锦州判官（从八品）	赴任	领议政（正一品）	

续表

姓名	征东行省乡试	会试	(元)初官、终官	(元)出官与否	归国后官职/终官	诗文集/著述
李穑	征东行省乡试第一名（1353）	至正十四年（1354）第二甲第二名	承任郎,应奉翰林文字（正八品）,知制诰兼国史院编修官,征东儒学提举	赴任	典理正郎,历艺文教,内书会人,密直提学,同知春秋馆事/判门下府使（从一品）	《牧隐集》五十卷,与李仁复等合撰《增修金境录》及《本朝金镜录》

元代乡试 17 次,高丽有 12 次,有 23 人参加 12 次会试,及第者 10 次 10 人。虽然,按元乡试配额,征东行省蒙古、色目、汉人各一人,但实际上,只要"选合格者三人贡赴会试"即可。所以,征东行省参加会试者皆为高丽人。

总之,元代进士可考的蒙古色目进士 292 人,分属 21 个蒙古族属,15 个色目族属。就蒙古人而言,乃蛮氏、逊都思氏、捏古觿氏、伯牙吾台氏最多;就色目人而言,畏吾儿、唐兀（西夏）、回回、汪古最多。元代著名的蒙古色目进士文学家多出于此,如蒙古乃蛮氏答禄与权、逊都思氏月鲁不花、捏古觿氏笃列图（字敬夫）、伯牙吾台氏泰不华;色目畏吾儿偰玉立、偰哲笃、偰伯僚逊、廉惠山海牙、唐兀余阙、昂吉、张翔、观音奴、斡玉伦徒,回回萨都剌、沙可学、丁文苑、别里沙,汪古马祖常。

汉族（汉人、南人）进士可考者 600 余人,其中文学家甚多,在元代文坛极具影响力。元中后期馆阁文坛核心人物进士出身者居多,如欧阳玄、许有壬、张起岩、杨载、谢端、宋本等,江南文坛婺州文派黄溍、吴诗派杨维桢均领一时风气,声望和影响甚大。

高丽进士相对较少,但在高丽文坛名重望尊,如李穑"文章冠绝今古,东人之仰之,若泰山北斗。"[①]元代高丽进士是元代文坛另一支特别的群体。

元代的科举考试时间虽短,但与其他朝代一样,产生了许多著名进士文学家。所不同的是,元代进士群体因族群不同,出现了三个非汉族进士作家群体,即蒙古人、色目人、高丽人,并在其中都出现了影响一代的文学家,使元代文坛明显不同于汉唐宋明,也有别于非汉族统治的清朝。元代科举对于元代文坛多族格局的形成起到了推波助澜的作用。

---

① 李基祚:《稼亭集后识》,《稼亭集》附。

第二章　元代进士地理分布与元代文坛的地域性

第一节　元代进士地理分布

元代地域超出中国历史任何一统一王朝。元代科举实行的地域范围也最广,除原南宋、辽、金、西夏外,西域、高丽也成为科举所能实施和影响的地方。以民族而言,除汉族之外,蒙古人、色目人、高丽人也参加科举考试,成为元代科举不同于其他王朝的显著特征。元代进士地理分布与元代文坛的地域性有必然的联系。

元代进士的地理分布包括两个方面:一是元代进士之籍贯;二是元代进士生活和文学活动之地域。两者对元代文坛都有一定的影响。

一、元代进士之籍贯

有三个地域需要说明。一是西域。元代乡试的行政地域是行省一十一:河南、陕西、辽阳、四川、甘肃、云南、岭北、征东、江浙、江西、湖广。宣慰司二:河东、山东。直隶省部路分四:真定、东平、大都、上都。这也是元代进士的地域来源。

西域之名,汉已有之。后随时代而异。"汉武以前,大抵自玉门关、阳关以西,至今新疆省止,为西域。其后西方知识渐增,推而至葱岭以西,撒马尔干、今俄领土耳其斯坦,及印度之一部,更进而至波斯、大食、小亚细亚,及印度全部,亦称西域。元人著述中所谓的西域范围极广漠,自唐兀儿、畏兀儿,历西北三藩所封地，以达于东欧，皆属焉。质言之，西域人色目人也。"①但元代的进士由于族属来源不同分为左右两榜，右榜即蒙古色目榜。色目人的籍贯往往以西域称之。

马祖常《送李公敏之官序》云"朔方、于阗、大食、康居诸土之士"参加元朝科举。② 朔方，在今宁夏境内。于阗，古西域国名，在今新疆和田一带。大食，康居都是中亚古国名。大食，唐宋时期对阿拉伯人、阿拉伯帝国的专称及对伊朗语地区穆斯林的泛称。康居，古西域国名，故地在今乌兹别克斯坦共和国撒马尔罕一带。马祖常所说的"朔方、于阗、大食、康居之士"，即属于西域色目人。

色目人族属至少有二十种。从可考知的元代 108 名色目进士文学家的族属看，色目进士为西域各族，其籍贯（原生）即为西域（见表 2-1）。

表 2-1　西域进士族属表

汪古	畏吾儿	回回	唐兀氏	西夏	高昌	哈鲁氏	答失蛮氏	也里可温氏	西域人	天竺人	钦察族	穆速鲁蛮氏	康里氏	北庭人	别失八里人

二是蒙古（岭北行省，包括直隶上都路）。可考知的 77 名蒙古进士至少属于 20 个蒙古部族（见表 2-2）。如延祐二年右榜状元护都沓儿，至顺元年哲理野台，都是蒙古脱托历氏。延祐五年右榜状元忽都达儿，蒙古捏古觥氏。至治元年右榜状元泰不华，蒙古伯牙吾台氏。至顺元年右榜状元笃列图（字敬夫），捏古思氏。元统元年右榜状元同同，蒙古那歹氏。至正二年右榜状元拜住，蒙古逊都思氏。他们的原生籍贯多在元代岭北行省。

表 2-2　蒙古进士部族表

讹讹里氏	捏古思氏、捏古觥氏	伯牙吾台氏	酎温台氏	逊都思氏、逊都台	乃蛮氏	忙兀台氏、忙兀台氏	哈儿柳温台氏	斡罗那氏、斡罗台，斡罗纳儿部	脱托历氏	那歹氏	弘吉觥氏	札只剌歹	亦乞列思	乞失里台	塔塔儿、察罕达达，即汪古部	弘吉剌	札剌儿人	怯烈歹	燕只吉台	部族不详或仅称蒙古人

---

① 陈垣：《元西域人华化考》，第 1 页。
② 马祖常著，李叔毅、傅瑛点校：《石田先生文集》卷九，第 182 页。

三是高丽(征东行省)。元代科举在十一行省,二宣慰司(河东、山东)、直隶四部(真定、东平、大都、上都)设十七个考场,高丽在元代属于征东行省。蒙古、色目、汉人各一人。元朝将高丽人视为汉人。《南村辍耕录》卷一"汉人八种"中就有"高丽"。虽然"分配给征东行省的乡试录取名额名义上蒙古、色目、汉人各一人,但实际上只要求'选合格者三人贡赋会试',并未作族属上的限定"。① 从高丽忠肃王元年(1314),至恭愍王二年(1353),举行了十二次乡试。"合格者三人贡赋会试"者皆为高丽人,"有稽可考的高丽进士十人"②。

淮河以北原金国境内,即元代河南、陕西、辽阳、甘肃等行省。宣慰司二:河东,山东。直隶省部路分四:真定,东平,大都。这是汉、契丹、女真进士的籍贯所在。

江浙、江西、湖广三个行省是所谓"南人"进士籍贯所在,而四川、云南(大理)人在元代被列入汉人。

元代进士籍贯从区域和民族上看,可以大致分为西域(色目人)圈、蒙古圈、汉族圈、高丽圈。

一、元代进士文学家的地理分布与文学分区

元代进士文学家的原生籍贯和生活及文学活动的地域,对于各籍贯圈来说,随着时间的推移和生存的需要(仕宦、迁徙)都或多或少地有一定的变化。但与汉族圈相比,西域色目圈的变化最大。实际上,色目文学家几乎不生于西域,不长于西域,不死于西域,而是与汉族共处,活动于各个行省,也就是说,他们的本籍(出生生长之地)不在西域。亦即,几乎所有的进士文学家的本籍均不在西域,西域(祖籍)。对于他们来说,只是个遥远的追忆而已。

延祐二年进士马祖常在《马公神道碑》自言其曾祖月忽乃"世非出于中国"③,其《饮酒诗》(六首其五)云:

> 昔我七世上,养马洮河西。六世徙天山,日日闻鼓鼙。金室狩河表,我祖先群黎。诗书百年泽,濡翼岂梁鹅。尝观汉建国,再世有日碑。后来兴唐臣,胤裔多羌氏。《春秋》圣人法,诸侯乱冠笄。夷礼即

---

① 桂栖鹏:《元代科举中的高丽进士》,《韩国研究》第二辑,第109页。
② 裴淑姬:《宋元时期科举中的高丽进士》,《科举学论丛》,2008年第1期,第22页。
③ 马祖常著,李叔毅、傅瑛点校:《石田先生文集》卷一三,第238页。

夷之,毫发各有稽。吾生赖陶化,孔阶力攀跻。敷文佐时运,灿灿应壁奎。①

马祖常生于江陵,②既非生于洮河之西,亦非生于天山(净州天山,今内蒙古四子王旗城),然犹不能忘其所自。

与马祖常一样,几乎所有的蒙古色目进士都非生于祖籍,而是生于长于入居中原之地。萧启庆把蒙古色目人原居地塞北、西域称之为"原乡"。移居中原之后,因游宦、征戍或营商,往往再三迁徙,尤其是平定南宋之后,更大量地移居江南,安家落户,此地遂成为祖先庐墓所在,也成为子孙成长之地。各家族在汉地的最初落脚之地称为"旧贯",现居地为"本乡"。③

蒙古色目人有以族名标识其所自。如元统元年进士博颜达,自称蒙古札剌亦儿人氏。《元统元年进士录》蒙古人多署氏族。至正十四年进士有大食哲马。大食,乃阿拉伯人之裔自称。

以地名标识原乡者最多。畏吾儿人标识原乡的地名有高昌、北庭、别失八里、五城、于阗等地。高昌在新疆维吾尔自治区吐鲁番市,畏吾儿国都。北庭、别失八里、五城,实为一地,在新疆吉木萨尔境内。④ 原乡为高昌者,如高昌偰氏,如"高昌偰玉立"自署。⑤ 年次不详进士脱脱木儿自署"高昌氏脱脱木儿时敏印"⑥,时敏,脱脱木儿字。

《元统元年进士录》借以别失八里为原乡者有别罗沙(包括其兄默里契沙)、寿同(海涯),以于阗为原乡者慕嵩(包括其父延祐二年进士哈八石)。

蒙古色目进士是自其曾祖或祖父辈入居中原后出生。原乡,大都未曾去过,但并非渺不可寻,一是上辈人的叙述,一是先祖文化的重视。

按照萧启庆"原乡"、"旧贯"、"本乡"的概念,表2-3中"府州"如无本乡,则用"旧贯",一般不用"原乡"。文学家的地理定位主要有两个:一是"本乡",作者出生、生长之地;一是任官、游学之地。

---

① 马祖常著,李叔毅、傅瑛点校:《石田先生文集》卷一,第11页。
② 李叔毅、傅瑛《马祖常年谱》,马祖常著,李叔毅、傅瑛点校:《石田先生文集》附录二,第269页。
③ 萧启庆:《九州四海风雅同:元代多族士人圈的形成与发展》,台湾联经出版事业股份有限公司2012年版,第38—39页。
④ 孟凡人:《论别失八里》,《北庭史地研究》,1985年版,第186—202页。
⑤ 赵琦美:《赵氏铁网珊瑚》卷二,文渊阁四库全书第815册,第328页上。
⑥ 王杰等辑:《石渠宝笈续编》第三册,台北故宫博物院1971年版,第1513页。

表 2-3   元代进士籍贯表

行省	府州	进士人数
中书省	大都路	11
	上都路	1
	真定路	10
	彰德路	3
	保定路	4
	益都路	3
	曹州	3
	东昌路	1
	晋宁路	11
	冀宁路	6
	东平路	8
	河间路	4
	大名路	7
	济宁路	4
	济南路	10
	般阳路	2
	东昌路	3
	广平路	1
	恩州	2
	滕州	1
	宁海州	1
	不明	1
合计	97	

行省	府州	进士人数
江浙行省	杭州路	6
	平江路	5
	松江府	2
	湖州路	3
	嘉兴路	1
	建宁路	4
	绍兴路	10
	婺州路	6
	集庆路	7
	镇江路	2
	饶州路	11
	信州路	7
	台州路	7
	建德路	6
	广德路	1
	宁国路	3
	徽州路	2
	池州路	2
	处州路	6
	衢州路	3
	兴化路	5
	福州路	6
	庆元路	4
	邵武路	1
	温州路	7
	常州路	1
	延平路	2
	泉州路	1

续表

行省	府州	进士人数
合计	121	
河南江北行省	汴梁路	13
	归德府	2
	安庆路	2
	庐州路	1
	光州	1
	汝宁府	5
	南阳府	3
	淮安路	2
	扬州路	2
	襄阳路	1
合计	32	
江西行省	吉安路	24
	龙兴路	16
	建昌路	5
	临江路	3
	抚州路	13
	袁州路	4
	赣州路	1
	广州路	1
	瑞州路	1
	南康路	1
	新州	1
合计	70	
四川行省	重庆路1	1
	潼川府1	1
	成都路1	1
	顺庆路1	1

行省	府州	进士人数
四川行省	不详	1
合计	5	
湖广行省	常德路4	4
	武昌路7	7
	天临路15	15
	衡州路2	2
	茶陵州6	6
	澧州路3	3
	岳州路4	4
	桂阳路1	1
合计	42	
陕西行省	奉元路5	5
	兴元路2	2
合计	7	
云南行省	中庆路1	1
辽阳行省	大宁路1	1
征东行省		8
色目籍贯不明		23
汉族进士籍贯不详		4
总合计	411	

　　已统计的元代进士地理分布以江浙行省121人最多，其次是中书省97人，江西行省70人，湖广行省42人，河南行省32人，征东行省8人，陕西行省7人，四川行省5人，辽阳行省、云南行省各1人。甘肃行省、岭北行省未见，主要原因是未统计原乡，色目、蒙古之原乡有在甘肃和岭北者，如原乡为甘肃的唐兀氏，原乡为岭北行省的高昌偰氏、廉氏及蒙古族进士诗文家。

　　蒙古色目人原乡大抵为蒙古高原和西域之地，但入居中国之后，除了《元统元年进士录》中进士的原乡、旧贯、本乡记录较为详细外，少有像雍古马氏家族、高昌偰氏家族、康里廉氏家族几代居住地都比较清楚外,相当多的只有"原乡"和任官之地,甚至"原乡"亦缺漏,更有"旧贯"和"本乡"亦未有记载。比如延祐二年右榜状元护都沓儿,蒙古讬讬里氏,仅有其延祐五年任翰林待制的信息,至于原乡、旧贯、本乡,一无所知。再如至正二年右榜状元拜住、至正十四年进士大食哲马,科次不详脱脱木儿、倚南海牙,亦是如此。

这些蒙古色目进士居住于中国,仕宦于中国,行旅于中国,交游于中国。如延祐二年进士唐兀氏张翔,河西人,只有历官之地,本乡亦无从查起。但张翔"拜御史西台,按巴蜀、越嶲,足迹殆尽西南,履少陵之躅,黔有契焉。移南台,行岭海,穷极幽险。金浙东宪,过钱塘,登会稽,探禹穴、天台、雁荡之胜。"①这是张翔的任官行迹,也是动态的地理位置。从行迹看,蒙古色目进士居住江南者居多。

元代进士籍贯与元代著名文学家的地理分布规律是基本一致的。元代著名文学的分布以江浙行省最多,其次是中书省、江西行省、河南行省、湖广行省、陕西行省、四川行省、察合台汗国、岭北行省、云南行省,见表 2-4。②

表 2-4　元代著名文学分布表

行省	人数
江浙行省	252
中书省	131
江西行省	51
河南行省	27
湖广行省	11
陕西行省	8
四川行省	6
察合台汗国	4
岭北行省	2
云南行省	1

---

① 许有壬:《张雄飞诗集序》,《至正集》卷三三,文渊阁四库全书第 1211 册,第 240 页上。

② 此表据梅新林《元代著名文学家籍贯地域分布表》拟定,详参梅新林:《中国古代文学地理形态与演变》,上海师范大学 2004 年博士学位论文,第 82—87 页。

元代著名文学家 493 人,江浙行省 252 人,占 51%,大都 131 人,占 27%,合占 78%。与元代进士诗文家的江浙行省占 29%,中书省占 24%,合占 53%,比例较著名文学家有所下降,但两者分布情况大致相同,江浙行省、大都文学家人数多显而易见,全国文学地理状况也显而易见。这大致反映一代文学发展的基本状况,即文学地域性。

文学家最多的江浙行省仍然是文坛的中心,并未因南宋灭亡,元朝定都大都有所改变。除文学家籍贯之外,大都因首都之故,文学家的数量超过以往任何一个朝代,遂成为元代文学家聚集的另一个中心。因此,元代文坛大致可以分为两个区域,以江浙为中心的江南文坛和以大都为中心的大都文坛。

第二节　元代文坛的地域性:大都文坛

中国文学史上任何一个历史时期文坛都有地域性的特点,地域与文学已成为文学研究的重要视角。《诗经》的《国风》包括《周南》、《召南》和《邶风》、《鄘风》、《卫风》、《王风》、《郑风》、《齐风》、《魏风》、《唐风》、《秦风》、《陈风》、《桧风》、《曹风》、《豳风》,被称为"十五国风",是按照地域划分的,其诗歌体现了明显的地域性特征。两汉时期有三辅、河西、巴蜀、幽并、江南、河洛、齐鲁、荆楚八个分区[1]。唐代有关中、山东、江南三大地域文学[2]。文学史上又有南北之分,东西之别[3]。

元代文坛的地域性也非常明显,但研究相对薄弱。江南文坛的研究较多,大都文坛的研究较少,甚至尚无专门的研究。

元代文坛的地域性,就文学家的角度而言,一是作家聚集地区的高度集中:京畿(以大都为中心)与江南(以江浙为中心)。二是南北文学的交流及文学家的南迁。三是元后期文学中心北轻南重的不平衡局面的出现。进士文学家在

---

[1]　刘跃进、刘燕梅《秦汉区域文化的划分及其意义》,《淮阴师范学院学报》(哲学社会科学版),2006年第 4 期。尧荣芝《两汉文学地域性研究》分为关中、齐鲁中原、燕赵晋、楚越、巴蜀、陇西六大文学分区,四川师范大学 2012 年博士学位论文,第 26 页。

[2]　李浩:《唐代三大地域文学士族研究》,中华书局 2008 年版。

[3]　刘师培:《南北文学不同论》,《刘师培中古文学论集》,中国社会科学出版社 1997 年版。袁行霈:《中国文学概论·总论》第三章《中国文学的地域性和中国作家的地理分布》,高等教育出版社 1990 年版,第 33 页。祝尚书:《论南宋文学的东西部差异》,《四川大学学报》,2000 年第 5 期。

其中有着重要的作用。

元代进士文学家以大都和江南为中心。为了方便,我们称为大都文坛(中书省,以大都为中心)和江南文坛(江浙、江西、湖广,以江浙为核心)。这样就把元代文坛大致分成南北两个大的区域。

自作为首都开始,元大都便成为政治文化中心,聚集了来自全国各地、不同种族的文学家。梁启超《中国地理大势论》:"盖自唐以前,南北之界最甚;唐后渐微,盖'文学地理'常随'政治地理'转移。"①元大都文坛亦是如此。

元大都在金为中都。1153年(金贞元元年),金朝正式迁都燕京,即金中都。1215年(元太祖铁木真十年),蒙古攻占金中都后改名为燕京。1264年(至元元年)八月,忽必烈下诏改燕京为中都,定为陪都。至元四年(1267),忽必烈决定从上都迁都于中都。至元九年(1272),将中都改名为大都,将上都作为陪都,即为元代的两都制。

一、大都文坛的两个阶段

按照南北文学是否交融为标准,元代的大都文坛大致可以分为两个阶段,1234年元灭金至1279年南宋灭亡之前为第一阶段,1279年至元亡为第二阶段。前一阶段是纯粹的北方文坛,南北不通。第二阶段,北人南下,南人北上,是南北文学交融的阶段。

第一阶段,大都文士多为金朝文士。

元大都文坛始于1215年蒙古攻占金中都之后。自1234年金亡至1279年宋亡,北方文人相继而来,历六十余年,大都文坛才真正形成。

第一个进入大都文坛的是耶律楚材。耶律楚材(1190—1244)是最早进入元大都文坛金源文士。耶律楚材是契丹贵族,是金国尚书右丞耶律履之子。1215年,蒙古大军攻打燕京,耶律楚材留守中都,为左右司员外郎。燕京破,耶律楚材被成吉思汗任命为辅臣,询问治国大计。随成吉思汗西征,备受倚重。窝阔台汗三年(1231),任中书令(宰相),提倡"以儒治国",积极恢复文治,救济文士。在政治、经济、文化各方面,创举颇多。有《湛然居士集》。

耶律楚材的首要贡献是开启了大都文坛。一是保护金源文士。1233年四月十九日(5月29日)汴京城破,两天之后(四月二十二日),元好问致书时为蒙

---

① 梁启超:《新史学》,商务印书馆2014年版,第265页。

古中书令的耶律楚材,请他保护五十四名金朝儒士,酌加任用①。这些人大多被元朝起用,杨奂、王鹗、杨果、徐世隆、李治、李谦、高鸣、商挺、张德辉在《元史》中有传,魏璠附魏收传后,敬铉附敬俨传后。他们对大都文坛的形成起到了很大的作用。这些金源文人,后来都是元朝初年大都文坛的重要成员。

二是建议以儒术选士,推动戊戌选试。

耶律楚材是"戊戌选试"的主要推动者,其动机之一就是救济儒士。

戊戌选试中选者如许衡、杨奂、刘祁、张著、郭时中。其中许衡、杨奂是当时著名的学者和文学家。许衡(1209—1281),字仲平,号鲁斋。元代最著名的儒学大师,是继朱熹之后,在元代传播理学的第一人,影响巨大。杨奂(1186—1255),字焕然,号紫阳,金乾州奉天(今陕西乾县)人。金末屡试进士不中。金亡,投冠氏赵天锡门下。元太宗九年(1237),应试东平,赋论第一,耶律楚材荐为河南路征收课税所长官兼廉访使。任官十年,告老辞职。卒,谥文宪。所著有《还山集》六十卷、《天兴近鉴》三卷、《正统书》六十卷,行于世。《元史》卷一五三有传。

三是设置编修所、经籍所。元太宗窝阔台八年(1236)六月,在耶律楚材的建议下,"置编修所于燕京,经籍所于平阳。"②编修所、经籍所的任务是"分别负责编修、雕印经籍,并承担大蒙古国时期的官方图书收藏任务,令汉族儒士执掌。"③至元四年,徙置京师,改名弘文院。九年十一月置秘书监,掌历代图籍,并阴阳禁书。④ 编修所、经籍所是秘书监的前身,编修所、经籍所编印经籍,渐兴文教,是蒙元帝国重视文治的开始,"由是文治兴焉"⑤。

---

① 五十四名金朝儒士是:"衍圣孔公(孔元措);耆旧如冯内翰叔献(冯璧)、梁都运斗南(梁陟)、高户部唐卿(高夔)、王延州从之(王若虚);时辈如平阳王状元纲,东明王状元鹗,滨人王贲,临淄人李浩,秦人张徽、杨焕然、李庭训,河中李献卿,武安乐夔,固安李天翼,沛县刘汝翼,齐人谢良弼,郑人吕大鹏,山西魏璠,泽人李恒简、李禹翼,燕人张圣俞,太原张纬、李谦,冀致君、张耀卿、高鸣,孟津李蔚,真定李冶,相人胡德圭,易州敬铉,云中李微,中山杨果,东平李彦,西华李世隆,济阳张辅之,燕人曹居一、王铸,浑源刘祁及其弟郁、李同,平定贾庭扬、杨恕,济南杜仁杰,洺水张仲经,虞乡麻革,东明商挺,渔阳赵著,平阳赵维道,汝南杨鸿,河中张肃,河朔句龙瀛,东胜程思温及其从弟思忠。"其中《元史》十五人有传。见元好问《癸巳寄中书耶律公书》,元好问著,狄宝心校注:《元好问文编年校注》上册,中华书局 2012 年版,第 309—310 页。

② 宋濂:《元史》卷一四六,第 3459 页。

③ 郭伟玲:《中国秘书省藏书史》,武汉大学出版社 2015 年版,第 576 页。

④ 钱大昕:《元史艺文志》第一,钱大昕著,陈文和主编:《嘉定钱大昕全集》第 5 册,上海古籍出版社1997 年版,第 1 页。

⑤ 宋濂:《元史》卷一四六,第 3459 页。

耶律楚材拥有较高的文学成就和交游声望。耶律楚材是元占有燕京之后由金入蒙元最有成就的文学家,在保护金源士人中作用最大,交往也最多。其在文学上的交游与声望在蒙元之中最有影响,蒙古政权"以有耶律楚材这样的人才傲视西域诸国及宋、高丽"①。同时代人孟攀鳞评云:"斯文之不坠,皆公之力焉②",遂"为一代词臣倡始。③"

耶律楚材保护金源文士,推动戊戌选试,重视儒学,荐用文臣,从而开启了大都文坛。

儒学传播,特别是程朱理学的北传,也推动了大都文坛的形成。金亡之第二年,即窝阔台七年(1235),姚枢在德安军中救下名儒江汉先生赵复。"江汉(赵复)至燕,学徒从者百人,北方经学自兹始。"④"姚枢、许衡、窦默、刘因辈翕然从之。"⑤《宋元学案》卷九〇《鲁斋学案》首列赵复。许衡,江汉所传;姚枢、窦默,鲁斋讲友;刘德渊、张文谦,鲁斋同调;杨奂,雪斋(姚枢)学侣;王粹、郝经,江汉学侣;砚弥坚,江汉同调;刘因、滕安上,江汉别传。鲁斋门人姚燧、耶律有尚、徐毅、王都中等20余人。⑥ 其中姚枢、姚燧是元初散文大家,刘因、杨奂以诗名。

在耶律楚材、姚枢等人的推动之下,金源文士相继进入大都,至中统、至元间大都文坛初步形成。故袁桷云:"金之亡,一时儒先,犹秉旧闻,于感慨穷困之际,不改其度,出语若一,故中统、至元间皆昔时之余绪。"⑦

第二阶段,南人北上,南北融合。

1276年(至元十三年)元军攻占临安。1279年,经崖山之役,南宋最终灭亡。谢太后入大都,南宋文士开始相继而来。

首先进入大都最为著名的是赵孟頫。

1286年(至元二十三年),程钜夫向忽必烈提出:"首先应兴建国学,请求派遣使者到江南去,搜访遗逸。御史台、按察司都应参酌使用南北之人。"忽必烈

---

① 魏崇武:《赵复在北方传播理学的意义与贡献》,《殷都学刊》,1995年第2期。
② 孟攀鳞:《湛然居士文集序》,李修生主编:《全元文》第2册,第358—359页。
③ 顾嗣立:《元诗选初集》,中华书局1987年版,第340页。
④ 姚燧:《中书左丞姚文献公神道碑》,《牧庵集》卷一五,文渊阁四库全书本第1201册,第546页上。
⑤ 皮锡瑞:《经学历史》卷九,《皮锡瑞集》,岳麓书社2012年版,第1195页。
⑥ 黄宗羲著,全祖望补修,陈金生、梁运华点校:《宋元学案》,中华书局1982年版,第2991—3018页。
⑦ 袁桷:《乐侍郎诗集序》,《清容居士集》卷二一,文渊阁四库全书本第1203册,第295页下。

于是派程钜夫访贤江南。程钜夫到江南以后,举荐了赵孟頫、余恁、万一鹗、张伯淳、胡梦魁、曾晞颜、孔洙、曾冲子、凌时中、包铸等二十余人,忽必烈皆擢置台宪及文学之职。①

赵孟頫以赵宋王孙的身份应召入仕元廷,无论如何,还是引起了非议。一是亲友的反对和愤激,甚至他的侄子也与他断绝交往。二是,元廷大臣的反对。但"以赵孟頫为'首选'的二十余位南士被起用后,江南有更多的人纷纷出仕,并不断北上"②。如"湖州八骏",除钱选外,"子昂被荐入朝,诸公皆相附取宦达。"③"赵孟頫出仕北廷的意义在于,真正掀起南方士子北上大都的热情。④"南宋文人也相继进入大都。南北文学的真正交流和融合自此开始。

科举开科之后,科举之士汇于京师,加上元代游谒之风盛行,四方文学之士纷至沓来,尤其是元中后期南方文士的北上,大都遂成为文士聚集之地。欧阳玄云:"皇元混一之初,金、宋旧儒,布列馆阁,然其文气,高者崛强,下者萎靡,时见旧习。承平日久,四方俊彦萃于京师,笙镛相宣,风雅迭倡,治世之音,日益以盛矣。"⑤大都文坛彬彬之盛是在科举之后。

元代大都文坛亦可分为俗文学和雅文学之分。雅文学主要指诗文创作,馆阁文臣的作用和影响最大。俗文学主要指元曲的繁荣。元曲前期的中心在大都,许多著名的元曲作家集中于此,如关汉卿、马致远、王实甫、纪君祥、杨显之。元代进士文学家多以诗文为主,少有杂剧和散曲作品,故置而不论。

二、馆阁中的进士及进士文学家

自元祐二年科举实行之后,至元代结束,元代科举共举行 16 次。许多进士文学家留京任职或调任京师,多在馆阁任职,馆阁进士文学家成为大都文坛最重要的组成部分。

元代的馆阁指的是翰林国史院、集贤院、秘书监、国子监以及奎章阁等文化机构⑥,国子监隶属于集贤院,奎章阁下属群玉内司和艺文监。据统计,有元一

---

① 宋濂:《元史》卷一七二,第 4016 页。
② 邓绍基主编:《元代文学史》,人民文学出版社 1991 年版,第 431—432 页。
③ 张羽:《钱舜举溪岸图》,《静居集》卷三,第 8 页下,《四部丛刊》三编本。
④ 邱江宁:《元代馆阁文人活动系年》,人民出版社 2015 年版,第 3 页。
⑤ 欧阳玄:《雍虞公文集序》,《圭斋文集补编》卷九,欧阳玄著,汤锐校点:《欧阳玄全集》,四川大学出版社 2010 年版,第 617 页。
⑥ 据宋濂:《元史》卷四〇(第 816 页),奎章阁在至正元年(1341)六月改名为宣文阁。

代任职馆阁机构的各级官员先后共有 925 人,三品以上官员共计 363 人①。元代最有影响最有成就的文学家多集于此。如王鹗、王恽、赵孟頫、程钜夫、虞集、欧阳玄、马祖常、黄溍、揭傒斯、吴澄、袁桷、邓文原、范梈、柳贯、苏天爵、陈旅、贡师泰、许有壬、张起岩、李好文、王沂、宋本、宋褧、余阙、张翥、泰不华、危素等等。"从蒙元到元末,元代文学的创作主体一直是馆阁文人。"②

　　翰林国史院:唐代初设翰林院、学士院与史馆各自独立。辽、夏、宋、金承袭了唐代的翰林院制度,但职能也发生了变化,"翰史合流"成为这一时期的主流。③ 辽代翰林院附设国史院,为翰林院设史院与史官之始。金代翰林院与国史院分置,但人事、职能多有重合。"元代翰林学士院与国史院合而为一,是在继承金朝翰林学士院长期参与修史、翰林官员例兼史职的政治传统上进一步的发展。"④

　　唐宋翰林学士院以草词为基本功能,掌撰制诏,是中枢顾问机构,其地位、作用尤为重要⑤。至元元年(1264),忽必烈下令设立"翰林国史院",翰林院、国史院合一。《元史·百官志三》:

　　　　翰林兼国史院,秩正二品。中统初,以王鹗为翰林学士承旨,未立官署。至元元年始置,秩正三品。六年,置承旨三员、学士二员、侍读学士二员、侍讲学士二员、直学士二员。八年,升从二品。十四年,增承旨一员。十六年,增侍读学士一员。十七年,增承旨二员。二十年,省并集贤院为翰林国史集贤院。二十一年,增学士二员。二十二年,复分立集贤院。二十三年,增侍讲学士一员。二十六年,置官吏五员,掌管教习亦思替非文字。二十七年,增承旨一员。大德九年,升正二品,改典簿为司直,置都事一员。至大元年,置承旨九员。皇庆元年,升从一品,改司直为经历。延祐元年,别置回回国子监学,以掌亦思替非官属归之。五年,置承旨八员。后定置承旨六员,从一品;学士二

---

① 张明:《元代馆阁文人群体构成探究》,《长春师范大学学报》,2020 年第 5 期。

② 邱江宁:《元代馆阁文人活动系年》,第 2 页。

③ 王智汪:《翰林院政治功能演变与史学功能的强化》,《太原师范学院学报》(社会科学版),2017 年第 6 期。

④ 闫兴潘:《金代翰林学士院与史学关系之演变及其影响》,《史学史研究》,2013 年第 3 期。

⑤ 《新唐书·陆贽传》:"始,入翰林而赞常居中参裁可否,时号'内相'。"欧阳修等:《新唐书》卷一五七,中华书局 1975 年版,第 4931 页。宋代也称翰林学士为内相,亦称内翰。

员,正二品;侍读学士二员,从二品;侍讲学士二员,从二品;直学士二员,从三品。属官:待制五员,正五品;修撰三员,从六品;应奉翰林文字五员,从七品;编修官十员,正八品;检阅四员,正八品;典籍二员,正八品;经历一员,从五品;都事一员,从七品;掾史四人,译史、通事、知印各二人,蒙古书写五人,书写十人,接手书写十人,典吏三人,典书二人。①

最初,翰林承旨仅一人,其后逐渐增多,至大元年,承旨九人,延祐五年承旨八人,品秩升至从一品。"与前朝后代的翰林官相比,元代的翰林国史院设官有两大特殊之处,一是品秩最高,与宰臣抗礼;二是承旨员多,院长远远超过学士正官,形成'头重脚轻'之势。这种状况的出现,显然与蒙古统治者拉拢汉族地主知识分子、维护本民族统治地位的统治政策直接相关。"②

翰林国史院执掌文翰。大德七年规定,"凡翰林院、国子学官:文翰师儒难同常调,翰林院宜选通经史、能文辞者,国子学宜选年高德劭、能文辞者,须求资格相应之人。"③故入居翰林国史院者,汉人、南人知识分子居多。如名儒姚燧、郝经、窦默,金代状元王鹗、进士王磐、徐世隆、宋子贞、董文用;南宋状元留梦炎、进士郑滁孙、郑陶孙;元代"儒林四杰"虞集、揭傒斯、黄溍、柳贯;元代翰林院在"元仁宗元祐开科后,入居翰林的汉人、南人更是十之八九为进士出身者。"④

集贤院:与翰林国史院平行的是集贤院。集贤院始设于唐代——集贤殿书院,以宰相为学士。宋代设昭文馆、史官、集贤院,称之为"三馆",集贤院大学士由宰相充任,掌管秘书图籍之事。

元代的集贤院则有不同,《元史·百官志三》:

> 集贤院,秩从二品。掌提调学校、征求隐逸、召集贤良,凡国子监、玄门道教、阴阳祭祀、占卜祭遁之事,悉隶焉。国初,集贤与翰林国史院同一官署。至元二十二年,分置两院,置大学士三员、学士一员、直学士二员、典簿一员、吏属七人。二十四年,增置学士一员、侍读学士

---

① 宋濂:《元史》卷八七,第 2189—2190 页。
② 杨果:《中国翰林制度研究》,武汉大学出版社 1996 年版,第 218 页。
③ 宋濂:《元史》卷八三,第 2064 页。
④ 杨果:《中国翰林制度研究》,第 219 页。

一员、待制一员。寻升正二品,置院使一员,正二品;大学士二员,从二品;学士三员,从二品;侍读学士一员,从三品;侍讲学士一员,从三品;直学士二员,从四品;司直一员,从五品;待制一员,正五品。二十五年,增都事一员,从七品;修撰一员,从六品。元贞元年,增院使一员。大德十一年,升从一品,置院使六员、经历二员。至大四年,省院使六员。皇庆二年,省汉人经历一员。后定置大学士五员,从一品;学士二员,正二品;侍读学士二员,侍讲学士二员,并从二品;直学士二员,从三品;经历一员,从五品;都事二员,从七品;待制一员,正五品;修撰一员,从六品;兼管勾承发架阁库一员,正八品;掾史六人,译史、知印各二人,通事一人,宣使七人,典吏三人。①

与翰林国史院一样,元代集贤院也有一个院使增多、品秩增高的过程。元代集贤院的一项任务是掌提调学校、征求隐逸、召集贤良,掌管国子监。元代的国子监、国子学隶属于集贤院,显然,元代的集贤院非掌管秘书图籍之事,而成了文化管理机构。

元代国子监三监并立,即蒙古国子监、国子监和回回国子监。每所国子监下统领一所国子学。"国子监。至元初,以许衡为集贤馆大学士、国子祭酒,教国子与蒙古大姓四怯薛人员。选七品以上朝官子孙为国子生,随朝三品以上官得举凡民之俊秀者入学,为陪堂生伴读。至元二十四年,始置监祭酒一员,从三品,司业二员,正五品,掌国之教令,皆德尊望重者为之。监丞一员,正六品,专领监务。典簿一员,令史二人,译史、知印、典吏各一人。"②

许衡为首任集贤馆大学士,此后许国桢(医官,世祖时)、李谦(金人元)、赵孟頫、张孔孙、王约、李孟、许有壬、赵世延、吴直方、刘赓、耶律有尚、吕思诚曾为集贤大学士,许有壬为元祐二年进士,吕思诚为泰定元年进士。可考的有 64 名进士官员任职集贤院,其中宋本、吕思诚、李好文、赵期颐、江存礼、归旸、杨俊民、徐晹、张颐、陈祖仁曾为国子祭酒。

集贤院"征求隐逸,召集贤良",汇集了大批文学家。

秘书监始设于东汉桓帝延熹二年(159),"掌典图书古今文字,考合异同",③

---

① 宋濂:《元史》卷八七,第 2192 页。
② 宋濂:《元史》卷八七,第 2192—2193 页。
③ 刘珍等撰、吴树平校注:《东观汉记校注》,中华书局 2008 年版,第 126 页。

到南北朝升为秘书省，辽、西夏、金、元降为秘书监。秘书监是我国历史上最早专门掌管图书典籍的机构。[①]

元代秘书监设立于至元九年(1272)，其设置如下：

> 秘书监，秩正三品，掌历代图籍并阴阳禁书。卿四员，正三品；太监二员，从三品；少监二员，从四品；监丞二员，从五品；典簿一员，从七品；令史三人，知印、奏差各二人，译史、通事各一人，典书二人，典吏一人。属官：著作郎二员，从六品；著作佐郎二员，正七品；秘书郎二员，正七品；校书郎二员，正八品；辨验书画直长一员，正八品。至元九年置。其监丞皆用大臣奏荐，选世家名臣子弟为之。大德九年，升正三品，给银印。延祐元年，定置卿四员，参用宦者二人。[②]

秘书监的职责是"掌历代图籍并阴阳禁书"，以供御览。因此，元代秘书监也聚集了大批的文学家，如黄溍、泰不华、宋褧、李黼、答禄与权等曾任职秘书监。

天历二年(1329)二月，元文宗"立奎章阁学士院，秩正三品，以翰林学士承旨忽都鲁都儿迷失、集贤大学士赵世延并为大学士，侍御史撒迪、翰林直学士虞集并为侍书学士，又置承制、供奉各一员。"[③]元文宗建奎章阁的目的是"搜罗中外才俊置其中"，[④]"以祖宗明训、古今治乱得失，日陈于前。"[⑤]奎章阁的设立或有政治原因，抑或是元文宗以此体现自己的文治思想，再或是元文宗的爱好与兴趣。[⑥]

> 《元史·百官志四》：天历二年，立于兴圣殿西，命儒臣进经史之书，考帝王之治。大学士二员，正三品。寻升为学士院。大学士，正二品；侍书学士，从二品；承制学士，正三品；供奉学士，正四品；参书，从

---

① 傅荣贤：《中国古代图书馆学思想史》，黄山书社 2016 年版，第 176 页。
② 宋濂：《元史》卷九○，第 2296 页。
③ 宋濂：《元史》卷三三，第 730—731 页。
④ 宋濂：《元史》卷一八二，第 4207 页。
⑤ 宋濂：《元史》卷一八一，第 4178 页。
⑥ 薛磊：《元代宫廷史》，百花文艺出版社 2008 年版，第 247—249 页。邱江宁：《奎章阁文人群体与元代中期文学研究》，人民出版社 2013 年版，第 36 页。

五品。多以它官兼领其职。至顺元年,增大学士二员,共四员。侍书
学士二员,承制学士二员,供奉学士二员。首领官:参书二员,典签二
员,照磨一员,内掾四人,译文内掾二人,知印二人,怯里马赤一人,宣
使四人,典书五人。属官:授经郎二员。①

奎章阁人员的增多和地位(品级)迅速提升或能窥见元文宗设立奎章阁的
原因与目的。

但无论如何,奎章阁的设立使一部分文人曾聚集于此。其中进士文学家如
奎章阁侍书学士许有壬、奎章阁承制学士宋本、靳荣,奎章阁参书雅琥、典签泰
不华、斡玉伦徒、鉴书博士王守诚、艺文监太监欧阳玄。

元代翰林国史院(表2-5)、集贤院(表2-6)、秘书监(表2-7)、奎章阁(表2-8)
任职的进士有204人,占整个元代进士的18%,占整个馆阁官员的22%(表2-
9)。而元代科举考试在元祐二年开始,晚于翰林国史院、集贤院、秘书监的设
立,这说明元代科举进士在馆阁的重要。元代著名的进士文学家大部分集中于
此,他们的文学活动,在大都文坛起了很大的作用和影响。

表 2-5　翰林国史院进士文学家

姓名	科次	任职	曾任
护都答儿	延祐二年	待制(正五品)	
马祖常	延祐二年	翰林直学士(从三品)	
许有壬	延祐二年	翰林学士承旨(从一品)	奎章阁学士院侍书学士 集贤大学士
张起岩	延祐二年	翰林学士承旨(从一品)	国子司业(正五品)
王沂	延祐二年	翰林学士(正二品)	国子博士(正七品) 宣文阁监书博士(正五品)
杨载	延祐二年	翰林国史院编修官(正八品)	
杨宗瑞	延祐二年	翰林修撰 翰林学士(正二品)	崇文太监
杨景行	延祐二年	翰林待制(正五品)	

---

① 宋濂:《元史》卷八八,第2222—2223页。

续表

姓名	科次	任职	曾任
欧阳玄	延祐二年	翰林学士承旨(从一品)	艺文少监(从四品) 国子祭酒(从三品)
黄溍	延祐二年	翰林侍讲学士(从二品)	国子博士(正七品) 秘书少监
焦鼎	延祐二年	翰林待制(正五品)	
许云翰	延祐二年	翰林侍读学士(从二品)	国子博士
偰玉立	延祐五年	翰林待制(正五品)	
霍希贤	延祐五年	翰林修撰(从六品)	
谢端	延祐五年	翰林直学士(从三品)	国子司业
韩镛	延祐五年	翰林侍讲学士(从二品)	国子司业
雷机	延祐五年	翰林待制(正五品)	
刘复亨	延祐五年	翰林修撰(从六品)	
祝彬	延祐五年	应奉翰林文字(从七品)	
刘光	延祐五年	翰林修撰(从六品)	
泰不华	至治元年	翰林侍读学士(从二品)	集贤修撰、秘书监著作郎、奎章阁学士院典签、秘书监、秘书卿
廉惠山海牙	至治元年	翰林学士承旨(从一品)	秘书监丞
宋本	至治元年	翰林修撰(从六品)	集贤直学士、经筵官兼国子祭酒(从三品)、奎章阁供奉学士(正四品)承制学士(正三品)、艺文太监(从三品)
王相	至治元年	翰林修撰(从六品)	国子博士
王思诚	至治元年	翰林待制(正五品)	集贤侍讲学士、国子祭酒、秘书监丞
杨舟	至治元年	翰林待制(正五品)	
李好文	至治元年	翰林国史院编修官(正八品) 翰林侍讲学士(从二品) 翰林学士(正二品) 翰林学士承旨(从一品)	集贤侍讲学士兼国子祭酒

续表

姓名	科次	任职	曾任
孟泌	至治元年	翰林修撰（从六品）	
赵珫	至治元年	翰林待制（正五品）	国子助教
夏镇	至治元年	翰林学士（正二品）	
岳至	至治元年	翰林学士（正二品）	
杨彝	至治元年	翰林国史院检阅官（正八品）	
周暾	至治元年	翰林修撰（从六品）	
郑春谷	至治元年	翰林学士（正二品）	
张益	泰定元年	翰林修撰（从六品）	国子监丞
宋褧	泰定元年	翰林直学士（从三品）	
王瓒	泰定元年	翰林国史编修官（正八品）	
王理	泰定元年	翰林待制（正五品	国子司业
吕思诚	泰定元年	翰林学士承旨（从一品）	集贤学士、国子祭酒
张彝	泰定元年	应奉翰林文字（从七品）	国子监丞
汪文璟	泰定元年	翰林国史编修官（正八品）	
费著	泰定元年	翰林直学士（从三品）	
段天佑	泰定元年	应奉翰林文字（从七品）	国子助教
姜天麟	泰定元年	翰林国史院检阅官（正八品）	
程咏	泰定元年	应奉翰林文字（从七品）	
程谦	泰定元年	翰林国史编修官（正八品）	
程端学	泰定元年	翰林国史编修官（正八品）	国子助教
李焘	泰定元年	翰林学士（正二品）	
凌懋翁	泰定元年	翰林直学士（从三品）	秘书监
周仲贤	泰定元年	翰林学士承旨（从一品）	
观音奴	泰定四年	应奉翰林文字（从七品）	
孛颜忽都	泰定四年	翰林国史院经历（从五品）	
索元岱	泰定四年	翰林国史编修官（正八品）	
萨都剌	泰定四年	应奉翰林文字（从七品）	
偰善著	泰定四年	翰林国史编修官（正八品）	

续表

姓名	科次	任职	曾任
李齌	泰定四年	翰林修撰(从六品)	
李稷	泰定四年	翰林国史编修官(正八品)	
张以宁	泰定四年	翰林侍读学士(从二品)	国子博士
周镗	泰定四年	翰林国史编修官(正八品)	
贺据德	泰定四年	翰林国史编修官(正八品)	
赵期颐	泰定四年	翰林侍讲学士(从二品)	国子祭酒
黄清老	泰定四年	翰林院典籍官 应奉翰林文字(从七品)	
刘尚质	泰定四年	翰林国史编修官(正八品)	
余贞	泰定四年	应奉翰林文字(从七品)	
郭嘉	泰定四年	翰林国史编修官(正八品)	
谢升孙	泰定四年	翰林修撰(从六品)	
偰列篪	至顺元年	不详	
王文烨	至顺元年	翰林待制(正五品)	
方道叡	至顺元年	翰林国史编修官(正八品)	
归旸	至顺元年	翰林直学士(从三品)	宣文阁监书博士、端本堂太子赞善、集贤学士兼国子祭酒
刘性	至顺元年	应奉翰林文字(从七品)兼国史编修官(正八品)	
刘闻	至顺元年	翰林国史编修官(正八品) 翰林修撰(从六品)	国子博士
杨俊民	至顺元年	应奉翰林文字(从七品)兼国史编修官(正八品)	宣文阁鉴书博士 集贤直学士 国子祭酒
林泉生	至顺元年	翰林直学士(从三品)	
贾彝	至顺元年	翰林国史编修官(正八品)	
刘让	至顺元年	翰林院典籍(正八品)	
杨观	至顺元年	翰林检阅(正八品)	

续表

姓名	科次	任职	曾任
徐昺	至顺元年	翰林学士承旨（从一品）	秘书监著作佐郎、国子祭酒
马原景	至顺元年	翰林侍读学士、侍讲学士（从二品）	
王继善	至顺元年	应奉翰林文字（从七品）	
李鹏翔	至顺元年	翰林学士（正二品）	
赵如愚	至顺元年	应奉翰林文字（从七品）	
同同	元统元年	翰林待制（正五品）	
余阙	元统元年	翰林待制（正五品）	集贤经历
寿同	元统元年	应奉翰林文字（从七品）兼国史编修官（正八品）	
虎理翰	元统元年	应奉翰林文字（从七品）兼国史编修官（正八品）	
乌马儿	元统元年	翰林待制（正五品）	
囊加歹	元统元年	同知制诰兼国史院编修官（正八品）	
察伋	元统元年	国史院编修官（正八品）	
柏延乌台	元统元年	应奉翰林文字（从七品）	
月鲁不花	元统元年	翰林侍讲学士（从二品）	集贤待制
廉方	元统元年	翰林国史院检阅（正八品）	
和里互达	元统元年	应奉翰林文字（从七品）	
李齐	元统元年	翰林修撰（从六品）同知制诰国史院编修官（正八品）	
李祁	元统元年	应奉翰林文字（从七品）同知制诰国史院编修官（正八品）	
王明嗣	元统元年	翰林国史院编修官（正八品）	
李毂	元统元年	翰林国史院检阅官（正八品）	
宇文公谅	元统元年	应奉翰林文字（从七品）同知制诰国史院编修官（正八品）	
陈植	元统元年	翰林待制（正五品）	

姓名	科次	任职	曾任
张桢	元统元年	翰林学士(正二品)	未任职
成遵	元统元年	应奉翰林文字(从七品)	
程益	元统元年	翰林国史院编修官(正八品)	秘书监秘书郎 国子博士
许寅	元统元年	翰林国史院检阅官(正八品)	国子司业、秘书少监、集贤院直学士
朱彬	元统元年	翰林国史院编修官(正八品)	
马世德	至正二年	应奉翰林文字(从七品)	
马彦翚	至正二年	翰林学士承旨(从一品)	
达理璧	至正二年	翰林国史院编修官(正八品)	
答禄与权	至正二年	翰林国史院经历(从五品)	秘书监管勾、秘书郎
陈祖仁	至正二年	翰林侍讲学士(从二品)	国子祭酒
毛元庆	至正二年	翰林学士(正二品)	国子监丞
宋绍昌	至正二年	翰林国史院编修官(正八品)	
胡行简	至正二年	翰林修撰(从六品)	
傅亨	至正二年	应奉翰林文字(从七品)同知制诰国史院编修官(正八品)	
普贤奴	至正二年	翰林国史院编修官(正八品)	秘书监著作郎
滕克恭	至正二年	翰林院经历(从五品)	集贤院直学士
赵晋	至正二年	应奉翰林文字(从七品)	
普颜不花	至正五年	翰林修撰(从六品)	
巨出举台	至正五年	翰林国史院编修官(正八品)	
偰伯僚逊	至正五年	翰林国史院编修官(正八品)	端本堂正字
雅理	至正五年	翰林国史院典籍(正八品)	
张士坚	至正五年	翰林修撰(从六品)	
高明	至正五年	翰林国史院典籍(正八品)	
李克允	至正五年	应奉翰林文字(从七品)同知制诰国史院编修官(正八品)	
解子元	至正五年	国史院校书郎	

续表

姓名	科次	任职	曾任
单守阳	至正五年	翰林学士（正二品）	
昂吉	至正八年	翰林国史院编修官（正八品）	
王宗哲	至正八年	翰林修撰（从六品）	
杜翱	至正八年	应奉翰林文字（从七品）同知制诰国史院编修官（正八品）	
普化帖木尔	至正八年	应奉翰林文字（从七品）	
李炳奎	至正八年	翰林国史院编修官（正八品）	
俞拱	至正八年	翰林国史院编修官（正八品）	
张鉴	至正八年	翰林国史院编修官（正八品）	
朵烈图	至正十一年	翰林待制（正五品）	
荣僧	至正十一年	翰林国史院检阅官（正八品）	
文允中	至正十一年	翰林修撰（从六品）同知制诰国史院编修官（正八品）	
张守正	至正十一年	翰林修撰（从六品）	
李国凤	至正十一年	应奉翰林文字（从七品）	
许汝霖	至正十一年	翰林国史院编修官（正八品）	
吴顗	至正十一年	翰林学士（正二品）	
单元阳	至正十一年	翰林学士（正二品）	
牛继志	至正十四年	同知制诰国史院编修官（正八品）	
曾坚	至正十四年	翰林直学士（从三品）	国子助教
李穑（高丽）	至正十四年	应奉翰林文字（从七品）同知制诰国史院编修官（正八品）	
陈麟	至正十四年	应奉翰林文字（从七品）	秘书监丞（未任职）
哈剌台	至正十四年	翰林国史院编修官（正八品）	
钱用壬	至正十四年	翰林国史院编修官（正八品）	
王遵道	至正十四年	翰林国史院编修官（正八品）	
李延兴	至正十七年	翰林检讨	
龚友福	至正十七年	翰林学士（正二品）	

续表

姓名	科次	任职	曾任
王章	至正二十年	翰林国史院编修官(正八品)	国子博士
薛弥充	至正二十三年	翰林国史院编修官(正八品)	
俞元膺	至正二十三年	翰林学士(正二品)	
刘谦	至正二十三年	翰林国史院检阅官、编修官(正八品)	集贤学士
仵躁	至正二十三年	翰林学士(正二品)	
马合木	年次不详	应奉翰林文字(从七品)	
王时	年次不详	翰林学士承旨(从一品)	
周尚文	年次不详	翰林国史院编修官(正八品)	国子助教
咬住	年次不详	翰林学士(正二品)	
陈肯堂	年次不详	翰林国史院典文署稽书	
木寅	年次不详	侍讲学士(从二品)	
申屠駉	年次不详	翰林待制(正五品)	
朱永昌	年次不详	翰林院修撰(从六品)	
管祎	年次不详	翰林学士(正二品)	
马时宪	年次不详	翰林国史院编修官(正八品)	
李顺	年次不详	翰林国史院编修官(正八品)	
苏万初	年次不详	翰林直学士(从三品)	
张诚	年次不详	翰林学士(正二品)	

表 2-6　集贤院进士文学家表

姓名	科次	任职	曾任
干文传	延祐二年	待制(正五品)	
赵筼翁	延祐二年	国子博士(正七品)	
许有壬	延祐二年	集贤大学士(从一品)	
郭孝基	延祐二年	集贤直学士(从三品)	
梁宜	延祐二年	国子助教(正八品)	
黄溍	延祐二年	国子博士(正七品)	翰林侍讲学士(从二品)

续表

姓名	科次	任职	曾任
许云翰	延祐二年	国子博士（正七品）	
王士元	延祐二年	国子司业（正五品）	崇文少监
冯福可	延祐五年	国子助教（正八品）	
李粲	延祐五年	待制（正五品）	
汪泽民	延祐五年	集贤直学士（从三品）	
谢端	延祐五年	国子司业（正五品）	翰林直学士
韩镛	延祐五年	国子司业（正五品）	翰林侍讲学士
祁君璧	延祐五年	国子助教（正八品）	秘书监典簿
泰不华	至治元年	集贤修撰（从六品）	翰林侍读学士（从二品）秘书监著作郎、奎章阁学士院典签、秘书监、秘书卿
伯笃鲁丁	至治元年	国子监（官职不详）	秘书太监
宋本	至治元年	集贤直学士、经筵官兼国子祭酒（从三品）	翰林修撰、奎章阁供奉学士（正四品）承制学士（正三品）、艺文太监
王相	至治元年	国子博士（正七品）	翰林修撰
司㢸	至治元年	国子司业（正五品）	
王思诚	至治元年	集贤侍讲学士（从二品）兼国子祭酒（从三品）	秘书监丞、翰林待制
李好文	至治元年	集贤侍讲学士（从二品）兼国子祭酒（从三品）	翰林学士承旨
吴师道	至治元年	国子博士（正七品）	
赵琏	至治元年	国子助教（正八品）	翰林待制
张益	泰定元年	国子监丞（正六品）	翰林修撰
史驹孙	泰定元年	国子助教（正八品）	
吕思诚	泰定元年	集贤大学士（从一品）兼国子祭酒（从三品）	翰林学士承旨
张彝	泰定元年	国子监丞（正六品）	应奉翰林文字
段天佑	泰定元年	国子助教（正八品）	应奉翰林文字

续表

姓名	科次	任职	曾任
程端学	泰定元年	国子助教（正八品）	翰林国史编修官（正八品）
李黼	泰定四年	国子监丞（正六品）	翰林修撰、宣文阁监书博士、秘书太监
张以宁	泰定四年	国子博士（正七品）	
赵期颐	泰定四年	国子祭酒（从三品）	翰林侍讲学士
江存礼	泰定四年	国子祭酒（从三品）	
康若泰	泰定四年	国子司业（正五品）	
笃列图（字敬夫）	至顺元年	集贤修撰（从六品）	
归旸	至顺元年	集贤学士（正二品）兼国子祭酒（从二品）	翰林直学士、宣文阁监书博士、端本堂太子赞善
冯三奇	至顺元年	国子助教（正八品）	
刘闻	至顺元年	国子博士（正七品）	翰林修撰
杨俊民	至顺元年	集贤直学士（从三品）国子祭酒（从三品）	
黄昭	至顺元年	国子助教（正八品）	
徐昺	至顺元年	国子祭酒（从三品）	秘书监著作佐郎、翰林学士承旨
余阙	元统元年	集贤经历（从五品）	翰林待制
月鲁不花	至顺元年	集贤待制（正五品）	
张颐	至顺元年	国子祭酒（从三品）	
程益	至顺元年	国子博士（正七品）	翰林国史院编修官秘书监秘书郎
许寅	至顺元年	集贤院直学士（从三品）、国子司业	翰林国史院检阅官、秘书少监
陈祖仁	至正二年	国子祭酒（从三品）	翰林侍读学士
毛元庆	至正二年	国子监丞（正六品）	
刘杰	至正二年	集贤院学士（正二品）	
张士明	至正二年	国子助教（正八品）	秘书郎

续表

姓名	科次	任职	曾任
滕克恭	至正二年	集贤院直学士（从三品）	翰林院经历
曾坚	至正十四年	国子助教（正八品）	集贤院直学士
贾俞	至正十四年	国子助教（正八品）	
杨万镒	至正十七年	国子司业（正五品）	
王章	至正二十年	国子博士（正七品）	翰林编修
卢希古	至正二十年	国子助教（正八品）	
刘谦	至正二十三年	集贤学士（正二品）	翰林检阅、编修
靳柱	至正二十三年	集贤院都事（从七品）	
周尚文	年次不详	国子助教（正八品）	翰林编修
杨绍先	年次不详	集贤院直学士（从三品）	
刘文贲	年次不详	集贤学士（正二品）	
董文静	年次不详	国子助教（正八品）	

表 2-7　秘书监进士文学家表

姓名	科次	任职	曾任
哈八石	延祐二年	著作郎（从六品）	
黄溍	延祐二年	秘书少监（从四品）	翰林侍讲学士（从二品）
忽都达儿	延祐五年	著作郎（从六品）	
偰玉立	延祐五年	著作郎（从六品）	
祁君璧	延祐五年	典簿（从七品）	国子助教
泰不华	至治元年	秘书卿、秘书监（正三品）	翰林侍读学士、集贤修撰、奎章阁学士院典签
伯笃鲁丁	至治元年	秘书太监（从三品）	国子监
廉惠山海牙	至治元年	秘书监丞（从五品）	翰林学士承旨、崇文太监
王思诚	至治元年	秘书监丞（从五品）	集贤侍讲学士、国子祭酒
雅琥	泰定元年	著作佐郎（正七品）	奎章阁学士院参书
宋褧	泰定元年	校书郎（正八品）	翰林直学士（从三品）
王守诚	泰定元年	秘书郎（正七品）	奎章阁鉴书博士

续表

姓名	科次	任职	备注
凌懋翁	泰定元年	秘书监（正三品）	翰林直学士（从三品）
笃列图（字克成）	泰定四年	校书郎（正八品）	
彦智杰	泰定四年	校书郎（正八品）	
李黼	泰定四年	宣文阁监书博士兼经筵官、秘书太监（从三品）	翰林修撰、国子监丞
刘沂	泰定四年	秘书监典簿（从七品）	国子助教
张渊道	泰定四年	秘书监都事（从七品）	
美里吉台	至顺元年	校书郎（正八品）	
徐晟	至顺元年	著作佐郎（正七品）	国子祭酒、翰林学士承旨
赵如愚	至顺元年	著作佐郎（正七品）	应奉翰林文字
穆古必立	元统元年	校书郎（正八品）	
韩玙	元统元年	典簿（从七品）	
张宗元	元统元年	秘书少监（从四品）	
程益	元统元年	秘书郎（正七品）	国子博士、翰林国史院编修官
许寅	元统元年	秘书少监（从四品）	翰林国史院检阅官、国子司业、集贤院直学士
拜住	至正二年	秘书大监（从三品）	
答禄与权	至正二年	秘书郎（正七品）	翰林院经历
张士明	至正二年	秘书郎（正七品）	国子助教
普贤奴	至正二年	著作郎（从六品）	翰林编修
陈麟	至正十四年	秘书监丞（从五品）	未任职
张时髦	年次不详	秘书监丞（从五品）	
脱脱木儿	年次不详	秘书监典簿（从七品）	
买住	年次不详	秘书监丞（从五品）	

表 2-8　奎章阁进士文学家表

姓名	科次	任职	曾任
许有壬	延祐二年	侍书学士（从二品）	
欧阳玄	延祐二年	艺文太监（从四品）	翰林侍讲学士（从二品）
杨宗瑞	延祐二年	崇文太监	
王沂	延祐二年	宣文阁鉴书博士	
岑良卿	延祐五年	奎章阁学士（正二品）	
泰不华	至治元年	奎章阁学士院典签（正七品）	集贤修撰、翰林侍读学士、秘书监、秘书卿
宋本	至治元年	奎章阁供奉学士（正四品）承制学士（正三品）、艺文太监	
李好文	至治元年	端本堂太子谕德	
雅琥	泰定元年	参书（从五品）	秘书监著作佐郎
王守诚	泰定元年	奎章阁鉴书博士（正五品）	秘书郎
赵时敏	泰定元年	崇文少监、大学士（正二品）	
李黼	泰定四年	宣文阁鉴书博士	
樊执敬	泰定四年	授经郎	
方积	泰定四年	艺文监修书	
归旸	至顺元年	宣文阁监书博士、端本堂太子赞善	翰林直学士、集贤学士、国子祭酒
杨俊民	至顺元年	宣文阁鉴书博士（正五品）	集贤直学士、国子祭酒、应奉翰林文字
偰伯僚逊	至正五年	端本堂正字、崇文监丞	翰林国史院编修官
宋讷	至正二十三年	崇文监典簿	
斡玉伦徒	年次不详	奎章阁典签（正七品）	
靳荣	年次不详	奎章阁承制学士（正三品）	崇文太监

表 2-9　馆阁进士高官表

品级	翰林	集贤	秘书监	奎章阁	合计
从三品	8	16①	3		27
三品			2	2	4
从二品	10	2		1	13
二品	18	4		3	25
从一品	10	2			12
合计	46	24	5	6	81

元代翰林院承旨是翰林院最高官员,在馆阁文人中有重要的位置,元代进士有 10 人曾任是职,即许有壬、张起岩、欧阳玄、廉惠山海牙、李好文、吕思诚、周仲贤、徐昺、马彦翚、王时,前六人都是当时著名人物,王时入明,以洪武二年正月,与危素、张以宁、曾坚等自大都入京,不久以危素与王时为翰林侍讲学士,以张以宁为侍读学士,曾坚为礼部员外郎。

从三品以上的官员可认为是元代的高官,即便是文化机构也有很大的影响力,如科举考官大多出自这些部门。

三、大都进士参与科举及文化活动

可考知的元代历科考官有 96 人次(当年去掉重复),出自翰林、集贤、国子监、奎章阁(宣文阁)者有 50 人次,进士出身的 43 人次(见表 2-10)。自泰定四年(1327),元代进士出身的官员始以考官身份出现,考官共 74 人次,进士出身的 43 人次,占 58%(见表 2-11)。

---

① 其中 1 人升为从一品,1 人升为正二品,2 人升为从二品。

表 2-10　元代历科考官表

科次	考官(座师)	人数	翰林院、集贤院、国子监、奎章阁	进士出身
延祐二年	会试:李孟(中书平章政事)、张养浩(礼部侍郎)、元明善(翰林侍讲学士)、刘赓(翰林学士承旨) 廷试:李孟、韩居仁(监察御史)、元明善、赵孟頫(集贤学士)、赵世延(参知政事)、潘昂霄(侍讲学士)	8	4	0
延祐五年	会试:张养浩(礼部尚书)、元明善(中书参议) 廷试:袁桷(翰林直学士)	3	1	0
至治元年	会试:袁桷(集贤直学士)、曹元用(翰林待制)、范德机(翰林院编修)	3	3	0
泰定元年	会试:邓文原(国子祭酒、集贤直学士)、字术鲁翀(国子司业)、虞集(翰林待制)、曹元用(翰林学士)、蔡文渊(学士)、许云翰(国子博士) 廷试:王结(吏部尚书)、袁桷(翰林侍讲学士)、邓文原	8	7	0
泰定四年	会试:曹元用(礼部尚书)、马祖常(翰林直学士)、虞集(翰林直学士)、欧阳玄(国子博士)、宋本(中书左司都事)、张起岩(翰林待制) 廷试:马祖常、贡奎(翰林待制)、王士熙(治书御史)、苏天爵(翰林国史院典籍官)	9	6	4
至顺元年	会试:马祖常(礼部尚书)、字术鲁翀(金太常礼仪院事)、欧阳玄(艺文少监)、杨宗瑞(国子司业) 廷试:赵世延(中书平章)、蔡文渊(中书参政)、虞集(奎章阁侍书学士)、谢端(翰林待制)、陈旅(国子助教)	9	5	4
元统元年	会试:宋本(礼部尚书)、王沂(翰林编修官)。廷试:宋本、张起岩(中书参议)、揭傒斯(监丞)、张昇(集贤侍讲学士)、陈旅(国子助教)	6	4	3
至正二年	会试:许有壬(中书左丞)、王沂(国子博士)、张翔(御史) 廷试:韩镛(金枢密院事)、吕思诚(刑部尚书)、周伯琦(宣文阁授经郎)	6	2	5

续表

科次	考官(座师)	人数	翰林院、集贤院、国子监、奎章阁	进士出身
至正五年	会试:欧阳玄(翰林学士)、王沂(礼部尚书)、杨宗瑞(崇文太监)、王思诚(国子司业)、余阙(翰林修撰)、李齐(太常博士)、宝哥(监察御史)、赵时敏(御史) 廷试:李好文(治书侍御史)、宋褧(翰林直学士)、斡玉伦徒(工部侍郎)、苏天爵(集贤侍讲学士)	12	6	10
至正八年	会试、廷试:黄溍(翰林学士)	1	1	1
至正十一年	会试:韩镛(中书参知政事)、赵琏(礼部尚书)、李稷(左司郎中)、周伯琦(崇文少监)、杨俊民(宣文阁鉴书博士)、张翥(翰林国史院编修官)、大都(监察御史)、张士坚(监察御史) 廷试:定住(中书平章政事)、韩元善(中书左丞)、李好文(翰林学士兼太子谕德)、乌古孙良桢(参议中书省事兼经筵官)、吴当(翰林待制)	13	5	6
至正十四年	会试:欧阳玄(翰林学士承旨)、王思诚(礼部尚书)、张翥(翰林学士)。廷试读卷官:欧阳玄、杜秉彝(参知政事)	4	2	2
至正十七年	考官不可考			
至正二十年	会试:八都麻失里(平章政事)、李好文(翰林学士承旨)、许从宗(礼部尚书)、张翥(国子祭酒)、傅亨(太常博士)	5	2	2
至正二十三年	考官不可考			
至正二十六年	会试:七十(平章政事)、王时(中书左丞)、徐昺(礼部尚书)、陈祖仁(翰林学士)、张以宁(翰林直学士)、刘献(礼部侍郎)、岳信(御史台知事)、玉伦普(监察御史)、苏天民(监察御史)	9	2	6
合计		96	50	43

表 2-11   泰定四年后元代历科知贡举/同知贡举表

科次	知贡举	同知贡举
泰定四年(1327)	曹元用	马祖常(进士)
至顺元年(1330)	马祖常(进士)	孛术鲁翀
元统元年(1333)	宋本(进士)	不详
至正二年(1342)	许有壬(进士)	不详
至正五年(1345)	欧阳玄(进士)	王沂(进士)
至正八年(1348)	不详	不详
至正十一年(1351)	韩镛(进士)	赵琏(进士)
至正十四年(1354)	欧阳玄(进士)	王思诚(进士)
至正十七年(1357)	不详	不详
至正二十年(1360)	八都麻失里	李好文(进士)
至正二十三年(1363)	不详	不详
至正二十六年(1366)	王时(进士)	徐昺(进士)

本表显示除至正八年、十七年、二十三年不详,泰定四年、至正二十年知贡举非进士外,其他知贡举、同知贡举均为进士出身,即泰定四年同知贡举马祖常、考试官宋本、欧阳玄、张起岩,其他科次有杨宗瑞、谢端、许有壬、王沂、张翔(字雄飞)、吕思诚、王思诚、余阙、李齐、赵时敏、李好文、宋褧、斡玉伦徒、黄溍、韩镛、赵琏、李稷、杨俊民、张士坚、王时、徐昺、陈祖仁、张以宁,总共二十七人曾为考官。

考官与及第进士遂成为座师与门生之关系。而元代自科举之后,馆阁文臣又多出自进士。元代进士文学家逐渐成为馆阁文人的主要群体。

翰林国史院还主持一些大型的编纂活动,如实录、经世大典、辽金宋三史编纂,这在元代属于重大的文化工程,文人学士往往以参与为幸。

实录是珍贵的历史文献。有元一代,从太祖成吉思汗铁木真到元宁宗孛儿只斤·懿璘质班都有实录,但均已散佚不存。

元至元元年(1264)始修五朝实录,至延祐七年(1320)十一月修《仁宗实录》方有进士参与。现据霍艳芳所制《元代官修实录表》[①]制成《实录编修人员表》

---

① 霍艳芳:《元代实录编纂研究》,《档案学通讯》,2016 年第 2 期。

（表 2-12）。

表 2-12　实录编修人员表

实录名称	编修人员
仁宗实录	拜住、元明善、曹元用、袁桷、廉惠山海牙（进士）
英宗实录	马祖常（进士）、廉惠山海牙（进士）、吴澄、曹元用、苏天爵
泰定实录	
明宗实录	王结、欧阳玄（进士）、成遵（进士）、张起岩（进士）、苏天爵、谢端（进士）
文宗实录	
宁宗实录	王结、欧阳玄（进士）、张起岩（进士）、苏天爵、谢端（进士）

　　延祐之后实录编纂开始，进士参与人员不多，但至泰定、明宗、英宗《三朝实录》及《宁宗实录》，进士开始成为主要的编纂人员。

　　元代实录的编修人员一般是翰林院的官员，大都名望极高，如尝与修《世祖实录》的赵孟頫乃一代通才，文史书画皆通。其门人杨载称其才"颇为书画所掩，知其书画者，不知其文章，知其文章者，不知其经济之学。"[1]延祐二年进士欧阳玄"诏修辽、金、宋三史，召为总裁官，发凡举例，俾论撰者有所据依；史官中有悻悻露才，论议不公者，玄不以口舌争，俟其呈稿，援笔窜定之，统系自正。至于论、赞、表、奏，皆玄属笔。"[2]延祐五年进士谢端，"先朝加封宣圣考妣，制册多出其手。预修文宗、明宗、宁宗三朝实录，及累朝功臣列传，时称其有史才。"[3]进士能够参与实录的撰写，实际是对其文学和史学的肯定，同时，也反映了元代馆阁进士文学家在大都文坛的位置。

　　《经世大典》又称《皇朝经世大典》是元代大型官修书，奎章阁承修，以太师丞相燕帖木儿监修，以赵世延、虞集总裁兼纂修，纂修者还有欧阳玄、李洞、揭傒斯、陈基、宋本、李彦方、王守诚。[4] 日本市村瓒次郎考订为马祖常、杨宗瑞、谢端、苏天爵、李好文、陈旅、宋褧、王士点。[5] 苏振申考订为谢端、苏天爵、李好文、

----

① 宋濂：《元史》卷一七二，第 4023 页。
② 宋濂：《元史》卷一八二，第 4197—4198 页。
③ 宋濂：《元史》卷一八二，第 4207 页。
④ 张韶华：《元代政书〈经世大典〉参修人员辨析不正》，《中国典籍文化》，2013 年第 3 期。
⑤ 市村瓒次郎：《元朝实录及经世大典考》，收入箭内亘著，陈捷、陈清泉译：《蒙古史研究》，商务印书馆 1932 年版，第 115 页。

陈旅、宋褧、王士点、欧阳玄、李泂、揭溪斯、陈基。① 欧阳玄、宋本、王守诚、马祖常、杨宗瑞、谢端、李好文是进士出身。

　　元至正三年(1343)四月诏修《辽》、《金》、《宋》三史,至正五年十月告成,用时不及三年,但这是元代最大规模的文化工程。

　　《辽史》以脱脱为都总裁,以中书平章政事贴穆尔达世、贺惟一,翰林学士承旨张起岩、翰林学士承旨欧阳玄、翰林侍讲学士揭傒斯、侍御史集贤侍讲学士吕思诚为总裁官。崇文太监、兵部尚书廉惠山海牙、翰林直学士王沂、秘书著作佐郎徐昺、翰林监修陈绎曾为修史官。②

　　《金史》以脱脱为都总裁官,御史大夫贴穆尔达世、中书平章贺惟一、翰林学士承旨张起岩、翰林学士欧阳玄、治书御史李好文、礼部尚书王沂、崇文太监杨宗瑞为总裁官,江西湖东道肃政廉访使沙刺班、江西湖东道肃政廉访副使王理、翰林待制伯颜、国子博士费著、秘书监著作郎赵时敏、太常博士商企翁为纂修宫。③

　　《宋史》以脱脱为都总裁,以平章政事贴穆尔达世、御史大夫贺惟一、翰林学士承旨张起岩、欧阳玄、治书御史李好文,礼部尚书王沂,崇文太监杨宗瑞为总裁官。平章政事纳琳、伯颜、翰林学士承旨达实特穆尔、左丞董守简、参议岳柱、拜住、陈思谦、郎中斡栾、孔思立等协恭董治。史官工部侍郎斡玉伦徒、秘书卿泰不华、太常签院杜秉彝、翰林直学宋褧、国子司业王思诚、汪泽民、集贤待制干文传、翰林待制张瑾、贡师道、宣文阁鉴书博士麦文贵、监察御史余阙、太常博士李齐、翰林修撰镏文、太医院都事贾鲁、国子助教冯福可、太庙署令陈祖仁、西台御史赵中、翰林应奉王仪、余贞、秘书著作佐郎谭恺、翰林编修张翥、国子助教吴当、经筵检讨危素。④

　　据以上信息,拟订《辽》、《金》、《宋》三史编修人员表(表2-13)。

---

①　苏振申:《元政书经世大典之研究》,中国文化大学出版部1984年版,第10—13页。
②　欧阳玄:《进辽史表(代右丞相托克托撰)》,《圭斋文集》卷一三,欧阳玄撰,汤锐校点:《欧阳玄全集》,第355—356页。
③　欧阳玄:《进金史表》(代丞相阿鲁图撰),《圭斋文集》卷一三,欧阳玄撰,汤锐校点:《欧阳玄全集》,第360—361页。
④　欧阳玄:《进宋史表(代丞相阿鲁图撰)》,《圭斋文集》卷一三,欧阳玄撰,汤锐校点:《欧阳玄全集》,第364—365页。

表 2-13　三史编修人员表

辽史	都总裁	脱脱
	总裁	贴穆尔达世、贺惟一，张起岩（进士）、欧阳玄（进士）、揭傒斯、吕思诚（进士）
	修史官	廉惠山海牙（进士）、王沂（进士）、徐昺（进士）、陈绎曾
金史	都总裁	脱脱
	总裁	贴穆尔达世、贺惟一，张起岩（进士）、欧阳玄（进士）、李好文（进士）、王沂（进士）、杨宗瑞（进士）
	纂修官	沙剌班、王理（进士）、伯颜（进士）、费著（进士）、赵时敏（进士）、商企翁
宋史	都总裁	脱脱
	总裁	贴穆尔达世、贺惟一，张起岩（进士）、欧阳玄（进士）、李好文（进士）、王沂（进士）、杨宗瑞（进士）
	董治	纳琳、伯颜、达实特穆尔、董守简、岳柱、拜住、陈思谦（进士）、斡栗、扎思立
	纂修官	斡玉伦徒（进士）、泰不华（进士）、杜秉彝、宋褧（进士）、王思诚（进士）、汪泽民（进士）、干文传（进士）、张瑾、贡师道、麦文贵、余阙（进士）、李齐（进士）、镏文、贾鲁、冯福可（进士）、陈祖仁（进士）、赵中、王仪、余贞（进士）、谭恺、张翥、吴当、危素

　　领三史事是左、右丞相，都总裁是前右丞相，总裁都是从三品以上官员。从组织人员看，三史的编纂在元代末年确是一件极其重要的事情。《辽史》总裁之中，翰林学士承旨张起岩、翰林学士承旨欧阳玄、侍御史集贤侍讲学士吕思诚等进士出身。史官之中，兵部尚书廉惠山海牙、翰林直学士王沂、秘书著作佐郎徐昺等进士出身。《金史》、《宋史》总裁中除贴穆尔达世、贺惟一，张起岩、欧阳玄、李好文、王沂、杨宗瑞都是进士出身。

　　三史均署脱脱所撰，但实际的主编是欧阳玄。其贡献在于"发凡举例，俾论撰者有所据依"[1]，为三史的撰修确定了大体方针，拟定了编修凡例，并且亲自笔削润色，统一全稿，还负责三史中全部序论赞及表奏的写作，对三史的修成贡献最大。[2]

　　上表显示，在三史的纂修中，进士出身的最多，也显示了他们在三史编纂中的作用。

---

① 宋濂:《元史》卷一八二,第 4197 页。

② 李绍平:《宋辽金三史的实际主编欧阳玄》,《湖南师范大学社会科学学报》,1991 年第 1 期。

在编纂三史的人选上,揭傒斯起到了重要的作用。《元史·揭傒斯传》载:

诏修辽、金、宋三史,傒斯与为总裁官,丞相问:"修史以何为本?"曰:"用人为本,有学问文章而不知史事者,不可与;有学问文章知史事而心术不正者,不可与。用人之道,又当以心术为本也。①

学问、文章、心术,三者不可或缺,但当以心术为本。显然,所选纂修人员都应是三者具备的。而参与三史纂修的人员大都在文坛也有颇有影响。

虞集一系的人员,如谢端、苏天爵,未在编纂行列。谢端以未能纂辽金宋史为憾。洪德先生认为,透视当时文坛状况,修三史,我们可以认识到当时文人的进退和文风的转变。② 虞集隐退之后,揭傒斯地位骤升,"位日高,道日尊,天下之文体日益取正于阁下"③,取代虞集,俨然成为新的文坛风气引领者。可惜,至正四年,《辽史》方成,揭傒斯因疾而逝。

在大都的官员,与修三史蒙古族进士泰不华,曾任秘书卿(正三品)。至正八年六月,陈高寄书泰不华,④言及(泰不华)"今岁执文章司命之柄者",必能改变"文章之风世盛而文卑"的状况。在当时人看来,馆阁文人中居高位者,可以左右文风,其在文坛的地位可想而知。这是地方文坛难以比拟之处。

其他如蒙古色目进士马祖常、萨都剌、余阙、雅琥、翰玉伦徒、答禄与权,汉族如许有壬、欧阳玄、黄溍、宋本、宋褧、张以宁、黄清老、李延兴,高丽人李穀,都是或曾是馆阁文人,都是元代著名的文学家,在文坛都极具影响。

以上是官方大型的文化活动。至于唱和、雅集等文学活动将在后文叙述。

总之,元灭金,金源文士入居大都,成为元初大都文坛的主要群体。元亡南宋,南人北上,南北文人在百有余年隔绝之后始得交融,元代大都文坛在南北文学融合之后而极盛,终于形成"盛世文风"。⑤ 终有元一代,元代馆阁文人始终是大都文坛的主体。元初,以金宋遗民为主体。元中后期,尤其是延祐科举之后,仕于大都的元代进士多任职于翰林国史院、集贤院、奎章阁、秘书监,成为馆阁文人的主要群体,当时的文坛领袖和著名人物多在其中,在元代文坛极有影响。大都进士有二十七人成为科举考官,在一定意义上树立了在文坛的地位。至于

---

① 宋濂:《元史》卷一八一,第 4186 页。
② 查洪德:《元代文学通论》(上册),东方出版中心 2019 年版,第 285 页。
③ 刘诜:《与揭曼硕学士》,《桂隐文集》卷三,文渊阁四库全书第 1195 册,第 177 页上。
④ 陈高:《上达秘卿书》,《不系舟渔集》卷一五,文渊阁四库全书第 1216 册,第 270 页上—272 页上。
⑤ 查洪德:《"海宇混一"鼓舞下的元代盛世文风》,《南开学报》(哲学社会科学版),2008 年第 4 期;翟鹏:《元代中期江南儒臣与大都文坛》,《朱子学研究》,2021 年第 1 期。

实录、经世大典、辽、金、宋三史编纂,在元代属于重大的文化工程,参与其中实为荣耀之事,张起岩、欧阳玄在三史纂修过程中始终为总裁官,起到了最重要的作用。三史的纂修也影响了元代文风的转变①,在文学史上有重要的意义。概言之,大都文坛的繁荣与元代进士有直接的关系。

第三节　元代文坛的地域性:江南文坛

江南是一个历史概念,时代不同,所包括的地理范围也有很大的区别。而今人使用这一概念时也存在很大的差异。

秦汉时期,江南主要指长江中游以南地区,即今湖北南部和湖南南部。到了隋代,江南其实还有江汉以南、江淮以南的含义。较确切的江南概念到唐代才最终形成,唐太宗贞观元年分天下十道,江南道的范围完全处于长江以南,自湖南西部迤东直至海滨,这是秦汉以来最名副其实的江南地区。两宋时期,镇江以南的江苏南部及浙江全境被划为两浙路,这是江南地区的核心,也是狭义的江南地区的范围。而最狭义的江南地区,是指苏、松、常、嘉、湖五郡。②

"江南地区的地域范围,从来没有一个统一的共识。在各个研究者的论著中,'江南地区'大则囊括苏皖南部、浙江全省乃至江西大部,小则仅有太湖东部平原之一角。"③从元明之际诗坛考察,江苏南部、安徽南部、江西大部和浙江全省在传统广义的江南范围之内,而且更为重要的是,从元末诗人唱和和雅集可以看出,这一地域之内诗人交往尤其密切,起码可以这样认为,就当时诗人而言,他们是同属于一个大的文化圈。④ 本文江南文坛范围主要指江浙行省、江西行省。

一、元代进士文学家集中于江南的原因

前文已及,元代著名文学家 493 人,江浙行省 252 人,占 51.1%,加上江西行省 51 人,合计 303 人,占 61.5%。大都 131 人,占 27%。元代有诗文传世的

---

① 查洪德:《元代文学通论》(上册),东方出版中心 2019 年版,第 285 页。
② 周振鹤:《释江南》,《中华文史论丛》第 49 辑,上海古籍出版社 1992 年版,第 141—148 页。
③ 李伯重:《简论"江南地区"的界定》,《中国社会经济史研究》,1991 年第 1 期。
④ 贾继用:《元明之际江南诗人研究》,齐鲁书社 2013 年版,第 2 页。

411 名进士地理分布以江浙行省 121 人最多,江西行省 70 人,合计 191 人,占 46.5%。其次是中书省 97 人,23.6%。显然与大都文坛相比,江南文坛集中了更多的元代文学家。

江南之所以成为元代进士文学家地理分布的中心有历史的原因,更与地域的经济文化、教育状况有直接的关系。

首先,中国文化中心的东移南迁是元代江南进士及进士文学家相对较多的重要因素。中华文明的发源地是黄河流域,自先秦至于西晋末年,关中、河洛、山东、成都一直是中国文化教育最发达地区。永嘉南渡,晋室南迁,南方文化教育地位骤然上升。唐宋(北宋)时期,北方文化还是强于南方。文化是洛阳至汴京东西一线。但宋代文学家南北比例是 6.8:3.2,显示文化中心的南移,但北宋时期进士最多的省份是河南。南宋时期,经济和文化中心整个南移,进士最多的也在南方省区,浙江、福建、江西、安徽、四川最多。南宋的建立实际上是中国文化东移南迁的转折时期。[①]

浙江、福建、江西和安徽南部在元代属于江浙行省和江西行省。元代著名文学家集中于此从一个方面显示以江浙为中心的江南文坛在全国的位置,亦即江南仍然是元代文化中心。这种文化氛围必然影响科举及第人数。

唐代,进士最多的省份是河南(184)、河北(160)、陕西(149)、江苏(115)、山西(96)、山东(77)、甘肃(59)、福建(56)、浙江(50)、江西(35)。北宋,进士最多的省份是河南(196)、福建(138)、浙江(132)、江苏(104)、山东(99)、江西(91)、河北(88)、四川(84)、安徽(53)、陕西(49)。南宋,浙江(160)、福建(99)、江西(89)、四川(53)、安徽(26)。[②] 在唐代,南方省份江苏、浙江、福建、江西进士(元代大致为江浙行省和江西行省)的数量远不如北方省份。但在北宋时期,已有了变化,南方进士最多的省份的数量已经超越北方。"中国文化发展到了北宋末年,中心已趋向东南。北宋政权的毁灭,只是加速这个中心的迁移,一下子从中原跳到了江南。换言之,也就是从开封、洛阳的东西向轴心,转移到了杭州、苏州的南北向轴心。……南宋首都临安,现在的杭州,又是江南的核心。"[③]南宋偏安江南,进士也多产生于南方,北方辽金进士取士的数量远不如南宋。文化中心的南移是元代江浙行省和江西行省产生进士最多的一个主要原因。进士

---

① 蓝勇:《中国历史地理学》,高等教育出版社 2002 年版,第 314—315 页。

② 蓝勇:《中国历史地理学》,第 316 页。

③ 陈正祥:《中国文化地理》,生活·读书·新知三联书店 1983 年版,第 20 页。

多,进士诗文家也多。

其次,经济繁荣是科举的条件,也是文学家产生的社会经济背景。从经济发展和地域文化发展程度看,江南地区是当时中国经济文化最为发达地区,也是科举及第人数的最多地区,按上面统计结果,江浙行省进士数量最多,也与江浙富庶有关。

自唐安史之乱之后,中国的经济中心已经彻底地转移到江南地区,此后,再未回复到黄河流域。宋元明清千余年间,中国的经济重心稳定在江南。① 《元史·食货志》:"天下岁入粮数,总计一千二百一十一万四千七百八石。江浙省四百四十九万四千七百八十三石",②占全国税粮的37%以上。元中后期,大都粮食的依靠主要江南。"百司庶府之繁,卫士编民之众,无不仰给于江南。"③南粮北运变得至关重要。南粮北运的方式是运河漕运和海运。元末战乱,运河漕运中断,"运道遂梗",④而后又"海运不通",⑤京城饥荒,朝廷被迫诏安张士诚、方国珍,而后有金哈剌南下浙闽任职,主持海运,遂有《南游寓兴诗集》。

"东南财赋地,江浙人文薮。"经济中心与文化中心合并,经济的富庶带来了文化的繁荣,科第文人之盛,南宋至于元代,江南学风盛行。南宋学风以浙东最盛,元代学风承袭宋代南盛于北的格局。⑥ 以文学家为例,元代著名文学家江浙行省和江西行省合计占全国著名文学家的61.5%,而进士文学家也集中于江浙行省、江西行省、湖广行省,尤其是绍兴路、饶州路、吉安路、龙兴路、抚州路,这与地方的文化风气有必然的联系。

再次,江南地区素来重视教育。江南汉族重视教育无需赘言,然令人需要关注的是,寓居江南的蒙古色目人也特别重视家族教育。这是寓居江南的蒙古色目人进士科举及第的最重要最直接的原因。

蒙古色目家族延请老师教育子弟是其家族提高汉学水平的重要手段。如汪古马氏家族,在马祖常曾祖父月合乃即罗致金朝进士敬铉"授业馆下"⑦。高

---

① 王会昌:《中国文化地理》,华中师范大学出版社1992年版,第156页。
② 宋濂:《元史》卷九三,第2360页。
③ 宋濂:《元史》卷九三,第2364页。
④ 叶子奇:《草木子》卷三,第67页。
⑤ 宋濂:《元史》卷四二,第903页。
⑥ 王会昌:《中国文化地理》,第120页。
⑦ 宋濂:《元史》卷一三四,第3245页。

昌廉氏始祖,廉希宪之父布鲁海牙(1197—1265)在 1240 年前后即"延明师教之"①。

高昌偰氏祖先入居中原甚早,其延师教子也甚早且具有一贯性。蒙哥汗时代哈剌普华(1246—1284)已兼习畏兀儿书及《语》、《孟》、《史》、《鉴》文字,应有汉师教导。其子偰文质于大德年间(1297—1307)任江西行省理问,居龙兴(今南昌)东湖,其子侄在此成长。② 刘岳申曾造访偰文质,见其"出领诸子就外傅,书声琅琅东湖之上,昼夜不绝"。"延祐科兴以来,乙卯至庚午凡六科(即延祐二年至至顺元年六科),偰氏五子一侄接武联登"。偰文质"教子,当时岂知后有科兴? 盖十年贡举始行。贡举行,而偰氏一家兄弟如拾芥"。③ 偰文质延师教子早于元代首科盖有十年,其始并非有科举之目的,可见其汉化意识之主动。

偰文质退隐之后,徙居溧阳。其子偰哲笃承袭家风,延师教子。偰伯僚逊兄弟之师在溧阳的有曾文伟、储惟贤。

孔齐《至正直记》卷三《高昌偰哲》载:

> 高昌偰哲笃世南以儒业起家,在江西时,兄弟五人同登进士第,时人荣之。且教子有法,为色目本族之首。世南以金广东廉访司事被劾,寓居溧阳,买田宅,延师教子,后居下桥。世南有子九人,皆俊秀明敏。时长子焘(本名偰伯僚逊),年将弱冠,次子十五六,余者尚幼。每旦,诸子皆立于寝门之外省谒父母,非通报得命则不敢入,至暮亦如之。一日,予造其书馆,馆宾荆溪储惟贤希圣主之,见其子弟皆济济有序,且姿质洁美,若与他人殊者。盖体既俊秀,又加以学问所习,气化使之然也。④

偰氏一门九进士,一人为乡贡进士,四人为国子生,是元代最成功的科举世家。在江西龙兴,在江苏溧阳,进士文学家,偰氏所占最多,与延师教子有直接关系。

---

① 元明善:《平章政事廉文正王神道碑》,苏天爵编,张金铣校点:《元文类》卷六五,第 1308 页。
② 欧阳玄:《高昌偰氏家传》,《圭斋文集》卷一一,欧阳玄撰,汤锐校点:《欧阳玄全集》,第 321—332 页;萧启庆:《九州四海风雅同:元代多族士人圈的形成与发展》,第 103 页。
③ 刘岳申:《三节六桂堂记》,《申斋集》卷五,文渊阁四库全书第 1204 册,第 233 页下。
④ 孔齐:《至正直记》,上海古籍出版社 1987 年版,第 116 页。

再如,元统元年进士唐兀人余阙至正十一年驻守安庆,聘请舒城贾良教授其子弟。[1] 蒙古进士月鲁不花、笃列图兄弟未及第之前曾师事韩性。看来,有些色目家族也如汉族一样重视教育,这是元代蒙古色目人进士及第及一族几进士的原因。

显然,元代进士文学最集中的地方是大都和江浙行省。元代进士文学家的集中与元代文学地域性极为相合,即元代文坛以大都和江南(江浙)为中心。"从首都大都经河北、山东、江苏至浙江,以北京、杭州为两端,沿着京杭大运河流域的纵向新的文学轴线至此已经形成。[2]"

二、元代进士与江南文坛

集中于江南的元代进士文学家有仕宦、隐居、游览、访友等不同情况,如马祖常、许有壬、张起岩、李好文虽在元代文坛名声赫赫,但任官江南时间较短,在江南文坛影响未必很大。元代中后期的江南文坛有重要影响的是吴越作家群、婺州作家群、江西作家群、闽中作家群,这些作家多有流动,互相交游,其中以黄溍为首的婺州作家群和杨维桢为首的吴越作家群最有影响,江西作家群稍逊。

(一)黄溍与婺州作家群

黄溍(1277—1357),婺州义乌(今浙江义乌)人。宋黄庭坚之后。曾祖黄梦炎,宋淳祐十年(1250)进士,仕至行太常丞兼枢密院编修官。祖墆,补承节郎。父铸,补将仕郎。从同郡傅肖说、王炎泽、刘应龟、孙潼发、方凤、石一鳌游。曾游学钱塘,牟巘期之甚远。[3]

黄溍在延祐二年(1315)及第之后,授台州宁海丞。迁两浙都转运盐使司石堰西场监运。泰定元年(1324)升诸暨州判官。至顺二年(1331)入为应奉翰林文字、同知制诰,兼国史院编修官,转国子博士。(后)至元六年(1340)至至正三年(1343)出为江浙等处儒学提举。至正四年居母丧,次年以秘书少监致仕。至正七年(1347)任翰林直学士、知制诰同修国史,不久,兼经筵官。八年,升侍讲

---

① 《清一统志》卷一一一:"贾良,宿松人。工文章,笃于风义。余阙尝延入署,训其子弟。阙阖门殉节,良为文纪其事,后借以征信焉。"见穆彰阿、潘锡恩等纂:《(嘉庆)大清一统志》,续修四库全书第615册,第27页上。

② 梅新林:《中国古代文学地理形态与演变》,上海师范大学2004年博士学位论文,第89页。

③ 危素:《大元故文献黄公神道碑》,《危学士全集》卷一一,四库全书存目丛书集部第24册,第784—787页上。牟巘(1227—1311),南宋登进士第,官至大理少卿,入元不仕,有《牟氏陵阳集》二十四卷。

学士、知制诰同修国史、同知经筵事。至正十年(1350),始得南还,优游田里间,至正十七年(1357)卒,年八十一。

黄溍及第之后,延祐二年(1315)至至顺元年(1331)、(后)至元六年(1340)至至正七年(1347)二十二年在浙江任职,至正十年(1350)退休至至正十七年(1357)去世,总共二十九年在浙江。两次在京时间总共十三年。

黄溍不仅是馆阁文臣,大都文人中的一员,更重要的是婺州作家群的代表。

婺州在宋即有"小邹鲁"、"东南文献之邦"之誉。理学家吕祖谦、陈亮及"金华四先生"何基、王柏、金履祥、许谦,都是婺州人。欧阳光先生把这一地区的文学群体称之为婺州文学集团。第一代盟主为宋遗民方凤,第二代盟主黄溍、柳贯,第三代盟主为宋濂,第四代盟主为方孝孺。这一集团以师友传承为纽带,承响接流,往禅来续,历经四代,一直保持着勃郁的生机。①

黄溍门人弟子众多②,兹列举于下文。

宋濂(1310—1381),字景濂,浦江人,受业柳贯、黄溍、吴莱、闻人梦吉。洪武初,累官翰林承旨。有《宋濂全集》。

戴良,字叔能,浦江人,柳贯、黄溍弟子,仕元为淮南江北等处儒学提举。有《九灵山房集》。

郑涛,仲舒,浦江人,吴莱、黄溍弟子,累官太常博士。有《药房集》。

王祎,子充,义乌人,柳贯、黄溍弟子,《元史》总裁,官至翰林待制。有《王忠文集》。

金涓,德原,义乌人,黄溍弟子,隐居不仕。有《湖西稿》、《青村稿》。

朱廉,伯清,义乌人,黄溍弟子,《元史》纂修官,楚府长史。有文集十七卷。

杨荩,仲章,义乌人,从陈樵、黄溍游,曾为义乌学官。有《百一稿》、《无逸稿》。

傅藻,字伯长,义乌人,黄溍弟子,曾为翰林编修、监修国史等官。

蒋允达,字季高,东阳人。黄溍弟子。

李唐,东阳人。黄溍弟子,金华儒学教授。

以上是婺州之弟子,宋濂、王祎、戴良都是元明之际著名的文学家。宋濂为明初"开国文臣之首",与刘基、高启并称明初诗文三大家,在明初文坛上的名声

---

① 欧阳光:《论元代婺州文学集团的传承现象》,《文史》1994 年第 4 辑(总第 49 辑),第 291—303页。

② 据徐永明:《元代至明初婺州作家群研究》,中国社会科学出版社 2005 年版,第 6—7 页。

和影响巨大。

黄溍弟子还有至正二年进士傅亨，字子通，大都人，曾任翰林应奉、太常博士，充至正二十年考试官，后任监察御史。

高明，字则诚，至正五年进士，瑞安（今浙江瑞安）人。所著《琵琶记》实为词曲之祖，盛行于世。

陈基，字敬初，临海人。少与兄聚受业于黄溍。从游京师，授经筵检讨。明初，召《修元史》，洪武三年卒。

黄溍为元代大儒，名声甚高，"学者翕然而宗师，当代文章之柄咸公是属"、"天下仰之如韩欧"①，在文坛上的地位极高，影响也大。

黄溍弱冠从宋遗民方凤游，诗歌唱和。作为馆阁文臣，黄溍没有参与诸帝实录及《经世大典》的编纂。至正三年，朝命黄溍预修辽、宋、金三史，丁内忧，不赴。在朝时间，黄溍在至正八年为会试考试官和廷试读卷官，与危素奉诏编修《后妃功臣列传》，任总裁官，在文集中看到的多是奉命作文（比如神道碑）。危素赞扬黄溍文章"布置谨严，援据精切，俯仰雍容，不大声色，譬之澄湖不波，一碧万顷，鱼鳖蛟龙，潜伏不动，而渊然之色，自不可犯"。②

戴良《夷白斋稿序》云：

> 我朝舆地之广旷古所未有，学士大夫乘其雄浑之气，以为文者固未易以一二数。然自天历以来，擅名于海内，惟蜀郡虞公、豫章揭公，及金华柳公、黄公而已。盖四公之在当时，皆涵淳茹和，以鸣太平之盛治。其摛辞则拟诸汉唐，说理则本诸宋氏，而学问则优柔于周之未衰，学者咸宗尚之，并称之曰虞、揭、柳、黄，而本朝之盛极矣。③

这即是"儒林四杰"之来源，也可称为元文四大家。

在婺州作家群中，吴师道是另一个重要的人物。吴师道（1283—1344），兰溪人，至治元年进士，历官国子博士致仕、礼部郎中。有《战国策校注》十卷、《敬

---

① 王祎：《祭黄侍讲先生》，《王忠文集》卷二三，文渊阁四库全书第 1226 册，第 484 页上。
② 危素：《大元故文献黄公神道碑》，《危学士全集》卷一一，四库全书存目丛书集部第 24 册，第 786 页下。
③ 戴良：《夷白斋稿序》，戴良《九灵山房集》卷一二，文渊阁四库全书第 1219 册，第 391 页上。

乡录》十四卷、《礼部集》二十卷。吴师道早年师事同里于介翁(于石)①,后与许谦切磋理学②,与同郡叶审言、张枢、黄溍、胡助、柳贯、吴莱,相与往来倡和,与黄溍交游尤为密切。

在吴师道《礼部集》中有三十余首与黄溍寄赠唱和之诗,如《和黄晋卿效古五首》(卷二)、《追和黄晋卿北山纪游八首》(卷二)、《和黄晋卿北山纪游韵》(卷六)、《和黄晋卿客杭见寄》(卷七)、《次韵黄晋卿清明游北山十首》等等。《寄黄晋卿》(卷四)云:"文章落落俗子嗔,贾生谪去扬雄贫。一时暂作失意士,千载同是非常人。相逢车盖不用倾,与君异县情已亲。"此诗应作于二人未及第之时,二人感情之深可以想见。黄溍序其文集,称其有志于朱子之学,赞其诗"清俊丽逸",其文"剖悉之精,援据之博,议论之公,视古人可无愧"。③

在第三代婺州作家群中,吴师道门人弟子亦复不少,如兰溪董思曾、赵良恭、徐原、严天瑞、童梓、诸葛伯衡。其子吴沉,字濬仲。与兄深传其家学,名重一时。洪武初,召为翰林编修,转国子博士,以文学被宠眷,官至东阁大学士。所著有《应酬稿》、《濬川集》等书。④

婺州之外,吴师道与袁桷、张养浩、危素、杜本、沙剌班(色目人,刘沙剌班,字伯温,号学斋)、周伯琦、张翥、赵琏、吴当、陈旅、苏天爵、许有壬、冯福可、宋褧、雅琥、钱惟善都有文字之交。

在婺州第二代作家群中,李裕是至顺元年(1330)进士。李裕,东阳人。尝从白云先生许谦游。曾为国子生,为祭酒虞集所重。所著有《中行斋稿》。诗篇秀丽,尤工七言,乐府出入二李之间,与宋褧、杨敬惪、陈樵诸公唱和。次子贯道(宋濂同学),至正十四年(1354)进士,著有《敝帚编》等集。

以黄溍、柳贯为盟主的第二代婺州作家群包括许谦、叶审言、叶颙、张枢、吴景奎、胡助、陈樵、李序、吴直方、吴莱等二十三人,以宋濂为盟主的第三代作家群包括范祖干、叶仪、苏伯衡、胡翰、许元、童冀、金信、戴良、郑涛、张丁、王祎、朱廉、傅藻、吴沉等三十三人⑤,名家辈出,师友讲贯,前后相继,在元代文坛中形成了一个成就卓著,影响巨大的地域性文学家群体。

---

① 吴师道:《于介翁诗选后题》,《礼部集》卷一七,文渊阁四库全书第 1212 册,第 240 页上。
② 张枢:《元故礼部郎中吴君墓表》,《礼部集附录》,文渊阁四库全书第 1212 册,第 302 页下。
③ 黄溍:《吴正传文集序》,《文献集》卷六,文渊阁四库全书第 1209 册,第 389 页下。
④ 嵇曾筠监修,沈翼机等编纂:《浙江通志》卷一八一,文渊阁四库全书第 524 册,第 72 页下。
⑤ 徐永明:《元代至明初婺州作家群研究》,中国社会科学出版社 2005 年版,第 5—7 页。

（二）杨维桢与吴越作家群

元代江南是元代文学家集中之地，也是元代进士文学家集中之地。较著名者，有玉山草堂、北郭诗社、耕渔轩、清閟阁、上虞夏盖湖。作为文学群体，有必要谈论的是杨维桢与铁崖诗派。

杨维桢（1296—1370），字廉夫，山阴人。泰定四年成进士，署天台尹，改钱清场盐司令，十年不调。转建德路总管府推官。擢江西儒学提举，未上，会兵乱，避地富春山，徙钱塘。张士诚累招之，不赴，遂放浪浙西山水之间，自号铁崖，亦号铁笛子。洪武二年，太祖召诸儒纂礼乐书，所纂叙便例定，即乞还山。抵家卒，年七十五。有《东维子集》、《铁崖文集》、《铁崖古乐府》、《复古诗集》，编有《西湖竹枝词》。

作为元代进士，杨维桢官场坎坷，极为不顺，也因性格狷介傲物，十年沉沦下僚。元末乱起，杨维桢遂隐居不仕，其官场生活就此结束。然其文学之声望独擅一时，尤号名家。宋濂《杨君墓志铭》云："元之中世，有文章巨公起于浙河之间曰铁崖君。声光殷殷，磨戛霄汉，吴越诸生多归之，殆犹山之宗岳，河之走海，如是者四十余年乃终。"①显然，杨维桢已是江南文坛领袖人物，其名声之高，影响之大，在元代文坛极为少见。在元中后期，其主导的古乐府运动异军突起，声势浩大，俨然超越大都文坛而成后来居上之势。

杨维桢掀起的古乐府运动始于1328年（泰定五年、致和元年、天历元年）②，至其1370年（洪武三年）去世，古乐府运动持续四十余年。

杨维桢在《潇湘集序》云：

　　　余在吴下时，与永嘉李孝光论古人意。……遂相与唱和古乐府辞。好事者传之海内，馆阁诸老以为李、杨乐府出而后始补元诗之缺，泰定文风为之一变。吁，四十年矣。③

杨维桢《玉笥集叙》云：

---

①　宋濂著，罗月霞主编：《宋濂全集》，浙江古籍出版社1999年版，第679页。

②　王辉斌：《杨维桢与元末"铁崖乐府诗派"》，《伊犁师范学院学报》（社会科学版），2011年第1期。

③　杨维桢：《潇湘集序》，《东维子集》卷一一，杨维桢著，邹志方点校：《杨维桢集》，浙江古籍出版社2017年版，第849页。

泰定天历来,予与睦州夏溥、金华陈樵、永嘉李孝光、方外张天雨为古乐府,史官黄溍、陈绎曾遂选于禁林,以为有古情性,梓行于南北。①

四十年中,参与者众多,影响巨大,古乐府诗歌创作成绩辉煌,大都馆阁诸老亦加以肯定,"黄溍、陈绎曾遂选于禁林","泰定文风为之一变","一时学者过为推,名余以铁雅宗派②",杨维桢俨然成为江南文学盟主。

以杨维桢为首的古乐府诗歌创作的"铁崖诗派"声势、规模、影响在元代文坛,乃至中国文学史极为引人注目的。

以杨维桢为例,杨维桢第一部诗集《铁崖先生古乐府》(又名《铁崖古乐府》)十卷,是其门人吴复至正六年(1346)编成。至正二十四年,其门人章琬编成《铁雅先生复古诗集》,"辑先生前后所制者二百首,连吴复所编又三百首,名曰《铁崖先生复古诗集》"③。黄仁生《杨维祯与元末明初思潮》:"明正德嘉靖间翻刻本《东维子文集》,其中第二十九卷至三十卷录诗五十九首,皆为《古乐府》、《复古诗集》所未收者"④,并统计杨维祯存诗1443首,古乐府1227首,律诗216首。⑤据此可知,杨维桢可谓专力古乐府诗的创作,而其所作古乐府诗歌的数量,可谓前无古人,后无来者。

四库馆臣认为杨维桢"以横绝一世之才,乘其弊而力矫之,根柢于青莲、昌谷,纵横排奡,自辟町畦。其高者,或突过古人。其下者,亦多堕入魔趣。故文采照映一时,而弹射者亦复四起。⑥"

杨维桢因在元末影响巨大,铁崖之风遍及海内,文采风流,照映一时,而指责者亦复不少。张雨《铁崖先生古乐府序》称杨维桢"上法汉魏,而出入于少陵、二李之间,故其所作古乐府词,隐然有旷世金石声,人之望而畏者。又时出龙鬼蛇神,以眩荡一世之耳目,斯亦奇矣"⑦。宋濂《杨君墓志铭》称其:"(文辞)如睹

---

① 杨维桢:《玉笥集叙》,《全元文》第42册,第309页。
② 杨维桢:《玉笥集叙》,《全元文》第42册,第309页。
③ 章琬:《辑录铁雅先生复古诗集序》,杨维桢:《杨维桢诗集》附录一,浙江古籍出版社2010年版,第450页。
④ 黄仁生:《杨维祯与元末明初思潮》,东方出版中心2005年版,第221页。
⑤ 黄仁生:《杨维祯与元末明初思潮》,第229页。
⑥ 永瑢:《四库全书总目》卷一六八,中华书局1965年版,第1462页中。
⑦ 张雨:《铁崖先生古乐府序》,李修生主编:《全元文》第34册,第351页。

商敦周彝,云雷成文,而寒芒横逸,夺人目睛。其于诗,尤号名家,震荡凌厉,骎骎将逼盛唐。骤阅之,神出鬼没,不可察其端倪。其亦文中之雄乎![①]张雨是杨维桢朋友,认为杨维桢乐府诗"上法汉魏,而出入于少陵、二李(李白、李贺)之间",指出其渊源所自,至于诗"有旷世金石声,又时出龙鬼蛇神,以眩荡一世之耳目",也提出了其乐府诗纵横奇崛的特点。宋濂也大致作了相似的评价,并指出杨维桢诗歌震荡凌厉,风格奇诡的风格。

钱谦益《列朝诗集小传》"铁崖先生杨维桢"云:

> 余观廉夫,问学渊博,才力横轶,掉鞅词坛,牢笼当代。古乐府其所自负,以为前无古人,征诸句曲,良非夸大。以其诗体言之:老苍兀兀,取道少陵,未见脱换之工;窈眇娟丽,希风长吉,未免刻画之诮。承学之徒,流传沿袭,槎牙钩棘,号为"铁体"。靡靡成风,久而未艾,学诗者稽其所敝,而善为持择焉,斯可矣。[②]

钱谦益以为是杨维桢乐府诗前无古人,然亦有学杜甫未能脱胎,学李贺未免刻画之弊。

清代冯班赞扬杨维桢为近代高手,李白以后,亦是一家,但亦言及其文字"颇伤于怪"[③]。

总之,杨维桢乐府诗豪放雄健[④]、震荡凌厉、标新立异、风格奇崛,这是不同于他人的特点。王士禛《戏仿元遗山论诗绝句》三十二首十六云:"铁崖乐府气淋漓,渊颖歌行格尽奇。耳食纷纷说开宝,几人眼见宋元诗。[⑤]""渊颖"是婺州作家吴莱。王士禛指出杨维桢乐府诗气势淋漓,吴莱格调奇特,认为元乐府诗,可以与开元、天宝诗人不相上下,给予元代乐府诗极高的评价。

无论是赞扬,还是弹射,都从另一个视角说明杨维桢古乐府诗的成就以及在元代文坛的地位和影响。杨维桢与李孝光共同掀起的古乐府运动,是继中唐白居易等人"新乐府运动"后的又一次乐府诗革新运动,因而在乐府诗史上意义

---

① 宋濂:《杨君墓志铭》,《宋学士文集》卷一六,《四部丛刊》本;宋濂著,罗月霞主编:《宋濂全集》,第681页。

② 钱谦益:《列朝诗集小传》甲前集,中华书局1959年版,第20页。

③ 冯班:《钝吟杂录》,载丁福保编:《清诗话》(上),上海古籍出版社1963年版,第39页。

④ 刘美华:《杨维桢诗学研究》,文史哲出版社1983年版,第99页。

⑤ 杨维桢著,邹志方点校:《杨维桢诗集》附录二《诸家评论》,第508页。

重大，影响深远。① 而给杨维桢带来更大声望则是铁崖(铁雅)诗派。

杨维桢"尝居吴山铁冶岭，故号铁崖"②，其诗集多以"铁崖"名之，如《铁崖先生古乐府》、《铁崖先生复古诗集》、《铁崖先生诗集》、《杨铁崖咏史古乐府》、《铁崖古乐府补》等等，其中《铁崖先生古乐府》、《铁崖先生复古诗集》二集编成于杨维桢在世之时。杨维桢另亦"铁雅诗"③、"铁龙体"④自述。

《明史·杨维桢传》："诗名擅一时，号铁崖体。"⑤张习《眉菴集后志》："不惟为作铁笛歌，尤且切效老铁体。"⑥楼卜瀍《铁崖乐府序》：杨维桢"杰然独自成家，人称铁体，及门者称铁门。"⑦《庸菴集提要》"(杨)维桢才力横轶，所作诗歌，以奇谲兀嵲凌铄一世，效之者号为铁体。"⑧世人称杨维桢诗歌为"铁体"、"老铁体"、"铁崖体"，主要指杨维桢"自为一体"的诗歌，如世所称"白体"、"西昆体"、"江西体"。但从不同语境内涵明显有三个层次之分，一是指杨维桢所有的诗歌，二是指杨维桢的乐府诗，三是指杨维桢及文友、门人所写的古乐府诗。⑨ 然铁崖诗派是指杨维桢及周围写古乐府诗的诗人群体和诗歌流派。

铁崖诗派名称来源于杨维桢于至正十八年(1358)所作的《玉笥集叙》：

> 我朝习古诗如虞、范、马、揭、宋、泰、吴、黄而下，合数十家，诸体兼备，独于古乐府犹缺。泰定、天历来，予与睦州夏溥、金华陈樵、永嘉李孝光、方外张天雨为古乐府，史官黄溍、陈绎曾遂选于禁林，以为有古情性，梓行于南北，以补本朝诗人之缺。一时学者过为推，名余以铁雅宗派。派之有其人曰昆山顾瑛、郭翼、吴兴郯韶、钱唐(塘)张英、嘉禾叶广居、桐庐章木、余姚宋禧、天台陈基，继起者曰会稽张宪也。⑩

---

① 王辉斌：《元代诗人杨维桢的古乐府观》，《宁夏大学学报》(人文社会科学版)，2013 年第 5 期。

② 顾嗣立：《元诗选初集》，第 1975 页。

③ 杨维桢《冷斋诗集序》："曩余在钱唐湖上，与句曲外史、五峰老人辈谈诗，推余诗为铁雅诗。"杨维桢著，邹志方点校：《杨维桢集》第三册《东维子集》卷一〇，浙江古籍出版社 2017 年版，第 831 页。

④ 杨维桢《沈氏今乐府序》，杨维桢著，邹志方校点：《杨维桢集》第三册《东维子集》卷一一，第 847 页。

⑤ 张廷玉：《明史》卷二八五，中华书局 1974 年版，第 7309 页。

⑥ 杨基：《眉庵集》，巴蜀书社 2005 年版，第 408 页。

⑦ 杨维桢著，邹志方校点：《杨维桢诗集》，第 464 页。

⑧ 永瑢：《四库全书总目》卷一六八，中华书局 1965 年版，第 1463 页上。

⑨ 黄仁生：《杨维桢与元末明初思潮》，东方出版中心 2005 年版，第 236 页。

⑩ 杨维桢《玉笥集叙》，李修生主编《全元文》第 42 册，第 309 页。

这是铁崖诗派的来源。

铁崖诗派是元代人数最多的诗人群体。杨维桢"吾铁门称能诗者,南北凡百余人"①。黄仁生《铁崖诗派成员考》确定铁崖唱和友 19 人,铁门诗人 71 人,加上杨维桢本人共 91 人。②

1. 铁崖唱和友

李孝光(1285—1350),字季和,温州乐清人。少博学,笃志复古,隐居教授。白野泰不华常师事之。至正七年,诏征隐士,以秘书监著作郎召。仕至祕书监丞。李孝光以文章负名当世,其文一取法古人,而不趋世尚,非先秦、两汉语弗以措辞。③ 有《五峰集》。

张雨(1283—1350),字伯雨,一名天雨,别号贞居子,钱塘人。年二十,遍游天台、括苍诸名山。弃家为道士,世称句曲外史。书法师赵孟頫,亦以虞集为师,与袁桷、范梈、马祖常、杨载、揭傒斯、黄溍为友,名震京师。晚年尤为杨维桢所推重。吴郡徐良夫序其诗曰:"虞、范诸君子,以英伟之才,谐鸣于馆阁,而流风余韵,播诸丘壑之间。外史以豪迈之气,孤鸣于丘壑,而清声雅调,闻诸馆阁之上。虽出处不同,其为词章之宗匠一也。夫以方外诗人,而与馆阁词臣相颉颃,宁非一代之盛欤。"④有《句曲外史集》。

陈樵(1278—1365),字居采,婺州东阳人。负经济才,介特自守,隐居圁谷间,衣鹿皮,自号鹿皮子。以当事者荐,征之不起,专意著述。尤长于说经,与同郡黄溍等友善,尝贻书宋濂,谆谆以文章相勉励。所著《鹿皮子集》。好为古赋,组织绵丽,有魏晋人遗风。其诗于题咏为多,属对精巧,时有奇气。⑤

夏溥,字大之,淳安人。领至治三年(1323)乡荐,为安定书院山长,转隆兴教授。新安赵汸尝问诗法于溥。尝从虞集游,虞集喜其诗自成一家,称为夏体。⑥《全元诗》录其诗 10 首。⑦

顾瑛(1310—1369),一名阿瑛,别名德辉,字仲瑛,崑山人。家业豪富,筑有玉山草堂,园池亭榭,饩馆声伎之盛,甲于天下,四方名士,常主其家。一时风流

①　杨维桢《可传集序》,袁华:《可传集》卷首,文渊阁四库全书第 1232 册,第 362 页下。
②　黄仁生:《铁崖诗派成员考》,《中国文学研究》1998 年第 2 期。
③　宋濂:《元史》卷一九〇,第 4348 页。
④　顾嗣立:《元诗选初集》(下),第 2409 页。
⑤　顾嗣立:《元诗选初集》(中),第 1479 页。
⑥　嵇曾筠监修,沈翼机等编纂:《浙江通志》卷一八二,文渊阁四库全书第 524 册,第 81 页下。
⑦　杨镰:《全元诗》第 37 册,第 338—340 页。

文雅,著称东南。张士诚据吴,避隐嘉兴之合溪,尝自称金粟道人。洪武元年(1368)以其子元臣为元故官,例徙临濠,洪武二年卒,年六十。①

郯韶,字九成,吴兴人。好读书,慷慨有气节,辟试漕府掾,不事奔竞,淡然以诗酒自乐。自号云台散吏,又号苕溪渔者。日往来于玉山,与诸君相唱和。作诗务追开元、大历之盛。②《全元诗》录其诗 189 首。③

叶广居,字居仲,嘉禾人。天资机悟,才力绝人,为古文歌诗,下笔若有神助。仕至浙江儒学副提举,所著有《自得斋集》。④

陈基(1314—1370),字敬初,临海人。曾任经筵检讨,仕张士诚为学士院学士。明初,与修元史。后居吴,尝入玉山草堂雅集。⑤

倪瓒,字元镇,无锡人。工诗善书画,所居清閟阁,藏书数千卷,古鼎法书,名琴奇画,陈列左右,高木修篁,萦绕其外,四方名士,日踵其门,自号云林居士。家故雄于赀,至正初,悉散给亲,故兵兴后,扁舟箬笠,往来震泽三泖间。张士诚兄弟屡欲致之不可得,及吴平,黄冠野服以终,年七十四。杨维桢称其诗风致特为近古。吴宽则认为其诗能脱去元人之秾丽,而得陶柳恬澹之情。百年之下,试歌一二篇,犹堪振动林木也。⑥ 有《清閟阁全集》。

钱惟善(?—1379),字思复,钱塘人,号曲江。元乡贡进士,寓居华亭,经明行修,有《罗刹江赋》,著名于时,诗法唐人,尤极清致。⑦ 有《江月松风集》。

陆仁,字良贵,河南人,寓居昆山。为人沉静简默,明经好古,文诗不苟作。自号樵雪生,所居曰"乾乾之斋,因自号乾乾居士,与郭翼、吕诚相唱和。其翰墨法欧楷,章草皆洒然可观。馆阁诸公推重之,称为陆河南。杨维桢谓其诗学有祖法,清俊奇伟,如《佛郎国进天马颂》、《水仙庙迎送神辞》、《渡黄河》、《望神京》诸篇,尤极称之。⑧《元诗选三集》辑其诗名《乾乾居士集》。《全元诗》录其诗110 首。⑨

---

① 顾嗣立:《元诗选初集》(下),第 2321—2322 页。
② 顾嗣立:《元诗选二集》(下),第 1124 页。
③ 杨镰:《全元诗》第 47 册,第 75—111 页。
④ 顾嗣立、席世臣:《元诗选癸集》下,第 957 页。
⑤ 钱谦益:《列朝诗集小传》甲前集,第 37 页。
⑥ 顾嗣立:《元诗选初集》(下),第 2091 页。
⑦ 顾清:《(正德)松江府志》卷三一,四库全书存目丛书史部第 181 册,第 818 页上。
⑧ 顾嗣立:《元诗选三集》,第 635 页。
⑨ 杨镰:《全元诗》第 47 册,第 112—136 页。

张简,字仲简,吴人。初师张雨,为黄冠,自称云丘道人,隐居鸿山。元季兵乱,以母老归养,遂返巾服,又号白羊山樵。洪武二年(1369),召修《元史》。其作诗淡雅,温丽清深,有陶、韦风,是元末优秀之诗人。[①]

王逢(1319—1388),字原吉,江阴人,自号席帽山人、梧溪子、最闲园丁。弱冠有文名。至正中,尝作《河清颂》,行台及宪司交荐之,皆以疾辞。明初以文学录用,其子王掖以父年老泣请,命罢之,年七十卒。[②] 有《梧溪集》七卷。

袁凯,字景文,华亭人。洪武中,由举人荐授监察御史,以病免归。有《海叟集》四卷。[③]

刘炳,字彦昺,以字行,鄱阳人。洪武初,献书言事,授中书典签,出为大都督府掌记,除东阿知县,阅两考,引疾归。《明史·文苑传》附载《王冕传》中。[④] 有《刘彦昺集》九卷。

于立,字彦成,号虚白子,庐山人。故宋名将家,幼明敏,博学通古今,善谈笑,学道会稽山中,得石室藏书,遂以诗酒放浪江湖间,长吟短咏有二李风。[⑤]

其他还有方外三人:

释良震,字雷隐,三山人。有诗名江湖间,爱吟唐人七言字,而不为其律缚。嗣法径山,住上虞等慈寺。[⑥]

福报,字复原,临海人。住四明智门寺。洪武初被召,赐还。[⑦]

行方,字行纪,嘉定人。有《冷斋诗集》,杨维桢序云:"其辞多警策,与震(良震)、报(福报)同列吾派矣。"[⑧]

2.铁崖门人

黄仁生《铁崖诗派成员考》考出铁崖门人 71 人,有诗传世者 44 人:卫近仁、马琬、王璲、贝琼、卢升、卢熊、叶杞、冯浚、申屠衡、吕诚、吕恒、吕恂、许广大、朱芾、朱应辰、张宪、张吉、张守中、沈雍、杨基、宋禧、陈璧、陈元善、李费、李钢、陆

---

① 顾嗣立:《元诗选三集》,第 629 页。
② 顾嗣立:《元诗选初集》下,第 2194 页。
③ 永瑢:《四库全书总目》卷一六九,第 1477 页上。
④ 永瑢:《四库全书总目》卷一六九,第 1470 页下。
⑤ 顾嗣立:《元诗选三集》,第 693 页。
⑥ 顾嗣立、席世臣:《元诗选癸集》下,第 1424 页。
⑦ 朱彝尊:《明诗综》卷九〇,中华书局 2007 年版,第 4292 页。
⑧ 杨维桢:《冷斋诗集序》,杨维桢著,邹志方点校:《杨维桢集》第三册《东维子集》卷一〇,浙江古籍出版社 2017 年版,第 831 页。

中、吴复、吴毅、金信、徐固、徐章、俞桢、钱肃、顾亮、袁华、殷奎、陶振、郭翼、唐贞、谢思顺、管讷、释守仁、余善、释照。

其中不乏元末明初著名的诗人，如王璲，字汝玉，长洲人。洪武中，举浙江乡试，以荐摄府学教授，改应天训导。永乐初，擢翰林五经博士，官至左春坊左赞善。后坐解缙累，下诏狱瘐死。王璲少从杨维桢学，尝应制撰《神龟赋》，璲第一，解缙次之。其文采为当世所重，有《青城山人集》八卷。吴人徐用理集永乐后诗家三百三十人，以王璲压卷。①

贝琼，字廷琚，一字廷臣，崇德人。元末领乡荐，遭乱退居殳山。明初，征修《元史》，除国子监助教。朱彝尊称其诗足以领袖一时。② 有《清江诗集》十卷、《文集》三十一卷。

杨基（1326—1378），字孟载，其先嘉州人，徙吴中。元末，为张士诚记室。洪武初，起为荥阳县知县。历官山西按察使，寻以事夺官，输作卒于工所。杨基少以《铁笛歌》为杨维桢所称，与高启、张羽、徐贲，号明初四杰（吴中四杰）。③ 有《眉庵集》十二卷。

宋禧，初名元禧，后改名禧，字无逸，号庸庵，余姚人。元至正庚寅，中浙江乡试，补繁昌教谕，寻弃归。洪武初，召修《元史》，书成，不受职，乞还山。复与桂彦良同征主考福建。有《庸庵集》十四卷。④

袁华（1306—?），字子英，昆山人。洪武初，为苏州府学训导，后坐累，逮系死于京师。其诗大都典雅有法，一扫元季纤秾之习，而开明初春容之派。有《耕学斋诗集》十二卷、《可传集》一卷。⑤

殷奎，字孝章，号强斋，昆山人。洪武初，以荐例授州县职，以母老请近地，除咸阳教谕，卒。殷奎受业于杨维桢之门，学行纯正，为当时所重。训词尔雅，亦颇有经籍之光。行矩言规，学有根柢，要不失为儒者之言，视后来雕章缋句，乃有迳庭之别。有《强斋集》十卷。⑥

郭翼（1305—1364），字羲仲，昆山人，自号东郭生，因以东郭先生故事，名其斋曰雪履。尝献策张士诚不用，归耕娄上，老得训导官，偃蹇而终。其诗笔力挺

---

① 永瑢：《四库全书总目》卷一七〇，第 1483 页下。
② 永瑢：《四库全书总目》卷一六九，第 1468 页中下。
③ 永瑢：《四库全书总目》卷一六九，第 1472 页上中。
④ 永瑢：《四库全书总目》卷一六八，第 1463 页上。
⑤ 永瑢：《四库全书总目》卷一六九，第 1475 页中下。
⑥ 永瑢：《四库全书总目》卷一六九，第 1476 页上。

劲,绝无懦响,乃为在元季诗人中矫然特出者。有《雪履斋笔记》一卷、《林外野言》二卷。[①]

管讷,字时敏,号竹间,华亭人。明初,官至楚国左长史。工诗能文,评者谓可与袁凯并驾,有《蚴窍集》十卷。[②]

杨维桢诗风和铁崖诗派在元代后期风靡江南,给元代诗坛带来新的风气,其影响是巨大的。首先,其影响地域广。在文学史上,杨维桢可谓文学巨匠,文坛大家。在元末兵戈扰攘之际,"振兴风雅于东南"[③],杨维桢功劳甚大。其铁崖诗风笼罩江南,甚至影响到大都文坛,其影响和传播地域之广,在元代文坛上,可谓前无古人。

表 2-14　铁崖唱和友籍贯表

姓名	籍贯
李孝光	温州乐清
张雨	钱塘
陈樵	婺州东阳
夏溥	淳安
顾瑛	昆山
郯韶	吴兴
叶广居	嘉禾(嘉兴)
陈基	临海
倪瓒	无锡
钱惟善	钱塘
陆仁	昆山(河南,寓居昆山)
张简	吴县
王逢	江阴
袁凯	华亭
刘炳	鄱阳
于立	庐山
良震	三山
福报	临海
行方	嘉定

---

① 永瑢:《四库全书总目》卷一二二、卷一六八,第1052页中、第1453页下—1454页上。
② 永瑢:《四库全书总目》卷一六九,第1474页中下。
③ 顾嗣立:《寒厅诗话》,载丁福保编:《清诗话》上册,第84页。

表 2-15　铁崖门生籍贯(有诗传世者)表

姓名	籍贯
卫近仁	华亭
马琬	秦淮
王璲	长洲
贝琼	崇德
卢升	高唐
卢熊	昆山
叶杞	华亭
冯浚	云间
申屠衡	大梁
吕诚	东沧
吕恂	华亭
吕恒	华亭
许广大	天台
朱芾	华亭
朱应辰	吴县
张宪	江阴
张吉	河南
张守中	吴县
沈雍	华亭
杨基	吴中
宋禧	余姚
陈璧	松江
陈元善	不详
李费	不详
李钢	华亭
陆中	兴化
吴复	富春

续表

姓名	籍贯
吴毅	富春
金信	金华
徐固	东海
徐章	吴县
俞桢	吴县
钱萧	吴兴
顾亮	上虞
袁华	昆山
陶振	吴江
郭翼	昆山
唐贞	海盐
谢思顺	云间
管讷	华亭
释守仁	富阳
余善	昆山
释照	四明

杨维桢铁崖唱和友和门人中,少有北方人(见表 2-14)。陆仁,河南人,寓居昆山。门人卢升,高唐人;申屠衡,大梁人;张吉,河南人,但他们似也寓居江南。刘炳,鄱阳人;于立,庐山人,属于江西行省。于立"以玉山草堂为行窝"①,则其常寓居昆山。这样,杨维桢诗友和门人几乎都来自江浙行省,表现出明显的地域性(见表 2-15)。以吴中为中心,汇集了大批同一创作倾向的诗人,或是铁崖诗风能够风靡江南的一个原因。

杨维桢与铁崖诗风的影响不仅仅在江南诗坛,前文已及,"史官黄潜、陈绎曾遂选于禁林,以为有古情性,梓行于南北。"显然,铁崖诗风也传播到大都。至于在大都文坛造成何种影响,尚不得而知。

---

① 顾嗣立:《元诗选三集》,第 693 页。

其次,诗派人数众多。虽然,铁崖诗派或仅是个松散的组织,①但其成员众多。铁门弟子有 137 人,能诗者 44 人②。杨维桢"吾铁门称能诗者,南北凡百余人"③,征诸文献,良非夸大,应可相信。但"南北凡百余人",但以文献所见,铁崖诗派中几乎为南方诗人,北方人不应仅仅为申屠衡等数人。以此而论,铁崖诗派诗人尚不止于此。

更有研究者认为,"'铁崖乐府诗派'的成员乃有 250 人之多。这一数量,不仅超过了南宋的江湖诗派,而且也为明、清时期各诗派所不及。仅就这一诗人数量而言,'铁崖乐府诗派'的人数之众与规模之大,乃均属盛况空前。因之,'铁崖乐府诗派'为唐后乐府诗史上的第一大诗派,也就殆无疑义。"④

铁崖诗派人数之多,规模之大,且名家众多,异军突起,声势浩大,在元代大都馆阁作家群体之外,颇引人注目。元代文坛格局之所以能够二分天下,杨维桢和铁崖诗派对于江南文坛的形成与辉煌起到最重要的作用。

最后,其影响持续时间长。若以 1328 年杨维桢与李孝光唱和于吴下开始,至 1370 年杨维桢去世,铁崖古乐府运动至少存在四十多年。然杨维桢的去世并不意味着铁崖诗派的终结。

黄仁生《论铁雅诗派的形成》把铁崖诗派分为四个时期,即初创时期(1328—1339)、崛起时期(1340—1350)、发展时期(1351—1366)、衰落时期(明初)。以下据此略作条理:

泰定四年(1327)杨维桢及第,授天台县尹。1328 年道过吴下,适逢李孝光,相与论诗,意气相投,遂以古乐府辞唱和,⑤是为铁崖诗派之始。元统二年(1334),转官钱清盐场司令。后至元五年(1339)七月,因父亲去世,杨维桢归乡丁忧。至至正十年(1350),才因同年友荐举为杭州四务提举。这十多年的时间主要是隐居与漫游,与文坛相关的比较重要的事情有:

至正元年(1341),弟子陈存礼辑杨维桢文赋三十二篇,刊板梓行,同年黄清老作评语。

黄溍提举江浙儒学,踵门谒文者无虚日。杨维桢适航杭,多为代笔。

①　黄仁生:《论铁雅诗派的形成》,《文学遗产》1998 年第 5 期。
②　黄仁生:《铁雅诗派成员考》,《中国文学研究》1998 年第 2 期。
③　杨维桢:《可传集序》,袁华:《可传集》卷首,文渊阁四库全书第 1232 册,第 362 页。
④　王辉斌:《杨维桢与元末"铁崖乐府诗派"》,《伊犁师范学院学报》(社会科学版)2011 年第 1 期。
⑤　孙小力:《杨维桢年谱》,复旦大学出版社 1997 年版,第 56 页。以下杨维桢生平事迹时间均据此书。

会李孝光于吴门,评论古今人诗。杨维桢作《琴操》十一首,李孝光评云:"夜读九操辞及补退之辞,皆精悍古雅,使退之土下有闻,亦趣之。铁崖辞行,退之不得称千古独步。"①

至正二年,杨维桢为《丽则遗音》赋集作自序,倡《竹枝词》唱和。与张雨、学术鲁翀交往。

至正四年,撰《三史正统辩》,为南人张目。与危素结交。张雨、李孝光颇重其诗,推曰"铁雅",雷隐、复原二上人又传其雅,为方外别派。

至正五年,辑录两浙诗集,作序,标榜浙诗。至正六年,吴复辑注《铁崖古乐府》。张雨为《铁崖古乐府》作序。

至正七年,昆山吕诚喜与杨维桢相和古乐府,且与袁华争胜。

至正八年,访玉山草堂,多有题作。《西湖竹枝词》编成,凡百余人,撰序。

至正九年,为《草堂雅集》作序。

至正十年,主评嘉兴聚桂文会,文士与会者五百余。主评松江应奎文会,东南文士以文卷赴会者七百余。古乐府运动的开创者之一李孝光卒。

此间十年,杨维桢及门弟子有宋禧、袁华、张茹霖、应才、蒋元、蒋毅、蒋仪凤、吕坦、贝琼、殷奎、姚智、卫近仁等,草堂雅集唱和多有铁崖诗人,如杨基、张雨、袁华、倪瓒、吕诚、郭翼、郯韶、于立、陆仁等。杨维祯主评嘉兴聚桂文会和松江应奎文会,唱和于吴中,"实际被推尊为玉山文人集团的精神领袖"②。杨维桢名声鹊起,名噪天下,在江南文坛的地位和影响亦非同一般,铁崖诗派也进入了扩大实际影响时期。

虽然,至正十年,铁崖诗派的重要人物李孝光、张雨去世,然到元亡,铁崖诗派的地域有所开拓,队伍有所扩充,创作也有所成就。如至正二十四年章琬编《铁雅先生复古诗集》六卷,与吴复所编《铁崖先生古乐府》十卷并刻,铁崖诗人张宪、王逢、袁华、刘炳、金信等诗集的编成,③铁崖诗人的活动和创作还在高峰时期。

元亡明兴,铁崖诗人或亡或隐,洪武三年杨维桢去世,铁崖诗派走向衰落。但杨维桢、李孝光发起的古乐府运动对明初、中期的古乐府诗创作产生深远的影响,而茶陵派领袖李东阳的《拟古乐府》三卷,虽然自成一派,但也与发生于元

---

① 杨维桢:《复古诗集》卷一,文渊阁四库全书第 1222 册,第 128 页。
② 黄仁生:《论铁雅诗派的形成》,《文学遗产》1998 年第 5 期。
③ 黄仁生:《论铁雅诗派的形成》,《文学遗产》1998 年第 5 期。

末的这场"运动"不无关系。①

以杨维桢为首的江浙文坛的崛起,进而与大都馆阁抗衡,元代文坛遂出现两大中心,即大都文坛与江南文坛。

(三)江西文坛

晚唐五代时期,江西诗人数量仅次于浙江,江西文坛渐呈崛起之势。② 至宋代,江西文坛群星璀璨,人才济济,如身列"唐宋八大"家的欧阳修、王安石、曾巩,"江西诗派"的宗师黄庭坚,再如晏殊、姜夔、杨万里、文天祥,江西文坛空前繁荣。

宋社既屋,元一统天下,江西仍为文坛重镇。庐陵刘辰翁、刘将孙父子,继宋人之余风,"突兀而起,一时气焰震耀远迩,乡人尊之,比于欧阳③"。其时,程钜夫(1249—1318)入大都,至元年间,搜访江南遗逸,推荐赵孟頫二十余人入朝,为南北文学的融合起到巨大的作用。程钜夫历事四朝,官至翰林院承旨,为时名臣,其文章春容大雅,诗亦磊落俊伟,有《雪楼集》三十卷。程钜夫同门吴澄(1249—1333),官至汉翰林学士,乃元初江南理学一代宗师,所谓"皇元受命,天降真儒。北有许衡,南有吴澄④",其影响之大,可想而知。于文学影响之大者,乃为吴澄门人虞集(1272—1348)。虞集历官大都路儒学教授、国子助教、博士、集贤殿修撰、授翰林待制,累官至奎章阁侍书学士,与揭傒斯、柳贯、黄溍并称"元儒四家",诗与揭傒斯、范梈、杨载齐名,并称"元诗四大家","卓然为一代之所宗,而自成一家之言⑤",是当时馆阁文人的领袖。揭傒斯、范梈江西人,延祐元年(1314)来京师,与虞集、邓文原、袁桷、杨载"以文墨议论与相颉颃⑥"。危素(1303—1372)亦为吴澄弟子,官至参知政事。其诗文"气格雄伟,风骨遒上,足以陵轹一时⑦"。周伯琦(1298—1369)历官翰林院、奎章阁、宣文阁,官至江浙行省左丞,亦为著名文学家。江西文坛呈现彬彬之盛的面貌。

上述虞集诸人为馆阁文臣,在大都文坛都颇负盛名。然在馆阁之外,江西

---

① 王辉斌:《杨维桢与元末"铁崖乐府诗派"》,《伊犁师范学院学报》(社会科学版)2011 年 第 1 期。

② 刘珈珈:《江西文坛在唐代崛起》,《江西教育学院学报》1991 年第 3 期。

③ 吴澄:《刘尚友文集序》,《吴文正集》卷二二,文渊阁四库全书第 1197 册,第 231 页下。

④ 揭傒斯:《神道碑》,吴澄《吴文正集附录》,文渊阁四库全书第 1197 册,第 949 页下。

⑤ 王祎:《赠陈伯柔序》,《王忠文集》卷五,文渊阁四库全书第 1226 册,第 103 页下。

⑥ 黄溍:《翰林侍讲学士中奉大夫知制诰同修国史同知经筵事追封豫章郡公谥文安揭公神道碑》,《文献集》卷一〇上,文渊阁四库全书第 1209 册,第 627 页上。

⑦ 永瑢:《四库全书总目》卷一六九《云林集提要》,第 1466 页下。

进士诗人群体是江西文坛重要组成部分,颇有讨论之必要。

元代江西著名文学家51人,[①]元代进士文学家69人,是江浙、大都之后文学家最为集中之地。

表 2-16　元代有诗文信息的江西行省进士表

	科次	姓名	道/路/州	诗/文/集
1	延祐二年	偰哲笃	龙兴路	《白雪堂集》,佚 《全元文》(31 册)录其文 1 篇 《全元诗》(37 册)录其诗 3 首
2				
3		杨景行	泰和(吉安路)	《雅南集》,佚。未见诗文
4		罗曾	庐陵(吉安路)	《全元文》(51 册)录其文 1 篇,无诗
		李路	上高(瑞州路)	《全元文》(39 册)录其文 2 篇
5		许晋孙	建昌路	《全元诗》(35 册)录其诗 3 首
6	延祐五年	偰玉立	龙兴路	《世玉集》一卷 《全元文》(39 册)录其文 4 篇 《全元诗》(37 册)录其诗 16 首
7		祝彬	龙兴路	《全元文》(45 册)录其文 1 篇,无诗
8		虞槃	崇仁(抚州路)	《全元文》(28 册)录其文 2 篇,无诗
9	延祐五年	黄常	乐安(抚州路)	《黄养源诗》,佚 《全元诗》(36 册),录其诗 2 首
10		欧阳南	建昌路	《全元文》(39 册)录其文 1 篇 《全元诗》(35 册)录其诗 1 首
11	至治元年	偰朝吾	龙兴路	《白马沙侯德政记》一篇,佚,无诗
12		周尚之	富州(龙兴路)	《全元文》(24 册)录其文 1 篇,无诗
13		王相	吉水(吉安路)	文 1 篇,《全元文》未录,无诗
14		高若凤	吉水(吉安路)	《全元文》(46 册)录其文 3 篇 《全元诗》(37 册)录其诗 7 首
15		刘震	吉水(吉安路)	《全元文》(36 册)录其文 1 篇 《全元诗》(32 册)录其诗 5 首
16		夏镇	宜春(袁州路)	《全元文》(31 册)录其文 5 篇 《全元诗》(65 册)录"夏果斋"诗 5 首

① 见第二章第一节《元代进士地理分布》。

续表

	科次	姓名	道/路/州	诗/文/集
17	泰定元年	彭士奇	庐陵(吉安路)	《全元文》(24 册)录其文 7 篇,无诗
18		冯翼翁	永新(吉安路)	《全元文》(39 册)录其文 6 篇,另有陈元龙《历代赋汇》卷五〇《阳燧赋》未录。无诗。
19		杨衢	泰和(吉安路)	《全元文》(52 册)录其文 1 篇,无诗
20		曾翰	永丰(吉安路)	《全元文》(46 册)录其文 2 篇,无诗
21	泰定四年	蒲里翰(天竺人)	广州路	《全元诗》(40 册)录其诗 4 首,无文
22		余贞	宁州(龙兴路)	诗 2 首,《全元诗》均未录。无文
23		刘文德	庐陵(吉安路)	《全元文》(39 册)录其文 1 篇,无诗
24		戴迈	永丰(吉安路)	存诗 2 首,《全元诗》未录其诗,无文
25		江存礼	南城(建昌路)	《全元文》(59 册)录其文 1 篇 《全元诗》(37 册)录其诗 7 首
26		谢升孙	南城(建昌路)	《全元文》(54 册)录其文 3 篇,另外《林逋〈三君帖〉跋》①、《元风雅序》(《元风雅》卷首)未录 《全元诗》(24 册)录其诗 1 首
27		偰列篪	龙兴路	有《周伯温游白牛岩诗序》(钱大昕《潜研堂金石文目录》,《嘉定钱大昕全集》第 6 册,卷八,第 10 页下)。《全元文》未录其文,无诗
28		夏日孜	吉水(吉安路)	尤善为古文歌诗,欧阳玄称为"一代文范",未见诗文
29	至顺元年	杨撝	吉水(吉安路)	《全元文》(59 册)录其文 1 篇,无诗
30		刘性	安福(吉安路)	《全元文》(54 册)录其文 4 篇,无诗
31		刘闻	安福(吉安路)	《元诗选三集》之《容窗集》 《全元诗》(42 册)录其诗 15 首,无文
32		黄昭	乐安(抚州路)	《全元文》(58 册)录其文 1 篇 《全元诗》(42 册)录其诗 4 首
33		罗朋	崇仁(抚州路)	《全元文》(46 册)录其文 2 篇 《全元诗》(40 册)录其诗 1 首
34		欧阳朝	万载(袁州路)	陈元龙《历代赋汇》卷四五有《玉烛赋》,《全元文》、《全元诗》未录其诗文

---

① 卞永誉:《式古堂书画汇考》卷九,文渊阁四库全书第 827 册,第 402 页上。

续表

	科次	姓名	道/路/州	诗/文/集
35		亦速歹	龙兴路	《全元诗》(45 册)2 首,无文
36		别罗沙	龙兴路	《全元文》(51 册)录其文 3 篇 《全元诗》(51 册)录其诗 3 首
37		王充耘	吉水(吉安路)	《全元文》(52 册)录其文 2 篇,无诗
38		李炳	新建(龙兴路)	有文《新生洲下鼋鹤滩记》,《全元文》未录。无诗
39	元统元年	陈植	永丰(吉安路)	《全元文》(39 册)录其文 2 篇 《全元诗》(37 册)录其诗 7 首
40		鞠志元	吉水(吉安路)	《全元文》(39 册)录其文 1 篇 《全元诗》(37 册)录其诗 3 首
41		邓梓	奉新(龙兴路)	《全元文》(46 册)录其文 2 篇 《全元诗》(45 册)录其诗 1 首
42		朱彬	新城(建昌路)	《全元文》(51 册)录其文 2 篇 《全元诗》(46 册)录其诗 3 首
43		毛元庆	吉水(吉安路)	《全元文》(58 册)录其文 3 篇 《全元诗》(55 册)录其诗 1 首
44		李廉	安福(吉安路)	《全元文》(46 册)录其文 3 篇(但传记不同,似非一人)。无诗
45	至正二年	刘杰	金溪(抚州路)	《刘学士文集》,已佚。 《全元文》(58 册)录其文 6 篇 《全元诗》(65 册)录其诗 1 首,未能确定
46		胡行简	新喻(临江路)	《樗隐集》六卷,四库全书本
47		朱倬	建昌新城(南康路)	《全元诗》(54 册)录其诗 2 首,无文
48		雅理	龙兴路	《全元诗》(56 册)1 首,无文
49	至正五年	袁州海牙	宜春(袁州路)	《全元文》(58 册)2 篇,无诗
50		黎应物	新喻(临江路)	《全元文》(59 册)录其文 1 篇 《全元诗》(45 册)录其诗 9 首

续表

	科次	姓名	道/路/州	诗/文/集
51		辜中	南昌（龙兴路）	《全元文》(58 册)录其文 1 篇 《全元诗》(58 册)录其诗 9 首。
52		傅箕	进贤（龙兴路）	《全元文》(58 册)录文 1 篇，无诗
53		周普德	富州（龙兴路）	《全元诗》(60 册)录其诗 1 首，无文
54		黄绍	临川（抚州路）	《全元文》(58 册)录文 1 篇，无诗
55	至正八年	吴彤	临川（抚州路）	《弱龄稿》、《壮游稿》、《南游稿》、《山居稿》、《金兰稿》，佚。未见诗文
56		葛 元 哲（喆）	金溪（抚州路）	《全元文》(59 册)录其文 3 篇 《全元诗》(58 册)录其诗 22 首
57		吴师尹	永新（吉安路）	《全元文》(47 册)录其文 2 篇 《全元诗》(58 册)录其诗 2 首
58		吴裕	金溪（抚州路）	《全元文》(47 册)录其文 1 篇，无诗
59		萧飞凤	吉水（吉安路）	《全元文》(59 册)录其文 1 篇，无诗
60	至正十一年	萧受益	吉水（吉安路）	有文 1 篇，佚，无诗
61		何淑	乐安（抚州路）	《蠖闇集》，佚。 《全元文》(59 册)录其文 1 篇。《永乐大典》录其诗 16 首，文 5 篇 《全元诗》未录其诗
62	至正十一年	刘丞直	赣县（赣州路）	《雪樵诗集》，佚。 《全元诗》(62 册)录其诗 20 首，《永乐大典》数首未录，无文
63		裴梦莛	清江（临江路）	《鸣秋稿》，佚。未见诗文
64		朱梦炎	进贤（龙兴路）	诗 9 首，文 1 篇 《全元文》、《全元诗》未录其诗文
65	至正十四年	曾坚	金溪（抚州路）	《曾学士文集》，佚 《全元文》(57 册)录其文 3 篇 《全元诗》(54 册)录其诗 6 首
66	至正十七年	夏以忠	宜春（袁州路）	《全元诗》(58 册)录其诗 1 首 文 2 篇，《全元文》未录
67	至正二十年	王章	临川（抚州路）	《全元诗》(51 册)录其诗 1 首 《全元文》(58 册)录其文 2 篇

续表

科次		姓名	道/路/州	诗/文/集
68	至正二十三年	陈介	金溪（抚州路）	《陈彦硕集》，佚 《全元文》《全元诗》未录其诗文
69	科次不详	刘志行	吉水（吉安路）	《梅南集》，佚。《全元诗》（67 册）录其诗9 首，无文

与江浙行省不同，江西文坛没有出现像黄溍、杨维桢领袖一时的进士文学家，但也出现一些有影响的文学家，并且地域性的特点更为明显。

1. 诗文结集多已散佚

如表 2-16 所示，江西进士有诗文信息者 69 人之中，有文集记录者有傻哲笃、杨景行、黄常、胡行简、刘杰、吴彤、何淑、刘丞直、裴梦霆、曾坚、陈介、刘志行十二人，仅胡行简文集现存。

傻哲笃有《白雪堂集》见于孟和《沙溪傻氏续修宗谱原序》①，其他文献不见信息。

杨景行《雅南集》见于欧阳玄《元故翰林待制朝列大夫致事西昌杨公墓碑铭》，云有诗集若干卷，虞集为之序。庐陵刘公将孙谓其节制老成，句法兼有二陈所长，采置《雅南集》。② 虞集《杨贤可诗序》引刘将孙语云："推其赋咏之磊落，而见诸行事之明敏"，③然其集已佚，亦未见诗文存世。

黄常《黄养源诗》见吴澄《黄养源诗序》，序云："诗自风骚以下，惟魏晋五言为近古，变至宋人，寝以微矣。近时学诗者颇知此，又往往渔猎太甚，声色酷似而非自然。黄常养源诗清以淳，进进而上，当与世之学魏晋者不同。然养源年少有志，其学岂止工诗而已乎！予之所期，盖在彼而不在此也。"④

刘杰《刘学士集》见《康熙金溪县志》卷一〇《艺文》。

吴彤《弱龄稿》、《壮游稿》、《南游稿》、《山居稿》、《金兰稿》见宋濂《故中顺大夫北平等处提刑按察司副使吴府君墓志铭》，云："撰述甚多，有《弱龄》、《壮游》、《山居》、《南游》、《金兰》，五稿藏于家"。⑤ 黄虞稷《千顷堂书目》卷一七存其目。

---

① 《溧阳沙溪傻氏宗谱》卷首，民国丙辰永思堂重镌本。
② 欧阳玄著，汤锐校点：《欧阳玄全集》，第 743 页。
③ 李修生主编：《全元文》第 26 册，第 227 页。
④ 李修生主编：《全元文》第 14 册，第 294 页。
⑤ 宋濂著，罗月霞主编：《宋濂全集》，浙江古籍出版社 1999 年版，第 799 页。

何淑《蠓闇集》,黄虞稷《千顷堂书目》卷一七存其目。

刘丞直《雪樵诗集》,黄虞稷《千顷堂书目》卷一七存其目。王祎论其诗以尤工选体,出入鲍谢而闯曹刘之域。[①] 宋濂《崆峒雪樵赋》序称刘丞直"学赡而文雄。"[②]

曾坚《曾学士文集》,见宋濂《曾学士文集序》。据序所言,曾坚所著有《望周山》、《金石斋》、《青华》、《闽海》、《昭回》、《从政》、《丙午》、《居贤》前后编凡九稿,及《逾海》、《逾辽》二志,但均已散佚,仅存文5篇,诗6首。宋濂称其文"骏发渊奥,黼藻休烈,起伏敛纵,风神自远。王良执御节以和銮而驱驰蚁封也;朱弦疏越,大音希声而一唱三叹也。涛起阜涌,飚行云流,力有余而气不竭也。擅一代之英名,作四方之楷则。"[③]

陈介《陈彦硕集》见于《康熙金溪县志》卷一〇《艺文》,其他未见信息。

刘志行《梅南集》见于《粤西文载》卷六三,其他未见信息。

文集的散佚或因战乱,或因保存不善,或因多为抄本未曾刊刻,如吴彤撰述甚多,诗稿藏于家,其散佚的可能极大。

要之,元代江西进士文集散失极为严重,极大地影响了对元代江西进士文学家的评价。

2.色目进士文学家

元代江西蒙古色目进士作家有高昌偰氏中偰哲笃、偰玉立、偰朝吾、偰列篪,还有蒲里翰、亦速歹、别罗沙、雅理、袁州海牙。

偰氏家族入居中原后,即重视汉学教育,而后有一门九进士之誉。别罗沙,又称别里沙,字彦诚,别失八里人,回回氏。《西湖竹枝集》称其"学问精明,居官有政,诗尤有唐人之风。"[④]亦速歹,蒙古人,与月鲁不花、刘仁本、释来复等元末诗人有交游,最后客死鄞县。

偰玉立是偰氏家族除偰逊之外存诗文最多的一个,在整个蒙古色目进士文学家中诗文存世也在前列。顾嗣立辑其诗为《世玉集》。其诗大多游览怀古之作,语言清新,意境深远。偰玉立不同于马祖常、萨都剌、迺贤诸人,颇能写出个人意趣,在元代色目诗人中,也是一个特例。

---

① 王祎:《书刘宗弼诗后》,《王忠文集》卷一七,文渊阁四库全书第1226册,第356页上。
② 宋濂:《宋濂全集》,第669页。
③ 宋濂:《宋濂全集》,第599页。
④ 杨维桢:《西湖竹枝集》,《武林掌故丛编》本,新文丰丛书集成续编第223册,第402页下。

元代蒙古色目人文学成就之著名者相对于汉人数量较少,江西蒙古色目进士文学家的数量却仅次于江浙。他们与汉族文学家多有交游,亦参与文学雅集活动,如别罗沙参与杨维桢倡导的西湖竹枝词的唱和活动,反映了元代文坛多族的特点。

3.地域性

在江西行省之内,文学的地域性很强。研究者一般认为,江西文坛先后有两个中心,一是庐陵,一是抚州。[①] 但这两个中心,并非以进士文学家为出发点。从上表可以看出,吉安路(庐陵)24 人,龙兴路 14 人,抚州路 13 人,建昌路 5 人,袁州路 4 人,临江路 3 人,江西进士的文学地图就有三个中心,即吉安路、龙兴路、抚州路。虽然,庐陵和抚州仍在文学家最多的地方之列,但龙兴路却引人注意。

有研究者统计,元代江西进士共 207 人,其中吉安路 42 人,饶州路 35 人,龙兴路 29 人,临江路 24 人,建昌路 17 人、江州路 17 人,信州路 14 人,袁州路 12 人,抚州路 10 人,[②]这个统计不够准确,比如抚州路 10 人,显然不对。但大致看,龙兴路的进士数量是较多的,在江西排在前列的。从进士文学家的数量看,除了吉安路遥遥领先外,龙兴路排名第二。

龙兴路 14 人文学家之中,偰哲笃、偰玉立、偰朝吾、偰列篪、亦速歹、别罗沙、雅理 7 人为蒙古色目人,占据一半。显然,从地域看,蒙古色目进士文学家在江西文坛占有重要的位置。但与江浙行省相比,从作家数量、文学成就、文学群体、社会影响,在元代后期,元代江西行省进士文学家还是稍逊于后者。

总之,元代江南文坛包括江西文坛和江浙文坛,是元代文学最为繁荣之地,江西如程钜夫、吴澄、刘诜、刘岳申、虞集、范梈、揭傒斯、危素、傅与砺、胡行简,江浙如赵孟頫、戴表元、仇远、袁桷、柳贯、李孝光、张雨、贯云石等影响一时。自延祐二年科举举行之后,元代文坛中,科举之士渐多,名家大家辈出。元代江南蒙古色目进士文学家如萨都剌、余阙、泰不华、偰逊、金哈剌、达溥化、月鲁不花、雅琥、三宝柱、张雄飞、哈八石;汉族进士如黄溍、干文传、汪泽民、胡行简、杨维桢、刘基、高明、黄清老、张以宁等,都是当时文坛一代胜流。

需要特别强调的,以黄溍为盟主的婺州作家群,以杨维桢为首的吴越作家

①　李超:《元代江西文人群体研究》,中国社会科学出版社 2015 年版,第 8 页、第 13 页。

②　郑建明:《试论江西进士的地理分布》,《中国地理历史论丛》1999 年第 4 期。

群,在元代文坛影响甚大。尤其是杨维桢为首的铁崖诗派人数众多,风靡江南,进而波及大都,为元代最具影响力的诗人群体。元代江南文坛之所以能与大都文坛抗衡,杨维桢及其铁崖诗派,厥功甚伟。

第三章　元代汉族进士与元代文坛

第一节　元代汉族进士文学家考述

元代十六科汉族进士，其中有作品传世或有写作记载者 300 余人，本节按元科考时间顺序，对其生平进行简要考述。

此前，萧启庆《元代进士辑考》、沈仁国《元朝进士集证》二书对元代进士考证最为全面，对元代进士录的重构之功甚大。本节元代进士小传的撰写，多有参考萧启庆、沈仁国二先生之书。

一、延祐二年乙卯科（1315）

延祐二年乙卯科（1315）是元代首次科举，在元代科举中有重大意义。一是宣告经过儒士们数十年不懈努力和争取，元代科举在延祐二年终于开始。二是儒家知识分子终于重新走上科举仕进之途，其影响之大，自不待言。三是元代的文学群体也悄然发生了变化，即科举文学群体尤其是进士文学家族或群体的出现。

元祐二年进士右榜第一名护都答（沓）儿，左榜第一名张起岩，故左右榜分别称护都答（沓）儿榜、张起岩榜。

本次会试可考知的考官有知贡举中书平章政事李孟（1255—1321）、礼部侍郎张养浩（1270—1329）。考试官翰林侍讲学士元明善（1269—1322）、刘赓（1248—1328）。延试监试官李孟、河北河南道肃正廉访司韩居仁。读卷官元明善、集贤学士赵孟頫(1254—1322)、中书参知政事赵世延、翰林待制潘昂霄。①

本次参加会试者 135 人，②录取进士 56 人，③右榜 16 人，左榜 40 人。④ 有作品传世者或文学创作记录的汉族进士有许有壬、焦鼎、郭孝基、梁宜、王士元、张起岩、邹惟新、王沂、李武毅、王弁、文礼恺、赵箎翁、杨载、干文传、黄溍、杨景行、罗曾、李路、许晋孙、欧阳玄、杨宗瑞、张泽、孙以忠 23 人。

1.许有壬(1287—1364)，字可用，汤阴人。延祐二年进士，授同知辽州事。六年(1319)，除山北廉访司经历。至治元年(1321)，迁吏部主事。二年，转江南行台监察御史，召拜监察御史。泰定元年(1324)，初立詹事院，选为中议，改中书左司员外郎，三年六月，升右司郎中，俄移左司郎中。天历三年(1330)，擢两淮都转运盐司使。至顺二年(1331)二月，召参议中书省事，未几，以丁母忧去。元统元年(1333)，复以参议召。明年，拜治书侍御史，转奎章阁学士院侍书学士，仍治台事。拜中书参知政事、知经筵事。拜侍御史。后至元初，归彰德，已而南游湘、汉间。(后)至元六年(1340)，召入中书，仍为参知政事。至正元年(1341)转中书左丞。四年，改江浙行省左丞，辞。六年，召为翰林学士，既上，又辞。监察御史累章辨其诬。俄拜浙西廉访使，未上，复以翰林学士承旨召，仍知经筵事。七年夏，授御史中丞。十三年，起拜河南行省左丞。十五年，迁集贤大学士，寻改枢密副使，复拜中书左丞。转集贤大学士，兼太子左谕德，阶至光禄大夫。十七年，致仕。二十四年卒，年七十八。兄有恒，大理路军民总管府知事。弟有孚，至顺元年(1330)进士。子一人，曰祯。妻赵定，景州儒学教授永平赵兼善女，金源世科进士家。继室赵氏，汪古氏，中书平章政事赵世延女。生平见《元史》卷一八二《许用壬传》、欧阳玄《许熙载神道碑》(刘昌《中州名贤文表》卷二二)。⑤

许有壬有《至正集》、《圭塘小稿》、《圭塘欸乃集》。《全元文》(第 38 册)录其文 394 篇，《全元诗》(第 34 册)录其诗 1454 首，在元代文学家中存诗文最多的一个。

2.焦鼎，字德元，单父(今山东单县)人。父敏中，杭州路总管。延祐二年进

---

① 萧启庆：《元代进士辑考》，第 131 页；沈仁国：《元朝进士集证》，第 12 页。

② 元明善：《送马翰林南归序》，元明善《清河集》卷四，续修四库全书第 1323 册，第 20 页下。

③ 宋濂：《元史》卷八一，第 2026 页。

④ 许有壬：《张雄飞诗集序》，《至正集》卷三三，文渊阁四库全书第 1211 册，第 240 页上。

⑤ 其他有：傅瑛《许有壬年表》、庄瑞彬《许有壬年谱》、田祥《许有壬年谱》、苏鹏宇《许有壬研究》。

士。授将仕郎、登州判官,历监察御史、翰林待制、任工部员外郎,迁常州治中,居无锡。后历太禧院参议令,中顺大夫、同知都漕运事。至正六年(1346)任台州路总管,曾纳海寇蔡乱头之贿,玩忽岁月,致方国珍入海为寇。①弟焦鼐任奉化州同知。②生平见《民国单县志》卷二二、《万历无锡县志》卷一九。

许有壬《至正集》卷一六《游西山得疾同年焦德元以诗见寄次韵答之》二首、卷二一《龙虎台迎接次焦德元韵》三首,但焦鼎原诗不见。《全元诗》(第32册)录其诗2首,未见文章。

3. 郭孝基,曹州人。延祐二年(1315)进士。至治元年(1321)任归德州推官。至顺元年(1330)任南台御史。(后)至元三年(1337)任工部侍郎。至正二年(1342)任集贤学士。《全元文》(第52册)录其文2篇。《天寿节大五龙灵应万寿宫瑞应碑》,③《全元文》未收。

4. 梁宜(1291—?),字彦中,号颐斋。荏平人。延祐二年进士。授邳州同知,历国子助教、大名路判官、峄州及顺州知州,出为江西行省员外郎。后至元五年(1339)迁济南路棣州尹。至正二年(1342)迁河南总管。至正十五年官礼部尚书。有《五经疑问》、《大学序解》,皆佚。生平见《万历东昌府志》卷七、卷一九,《元诗选癸集》丙集。

《全元文》(第39册)录其文12篇。《全元诗》(第33册)录其诗8首。

5. 王士元,字善甫(泰定四年进士王士元字尧佐),号立庵。晋宁路临汾人。延祐二年进士。历嶂州判官、郎中、监察御史,至正九年(1349)知吉州,后迁国子司业,以崇文少监致仕。有《拙庵集》。生平见《大明一统志》卷二〇、《成化山西通志》卷九、《元诗选三集》小传。

《全元诗》(第32册)录其诗7首。有文《庆寿寺佛像碑》,④《全元文》未录其文。

6. 张起岩(1285—1353),字梦臣。其先章丘人。延祐二年左榜第一,除同知登州事,特旨改集贤修撰,转国子博士,升国子监丞,进翰林待制,兼国史院编修官,为监察御史。迁中书右司员外郎,进左司郎中,兼经筵官,拜太子右赞善,改燕王府司马,拜礼部尚书。转参议中书省事。迁翰林侍讲学士、知制诰兼修

---

① 叶子奇:《草木子》卷三上,中华书局1959年版,第49页。

② 王元恭:《至正四明续志》卷二《职官》,新文丰丛书集成三编第81册,第543页上。

③ 陈垣编撰,陈智超、曾庆瑛校补:《道家金石略》,文物出版社1988年版,第950—951页。

④ 胡聘之:《山右石刻丛编》卷三七,《辽金元石刻文献全编》第1册,第562页下。

国史,修三朝实录,加同知经筵事。拜江南行台侍御史,召入中台,为侍御史。转燕南廉访使。升江南行台御史中丞,拜翰林学士承旨、知制诰兼修国史、知经筵事。拜御史中丞。诏修辽、金、宋三史,至正三年(1343)复命入翰林为承旨,充总裁官,积阶至荣禄大夫。史成,归,年六十九卒。谥曰文穆。起岩博学有文,善篆、隶,有《华峰漫稿》、《华峰类稿》、《金陵集》各若干卷,已佚。生平见《元史》卷一八二、《元诗选三集》小传。

《全元文》(第 36 册)录其文 54 篇,《全元诗》(第 33 册)录其诗 20 首。

7. 邹惟新(约 1287—?)字仲德,益州路莒州人。延祐二年进士。历任潍州同知、新城县尹、沂州知州,官至同金太常礼仪院事。生平见冯惟讷《(嘉靖)青州府志》卷一六、《嘉庆莒州志》卷八、《莒县志》卷三〇。

《全元文》(第 37 册)辑其文 4 篇,无诗。

8. 王沂(约 1287—约 1363)①,字师鲁,真定(今河北正定)人。延祐二年进士。历伊阳、临淮县尹。嵩州同知,至顺三年(1332)为国史院编修官。元统初为国子博士,入试院同考,余阙为其所得士。后迁翰林待制,待诏宣文阁,进礼部尚书,总裁辽、金、宋三史。至正五年(1345),任礼部尚书,同知贡举。曾任翰林学士。至正末卒。王沂历跻馆阁庙堂,制作多出其手。论者谓沂诗文有先正轨度。有《伊滨集》二十八卷、《陶集注》三卷。今传《伊滨集》系四库馆臣辑自《永乐大典》,误收江西泰和王沂(字子与)《王徵士诗》甚多。② 生平见《四库全书总目·伊滨集提要》、《嘉靖真定府志》卷五、二七、钱彦熙《元诗选补遗》、曾廉《元书》卷八九。

《全元文》(第 60 册)录其文 204 篇。《全元诗》(第 33 册)录其诗 833 首(100多首与王沂字子与《王徵士诗》重复)。

9. 李武毅,字伯强,兰阳(今河南兰考北)人。延祐二年进士。历监察御史、云南左右司都事。生平见《成化河南总志》卷四、《嘉靖兰阳县志》卷七、《元诗选癸集》丁集。《全元诗》(第 68 册)录其诗 3 首,无文。

10. 王弁,字君冕,长安(今西安)人。受业于孛术鲁翀,曾任陕西鲁斋书院山长。延祐二年进士。历官三原县尹,后曾任富平令。生平见《元诗选癸集》丙集。《全元文》(第 37 册)录其文 2 篇,《全元诗》(第 32 册)辑其诗 1 首。

①　此依《中国文学家大辞典》(辽金元卷)。萧启庆《元代进士辑考》据楼占梅《〈伊滨集〉中的王徵士诗》一文定为约 1290—1345 后或 1358 年前。

②　楼占梅:《〈伊滨集〉中的王徵士诗》,台湾《史学汇刊》1983 年第 12 期。

11. 文礼恺，字梦得，遂宁（今四川遂宁）人。皇庆中为奉元路学正。延祐二年进士，授兴元路洋州同知。泰定元年（1324）任泾州倅，四年任延安推官，仕至陕西行省左右司员外郎。文章雅重于时，人羡为朝阳鸣凤。① 生平见《寰宇通志》卷六六《科甲》、《（雍正）四川通志》卷九。

《全元文》（第 39 册）录其文 5 篇，卞永誉《式古堂书画汇考》卷三五有文礼凯跋《高彦敬临米元晖画册》，《全元文》未录。无诗。

12. 赵笵翁，字继清，晋宁路闻喜（今山西闻喜）人，寓山阳（今江苏淮安），六世祖为南宋初年宰相赵鼎。延祐二年进士。授安陆府尹，迁泗州判官，转海宁州判官。调湖广行省照磨，入为国子博士，历潮州推官，升蕲州路总管。为纪念乃祖，于潮州建得全书院，欧阳玄作记②。有《覆瓿集》。生平见《万历淮安府志》卷一五。

《全元文》（第 58 册）录其文 5 篇。其诗"极清婉而骨气森然。评者但美其不事雕饰"，③然未见赵笵翁之诗。

13. 杨载（1271—1323），字仲弘，其先居建宁路浦城，后徙杭州，故为杭州人。少孤，博涉群书，为文有跌宕气。年四十，不仕，户部贾国英数荐于朝，以布衣召为翰林国史院编修官，与修《武宗实录》，调管领系官海船万户府照磨，兼提控案牍。延祐二年进士，授承务郎、饶州路同知浮梁州事，迁儒林郎、宁国路总管府推官。至治三年（1323）卒，年五十三。其文章一以气为主，博而敏，直而不肆，自成一家言。赵孟頫极推重之，名动京师。而于诗尤有法，以诗当取材于汉、魏，而音节则以唐为宗，一洗宋季之陋，与虞集、揭傒斯、范梈齐名，称元诗四大家。有《翰林杨仲弘诗》（四部丛刊初编本）八卷、《唐音选》④、《诗法家数》一卷（真伪有异说）⑤。生平见《杨仲弘墓志铭》（《金华黄先生文集》卷三三）、《元史》卷一九○、《新元史》卷二三七、《元诗选初集》小传。

《全元文》（第 25 册）录其文 15 篇，《全元诗》（第 25 册）录其诗 447 首。

14. 干文传（1276—1353），字寿道，平江（今江苏吴县）人。祖宗显，宋承信

---

① 黄廷桂监修，张晋生编纂：《（雍正）四川通志》卷九，文渊阁四库全书第 559 册，第 392 页下。

② 阮元：《两浙金石志》卷一七，续修四库全书第 911 册，第 222 页下。

③ 黄溍：《书赵继清诗集后》，李修生主编：《全元文》第 29 册，第 149 页。

④ 程应熊、姚文燮纂修：《康熙建宁府志》卷四四《艺文志·书目》，《日本藏中国罕见地方志丛刊续编》第 9 册，北京图书馆出版社 2003 年版，第 448 页。

⑤ 钱大昕著，田汉云点校：《元史艺文志》第四，陈文和主编：《钱大昕全集》第 5 册，江苏古籍出版社 1997 年版，第 80 页。

郎。父雷龙,宋乡贡进士,入元,为慈湖书院山长。文传少嗜学,十岁能属文,未冠,已有声誉,举为吴、金坛两县学教谕、饶州慈湖书院山长。延祐二年进士,授同知昌国州事,累迁长洲、乌程两县尹,升婺源知州,又知吴江州。至正三年(1343),承诏预修《宋史》,擢集贤待制。至正十三年,以嘉议大夫、礼部尚书致仕。卒,年七十八。为文务雅正,不事浮藻。有《仁里漫稿》,已佚。生平见《元史》卷一八五、《元诗选三集》小传、《元书》卷九〇。

《全元文》(第32册)录其文17篇。《全元诗》(第28册)录其诗9首。

15. 黄溍(1277—1357),字晋卿,婺州义乌(今浙江义乌)人。延祐二年进士,授台州宁海丞。迁两浙都转盐运使司石堰西场监运,改诸暨州判官。至顺二年(1331)入为应奉翰林文字、同知制诰,兼国史院编修官,转国子博士。出为江浙等处儒学提举。俄以秘书少监致仕,未几,除翰林直学士、知制诰同修国史。至正七年(1347)兼经筵官。八年,升侍讲学十、知制诰同修国史、同知经筵事。至正十年,始得南还,优游田里间,十七年卒,年八十一。有《金华黄先生文集》四十三卷、《日损斋稿》三十三卷、《义乌志》七卷、《笔记》一卷。生平见危素撰神道碑(《危太朴文续集》卷二)、宋濂撰行状(《金华黄先生文集》卷末)、杨维桢撰墓志铭(《东维子集》卷二四)、《元史》卷一八一、《元诗选初集》小传、《金华贤达传》卷一〇等。

《全元诗》(第28册)录其诗637首,《全元文》(第29册、第30册)录其文685篇。

16. 杨景行(1277—1347),字贤可,号吟窗,吉安太和州(今江西泰和)人。登延祐二年进士第,授赣州路会昌州判官。调永新州判官,改江西行省照磨。至顺二年(1331)转抚州路宜黄县尹,升抚州路总管府推官,转湖州路归安县尹。以翰林待制、朝列大夫致仕,至正七年(1347)卒,年七十四。有《雅南集》。生平见欧阳玄撰墓志铭(《式古堂书画汇考》卷一八)、余之祯《(万历)吉安府志》卷一八、《元史》卷一九二、柯劭忞《新元史》卷二二九。未见诗文。

17. 罗曾(1283—1328),字求师,庐陵(今江西吉安)人。延祐二年进士。授宁都州判官,调临江录事,以亲疾去官,不复仕。生平见欧阳玄撰墓志铭(《圭斋文集》卷一〇)。

《全元文》(第51册,传记误为山东鲁桥镇人,至正二十四年进士)辑其文1篇。无诗。

18. 李路,字遵道,上高(今江西上高)人。与延祐五年进士李岳同学于吴澄。延祐二年进士。历新昌州判官、邵武推官。生平见熊相《(正德)瑞州府志》卷八。

《全元文》(第 39 册)辑其文 2 篇。

熊相《(正德)瑞州府志》卷一二有李路《新昌山原》①,因李路曾为新昌州判官,诗或为李路作。《全元诗》未录其诗。

19.许晋孙(1288—1332),字伯昭,建昌(今江西南城)人。延祐二年以国子生登进士第。授建昌路南城县尹,历赣州录事、长兴州即茶陵州判官。至顺三年(1332)年卒,年四十五。生平见黄溍《茶陵州判官许君墓志铭》(《金华黄先生文集》卷三三)、程钜夫《许几先墓碣》(《雪楼集》卷二〇)、吴澄《故存耕居士许公墓表》(《吴文正集》卷六七)、《元诗选癸集》丙集。

《全元诗》(第 35 册)录其诗 3 首。黄溍云:"其为文无曼词诡辩而多骨鲠之言。诗尚蕴藉。"②然无文存世。

20.欧阳玄(1283—1357),字原功,号圭斋。其先家庐陵,后迁居浏阳,故为浏阳人。延祐二年进士。授岳州路平江州同知。调太平路芜湖县尹。改武冈县尹。召为国子博士,升国子监丞。致和元年(1328),迁翰林待制,兼国史院编修官。二年,为艺文少监。奉诏纂修《经世大典》,升太监、检校书籍事。元统元年(1333),改金太常礼仪院事,拜翰林直学士,编修四朝实录,俄兼国子祭酒,召赴中都议事,升侍讲学士,复兼国子祭酒。后至元六年(1340)拜翰林学士。至正三年(1343),诏修辽、金、宋三史,召为总裁官。五年,知贡举,拜翰林学士承旨。明年,除福建廉访使,行次浙西,疾复作,请致仕。十年,复拜翰林学士承旨,屡辞,不获。十二年,特授湖广行中书省右丞致仕。不允,仍前翰林大都,年八十五。追封楚国公,谥曰文。有《圭斋文集》传世。生平见危素撰行状(《圭斋文集》卷一六附录)、《元史》卷一〇二、《元诗选初集》小传。

《全元文》(第 34 册)录其文 268 篇,《全元诗》(第 31 册)录其诗 189 首。

21.杨宗瑞,字廷镇,原籍华州华阴,天临路醴陵人。延祐二年进士。历太常博士、翰林修撰。泰定元年(1324)以礼部郎中出使安南。天历三年(1330)任国子司业,与修《经世大典》。元统间,任全州路总管,至正三年(1343)以崇文太监任三史总裁官。五年,任殿试考试官,八年,以翰林国史院学士,与张起岩、黄

---

① 《天一阁藏明代方志选刊续编》第 42 册,上海书店 1990 年版,第 1157 页。

② 黄溍:《茶陵州判官许君墓志铭》,《金华黄先生文集》卷三三,续修四库全书第 1323 册,第 429 页下。

潜为总裁官,纂修后妃、功臣列传。后历翰林侍讲学士、侍读学士。生平见释来复《澹游集》卷上、《元诗选癸集》丙集。

《全元文》(第 52 册)录其文 4 篇,《全元诗》(第 36 册)录其诗 7 首。

22. 张泽,字泽之,长州(今苏州)人。延祐二年进士,仕至平江路海道万户府总管。生平见王鏊《(正德)姑苏志》卷五四(附见张适)、《元诗选癸集》丙集。

《全元诗》(第 33 册)录其诗 5 首,无文。

23. 孙以忠,字叔厚,常德路龙阳州人。延祐二年进士。历任沅江知县、安陆州知州、监察御史。生平见陈洪谟《嘉靖常德府志》卷一六、《寰宇通志》卷九四。

《全元文》(第 56 册)录其文一篇,无诗。

二、延祐五年戊午(1318)科

延祐五年戊午(1318)科是元代科举第二科。右榜第一护(忽)都达儿(而),左榜第一霍希贤,故左右榜分别称忽(护)都达儿榜、霍希贤榜。

本科考官可考者会试知贡举礼部尚书张养浩、参议中书省事元明善、廷试读卷官袁桷(1266—1327)。[①]

本科录取进士 50 人。[②] 有作品传世者或文学创作记录的汉族进士有谢端、盖苗、霍希贤、韩准、韩镛、刘复亨、祁君璧、蒲机、岑良卿、周仔肩、汪泽民、程栗、李粲、祝尧、郑原善、雷机、林冈孙、祝彬、虞槃、黄常、欧阳南、丘堂、冯福可、何元同、何克明、李岳、施霖 27 人。

1. 谢端(1279—1340),字敬德,号楫斋,其先四川遂宁人。宋末,避兵江陵,遂为江陵人。与至治元年进士宋本同师王奎文,又同教授江陵城中,以文学齐名,时号"谢宋"。文章姚燧甚许可。延祐五年进士。授承事郎、潭州路同知湘阴州事,入为国子博士,迁太常博士。寻除翰林修撰,升待制,以选为国子司业,遂为翰林直学士,阶太中大夫。

谢端善为政,绩誉籍然。其文章严谨有法,宁约近瘠,无奢滋驳。居翰林久,至顺、元统以来,国家崇号,慈极升祔先朝,加封宣圣考妣,制册多出其手。预修文宗、明宗、宁宗三朝实录,及累朝功臣列传,时称其有史才。与苏天爵同

---

① 萧启庆:《元代进士辑考》,第 159 页;沈仁国:《元朝进士集证》,第 70 页。
② 宋濂:《元史》卷八一,第 2026 页。

著《正统论》，辨金、宋正统甚悉，世多传之。（后）至元六年（1340）卒，年六十二。元世蜀士以文名者，曰虞集，而谢端其次。有《谢文安集》、《谢文安遗文》[①]，佚。生平见苏天爵撰神道碑铭（《滋溪文稿》卷一三）、《元史》卷一八二、《元诗选癸集》丙集。

《全元文》（第 33 册）录其文 14 篇，《全元诗》（第 29 册）录其诗 9 首。

2. 盖苗（1290—1347），字耘夫，大名元城人。延祐五年登进士，授济宁路单州判官。辟御史台掾，除山东廉访司经历，历礼部主事，擢江南行台监察御史。除太禧宗禋院都事。至正初，知亳州。（后）至元四年（1338），起为左司都事。至正二年（1342），起为户部郎中，俄擢御史台都事，出为山东廉访副使。三年，入为户部侍郎。四年，由都水监迁刑部尚书。出为山东廉访使，召参议中书省事。五年，出为陕西行台侍御史，迁陕西行省参知政事。六年，复入为治书侍御史，升侍御史，寻拜中书参知政事、同知经筵事。即除甘肃行省左丞，寻辞还乡里。明年卒，年五十八。生平见《至正金陵新志》卷六、《元史》卷一八五、《大明一统志》卷四。

《全元文》（第 39 册）录其文 2 篇。无诗。

3. 霍希贤，字思齐，东平路（今山东东平）人，延祐二年进士左榜第一。泰定、天历间出知威州。生平见《隆庆岳州府志》卷五、《元诗选癸集》丙集。

《全元文》（第 39 册）录其文 2 篇，《全元诗》（第 30 册）录其诗 2 首。

4. 韩准（1299—1371），字公衡，沛县人。延祐二年进士。授孟州同知，历河南儒学副提举、德安府推官、太常博士、监察御史河南北道廉访司事、江西湖南道佥事。至正十三年（1353），任南康路总管，进福建道廉访副使，任江西行省参知政事、行台治书御史、福建廉访使、侍御史。至正二十二年官至江西参政。有《小学阙疑》、《水利通编》。生平见吴海撰权厝志（《闻过斋集》卷五）、《元诗选癸集》庚集上。

《全元文》（第 58 册）录其文 1 篇，《全元诗》（第 41 册）录其诗 3 首。

5. 韩镛，字伯高，济南路人。延祐五年（1318）中进士，授将仕郎、翰林国史院编修官，寻迁集贤都事。泰定四年（1327），转国子博士，俄拜监察御史。天历元年（1328），除金浙西廉访司事。二年，转江浙财赋副总管。至顺元年（1330），

---

① 胡传淮：《元代文学家谢端》，四川宋瓷博物馆编：《遂宁历史名人研究》，巴蜀书社 2017 年版，第 59 页。胡传淮、陈名扬：《谢端年谱》，西华大学地方文化资源保护与开发研究中心编：《地方文化研究丛刊》（第十一辑），四川大学出版社 2017 年版，第 80 页。

除国子司业,寻迁南行台治书侍御史。顺帝初,历金宣徽及枢密院事。至正二年(1342),除翰林侍讲学士,既而拜侍御史。五年,起为参议中书省事。七年,授饶州路总管。十年,拜中书参知政事。十一年,出为甘肃行省参知政事,迁西行台中丞,殁于官。生平见《至正金陵新志》卷六、王鏊《(正德)姑苏志》卷四二、《元史》卷一八五、《元诗选癸集》丙集。

《全元文》(第 37 册)录其文 3 篇,《全元诗》(第 36 册)录其诗 1 首。

6. 刘复亨,字遂初,济南棣州厌次(今山东惠民)人。延祐五年进士。官泽州同知、元城县尹。至顺三年(1332)任晋宁路推官。后历翰林修撰、晋宁路总管。生平见《山右石刻丛编》卷三三、《寰宇通志》卷七一、《嘉靖武定州志》下帙《选举志》第十一、《万历武定州志》卷一一、《光绪惠民县志》卷一五、二三。

《全元文》(第 52 册)录其文 1 篇,《全元诗》(第 36 册)录其诗 4 首。

7. 祁君璧,字伯温,兰阳(河南兰考)人。国子生。延祐五年进士。(后)至元六年(1340)有国子助教转任秘书监管勾,至正元年(1341)迁监察御史,二年任广西廉访副使。生平见《秘书监志》卷九、《成化河南总志》卷四。

《全元诗》(第 44 册)录其诗 1 首,无文。

8. 蒲机,字思度,南郑(今汉中市)人。父蒲道源,官至陕西儒学提举,有《闲居丛稿》(蒲机编)。延祐五年进士。至治元年(1321)任孟州判官。历芮城县尹、文水县尹、陕西行台掾、御史。至正十六年(1356)任云南廉访使。蒲道源之婿杜彦礼为元统元年进士。生平见《寰宇通志》卷九三、《雍正山西通志》卷九九。

《全元文》(第 39 册)录其文 1 篇,无诗。

8. 岑良卿(1285—1344),字易直,号海亭,余姚人。延祐五年进士,历建宁路松溪县尹,寻授东平路总管同知,官至奎章阁学士、参知政事。生平见《万历绍兴府志》卷三二、《元诗选癸集》丙集。

《全元文》(第 39 册)录其文 2 篇,《全元诗》(第 35 册)录其诗 1 首。

9. 周仔肩,字本道,临海人。延祐五年进士,授鄞县丞,历长兴州判官、婺州路录事,终奉议大夫、惠州路总管府判官。与其兄集贤待制周仁荣俱以文学名。生平见《至正四明续志》卷二、《元史》卷一九〇附《周仁荣传》、《嘉靖宁波府志》卷二五。

《全元文》(第 39 册)录其文 1 篇,无诗。

11. 汪泽民(1273—1356),字叔志,婺源州人,宋端明殿学士汪藻之七世孙。

延祐五年,登进士第,授承事郎、同知岳州路平江州事。历南安路总管府推官、信州路总管府推官、平江路总管府推官。至正元年(1341),调济宁路兖州知州。至正三年,除国子司业,与修辽、金、宋史。书成,迁集贤直学士,阶太中大夫,以嘉议大夫、礼部尚书致仕。十六年,红巾军下宣城,遇害。有《巢深》、《燕山》、《宛陵》三集,均佚。与张师愚同编《宛陵群英集》十二卷。生平见王逢撰挽词(《梧溪集》卷三)、宋濂撰神道碑铭(《宋文宪集》卷五)、《元史》卷一八五、《元诗选三集》小传、《宛陵群英集提要》(《四库全书总目》卷一八八)。

《全元诗》(第 27 册)录其诗 90 首。存文二篇,《全元文》未录其文。

12. 程栗,婺源州人,延祐五年进士。宁国路宣城县丞。生平见《寰宇通志》卷一二。《全元文》(第 52 册)录其文 2 篇,无诗。

13. 李粲,字燦然,号絅斋,乐平(江西乐平)人。延祐五年进士,授崇仁县丞,历星子县尹、通山县尹。至正元年(1341),任建德推官。官至集贤待制。生平见《元诗选癸集》己集、曾燠《江西诗征》卷三一。

《全元文》(第 37 册)录其文 1 篇,另有《四书笺义序》(陆心源《皕宋楼藏书志》卷一〇)未录。《全元诗》(第 65 册)录其诗 2 首。

14. 祝尧,字君泽,号佐溪子,上饶人。延祐五年进士,授南城丞,后任江山尹、萍乡州及无锡同知。博学能文。所著有《大易演义》、《策学提纲》、《古赋辨体》。生平见《嘉靖广信府志》卷一四、《寰宇通志》卷四三、谢旻《(雍正)江西通志》卷八五、《古赋辨体提要》(《四库全书总目》卷一八八)。

《全元文》(第 39 册)录其文 2 篇,《全元诗》(第 35 册)录其诗 28 首。

15. 郑原善(? —1333),又名元善,字复初,信州路玉山(今安徽玉山)人。延祐五年进士,授德兴县丞。泰定四年(1327)任处州录事,遭诬构去官,元统元年(1333)卒。萨都刺有祭诗。[①] 其弟子刘基最负盛名。[②] 有文集。生平见宋濂《悲海东辞》(《宋文宪集》卷四八)、《寰宇通志》卷四三、《嘉靖江西通志》卷一一。

郑原善曾赋诗思亲,并将与其唱和者之诗合为《郑原善思亲诗编》,袁桷为序。[③] 丁复《桧亭集》卷二有《次韵郑复初录事秋夜三首》、顾瑛《草堂雅集》卷八

---

① 萨都拉:《凤凰台吊(望祭)进士郑复初录事》,《雁门集》卷一三,上海古籍出版社 1982 年版,第 349 页。

② 张时彻:《诚意伯刘公神道碑铭》,刘基著,林家骊校点:《刘伯温集》,第 786 页。

③ 袁桷:《郑原善思亲诗编序》,《清容居士集》卷二,文渊阁四库全书第 1203 册,第 305 页下—306 页上。

有《和郑复初书怀》,然郑原善仅存诗一首,其散佚颇多。

《全元诗》(第 32 册)录其诗 1 首。有《巨济桥记》①,《全元文》未录其文。

16.雷机(1294—1351),子枢,建安人。延祐五年进士,授福州路古田县丞,除延平路总管府推官,改邵武路总管府经历,调兴化路兴化县尹,转湖广等处儒学副提举。擢延平路总管府推官。至正六年(1346),迁泉州路惠安县尹。除朝散大夫、翰林待制。卒于官,年五十八。所著有《易斋》、《黄鹤矶》、《碧玉环》、《龙津》、《龙山》、《鄞川》、《环中》诸稿五十余卷,佚。弟栱,乡贡进士。从弟杭,元统元年(1333)进士。子雷燧,至正二十三年(1363)进士;次子燦,至正十年乡贡进士。雷燧之子雷伯埏,至正二十六年进士。雷氏为元代有名的科第世家。生平见宋濂撰墓志铭(《宋学士文集》卷五)、陈道《(弘治)八闽通志》卷六四、曾廉《元书》卷九〇、《元诗选癸集》丙集。

《全元诗》(第 37 册)录其诗 6 首。有《瑞竹亭记》(佚)②、《尚书通考序》③,《全元文》未录其文。

17.林冈孙,字子高,号慎斋。莆田人。延祐五年进士,历任福清州判官、瑞安州同知。弟子朱文霆,元统元年(1333)进士。生平见陈道《(弘治)八闽通志》卷五四、《寰宇通志》卷四六、李清馥《闽中理学渊源考》卷三四。

《全元文》(第 39 册)录其文 1 篇,无诗。

18.祝彬,字文夫,宁州(江西修水)人。延祐五年进士,授抚州路崇仁县丞。泰定三年(1326)任江西乡试考试官。四年,授翰林院编修。至顺三年(1332),升应奉翰林文字。生平见《嘉靖宁州府志》卷三、《万历新修南昌府志》卷一一。

《全元文》(第 45 册)录其文 1 篇,无诗。

19.虞槃(1274—1327),字仲常,号贞白,崇仁(今江西崇仁)人。虞集弟。延祐五年进士,授吉安永丰丞,丁父忧,除湘乡州判官,迁嘉鱼县尹,未上,卒。有《虞槃文集》④。生平见虞集撰墓志铭(《道园类稿》卷四七)、欧阳玄《虞雍公神道碑》(《圭斋文集》卷九)、李绂《虞别架槃》(《陆子学谱》卷一八)。

《全元文》(第 28 册)录其文 2 篇,无诗。

---

① 郑原善:《巨济桥记》,嵇曾筠监修,沈翼机等编纂:《(雍正)浙江通志》卷三七,文渊阁四库全书第 520 册,第 97 页下。

② 陈道撰:《(弘治)八闽通志》卷七四,四库全书存目丛书史部 178 册,第 610 页下。

③ 瞿镛:《铁琴铜剑楼藏书目录》卷二,《清代书目题跋丛刊》(三),中华书局 1990 年版,第 39 页上。

④ 钱大昕著,田汉云点校:《元史艺文志》第四,陈文和主编《钱大昕全集》第 5 册,第 67 页。

20.黄常,字养源,抚州路乐安(今江西乐安)人。延祐五年进士。授业于吴澄,曾同知莱阳州事。① 有《黄养源诗》,吴澄为序。② 《全元文》(第54册)录其文1篇,《全元诗》(第36册)录其诗2首。

21.欧阳南,建昌人,延祐五年进士,任兴国州录事。生平见《嘉靖江西通志》卷一三。《全元文》(第39册)录其文1篇,《全元诗》(第35册)录其诗1首。

22.丘堂,武昌人。延祐五年进士。至正间任石门县尹,曾任平江路判官。文辞赡丽,与衡山何克明并擅名,时称"丘何"。生平见廖道南《楚纪》卷二三、《万历湖广总志》卷五一。

《全元诗》、《全元文》未录其诗文。《元赋青云梯》卷上录其《云梦赋》。

23.冯福可,字景仲,醴陵(今湖南醴陵)人,延祐五年进士。曾任武当县尹。至正三年(1343)以国子助教与修《宋史》。官至中奉大夫江西儒学提举。历任清慎,士庶称之。有文声,其学根据经传,出入百氏以取材,罗络甚广。有《存拙稿》。生平见《景泰云南图经志书》卷七、吴师道《冯景仲存拙稿序》(《礼部集》卷一五)、《元诗选癸集》丙集。

《全元诗》(第35册)录其诗1首,未录其诗《七星关》③。有文《云梦赋》④,《全元文》未录其文。

24.何元同,浏阳人。延祐五年进士,授常宁州判官,后转梧州推官。⑤

《全元文》(第37册)录其文1篇,未录《元常宁州何族南岩碑》⑥。另有《高明亭记》⑦,佚。无诗。

25.何克明,号初庵,衡山人。延祐四年(1317)中湖广乡试第一,⑧五年进

---

① 吴澄:《故曾明翁墓志铭》,《吴文正公文集》卷七八,文渊阁四库全书第1197册,第749—750页上。

② 吴澄:《黄养源诗序》,《吴文正公文集》一七,文渊阁四库全书第1197册,第186页下。

③ 鄂尔泰修,靖道谟编纂:《(乾隆)贵州通志》卷四四,文渊阁四库全书第572册,第500页下。

④ 陈元龙:《历代赋汇补遗》卷四,文渊阁四库全书第1422册,第465页下—466页上。

⑤ 何元同:《元常宁州何族南岩记碑》,李孝经纂《同治常宁县志》卷一二,《石刻史料新编》第3辑"地方类"第14册,新文丰出版公司1986年版,第240页下—241页上。

⑥ 李孝经撰:《同治常宁县志》卷一二《金石》,《石刻史料新编》第3辑第14册,新文丰出版公司1986年版,第240页下—241页上。

⑦ 杨珮修,刘黻纂:《(嘉靖)衡州府志》卷二,第26页下,《天一阁藏明代方志选刊》第59册,上海古籍书店1982年版。

⑧ 廖道南:《楚纪》卷二三,《北京图书馆古籍珍本丛刊》第7册,书目文献出版社1998年版,第358页下。

士。任衡州推官。① 延祐二年进士刘彭寿弟子，②与丘堂齐名。

《全元文》（第 39 册）录其文 1 篇，《全元文》（第 54 册）录其文 1 篇。③ 无诗。

26. 李岳，河间人，吴澄弟子。延祐五年进士。至正中金山东廉访司事。生平见吴澄《跋曾翰改名说》（《吴文正公集》）、《寰宇通志》卷二、《宋元学案补遗》卷九二。

《全元诗》（第 35 册）录其诗 2 首，无文。

27. 施霖，字伯济，宣城人。延祐五年进士，任瑞安县丞。生平见《万历宁国府志》卷四、《寰宇通志》卷一一。

《全元文》（第 39 册）录其文 1 篇，《全元诗》（第 65 册）录其诗 2 首。

三、至治元年辛酉（1321）科

至治元年辛酉科为元代科举第三科。右榜第一为达普化（泰不华），左榜第一宋本，故左右榜分别称达普化榜、宋本榜。

本科会试考试官仅知集贤直学士袁桷（1266—1327）、翰林待制曹元用（1268—1330），弥封官范德机（1272—1330）。④

本科录取进士 64 人。⑤ 左榜 43 人，右榜 21 人。⑥ 有作品传世者或文学创作记录的汉族进士有宋本、刘铸、孟泌、尚克和、董珪、李好文、岳至、王思诚、司廙、赵琏、吴师道、徐一清、岑士贵、林定老、周暾、方均（君）玉、李士良、储磻、张纯仁、林兴祖、林以顺、周尚之、王相、高若凤、刘震、夏镇、元光祖、杨舟、易炎正、何贞立 30 人。

1. 宋本（1281—1334）字诚夫，大都人。尝从父祯官江陵，与延祐二年进士谢端同师王奎文，善为古文，辞必己出，峻洁刻厉，多微辞。至治元年左榜第一，授翰林修撰。泰定元年（1324）春，除监察御史，调国子监丞。移兵部员外郎。

① 郭雷焕：《元泾县明伦堂记》，赵绍祖辑：《安徽金石略》卷三，《石刻史料新编》第 1 辑"地方类"第 16 册，新文丰出版公司 1982 年版，第 11687 页上。

② 欧阳玄：《元故承务郎建德路淳安县尹眉阳刘公墓志铭》，《圭斋文集》卷一〇，欧阳玄撰，汤锐校点：《欧阳玄全集》，第 305 页。

③ 《全元文》第 39、第 54 之何克明似应为一人。

④ 萧启庆：《元代进士辑考》，第 183 页；沈仁国《元朝进士集证》，第 120 页。

⑤ 宋濂：《元史》卷八一，2026 页。

⑥ 崔瀣：《送奉使李仲父还朝序》，《拙稿千百》卷二，昭和五年（1930）东京育德财团《尊经阁丛刊》珂罗版影印至正十四年（1354）高丽刻本。

二年,转中书左司都事。四年春,迁礼部郎中。天历元年(1328)冬,升吏部侍郎。二年,改礼部侍郎。是年,文宗开奎章阁,置艺文监,检校书籍,超大监。至顺元年(1330),进奎章阁学士院供奉学士。二年冬,出为河东廉访副使,将行,擢礼部尚书。元统元年(1333),兼经筵官,拜陕西行台治书侍御史,不拜,复留为奎章阁学士院承制学士,仍兼经筵官。二年夏,转集贤直学士,兼国子祭酒及经筵如故。是年卒,年五十四。有《至治集》四〇卷,许有壬、苏天爵为之序,今已佚。文学与弟宋褧齐名,人称之曰"二宋"。生平见宋褧撰行状(《燕石集》卷一五)、《元史》卷一八二、《元书》卷七五、《新元史》卷二〇八、《元诗选二集》小传。

《全元文》(第33册)录其文22篇,《全元诗》(第31册)录其诗112首。

2. 刘铸,字禹鼎。原四川嘉定路眉州人(今四川眉山),其父刘有庆,宋翰林待诏,宋末迁宁国路南陵县(今安徽南陵)。至治元年进士,历安庆路推官,知南丰州,多惠政,工诗。刘铸为国子生,柳贯弟子。[1] 生平见汪泽民《宛陵群英集》卷四、《万历宁国府志》卷一七、何绍基《(光绪)重修安徽通志》卷二二六。

《全元文》(第47册)录其文1篇。《全元诗》(第37册)录其诗2首,《铁柱宫》[2]未录。

3. 孟泌(1295—1339),字道源,陵州(今山东德州市)人。少从御史中丞许师敬游,补国子员。至治元年进士,授冠州判官。历翰林编修、应奉、汉中廉访司经历、翰林修撰。后至元五年(1339)拜监察御史。妻李氏,奎章阁承制学士李泂之女。生平见苏天爵撰《墓志铭》(《滋溪文稿》卷一三)。

《全元文》(第39册)录其文3篇,无诗。

4. 尚克和,字子正,祁州深泽(今河北深泽)人,世居保定。伯父文,以中书平章政事致仕。至治元年进士,泰定间为曹州判官,天历二年(1329)为南台监察御史。曾任理问,至正初任宝源库提举,卒于官。生平见《至正金陵新志》卷六、字术鲁𬭚《平章政事致仕尚公神道碑》(苏天爵《元文类》卷六八)。

《全元诗》(第37册)录其诗3首,无文。

5. 董珪(1295—1363),字君章,祁州(今河北安国)人,至治元年进士,授定州路同知,迁知颍州。至正元年(1341)为息州知州。生平见《隆庆保定府志》卷

---

① 柳贯:《见初亭记》,《柳待制文集》卷一四,第6页上,四部丛刊初编本。

② 金桂馨:《逍遥山万寿宫志》卷一九,《四库未收书辑刊》第6辑第10册,第661页上。

一○、《寰宇通志》卷二。

《全元文》(第 54 册)录其文 2 篇,另有《义学田记》^①、《封崇寺住持圆明了性大师行业碑》^②未录,无诗。

6. 李好文,字惟中,东明(今山东东明)人。登至治元年进士,授大名路浚州判官。入为翰林国史院编修官、国子助教。泰定四年(1327),除太常博士。迁国子博士。丁内忧,服阕,起为国子监丞,拜监察御史。出佥河南、浙东两道廉访司事。(后)至元六年(1340),召佥太常礼仪院事。至正元年(1341),除国子祭酒,改陕西行台治书侍御史,迁河东道廉访使。三年,召为同知太常礼仪院事。四年,除江南行台治书侍御史,未行,改礼部尚书,与修辽、金、宋史,除治书侍御史,仍与史事。俄除参议中书省事,仍为治书。已而复除陕西行台治书侍御史。六年,除翰林侍讲学士,兼国子祭酒,又迁改集贤侍讲学士,仍兼祭酒。九年,出参湖广行省政事,改湖北道廉访使,寻召为太常礼仪院使。升翰林学士承旨,阶荣禄大夫。拜光禄大夫、河南行省平章政事,以翰林学士承旨一品禄终其身。编《太常集礼》五十卷、《端本堂经训要义》十一卷及历代兴废故事《大宝录》、《大宝龟鉴》。著有《河滨苦窳集》^③。生平见释来复《澹游集》卷上、唐锦《(正德)大名府志》卷七、《元史》卷一八三、《元诗选癸集》丙集。

《全元文》(第 47 册)录其文 17 篇,《全元诗》(第 36 册)录其诗 4 首。

7. 岳至,字齐高,东平(今山东东平)人。至治元年进士。天历二年(1329)任南台监察御史。至顺三年(1332)任国子司业。至正三年(1343)任翰林学士。^④ 六年任南雄路总管,曾刊行宋周锷《承宣集》,危素为之序。^⑤ 生平见《至正金陵新志》卷六、《寰宇通志》卷七四。

《全元诗》(第 36 册)录其诗 1 首。有文《嘉泽显济王庙碑》^⑥、《修伏牛山庙

----

① 顾燮光:《河朔新碑目》上卷,《石刻史料新编》第 3 辑“考证目录类”第 35 册,新文丰出版公司 1986 年版,第 566 页上。

② 沈涛:《常山贞石志》卷二三,《辽金元石刻文献全编》第 3 册,北京图书馆出版社 2003 年版,第 388—389 页上。

③ 李格修,赵本、吴骥纂:《正统大名府志》卷六,中国科学院图书馆编:《稀见中国地方志汇刊》第 3 册,中国书店 1992 年版,第 753 页。

④ 曾国荃修,王轩、杨笃等纂:《光绪山西通志》卷九六《金石八》,光绪十八年刻本,第 56 页。

⑤ 危素:《承宣集序》,《危学士全集》卷四,四库全书存目丛书集部第 24 册,第 678 页下—679 页上。

⑥ 曾国荃修,王轩、杨笃等纂:《光绪山西通志》卷九六《金石记八》,光绪十八年刻本,第 56 页。

碑记》①、《元肃政廉访使孛罗帖木儿去思碑》②,《全元文》未录其文。

8. 王思诚(1291—1357),字致道,兖州嵫阳(今山东兖州)人。少从汶阳曹元用游。至治元年进士,授管州判官,召为国子助教,改翰林国史院编修官。寻升应奉翰林文字,再转为待制。至正元年(1341),迁奉议大夫、国子司业。二年,拜监察御史。出佥河南山西道肃政廉访司事。召修辽、金、宋三史,调秘书监丞。超升兵部侍郎。及丁内忧,扶榇南归。后起为太中大夫、河间路总管。召拜礼部尚书。十二年,巡行河间及山东诸路。召还,迁国子祭酒,俄复为礼部尚书,知贡举,升集贤侍讲学士,兼国子祭酒。寻出为陕西行台治书侍御史。十七年,召拜通议大夫、国子祭酒,以疾卒,年六十有七。生平见《元史》卷一八三。

《全元诗》(第 36 册)录其诗 43 首。有文《子思书院学田记》③、《获嘉县新修庙学记》④、《代祀阙里孔子庙碑》⑤、《重修晋祠庙记》⑥、《重修庙学记》⑦、《元辛卯会试题名记》⑧,《全元文》未录其文。

9. 司廙,字彦恭,号历亭,恩州(今山东武城县东北)人。至治元年进士。(后)至元六年(1340)任国子监丞。至正元年(1341)任西台御史。佥燕南河北道肃正廉访司事。官至礼部尚书。兄司庠,亦为进士。生平见《嘉靖山东通志》卷三一、《宣统重修恩县志》卷八。

《全元文》(第 56 册)录其文 1 篇,另有《元饶阳梁氏先茔之碑》⑨,未录。《全元诗》(第 37 册)录其诗 2 首。

10. 赵琏(？—1352),字伯器,临颍(今河南临颍)人。尝师事金华名儒许谦

①　武雷阳重修:《重修沁州志》卷一〇《艺文》,乾隆三十六年刻本,第 17—18 页。
②　欧阳铎纂:《嘉靖南雄府志》上卷,《天一阁藏明代方志选刊续编》第 66 册,上海书店 1990 年版,第 212—213 页。
③　刘濬:《孔颜孟三氏志》卷六,《北京图书馆古籍珍本丛刊》第 14 册,第 314 页上。
④　邹古愚:《河南获嘉县志》卷一六《金石》,《石刻史料新编》第 3 辑第 28 册,新文丰出版公司 1986 年版,第 619 页上。
⑤　陈镐撰、孔弘乾续修:《阙里志》卷一八,四库全书存目丛书史部第 76 册,齐鲁书社 1997 年版,第 289—290 页。
⑥　方履篯:《金石萃编补正》卷四,《辽金元石刻文献全编》第 2 册,第 755 页下—776 页上。
⑦　高濬、杨进思等编纂:《嘉靖霸州志》卷八《艺文志》第 5 页下—6 页上,《天一阁藏明代方志选刊》第 6 册,上海古籍书店 1982 年版。
⑧　王昶:《金石萃编未刻稿》卷下,《辽金元石刻文献全编》第 2 册,第 726—727 页。
⑨　吴汝纶纂:《深州风土记》卷一一,《辽金元文献全编》第三册,第 472 页。

(1270—1337)。[①] 至治元年，登进士第，授嵩州判官。再调汴梁路祥符县尹。后至元五年(1339)，入为国子助教。至正元年(1341)迁刑部主事，二年，迁翰林待制，累迁湖广行省左右司郎中。除杭州路总管。逾年，召拜吏部侍郎。历中书左司郎中，除礼部尚书。寻迁户部，拜参议中书省事。出为山北辽东道廉访使。十二年朝廷析河南地，立淮南江北行省于扬州，以琏参知政事。时张士诚起事，遣兵讨之，为张士诚所杀。弟琬，字仲德，仕至台州路总管。至正二十七年，死方国瑛难。生平见《元史》卷一九四、《元诗选癸集》丁集。

《全元诗》(第 37 册)录其诗 1 首，《全元文》(第 51 册)录其文 1 篇。另有《重修宣圣庙记》[②]，未录。

11. 吴师道(1299—1344)，字正传，婺州兰溪人。师事许谦。登至治元年进士第，授高邮县丞，再调宁国路录事。后至元五年(1339)，迁池州建德县尹。中书左丞吕思诚、侍御史孔思立荐之，召为国子助教，寻升博士。至正三年(1343)丁忧南归，以奉议大夫、礼部郎中致仕，终于家。所著有《易诗书杂说》、《春秋胡传附辨》、《战国策校注》、《敬乡录》、《吴礼部集》。生平见张枢撰墓表、杜本撰墓志铭、宋濂撰碑(《吴礼部文集》附录)、黄溍《吴正传文集序》(《金华黄先生文集》卷一八)、《元史》卷一九〇、《元诗选初集》小传。

《全元文》(第 34 册)录其文 292 篇，《全元诗》(第 32 册)录其诗 605 首。

12. 徐一清，字永之，兰溪人。历官江浙儒学副提举。浙江行省郎中。生平见《万历金华府志》卷一八、《麟溪集》壬卷。

《全元诗》(第 36 册)录其诗 1 首。有文《送徐学正诗》，[③]《全元文》未录。

13. 岑士贵，字尚周[④]，余姚人。延祐五年进士岑良卿为其从兄。全治元年进士，授黄岩州判官，遇毒死。生平见《万历黄岩县志》卷四。

《全元文》(第 46 册)录其文 2 篇。

14. 林定老(1276—?)字君则，丽水(今浙江丽水)人。至治元年进士，至治

---

① 许谦：《颍川赵琏从余游途二载复同夜坐草亭考索理义始至大辛亥十月癸未至皇庆壬子五月癸丑而止诵讲之余时相与步武庭中倚树凝立仰观俯察莫匪佳趣间以所见辑成韵语得十余篇于琏之行书以赠之》，《许白云集》卷一，第 10 页上，四部丛刊续编本。

② 董榕、郭熙、牛问仁修纂：《乾隆商水县志》卷八《艺文志》，第 15 页下—17 页下，乾隆四十八年刻本。

③ 张许修，陈凤举纂：《嘉庆兰溪县志》卷一三，《中国华东文献丛书》第 1 辑第 20 册，学苑出版社 2010 年版，第 125 页。

④ 吴莱：《李仲举岑尚周哀诔辞》，《渊颖集》卷六，文渊阁四库全书第 1209 册，第 112 页上。

二年(1322)任奉化州同知。约至顺元年(1330),任兴化路总管府判官,知新州,卒于官。子彬祖,至正五年(1345)进士。生平见贡师泰《龙泉县君潘氏墓志铭》(《玩斋集》卷一〇)、《至正四明续志》卷二。

《全元文》(第 28 册)录其文 2 篇,未见诗。

15. 周暕,字子震(一作子振、子正),鄱阳人。周伯琦兄。至治元年进士,官翰林国史编修。《嘉靖江西通志》卷九《饶州府·科目》定为至正五年进士。生平见曾燠《江西诗征》卷三二、《元诗选癸集》己集下。

《全元诗》(第 35 册)录其诗 4 首,无文。

15. 方均(君)玉,字则大,浮梁(今江西景德镇市)。至治元年进士。曾任绍兴路余姚州判官,进德兴县尹。生平见《正德饶州府志》卷四。

《全元文》(第 37 册)录其文 2 篇,无诗。

16. 李士良,字仲举,溧阳州(今江苏溧阳)人。至治元年进士。授绍兴路余姚州判官。生平见《至正金陵新志》卷九。

《全元诗》(第 37 册)录其诗 1 首。

18. 储磻,石埭(今安徽石台县东北)人。至治元年进士,授赣州倅。所著有《东樵吟稿》。生平见《寰宇通志》卷一二、《万历池州府志》卷七、王崇《(嘉靖)池州府志》卷七。无诗文传世。

19. 张纯仁,字景范,弋阳(今江西弋阳)人。至治进士。至顺三年(1332)任繁昌县尹,转乐清县尹,终浙江中书省郎中。生平见王元恭《(至正)四明续志》卷二、《嘉靖广信府志》卷一四、曾燠《江西诗征》卷二九。

《全元诗》(第 37 册)录其诗 1 首。至正九年(1349),张纯仁为宋汪晫《康范诗集》作序[1],《全元文》未录其文。

20. 林兴祖,字宗起,号木轩先生[2],罗源(今福建罗源)人。至治元年,登进士第,授承事郎、同知黄岩州事,迁知铅山州。升南阳知府,改建德路同知,俱未任。至正八年(1348),迁为道州路总管,以年老致仕,终于家。政声藉甚,以治最闻,入《元史·良吏传》。生平见《(弘治)八闽通志》卷六二、《元史》卷一九二、柯劭忞《新元史》卷二二九。

随州蒙古人脱寅(蒙谷子)作《知州木轩颂》称其"才迈邢恕,杰出李繁;词翰

---

① 汪晫:《康范诗集》卷首,文渊阁四库全书第 1175 册,第 574 页下—575 页上。

② 颜木:《随志》下录《知州林兴祖木轩颂》,四库全书存目丛书史部 186 册,第 644 页下。

瞻于苏东坡,清平超乎文与可"。①

《全元文》(第 47 册)录其文 8 篇,另有《跋重刊尊尧集序》未录,无诗。

21.林以顺(1394—1374),字子睦(或作子木),莆阳(今福建莆田)人。至治元年进士,廷对不讳,置于榜末。授海宁县丞,调庆元县尹。后至元元年(1335)移浦江县尹,改台州路推官。历江西儒学提举,福清州知州,寻除福州路同知致仕。洪武四年(1371)任福建乡试考官,年八十一终。与林泉生、卢琦、陈旅,皆以文学为闽中名士。② 生平见陈道《(弘治)八闽通志》卷七一、《元诗选癸集》丙集。

《全元文》(第 47 册)录其文 2 篇,《全元诗》(第 31 册)录其诗 1 首。

22.周尚之(1268—1328),字东扬,富州人(今江西丰城县)人。至治元年进士,授永州零陵县丞。调南安县上犹县尹。致和元年(1328)以疾卒,年六十一。其学根柢六经,旁出入诸史百家,至庄、屈、荀、扬、左、马、韩、柳氏之书,皆手自缮写,行吟坐讽,将老不辍。著有《礼记集义》若干卷,《过言》、《卮言》、《觳音》又若干卷藏于家。生平见柳贯撰墓志铭(《柳待制文集》卷一〇)。

《全元文》(第 24 册)录其文 1 篇,无诗。

23.王相(1296—1361),字吾素,号玉宇,吉水(今江西吉水)人。至治元年进士,授桂阳平阳县丞。转上犹县尹,历国史院编修官、泾县尹、国子助教、翰林修撰、国子博士,以疾卒于官。著述有兵焚后余旧稿一卷、《春秋主意》十卷。生平见刘三吾撰墓表(《坦斋刘先生文集》卷下)。从弟王充耘,元统元年进士。

有文《新城县城隍感应碑铭》③,《全元文》未录,无诗。

24.高若凤(？—1352),字在翁,号灞雪,吉水(今江西吉水)人。至治元年进士,授建昌州判官。泰定三年(1326)任江西等处儒学副提举,累校文江南三省。元统二年(1334)任大庾知县,迁平江路判官,转福建道都元帅府经历。至正中,为广州路推官,改知封州事。至正十二年(1352)攻龙潭农民军,中流矢卒于军。明解缙母亲高妙莹为高若凤第四女。④ 生平见王昂重编《嘉靖吉安府志》卷一三、曾燠《江西诗征》卷二九、《元诗选癸集》丙集。

---

① 何乔远:《闽书》卷七八,福建人民出版社 1995 年版,第 2365 页。
② 顾嗣立:《元诗选三集》,第 282 页。
③ 张才纂,徐珪重编:《弘治保定郡志》卷二五,第 24 页下—25 页。《天一阁藏明代方志选刊》第 4 册,上海书店出版社 1982 年版。
④ 解缙:《先妣高太夫人鉴湖阡》,《文毅集》卷一二,文渊阁四库全书第 1236 册,第 785 页下。

《全元文》(第46册)录其文3篇,有诗《铁柱》,①《全元诗》未录其诗。

25.刘震,字更震(一作庚震),号簪篑,吉水人。至治元年进士。历袁州推官,官至赵州知州。有《簪篑骈俪》、《诗经卓跃》。生平见解缙《西山刘先生墓表》(《文毅集》卷一二)、《寰宇通志》卷三八、《光绪吉水县志》卷三四。

《全元文》(第36册)录其文1篇,《全元诗》(第32册)录其诗5首。

26.夏镇,字定远,号果斋,宜春人。以春秋登进士第,任茶陵州判官,后至元二年(1336)任翰林学士,终奉训大夫。镇学行端饰,为文章简古有法,学者多宗之。其弟子李稷为泰定四年进士,成遵为元统元年进士。生平见严嵩《(正德)袁州府志》卷八。

《全元文》(第31册)录其文5篇,《全元诗》(第65册)录其诗5首。

27.元光祖,字起崇,号南山,桃源州人,祖籍河南。至治元年进士。授常宁州同知,转茶陵州同知。后至元五年(1339)官奉议大夫。至正三年(1343)任柳州路总管。五年,任静江路总管。七年以中奉大夫任宣慰司同知、副都元帅。曾任贵州路总管都元帅。生平见《嘉靖湖广通志》卷一二、《嘉靖广西通志》卷五、卷七。

《全元诗》(第42册)录其诗1首,《全元文》(第58册)录其文1篇,另有《嘉鱼亭记》②、《风洞山大士象碑》③未录。

28.杨舟,字梓人,澧阳(今湖南澧县)人。早年读书天门山中。至治元年进士。历华容县尹、茶陵同知、保宁知府,仕于州县二十余年。至正十年(1350)以翰林待制代祀南海,后出守阆州。明初,为翰林待制。为文古而该博,尤深于《易》,著有《鸡肋集》、《杨待制集》,危素为之序。生平见危素《杨梓人待制文集序》(《危学士全集》卷四)、《隆庆岳州府志》卷五、卷一六,《万历湖广总志》卷五、《楚风补》卷一六。

其文章"根极理要,精深冲远,如沧海无波,一碧万顷。"本科左榜状元宋本"欲观之不可得,略逆旅主人窃取之。"④然未见文章存世,甚为可惜。

《全元诗》(第36册)录诗9首,《弘治岳州府志》卷一〇录其诗《题咏志·天

---

① 金桂馨:《逍遥山万寿宫志》卷一九,《四库未收书辑刊》第6辑第10册,第661页上。
② 解缙、姚广孝等编:《永乐大典》卷二三四三《文章·苍梧志》,中华书局1986年版,第3页。
③ 汪森:《粤西文载》卷四一,文渊阁四库全书第1466册,第376—377页。
④ 危素:《杨梓人待制文集序》,李修生主编:《全元文》第48册,第213页。

门十六峰诗》16 首。①

29. 易炎正,攸州(今湖南攸县)人,一作湘乡人。宁乡丞。三年之间,善政著闻。尤笃于问学,四方士受经于门者甚众,称涟溪先生。有《涟溪集》②,已佚。生平见曾国荃《(光绪)湖南通志》卷一六四、《元诗选癸集》丙集。

《全元诗》(第 37 册)录其诗 1 首,无文。

30. 何贞立,浏阳人,至治元年进士,任南康县尹。后至元五年(1339),任湖州推官。生平见《元诗选癸集》己集上。

《全元文》(第 56 册)录其文 2 篇,《全元诗》(第 40 册)录其诗 1 首。

四、泰定元年甲子(1324)科

泰定元年科为元代科举第四科。右榜进士第一为捌刺,左榜第一为张益,故左右榜分别称捌刺榜及张益榜。

本科会试考官,知贡举为国子祭酒兼集贤直学士邓文原(1359—1328)。考试官字术鲁翀(1279—1338)、翰林待制虞集(1272—1348)、翰林学士曹元用、蔡文渊(? —1329)、国子博士许云翰。廷试读卷官为吏部尚书王结(1275—1336)、翰林侍讲学士袁桷(1366—1327)、邓文原。③

本科录取进士 86 人。④ 有作品传世者或文学创作记录的汉族进士有宋褧、王守诚、王理、孔涛、宋克笃、张益、吕思诚、赵时敏、段天佑、王瓒、赵公谅、吴暾、史馹孙、汪文璟、徐恢、程谦、郑僖、叶现、林仲节、张复、彭士奇、冯翼翁、杨衢、曾翰 24 人。

1. 宋褧(1294—1346),字显夫,大都(今北京)人。登泰定元年进士第,授校书郎。历翰林编修、詹事院照磨、御史台掾、太禧宗禋院照磨。元统初,迁翰林修撰,与修《天历实录》。后至元三年(1337)拜监察御史。六年,金山南廉访司事。至正元年(1341)改陕西行台都事,入为翰林待制,迁国子司业,参修辽、金、宋史,超拜翰林直学士。六年卒,年五十三。宋褧于朝廷政事多所建明,其文学与其兄宋本齐名,人称之为"二宋"。其"诗精深幽丽,而长于讽喻,其文温润而

① 李文明、刘玑纂修:《弘治岳州府志》,《天一阁藏明代方志选刊续编》第 63 册,第 791—797 页。

② 卞宝第、李瀚章等修,曾国荃、郭嵩焘等纂:《(光绪)湖南通志》卷二五三《艺文志九》,续修四库全书第 667 册,第 709 页下。

③ 萧启庆:《元代进士辑考》第 207;沈仁国《元朝进士集证》第 173 页。

④ 宋濂:《元史》卷八一,第 2026 页。

完洁,固足以成一家之言。"①有《燕石集》十五卷,集选本朝歌诗曰《妙品上上》,
曰《名家》,曰《赏音》,曰《情境超谊》,曰《才情》等集若干卷。生平见苏天爵撰墓
志铭(《滋溪文稿》卷一三)、邹树荣《宋文清公年谱》(《一栗园丛书》)、柯劭忞《新
元史》卷二〇八、《元诗选二集》小传。

《全元文》(第 39 册)录其文 90 篇。《全元诗》(第 37 册)录其诗 693 首。

2. 王守诚(1296—1349),字君实,太原阳曲(今山西省太原附近)人。泰定
元年进士,授秘书郎。天历二年(1329)迁太常博士,续编《太常集礼》若干卷以
进。三年,转艺林库使,与著《经世大典》。拜陕西行台监察御史。除奎章阁鉴
书博士。拜监察御史。佥山东廉访司事。后至元二年(1336)改户部员外郎、中
书右司郎中。拜礼部尚书。与修辽、金、宋三史,书成,擢参议中书省事。调燕
南廉访使。至正五年(1345),除河南行省参知政事,宣抚四川,进资政大夫、河
南行省左丞。未上。至正九年卒,年五十有四。有《王守诚文集》。② 生平见王
士点《秘书监志》卷一〇、《成化山西通志》卷九、《元史》卷一八三、《元诗选癸集》
丙集。

《全元诗》(第 37 册)录其诗 4 首,《全元文》(第 39 册)录其文 8 篇,另有《祀
曲阜宣圣庙记》③未录。

3. 王理,字伯循,南郑(今陕西南郑)人。以国子生试于大都。泰定元年进
士。天历三年(1330)任深州同知。至顺二年(1331)官翰林国史院编修官。三
年,迁南台御史。元统二年(1334),迁广东廉访司佥事。后至元四年(1338)任
江东肃正廉访司佥事。转国子司业。至正四年(1344)任翰林待制。著《三史正
统论》④。生平见蒲道源《西轩先生传》(《闲居丛稿》卷一四)、《至正金陵新志》
卷六。

《全元诗》(第 37 册)录其诗 2 首,《全元文》(第 54 册)录其文 6 篇,另有《孝
感泉铭并序》,⑤未录。

4. 孔涛(1286—1342),字世平,衢州路西安(今浙江衢州)人,原籍曲阜,孔

---

①　危素:《燕石集后序》,钱伯城、魏同贤、马樟根主编:《全明文》第二册卷五九,上海古籍出版社
1992 年版,第 358 页。

②　钱大昕著,田汉云点校:《元史艺文志》第四,陈文和主编:《钱大昕全集》第 5 册,第 65 页。

③　陈镐撰,孔弘乾续修:《阙里志》卷九,北京图书馆古籍珍本丛刊第 23 册,书目文献出版社 1998
年版,第 633 页上—634 页上。

④　孙承泽:《元朝典故编年考》卷八《修三朝史》,文渊阁四库全书第 645 册,第 831 页上。

⑤　郑太和辑,郑玺续集:《麟溪集》酉卷,四库全书存目丛书集部第 289 册,第 610 页上。

子五十三世孙。泰定元年进士,授平江路昆山州判官,改吴江州判官。因遭诬,调桂阳州判官,后迁潮州路总管府知事。至正二年(1342)卒,年五十七。所为诗尚俊迈,文浑厚不事缄巧,有《存存斋稿》、《阙里谱系》。生平见黄溍传墓志铭(《金华黄先生文集》卷三四)、柯劭忞《新元史》卷二二九。

有文《阙里谱系序》①、《东坡村醪帖跋》②、《萧辉山存稿序》③,有诗《蕤宾铁琴诗》④,《全元文》、《全元诗》均未录其诗文。

5.宋克笃,字止斋,长山(今属山东)人。泰定元年进士。历翼城县尹、益都路同知。至正十四年(1354)人晋宁路绛州知州。生平见胡谧《(成化)山西通志》卷八、成瓘《(道光)济南府志》卷三九、《元诗选癸集》已集上。

《全元文》(第59册)录其文2篇,《全元诗》(第52册)录其诗4首。

6.张益,字子寿,一说彦谦,西河(今山西汾阳附近)人。泰定元年进士左榜第一,授翰林修撰。天历元年(1328)为南台监察御史。至顺二年(1331)任中台监察御史,上书弹劾四川行省平掌钦察台,左迁西台御史。后至元四年(1338)调湖南金宪。后迁国子监丞、国子司业。师西河秋岩先生王天祺。子大猷,亦进士。生平见《寰宇通志》卷八二、胡谧《(成化)山西通志》卷九。

有文《三皇庙残碑》⑤,《全元文》未录,无诗。

7.吕思诚(1293—1357),字仲实,平定州(今山西平定)人。泰定元年进士,授同知辽州事,未赴。丁内艰。改景州蓚县尹。至顺元年(1330),擢翰林国史院检阅官,升编修。寻擢国子监丞,升司业,拜监察御史。与斡玉伦徒等劾中书平章政事彻里帖木儿变乱朝政,遂出佥广西廉访司事。移浙西。复召为国子司业,迁中书左司员外郎。升左司郎中。起为右司郎中,拜刑部尚书。科举复行,与佥书枢密院事韩镛为御试读卷官。改礼部尚书,至正三年(1343)为治书侍御史,总裁辽、金、宋三史,升侍御史,枢密院奏为副使,御史台留为侍御史。劾平章政事不法,迁河东廉访使。未几,召为集贤侍讲学士,兼国子祭酒,出为湖广行省参知政事,改授湖北廉访使。至正五年,入拜中书参知政事,升左丞,转御

　　①　解缙、姚广孝等编:《永乐大典》卷一三九九三"系"字,第6页下—7页上。
　　②　虞集、陈复、孔涛、黄溍、智及、徐达左、倪瓚、张常明、吴宽九跋,赵琦美:《赵氏铁网珊瑚》卷四,文渊阁四库全书第815册,第367—368页上。
　　③　陆心源:《皕宋楼藏书志》卷一一〇,《清代书目题跋丛刊》(一),中华书局1990年版,第1241—1242页上。
　　④　陆心源:《穰梨馆过眼录》卷一〇,续修四库全书1087册,第104页下—105页上。
　　⑤　李文山编:《和林金石录》,丛书集成初编1589册,中华书局1991年版,第55页。

史中丞。再任左丞、知经筵事,提调国子监,兼翰林学士承旨、知制诰兼修国史,加荣禄大夫,总裁后妃、功臣传。又为枢密副使,仍知经筵事,复为中书左丞。拜集贤学士,仍兼国子祭酒。至正十四年,因反对变更钞法,左迁湖广行省左丞。召还,复为中书左丞。移光禄大夫、大司农。至正十七年卒,年六十有五。文章政事皆过人远甚而廉洁不污。有《介轩集》、《岭南集》、《两汉通纪》、《政典举要》。生平见胡谧《(成化)山西通志》卷九、《元史》卷一八五、《元诗选三集》小传。

《全元文》(第39册)录其文16篇,《全元诗》(第37册)录其诗15首。

8.赵时敏,字可学,睢州人①。泰定元年进士,授钧州同知。天历元年(1328),迁偃师县尹。累转安阳县尹,入为著作郎。与修《金史》。至正五年(1345)任监察御史,任监试官。改崇文监,仕至大学士。生平见安都《嘉靖太康县志》卷八。

《全元文》(第52册)录其文1篇。无诗。胡助《纯白斋类稿》卷一二有《和赵可学御史试院纪事十四韵》,未见赵诗。

9.段天祐,字吉甫,汴梁兰陵人。泰定元年进士,授静海县丞,历常熟州判官。至顺四年(1333)任江浙行省照磨。擢国子助教。至正八年(1348)任翰林应奉、儒林郎同知制诰兼国史院编修官。除浙江儒学提举,未任,卒。学瞻气昌,为文追古作者,尤工于诗歌。黄溍尝称其夸而不浮,质而不俚,其拟作元白歌行、韩孟联句,置之古集中,未易辨也。著有《庸音集》、《学文斋遇抄绀珠》、《双南金》、《葬玉》等集藏于家。生平见《成化杭州府志》卷三七、凌迪知《万姓统谱》卷一〇一、释来复《澹游集》卷上、柳贯《送段吉甫州判序》(《柳待制文集》卷一七)、《元诗选补遗》小传。

《全元文》(第45册)录其文8篇,《全元诗》(第37册)录其诗29首。

10.王瓒,字在中,奉元(今陕西西安)人。泰定元年进士,授国子助教,迁翰林国史院编修。泰定五年奉旨代祀中镇。至顺三年(1332)任太常博士。后至元四年(1338)佥河北道肃政廉访司事。历官河东廉访司佥事。生平见《元诗选癸集》丙集。

《全元诗》(第35册)录其诗5首,无文。

---

① 宋褧:《偃师县尹赵君遗爱记》,《燕石集》卷一二,文渊阁四库全书第1212册,第473页下—474页。

11. 赵公谅,字允升,临潼(今陕西临潼)人。泰定元年进士,授宁州判官,调三原县尹。至正二年(1342)任吏部主事。历太常博士、监察御史、户部员外郎、左司都事、员外郎、御史台都事、右司郎中、礼部侍郎。至正十五年任工部尚书。罢官还乡,建"居善书院"。生平见《嘉靖重修三原志》卷四、欧阳玄《赵氏乡学碑记》(《圭斋文集补编》卷三,见《欧阳玄全集》)。

《全元文》(第53册)录其文1篇,《全元诗》(第37册)录其诗1首。

12. 吴暾,字朝阳,淳安人。泰定元年进士。授番阳丞,升镇平尹兼知军事,转峡州路经历,未几辞归。授徒讲学,以终其身,追赠翰林修撰。所著有《齐城集》、《麟经赋》及《青城集》二十卷。门人辑其著作为《吴修撰集》。生平见《嘉靖淳安县志》卷一一、黄宗羲《宋元学案》卷七四、《元诗选癸集》丙集。

《全元文》(第31册)录其文3篇,另有《重建大成殿记》[①]、《击蛇笏铭》[②]《全元文》未录,《全元诗》(第37册)录其诗1首。

13. 史駉孙,字车父,鄞县人。泰定元年进士,授承事郎、国子助教。生平见《至正四明续志》卷二、《寰宇通志》卷三〇。

《全元文》(第45册)录其文1篇,无诗。

14. 程端学(1278—1334),字时叔,号积斋。泰定元年进士。授仙居县丞,未行,改授国子助教,迁翰林国史院编修官。后出为筠州幕长而卒。作《春秋本义》三十卷、《三传辨疑》二十卷、《或问》十卷、《积斋集》五卷。生平见欧阳玄撰墓志铭(《圭斋文集补编》卷一四,见《欧阳玄全集》)、《至正四明续志》卷二、卢文弨《经籍考》。

《全元文》(第32册)录其文83篇,《全元诗》(第28册)录其诗79首。

15. 汪文璟,字辰良,常山人。初授余姚判官,擢翰林编修,出知余姚州。仕至岭南广西道廉访副使。元末以国难忧愤不食卒。生平见《弘治衢州府志》卷九、《万历绍兴府志》卷三七、《万历长山县志》卷一二。

《全元文》(第52册)录其文5篇,《全元诗》(第37册)录其诗2首。

16. 徐恢,字伯弘,鄱阳人,后徙常山。泰定元年进士,授永新令。时陈友谅攻南昌,守将朱文正、汤和婴城固守。明太祖引兵来援,强弱不敌,人怀观望。恢知友谅必败,以粮归朱元璋,朱元璋大喜,即军中授都御史。洪武十四年

---

① 姚鸣鸾修,余坤等纂:《嘉靖淳安县志》卷一三《文翰一》,《天一阁藏明代方志选刊》第16册,第15—17页。

② 朱存理:《珊瑚木难》卷一,文渊阁四库全书第815册,第3页下。

（1381）任户部尚书，忤旨致仕。生平见《洪武永州府志》卷一二、《万历长山县志》卷一二、《康熙常山县志》卷一〇、嵇曾筠《（雍正）浙江通志》卷一九十五。

无文。有诗1首①，《全元诗》未录。

17. 程谦，东平人。泰定元年进士，天历三年（1330）时任翰林国史院编修官。生平见宋褧《同年小集诗序》（《燕石集》卷一二）、《寰宇通志》卷七四。

《全元诗》（第40册）录其诗1首，无文。

18. 郑僖，字宗鲁，号天趣，温州路平阳州人（今浙江平阳）。泰定元年进士，授黄岩州同知。延祐间，城西吴氏女与郑僖赓唱迭和，女欲嫁之而其母不允，未几病卒。郑僖以往来诗翰编为《春梦录》一卷。生平见《弘治温州府志》卷一三、《说郛》卷四二。无诗文存世。

19. 叶现（岘）（1262—？），字有道，青田人。泰定元年进士。至顺二年（1331）时为温州路瑞安州判官，官至杭州路临安县尹。有《见山集》。生平见《寰宇通志》卷三三、《万历括苍汇记》卷一二、《元诗选癸集》癸之己上。②

《全元文》（第37册）录其文5篇，《全元诗》（第24册）录其诗3首。

19. 林仲节，字景和，福宁州晋安（今福建霞浦）人。泰定元年进士，授州判，酒后恃才，降为句容县尹，调华亭尹，后迁知吴江州。生平见《嘉靖福宁州志》卷一一。

《全元文》（第56册）录其文2篇，无诗。

20. 张复，字伯阳，建安（今福建建阳）人。泰定元年进士，授录事。任建宁路知事。后至元元年（1335）前后任福建都转盐运使司知事。仕至翰林侍读学士③。《运使复斋郭公言行录》存其多篇诗文。生平见《弘治八闽通志》卷六五、《弘治建宁府志》卷三一、《建宁人物传》卷一。《全元文》（第53册）录其文5篇，《全元诗》（第37册）录其诗13首。

21. 彭士奇，初名庭琦，字士奇，号冲所，庐陵（今江西吉安）人。泰定元年进士，授南昌县丞，调建昌路经历，以诬陷罢。后荐为广东盐官，至顺二年（1331）卒，年六十六。其文如春江晴澜，滔滔顺流，若可亵玩。疾风过之，奔怒千尺。

---

①　杨溁纂修：《康熙常山县志》卷一二，《日本藏中国罕见地方志丛刊汇编》第4册，北京图书馆出版社2003年版，第645—646页。

②　顾嗣立、席世臣：《元诗选癸集》之叶现（岘）应是余姚叶岘，姑录之。见杨镰：《全元诗》第24册，第351页。

③　史起钦修，林子燮纂：《万历福宁州志》卷五，第3页下；《历官志》云："侍读学士张复有记"，见《北京图书馆藏中国历代石刻史料拓本汇编》第50册，第12页。转引自萧启庆：《元代进士辑考》，第226页。

遗稿数十卷,有《理学意录》《闻见录》《杜注参同》,皆佚。生平见刘诜《建昌经历彭进士琦初》(《桂隐文集》卷二)。

《全元文》(第24册)录其文7篇,无诗。

22.冯翼翁(1292—1354),字子羽,一字敬修,永新(今江西永新)人。师水窗刘先生。泰定元年进士,授汉阳县丞。历湖广行省照磨、上犹县尹、抚州路总管,官至高州路同知。至正十四年卒,年六十三。所著有《文章旨要》八卷,《冯翼翁文集》二十卷。其父鲁山先生与其弟奖翁并以文学称,谓之"永新三冯"。生平见刘岳申撰《元故从仕郎吉水判官冯君墓志铭》(《申斋集》卷一一)、王礼《高州通守冯公哀辞》(《麟原文集》前集卷一二)、余之祯《(万历)吉安府志》卷二八。

《全元文》(第39册)录其文6篇,另有陈元龙《历代赋汇》卷五〇《阳燧赋》未录。无诗。

23.杨衢,字云衢,一字升云,太和人(江西)。延祐二年进士杨景行侄。泰定元年进士,授贵溪县丞,历陕西抄库官,再调新淦州判官。下笔为文,千言不休。生平见刘嵩《杨州判挽诗》(《槎翁诗集》卷五)、《正德瑞州府志》卷七、《嘉靖吉安府志》卷一三。

《全元文》(第52册)录其文1篇,无诗。

24.曾翰,字自省,永丰人。师事江西名儒熊朋来(1246—1323),本名仲巽,熊为更名翰。泰定元年进士,授同知泰和州事。生平见吴澄《跋曾翰改名说》(《吴文正集》卷五五)、《嘉靖吉安府志》卷八。

《全元文》(第46册)录其文2篇,无诗。

五、泰定四年丁卯(1327)科

泰定四年丁卯科是元代科举第五科。右榜第一是阿察赤,左榜第一为李黼,故左右榜分别称阿察赤榜及李黼榜。

本科考官有,会试知贡举礼部尚书曹元用(1268—1330)、同知贡举翰林直学士马祖常(1279—1338)。考试官秘书少监虞集(1272—1348)、国子博士欧阳玄(1283—1357)、中书左司都事宋本(1281—1334)、张起岩。廷试读卷官马祖常、贡奎(1269—1329)。廷试监试官治书侍御史王士熙,掌试卷官苏天爵

(1294—1352)。①

本科录取进士 86 人。② 有作品传世者或文学创作记录的汉族进士有王士元、索元岱、郭嘉、刘沂、周泰、李永、董守忠、康若泰、刘尚质、赵期颐、杨惠、李韡、张敏、颜颀、俞焯、卢端智、李质、胡一中、赵宜浩、杨维桢、方回孙、徐容、张以宁、余贞、刘文德、戴迈、江存礼、谢升孙、何槐孙、周镗、卜友曾、樊执敬 33 人。

1. 王士元(？—1357)，字尧佐，恩州(今河北高唐附近)人。泰定四年进士，由棣州判官累迁知磁州。改知浚州。至正十七年(1357)浚州陷于兵，死难。王士元雄才博学，驰骋文场，援笔成章。三为河东主文，时称得人。生平见《元史》卷一九四、《寰宇通志》卷七二。未见诗文。

2. 索元岱，字士岩，大名(今河北省大名)人。泰定四年进士。历任翰林编修、御史台掾、燕南及淮东廉访司经历③。至正二年(1342)任南台御史。三年进都事。后任浙东廉访金事，升廉访使。④ 有《南台备纪》二十九卷⑤。生平见《寰宇通志》卷六⑥。

萨都剌有题索士岩诗卷，⑦释大訢《索士岩都事赴浙东金宪以疾不能送行作诗寄别》云："公德配古人，文艺复掩众。前驱失班扬，后顾无屈宋。"但索元岱无诗文存世。

3. 郭嘉(？—1358)，字元礼，濮阳人。由国子生登泰定四年进士第，授彰德路林州判官，累迁翰林国史院编修官，除广东道宣慰使司都元帅府经历。未几，入为京畿漕运使司副使，寻拜监察御史，擢礼部员外郎，出为广宁路总管，兼诸奥鲁劝农防御。钱粮之富，甲兵之精，东方诸郡之最。至正十八年(1358)，寇陷辽阳，力战以死。生平见《元史》卷一九四。

《全元文》(第 54 册)录其文 5 篇，《全元诗》(第 35 册)录其诗 2 首。

---

① 萧启庆：《元代进士辑考》，第 233 页。

② 宋濂：《元史》卷八一，第 2026 页。

③ 萨都拉：《题进士索士岩诗卷士岩与余同榜又同为燕南官由翰林编修为御史台掾兼经筵检讨除为燕南廉访经历》，《雁门集》卷四，107—108 页。陈旅：《送索士岩燕南宪司经历序》，《安雅堂集》卷四，文渊阁四库全书第 1213 册，第 51 页下—52 页上。

④ 释大訢：《索士岩都事赴浙东金宪以疾不能送行作诗寄别》，《蒲室集》卷一，文渊阁四库全书第 1204 册，第 534 页。

⑤ 焦竑：《国史经籍志》卷三，续修四库全书第 916 册，第 342 页下。

⑥ "至正三年李韡榜进士"应是"泰定四年李韡榜进士。"

⑦ 萨都剌：《题进士索士岩诗卷士岩与余同榜又同为燕南官由翰林编修为御史台掾兼经筵检讨除为燕南廉访经历》，《雁门集》卷四，上海古籍出版社 1982 年版，第 107—108 页。

4. 刘沂,字彦潜,河间(今河北河间)人。泰定四年进士。历河间路推官①、襄垣县尹②、湖州路总管府推官③。至正十一年(1351),由国子助教转任秘书监典簿。生平见《秘书监志》卷九。《全元文》(第 58 册)录其文 3 篇,无诗。

5. 周泰,东平(今山东东平)人。泰定四年进士。至正三年(1343)任潞州同知,政有可称,尤长于辞翰。生平见马暾《弘治潞州志》卷三、《元诗选癸集》丁集。

《全元文》(第 56 册)录其文 4 篇,《全元诗》(第 52 册)录其诗 3 首。

6. 李永,字可久,济宁人。泰定四年进士。致和元年(1328)任秘书监辨验书画直长。生平见《寰宇通志》卷七四、《秘书监志》卷一〇。

《全元文》(第 52 册)录其文 3 篇,无诗。

7. 董守忠,字君庸,莘县(今山东莘县)人。泰定四年进士。至元间,任济宁录事、即墨县尹。生平见《嘉靖山东通志》卷二七、《万历莱州府志》卷五、《乾隆即墨县志》卷八。

《全元文》(第 52 册)录其文 2 篇,另有《敦武校尉张国安墓铭》④未录,无诗。

8. 康若泰,字鲁瞻,益都人。泰定四年进士。授澧州判官,历大名判官、国子助教、⑤庸田副使。至正八年(1348)除国子司业。⑥ 官至礼部侍郎⑦。生平见《寰宇通志》卷七五、王士俊《(雍正)河南通志》卷五五。

有文《平阴县子龚秀神道碑铭》⑧,《全元文》未录其文,无诗。

9. 刘尚质,字仲殷,曲沃(今陕西曲沃)张亭里人。博学多闻。泰定四年进士,任稷山令,守已廉平,邑人感德。迁翰林编修、国子助教,后拜内台御史。忠直敢言,得风宪体。至正中,任泸州知州。至正十八年(1358)任冀宁路总管。休致后,日与学士靳荣题咏,邑人以二贤名之。生平见胡谧《(成化)山西通志》

---

① 樊深纂:《嘉靖河间府志》卷二《建置志》,第 15 页上,《天一阁藏明代方志选刊》第 1 册。

② 觉罗石麟监修,储大文编纂:《雍正山西通志》卷七七,文渊阁四库全书第 544 册,第 642 页下。

③ 刘沂:《重建溪光亭记》,宗源瀚主修,周学濬、陆心源等总纂《同治湖州府志》卷五一《金石略六》,成文出版有限公司 1970 年版,第 959 页。

④ 黄维翰、袁传裘总纂:《道光巨野县志》卷二〇《金石》,第 50 页,道光二十六年续修本。

⑤ 王沂:《送安伯宁序》,《伊滨集》卷一四,文渊阁四库全书第 1208 册,第 507 页上。

⑥ 杨维桢:《新建都水庸田使司记》,杨维桢著,邹志方点校《杨维桢集》第三册《东维子文集》卷一二,第 862 页。

⑦ 陈瑷督修,陈世昌等参修:《光绪费县志》卷七,第 28 页,光绪二十四年刻本。

⑧ 毕沅:《山左金石志》卷二四,《辽金元石刻文献全编》第 1 册,北京图书馆出版社 2003 年版,第 731 页。

卷九、刘鲁生《(嘉靖)曲沃县志》卷三、《元诗选癸集》丙集。

《全元文》(第 51 册)录其文 2 篇,《全元诗》(第 40 册)录其诗 6 首。

10. 赵期颐,字子期,宛丘(今河南淮阳附近)人。泰定四年进士。师郑元祐。至顺三年(1332)时任监察御史①。元统三年(1335)为太常博士。②后至元元年(1335)以礼部官出使交趾。至正四年(1344)时同佥太常礼仪院事。至正十五年任江北行省参政③。十六年任翰林侍讲学士④。曾任礼部郎中、中书参议、陕西行台治书侍御史、国子祭酒、礼部尚书、河南行省参政、中书参知政事。以书名世,得之吾衍者为多⑤。生平见《书史会要》卷七、《元诗选癸集》丙集。

《全元诗》(第 40 册)录其诗 4 首,无文。

11. 杨惠,字子宣,汴梁人。泰定四年进士,授穰县尹,历郓城县尹、南台监察御史、德安府推官、淮东廉访佥事、江浙行省参知政事、浙东廉访使。至正十八年(1358)于婺州死于明军。善大小篆。生平见《寰宇通志》卷八四。有文《谯楼记》⑥、《元太师右丞相过邹祀孟子碑记》⑦,《全元文》未录其文,《全元诗》(第 52 册)录其诗 2 首。

12. 李黼(1298—1352),字子威,颍(今安徽阜阳)人。父守中仕至工部尚书。初补国学生。泰定四年进士,授翰林修撰。改河南行省检校官,迁礼部主事,拜监察御史。转江西行省郎中,入为国子监丞,迁宣文阁监书博士,兼经筵官。升秘书太监,拜礼部侍郎。奉旨详定中外所上封事。已而廷议内外官通调,授黼江州路总管。至正十一年(1351),红巾军起河南,北据徐、蔡,南陷蕲、黄。十二年二月徐寿辉下江州,李黼战死,年五十五。弟秀,亦进士。生平见《元史》卷一九四。

《全元文》(第 46 册)录其文 4 篇,《全元诗》(第 40 册)录其诗 4 首。

13. 罗允登,字学升,汝宁府浮光(今河南潢川)人。泰定四年进士。曾官江

---

①　揭傒斯:《贞白里门碑》至顺三年作,有"监察御史赵期颐篆"数字,见郑烛辑《济美录》卷三,四库存目丛书史部第 95 册,第 41 页下。

②　张起岩:《大元皇太后祠鲁宣圣庙碑》,刘濬:《孔颜孟三氏志》卷四,《北京图书馆古籍珍本丛刊》第 14 册,是 187 页上。

③　赵期□:《王氏祠堂碑》,《北京图书馆藏中国历代石刻史料拓本汇编》第 50 册,第 107 页。

④　欧阳玄:《元故朝散大夫佥太常礼仪院事宋公墓碑》,胡聘之《山右石刻丛编》卷三九,《辽金元石刻文献全编》第 1 册,北京图书馆出版社 2003 年版,第 602 页下。

⑤　倪涛:《六艺之一录》卷三五六,文渊阁四库全书第 837 册,第 592 页上。

⑥　周玑修,朱璿纂:《乾隆杞县志》卷二一,第 6—8 页,乾隆五十三年刻本。

⑦　刘濬:《孔颜孟三氏志》卷六,《北京图书馆古籍珍本丛刊》第 14 册,第 293 页上—294 页上。

淮，后为藁城尹。至正元年（1341）时，任南阳府梁县尹。其文汪洋温粹，词博而意深，不极其至弗止。有《罗学升文稿》，已佚。生平见苏天爵《书〈罗学升文稿〉后》（《滋溪文稿》卷三〇）、罗允登《郭公重修庙学记》（《同治叶县县志》卷九）、《寰宇通志》卷八七。

《全元文》（第 46 册）录其文 2 篇，无诗

14. 张敏，字叔重，号月山山人，富平（今陕西富平）人。泰定四年进士，授解州判官，调闻喜县令，有惠政。改平陆县尹。历官陕西行省左司郎中。至正四年（1344）任陕西省儒学副提举。明吏部尚书张纮父。有《月山集》。生平见《嘉靖陕西通志》卷二六、《成化山西通志》卷八、《嘉靖耀州志》卷下《人物志第六》、《选举志第七》。

《全元文》（第 54 册）录其文 5 篇，无诗

15. 颜旒，字景义，乌程人。泰定四年进士，官至江西行省员外郎，有能声，弃官后，日与文人墨士唱和林泉，以终寿考。晚年号竹云怡老，有《归闲集》。生平见董斯张《（崇祯）吴兴备志》卷一二。未见诗文。

16. 俞焯，字元明，自号午翁，一号越来子，昆山人。泰定四年进士，官仙居县丞。至正五年（1345）任洛阳县尹①。与黄公望、朱泽民为友。泽民有《存复斋集》，俞焯尝为序。集中有俞焯唱和之作，具载《元诗选》。又按《书画谱》有俞焯《题大痴风雨萧寺图诗》，盖亦一时之名士。有《诗词余话》②。生平见《至正昆山郡志》卷五、《昆山人物志》卷九、《元诗选癸集》丙集、端方《壬寅销夏录》。

《全元文》（第 45 册）录其文 9 篇，《全元诗》（第 35 册）录其诗 12 首。

17. 卢端智，字可及，常州人。泰定四年进士。至顺二年（1331）任兴化路知事。生平见《洪武常州县志》卷一二、《弘治兴化府志》卷二、卷五。

《全元诗》（第 40 册）录其诗 1 首，无文。

18. 李质（1291—1337），字仲美，号竹操，金檀（今江苏金檀）人。泰定四年进士，授诸暨州判官，迁邵武路知事，又迁福州路总管府经历。后至元三年（1337）卒于官。生平见危素撰墓志铭（《危太仆文续集》卷五）、《类编历举三场文选》

《全元文》（第 35 册）录其文 3 篇，《全元诗》（第 57 册）有李质，字文彬，非此

---

① 俞焯：《延禧万寿观记》，陈揆编《琴川续志草》卷八，第 37 页，苏州古籍书店 1986 年版。
② 陈懋学辑：《事言要玄》，四库全书存目丛书子部第 202 册，第 19 页上。

李质。

19.胡一中,字允文,诸暨人。泰定四年进士,历绍兴路录事,邵武路录事。曾任政和主簿。[①] 所著有《童子问序》、《四书集笺》、《定正洪范》、《三益稿》等集。父渭,字景吕,有《鸡肋集》。弟一贞,亦善诗文,有《雪林小稿》、《堨篨小稿》。子澄,入明,登进士第,有《鹘突稿》。生平见张元忭《(万历)绍兴府志》卷四三、《元诗选癸集》丙集。

《全元文》(第46册)录其文3篇,《全元诗》(第40册)录其诗2首。

20.赵宜浩,字彦直,山阴人。泰定四年进士,授昌国州判官。历处州庆元县令、江西行省管勾兼承发架阁[②]、松江府推官[③]。至正十四年(1354)任黄岩知州,为方国珍所拘。[④] 生平见《至正四明续志》卷二。

《全元文》(第58册)录其文1篇,无诗。

21.杨维桢生平已见第二章。

杨维桢诗名擅一时,号铁崖体,有《东维子集》、《铁崖文集》、《铁崖古乐府》、《复古诗集》,编有《西湖竹枝词》。生平见宋濂撰墓志铭(《宋文宪集》卷一〇)、贝琼撰传记(《清江贝先生集》卷二)、《元诗选初集》小传、《列朝诗集小传》甲前集、《明史》卷二八五、柯劭忞《新元史》卷二三八。

《全元文》(第41/42册)录其文925篇,《全元诗》(第39册)录其诗1340首。

22.方回孙,字仲钧,号豹斋,弋阳(今江西弋阳)人。泰定四年进士,授贵溪县丞。生平见《类编历举三场文选》、曾燠《江西诗征》卷三〇、《元诗选癸集》丙集。

《全元文》(第45册)录其文2篇,《全元诗》(第40册)录其诗1首。

23.徐容,字仲容,上饶人。泰定四年进士,授新昌县丞,历余姚同知、[⑤]高州路同知总管府事。[⑥] 与越之夏泰亨、鄞之逎贤、温之林温、处之林彬祖、吴兴之宇

---

①　陈旅:《赵县尹墓志铭》,《安雅堂集》卷一二,文渊阁四库全书第1213册,第152页下。

②　陈旅:《赵县尹墓志铭》,《安雅堂集》卷一二,文渊阁四库全书第1213册,第153页下。

③　赵宜浩《推厅记》署"松江府推官"。见顾清纂《正德松江府志》卷一一,四库全书存目丛书史部第181册,第535页上。

④　宋濂:《元史》卷四三,第916页。

⑤　萧良榦等修,张元忭等纂:《万历绍兴府志》卷二八,四库全书存目丛书史部第201册,第68页上、72页下。

⑥　危素:《故贵溪彭君墓碣铭》,《危学士全集》卷一二,四库全书存目丛书集部第24册,第815页下。

文公谅,号称江左名士。① 有《徐容集》②。生平见《万历新昌县志》卷八。

《全元文》(第 59 册)录其文 3 篇,无诗。

24. 张以宁(1301—1370),字志道,古田人。泰定四年进士,由黄岩判官进六合尹,坐事免官。后复为国子助教,累至翰林侍读学士,知制诰。有俊才,博学强记,擅名于时,人呼小张学士。入明,以元故官赴京,复授侍讲学士。洪武二年(1369)秋,奉使安南,及还,道卒。其文章瑰杰,迥出流辈,而非后学所及。所著文有《翠屏稿》、《淮南稿》、《南归纪行》、《安南纪行集》、《春秋春王正月考》,唯《翠屏稿》、《春秋春王正月考》存。生平见杨荣撰墓碑(《文敏集》卷一九)、《明史》卷二八五、王兆云《皇明词林人物考》卷二。

《全元文》(第 47 册)录其文 97 篇,《全元诗》(第 42 册)录其诗 466 首。

25. 黄清老(1290—1348),字子肃,学者号为樵水先生,邵武(今福建邵武)人。泰定四年进士,授翰林国史院典籍官,历检阅官、应奉文字、同知制诰兼国史院编修官。与修《经世大典》、《明庙实录》。至正初,出为湖广行省儒学提举。至正八年卒,年五十九。为文驯雅,诗飘逸,有盛唐风。著有《樵水集》、《春秋经旨》若干卷、《四书一贯》若干卷。生平见苏天爵撰墓碑铭(《滋溪文稿》卷一三)、顾嗣立《元诗选二集》小传。

《全元诗》(第 36 册)录其诗 89 首,无文。

26. 余贞,字复卿,宁州(今江西修水)人。泰定四年进士,授上海县丞,(后)至元六年(1340)以翰林修撰诏修《辽》、《金》、《宋》史。至正二年(1342)时任枣阳县令。生平见谢旻《(雍正)江西通志》卷六七、曾燠《江西诗征》卷三〇、《元诗选癸集》丙集。

《元诗选癸集》丙集录其诗《武夷山》一首,另有《宝林山》③,《全元诗》均未录。无文。

27. 刘文德,字方周,庐陵人。泰定四年进士,授泰和州判官。生平见《庐陵县志》卷一七。

《全元文》(第 39 册)录其文 1 篇,无诗。

28. 戴迈,字养高,永丰(今江西永丰)人。泰定四年进士,历宁国县尹、泾县

---

① 吕不用:《先伯父晚翁行实》,《得月稿》卷七,续修四库全书第 1325 册,第 387 页下—388 页上。

② 解缙等:《永乐大典》卷二五三九(第 12—13 页)有《丽泽斋说》出自《徐容集》,中华书局 1986 年影印本。栾贵明《永乐大典索引》,作家出版社 1997 年版,第 416 页。

③ 萧良翰等修,张元忭:《万历绍兴府志》卷四,四库全书存目丛书史部第 200 册,第 399 页上。

尹,迁河南推官。生平见《嘉靖宁国县志》卷三、《嘉靖吉安府志》卷八。有诗《题吴元用宗图卷末》、《题东岳行祠》,①《全元诗》未录其诗,无文。

29.江存礼,字学庭,南城人,占籍蒲圻。泰定四年进士,乡试《大别山赋》,为揭曼硕所赏。历国子助教、国子博士、国子司业,仕至国子祭酒。生平见《大明一统志》卷五三、曾燠《江西诗征》卷三〇、《元诗选癸集》丙集、《元诗·爵里》。

《全元文》(第 59 册)录其文 1 篇,《全元诗》(第 37 册)录其诗 7 首。

30.谢升孙,字子顺,南城人。泰定四年进士,官至翰林编修,以文学鸣世,朝野之士尊称之曰南窗先生。有《诗义断法》行于世。生平见夏良胜《(正德)建昌府志》卷一六、曾燠《江西诗征》卷三四、《元诗选癸集》己集上。

《全元文》(第 54 册)录其文 3 篇,另外《林逋三君帖跋》②、《元风雅序》③未录。《全元诗》(第 24 册)录其诗 1 首。

31. 何槐孙,字德孚,其先蜀人。泰定四年进士,授江西宜黄县尹。迁德安云梦县尹,政声益茂。至正二年迁庆元路总管府推官。所著有《善政指南》。生平见廖道南《楚纪》卷二三。

存文《太常赋》④,《全元文》未录,无诗。

32.周镗,字以声,浏阳州人。登泰定四年进士第,授衡阳县丞,再调大冶县尹。累迁国子助教。会修《功臣列传》,擢翰林国史编修官,出为四川行省儒学提举,便道还家。浏阳城陷,骂贼而死。生平见《元史》卷一九五、廖道南《楚纪》卷二三。

《全元文》(第 45 册)录其文 1 篇,《全元诗》(第 50 册)录其诗 2 首。

33.卜友曾,泰定四年进士。

《全元诗》(第 37 册)录其诗 8 首,无文。

34.樊执敬,字时中,济宁之郓城人。泰定四年进士⑤。累官拜侍御史,转江浙省参政。至正壬辰(1352),徽寇陷杭城,战死于岁寒桥下。生平见《至正金陵新志》卷六、《元史》卷一九五、赖良《大雅集》卷六。

《全元诗》(第 47 册)录其诗 2 首,无文。

---

① 范镐等纂:《嘉靖宁国县志》卷四,《天一阁藏明代方志选刊续编》第 36 册,第 962 页、986 页。
② 卞永誉撰:《式古堂书画汇考》卷九,文渊阁四库全书第 827 册,第 402 页上。
③ 陆心源:《皕宋楼藏书志》卷一一六,《清人书目题跋丛刊》(一),中华书局 1990 年版,第 1313 页下—1314 页上。
④ 陈元龙:《历代赋汇》卷五〇,文渊阁四库全书第 1420 册,第 195 页。
⑤ 沈仁国:《元朝进士集证》疑为国子进士,第 287 页。

六、至顺元年庚午(1330)科

至顺元年庚午科是元代科举第六科。右榜进士第一笃列图(字敬夫),左榜进士第一王文烨,故左右榜分别称笃列图榜、王文烨榜。

本科知贡举礼部尚书马祖常(1279—1338),同知贡举金太常礼仪院事孛术鲁翀(1279—1338)。考试官可考者有艺文少监欧阳玄(1283—1357)、杨宗瑞。廷试读卷官为中书平章赵世延(1260—1336)、中书参政蔡文渊、奎章阁侍书学士虞集(1272—1348)。读卷官之僚属翰林待制谢端(1279—1340)、国子助教陈旅(1287—1342)。[1]

本科录取进士 97 名。[2] 有作品传世者或文学创作记录的汉族进士有贾彝、许有孚、李裕、杨俊民、王钧、王继善、赵承禧、王文烨、支渭兴、李敬仁、滕克恭、归旸、吴巽、方道叡、项棟孙、李懋、杨观、黄常、冯勉、林泉生、夏日孜、杨撝、刘性、刘闻、黄昭、罗朋、欧阳朝、黎叔颜、刘耕孙、曾策、刘简、于凯等 32 人。

1. 贾彝,房山人。曾祖景山,金进士。祖德全。父壤,师刘因。彝,至顺元年进士,授太常太祝,调官新乐,任容城县尹,仕至翰林编修。生平见苏天爵《房山贾君墓碣铭》、《处士贾君墓表》(二文均出自《滋溪文稿》卷一九)、《宋元学案补遗》卷九一。

《全元文》(第 37 册)录其文 2 篇,无诗。

2. 许有孚(约 1302—1380 后)[3],字可行,号洹溪钓者,别号洹滨,彰德路汤阴县人。许有壬弟。至顺元年(1330)进士,授湖广儒学副提举,历湖广行省检校官。至正元年(1341),任江南行台监察御史,二十年任中宪大夫、同金太常礼仪院事。至正间与兄有壬、侄许桢唱和,编成《圭塘欸乃集》二卷,由周伯琦作序。生平见欧阳玄《许熙载神道碑》(刘昌《中州名贤文表》卷二二)、《至正金陵新志》卷六、《元诗选初集》附许有壬传。

《全元文》(第 36 册)录其文 3 篇,《全元诗》(第 36 册)录其诗 84 首,《全元词》录其词 20 首。

3. 李裕,字公饶,东阳人。李裕高祖、曾祖皆为宋进士,素有家学。尝从许谦游。至治(1321—1323)间游京师,上《至治圣德颂》,元英宗召为宿卫。补国

---

① 萧启庆:《元代进士辑考》,第 261 页。

② 宋濂:《元史》卷八一,第 2026 页。

③ 《圭塘小稿序》作于至正二十年(1360)中秋,是年许有壬"今年七十四",许有孚"年将耳顺。"

子生,为祭酒虞集所重。至顺元年进士,授陈州同知,转道州推官。未上,卒。所著有《中行斋稿》。诗篇秀丽,尤工七言,乐府出入二李之间,与宋显夫(宋褧)、杨仲礼(杨敬德)、陈居采(陈樵)诸公唱和,惜全集失传,所存仅什之一二。次子贯道(宋濂同学),至正十四年(1354)进士。生平见宋濂撰墓铭(《宋文宪集》卷五)、《元诗选三集》小传、黄宗羲《宋元学案》卷八二。

《全元诗》(第 37 册)录其诗 51 首,《全元文》(第 39 册)李裕,潍县人,非此李裕。

4.杨俊民,字士杰,真定(今河北正定)人。从学于安熙,与苏天爵同门。至顺元年进士,授国史院编修官。历任应奉翰林文字、礼部郎中金河东山西道肃正廉访司事。至正七年(1347)任监察御史,后佥江南浙西道肃正廉访司事。十一年,任宣文阁鉴书博士。后历礼部郎中、国子司业。十六年以集贤直学士致祭曲阜孔庙,拜祭酒。有《潭川文集》。[1] 生平见苏天爵《杨氏东茔碑铭》(《滋溪文稿》卷一六)、《嘉靖真定府志》卷二七

《全元文》(第 52 册)录其文 5 篇,《全元诗》(第 42 册)录其诗 9 首。

5.王钧,真定路安平(今河北安平)人。与兄鉴少受业于钱重鼎。至顺元年进士。后至元二年(1336)为汲县尹,终沈丘县尹。生平见陈基《王处士墓志铭》(《夷白斋稿补遗》)、《元诗选癸集》丁集。

《全元诗》(第 24 册)录其诗 1 首,无文。

6.王继善,东平人。至顺元年进士。至正五年(1345)以翰林应奉出任宣抚河东陕西道首领官。[2] 生平见《寰宇通志》卷七四。

《全元诗》(第 51 册)录其诗 2 首,无文。

7.赵承禧,字宗吉,晋宁平阳人。至顺元年进士,授翰林编修,辟御史台掾,后至元四年(1338)任监察御史。至正五年(1345)至九年,任福建闽海道肃政廉访使佥事、山北辽东道肃正廉访副使、江南浙西道肃正廉访司事。后历工部侍郎、河间路总管。生平见宋褧《赵宗吉真赞》(《燕石集》卷一三)、《至正金陵新志》卷六、《元诗选癸集》己集上。

《全元文》(第 58 册)录其文 2 篇,《全元诗》(第 41 册)录其诗 3 首。

8.王文烨,字章甫,邹平人。励志勤业,博极书史,至顺元年进士左榜状元,

①　钱大昕著,田汉云点校:《元史艺文志》第四,陈文和主编:《钱大昕全集》第 5 册,第 71 页。
②　宋濂:《元史》卷九二,第 2343 页。

授翰林修撰,累官枢密院判。生平见陆鈇《(嘉靖)山东通志》卷二九、《寰宇通志》卷七一、《元诗选癸集》丁集。

《全元文》(第 54 册)录其文 1 篇,《全元诗》(第 42 册)录其诗 1 首。

9.支渭兴,字文举,别号龙溪,郃阳(今陕西郃阳)人。至顺元年进士,授成都路汉州同知,历四川儒学提举、嘉定路总管府判官、长宁知州。至正十九年(1359)为云南行省考试官,道梗留云南,进宣慰副都元帅、云南廉访金事,升副使。有惠政,能文章,所著《龙溪诗集》,今佚。生平见《正德云南志》卷一七、李贤《明一统志》卷六九、《元诗选癸集》丙集。

《全元诗》(第 42 册)录其诗 1 首,另有钱谦益《列朝诗集·闰集》卷六有支渭兴《贺梁王生日诗》、《蛮歌》二诗未录①。有文《中庆路增置学田记》②、《重修中庆庙学记》③、《悯忠寺记》④、《蓬州改建庙学记》⑤,《全元文》未录其文。

10.李敬仁,字德元,昆明人。至顺元年进士,授四川云阳县判官。至正十五年(1355),任云南儒学提举,终大理宣慰司副使。生平见《景泰云南图经志》卷一。

《全元文》(第 52 册)录其文 1 篇,无诗。

11.滕克恭,字安卿,祥符人。性明敏,博通经史,尤精于诗书。至顺元年进士⑥。始仕为江陵录,曹公廨稍东,有曲江亭,绕亭尽植梅,江澄景霁,芬郁可爱,簿书之暇,辄杖藜散步,徘徊伫玩,间发为诗歌,以寄一时之兴。迁翰林院经历,累官至集贤院直学士,寻致仕归。避乱钱塘。与杨维桢相友善,诗律清婉,南州人士多传诵之。明朝洪武初,始还故里,辛亥、甲子两膺聘为本省乡试考官,寿百余岁,终于家。在元遗民中,杨维桢、沈梦麟和藤克恭最为出名,被明人合称为"国初三遗老"⑦。所著有《春秋要旨》、《谦斋稿》。生平见李濂《谦斋滕先生传》(《嵩渚文集》卷七九)、《成化河南总志》卷四、曹金《(万历)开封府志》卷一八、过庭训《本朝分省人物考》卷八四。

---

① 钱谦益:《列朝诗集·闰集》卷六,续修四库全书第 1624 册,第 410 页下。
② 陈文等纂:《景泰云南图经志书》卷八,续修四库全书第 681 册,第 128 页下—129 页下。
③ 周季凤纂:《正德云南志》卷二九,《天一阁藏明代方志选刊续编》第 71 册,第 298—302 页。
④ 陈文等纂:《景泰云南图经志书》卷八,续修四库全书第 681 册,第 133 页下—134 页。
⑤ 徐泰等纂修:《正德蓬州志》卷四,《天一阁藏明代方志选刊续编》第 67 册,第 875—878 页。
⑥ 沈仁国:《元朝进士集证》(445 页)认为是至正二年进士。
⑦ 王世贞:《弇山堂别集》卷三,文渊阁四库全书第 409 册,第 39 页上。

有诗《寄李提举》，[①]《全元诗》未录其诗，无文。

12.归旸（1305—1367），字彦温，汴梁人。登至顺元年进士第，累官集贤学士兼国子祭酒，致仕。有《鸡肋集》[②]。生平见《元史》卷一八六、《嘉靖山西通志》卷二〇、《元诗选癸集》丙集。

《全元文》（第51册）录其文4篇，《全元诗》（第45册）录其诗1首。

13.吴巽，字叔巽，吴兴人。至顺元年进士，授湖州录事。元统三年（1335）任江浙乡试考官。至正六年（1346）任绍兴县尹。

《全元诗》（第24册）录其诗1首，无文。

14.方道叡，字以愚，淳安人。受学吴噭之门。至顺元年进士。历铜陵县尹、翰林编修、嘉兴推官、杭州判官，累转江西行省员外郎。明初再召不出。所著有《春秋集释》十卷、《愚泉诗稿》十卷、《文说》二卷、《诗说》一卷、《选唐诗》一卷。生平见徐象梅《两浙名贤录》卷二、黄宗羲《宋元学案》卷七四、《元诗选癸集》辛集上。

《全元文》（第53册）录其文5篇，《全元诗》（第41册）录其诗8首。

15.项棣孙（1296—1366），字子华，处州路丽水县人。至顺元年进士，授奉化州同知，调福州路总管府推官，改兴化路莆田县尹，转知福清州事，不赴。历提举泉州市舶司事、摄处州同知、延平路总管府事，升本路总管兼防御事。至正二十六年卒，年七十一。生平见宋濂撰墓志铭（《宋学士文集》卷二四）、《至正四明续志》卷二。

《全元文》（第39册）录其文2篇，无诗。

16.李懋，字子才，江宁人。至顺元年进士，授饶州路鄱阳县丞。生平见《至正金陵新志》卷三、《元诗选癸集》丙集。

《全元文》（第52册）录其文1篇，《全元诗》（第42册）录其诗21首。

17.杨观，字用宾，上饶人。至顺元年进士，授饶州录事。历翰林检阅、汉川知县、广州路清远知县。生平见唐胄《（正德）琼台志》卷三一、朱衣《（嘉靖）汉阳府志》卷六。

有文《广州路清远峡山广庆禅寺新建飞来殿记》[③]，《全元文》未录。

18.黄常，字仲刚，乐平（今江西乐平）人。至顺元年进士。历江州路录事、

① 朱彝尊：《明诗综》卷一一，第469页。
② 胡谧纂：《成化山西通志》卷八，四库全书存目丛书史部第174册，第285页上。
③ 翁方纲：《粤东金石略》卷三，续修四库全书本第913册，第602页下。

湖南道宣慰司都元帅府都事、宣政院管勾、梧州判官,曾以假礼部侍郎颁历安
南。至正二十一年(1361)任江西行省参知政事。生平见曾燠《江西诗征》卷二
八、邵远平《元史类编》卷四二、《元诗选癸集》丙集。

《全元文》(第 39 册)录其文 4 篇。《全元诗》(第 36 册)录其诗 2 首。

19.冯勉,字彦思,建德人。至顺中登进士第,授常州录事。历清江县丞、韶
州路推官。有《土苴集》。生平见《嘉靖池州府志》卷七、阮元《(道光)广东通志》
卷二四一。

《全元文》(第 52 册)录其文 4 篇,另有《茹兰亭记》、《清泉亭记》未录①。《全
元诗》(第 50 册)录其诗 1 首。

20.林泉生(1299—1361),字清源,永福人。与卢琦、陈旅、林以顺,称闽中
文学。至顺元年进士,授福清州同知。转泉州经历。历漳州推官。擢知福清
州。除翰林待制,以母老辞。累迁行省郎中。召为翰林直学士、知制诰,至正二
十一年(1361)卒。谥文敏。泉生邃于春秋,工诗文,多权略,有将才,屡建武功。
署其斋曰谦牧,晚号觉是轩。为文宏健雅肆,诗豪宕遒逸,所著有《春秋论断》、
《诗义矜式》十卷、《观澜集》一卷、《觉是集》二十卷。生平见吴海撰行状、墓志铭
(《闻过斋集》卷五)、李清馥《闽中理学渊源考》卷三五、《元诗选三集》小传。

《全元文》(第 46 册)录其文 6 篇,《全元诗》(第 41 册)录其诗 40 首。

21.夏日孜(1304—1347),字仲善,吉水(今江西吉水)人。至顺元年进士,
授从仕郎、南康路建昌州判官。至元三年(1337)任兴国路录事,再调绍兴路会
稽县尹。以母病去官,卒年四十有四。尤善为古文歌诗,欧阳玄称为“一代文
范”。其门人,若山东刘谦、河南李玉、松江黄璋、临江章大雅,皆策科成名。生
平见刘崧撰传记(《槎翁文集》卷二)、谢旻《(雍正)江西通志》卷七六。

无诗文传世。

21.杨揭,字谦则,吉水人。至顺元年进士,授袁州路录事。曾任德庆路同
知。洪武六年任祠祭司②。生平见《崇祯肇庆府志》卷四。

《全元文》(第 59 册)录其文 1 篇,无诗。

23.刘性(? —1344),字粹衷,庐陵人。至顺元年进士,擢新昌同知,改旌德
县尹。调镇江推官,未行。会诏修辽、金、宋三史,征为史官,史未成而卒。生平

---

① 柯实卿修,章世昭纂,王崇续修:《嘉靖池州府志》卷九《杂著篇下》,第 26 下—28 下,《天一阁明
代方志选刊》第 24 册,上海古籍书店 1982 年版。
② 俞汝楫:《礼部志稿》卷四一,文渊阁四库全书第 597 册,第 752 页下。

见余之祯《(万历)吉安府志》卷一八。

《全元文》(第 54 册)录其文 4 篇,无诗。

24.刘闻,字文庭,安福人。至顺元年进士,授临江路录事。历官大常博士。授朝列大夫,丁艰,起授翰林编修,修宋史,成,升修撰,调知沔阳,卒。所著有《容窗集》十卷、《太史集》六卷。① 生平见郑太和《麟溪集》壬卷、余之祯《(万历)吉安府志》卷一八、《元诗选三集》小传。

《全元诗》(第 42 册)录其诗 15 首,无文。

25.黄昭,字率性,号观澜,乐安(今江西乐安)人。至顺元年进士,授安庆路录事,转河南省掾,除望江县尹。至正二年(1342)迁广州路新会县尹。十一年国子助教,转宣文阁谕德。十五年以兵部尚书赴江西攻陈友谅军,被诬去职。除临江路总管。十八年,除湖广行省参知政事。兄常(字养源),延祐五年进士。生平见虞集《黄母詹宜人墓志铭》(《道园类稿》卷四)、释来复《澹游集》卷上、《嘉靖抚州府志》卷一三、《元诗选癸集》己集上。

《全元文》(第 58 册)录其文 1 篇,《全元诗》(第 42 册)录其诗 4 首。

26.罗朋(1297—1332),字友道,崇仁(今江西崇仁)人。至顺元年进士,授吉安路同知太和州事,未赴卒,年三十六。生平见吴澄撰墓铭(《吴文正集》卷八六)、曾燠《江西诗征》卷三〇、《元诗选癸集》丙集。

《全元文》(第 46 册)录其文 2 篇,《全元诗》(第 40 册)录其诗 1 首。

27.欧阳朝,字泰初(或泰亨),授瑞州路录事,历通山、龙南二县尹,以文章名世。生平见《康熙万载县志》卷九、《寰宇通志》卷三九。

有《玉烛赋》②,《全元文》未录。

28.黎叔颜,醴陵(今湖南醴陵)人。至顺元年进士。历官大冶县尹。博学多闻,尤邃于《春秋》,湖南学者多游其门。生平见《嘉靖长沙府志》卷六、《元诗选癸集》癸下。

《全元文》(第 59 册)录其文 1 篇,《全元诗》(第 30 册)录其诗 1 首。

29.刘耕孙(1296—1355),字存吾,茶陵州(今湖南茶陵)人。至顺元年进士,授承事郎、桂阳路临武县尹。历建德、徽州、瑞州三路推官。十五年,转儒林郎、宁国路推官。长枪军陷宁国,力战遇害。有《平野先生集》。③ 从弟刘三吾,

---

① 钱大昕著,田汉云点校:《元史艺文志》第四,陈文和主编:《钱大昕全集》第 5 册,第 69 页。
② 陈元龙:《历代赋汇》卷四五,文渊阁四库全书第 1420 册,第 99 页。
③ 钱大昕著,田汉云点校:《元史艺文志》第四,陈文和主编:《钱大昕全集》第 5 册,第 75 页。

明初翰林学士。生平见宋濂撰墓志铭(《宋学士集》卷二一)、《元史》卷一九五。

《全元文》(第 46 册)录其文 1 篇,无诗。

30.曾策,字敏中,茶陵州人。至顺元年进士。官婺源州同知。生平见《嘉靖长沙府志》卷二、《嘉靖茶陵州志》卷下。

《全元文》(第 46 册)录其文 2 篇,无诗。

31刘简,字敬仲,茶陵州人。至顺元年进士。任澧州录事。至正八年(1348)间为岳州路推官。生平见《嘉靖长沙府志》卷二、《嘉靖茶陵州志》卷下、《隆庆岳州府志》卷三。

《全元文》(第 58 册)录其文 1 篇[①],无诗。

32.于凯,字舜道,临海人。至顺元年进士。元统(1333—1335)中,任嵊县丞。至正元年(1341)任饶州路总管府知事。生平见《万历绍兴府志》卷二八、《寰宇通志》卷三一。

《全元文》(第 46 册)录其文 1 篇,无诗。

七、元统元年癸酉(1333)科

元统元年癸酉科是元代科举第七科。右榜进士第一同同,左榜进士第一李齐,故分别称同同榜、李齐榜。

此科知贡举为礼部尚书宋本,考试官翰林编修官王沂[②]。廷试读卷官宋本、中书参议张起岩(1285—1353)、监丞揭傒斯(1274—1344)、集贤侍讲学士张昇(1261—1341)。帘外掌试卷官为国子助教陈旅(1288—1343)。[③]

据《元史》卷八一《选举志一》,本科录取进士 100 人。有作品传世者或文学创作记录的汉族进士有李齐、李祁、罗谦、聂炳、李之英、宋梦鼎、王明嗣、王充耘、杜彦礼、李炳、李穀、庄文昭、朱文霆、张兑、韩玙、宇文公谅、张宗元、雷杭、张周翰、陈植、余观、张桢、鞠志元、成遵、周瑒、程益、熊燵、邓梓、刘基、朱彬、李哲、许广大、张本 33 人。

1.李齐(1301—1353),字公平,保定路祁州蒲阴县(今河北安国)人。家甚贫,曾从韩性、陈绎曾游。元统元年进士第一。后至元六年(1340)任南台监察

① 作者同名,但履历不同,姑录于此。

② 沈仁国:《元朝进士集证》(第 346 页)据唐元《送知事张仲亨序》(《筼轩集》卷九)认为张纯仁为本科考试官。

③ 萧启庆:《元代进士辑考》,第 52 页。

御史。历金河南淮西廉访司事,移知高邮府,有政声。至正十三年(1353),招降张士诚,被拘,不屈而死。善属文,诗、赋、经义,下笔有神。生平见《元统元年进士录》、《元史》卷一九四、《至正金陵新志》卷六、《弘治保定郡志》卷一五。

《全元文》(第 47 册)录其文 2 篇,无诗。

2.李祁(1299—1368),字一初,号希蘧,又号危行翁,茶陵人。元统元年进士。授应奉翰林,以母老就养江南,改授婺源县同知,文学政事,炳然可称,寻提举学校于江浙。以亲老就养姑苏。以母忧扶丧还乡里,擢江浙儒学提举。至正十二年(1352)兵起,道梗不赴,隐居吉安之永新。元亡,力辞征辟,自称不二心老人。尤善楷书,其文不事剞劂而边幅自然,诗亦如之。所著有《云阳集》。永新千户俞茂为刻梓以传,余阙撰序。生平见李东阳撰墓表(《怀麓堂集》卷四四)、《元统元年进士录》、廖道南《楚纪》卷四三、《吴中人物志》卷一〇、曾燠《江西诗征》卷三一、《列朝诗集小传》甲前集、《四库全书总目》卷一六八。

《全元文》(第 45 册)录其文 159 篇,《全元诗》(第 41 册)录其诗 160 首。

3.罗谦,字林亨,南阳府邓州穰县(今河南邓县)。元统元年进士,授归德路同知亳州事。后任国子助教。生平见《元统元年进士录》、《嘉靖邓州志》卷七。

《全元文》(第 51 册)录其文 1 篇,无诗。

4.聂炳(1302—1352),字韫夫,江夏人。元统元年进士,授承事郎、同知平昌州事。转宝庆路推官。至正十一年,[①]迁知荆门州。次年荆门城陷,不屈死。生平见《元统元年进士录》、《元史》卷一九五、柯劭忞《新元史》卷二三一。

《全元文》(第 49 册)录其文 3 篇,无诗。

5.李之英(1300—1335),字允达,邹县人,蒲察氏(女真)。为国子生,受学于曹元用、吴澄、虞集,又同李齐同学于陈绎曾。元统元年进士,授大宁路同知锦州事,未赴。至元元年(1335)卒于家,年三十六。生平见陈绎曾撰墓志铭[②]、《元统元年进士录》、《万历邹志》卷二。

《全元文》(第 46 册)录其文 1 篇,无诗。

6.宋梦鼎(1304—?),字翔仲,号静斋,淳安人。元统元年进士,授徽州路同知婺源州事,累官知奉化州。与张复、吴朝阳、鲁道原齐名,合称"四先生"。生

---

① 宋濂:《元史·聂炳传》为至正十二年,沈仁国先生认为是至正十一年。《元朝进士集证》第380页。

② 毕沅:《山左金石志》卷二四著录之,但未录原文。台湾"中央研究院"历史语言研究所傅斯年图书馆有拓本,此处转自萧启庆《元代进士辑考》第78页注。

平见《元统元年进士录》、《嘉靖淳安县志》卷一一、《寰宇通志》卷二六、黄宗羲《宋元学案》卷七四。

《全元文》(第 54 册)录其文 2 篇,无诗。

7. 王明嗣,舞阳人。元统元年进士。官至翰林国史院编修,迁国子司业。博学多才,声誉昭著。生平见《元统元年进士录》、李贤《明一统志》卷三〇、《万历南阳府志》卷一七、《元诗选癸集》己集上。

《全元诗》(第 45 册)录其诗 1 首,无文。

8. 王充耘(1304—?),字与耕,号耕野,吉水州(今江西吉水)人。元统元年进士,授同知永新州事。寻弃官养母,晚益潜心《尚书》,考订《蔡传》,名曰《读书管见》,凡二卷。外有《书义主意》、《书义矜式》各六卷。生平见《元统元年进士录》、黄宗羲《宋元学案》卷六八。

《全元文》(第 52 册)录其文 2 篇。

9. 杜彦礼(1303—?),字仁□,陕西兴元路录事司(今陕西汉中市)。蒲道源之婿。[1] 元统元年进士,授奉元路同知路州事。曾任彰德总管府推官。[2] 生平见《元统元年进士录》。

有《游三台唱和诗跋》[3]。

10. 李炳(1305—?),字炳文,龙兴路新建县(今江西新建)人。元统元年进士,授常德路同知龙阳州事。至正三年(1343)任岳州路总管府推官。生平见《元统元年进士录》。

有《新生洲下鼋鹤滩记》[4]。

11. 李穀,见高丽进士。

12. 庄文昭(1307—?),字子麟,号洹溪,彰德路安阳县(今河南安阳市)人。元统元年进士,授晋宁路同知潞州事。辟掾西台,转中书右曹掾,除工部主事。至正十年(1350)任南阳路总管。十二年,任御史台都事。后历礼部侍郎、河间

---

① 蒲机:《顺斋先生墓志文》,蒲道源《闲居丛稿》附录,元至正刻本(四库全书本无此附录)。

② 《彰德路重修孔子庙记》前题"大中大夫礼部郎中赵亨撰,进士承务郎彰德路总管府推官杜彦礼书丹,中宪大夫同金太常礼□院事赵期颐篆盖",武亿撰,赵希璜补遗:《安阳县金石录》卷一一,续修四库全书第 913 册,第 113 页上。

③ 缪荃孙:《艺风堂金石文字目》卷一七,第 10 页下,《石刻史料新编》第 1 辑第 26 册,第 19801 页下。

④ 卞宝第、李瀚章等修,曾国荃、郭嵩焘等纂:《(光绪)湖南通志》卷二一,续修四库全书第 662 册,第 14 页下。

路总管、保定路总管、刑部尚书、陕西行省参知政事。生平见《元统元年进士录》、许有壬《赠朝列大夫祕书少监骑都尉安阳郡伯庄公墓志铭》(《至正集》卷五八)、《明一统志》卷二八、《嘉靖彰德府志》卷一、《成化河南总志》卷一〇。

有文《蒲轮车赋》①，《全元文》未录，无诗。

13. 朱文霆(1295—1363)，字原道，莆田人。元统元年进士，授温州路同知瑞安州事，改汀州路总管府推官，转承务郎，调瓯宁县尹，进奉训大夫御史，除福建宣慰司都事，知瑞安，授奉议大夫福建儒学提举，迁同知泉州路总管府事，致仕。历官有政迹，而尤长文，称葵山先生。宋濂称其言醇而理彰。有《葵山集》，已佚，宋濂为之序。② 生平见《元统元年进士录》、宋濂撰墓志铭(《宋文宪公全集》卷三四)、郑岳《莆阳文献列传》。

《全元文》(第39册)录其文5篇。《全元诗》(第37册)录其诗1首。

14. 张兑(1304—?)，字义说，号溪堂，慈利(湖南慈利)人。元统元年进士，授湖南道同知茶陵州事，至正四年(1344)，迁当涂尹。至正末总管辰州路。入明，为翰林编修。有《溪堂集》。生平见《元统元年进士录》、钟崇文《(隆庆)岳州府志》卷一六、陈光前《(万历)慈利县志》卷一五。

《全元文》(第58册)录其文1篇(《全元文》第52册重复)，《全元诗》(第45册178页)录其诗1首。

15. 韩珏(1298—?)字廷玉，号玉泉渔者，大都人。元统元年进士，首秘书监典簿，后任襄阳路总管府推官。生平见《元统元年进士录》、《秘书监志》卷九

《全元文》(第46册)录其文2篇，有佚文。《全元诗》(第40册)录其诗4首。

16. 宇文公谅(1292—?)，字子贞，其先成都人，父挺祖，徙吴兴，为吴兴人。元统元年进士，授徽州路同知婺源州事。丁内艰，改同知余姚州事。摄会稽县，迁高邮府推官，未几，除国子助教。调应奉翰林文字、同知制诰，兼国史院编修官，以病得告。后召为国子监丞，除江浙儒学提举，改佥岭南廉访司事，以疾请老。有《折桂集》、《观光集》、《辟水集》、《以斋诗稿》、《玉堂漫稿》、《越中行稿》。门人私谥曰纯节先生。生平见《元统元年进士录》、《元史》卷一九〇、《元诗选三集》小传。

《全元文》(第39册)录其文13篇，《全元诗》(第36册)录其诗29首。

---

①　陈元龙：《历代赋汇》卷八九，文渊阁四库全书第1421册，第10页—11页上。
②　宋濂：《朱葵山文集序》，《朝京稿》卷二，罗月霞主编：《宋濂全集》，第1674—1675页。

17. 张宗元(1292—?),字仲亨,衢州路开化县(今浙江开化)人。元统元年进士,授台州路黄岩州判官。历青州守,潮州路知事,官至秘书少监。生平见《元统元年进士录》、《崇祯开化县志》卷五、李贤《明一统志》卷四三、《顺治潮州府志》卷四。

《全元文》(第 39 册)录其文 1 篇,无诗。

18. 雷杭(1302—?),字彦舟,建安人。举江浙乡试第一人,漳州路录事。历儒学提举、武平县尹、潮阳县尹。元末死于王事。从子雷燧,至正二十三年进士。从孙雷伯埏,至正二十六年进士。有《周易注解》。生平见《元统元年进士录》、谢纯《(嘉靖)建宁府志》卷一五、李清馥《闽中理学渊源考》卷三八。

有诗《唐子华山水卷》[①],《全元诗》未录其诗,无文。

19. 张周辂,字国桢,真定路录事司(今河北正定)人,居扬州路(今江苏扬州)。元统元年进士,授保定路安州判官。至正中历安平令。生平见《元统元年进士录》、《嘉靖真定府志》卷五。

《全元文》(第 51 册)录其文 1 篇,无诗。

20. 陈植(1293—?),字中吉,号中山,吉安路永丰(今江西永丰)人。元统元年进士,授南康路录事。历翰林待制,谪广东博罗令,归建中山书院,仕至高安县尹。生平见《元统元年进士录》、《澹游集》卷上、曾燠《江西诗征》卷三一、《元诗选癸集》己集上。

《全元文》(第 39 册)录其文 2 篇,《全元诗》(第 37 册)录其诗 7 首。

21. 余观(1308—?),字嘉宾,岳州路平江州(今湖南平江)人。元统元年进士,授常宁州判官。至正十四年(1354)任江南行台御史。至正十九年为江东建康路廉访司佥事。曾任太常礼仪院判官、翰林判官。生平见《元统元年进士录》、《隆庆岳州府志》卷五、《元诗选癸集》己集上。

《全元诗》(第 45 册)录其诗 5 首,无文。

22. 张桢(1305—1367),字约中,汴人。登元统元年进士第,授彰德路录事,辟河南行省掾,除高邮县尹,累除中政院判官。至正八年(1358),拜监察御史。二十一年,除金山南道肃政廉访司事。二十四年,除赞善,又除翰林学士,皆不起。至正二十七年卒。生平见《元统元年进士录》、《元史》卷一八六。

《全元诗》(第 45 册)录其诗 3 首,无文。

---

① 陆心源:《穰梨馆过眼录》卷九,续修四库全书第 1087 册,第 99 页下。

23.鞠志元(1394—?),字希仁,先世居吉安路吉水州(今江西吉水),籍贯岳州路巴陵县(今湖南岳阳市)。元统元年进士,授宝庆路邵阳县丞。至元间任宜都县尹。生平见《元统元年进士录》、《弘治岳州府志》卷三、《元诗选癸集》己集上。

《全元文》(第39册)录其文1篇,《全元诗》(第37册)录其诗3首。

24.成遵(1304—1359),字谊叔,南阳穰县(今河南邓县)人。二十能文章。受业于夏镇、陈旅。元统元年进士,授将仕郎、翰林国史院编修官。次年(1334),预修泰定、明宗、文宗三朝实录。后至元四年(1338),升应奉翰林文字。五年,辟御史台掾。至正改元(1341),擢太常博士。明年,转中书检校,寻拜监察御史。扈从至上京。三年,自刑部员外郎出为陕西行省员外郎,以母病辞归。五年,丁母忧。八年,擢金淮东肃政廉访司事,改礼部郎中,奉使山东、淮北。九年,改刑部郎中,寻迁御史台都事。升户部侍郎。十年,迁中书右司郎中。除工部尚书。出为大都河间等处都转盐使。十四年,调武昌路总管。十五年,擢江南行台治书侍御史,召拜参议中书省事。除治书侍御史,俄复入中书为参知政事。十七年,升中书左丞,阶资善大夫,分省彰德。十九年被诬,遭杖死。中外冤之。有《奏议塞责稿》、①《成中丞诗》。生平见《元统元年进士录》、《元史》卷一八六、潘庭楠《(嘉靖)邓州志》卷一六、《元诗选癸集》己集上。

许有壬《圭塘小稿》卷五《成中丞诗序》:"客陈君彦博辑谊叔诗二百七十余首,请序其端。卧病寒斋,因得尽读,皆有关于世教而无苟作也。"然《全元诗》(第45册)仅录其诗2首,无文。

25.周璿,字子衡,真定路录事司(今河北正定)人。元统元年进士,授太常礼仪院郊祀署太祝。至正十三年曾任郎中。② 生平见《元统元年进士录》。

《全元诗》(第45册)录其诗1首。有文《送李中父使征东序》(《稼亭集·稼亭杂录》),《全元文》未录其文。

26.程益(1303—?),字光道,章丘人。元统元年进士,授翰林国史院检阅官。后至元六年(1340)任秘书监秘书郎。为国子博士,与修宋辽金史。迁监察御史,劾宰相,不报,即解官归。复起为河西陇右道廉访金事。生平见《元统元年进士录》、陆钺《(嘉靖)山东通志》卷二〇、《元诗选癸集》丙集。

---

① 钱大昕著,田汉云点校:《元史艺文志》第四,陈文和主编:《钱大昕全集》第5册,第65页。

② 刘孟琛:《南台备要·剿摘反贼》,永乐大典卷二六一一,四库全书存目丛书史部第257册,第20页下。

《全元文》(第 52 册)录其文 5 篇,另有《麟溪集序》①未录,《全元诗》(第 44 册)录其诗 10 首。

27.熊燵,字成举,龙兴路富州(今江西丰城)人。元统元年进士,授赣州路会昌州判官,历番禺县尹,终泗州知州。生平见《元统元年进士录》、《澹游集》卷上、《嘉靖丰乘》卷二。

《全元诗》(第 44 册)录其诗 1 首,无文。

28.邓梓,字文若,龙兴路奉新县(今江西奉新)人。元统元年进士,授南丰州判官,历信丰县尹、安化县尹。能词章,以清干闻。生平见《元统元年进士录》、章潢《(万历)新修南昌府志》卷一七、《同治南昌府志》卷四〇、《元诗选癸集》己集下。

《全元文》(第 46 册)录其文 2 篇,《全元诗》(第 45 册)录其诗 1 首。

29.刘基(1311—1375),字伯温,青田人。元统元年进士,除高安丞,起为江浙儒学副提举。方国珍起海上,掠郡县,有司不能制。行省复辟基为元帅府都事。左丞帖里帖木儿招谕国珍,基言方氏兄弟首乱,不诛无以惩后。国珍厚赂基。基不受。国珍乃使人浮海至京,贿用事者,遂诏抚国珍,授以官,而责基擅威福,羁管绍兴,方氏遂愈横。行省复辟基剿捕,与行院判石抹宜孙守处州。经略使李国凤上其功,执政以方氏故抑之,授总管府判,不与兵事。基遂弃官还青田,著《郁离子》以见志。朱元璋下金华,遣使来聘,陈时务十八策。朱元璋大喜,筑礼贤馆以处之。败陈友谅,取张士诚,密谋居多。吴元年(1367)为太史令,寻拜御史中丞兼太史令。洪武三年(1370)授弘文馆学士。十一月,封诚意伯。四年赐归老于乡。八年卒,年六十五。所为文章,气昌而奇,与宋濂并为一代之宗。所著有《郁离子》、《覆瓿集》、《犁眉公集》、《写情集》传于世。生平见行状、神道碑(《诚意伯文集》卷首)、《明史》卷一二八。

《刘伯温集》录其文 224 篇(包括春秋明经 40 篇、会试答卷 1 篇),录其诗 1295 首,词 223 首。

30.朱彬(1308—?),字仲文,建昌路新城(今江西黎川)人。元统元年进士,授翰林国史院典籍官。终隆兴路富州尹。工古文,作诗尤为时所称。生平见《元统元年进士录》、《同治建昌府志》卷八、《西湖竹枝集》、《元诗选癸集》丁集。

《全元文》(第 51 册)录其文 2 篇,《全元诗》(第 46 册)录其诗 3 首。

---

① 郑太和、郑玺续辑:《麟溪集》卷首,四库全书存目丛书集部第 289 册,第 434 页下。

31. 李哲(1303—?),字公毅,号耕云,保定路博野县(今山东博野)人。元统元年进士,曾任肃正廉访司金事。生平见《元统元年进士录》、赖良《大雅集》卷三、《元诗选癸集》丁集。

《全元诗》(第44册)录其诗3首,无文。

32. 许广大(1309—1354),字具瞻,天台人。元统元年进士,授庆元路昌国州判官,后历任行宣政院掾史。至正五年(1345)任武义县尹,俱以廉能闻,调知鄞县。生平见《元统元年进士录》、《成化宁波郡志》卷七、徐象梅《两浙名贤录》卷二七、《元诗选癸集》已集上。

《全元诗》(第47册)录其诗6首,另《麟溪集》有咏郑氏诗①,《全元诗》未录,无文。

33. 张本,字在中,延平路将乐县(今福建将乐)人。元统元年进士,授赣州路宁都州判官。官至延平路儒学提举。生平见《元统元年进士录》、《弘治将乐县志》卷八、《元诗选癸集》已集上。

《全元文》(第46册)录其文2篇,《全元诗》(第40册)录其诗2首。

八、至正二年壬午(1342)科

至正二年壬午科是元代科举第八科。右榜进士第一拜住,左榜进士第一陈祖仁(1314—1368),故左右榜分别称拜住榜、陈祖仁榜。

本科会试知贡举许有壬(1287—1364),考试官国子博士王沂(1290—1345或1358),监试官张翔(字雄飞)。廷试读卷官金书枢密院事韩镛、刑部尚书吕思诚(1293—1357)、周伯琦。②

本科录取进士78人。③ 有作品传世者或文学创作记录的汉族进士有傅亨、王廓、宋绍昌、张士明、陈祖仁、李仁复、虞执中、孔旸、傅贵全、程养全、卢琦、毛元庆、李廉、刘杰、胡行简、朱倬、邵公任、汤灵、丁宜孙、谭圭、陈元明、黄师郯、赵晋25人。

1. 傅亨,字子通,大都人。太学生,师黄溍、王沂。元统三年乡贡进士,受御史荐出掾山北廉访司书吏。至正二年进士,至正十六年任翰林应奉,二十年任

---

① 郑太和辑,郑玺续辑:《麟溪集》壬卷,四库全书存目丛书集部第289册,第470页下—471页上。
② 萧启庆:《元代进士辑考》,第289页;《元朝进士集证》,第420页。
③ 宋濂:《元史》卷四〇,第863页。

太常博士兼会试考试官。迁监察御史。王沂为作字说。^① 生平见傅若金《送傅子通赴山北书吏序》(《傅与砺文集》卷四)、《寰宇通志》卷一。

《全元诗》(第45册)录其诗4首。有文《黄潽谥文献议》^②,《全元文》未录。

2.王廓,字元举,徐州人。至正二年进士,燕南第一人,授湖州经历。生平见孙原理《元音》卷一〇、董斯张《(崇祯)吴兴备志》卷六、《元诗选癸集》已集上。

《全元诗》(第54册)录其诗5首,无文。

3.宋绍昌,泽州高平(今山西高平)人。至正二年进士,初授崇福司照磨,谢病不起十年。至正十七年任翰林编修。生平见欧阳玄《元故朝散大夫金太常礼仪院事宋公墓碑》(胡聘之《山右石刻丛编》卷三九)、《万历泽州志》卷六、《乾隆高平县志》卷一二。

《全元文》(第56册)录其文2篇,另有《高平县郭先生祠堂记》^③未录,无诗。

4.张士明,字德昭,曲沃(今山西曲沃)人。至正二年进士。历长清县尹、国子助教。至正二十四年任秘书郎。曾任某部尚书。^④ 生平见释来复《澹游集》卷上、《秘书监志》卷一〇。

《全元诗》(第55册)录其诗3首。有文《元朵公德政》^⑤,《全元文》未录其文。

5.陈祖仁(1314—1368),字子山,汴(今河南开封)人。至正二年左榜进士第一,授翰林修撰、同知制诰,兼国史院编修官。历太庙署令、太常博士,迁翰林待制,出佥山东肃政廉访司事,擢监察御史,复出为山北肃政廉访司副使,召拜翰林直学士,升侍讲学士,除参议中书省事。二十三年(1363),拜治书侍御史。因忤太子,出为甘肃行省参知政事。次年,孛罗帖木儿入中书为丞相,除祖仁山北道肃政廉访使,召拜国子祭酒,迁枢密副使,累上疏言军政利害,不报,辞职。除翰林学士,遂拜中书参知政事。是时天下乱已甚,而祖仁性刚直,遇事与时宰论议数不合,乃超授其阶荣禄大夫,而仍还翰林为学士,寻迁太常礼仪院使。二

---

① 王沂:《傅亨字说》,《伊滨集》卷一七,文渊阁四库全书第1208册,542页。
② 董斯张:《吴兴艺文补》卷二七,四库全书存目丛书集部376册,第699页下—700页上。
③ 胡谧:《(成化)山西通志》卷一四,四库全书存目丛书史部174册,第551页下—552页。
④ 郑元祐《悲歌一首寄呈刘学斋相执王可矩张德昭二尚书周雪坡大监王本中经历贡吉甫司业字文子贞助教危太朴待制贡泰甫授经陈元礼孝廉列位》,郑元祐撰,徐永明校点:《郑元祐集》卷三,浙江大学出版社2010年版,第66页。
⑤ 刘鲁生:《(嘉靖)曲沃县志》卷四,《天一阁藏明代方志选刊续编》第4册,上海书店1990年版,第501—503页。

十八年,京城破,为乱军所害,时年五十五。其学博而精,为文简质,而诗清丽,世多称传之。与修宋史。生平见《元史》卷一八六、《元诗选癸集》庚集上。

《全元诗》(第 55 册)录其诗 4 首。有文《旸谷赋》、《战国策校注序》、《李士瞻行状》及《元史》本传中奏疏①,《全元文》未录其文。

6.李仁复,见高丽进士。

7.虞执中,字伯权,望江(今安徽望江)人。至正二年进士、中兴路录事,居官恪谨,公事无滞,山南宪府多奖进之。迁晋宁路榆社县尹。生平见《正德安庆府志》卷三、《万历望江县志》卷六。

《全元文》(第 56 册)录其文 1 篇,无诗。

8.孔旸(1304—1382),字子升,号洁庵,平阳(今浙江平阳)人。镇江市,授衢州路录事。至正九年(1349)转处州路庆元县尹,代归。十九年中书参政普颜不花、内台治书李公国凤经略江南,便宜授温州路同知平阳州事。明初,应征不起。其文理到、气昌、意精、辞达,典则而严谨,温纯而整峻,该洽而非缀缉,明白而非浅近,不粉饰而华彩,不锻炼而光辉。诗则出于性情,而不窘于畦町,有优游咏叹之思,风雅骚些之遗。著有《洁庵集》十二卷。生平见苏伯衡撰墓志铭(《苏平仲文集》卷一三)、《洁庵集序》(《苏平仲文集》卷五)。

《全元文》(第 52 册)录其文 3 篇,无诗。

9.傅贵全,字子初,德兴人。至正二年进士,授庆元路录事,转信州录事,②后任某府判官。③　生平见《大科三场文选》卷一、《寰宇通志》卷四一。

《全元文》(第 52 册)录其文 3 篇,《全元诗》(第 52 册)作"傅子初"录其诗 4 首。

10.程养全(1299—1354)字子正,号白粥道人,其先新安人。至正二年进士。授将仕郎宁国录事。中书参政韩镛出守饶,罗致郡庠典教,日与郡教范尧臣、同年董宗文、陆元庆、李晋齐,郡士杨本六人,讲论郡庠,号曰"松庭六客"。转龙游丞,政声益著。至正十年庚寅(1350)考试浙闱。十二年,红巾军起,以协辅克复有功,授铅山州判。十四年死于难。其文平淡古雅,而不务险怪。于诗

---

①　佚名《元赋青云梯》卷中,丛书集成三编第 62 册,第 265 页;丁丙《善本书室藏书志》卷八,清人书目题跋丛刊(二),中华书局 1990 年版,第 490 页上;李士瞻:《经济文集》卷六,文渊阁四库全书第 1214 册,第 502 页—504 页上。

②　邵亨贞:《送傅子初先生之信州录事》,《蚁术诗选》卷一,续修四库全书第 1324 册,第 604 页。

③　刘炳:《哀傅子初》,史简编《鄱阳五家集》卷一五刘炳《春雨轩集》。文渊阁四库全书本第 1476 册,第 479 页。

雄浑豪纵,而不尚秾冶。有《白粥稿》藏于家。生平见吴维新《元铅山州判程先生(养全)行实》(程敏政《新安文献志》卷六六)、《元诗选癸集》戊集下。

《全元诗》(第 40 册)录其诗 13 首,无文。

11. 卢琦(1305—1362),字希韩,号立斋,惠安人,登至正二年进士第,授台州路录事,调延平知事。十二年,迁永春县尹,有政绩。十六年,改调宁德县尹。历盐司提举,除平阳知州,命下而卒。有《圭峰集》。生平见陈忠《卢平阳哀辞》、孙伯延《立斋卢先生文集后语》(《圭峰先生集·附录》)、《元史》卷一九二、《元诗选初集》小传。

《全元文》(第 52 册)录其文 26 篇,《全元诗》(第 55 册)录其诗 302 首。

12. 毛元庆,字文在,吉水州(今江西吉水)人。至正二年进士。初任南安县丞。至正十年(1350)任翰林国史院典籍,后任国子助教、国子监丞。官至翰林学士。生平见释来复《澹游集》卷上、《乾隆历城县志》卷二四。

《全元文》(第 58 册)录其文 3 篇,《全元诗》(第 55 册)录其诗 1 首。

13. 李廉,行简,吉安安福人。尝著《春秋会通》二十卷。两魁乡荐,擢至正二年进士,历隆兴录事,改知信丰。红巾军至,父子俱戕于难,邑人立双节祠以祀之。生平见董天锡《(嘉靖)赣州府志》卷八、李贤《明一统志》卷五六。

《全元文》(第 46 册)录其文 3 篇,但传记不同,似非一人,无诗。

14. 刘杰(?—1390),字良辅,金溪(今江西金溪)人。至正二年进士,授龙兴路新建丞。至正九年(1349)迁河南宜阳县尹。十一年,转为延安路总管,左迁知嵩州,入为中书舍人,改西台监察御史。二十三年,金岭南广西道肃正廉访司事。入为侍御史。二十五年迁为秘书卿。累迁工部尚书、集贤学士。洪武二十三年(1390)卒于家。著有《刘学士文集》,已佚。生平见《弘治抚州府志》卷二三、《康熙金溪县志》卷五。

《全元文》(第 58 册)录其文 6 篇,《全元诗》(第 65 册)录刘杰(字里不详)诗 1 首,未知是否。

15. 胡行简,字居敬,自号樗隐,新喻人。至正二年进士,任国子助教,历翰林修撰、江南道御史。洪武初征至京,与修礼书,赐币归。其文章以冲和澹雅为宗,虽波澜未阔,而能确守法度,不为支离冗赘之词,拟之元末,殆李祁《云阳集》之流。其诗传者无多,《墨竹》一章,于故君旧国之思再三致意,亦颇可见其节操。有《樗隐集》六卷,编修张美和序,今存。生平见王祎《樗隐记》(《王忠文集》卷九)、樗隐集提要》(《四库全书总目》卷一六八)、潘懿《(同治)清江县志》卷

九、曾燠《江西诗征》卷四十。

《全元文》(第 56 册)录其文 40 篇,《全元诗》(第 44 册)录其诗 46 首。

16.朱倬,字孟章,新城(今江西永修)人。至正二年进士,授道安知县,迁遂安知县,有惠政。至正十二年(1352)寇犯遂安,吏卒逃散,倬大书于壁曰:"生为元臣,死为元鬼。"遂赴水死。有《诗经疑问》七卷。生平见程敏政《朱县尹》(《新安文献志》卷四九)、《乾隆新城县志》卷九、谢旻《(雍正)江西通志》卷八三、曾燠《江西诗征》卷三二、《元诗选癸集》丁集。

《全元诗》(第 54 册)录其诗 2 首,无文。

17.邵公任,武昌人。至正二年进士。任武冈路录事。生平见《康熙武昌县志》卷六。

有文《赐谷赋》①,《全元文》未录其文,无诗。

18.汤荧,号箕山,浏阳人(今湖南刘阳)。至正二年进士及第,历任鄮县尹,武冈县尹,能篆。入明。生平见《隆庆宝庆府志》卷四、曾国荃《(光绪)湖南通志》卷一三五。

有文《赵令建学记》、《混元经阁记》②及《皇元大科三场文选》收录的会试程文,《全元文》未录其文。刘夏《刘尚宾文集》中《奉使交趾赠送诗附录》有进士汤荧赠诗,《全元诗》未录其诗。

19.丁宜孙,醴陵人。至正二年进士。仕履不详。生平见《嘉靖长沙县志》卷二。《皇元大科三场文选》存其会试程文,《全元文》未录其文,无诗。

20.谭圭,攸州(今湖南攸县)人。至正二年进士,仕履不详。《皇元大科三场文选》存其会试程文。《全元文》未录其文,无诗。

21.陈元明,字伯元。至正二年进士,③授长沙县丞,升道州录事。生平见《皇元大科三场文选》、《嘉靖衡州府志》卷六。

《全元文》(第 56 册)录其文 3 篇,另有《皇元大科三场文选》录其程文及赋,《全元文》未录,无诗。

22. 黄师郯,柳州路人(一作兴宁人),至正二年进士,④湖广乡试第一,三十

---

① 陈元龙:《历代赋汇》卷三,文渊阁四库全书第 1419 册,第 159 页—160 页上。

② 常维桢:《康熙万载县志》卷一三,中国科学院图书馆编《稀见中国地方志汇刊》第 26 册,第 1056—1057、1080 页。

③ 沈仁国:《元朝进士集证》作至正五年进士,第 471—472 页。

④ 沈仁国:《元朝进士集证》认为非至正二年进士,第 458 页。

一卒。会试《承露盘赋》，名重一时。生平见《万历湖广总志》卷五一、《万历郴州志》卷一六。

《全元文》（第55册）录其文2篇，无诗。

23.赵晋，字孟旸，蒲城人。至正二年进士，授耀州判官。以诬坐免，隐居山南。学问该博，与冯翊、尚士行、渭南石相元等乐道讲学，为关中学者所宗。后诬白，起为应奉翰林文字，不就。洪武初，征为太子文学。拜春坊侍讲学士。十八年（1385），赐安车还乡。有《漫泉集》。[①]　生平见《乾隆蒲城县志》卷七、《光绪蒲城县志》卷一〇。

《全元文》（第58册）录其文2篇，《全元诗》（第52册）录其诗1首。

24.靳遂火或靳燧，至正二年进士。曾任广平路录事。《全元文》（第58册）录其文1篇。

25.王铨，字伯衡，安仁人。至正二年（国子）进士。授太常礼仪院郊祀署丞。历丽水县令、江浙行省都事[②]，任温州守，时郡受兵，铨被执不屈死。生平见李存《王伯衡诗序》（《鄱阳仲公李先生文集》卷二〇）、《正德饶州府志》卷二、邵远平《元史类编》卷四〇。

无诗文存世。

九、至正五年乙酉（1345）科

至正五年乙酉科是元代科举第九科。右榜进士第一普颜不花（？—1367），左榜进士第一张士坚，故左右榜分别称普颜不花榜、张士坚榜。

本科会试知贡举翰林学士欧阳玄（1283—1357）、同知贡举礼部尚书王沂。考试官崇文太监杨宗瑞、国子司业王思诚（1291—1357）、翰林修撰余阙（1303—1357）、太常博士李齐（1301—1353）。监试官宝哥、赵时敏。廷试读卷官治书侍御史李好文、翰林直学士宋褧（1294—1346）、工部侍郎斡玉伦徒、集贤侍讲学士苏天爵（1294—1352）。[③]

本科录取进士78人。[④]　有作品传世者或文学创作记录的汉族进士有练鲁、张士坚、石谱、安辅、林彬祖、韩复生、徐观、舒泰、黎应物、憼渊、谢应木11人。

---

① 赵廷瑞修，马理、吕柟纂：《（嘉靖）陕西通志》卷一七，第15页，《中国西北稀见方志续集》第1册。
② 陈高：《子上自识》，《不系舟渔集》卷一六，文渊阁四库全书第1216册，第275页上。
③ 萧启庆：《元代进士辑考》，第309页。
④ 宋濂：《元史》卷四一，第871页。

1.练鲁,字希曾,号倥侗子,松阳人。至正五年进士。元季未仕。明初,诏天下贤才辅治,有司以鲁应聘,力辞不起。不得已至武林,著《辞病诗》九律,声调悲壮,思志哀郁,竟归家,闭门谢客,卒不一出,以老死。有《崆峒集》传于世。生平见徐象梅《两浙名贤录》卷四三、《元诗选癸集》辛集下。

《全元文》(第56册)录其文4篇,《全元诗》(第58册)录其诗5首。

2.张士坚,字师允,大名人。至正五年左榜进士第一。授翰林修撰,转太常官职。至正十一年(1351)任内台监察御史。转户部员外郎。十三年,任户部郎中。累官至福建闽海道肃正廉访副使。与顾瑛《玉山名胜集》卷七"四明张士坚"当非一人。生平见《澹游集》卷上。

《全元文》(第56册)录其文2篇,《全元诗》(第58册)录其诗1首。

3.石谱,字元周,徐州人。至正五年进士,授国史院编修官,改经正监经历。迁兵部主事,寻升枢密院都事,从枢密院官守淮安。时张士诚据高邮,权山东义兵万户府事,征高邮,战死。生平见《元史》卷一九四。曾作《曲阜县历代沿革志碑》①。但无诗文存世。

4.安辅,见高丽进士。

5.高明(约1305—约1360),②字则诚,又字晦叔,自号柔克、菜根道人,瑞安(今浙江瑞安)人。早年从黄溍游。至正五年进士,授处州录事,辟行省掾。至正十年(1350)方国珍叛,省臣以明谙海滨事,择以自从,与论事不合。十二年任绍兴判官,改庆元路推官。十六年任江南行台掾。迁翰林国史院。朱元璋闻其名,召之,以老疾辞,还卒于家。长才硕学,为时名流。著有《柔克斋集》,已佚。所著《琵琶记》实为词曲之祖,盛行于世。弟诚,字则明,亦有文名,时号"高氏两雄"。生平见《明史》卷二八五、《万历温州府志》卷一二、凌迪知《万姓统谱》卷三二、《澹游集》卷上、《草堂雅集》卷八、《元诗选三集》小传。

《全元文》(第51册)录其文15篇,《全元诗》(第46册)录其诗56首。③

6.林彬祖,字彦文,丽水人。至正五年进士。父林定老,至治元年进士。授温州路永嘉县丞,擢青阳县尹。迁福建行省检校官。历江浙行省都事、行枢密

---

① 毕沅:《山左金石志》卷二四,第738页上。
② 高明生卒年有争议,有卒于明初与元末两说。如徐朔方《高明年谱》(《文史》第39辑,1994年)考订为1359年,黄仕忠《高则诚卒年考辩》(文献,1987年第4期)考订为1359年,徐永明《高则诚生平行实新证》(文学遗产,2006年第2期)考订高明卒年在1360年,此处采用徐永明考订成果。
③ 高明著,胡雪冈、张宪文辑校《高则诚集》(浙江古籍出版社2013年版)辑得其诗61首,词1首,散曲(小令)4首。

院都事。生平见《澹游集》卷上、《乾隆浙江通志》卷一二九。

《全元文》(第 56 册)录其文 1 篇,《全元诗》(第 58 册)录其诗 3 首。

7.韩复生,长沙人。至正五年进士。至正十年任吉州同知。生平见卞保第等纂:《湖南通志》卷一六四《人物》。

《全元文》(第 56 册)录其文 3 篇,无诗。

8.徐观,字国宾,玉山(今江西玉山)人。至正五年进士。授绍兴路录事。历蒲城知县、邵武路知事。生平见《澹游集》卷上、《嘉靖广信府志》卷一四。

《全元文》(第 56 册)录其文 5 篇,《全元诗》(第 58 册)录其诗 3 首。

9.舒泰,字尚翁,奉新(今江西奉新)人。至正五年进士。曾任分宜县丞。死于红巾军。生平见梁寅《至正庚寅岁分宜丞舒君尚翁浚治章湖寓宿白斜巡检署题诗壁间尚翁乙酉进士予故人也岁丙申经过白斜睹遗迹嘉循政因续其韵》(《石门集》卷四)、《同治奉新县志》卷八、《万历南昌府志》卷一八。

撰有殿试《玉德殿赋》①,无诗。

10.黎应物,字伯让,新喻人。至正五年进士,官漳浦令。奔父丧归,值红巾军乱,陷于南城。立旗帜与当事同任招谕,寻署南城事,因饥搆疾卒。生平见《嘉靖临江府志》卷七、《康熙新喻县志》卷一二、曾燠《江西诗征》卷三二。

《全元文》(第 59 册)录其文 1 篇,《全元诗》(第 45 册)录其诗 9 首。

11.慇渊,浏阳人,至正五年进士,曾任湘阴州判官。生平见《嘉靖浏阳县志》卷上、《嘉靖长沙府志》卷二。有《玉德殿赋》②,《全元文》未录其文,无诗。

12.谢应木,武陵人。《嘉靖常德府志》卷一六。《全元文》(第 47 册)录其文 2 篇,无诗。

十、至正八年戊子(1348)科

至正八年科是元代科举第十科。右榜进士第一阿鲁辉贴穆尔,左榜进士第一王宗哲,故左右榜分别称阿鲁辉贴穆尔榜、王宗哲榜。

会试考试官即廷试读卷官为翰林学士黄溍(1277—1357),其他考官不详。③本科录取进士 78 人。④ 有作品传世者或文学创作记录的汉族进士有杜翱、

---

① 吕懋先等修,帅方蔚等纂:《同治奉新县志》卷八,第 9 页上,同治一一年刻本。
② 佚名:《元赋青云梯》卷中,丛书集成三编第 62 册,第 281 页。
③ 萧启庆:《元代进士辑考》,第 327 页。
④ 宋濂:《元史》卷四一,第 881 页。

王宗哲、邹奕、董朝宗、董彝、辜中、傅箕、周普德、黄绍、吴肜、葛元喆、吴师尹、黎奎、孔克表、公孙辅、孙思庸、李炳奎、许昌言、曹道振、尹安之20人。

1.杜翱，字云翰，上都人。至正八年进士。至正十年为般阳路长山县尹，治绩为一道最。提举企徽撰兴学记，学士张起岩为著去思文，祀名宦。历应奉翰林文字、同知制诰兼国史院编修官、中书参政。生平见《山东乡试题名记》《乾隆历城县志》卷二四）、《嘉靖山东通志》卷二五、成瓘《（道光）济南府志》卷三四。

《全元文》（第58册）录其文2篇，无诗。

2.王宗哲，字元举，中山府无极（今河北无极）人。乡试、会试、廷试俱第一，谓之"三元"。授翰林修撰，后任湖广廉访金事。元末战乱，大亏臣节，有诗讥之。生平见《四状元诗》（陶宗仪《辍耕录》卷一五）、杨瑀《山居新话》。

《全元文》（第58册）录其文4篇，无诗。

3.邹奕，字弘道，吴江人。论议英发，文词高古。至正八年进士，授饶州录事。曾任行省掾史。明初，知赣州府。坐事谪甘肃二十余年。永乐初，召还。有《吴樵稿》。生平见陈基《送邹掾史还江西序》（《夷白斋稿》卷一八）、王鏊《（正德）姑苏志》卷五四、张昶《吴中人物志》卷七、潘柽章《松陵文献》卷九。

《全元文》（第59册）录其文5篇，《全元诗》（第58册）录其诗9首。

4.董朝宗（1313—?），余干（今江西余干）人。至正八年进士。授衢州录事，历润州录事。生平见释至仁《送董朝宗之衢州录事序》（《澹居稿》）、《正德饶州府志》卷二。

《全元文》（第37册）录其文2篇，无诗。

5.董彝（1314—?），字宗文，乐平（今江西乐平）人。任瑞州路录事。元末，归乡讲学。明初，应诏修礼书，书成，辞归，自号平桥迁士。著有《二戴辨》、《四书经疑问对》、《平桥诗文集》。生平见《正德饶州府志》卷二、《嘉庆庆元县志》卷八、《同治乐平县志》卷七。

《全元文》（第58册）录其文1篇，《全元诗》（第56册）录其诗4首。

6.辜中，字德中，号易窗，龙兴路人。至正八年进士，授永丰令。专尚德化，不施刑罚，百姓晏然，治行第一。邑人立生祠刻石记之。其乡试同年陶凯应县之父老之请撰《辜君政绩书》二卷。① 生平见《万历新修南昌府志》卷一七、《嘉靖永丰县志》卷四、《嘉靖江西通志》卷一一、李贤《明一统志》卷五一、《元诗选癸

① 永瑢：《四库全书总目》卷五九，第538页上。

集》已集上。

《全元文》(第 58 册)录其文 1 篇,《全元诗》(第 8 册)录其诗 9 首。

7.傅箕,字拱辰,进贤人。至正八年进士,授延平路录事,再授进贤县尹,为政有声。洪武三年(1370)与梁寅任江西乡试考官。生平见梁寅《傅氏家藏砚记》(《石门集》卷一)、章潢《(万历)新修南昌府志》卷一五、《康熙南昌郡乘》卷二九。

《全元文》(第 58 册)录其文 1 篇,无诗。

8.周普德,字伯申,丰城人。至正八年进士。任南康路录事。生平见《澹游集》卷上、《寰宇通志》卷三四。

《全元诗》(第 60 册)录其诗 1 首,无文。

9.黄绍,字仲先,临川人。博学有操守。至正八年进士。授靖安县尹。至正十二年(1352)兵变,戢乡兵为守御计,粮尽,被围。正冠危坐,大骂而死。生平见《元史》卷一九五、谢旻《(雍正)江西通志》卷八一。

《全元文》(第 58 册)录其文 1 篇,无诗。

10.吴彤(1317—1373),字文明,临川人。至正八年进士。授赣州路录事。转郡治中。至正十八年陈友谅陷赣州,被俘得脱,归乡奉母。二十五年,朱元璋下江西,拜朱元璋政权国子博士。次年,转同知严州府事。洪武元年(1368)任湖广提刑按察佥事,二年迁山东提刑按察佥事,三年超拜北平按察副使。六年卒。著有《弱龄稿》、《壮游稿》、《南游稿》、《山居稿》、《金兰稿》。生平见宋濂《提刑按察司副使吴府君墓志铭》(《宋濂全集》第二册)、《雍正江西通志》卷八一、黄虞稷《千顷堂书目》卷一七、曾燠《江西诗征》卷四一。

刘仔肩《雅颂正音》卷三有吴彤《峡口晚泊四首》,《全元诗》未录其诗。

11.葛元喆,字元哲,金溪人。弱冠有文名。至正八年进士,辟浙江行省掾。时苏天爵、樊执敬参省政,皆待元喆以宾友礼。至正十四年以大臣荐为本县令。兵乱路梗,入福建。省宪交辟,浮海北至大都而卒。学者陈介搜其遗稿,得诗文汇为十卷,已佚。元喆博学工文,居官以善绩称。门人苏伯衡、崔亮、刘宣私谥之曰文贞先生。与高明同为苏天爵编《滋溪文稿》。[①] 生平见《澹游集》卷上、凌迪知《万姓统谱》卷一一七、谢旻《(雍正)江西通志》卷八一、《同治金溪县志》卷二四、《元诗选补遗》戊集。

---

① 赵汸:《滋溪文稿序》,《东山存稿》卷二,文渊阁四库全书第 1221 册,第 205 页下。

《全元文》(第 59 册)录其文 3 篇,《全元诗》(第 58 册)录其诗 22 首。

12. 吴师尹(1303—1366),字莘乐,号桂江,庐陵人。至正五年进士吴从彦从侄。至正八年进士,授永丰丞。摄庐陵,辟江西省掾。后丁迁革之际归隐连里之桂冈,学者称桂冈先生。生平见李祁《故进士将仕郎永丰县丞吴君墓志铭》(《云阳集》卷八)、余之祯《(万历)吉安府志》卷一八、《元诗选癸集》己集上。

《全元文》(第 47 册)录其文 2 篇,《全元诗》(第 58 册)录其诗 2 首。

13. 黎奎,字奎章,天临人。至正八年进士。曾任武冈路录事。生平见《澹游集》卷上。

《全元诗》(第 58 册)录其诗 1 首,无文。

14. 孔克表,字正夫,浙江平阳人。孔子五十五代孙。至正八年进士。授建德录事,三迁至永嘉尹。致仕隐居昆山之麓,筑室迁隐庵。洪武六年(1373),征为修撰。学笃而不窳,尤精于诸史,所著有《通鉴纲目附释》,宋濂为之序,一时士林称为巨擘。生平见贝琼《迁隐庵记》(《清江贝先生集》卷一)、廖道南《殿阁词林记》卷八、过庭训《本朝分省人物考》卷五六。

《全元文》(第 58 册)录其文 2 篇,无诗。

15. 公孙辅,[①]字翼之,德阳(今四川德阳)人。官中兴路总管。生平见《寰宇通志》卷六一、《元诗选癸集》庚集上。

《全元诗》(第 68 册)录其诗 3 首。张玉书《佩文韵府》卷六五有公孙辅《夏邑门楼记》,未见全文,《全元文》未录其文。

16. 孙思庸,至正八年进士,授彰德路同知林州事。至正十三年(1353)任益州路莒县尹。生平见《光绪宿州志》卷三七及沈仁国先生考证。[②]

《全元文》(第 58 册)录其文 1 篇,另有《密州重修庙学碑》[③]、《宿州宣圣庙新制雅乐记》[④],《全元文》未录,无诗。

17. 李炳奎,堂邑(今山东)人。至正八年进士,授永平路录事,迁翰林编修。元末避兵于翼城。洪武三年(1370)县丞延之于学,以授生徒。生平见杨公汝纂《嘉靖翼城县志》卷四、《康熙堂邑县志》卷一二。

---

① 萧启庆:《元代进士辑考》列之于年次不详者。第 393 页。
② 沈仁国:《元朝进士集证》第 508—509 页。
③ 毕沅、阮元撰:《山左金石志》卷二四,第 738 页。
④ 曾显重修:《弘治直隶凤阳府宿州志》卷下《著作》,《天一阁藏明代方志选刊续编》第 35 册,上海书店 1990 年版,第 383—388 页。

有文《石鼓赋》①，《全元文》未录其文，无诗。

18.许昌言，岳州路人，官平阳路录事。生平见《弘治岳州府志》卷五。

《全元文》（第58册）录其文1篇，无诗。

19.曹道振，字伯大，沙县（今福建沙县）人。至正八年进士，除福州路判官，博学通经。至正中尝编次《罗仲素文集》为十八卷。生平见郑庆云《（嘉靖）延平府志》人物志卷三。

《全元文》（第55册）录其文1篇。《全元诗》（53册）录其诗1首。

20．尹安之，高丽进士。

十一、至正十一年辛卯（1351）科

至正十一年辛卯科是元代科举第十一科。右榜进士第一笃列图（字仲容），左榜进士第一文允中，故左右榜分别称笃列图榜、文允中榜。

知贡举中书参知政事韩镛，同知贡举礼部尚书赵琏。考试官左司郎中李稷、崇文少监周伯琦、宣文阁鉴书博士杨俊民、翰林国史院编修官张翥。监试官为监察御史大都，监察御史张士坚。廷试提调官中书平章政事定住。读卷官中书左丞韩元善、翰林学士李好文、参议中书省事兼经筵官乌古孙良桢、翰林待制吴当。②

本科录取进士八十三人。③ 有作品传世者或文学创作记录的汉族进士有文允中、吴裕、张守正、萧飞凤、盛景年、李国凤、许汝霖、严瑄、方德至、萧受益、何淑、刘丞直、鲁渊、程国儒、朱梦炎16人。

1.文允中，成都人。天资高迈，无书不通，为嘉定路学正。至正十一年左榜状元。授翰林修撰，为四川儒学提举，遭乱，没于难。生平见黄廷桂《（雍正）四川通志》卷一二、《嘉庆延安府志》卷二三。

《全元诗》（第60册）录其诗1首。有文《祭中镇文》④，《全元文》未录其文。

2.吴裕（1322—1361），字伯雍，抚州路金溪县人。从师乡先生祝蕃。至正十一年进士。授吉安路永新州同知。至正十六年归田，二十一年卒。父俨，叔父仪，仪与从兄弟盛、立同中同榜乡举，时称"三吴"。仪之子伯宗，洪武四年首

---

① 文庆等撰：《国子监志》卷八〇，续修四库全书第752册，第732页下—733页上。
② 《至正十一年进士题名记》，萧启庆：《元代进士辑考》，第105—106页。
③ 宋濂：《元史》卷四二，第890页。
④ 胡谧纂：《成化山西通志》卷一一，四库全书存目丛书史部第174册，第393页下—394页。

科状元。生平见《成化东乡县志》卷下、《弘治抚州府志》卷二三、宋濂《故东吴先生吴公(儼)墓碣铭》(《宋濂全集》第一册)。

《全元文》(第 47 册)录其文 1 篇,无诗。

3. 张守正,字以中,真定(今河北正定)人。许有壬弟子。至正十一年进士。授诸暨州同知,转西安县尹(衢州路西安县)。累官至翰林修撰、河南省都事。生平见《澹游集》卷上、朱右《送河南都事张君之官序》(《白云集》卷四)。

《全元文》(第 59 册)录其文 1 篇,《全元诗》(第 62 册)录其诗 2 首。另有《〈松雪翁委顺菴图卷〉跋诗》①、《跋朱右〈游东湖记〉》②,《全元文》、《全元诗》未录。

4. 萧飞凤,字德先,号一德,吉安路吉水州(今江西吉水)人。至正十一年进士,授湘阴州同知。荆楚寇盗充斥,道梗,未及赴任,监郡辟典郡太学。吴元年(1367),征江西儒士颜六奇、萧飞凤、刘于等欲官之,俱以老病辞,赐帛遣还。洪武二年(1369),以明经赴京,与宋濂、苏伯衡皆以馆职荐,恳辞以归。年七十八卒。生平见《光绪吉水县志》卷四一、何乔远《名山藏》卷一。

《全元文》(第 59 册)录其文 1 篇,无诗。

5. 盛景年,字修龄,号寓庵,绍兴路新昌人。从杨维桢游。③ 至正十一年进士。任奉化州判官,辟江浙行中书省掾,除福建行中书省管勾,迁检校官。又除儒学提举,不赴。隐居龙泉山中,葛巾野服,自放于烟霞泉石间。王祎评云:"其诗譬如芙蕖出水,污泥不染,而姿态婉然,如春莺出谷,音韵圆娜,而自谐律吕,拟诸唐人,其韦柳之流矣。至其力追古作,又如紫霞琴谱,虽时变新调,而古意终在,有得乎汉魏之音为多,是可谓情辞俱至,足以自名其家者也。"④有《盛修龄诗集》、《寓庵稿》。⑤ 生平见王祎《盛修龄诗集序》(《王忠文集》卷七)、《元诗选癸集》己集上、《万历杭州府志》卷五六。

《全元诗》(第 62 册)录其诗 12 首,无文。

6. 李国凤(? —1368),字景仪,济南人。至正十年举乡试第一,至正十一年进士。十四年为翰林国史院编修官。十八年以治书侍御史同中书参知政事普

---

① 张丑:《真迹日录》卷一,文渊阁四库全书第 817 册,第 513 页上。

② 解缙、姚广孝等编:《永乐大典》卷二二六二,第 1 页,中华书局 1986 年版。

③ 杨维桢《痴斋志》,《东维子文集》卷二二,杨维桢著,邹志方点校:《杨维桢全集》,浙江古籍出版社 2017 年版,第 1023 页。

④ 王祎:《盛修龄诗集》,《王忠文集》卷七,文渊阁四库全书第 1226 册,146 页。

⑤ 解缙、姚广孝等编:《永乐大典》卷二五三六,第 9 页下—10 页上。

颜不花经略江南。二十四年为中书参知政事。二十六年为左丞。二十七年,献计立抚军院,以太子总制天下军马,授同知大抚军院事。二十八年,以误国受黜。明军攻潼关,元军败,归罪太子,李国凤因此被杀。史不为立传。生平见成瓘《(道光)济南府志》卷四八、《乾隆历城县志》卷二八。

《全元文》(第 58 册)录其文 4 篇,另有《国子生李秉昭传》、《郯城思圣书院记》①未录,无诗。

7.许汝霖(1309—1391),字时用,嵊人。至正十一年进士。授诸暨州判官。入江南御史台。累官国史编修。已而退居。张士诚据淮浙,罗致士大夫。霖遁走,求之弗得。元亡,遂归隐于嵊。洪武初,征至京,未几乞归。宋景濂以文赠之。所著有《东冈集》、《礼庭遗稿》、《嵊志》十八卷②。生平见张元忭《(万历)绍兴府志》卷四六。

《全元诗》(第 47 册)录其诗 1 首。有文《元嵊县社稷坛碑》③,《全元文》未录其文。

8.严瑄,字国珍,溧阳人。出身寒微,为隶卒子。幼孤,母训其读书。从曲家杨景贤学。至正十一年进士,授分宜县丞,迁江浙行省掾。洪武二年(1369)任吴县丞。生平见《弘治溧阳县志》卷四、《嘉庆溧阳县志》卷一三、《民国吴县志》卷五、《元诗选癸集》已集上。

《全元诗》(第 62 册)录其诗 7 首,无文。

9.方德至,字遂初,少名临生,莆田人。早岁家贫,授徒养亲,与其妻廖氏相安于羁穷苦淡中。至正十一年第进士,授永嘉县丞。任满,不及再叙,卒。生平见张以宁《送方德至漳学训导序》(《翠屏集》卷三)、陈道《(弘治)八闽通志》卷七二、郑岳《莆阳文献列传》卷四八。

黄仲昭《陈旅方德至林以辨列传论》:"方德至、林以辨,虽其文章不逮于旅,然皆以儒行为时所重,亦一代名士也。"④然未见诗文存世。

10.萧受益,字自省,吉水人。至正十一年进士。授新建县丞。世乱归老于家。洪武七年(1374)作吉水儒学增修记。⑤ 文未见。生平见《嘉靖吉安府志》卷

---

① 于慎行纂:《万历兖州府志》卷一六,第 11 页上,影印明万历二十四年刻本,齐鲁书社 1985 年版。
② 倪燦:《补辽金元艺文志》,《丛书集成新编》第 1 册,第 283 页上。
③ 蔡以常纂:《嵊县志》卷二六,《石刻文献新编》第 3 辑第 9 册,新文丰出版公司 1986 年版,第 230 页。
④ 黄仲昭:《未轩文集补遗》卷下,文渊阁四库全书第 1254 册,第 598 页下。
⑤ 谢旻:《(雍正)江西通志》卷一七,文渊阁四库全书第 513 册,第 568 页下。

一四、《光绪吉水县志》卷四一。

11. 何淑，字伯善，号蟆庵、蟆庵道人，乐安人。至正十一年进士，授武冈丞。世乱，未上任。洪武三年（1370）任江西乡试考试官。四年（1371），召为太子宾客，辞不就。六月特召何淑等天下名士九人，以老疾辞。所著有《蟆庵集》。生平见杨士奇《蟆庵集序》（《东里集续集》卷一四）、梁本之《何员外墓志铭》（《坦庵先生文集》卷五）、《弘治抚州府志》卷二三、谢旻《（雍正）江西通志》卷八一、《光绪抚州府志》卷六九。

《全元文》（第 59 册）录其文 1 篇。《永乐大典》录其诗 16 首，文 5 篇①，《全元文》、《全元诗》未录。

12. 刘丞（承）直（？—1371），字宗弼，江西赣县人。从泰和王以道游。至正十一年进士，历韶州别驾。至正二十六年（1366），朱元璋召见，奇其才识，即除国子博士。吴元年（1367），拜国子司业。洪武二年（1369），拜浙江道按察司佥事。三年后，以疾归，家在空同山阳，自称空同（崆峒）雪樵。宋濂为之作赋。有《雪樵诗集》。生平见《天启赣州府志》卷一六、焦竑《国朝献征录》卷八四、《明史》卷一七八。

《全元诗》（第 62 册）录其诗 20 首，《永乐大典》数首未录，无文。

13. 鲁渊（1319—1377），字道源，号本斋，人称岐山先生，淳安人。至正十一年进士。出为华亭丞。新安失守，行省檄与监郡脱脱引兵而西，焚贼垒六十余，遂会大军于新安，与富山巡检邵仲华共守豪岭。贼再犯，为贼所得。守节不屈，吟咏自若，豫作自祭文，誓以必死。其后贼败，复归华亭。张士诚称王，擢博士，为浙江儒学副提举。以疾归。洪武初，累征不起。所著有《春秋节传》、《策府枢要》、《鲁道源诗集》。生平见顾清《（正德）松江府志》卷二三、《嘉靖淳安县志》卷一二、黄宗羲《宋元学案》卷七四、《列朝诗集小传》甲前集、朱彝尊《静志居诗话》卷三、《元诗选补遗》。

《全元文》（第 58 册）录其文 2 篇，《全元诗》（第 62 册）录其诗 181 首。

14. 程国儒，字邦民，号雪崖，歙人。徙居德兴。至正十一年进士，授余姚判官，摄绍兴县录事。迁浙东廉访司经历。至正十九年知衢州。乱起，依方国珍，旋弃归。明兵下衢州，执送金陵。至正二十二年，除知洪都府事。坐事被逮，自尽。有《雪崖集》。生平见《万历绍兴府志》卷二八、《列朝诗集小传》甲集、朱彝

---

① 栾贵明：《永乐大典索引》，作家出版社 1997 年版，第 279—280 页。

尊《明诗综》卷一四。

《全元文》(第 59 册)录其文 1 篇,《全元诗》(第 62 册)录其诗 3 首。

15.潘从善,字择可,台州路黄岩州人。至正十一年进士,历同知制诰兼国史编修,歙县尹,终福建儒学提举。明初被谪,宥还。攻古诗文,善小楷书,名重士林,所著有《松溪集》。生平见《弘治赤城新志》卷一〇、《万历黄岩县志》卷六、《宋元学案补遗》卷八二、嵇曾筠《(雍正)浙江通志》卷一八一。

《全元文》(第 58 册)录其文 2 篇,《全元诗》(第 67 册)录其诗 1 首。

16.裴梦霆,字应祥,临江路清江县人。性孤洁,尝筑室南郊,储书数千卷,扁曰"原南草堂"。日与郡人彭声之、杨士弘等讲学赋诗,称"三凤"。举至正十一年进士,授江浙儒学副提举,未行。十二年,兵变,议集义兵备御。未几卒。所著有《鸣秋稿》。生平见《(隆庆)临江府志》卷一二、《崇祯清江县志》卷七、《寰宇通志》卷三七。

裴梦霆与彭声之、杨士弘结诗社。虞集见而奇之曰:"临江诗道之盛,他郡莫及",①然未见诗文存世。

17.朱梦炎(?—1380),字仲雅,进贤人。元至正十一年进士,为抚州金溪丞。至正二十六年(1366),以故官入金陵。除国子博士。吴元年(1367),迁翰林修撰。坐小误,出为浙江按察司经历。洪武二年(1369),转山西行省员外郎,入为礼部员外郎,寻升侍郎。十一年,升本部尚书。十三年卒。梦炎博学善记,通历代文献之学。朝廷稽古议礼,多所预议。生平见过庭训《本朝分省人物考》卷五七、《明史》卷一三六附《崔亮传》、《列朝诗集小传》甲集。

《全元诗》、《全元文》未录其诗文。存诗《写韵轩》、《和颜子中韵》(张豫章《四朝诗·明诗》卷六九)、《钱塘西湖》(朱彝尊《明诗综》卷五)、《访道者不遇》(以上均出自曾燠《江西诗征》卷四〇)、《叶氏望云楼》(曾燠《江西诗征》卷三二)、《钱塘》二首(其一即《钱塘西湖》)(嵇曾筠《(雍正)浙江通志》卷二七六)、《谢黄孔曼惠图书》、《舟次采石和聂原济韵》、《失鹤》、《送日本国僧》(曹学佺《石仓历代诗选》卷三四八录九首,上四首为他书未录)。有文《大明敕赐故开国辅运推诚宣力武臣特进荣禄大夫右柱国卫国公追封宁河王谥武顺邓公神道碑》(程敏政《明文衡》卷七三)。

---

① 管大勋修,刘松纂:《(隆庆)临江府志》卷一二,第 83 页。《天一阁藏明代方志选刊》第 35 册,上海古籍书店 1982 年版。

十二、至正十四年甲午(1354)科

至正十四年甲午科是元代科举是十二科。右榜进士第一薛朝晤,左榜进士第一牛继志,故左右榜分别称薛朝晤榜、牛继志榜。

本科会试知贡举翰林学士承旨欧阳玄,同知贡举礼部尚书王思诚。廷试读卷官:欧阳玄、杜秉彝。①

本科录取进士62人。② 有作品传世者或文学创作记录的汉族进士有牛继志、李吉、李穑、魏俊民、李贯道、陈高、陈麟、林温、曾坚、钱用壬10人。

1.牛继志,字述善,武强人。至正十四年左榜进士第一。授翰林修撰,同年至南海代祀海渎。迁刑部郎中。钱大昕《元进士考》疑为明初礼部尚书牛凉(字士良),沈仁国先生以为非③。生平见《寰宇通志》卷四、《嘉靖真定府志》卷五。

《全元诗》(第62册)录其诗1首。有文《代祀南海庙记》④、《三皇庙记》、《元武强重修庙学记》⑤,《全元文》未录其文。

2.李吉,字思迪,以字行,济南人。至正十四年进士。历河间录事、国子助教。洪武元年(1368),召起任起居注,四年,谪琼山知县。后历扬州府高邮知事、助教、翰林待制,累官山西参政。因事降为丹徒知县。坐失入人罪,安置闽中。十二年(1379)召还,为国子学官,后为晋王傅。谪琼山时,公余辄歌赋,自号海滨子,因以名《海滨集》。生平见宋濂《送晋王傅李君思迪之官序》(《宋濂全集》第一册)、《正德琼台志》卷三三、《道光济南府志》卷四九、《嘉靖广东通志初稿》卷一一。

《全元文》(第58册)录其文1篇,未见诗。

3.李穑,见高丽进士。

4.魏俊民,字彦庄,吴县人。至正十四年进士,授临海县丞。洪武五年(1372),任江浙考官。生平见《正德姑苏志》卷五。

《全元文》(第59册)录其文1篇,另有《界内府学》⑥未录。《全元诗》(第49

---

① 萧启庆:《元代进士辑考》,第341页。

② 宋濂:《元史》卷四三,第914页。

③ 沈仁国:《元朝进士集证》第560—561页。

④ 阮元修,陈昌齐等纂:《道光广东通志》卷二一五,续修四库全书第673册,第537页。

⑤ 吴汝纶:《深州金石记》,《石刻史料新编》第3辑第24册,第546—547页上,第547页。

⑥ 杨循吉撰:《嘉靖吴邑志》卷五《学校·附录》,《天一阁藏明代方志选刊续编》第10册,第849—857页。

册)录其诗2首。

5.李贯道,字师曾,东阳人。父裕,至顺元年进士。至正十四年进士,授饶州路鄱阳县丞,未上,用荐者改詹事院掾史,寻扈驾清暑上京。至正十七年卒。所著有《敝帚编》等集。生平见宋濂《元故承务郎道州路总管府推官李府君墓铭》(《宋濂全集》第一册)、顾嗣立《元诗选三集》小传。

《全元诗》(第62册)录其诗1首,无文。

6.陈高(1315—1367),字子上,平阳人。至正十四年进士,授庆元录事,转慈溪尹,皆有声。曾任秘书监丞。方国珍陷平阳,高挈妻子往来闽浙间,人莫知其所在。至正二十七年,谒中书左丞扩廓帖木儿,论江南虚实安危,欲官之,辞不受,寻卒,年五十三。其为文上本迁固,下猎诸子。诗遡汉魏齐梁,以下弗论。自号不系舟渔者。著有《不系舟渔集》十五卷,今存,苏伯衡序其文。生平见陈高《子上自识》、揭汰撰墓志铭(《不系舟渔集》卷一六附录)、汤日昭《(万历)温州府志》卷一三、《元诗选初集》小传。

《全元文》(第60册)录其文100篇,《全元诗》(第56册)录其诗476首。

7.陈麟(1312—1368),字文昭,永嘉人。至正十四年进士,授慈溪尹。时迈里古思在越,秃坚帖木儿在余姚,皆以能名,与麟号浙东三杰。会方国珍据庆元,麟以浙东副元帅领慈溪县事,然寡不能胜。国珍执之,羁縻于岱山海岛十年。又置郡城三年。朝廷屡迁秩,除户部主事、应奉文字、瑞安知州、秘书监丞,不能赴。入明,适闽,感瘅卒。生平见戴良撰墓志铭(《九灵山房集》卷二三)、《澹游集》卷上、汤日昭《(万历)温州府志》卷一一、徐象梅《两浙名贤录》卷二七、《元诗选癸集》辛集上。

《全元文》(第58册)录其文1篇,《全元诗》(第54册)录其诗9首。

8.林温(1317—?),字伯恭,永嘉人。至正十四年登进士第,授休宁尹,寻补江南行台掾。改福建行中书省管勾兼汀州路宁化县尹,累升员外郎、左右司郎中。入明,任秦王长史,改纪善。后典闽浙文衡。宋濂称其诗本于气之所养,与世之学诗者自异。著有《林伯恭诗集》、《栗斋文集》。生平见宋濂《元瑞安州知州林府君墓志》、《书前定三事》、《林伯恭诗集序》(《宋濂全集》第2册)、汤日昭《(万历)温州府志》卷一二、王棻《(光绪)永嘉县志》卷一七。

《全元诗》(第58册)录其诗3首。有文《浙江赋》、《天爵赋》①,《全元文》未

---

①　佚名:《元赋青云梯》卷上、卷中,丛书集成三编第62册,第261页下—262页上,第279页。

录其文。

9.曾坚(? —1370),字子白,金溪人。少与危素齐名。至正十四年进士。授国子助教,升翰林修撰。出任江西行省郎官,入为国子监丞,升司业。拜监察御史。累官翰林直学士。洪武元年(1368),以元故官征至金陵,授礼部员外郎,以疾辞。三年,作《义象歌》,被杀。有《曾学士文集》,已佚。子曾仰,至正二十三年进士。生平见宋濂《曾学士文集序》(《宋濂文集》第2册)、陈高《送曾子白员外序》(《不系舟渔集》卷一一)、《康熙金溪县志》卷五、谢旻《(雍正)江西通志》卷八一、《光绪抚州府志》卷五九、曾燠《江西诗征》卷三二、《元诗选癸集》己集上

《全元诗》(第54册)录其诗6首,《全元文》(第57册)录其文3篇,另有文《孝义郑氏有序堂颂并序》、《浦江县子郑府君墓碣铭》①未录。

10.钱用壬,字成夫,桐川人(今安徽广德县)。至正十四年进士,授翰林编修。张士诚据吴,授淮南行省参政,守淮安。降明,授按察副使,迁中书参议。吴元年(1367),改御史台经历,预定律令。洪武元年(1368)为礼部尚书。其年致仕,赐居湖州。生平见戴良《送钱参政序》(《九灵山房集》卷一三)、《明史》卷一三六附《陶安传》、《明诗综》卷五。

《全元诗》(第62册)录其诗2首,无文。

十三、至正十七年丁酉(1357)科

至正十七年丁酉科是元代科举第十三科。右榜进士第一倪徵,左榜进士第一王宗嗣,故左右榜分别称倪徵榜、王宗嗣榜。

考官无考。

本科录取进士51人。② 有作品传世者或文学创作记录的汉族进士有李延兴、龚友福、夏以忠3人。

1.李延兴,字继本,初名守成,以字行,号一山,先世本中州,元初占籍大都路。父士瞻,为翰林学士承旨,有《经济文集》。延兴少负诗名,至正十七年进士,授太常奉礼兼翰林检讨。中原俶扰,隐居不仕。洪武初,属典邑校。河朔学者多从之,以师道尊于北方。有《一山文集》九卷,存。生平见《嘉靖雄乘》卷下、《万历保定府志》卷三六、邵远平《元史类编》卷三六、《列朝诗集小传》甲前集、

---

① 郑太和:《麟溪集》子卷、寅卷,四库全书存目丛书集部第289册,第489页下—490页上,第508—509页上。

② 宋濂:《元史》卷九二,第2345页。

《元诗选补遗》。

《全元文》(第 60 册)录其文 100 篇,《全元诗》(第 64 册)录其诗 210 首。

2.龚友福,字伯达,光山人,号淮南夫子。仕为翰林学士,拜中书参政兼丞相事。明军破燕京,随元顺帝北去。有《龚伯达集》。生平见《雍正河南通志》卷六六、《嘉靖光山县志》卷七、李贤《明一统志》卷三一。

《全元诗》(第 63 册)录其诗 1 首,无文。

3.夏以忠(？—1369),[①]字尚之,号怀鲁轩,宜春人。至正十七年,以春秋试大都路流寓科第二,授翰林国史院编修官,调国子助教,迁大史院都事。明师克燕,拔其知名士官之,以忠独以老病乞归。会遣使搜访元史,强之如江广,以忠辞不得命,乃行。洪武二年(1369),至番禺卒。苏伯衡著文哀之。生平见苏伯衡《夏尚之太史哀辞有序》(程敏政《明文衡》卷九五)、严嵩《(正德)袁州府志》卷八、《余姚海隄集》卷二。

《全元诗》(第 58 册)录其诗 1 首,曾撰《加封昭祐灵惠公庙碑》[②]、《刘诜行状》[③],《全元文》未录其文。

十四、至正二十年庚子(1360)科

至正二十年庚子科是元代科举第十四科。右榜进士第一买住,左榜进士第一魏元礼,故左右榜分别称买住榜、魏元礼榜。

本科会试知贡举平章政事八都麻失里,同知贡举翰林学士承旨李好文及礼部尚书许从宗,考试官国子祭酒张翥(1287—1368),同考官太常博士傅亨,廷试读卷官不可考。[④]

本科录取进士 35 人。[⑤] 有作品传世者或文学创作记录的汉族进士有魏元礼、卢希古、张翱、童梓、王章、杨舜民 6 人。

1.魏元礼,字廷训,河北肃宁人。至正二十年左榜进士第一。至正二十五年,以枢密院经历代祀阙里。因元政不纲,隐居不仕。元亡,征为翰林院修撰,历官礼部侍郎。谱牒不存,其功业莫可详考。生平见魏元礼《代祀阙里记》(陈

---

① 沈仁国:《元朝进士集证》(第 592 页)以为非进士。
② 万青黎、周家楣修,张之洞、缪荃孙纂:《(光绪)顺天府志》卷一二九,续修四库全书第 686 页,第 716 页上。
③ 刘诜:《桂隐文集》附录,文渊阁四库全书第 1195 册,第 207—210 页。
④ 宋濂:《元史》卷四五,第 950 页;《元代进士辑考》,第 361 页。
⑤ 宋濂:《元史》卷四五,第 950 页。

镐《阙里志》卷一〇）、李时《状元魏公复葬墓记》（樊深《（嘉靖）河间府志》卷二八）、《寰宇通志》卷二。

有文《代祀阙里记》，《全元文》未录其文，无诗。

2.卢希古，山西襄陵人。至正二十年进士。初授太常礼仪院祝，调乡宁县尹，转蒲县尹，官至国子助教。生平见胡谧《（成化）山西通志》卷九、《隆庆襄陵县志》卷九。

《全元文》（第 58 册）录其文 2 篇，无诗。

3.张翀（？—1368），字云翔，至正二十年进士。历官御史、吏部尚书。二十七年至广西，守苍梧。明兵至，城陷，赴水死。生平见《古藤志》（《永乐大典》卷二三四二）、《寰宇通志》卷一〇九。

《元诗选癸集》丁集录其诗 1 首，《全元诗》未录其诗，无文。

4.童梓，字良仲，兰溪人。吴师道弟子。至正二十年进士。历官通州同知、河间治中。元亡，以母老归养。以诗酒自娱，号"自得斋"。善古文、诗词，工书翰。生平见张丁《送童良仲归金华》（《白石山房逸稿》卷上）、《嘉靖兰溪县志》卷一三、《万历金华府志》卷一八。

《全元文》（第 59 册）录其文 1 篇，《全元诗》（第 64 册）录其诗 3 首。

5.王章（彰），字伯达，临川人。少从吴澄学。至正二十年进士。历京学提举、国子助教、翰林编修、国子博士。元亡，被迁于金陵，以年老归，守节不渝，与葛元喆、刘杰、朱夏、陈介、黄昮被称之为六贤。生平见王祎《送伯达王君序》（《王忠文集》卷三）、释来复《澹游集》、《嘉靖抚州府志》卷一二、《康熙金溪县志》卷五。

《全元文》（第 58 册）录其文 2 篇，《全元诗》（第 51 册）录其诗 1 首。

6.杨舜民，字子春，蜀人。任清湘县丞。至正间，避兵寓静江，尝作《新城碑记》。生平见金鉷《（雍正）广西通志》卷八六。

《全元文》（第 59 册）录其文 1 篇，《全元诗》（第 67 册）录"杨舜民"诗 1 首，未必为此杨舜民。

十五、至正二十三年癸卯（1363）科

至正二十三年癸卯科是元代科举第十五科。右榜进士第一宝宝，左榜进士第一杨輗，故左右榜分别称宝宝榜、杨輗榜。

本科考官不可考,录取进士62人。① 有作品传世或文学创作记录的汉族进士有宋讷、钟黎献、闻人枢、沈廷珪、俞元膺、薛弥充、雷燧、陈介、蒋允文9人。

1. 宋讷(1312—1390),字仲敏,号西隐,滑州白马县(今河南滑县)人。至正二十三年进士,任盐山尹,弃官归。洪武二年(1369),征宋讷等儒士十八人编《礼》《乐》诸书。事竣,不仕归。五年秋过元故宫,作诗以寓黍离之感。洪武十三年授国子助教,十五年超迁翰林学士,改文渊阁大学士,迁祭酒。二十三年卒,年八十。著有《西隐集》。长子麟,举进士,擢御史,出为望江主簿。次子复祖为司业。生平见刘三吾撰墓志铭(《坦斋文集》卷下)、过庭训《本朝分省人物考》卷一〇、《明史》卷一三七、何乔远《名山藏》卷六一、黄佐《南廱志》卷一九。

《全元文》(第50册)录其文,《全明诗》(第2册)录其诗79首。

2. 钟黎献,宁海(今山东牟平)人。至正二十三年进士。授河南路清州判官。入明,任福建按察司金事。生平见《嘉靖宁海州志》卷六、《光绪增修登州府志》卷三八。

《全元诗》(第68册)录其诗1首,无文。

3. 闻人枢,字德机。尝从鲍仲孚受业,又登江西夏日孜之门,遂通《易》学。至正二十三年进士。授承事郎、易州同知,未及上官,以疾终。生平见《弘治嘉兴府志》卷九、《寰宇通志》卷二四、嵇曾筠《(雍正)浙江通志》卷一七五。

赖良《大雅集》卷五有买间《和年弟闻人枢京城杂诗四首》,未见闻人枢诗,无文。

4. 沈廷(庭)珪,字德璋,海盐人。至正二十三年进士。仕历不详。生平见《光绪嘉兴府志》卷四四、《槜李诗系》卷五、《元诗选癸集》庚下。

《全元诗》(第53册)录其诗1首,无文。

5. 俞元膺,字元应,婺源城南人。治春秋。至正二十三年进士。授翰林学正(但翰林无学正职位)。尝编邑志,长于诗,有《二李家数》。生平见汪舜民《(弘治)徽州府志》卷八、凌迪知《万姓统谱》卷一二。

无诗文存世。

6. 薛弥充,字文羡,莆田人。至正二十三年进士,为上都路兴州判官,兼翰林国史院编修官。作文典重而明洁,明初以闲良官留京师。有《薛弥充文稿》一

---

① 宋濂:《元史》卷四六,第963页。

卷。[1] 生平见陈道《(弘治)八闽通志》卷七二。

无诗文存世。

7.雷燧,字景旸,建安人。雷机长子。至正二十三年进士。授大都路香河县尹。入明,授翰林院编修兼起居注,屡被顾问,殁于官。生平见宋濂撰《元故翰林待制朝散大夫致仕雷府君(机)墓志铭》(《宋濂全集》第一册《銮坡前集》卷三)、谢纯《(嘉靖)建宁府志》卷一五。

有诗《赠南陵刘章甫》,[2]《全元诗》未录,无文。

8.陈介,字彦硕,远祖原由汴徙金溪。父异,至正五年进士,为火你赤所杀,介痛父非命,诣阙愬冤,得白。时岁当大比,介留京师就试,登进士,授潮州同知,治有能声,筑堤以捍水灾,民号陈公堤。洪武初,征之,介易姓名姚东之以避征。妻程琼,刑部尚书程徐之女,程端学之孙女。有《陈彦硕集》。[3] 生平见《弘治抚州府志》卷二四、《古今图书集成》卷一二四、《康熙金溪县志》卷五、谢旻《(雍正)江西通志》卷八一、卷一〇〇、《元史》卷二〇一《列女传》。

无诗文存世。

9.蒋允文,字彬夫,号苍岩先生,永嘉人。至正二十三年进士。洪武初,任温州儒学经师。二十二年(1389)任温州府学训导。有《苍岩先生文集》。[4] 生平见《弘治温州府志》卷一〇、《万历福州府志》卷一六、《寰宇通志》卷四五。[5]

无诗文存世。

十六、至正二十六年丙午(1366)科

至正二十六年丙午科是元代科举第十六科,最后一科。右榜进士第一赫德溥化,左榜进士第一张栋,故左右榜分别称赫德溥化榜、张栋榜。

本科会试提调官中书平章政事七十,知贡举中书左丞王时。同知贡举礼部

---

① 郑开极等纂:《康熙福建通志》卷六〇《艺文》,《北京图书馆古籍珍本丛刊》第35册,学苑出版社2010年版,第2612页下。

② 陈田:《明诗纪事》甲签卷二一,上海古籍出版社1993年版,第439页。

③ 王有年纂:《康熙金溪县志》卷一〇《艺文》,中国科学院图书馆编:《稀见中国地方志汇刊》第29册,第164页下。

④ 王瓒、蔡芳纂:《弘治温州府志》卷一八《书目》,《天一阁藏明代方志选刊续编》第32册,第836页。

⑤ 萧启庆先生认为侯官县之蒋允文与永嘉县府学经师之蒋允文恐非一人。《元代进士辑考》,第372页注40。

尚书徐晸。考试官:翰林学士陈祖仁、翰林直学士张以宁、礼部侍郎刘献、御史台知事岳信。监试官:监察御史玉伦普、苏天民。①

本科录取进士 73 人。② 有作品传世或文学创作记录的汉族进士有靳柱、王钝、冉庸 3 人。

1.靳柱,字天石,襄陵(今山西临汾)人。至正二十六年进士,授正平县尹,寻拜监察御史。善属文,有韩柳体。生平见《隆庆襄陵县志》卷九。

《全元诗》(第 64 册)录其诗 1 首。有文《正觉寺碑记》③,《全元文》未录其文。

2.王钝(1336—1406),字士鲁,号野庄,太康(今河南太康)人。至正二十六年进士,授猗氏县尹。洪武中,征授礼部主事,历官福建参政,以廉慎闻。二十三年迁浙江左布政使。建文初,拜户部尚书。明年靖难,逾致仕。永乐元年(1403)诏仍故官。永乐二年,以布政使致仕。归二载,卒。有《野庄集》六卷。生平见黄淮撰神道碑铭(《黄文简公介庵集》卷六)、焦竑《国朝献征录》卷二十八、《明史》卷一五一。

未见诗文。

3.冉庸,字克常,保定蠡县人。至正二十六年进士。明初,谪居灵川县(今广西桂林灵川县)。生平见《畿辅通志》卷一三三。

有《谪居灵川》④诗,《全元诗》未录其诗,无文。

十七、科次不详进士

由于文献缺失,许多进士登第科次无法确定。萧启庆《元代进士辑考》列科次不详进士 150 人,沈仁国《元朝进士集证》列 218 人。⑤ 其中有作品传世或文学创作记录者有刘汶、王时、张时髦、周尚文、陈直观、翁仁、陈肯堂、靳荣、何弘佐、王德(得)贞、刘志行、王茂、陈浩、木寅、申屠駉、管祎、张昌、武起宗、张澄 19 人。

1.刘汶,字师鲁,占籍钱塘。自胄学以文艺擢高科,由端本堂司经拜西台监

---

① 朱希召撰:《宋元科举题名录》,《北京图书馆古籍珍本丛刊》第 21 册,第 265 页。
② 宋濂:《元史》卷九二,第 2346 页。
③ 胡谧:《(成化)山西通志》卷一五,四库全书存目丛书史部第 174 册,第 602 页。
④ 汪森:《粤西诗载》卷一五,文渊阁四库全书第 1465 册,第 221 页上。
⑤ 萧启庆:《元代进士辑考》,第 383 页;沈仁国《元朝进士集证》,第 618 页。

察御史,累官户部尚书。至正二十三年(1363),以东南漕事,浮海而出。^① 师鲁以诗鸣,豪迈激昂,极为松乡任士林所赏识。胡助《纯白斋类稿》卷七五有《挽刘师鲁二首》其二云:"名满江湖上,身居陋巷中。典刑存冠带,冰雪贮心胸。高论惊流俗,雄文复古风。武林遗老尽,清泪滴秋空。"生平见徐象梅《两浙名贤录》卷五四、《元诗选三集》小传。

《全元诗》(第 28 册)录其诗 12 首,无文。

2. 王时,字本中,大宁(今内蒙古宁城县西)人。父克敬,官至浙江行省参知政事。韩性弟子。至正四年(1344)任刑部主事,除翰林编修,历御史、台掾、中书省右司郎中、礼部尚书。十七年任中书参政,二十年以参政分省济宁。二十五年任左丞,知贡举。二十八年任翰林学士承旨。洪武二年(1369)以元故官征至金陵,授翰林侍讲学士。明年置弘文馆,与刘基等并为学士。生平见《元诗选癸集》丙集、萧启庆及沈仁国所撰小传(《元代进士辑考》第 391 页、《元朝进士集证》第 624 页)。

《全元诗》(第 53 册)录其诗 5 首,无文。

3. 张时髦,潞州壶关(今山西壶关)人。进士,授吉州判官,升本县尹,充河南儒学提举,升秘书监丞。明初尚存。生平见《弘治潞州志》卷一〇。

《全元文》(第 47 册)录其文 2 篇,无诗。

4. 周尚文,颍州人。科次不详。由翰林编修迁国子助教,后至元间,梁县尹。建学校,表忠节,绘农桑图,教民栽种,民怀慕之。生平见李贤《明一统志》卷三〇、《成化河南总志》卷一一。

《全元文》(第 55 册)录其文 1 篇。有诗《金台夜月》、《龙兴古柏》^②,《全元诗》未录其诗。

5. 陈直观,字密表,号桂岩,台州黄岩人。至正间进士,庆元路同知。避乱长沙,诗酒自遣。《万历黄岩县志》作陈直光。生平见李成经辑《方城遗献》卷二、《万历黄岩县志》卷五。

《全元诗》(第 52 册)录其诗 1 首,无文。

6. 翁仁,字德元,临海人。进士,历温州路录事、江浙行枢密院都事。生平见王逢《挽范德原(元)后序》(《梧溪集》卷六)、陈高《瑞榴记》(《不系舟渔集》卷

① 杨镰:《全元诗》(第 28 第 3 页)认为《元诗选三集》小传非刘汶之仕历,是另一刘师鲁。
② 张成德修,李友洙纂:《乾隆直隶绛州志》卷一八,第 24 页下,乾隆三十年刻本。

一二）。

《全元诗》（第62册）录其诗1首，无文。

7.陈肯堂，满城人（今河北）。进士，至顺三年（1332）任河间路青城县尹。官至兵部员外郎。生平见唐执玉《雍正畿辅通志》卷六一，贾淇《隆庆保定府志》卷三四。

《全元文》（第59册）录其文2篇，另有《保定路监郡为蝗祈禳先圣大成王感应记》[①]，无诗。

8.靳荣，字时昌，绛州曲沃人。博学能文，由进士官崇文大监，升监察御史，骨鲠敢言，有古诤臣风。后转奎章阁承制学士致仕。日与泰定四年进士刘尚质题咏，邑人以"二秀"名之。生平见《乾隆新修曲沃县志》卷二八、张奇勋《沃史》卷六、胡聘之《山右石刻丛编》卷三六、《元诗选癸集》丙集。

《全元文》（第56册）录其文3篇，《全元诗》（第52册）录其诗9首。

9.何弘佐，南充人。任云南儒学提举。生平见《寰宇通志》卷六四。

《全元文》（第55册）录其文1篇，《全元诗》（第68册）录其诗1首。

10.王德（得）贞，字义方，霍州人。进士，至正间任安福知州，迁怀庆路总管。为明军所执，不屈死。能诗书，得草圣之妙。生平见胡谧《（成化）山西通志》卷九、《康熙平阳府志》卷八。

《全元诗》（第52册）录其诗2首，无文。

11.刘志行，字以道，号梅南，吉水人。进士，知镡州，有善政，工吟咏，善评诗，有《梅南集》。生平见李祁《吴远心诗序》（《云阳集》卷六）、《大明一统志》卷八四、汪森《粤西诗文载》卷六三。

《全元诗》（第67册）录其诗9首，无文。

12.王茂，字伯昌，号东村老人，曹州人。顺帝时进士，累官户部尚书，调福建行省左丞。入明，授刑部尚书，力辞不就，因安置安庆，复以老病放归。有《东村野叟诗稿》。生平见《嘉靖山东通志》卷三〇、《万历兖州府志》卷三五、《康熙曹州志》卷一五、黄虞稷《千顷堂书目》卷二九、《元诗选癸集》辛集上。

《全元诗》（第52册）录其诗2首，无文。

13.陈浩，字养吾，扬州人。进士。曾任廉访金事。元末，朱元璋占金陵，任

---

① 张才纂，徐珪重编：《弘治保定郡志》卷二五，第3页上，《天一阁藏明代方志选刊》第4册。

中书省都事。至正二十三年（1363），因家人私通敌境，被处死。① 丰仪蕴藉，词翰瑰奇，以文学显。生平见史简编《鄱阳五家集》卷一五《陈养吾传》、王圻《续文献通考》卷八四《职官考》。

程敏政编《唐氏三先生集》（唐桂芳《白云诗稿》）卷一四有《赠陈养吾进士名浩河南人》云："偶然识陈君，泰华吞八九。直写胸臆奇，五色谢丹黝。岂徒锻炼工，未许造楼手。所以雄世夫，每向洪荒剖。顷刻数百篇，烂熳烟云走。谁能扣灵扃，定有神物守。"成廷珪《居竹轩诗集》卷三有《陈养吾寄韵》，但未见陈浩诗。

14. 木寅，字惟寅，真定人。进士。元侍讲学士。②

有文《宋故枢密使狄武宸公祠堂记》（有注：木寅，真定人，元侍讲学士）③、《祷雨感应记》④，《全元文》未录其文，无诗。

15. 申屠駉，字子迪（孙原理《元音》卷七：字伯骐），东平人。登进士，曾任绍兴路总管府推官、监察御史。累官翰林待制、集贤学士。仕至福建廉访佥事。一时名士，如虞集、萨都剌，皆有诗文往来，交好甚密。至正十年，与僧家奴、奥鲁赤、赫德尔等联句赋诗。⑤ 生平见《澹游集》卷上、《隆庆高邮州志》卷七、《元诗选癸集》乙集。

《全元诗》（第 42 册）录其诗 5 首。有文《跋秦会稽石刻》⑥、《跋海岳后人烟峦晓景图》⑦，《全元文》未录其文。

16. 管祎，光山人。至正初，历官翰林学士，文名著于当时，有《管学士集》。生平见《光绪光州志》卷八。

《全元文》（第 53 册）录其文 1 篇，无诗。

17. 张昌，字思广，临汾人。不就显职，乞为晋山书院山长。入明，洪武二

---

① 钱谦益著，钱曾笺注，钱仲联校：《牧斋初学集》卷一〇二《太祖实录辨证二》，上海古籍出版社 1985 年版，第 2111 页。徐学聚《国朝典汇》卷一三三《风俗》："二十六年六月，命礼部申严公侯僭侈制度，借侈之禁。佥事陈养吾作诗曰：城南有嫠妇，夜夜哭征夫。上闻之以为伤化，取到湖广，投之于水。"四库全书存目丛书史部第 266 册，第 123 页。

② 凌迪知《万姓统谱》卷一一二（文渊阁四库全书第 957 册，第 574 页上）："木寅，洪武初，归善知县，长于抚字，民甚德之。"未知是否为元进士木寅。

③ 胡谧：《（成化）山西通志》卷一四，四库全书存目丛书史部第 174 册，第 538 页下。

④ 方家驹、廖文修、王文贞纂：《光绪汾阳县志》卷一二，第 16 页，光绪十年刻本。

⑤ 冯登府：《闽中金石志》卷一三，续修四库全书第 912 册，第 516 页下—517 页上。

⑥ 阮元：《两浙金石志》卷一，续修四库全书第 910 册，第 439 页。

⑦ 卞永誉：《式古堂书画汇考》卷四三，文渊阁四库全书第 828 册，第 807 页上。

年,聘至礼部,讲究礼仪。除国子助教。授皇太子经,遂致仕。著有《寓道集》十卷[①]、《存斋稿》。生平见《成化山西通志》卷一〇。

《全元文》(第 59 册)录其文 4 篇,《全元诗》(第 52 册)录其诗 10 首。

18. 武起宗,字孝隆,东平人。至正间进士。二十三年任国子博士,明年拜监察御史。生平见《澹游集》卷上。

《全元诗》(第 51 册)录其诗 2 首,无文。

19. 张澄,至正时进士,衡州录事。《全元文》(第 8 册)录其文 1 篇,无诗。

第二节　元代汉族进士文学家文学活动

文学家的文学活动是文学创作的一个重要侧面,也是一段时期文坛状况的反映。文学活动包括诗文唱和、寄(题)赠、送行、题画、同题题咏、分韵赋诗及各种类型的文学雅集。元代文学家的文学活动相当频繁,且有规模较大者。

以下据有文集传世者十九人诗集及存诗较多的黄清老、宋本诗中唱和、联句、分韵(分题)赋诗、雅集为例探讨元代汉族进士的文学活动之大概,并拟《元代进士诗歌分类表》(表 3-1)以示之。

表 3-1　元代进士诗歌分类表

作者	诗歌总数	唱和	寄赠(呈、简、柬、贺、寿、为、谢、赋)	送行(别、归)	题诗(画文、诗卷、楼碑、斋、堂)	同题题咏	分韵(分题)赋诗	联句	合计
欧阳玄	189	16	23	7	60				106
黄 溍	637	55	48	112	90	1	7		313
许有壬	1454	429	40	60	195	1	6	2	733
王 沂	833	38	40	86	121	0	4		289
杨 载	447	39	48	50	72	0	3		212
吴师道	605	51	64	66	90		14		285
程端学	79	31	4	8	6		3		52

①　钱大昕著,田汉云点校:《元史艺文志》第四,陈文和主编:《钱大昕全集》第 5 册,第 67 页。

续表

作者	诗歌总数	唱和	寄赠(呈、简、柬、贺、寿、为、谢、赋)	送行(别、归)	题诗(画文、诗卷、楼、碑、斋、堂)	同题题咏	分韵(分题)赋诗	联句	合计
宋 褧	693	29	32	95	26		16		198
张以宁	466	54	26	36	86	3	3		208
杨维桢	1340	26	51	37	135	3	3	10	205
李 祁	160	27	12	8	62				109
刘 基	1295	150	68	41	131		7		399
胡行简	46	8	9	6	17	1			41
卢 琦	302	33	30	24	31				118
高 明	56	3	8	6	18				35
鲁 渊	181	24	14	7	26		1	1	73
陈 高	476	6	28	30	51		5		120
李延兴	210	11	13	13	18		1		56
宋 讷	81	15	1	2			1		19
黄清老	89	1	26	21	11				59
宋 本	112	2	8	1				1	12

一、诗歌唱和

诗歌酬唱是中国传统诗歌创作形式之一和重要内容。东汉秦嘉与徐淑的夫妇赠答应是现存较早的唱和诗。魏晋时期唱和之风蔚然兴起,唐代则成为唱和诗的高峰时期。[①] 宋元明清诗歌酬唱更成为文人交往的重要形式,也是文坛繁荣的重要因素之一。

元代唱和诗极为兴盛,几乎每个诗人都有一定的唱和诗,这是元代文坛网络的一个重要的内容。以下仅选择黄溍、欧阳玄、许有壬、杨维桢、刘基的诗歌唱和考察元代进士的文学活动。

欧阳玄、黄溍、许有壬为首科进士,皆为馆阁文人,皆至高官,皆卒于元代,

---

① 徐昌盛《风雅啸聚和魏晋唱和诗的兴盛》、赵乐《刘禹锡晚年的唱和诗》,《光明日报》,2020 年 10 月 12 日 13 版。

在文坛影响极大。杨维桢和刘基为中期进士,官位较低,仕宦和隐居均在江南,皆为地方文士。杨维桢被称为"一代诗宗",为元中后期江南文坛领袖。刘基也是仕途多舛,被迫辞官退隐。刘基和杨维桢又都是进入新朝的人物。这样颇有代表性。

元代进士中,存诗最多的是许有壬,存诗1454首,其唱和、寄(题)赠、送行、题画(题赠)、同题题咏、分韵赋诗也多达475首,其中唱和诗173首(见表3-2),最能反映元进士与元代文坛的基本情况。

表3-2 许有壬主要酬唱对象表

酬唱对象	诗题举例	出处	唱和诗数量
林春野	和林春野见寄韵二首	《至正集》卷二	3
王都中	得请南归道过维扬王本斋转运尚书大书七言二句见赠拟非其伦深用悚愧即其字为韵走笔赋十四首以答之	《至正集》卷二	14
虞集	和虞伯生学士壁间韵	《至正集》卷三	9
马祖常	养马户次同年马伯庸中丞韵	《至正集》卷三	16
哈八石	和丁文苑同年同游汉阳韵	《至正集》卷三	5
彭原道	和彭道原苦热	《至正集》卷三	1
姚子中	独石和姚子中参政壁间韵	《至正集》卷三	1
杨宗瑞	监试上都次杨廷镇韵	《至正集》卷四	5
高辛甫	次高辛甫出都城韵	《至正集》卷五	
刘鹗	和刘楚奇浮云道院二十二首	《至正集》卷五	24
郭思恭	和郭子敬祭酒由田舍还城居咏雪四首	《至正集》卷六	10
韩镛	次韵韩伯高参政见寄咏黄杨	《至正集》卷六	4
马熙	独乐台马廷彦席上次明初韵	《至正集》卷六	28
薛寿夫	次韵薛寿夫见寄夏夜偶成	《至正集》卷六	2
揭傒斯	避暑岳祠追和揭学士韵呈张困亮提点	《至正集》卷六	1
许有孚	次可行泛舟韵时吴安之遣人治具	《至正集》卷六	43
许桢	塘上草木续咏六首用桢韵	《至正集》卷六	8

续表

酬唱对象	诗题举例	出处	唱和诗数量
李仲山	和李仲山参政见寄韵	《至正集》卷六	1
白公严	次白公严留题干宁寺壁间韵因以寄之	《至正集》卷一一	2
黄常	宣政管勾黄仲纲居庸关奉迎有长句次其韵	《至正集》卷一一	1
偰哲笃	赠吉安徐明远用卷中偰世南赵秉彝韵二首	《至正集》卷一二	2
傅殷卿	次傅殷卿助教韵二首	《至正集》卷一二	2
卢正卿	和正卿韵二首	《至正集》卷一二	2
黎仲颙	晚凉纵步用诸生黎仲颙韵二首	《至正集》卷一三	2
王仁甫（夫）	再用前韵答王仁甫左丞二首	《至正集》卷一二	4
刘光远	过嘉鱼和刘光远韵二首	《至正集》卷一三	7
董仲达	泊昭灵和董仲达韵二首	《至正集》卷一三	3
吴全节	寿宁宫用闲闲宗师韵	《至正集》卷一三	10
王务先	和王务先见寄韵	《至正集》卷一四	1
阿荣	次阿荣存初宣尉韵	《至正集》卷一五	1
王士熙	南楼（以下五首和王继学参政韵）	《至正集》卷一五	27
李武毅	登岳祠正阳楼用同年李伯强留题韵	《至正集》卷一五	1
高篯	次竹楼韵	《至正集》卷一五	1
李芳斋（或为李伯强）	和同年李芳斋县尹韵	《至正集》卷一五	1
赵彝	九日次赵秉彝韵	《至正集》卷一五	2
王克继	次王克继宪副韵	《至正集》卷一五	1
马苍山	主试辽省次提举马苍山韵	《至正集》卷一五	1
石仲璋	次石中丞败荷韵	《至正集》卷一五	2
柳贯	监试上都次柳道传途中韵二首	《至正集》卷一五	2
焦鼎	游西山得疾同年焦德元以诗见寄次韵答	《至正集》卷一五	4

续表

酬唱对象	诗题举例	出处	唱和诗数量
解恕斋,未详其名	青山醉中题诗芭蕉叶上海朝宗折归解恕斋元帅赋诗见赠次其韵	《至正集》卷一六	4
解之昂	武昌出郭用解之昂御史韵	《至正集》卷一六	6
赖岂	赖谦斋安抚以诗招饮次韵答之	《至正集》卷一六	1
高尧臣	次韵高尧臣太监二首	《至正集》卷一六	2
张惟敏	龙冈侍燕和张孟功员外韵	《至正集》卷一六	2
王守诚	巡山次王君实户部韵	《至正集》卷一七	2
胡彝	和胡安常廉使盆池红白莲韵十首	《至正集》卷一七	10
傅汝砺	和傅汝砺见寄韵二首	《至正集》卷一八	2
杨景行	汪华玉为抚州经历其父梅隐就养未几归孝感虞伯生杨贤可有诗饯之过鄂求诗次二公韵以赠（梅隐用子贵赠县尹）	《至正集》卷一八	1
石壁禅师	和大别石壁禅师韵四首	《至正集》卷一八	4
谢端	和谢敬德学士见寄韵二首	《至正集》卷一八	16
黄澹	宿澧河口和文复韵二首	《至正集》卷一九	9
张山宗	张山宗知事别三十五年今始一会且辱惠诗五首次韵答之	《至正集》卷二〇	1
欧阳玄	叨升左丞原功以诗为贺和其韵	《至正集》卷二〇	17
王敬方	时雨忽降薄书甚稀独坐后堂王可矩右司以诗见教次其韵二首	《至正集》卷二〇	3
张翔	雄飞有诗次其韵二首	《至正集》卷二〇	4
房纯德	腊日雪次房纯德教授韵四首	《至正集》卷二一	5
楚宝臣	迎梅（次楚宝臣待制见寄韵）	《至正集》卷二一	1
胡助	送胡古愚致仕归金华次其留别韵	《至正集》卷二一	1
神保钦之	和神保钦之御史监试上京韵二首	《至正集》卷二二	6
朵儿直班	题驻跸颂后翰长开府公请赋	《至正集》卷二二	3
黄云川	和黄云川韵送盛启宗归长沙	《至正集》卷二二	1

酬唱对象	诗题举例	出处	唱和诗数量
杜秉彝	题善应郭思诚山居次杜德常左司韵	《至正集》卷二二	2
董此宇	和董此宇炼师寄来韵	《至正集》卷二二	
萧克复	和萧克复寄来韵	《至正集》卷二二	2
李沁州	次李沁州所寄韵八首	《至正集》卷二三	9
鲁子翚(字术鲁翀)	赠歌者文林燕用鲁子翚韵	《至正集》卷二三	3
童童	和南谷平章题吕公亭韵	《至正集》卷二三	2
安南王	琳宫词次安南王韵十首	《至正集》卷二三	10
李秉中	李正德御史分行广西予行广东相遇滕干阁醉中次其韵二首	《至正集》卷二三	2
康里嶤嶤	和康里子山韵四首	《至正集》卷二四	4
王受益	中都八景和王受益教授韵	《至正集》卷二五	1
班惟志	次班彦功教授韵四首	《至正集》卷二五	6
李好文	和李惟中金事行部十首	《至正集》卷二六	10
黎崱	次黎东山凤栖别墅韵四首	《至正集》卷二六	4
雪山上人	次雪山上人韵	《至正集》卷二六	1
贾伯坚	次贾伯坚左司寄来韵四首	《至正集》卷二七	4
滕斌(宾)	题对镜写真图用滕玉霄韵	《至正集》卷二八	1
拔实彦卿	次拔实彦卿雪中见示韵六首	《至正集》卷二九	6

许有壬为元代首科进士，历仕六朝，累任要职，包括治书侍御史、奎章阁学士院侍书学士、中书参知政事、知经筵事、拜侍御史、中书左丞、翰林学士承旨。仕至从一品，是元代汉族进士官员中品级最高的一个。

许有壬交游广泛，与其酬唱之人甚多，在元代进士乃至整个元代文坛，在文学活动包括诗文唱和、寄(题)赠、送行、题画(题赠)、同题题咏、分韵赋诗及各种类型的文学雅集中诗歌数量最多的一个。

上表之中，许有壬诗文酬唱的对象包括同僚或大都官员，同年或进士，姻亲或同乡，地方官员，方外之士及安南官员。

同年唱和是同年之谊与交游的一个方面。《至正集》中唱和的同年有马祖常、欧阳玄、哈八石、杨宗瑞、张雄飞、李武毅数人。

许有壬与欧阳玄均为元代馆阁文人的代表和领袖,二人唱和诗 17 首,二人之唱和其实是元代汉族馆阁文坛领袖在文坛上的文学活动。杨宗瑞,与许有壬、欧阳玄同年进士,天历间(1328—1330)以国子司业参修《经世大典》,至正三年(1343)以崇文太监任三史总裁官,至顺元年、至正五年任会试考试官,后仕至翰林侍读学士,有诗文名。杨宗瑞,潭州人;欧阳玄,浏阳人,均属天临路(长沙);许有壬在琅璨江(长沙)有其先公之庐墓,三人实属同乡。

《至正集》中有五十次提到欧阳玄,有三十四次提到杨宗瑞,可见他们交往之密切。许有壬与杨宗瑞同游,有怀欧阳玄诗。① 许有壬升任中书左丞,欧阳玄有诗祝贺。② 至元元年(1335)诏罢科举,作为中书参政的许有壬争之甚苦,未能阻止。欧阳玄回许有壬信表明了对罢科举的不满及对许有壬的安慰。科举在中断六年重新开始,许有壬有诗,欧阳玄有次韵诗,同样表达喜悦之情。③

许有壬与蒙古色目进士同年马祖常、哈八石、张翔的唱和颇需一提。

许有壬与马祖常交游颇厚。《至正集》中有酬唱诗 16 首,如登第之后,许有壬曾赠墨马祖常,诗云:"春风联辔出瀛洲,兄署玉堂我倅州。"④此诗作于延祐二年及第之后,马祖常授应奉翰林文字,同知制诰兼国史院编修官,许有壬授同知辽州事。诗末云:"北门草制退食后,还写新诗寄我不。"文人唱和乃常有之事,时事感慨、迁居、公务(如祠星)都有诗唱和,其中如对养马户的窘迫,皆悲痛沉郁,⑤二人同声相应,同气相求。马祖常去世三年,许有壬有诗云:

> 当年笔阵扫千军,要继先秦两汉文。孤塚此时多宿草,九原何处

---

① 许有壬:《祝融峰与廷镇觞咏有怀原功盖尝约同游而予不能待其归也》,《至正集》卷一九,文渊阁四库全书第 1211 册,第 148 页上。

② 许有壬:《叨升左丞原功以诗为贺和其韵》,《至正集》卷二〇,文渊阁四库全书第 1211 册,第 150 页上。

③ 欧阳玄:《回许参政启》,《圭斋文集》卷一五,欧阳玄撰,汤锐校点:《欧阳玄全集》,第 428—429 页。欧阳玄《寄许参政》,《圭斋文集》卷二,欧阳玄撰,汤锐校点:《欧阳玄全集》,第 25—26 页。许有壬:《复科呈原功并序》,《至正集》卷二〇,文渊阁四库全书第 1211 册,第 151 页。

④ 许有壬:《以墨赠伯庸》,《至正集》卷八,文渊阁四库全书第 1211 册,第 62 页上。

⑤ 许有壬:《养马户次同年马伯庸中丞韵(时尽夺驿地马户益窘)》,《至正集》卷三,文渊阁四库全书第 1211 册,第 23 页下—24 页上;《次伯庸同年迁居韵》,《至正集》卷四,文渊阁四库全书第 1211 册,第 31 页下;《泰定乙丑闰正月七日同伯庸少监捧御祝香祠天宝宫以苔色连修竹为韵分赋得苔字》(马祖常《石田先生文集》卷二有《陪可用中议祠星于天宝宫》)、《次伯庸上都寄来韵》,《至正集》卷一四,文渊阁四库全书第 1211 册,第 106 页。

觅停云。纪功力疾犹能赋,种德诒谋不待耘。底事房精遽沦化,世间凡马未空群。①

马祖常卒后,许有壬为作神道碑铭云:

（马祖常）以挺特之资,丁文明之会,袤为举首,驯至达官,威重足以镇薄俗,文章足以追古作,议论足以正风俗。②

在诗文之中,许有壬表达了感伤之情,并高度评价了马祖常的文章事功,及在当时文坛的地位和影响。

《至正集》中有与丁文苑（哈八石）唱和之诗五首,但丁文苑之诗不存。许有壬与丁文苑关系深厚,并不因种族而隔阂。二人尝同朝为官,又同游于鄂,"赋诗谈论无虚日"③,其卒,许有壬为作哀辞。同年黄溍、王沂及泰定元年进士宋褧都有挽诗。

张翔"尤工于诗,往往脍炙人口,佳章奇句,不可悉举"。④《至正集》中有与其唱和诗四首,但未见张翔之诗。张翔是喜欢作诗之人,但与许有壬酬唱也颇有意思,如张翔和诗未至,许有壬已有诗催之,⑤于此,亦见同年之间、诗友之间交游之厚。

除同年之外,许有壬与蒙古士人朵儿直班、万嘉闾、阿荣、拔实、童童、咬咬、察伋、张彦辅都有酬唱和题赠之诗。

朵儿直班（约1315—约1354）,字惟中,木华黎七世孙。历任奎章阁侍书学士、知经筵事、翰林学士、中书参知政事、同知经筵事,提调宣文阁、右丞、御史中丞、中书平章政事。喜为五言诗,于字画尤精。⑥朵儿直班诗不存,存文《题郑氏

_____

① 许有壬:《天临索录事出伯庸诗求和伯庸薨三年矣》,《至正集》卷一九,文渊阁四库全书第1211册,第145页下。

② 许有壬:《敕赐故资德大夫御史中丞赠摅忠宣宪协正功臣河南行省右丞上护军魏郡马文贞公神道碑铭并序》,《至正集》卷四六,文渊阁四库全书第1211册,第332页下—333页上。

③ 许有壬:《丁文苑哀辞》,《至正集》六八,文渊阁四库全书第1211册,第480页下。

④ 许有壬:《张雄飞诗集序》,《至正集》卷三三,文渊阁四库全书第1211册,240页上。

⑤ 许有壬:《雄飞喜作诗而例禁不得相见作词调之》,《至正集》卷二〇,文渊阁四库全书第1211册,第153页上。

⑥ 宋濂:《元史》卷一三九,第3355—3361页。

义门家范后》①、《跋苏东坡虎跑泉诗卷》②二篇，后文不见《全元文》。

《至正集》中有七首为朵儿直班作，均有"翰长"二字，如卷一四《淳熙御书次其韵翰长开府公请赋》、卷二二《题驻跸颂后翰长开府公请赋》、《至正丙戌十一月廿三日瑞雪盈尺明日恭遇太子千秋节称贺于徽仪阁翰长开府公惟中右辖征诗即席赋五十六字》，萧启庆先生据后诗考定"翰长"即为朵儿直班。③

至正丙戌（1346）十一月，许有壬在翰林学士承旨任上，此时朵儿直班已在中书参政、同知经筵事，提调宣文阁。曰"翰长"，或因朵儿直班曾任翰林学士之故。《驻跸颂》是至治二年（1322）孛术鲁翀奉当时右丞相拜住之命而作。④ 此文歌颂拜住之祖、朵儿直班从曾祖、元世祖时右丞相安童功勋而作。⑤ 许有壬诗云：

> 明良千载一相逢，驻跸原头耀国容。华表不归辽海鹤，云车应逐鼎湖龙。元勋世岂碑传信，厚德天教子亢宗。回首西郊瞻宰木，怀贤谁道涕无从。⑥

此诗亦是赞扬朵儿直班祖先之荣耀。

万嘉闾（1278—1342），字国卿，蒙古酎温台氏，广平（邯郸）人。历官山北宪照磨、南台照磨、御史西台，金云南宪，改江西河南，升副使，入历台院部，出为浙省正郎（郎中，从五品），后任户部侍郎、河间总管、江西等处榷茶都转运使。⑦

万嘉闾"读书好文，复天姿颖悟，喜交儒士，灼然有见于道义，故确然无间于吾徒也"，⑧与吴澄、刘敏中有交游。

---

① 李修生：《全元文》第52册，第443页。

② 卞永誉：《式古堂书画汇考》卷一〇，文渊阁四库全书第827册，第512页上。

③ 萧启庆：《九州四海风雅同：元代多族士人圈的形成与发展》，第208页。

④ 李修生：《全元文》第32册，第315—316页。

⑤ 萧启庆：《元代四大蒙古家族》，《内北国而外中国》，中华书局2007年版，第509—578页。

⑥ 许有壬：《题驻跸颂后（翰长开府公请赋）》，《至正集》卷二二，文渊阁四库全书第1211册，第161页上。

⑦ 许有壬：《赠金太常礼仪院事蓦克笃公神道碑铭》，《至正集》卷五六，文渊阁四库全书第1211册，第397页下—399页上；《故通议大夫江西等处榷茶都转运使万公神道碑铭》，《至正集》卷五七，文渊阁四库全书第1211册，第408页下—411页上。

⑧ 许有壬：《故通议大夫江西等处榷茶都转运使万公神道碑铭》，《至正集》卷五七，文渊阁四库全书第1211册，第410页下。

《至正集》卷一四《赠万国卿郎中》序云：

　　广平万嘉间国卿，皇庆壬子为山北宪照磨，燕山庸斋刘公实宪长，长山韩从义为幕长，国卿幼，尚未冠。庸斋忠厚长者，有人伦鉴，谓当超轶远到。而不才亦辱荐焉。治具棋局，或休期登眺，必三人俱，而不才每与焉。承乏御史南台，国卿适为台照磨，握手欢甚，而庸斋、从义九原不可作矣。对酒话旧，未尝不为之流涕也。俄，国卿拜御史西台，佥云南宪，改江西河南，升副使，入历台院部，出为浙省正郎，于是庸斋之言始验。至顺辛未秋，（万国卿）投绂居润，绝江来扬州，致先太夫人赙。壬申八月廿七日，余北归过之，感念岁月，相顾错愕，盖国卿山北时，年甫卅五，余廿六，今国卿发无一黑，而余亦苍苍矣。出诸公诗文，曰："子我旧过诸公，可无为我纪之。"余惟廿年，朋旧凋谢，触目伤心，存而幸会，合者有几，况旧且密，莫吾二人若，则此会可不谓难乎？可不有以纪之乎？①

　　许有壬及第前任山北廉访司胥吏时即与万嘉间相识，后许有壬为万嘉间之父及万嘉间本人作墓志铭，真所谓"交游厚且久，他人不及也"。②

　　阿荣（1292—1333）字存初，怯烈氏。历史部尚书、湖南宣慰使、浙东道宣慰使都元帅、参议中书省事、中书参知政事、知经筵事，仕至奎章阁大学士、太禧宗禋院使。③《至正集》卷一五《次阿荣存初宣尉韵》。

　　阿荣闲居，以文翰自娱，日与韦布之士游，所至山水佳处，鸣琴赋诗，日夕忘返。④其任湖南宣慰使时，在澧阳建有别业，植梅数百本自号梅月庄主人。厌倦世故，时有隐去意。阿荣早年从宋本学。宋褧《送存初宣慰湖南十首》序云：

　　公幼受学先兄弘夫（引者注：应为诚夫），性识聪颖，及长，遂知好学，涉猎书史，作诗临帖，至于笔札砚墨，雅好精致。棋、槊、射猎、击球

①　许有壬：《赠万国卿郎中并序》，《至正集》卷一四，文渊阁四库全书第 1211 册，第 107 页下—108 页。

②　许有壬：《故通议大夫江西等处榷茶都转运使万公神道碑铭》，《至正集》卷五七，文渊阁四库全书第 1211 册，第 410 页下。

③　宋濂：《元史》卷一四三，第 3420—3421 页。

④　宋濂：《元史》卷一四三，第 3421 页。

等事，虽尝间作，亦视之泊如也。……喜诗学唐，有《海棠曲》，亦得风致。①

显然，阿荣为具有诗人气质的蒙古高官。②

除许有壬、宋褧外，马祖常、虞集、陈旅、吴元德③与阿荣有诗唱和，可惜的是，阿荣诗一首不存。

凯烈拔实(1308—1350)，字彦卿，蒙古凯烈氏。以近臣子入侍仁宗(1311—1320)，顺帝时曾任翰林直学士、吏部尚书、浙东廉访使、大都路达鲁花赤、集贤学士、燕南廉访使。拔实"天性颖敏，博学善为文章，尤工于篆隶真草"。④《全元诗》(第46册)录其诗五首。

拔实"家都城，图书满室，矻矻进修。居有四咏轩"，俾友人咏歌之，为《四咏轩诗》，许有壬为之序。⑤《至正集》中有与其唱和诗6首。

与拔实唱和者，除许有壬之外，还有胡助、周伯琦、成廷珪诸人。⑥

童童，号南谷，蒙古兀良合台氏。元开国功臣速不台曾孙。父不怜吉歹于延祐元年封为河南王，后累世镇守河南。泰定间，童童为河南行省平章，迁江浙行省，至顺二年入为太禧宗禋院使(从一品)。曾任集贤侍讲学士，故称童童学士，童学士。童童善度曲，亦善画。⑦《全元诗》(第36册)录其诗四首。

《至正集》有与童童唱和诗二首，但未见童童之诗。

咬咬，字正德，威貌氏，蒙古人。历三台御史，至治元年(1321)任工部尚书。久于官场，以读书绘画为乐，于房山建有别墅，名"云庄"，许有壬为作《云庄记》

---

① 宋褧：《燕石集》卷八，文渊阁四库全书第1212册，第436册下。

② 萧启庆：《九州四海风雅同：元代多族士人圈的形成与发展》，第209页。

③ 马祖常：《次韵阿荣参政》，马祖常著，李叔毅、傅瑛点校：《石田先生文集》卷二，第39页；虞集：《次韵阿荣存初参议秋夜见寄》，《道园学古录》卷二，文渊阁四库全书第1207册，第19页下；陈旅：《次韵阿容参政省中夜坐上都》，《安雅堂集》卷二，文渊阁四库全书第1213册，第19页上；吴元德：《寄存初》，《诗渊》第一册，书目文献出版社1984年版，第713页。

④ 黄溍：《资善大夫河西陇北道肃政廉访使凯烈公神道碑》《金华黄先生文集》卷二五，续修四库全书第1323册，第336页上。

⑤ 许有壬：《拔实彦卿四咏轩诗序》，《至正集》卷三五，文渊阁四库全书第1211册，第252页。《全元文》第38册，第126—127页。

⑥ 胡助：《跋实彦卿盐宪四咏轩》，《纯白斋类稿》卷三，文渊阁四库全书第1214册，第569页；周伯琦《送拔实彦卿尚书监宪浙东》，《近光集》卷二，文渊阁四库全书第1214册，第526页下；成廷珪《送拔实彦卿被召之翰林直学士》，《居竹轩诗集》卷三，文渊阁四库全书第1216册，第342页上。

⑦ 杨镰：《全元诗》第36册，第438页。

云:"所居图书不去手,读二氏书而撷其要,援笔戏作山水画图,遂臻其妙。人终身功力,旬月尽之。"咬咬好学善画。[①]《至正集》有三首题咬咬画诗。傅若金《傅与砺诗集》卷三有《云庄行为将作院使咬咬正德赋》。

张彦辅(? —1343后),太一宫道士,号六一,蒙古族人,家在钱塘,多居京师。从玄德真人吴全节学道,妙龄逸趣,特精绘事。善画山水、竹石、花鸟,兼善画马。张彦辅受商琦影响,画风极似商琦,在泰定(1324—1328)年间声誉已高。至元年间(1335—1340)因同乡侍臣举荐,进画称旨,命其待诏尚方,为宫廷画家,至正二年(1342)曾奉旨画钦天殿壁画及《拂郎马图》等。传世作品有至正三年(1343)作《棘竹幽禽图》,现藏美国堪萨斯纳尔逊艺术博物馆。[②] 张彦辅与当时名公士大夫如虞集、许有壬、王士熙、陈旅、危素、张雨、陈基等颇多交往。[③]

泰定三年(1326)八月十二日,许有壬与王士熙访张彦辅于太乙宫,不遇,许有壬有诗一首记之。十一年之后的元顺帝至元三年(1337)四月,张彦辅请再次前韵,以纪岁月。[④] 于此可见,二人关系之不疏。

察伋(1305—?),字士安,蒙古塔塔儿人氏,元统元年进士。许有壬、马熙、察伋曾同游荀凯霖广思楼。[⑤]《至正集》卷一〇有《送蔡士安经历次马明初韵(士安扁其读书斋曰巢云松)》

许有壬与色目士人贯云石、嶤嶤、荀凯霖及荀暗都剌兄弟、唐古德、纳璘普华、萨都剌、神保钦之也有酬唱之诗。

贯云石与许有壬相识在科举及第之前。许有壬《至正集》卷七八《木兰花慢》其二序云:

至大戊申(1308)八月廿五日,同疏仙万户游城南廉园。园甲京师,主人野云左丞未老休致,指清露堂扁,命予二人分赋长短句。予得

---

① 许有壬:《云庄记》,《至正集》卷四〇,文渊阁四库全书第 1211 册,第 288 页;《全元文》第 38 册,第 231—232 页。萧启庆《九州四海风雅同:元代多族士人圈的形成与发展》,第 210 页。

② 胡文虎:《中国古代画家辞典》,浙江人民出版社 1999 年版,第 161 页。

③ 萧启庆:《元代蒙古人的汉学》,《蒙元史新研》,允晨文化实业股份有限公司 1994 年版,第 171—177 页;陈高华《元代画家史料汇编》,杭州出版社 2004 年版,第 437—442 页。

④ 许有壬:《太乙宫待张彦辅炼师不至和继学韵二首》,《右二绝句丙寅岁八月》,《至正集》卷二六,文渊阁四库全书第 1211 册,第 187 页下—188 页上。

⑤ 许有壬:《满庭芳·偕察士安马明初登荀和叔广思楼》,《至正集》卷八〇,文渊阁四库全书第 1211 册,第 562 页。杨镰:《全元词》下册,中华书局 2019 年版,第 1050 页。

清字,皆即席成章,喜甚榜之。疏仙其甥也,后更号酸斋云。

大都廉园为元大都著名园林之一,园中清露、万柳二堂成为士人雅聚之处。野云,即廉希恕,贯云石之舅,曾任中书左丞,大德(1297—1307)、至大(1308—1311)时期休致在家。① 程钜夫称其"泊然若无与于世"。②

许有壬词犹存,但贯云石之词不传。

康里巎巎在奎章阁曾与许有壬为同僚,曾送藤花,许有壬写诗谢之。③《至正集》中有唱和诗四首,巎巎存诗八首,但唱和之诗失传。

苟凯霖(约 1255—?)阿鲁浑氏,西域人。《至正集》中与苟凯霖兄弟诗文九篇。

马九霄,曾任淮东廉司经历。《至正集》卷二九《谢淮东廉司经历马九霄画鹤见寄》。

神保钦之,高昌畏兀人,国子生释褐,历中书检校官,监察御史,佥浙东海右道肃政廉访司事。许有壬为其父作碑铭。④《至正集》中有酬唱诗六首。神保钦之诗不存。

萨都剌,泰定四年进士。《雁门集》卷八有《寄参政许可用》、《元统乙亥岁余除闽宪知事未行立春十日参政许可用惠茶寄诗以谢》,《至正集》中未见与其唱和之诗。

要之,从诗歌酬唱看,许有壬交游最密切的有参与圭塘唱和的许有孚、许桢、马熙,同年马祖常、欧阳玄、杨宗镇,同僚虞集、李好文、谢端、王士熙,同乡胡彝、黄溍,方外吴全节,色目人贯云石、萨都剌,及安南王黎崱。这些酬唱诗人上至馆阁高官,下至地方官员,另有方外人士和异国官员,其酬唱范围相当广泛。

欧阳玄存诗 189 首,在元代有文集传世的诗人中存诗数量较少的一个,其唱和诗较少,仅存 16 首(见表 3-3)。

---

① 萧启庆:《九州四海风雅同:元代多族士人圈的形成与发展》,第 224—228 页。
② 程钜夫:《遗音堂记》,《雪楼集》卷一三,文渊阁四库全书第 1202 册,第 167 页上。
③ 许有壬:《谢巎巎子山学士惠藤花》,《至正集》卷九,文渊阁四库全书第 1211 册,第 65 页下。
④ 许有壬:《故奉政大夫淮西江北道肃政廉访使赠嘉议大夫礼部尚书上轻车都尉追封恒山郡公谥正肃普颜公神道碑铭》,《至正集》卷六一,文渊阁四库全书第 1211 册,第 435 页下—437 页;李修生:《全元文》第 38 册,第 462—465 页。邵远平《元史类编》卷四〇有"神保,北庭人,为林州达鲁花赤。刘福通兵陷林州,投崖死",续修四库全书第 313 册,第 587 页上。

表 3-3 欧阳玄唱和对象表

诗题举例	酬唱对象	出处
试院倡和四首	试院同年(同僚:张起岩、黄溍)	《圭斋文集》卷二
至正壬午十一月十三日祭初祖墓早仰更秘书有佳句见劳匆匆奉酬严押二首	刘方升,安成人,书斋名仰更	《圭斋文集》卷二
至正壬午十一月十三日祭始迁祖墓于防里村心是日春洲先生有古律四首纪其事玄用韵奉答四首	孙春洲	《圭斋文集》卷二
寄有壬许参政	许有壬	《圭斋文集》卷二
赐经筵官酒次苏伯修韵	苏天爵	《圭斋文集》卷二
和宝云长老澈一清二绝	僧澈一清	《圭斋文集》卷三
和李泂之舞姬脱鞋吟	李泂	《圭斋文集》卷四
古愚以成字韵诗来觊用韵饯行	胡助	《全元诗》31—251

酬唱对象中,欧阳玄与胡助、李泂、苏天爵、许有壬同朝为官,都是馆阁之中著名的文人,而许有壬师是其同年。刘方升、孙春洲则是其庐陵同乡,僧澈一清则是方外之士。由于欧阳玄酬唱之诗甚少,但其唱和、寄(题)赠、送行、题画(题赠)、同题题咏、分韵赋诗达到 106 首,占存诗的 57%,一则反映了欧阳玄诗歌创作内容,再则反映了其在文坛的交游状况。

黄溍存诗 637 首,以数量论,在元代汉族进士排名第六,在整个元代进士中排名第八(马祖常 802 首、萨都剌 794 首),其中诗文唱和、寄(题)赠、送行、题画(题赠)、同题题咏、分韵赋诗 305 首,占整个诗歌的 47.9%,其中唱和诗 38 首,主要如表 3-4 所示(重复酬唱对象不录)。

表 3-4 黄溍唱和对象表

诗题举例	酬唱对象	出处
次韵答蒋明府先生	蒋明府(名未详)	黄溍《金华黄先生文集》卷一
次韵答儒公上人	儒公上人	黄溍《金华黄先生文集》卷一
和方韶父先生以"满城风雨近重阳"为韵七首	方凤	黄溍《金华黄先生文集》卷一
和吴赞府斋居十咏	吴赞府(名未详)	黄溍《金华黄先生文集》卷二

续表

诗题举例	酬唱对象	出处
次韵答（方）子践	方子践，方凤之子	黄溍《金华黄先生文集》卷二
次韵答友人	（名未详）	黄溍《金华黄先生文集》卷二
次韵山南先生遣兴二首	刘应龟	黄溍《金华黄先生文集》卷二
答友人	（名未详）	黄溍《金华黄先生文集》卷二
次韵答吴正传	吴师道	黄溍《金华黄先生文集》卷二
次韵答蒋春卿	蒋春卿	黄溍《金华黄先生文集》卷二
次韵牟生簿南湖客中	牟生（名未详）	黄溍《金华黄先生文集》卷二
次韵姚子敬教授筼庵别业	姚式（? —1324?）	黄溍《金华黄先生文集》卷二
次韵别程晋辅教授	程晋辅	黄溍《金华黄先生文集》卷二
次韵章兄雨中书怀	章兄（名未详）	黄溍《金华黄先生文集》卷二
次韵蒋商卿常博述怀	蒋商卿	黄溍《金华黄先生文集》卷四
次韵题庐陵解君行卷	解君（名未详）	黄溍《金华黄先生文集》卷四
次韵答陈君采兼简一二同志七首	陈樵	黄溍《金华黄先生文集》卷五
同刘遂初修撰周伯温编修任大瞻经历王继志架阁西山行香次遂初韵	刘复亨、周伯琦、王继志、任大瞻	黄溍《金华黄先生文集》卷五
次韵王眉叟真人	王眉叟	黄溍《金华黄先生文集》卷五
次韵答徐文蔚	徐文蔚	黄溍《金华黄先生文集》卷五
次韵申屠子迪试院唱酬	申屠駧	黄溍《金华黄先生文集》卷五
次韵曹待制试院九日	曹待制（名未详）	黄溍《金华黄先生文集》卷五
次韵孙伯刚龙虎台即事	孙伯刚	黄溍《金华黄先生文集》卷五
次韵题刘氏石壁精舍	未详	黄溍《金华黄先生文集》卷五
次韵苏侍郎平村晚归	苏天爵	黄溍《金华黄先生文集》卷六
次韵答薛玄卿真人	薛玄卿	黄溍《金华黄先生文集》卷六
次韵答胡古愚博士	胡助	黄溍《金华黄先生文集》卷六
次韵伯雨腊月八日雪中同登来鹤亭	张雨	黄溍《金华黄先生文集》卷六
追和景传新店客舍壁间韵	陈尧道	黄溍《金华黄先生文集》卷六
次韵虞阁学上京道中	虞集	黄溍《金华黄先生文集》卷六
次韵答济公	济公	黄溍《金华黄先生文集》卷六

续表

诗题举例	酬唱对象	出处
次韵题墨梅	未详	黄溍《金华黄先生文集》卷六
次韵答萨都剌宣差	萨都剌	《草堂雅集》卷二
次韵张右司秋日燕集	张右司（名未详）	《草堂雅集》卷二

黄溍唱和诗之对象有南宋遗逸方凤、刘应龟、姚式，同僚虞集、胡助、苏天爵、周伯琦、王继志，有进士刘复亨、申屠駉、萨都剌、吴师道，有同乡陈尧道、陈樵、方子践，有方外之士薛玄卿、张雨、王眉叟，有地方官员、教职及未仕之士，其中多为元代皆有名声的文学家。

欧阳玄、黄溍、许有壬均为馆阁文人的领军人物，尤其是许有壬政治与文学地位甚为崇高，其交游酬唱之中多有异族之士，在多族的元代文坛，许有壬在文坛是有巨大影响的。

元统二年（1334）九月，许有壬拜中书参政（从二品），知经筵事。萨都剌有《寄参政许可用》云：

> 紫髯参政黑头公，日日鸣珂近九重。花底听莺黄阁散，御前批凤紫泥封。却将笔下文章润，散作人间雨露浓。未信吟诗趋幕府，寒霜翠袖倚芙蓉。[1]

此诗一则是祝贺许有壬升任中书参政的高位，二则是赞颂其诗文的名声与影响。在元代文坛格局中，汉族进士文学家的地位和影响于此可见一斑。

杨维桢、刘基既是元代文学的殿军，也是明代文学的开启者。杨维桢是江南文坛的领袖，其铁崖诗派风靡天下，影响甚巨，在江南文坛中已有论述。其主要酬唱诗人有：黄溍、胡助、张雨、吴全节、倪瓒、顾瑛、李孝光、萨都剌（同年）、贯云石、钱惟善、吴克恭、郑元祐、张宣、张宪、宋濂、张渥、于立、杨基、梦庵、吕彦夫（孚）、吕诚（字敬夫）、黄公望、卢养元、詹同、张师夔、郭翼、袁华、余日强、丁复、陈樵、李术鲁翀、黄清老（同年）、斡玉伦徒（克庄）、赵宜浩（同年）、韩复（同年）、李稷（同年）、赵期颐（同年）、张简（仲简）、吴复（字见心）、曹睿玉、张昱、夏溥、薛

---

[1] 萨都剌《雁门集》卷八，第 216—217 页。

兰英、薛蕙英、张妙净、康若泰（同年）、顾盟、郯韶、郑东、陈谦、姚文焕、马麐、陆仁、曹新民、吴讷、贝琼、谢应芳、蔡彦文、谢节、姜渐、苏大年、释妙声、释良琦、释子贤。

这些人大多为江南诗人，不乏当时负有盛名者，如黄溍、胡助、张雨、吴全节、李孝光、钱惟善、吴克恭、郑元祐、顾瑛、丁复、陈樵、字术鲁翀、翰玉伦徒、萨都剌、贯云石、宋濂、杨基、张昱、贝琼、谢应芳、苏大年等，元四家之黄公望、倪瓒。杨维桢所酬唱者也多为乱世中之士人，其中不少人或仕于张士诚，为张吴所重用，或死于战乱，或入明，成为明初开国文人，文学史或录，或不录，或不留痕迹。

蔡彦文，山阴人，初仕张士诚为橡史，迁都事。至正二十三年（1363），与叶德新同为参军。杨维桢、成廷珪、陈基、高启都有诗唱和，然诗无一首传世，或易代之时政治避讳之故。史载张士诚委政于弟士信，士信惟务酒色，专用黄敬大及蔡叶三人，时民间有十七字谣，曰："丞相做事业，专用黄菜叶，一朝西风来，干鳖。"①吴平，三人皆伏诛。然当时敌国指斥之词，未易为定论。

谢节，字从义，号西溪生，又号雪坡。杨维桢作《雪坡记》云："余闻今淮海之杰五人焉，公存中。公自幼喜读书，一遍即了大义，年逾三十，不屑为章句儒，而慨然有澄清天下之志。"②谢节仕张士诚为守令、参政、湖州太守、嘉兴太守、杭州郡守，颇受器重。张士诚败亡，被俘，后不知所终。③ 谢节与顾瑛、杨维桢关系密切，参与玉山唱和。《全元诗》（第50册）录其诗二十七首。

姜渐，字羽仪，诸暨人。至正间，侨居吴中。张士诚据吴时，起家为淮南行中书左右司都事，未几罢归。日著书，无复仕进意。洪武初，征拜太常博士，卒。渐学识超诣，所为文，温雅平实。④《全元诗》（第53册）录其诗一首。

苏大年（1297—1365），字昌龄，扬州人。号西涧，又号林屋洞主。元之翰林编修，天下乱，寓姑苏，张士诚用为参谋，称为苏学士，平生著述甚多，为文章有气，不喜衰飒，江海襟怀，亦人中之豪。《全元诗》（第40册）录其诗三十四首。

吴讷（1331—1357），字克敏，休宁人。少学兵法，习骑射。至正末，蕲黄盗

①　张廷玉：《明史》卷三〇，中华书局1974年版，第486页。
②　杨维桢：《东维子文集》卷一三，杨维桢著，邹志方点校：《杨维桢全集》，第886页。
③　钱谦益：《国初群雄事略》卷六、卷七、卷八，中华书局1982年版。
④　王鏊：《（正德）姑苏志》卷五七，《天一阁藏明代方志选刊续编》第14册，第792页，上海书店1990年版。

破徽州,待制郑玉、进士杨维桢荐其才于浙省,授建德路判官兼义兵万户,与元帅李克鲁会军昱岭关,同复徽州。至正十七年(1357),明兵临郡,随元帅阿鲁辉退屯浙西札溪源,巡逻至界首白际岭,战败不屈,引刀自刎。死年二十七。有《吴万户诗集》五卷,[①]已不存。《元诗选三集》卷九有《宿承天观用杨廉夫韵》。

吴讷死于明军。杨维桢赞其慨然有击楫中流之志,其才勇忠义实得诸于天性,其所为诗皆笔棱之余。[②]

宋濂(1310—1381),字景濂,号潜溪,别号龙门子、玄真遁叟等,浦江(今浙江浦江)人。洪武二年(1369),奉命主修《元史》。累官至翰林学士承旨、知制诰,与高启、刘基并称为"明初诗文三大家",又与章溢、刘基、叶琛并称为"浙东四先生",朱元璋誉之为"开国文臣之首"。有《宋学士全集》七十五卷。

詹同,字同文,初名书,婺源人。元末以茂才异等举,除郴州学正。陈友谅用为翰林学士承旨。朱元璋下武昌,召为国子博士,赐名同。官至学士承旨兼吏部尚书,与宋濂等修《日历》,为总裁官。洪武七年(1374)致仕。[③]有《天衢吟啸集》《海岳涓埃集》。詹同诗文与宋濂、王祎、高启、杨基齐名。

除宋濂、詹同外,杨维桢所酬唱交游者很多人也已入明,如倪瓒、张昱、杨基、贝琼、谢应芳、释妙声等,在明初文坛有极大影响。杨维桢入明不久在南京与杨基犹有唱和,其文坛声名尤为赫赫。

刘基(1311—1375)为明初文学大家,研究者多把他作为明人研究。然而,刘基是元统元年(1333)进士,入明之后在洪武八年去世,其文学作品多亦作于元中后期,作为文学家,刘基实为元人。

刘基存世1295首,唱和诗152首,不包括寄赠、送行之诗。刘基酬唱最为密切的是石抹宜孙。

石抹宜孙(?—1359)字申之,刘基与之酬唱之诗最多,多达97首,[④]这在古代诗歌史酬唱之诗最多的一对。石抹宜孙与刘基相识约从至正十六年(1356),是年三月刘基到处州与石抹宜孙共同抵御敌寇开始。至正十七年刘基改任枢密院经历,石抹宜孙以枢密院判官总制处州。至正十八年刘基辞官隐居,次年底,石抹宜孙兵败被杀。

---

① 顾嗣立:《元诗选三集》,第338页。
② 顾嗣立:《元诗选三集》,第338页。
③ 张廷玉:《明史》卷一三六,第3927—3929页。
④ 郝兆矩:《增订刘伯温年谱》,中州古籍出版社1990年版,第102页。

刘基与石抹宜孙共事时间不到三年,然酬唱之诗多达九十余首,显见二人关系之密,交情之厚。二人唱和之诗当时编为《唱和集》,刘基序云:

> 予至正十六年以承省檄,与元帅石末公谋括寇,因为诗相往来,凡有所感,辄形诸篇,虽不得达诸大廷以讹君子之心,而亦岂敢以疏远自外而忘君臣之情义也哉?昔者屈原去楚,《离骚》乃作。千载之下,诵其辞而不恻然者,人不知其忠也。览者幸无诮焉。万一得附瞽师之口,以感上听,则亦岂为无补哉![①]

忠君忧国是二人共同的倾向,也是二人唱和诗之多的一个原因。

和刘基唱和的非汉族诗人还有脱因宗道,当为蒙古色目人,生平事迹不详。《刘伯温集》卷二〇有《次韵和脱因宗道感兴三首》,卷二三有《欣怀亭二首为脱因宗道赋》,二人交游不浅。

刘基之诗除了与石抹宜孙唱和诗较多之外,题名为"次韵"、"用韵"、"和"的诗不多,著名的有高明、朱右和方外诗人姚广孝。

高明(约1305—约1360),至正五年进士。刘基与高明唱和诗三首。

朱右(1314—1376),字伯贤(伯言),天台人。至正末,司教萧山。洪武二年,诏修《元史》,除翰林编修,洪武六年,授晋府长史,卒于官。有《白云稿》十二卷。

至正十四年(1354),刘基与朱右、东平李子庚、会稽富好礼、开元寺僧玄中同游会稽云门。[②] 二人有唱和诗一首。

刘基所酬唱的方外之士有良上人、严上人、俦上人、音上人、谦上人、衍上人,其中衍上人即姚广孝。

姚广孝(1335—1418),幼名天僖,法名道衍,字斯道,又字独闇,号独庵老人、逃虚子。长洲(今江苏苏州)人。明朝政治家、佛学家、文学家,靖难之役的主要策划者,中国历史上最著名的黑衣宰相。[③] 姚广孝是北郭诗社诗人,与高启、杨基等交游甚密。刘基与之唱和诗二首。

---

① 刘基:《唱和集序》,刘基著,林家骊校点:《刘伯温集》卷二,浙江古籍出版社2015年版,第122页。

② 刘基:《游云门记》,刘基著,林家骊校点:《刘伯温集》卷三,第138页。

③ 王家伦、高万祥主编:《苏州文脉》,东南大学出版社2019年版,第126页。

二、联句、分韵(题)赋诗

联句,最早(汉代)称为连句诗,齐梁以后称为联句诗。即每人一句或两句诗,连续做出的一种诗体。分韵(亦称分韵得某字),分韵者,谓相约作诗,举定数字为韵,互相分拈,而各人依其拈得之韵成句也。分题,《沧浪诗话》:"古人分题,或各赋一物,如送某人分题得某物也。"①联句、分韵赋诗、分题赋诗是诗人群体作诗的一种比较常用的形式。

上述十九名汉族进士约有十四首联句及六十次分韵赋诗。其中,联句最多的是杨维桢,联句诗有十首。杨维桢文集中联句诗人数最多的一次是《东维子集》卷二九《联句书桂隐主人斋壁》,序云:

> 至正己亥(1359)冬十月四日,予偕吴兴桃庭美,义兴高玉窗、夏长祐,吴郡张学,河西张吉,富春吴毅,东海徐子贞,阳羡高瑛,云间谢思顺同游淞之顾庄,酹橘隐老仙墓。因过郁聚学"聚斋",见桂隐主人,供茶设醴。席上与诸客联七字句,成一十韵十有八句,书于斋之壁。②

联句诗一般三至四人,然此次联句人数有十人之多,在诗歌史上也颇为少见,但诗却不长,更需注意的是,杨维桢联句诗均未标明何句为何人所作。

杨维桢相与联句的诗人还有陆居仁、夏士文、吕希尚、郯韶、余日强、郭翼、袁华、强珇、李廷臣、顾瑛、杨宗道、陈履元,他们多曾预玉山雅集,在当时江南文坛多也颇有声誉,如郯韶、袁华、郭翼、顾瑛等前文已及,兹不复述。

陆宅之,即陆居仁,字宅之,华亭人,以诗经中泰定三年丙寅(1326)乡试第七名,隐居教授,自号巢松翁,又号云松野褐,瑁湖居士,与杨维祯、钱惟善游,殁,同葬干山,号三高士墓。③陆居仁,曾预玉山雅集,洪武四年在世。《全元诗》(第40册)录其诗23首。

强珇,字彦栗。读书工诗,负奇气。早游京国,遍交知名士。值兵变,归隐学官之旁。时与秦昺、阮孝思辈流连觞,杨维桢常主之。至正间,荐授常熟州判

---

① 胡才甫著,王永波整理:《诗体释例》,文化艺术出版社2018年版,第49、167页。
② 杨维桢著,邹志方点校:《杨维桢集》,第1150页。
③ 顾嗣立:《元诗选三集》,第586页。

官,不就。① 有《嘉树堂稿》。

李廷臣,字仲虞,宁海人。幼从丁复游,有声江湖间。②

杨遵,字宗道,浦城人,徙居钱塘,篆隶皆师杜待制(本)。③ 洪武初,以荐起家,累官镇江知府。④

陈贞,字履元,钱塘人。画法海岳。⑤

余日强,字伯庄,昆山人。⑥

夏士文、吕希尚,皆璜溪人。

不同的是,许有壬、宋本联句诗则标明联句诗人所作何句。如许有壬《至正集》卷二一《夜坐与雄飞明初联句》,卷二九许有壬、马熙《盆菊》联句,马祖常、宋本、谢端《南城校文联句》⑦。

分韵(分题)赋诗必是群体赋诗活动,除诗歌本身之外,分韵分题之缘由、分韵分题之作者固为重要,因为一代之文坛必不能缺少文学活动和文学家而存在。若不能考知参与文学活动的文学家,文坛的论述必显得单薄,因为一定意义上,文坛就是文学家的活动。

与联句相比,分题、分韵赋诗稍多。较多的有吴师道、宋褧、刘基、黄溍、许有壬、陈高数人,其中宋褧、吴师道分韵分题赋诗最多,下以吴师道、宋褧的分题、分韵赋诗为例。

吴师道(1283—1344)为至治元年(1321)进士,其仕宦仅两年余时光仕于国子监,在京师时间很短。宋褧(1294—1346)为泰定元年(1324)进士,其仕宦大部分时间在大都。

吴师道分韵分题赋诗十四首,仅次于宋褧。

从历代分韵分题赋诗而言,此类诗歌多未标明同时分韵(分题)之诗人,故有时同赋诗人难以考知,如吴师道《浩然观分得浩字》、《三月廿三日南城纪游分得朝字》、《分韵赋二疏供帐图送王善父司业致仕归》。吴师道其他分韵(分题)

---

① 王昶:《(嘉庆)直隶太仓州志》卷三七,续修四库全书697册,第580页上。
② 钱谦益:《列朝诗集小传》甲前集,上海古籍出版社1983年新一版,第36页。
③ 陶宗仪:《书史会要》卷七,陶宗仪、朱谋垔:《书史会要 续书史会要》,浙江人民美术出版社2019年版,第213页。
④ 陈寿祺:《跋杨宗道帖》,《左海文集》卷七,续修四库全书第1496册,第313页上。
⑤ 彭蕴璨:《历代画史汇传》卷一三,续修四库全书第1083册,第258页上。
⑥ 顾瑛:《草堂雅集》卷一四,第1053页。
⑦ 杨镰:《全元诗》第31册,第102—103页。

之诗或可见蛛丝马迹。

《礼部集》卷二《金华观分得琴字》未标明同赋诗人。然《礼部集》卷一二《金华北山游记》云：

> 友人张君子长约游，屡不果，尝以为恨。至治二年（1322）三月，子长复遣人邀予，欣然从之。起壬申，迄戊寅，凡七日，以雨道险，故不至朝真。他如安期生石室、刘孝标读书岩，暨僧寺可游者以十数，皆不克往，然幽绝奇丽之观，所得亦多矣。先是，约所至赋诗，宿金华观，仅一分韵止。

此诗同赋诗者应有张子长，即张枢（1292—1348），字子长，东阳人。至正初，丞相脱脱监修宋、辽、金三史，奏辟为长史，不拜。复再以翰林修撰儒林郎同知制诰兼国史院编修官召，复辞。使者迫之，行至武林驿，以病力辞，乃免。诗歌杂文名《敝帚编》若干卷。[①]《全元诗》（第 36 册）仅辑得其诗 1 首。

吴师道《礼部集》卷一六《北山游卷跋》云：

> 右《北山纪游诗文》一卷，金华叶谨翁审言、乌伤黄溍晋卿、兰溪吴师道正传、东阳张枢子长、释无一之所作也。自至大庚戌（1310）距至顺癸酉（1333）二十有四年间，凡屡游五人者，虽不必俱，而游必有作，妍唱导前，清和继后，或览胜发奇，或因事纪实，凡登临之美，朋从之乐，怀贤悼古之感，所以摅一时之兴而不泯于异日者，悉于此乎在矣。

抑或，金华观分韵数人即另有叶谨翁、黄溍、张枢、释无一四人。

《礼部集》卷三《游东峰分得松字》在《吴礼部集》及《全元诗》（第 32 册）未标明同赋诗人，幸好《金华诗录》卷一五有此诗序言：

> 至顺癸酉（1333）十一月七日，严拱之领客徐子声、徐元鼎，与师道暨子声之子子立、拱之之子天瑞、师道子嘉、从子庆、甥柳得懋、诸生徐应元、董师曾、沈钦、赵良恭，自圣寿寺左登山，过能仁塔院前，折至东

---

① 黄溍：《张子长墓表》，《金华黄先生文集》卷三〇，续修四库全书第 1323 册，第 397 页上。

峰亭故基,周览遐眺荫松,藉草坐而小酌清谈,相率赋诗,摘冯宿亭记①
中"松门盖空,石道如带"语为韵,虽不足以拟童冠咏游之乐,然一日之
适或阅世所无,亦不容无纪也。②

此次同游者十三人,其中至少八人为分韵赋诗者。吴师道得松字,徐元鼎
得石字,柳昭(字得懋)得带字,诗存。③ 其他分韵者及分韵之诗未见。

《礼部集》卷三《送钱师复下第归杭分得屈字》未标明同赋诗者,宋褧《燕石
集》卷七有《送钱思复下第还杭州分得秋字》。钱师复当即钱思复,钱惟善。元
至正元年(1341)乡荐,钱惟善会试落第在至正二年。其时吴师道为国子博士,
宋褧为翰林待制。

《礼部集》卷三《分韵赋石鼓送达兼善出守绍兴》是泰不华任绍兴路总管作。
宋褧《燕石集》卷二有《礼部侍郎泰不华兼善出守会稽分题送行得读书堆》。蒋
一葵撰《尧山堂外纪》载:"后至元初,达兼善迁绍兴路总管,僚友分题作诗饯行,
得清风岭。康里子山巎巎为赋清风篇。"④同赋诗者又有康里巎巎。

《礼部集》卷五《分题赋绛守居送王致道佥事之河东》是为王思诚出佥河东
山西道肃正廉访司事而作,时间在至正二年(1342)。陈旅《安雅堂集》卷三《送
王致道佥宪河东分题得汾亭》,为同时分题之作。

《礼部集》卷五《分题赋三高祠送冯公厉参政之江浙省》为冯公厉任江浙参
政所作,冯公厉,即冯思温,字公励(公厉),号东麓,晋阳(太原)人。由监察御史
出守彰德,入为刑部侍郎,历左右司郎中,中书参议,江浙行省参政。至正三年
改南台侍御史,五年,任御史中丞。⑤ 官至大学士。⑥《全元诗》(第36册)录其诗
4首。

宋褧《燕石集》卷五《送冯公厉江浙参政分题得扬子江》,周伯琦《近光集》卷

① 冯宿(767—836),字拱之,东阳(今浙江省东阳市)人。贞元年间,进士及第,官至任剑南东川节
度使。有《冯宿集》四十卷。"亭记"指的是《兰溪县灵隐寺东峰新亭记》,见吴师道辑:《敬乡录》卷一,文渊
阁四库全书第451册,第260页。

② 朱琰编:《金华诗录》卷一五,第4页,乾隆三十八年(1773)金华府学刻本。

③ 秦簧等主修:《光绪兰溪县志》卷八"杂志·古迹",第35页上,光绪十五年(1889)刻本。

④ 蒋一葵:《尧山堂外纪》卷七五,续修四库全书第1194册,第682页下。

⑤ 杨镰:《全元诗》第36册,第237页。《元诗选癸集》(丁集,第409页)误为马思温。

⑥ 周伯琦:《送冯公励大学士致政归太原》,《近光集》卷三,文渊阁四库全书第1214册,第531页
下。

二《赋得凤凰台送冯公励参政之任浙省》、许有壬《至正集》卷一〇《分赋天目山送冯公励参政赴江浙省》为同时之作。

《礼部集》卷六《分题赋鸡舌香送苏伯修御史之西台》是送苏天爵出任西行台治书侍御史而作。西台即陕西诸道行御史台,简称西台,治奉元路(今西安市)。

陈旅《安雅堂集》卷五《送苏伯修治书西台诗序》:"至元又六年之冬十月,吏部尚书苏公伯修拜西行台治书侍御史,荐绅先生暨诸能诗者相与托物命题分而赋之,以寓比兴于饮饯之日,而属余书其右。"①至元六年(1340)十月,吴师道初至京师,适苏天爵以吏部尚书出任西台治书侍御史。当时分题赋诗饯行的人数应不少,但仅在许有壬《至正集》卷一〇有《分题赋燕山雪送苏伯修赴西台》。

《礼部集》卷六《分题赋汉阳树送苏伯修参政之湖广省》是送苏天爵参政湖广之作。许有壬《至正集》卷二四《送苏伯修赴湖广参政序》云"至元庚辰(1340)冬,赵郡苏君伯修由吏部尚书擢西台治书侍御史,大夫士分题赋诗以饯,俄参议中书,乃汇其诗属予序而未暇。至正壬午(1342)夏,拜湖广行省参知政事,大夫士又分题赋诗以饯。"②则苏天爵参政湖广在正正二年夏。

宋褧《燕石集》卷二有《苏伯修湖广行省参政分题赋诗送行得洞庭波》、周伯琦《近光集》卷二有《赋得滦河送苏伯修参政赴任湖广》、李毂《稼亭集》卷一四《送苏伯修参政湖省分韵得东华尘》,则三人同为当时之分题赋诗者。

《礼部集》卷六《分题赋鹤川送萧存道元帅之云南》是送萧存道任云南宣慰司都元帅时作。

萧存道(从道)(1286—1356),即述律杰,一名铎尔直(朵儿只),号野鹤。本辽东贵族,辽太宗时赐姓萧,金灭辽,改述律曰石抹(意为奴婢)以贱辱之。杰之曾祖石抹氏居太原阳曲,从元太祖征伐有功,授蜀之保宁万户,子孙世袭,杰袭职后,耻以石抹为姓,抗言于朝,得复述律(萧)之姓。至顺元年(1330),任云南宣慰司都元帅。至正十五年(1355),调任陕西行省参知政事。十六年,刘福通部下李武、崔德攻破潼关,述律杰战死。③

① 陈旅:《安雅堂集》,文渊阁四库全书第1213册,第59页下。
② 许有壬:《至正集》,文渊阁四库全书第1211册,第242页下。
③ 方龄贵:《元述律杰事迹辑考》,《元史丛考》,民族出版社2004年版,第247—274页。陈世松:《元"诗书名将"述律杰事辑》,中国文化研究所学报,新第5期(1996年)。宋濂:《元史》卷四四,第932页。

胡助《纯白斋类稿》卷三五有《赋僰道送萧存道元帅》、陈旅《安雅堂集》卷三《分题得邓赕送述律都元帅之云南》、周伯琦《近光集》卷一《赋得伏神洞送述律存道元帅赴云南》。苏天爵、靳荣《送都元帅述律杰云南开阃》[①]、王沂《伊滨集》卷八《送述律万户镇云南》、许有壬《至正集》卷一〇《送述律存道师云南》,或亦作于同时。

《礼部集》卷六《分题蕃宣楼送山金宪之闽》是送山子春赴闽之作。山子春,生平不详。陈旅《安雅堂集》卷三有《分题得南台送山子春佥事之闽中》。

《礼部集》卷六《分题赋白简送李惟中治书之西台》是送李好文赴任西台治书侍御史作,时间在至正元年(1341)。李好文,字惟中,至治元年进士。宋褧《燕石集》卷六有《送李惟中西台侍御史分题得长乐坡》、余阙《青阳先生文集》卷一有《赋得慈恩寺塔送李惟中赴西台侍御》。

宋褧诗在元进士分韵赋诗次数最多,有十六次。其中有五次与吴师道共同参与,见上,不重录。其他十一次分述如下:

《燕石集》卷二《送张孟功扬州觐省分题得游丝》是送张孟功扬州探望双亲而作,未见同分题赋诗者。张孟功,即张惟敏,字孟功,巩县人。泰定间以儒官补集贤院掾史,累官至河南河北等处行中书省参知政事。[②]《全元诗》《第30册》仅辑得其诗一首。张孟功与袁桷、许有壬、王沂、傅与砺有交游。

《燕石集》卷二《送高丽进士李仁复东分题得箕子庙》是送高丽进士李仁复东归之作。李仁复(1308—1374),高丽人,至正二年进士。及第东还。此诗作于此时,但未见分题赋诗者。

《燕石集》卷二《送朵儿只班监宪淮东分题赋诗得丰乐亭》为送朵儿直班任淮东肃政廉访使时所作,时间在至正初。周伯琦《近光集》卷二《赋得莲花漏送宗正朵儿直班公惟中赴淮东监宪任》也作于同时。

《燕石集》卷二《送王德常南台御史分题赋诗得朱雀桥》,余阙《青阳先生文集》卷九《赋得蛾眉亭送王德常御史赴南台》作于同时。

王德常,名王时可,乐陵人。国子出身,历归信县尹、江南行御史台掾、浙西宪司知事、南台管勾、国子典簿、南台御史、宣文阁授经郎、中台御史、户部员外郎、礼部郎中、高邮知府、太常礼仪院判官、礼部侍郎、山南宪司副使、京畿都漕

---

① 杨镰:《全元诗》第37册,第326页;第52册,第490页。
② 王士俊修:《(雍正)河南通志》卷五九,文渊阁四库全书第537册,第514页下。

运使、吏部尚书、礼部尚书。①

《燕石集》卷二《送汪臣良编修出知余姚州题得石鼓》。汪臣（辰）良，即汪文璟，泰定元年进士。汪文璟知余姚州在至正六年，未见分题同赋诗者。王沂《伊滨集》卷一〇《送汪臣良余姚守十韵》或作于同时。

《燕石集》卷二《中秋陪谢敬德修撰达兼善典籍诚夫兄学士会饮周子嘉如舟亭交命险韵十二依次诗得赏字》、卷三《九日再会饮如舟亭分韵得异字约赋廿句》。

前诗分韵者有宋褧、宋本、谢端、泰不华，后三人诗不见。许有壬《至正集》卷三二《如舟亭燕饮诗后序》："湖广省掾汝南周子嘉出诗一轴十四首，盖其在京师至顺庚午（1330）岁中秋、重九会诸公如舟亭所赋也。分韵者九人，学士宋诚夫尝与余同在左司，少监欧阳原功实同年，修撰谢敬德同岁得解，亦皆同时官京师。"②

据许有壬所言，至顺元年（1330）中秋、重九九人分韵，诗十四首。除宋褧中秋分韵诗所言四人，加上许有壬序中多出欧阳玄，可知晓者有宋褧、宋本、谢端、泰不华、欧阳玄及主人周子嘉，其余四人不详。

《燕石集》卷七《送赵大本赴西台御史分得尘字》送赵大本赴西台御史作。赵大本，不详。吴当《学言稿》卷二《送赵大本西台御史得一字》作于同时。

《燕石集》卷五《同年小集探策赋诗得天字》、《送江东贡有源分韵得庭字》，卷八《别武陵诸友分韵得身字（延祐己未三月晦日别武陵北归）》未见同分题分韵者。

表 3-5　吴师道、宋褧分韵分题诗人表

	诗题	卷次	分题分韵诗人
1	《浩然观分得浩字》	《礼部集》卷二	吴师道，其他分题者不详
2	《金华观分得琴字》	《礼部集》卷二	叶谨翁、黄溍、张枢、释无一
3	《游东峰分得松字》	《礼部集》卷三	吴师道、严拱之、徐子声、徐元鼎、徐子立、严天瑞、吴嘉、吴庆、柳得懋（昭）、徐应元、董师曾、沈钦、赵良恭（敬德）

---

① 欧阳玄：《太中大夫京畿都漕运使王君去思碑》，《圭斋文集补编》卷一三，欧阳玄撰，汤锐校点：《欧阳玄全集》，第724—726页。

② 许有壬：《至正集》，文渊阁四库全书第1211册，第226页下。

续表

	诗题	卷次	分题分韵诗人
4	《分题赋绛守居送王致道金事之河东》	《礼部集》卷五	吴师道、陈旅
5	《三月廿三日南城纪游分得朝字》	《礼部集》卷五	吴师道,其他分题者不详
6	《分韵赋二疏供帐图送王善父司业致仕归》	《礼部集》卷五	吴师道,其他分题者不详
7	《分题赋鸡舌香送苏伯修御史之西台》	《礼部集》卷六	吴师道、许有壬
8	《分题赋鹤川送萧存道元帅之云南》	《礼部集》卷六	吴师道、胡助、陈旅、周伯琦
9	《分题蕃宣楼送山金宪之闽》	《礼部集》卷六	吴师道、陈旅
10	《送钱师(思)复下第归杭分得屈字》	《礼部集》卷三	吴师道、宋褧
11	《分韵赋石鼓送达兼善出守绍兴》	《礼部集》卷三	吴师道、宋褧、康里巙巙
12	《分题赋三高祠送冯公厉参政之江浙省》	《礼部集》卷五	吴师道、宋褧、许有壬、周伯琦
13	《分题赋白简送李惟中治书之西台》	《礼部集》卷六	吴师道、宋褧、余阙
14	《分题赋汉阳树送苏伯修参政之湖广省》	《礼部集》卷六	吴师道、宋褧、周伯琦、李毂
15	《送张孟功扬州觐省分题得游丝》	《燕石集》卷二	宋褧,其他分题者不详
16	《送高丽进士李仁复东分题得箕子庙》	《燕石集》卷二	宋褧,其他分题者不详
17	《送朵儿只班监宪淮东分题赋诗得丰乐亭》	《燕石集》卷二	宋褧、周伯琦
18	《送王德常南台御史分题赋诗得朱雀桥》	《燕石集》卷二	宋褧、余阙
19	《送汪臣良编修出知余姚州题得石鼓》	《燕石集》卷二	宋褧,其他分题者不详
20	《中秋陪谢敬德修撰达兼善典籍诚夫兄学士会饮周子嘉如舟亭交命险韵十二依次诗得赏字》 《九日再会饮如舟亭分韵得异字约赋廿句》	《燕石集》卷二 《燕石集》卷三	宋褧、宋本、谢端、泰不华、欧阳玄
21	《同年小集探策赋诗得天字》	《燕石集》卷五	宋褧,其他分题者不详

	诗题	卷次	分题分韵诗人
22	《送江东贡有源(贡清之)分韵得庭字》	《燕石集》卷五	宋褧,其他分题者不详
23	《送赵大本赴西台御史分得尘字》	《燕石集》卷七	宋褧、吴当
24	《别武陵诸友分韵得身字(延祐己未三月晦日别武陵北归)》	《燕石集》卷八	宋褧,其他分题者不详

吴师道分韵(分题)赋诗十四首,前三首作于兰溪,后十一首作于在京城任职国子监时。吴师道在国子监任职时间不长,从后至元六年(1340)以王守诚、孔思立推荐擢国子助教。当年秋至京,至至正三年(1343)二月,以内艰南还,在京仅两年有余。宋褧分韵分题诗均作于在京期间。

吴师道在京分韵(分题)诗均为送行之作,宋褧分韵分题诗除了如舟亭及同年小集三首诗外,也均为饯行之诗。所送之人除钱惟善下第回乡和李仁复回国外,皆为出京外任之官,且多为文学之士,而钱惟善、泰不华、王思诚、苏天爵、李好文均为元代中后期著名诗文家,述律杰为契丹人,朵儿直班为蒙古人。而分韵(分题)诗人叶谨翁、黄溍、欧阳玄、宋本、谢端、许有壬、张枢、宋褧、康里崾崾、陈旅、胡助、周伯琦、余阙、吴当更是元代文坛赫赫之名家,李穀是高丽文坛名家。其中许有壬、欧阳玄、黄溍、泰不华、宋本、王思诚、李好文、宋褧、余阙、李穀都是进士出身。

虽然,分韵(分题)赋诗只是文人雅集和送行诗的一种形式,但这足以显示当时文坛的生态,元代文坛就是在诗文家文学活动的细节中得以构建而成。

三、雅集

雅集是文人雅士诗歌酬唱,书画创作与鉴赏的集会。文学史上从西汉梁园雅集到魏晋时著名的曹丕南皮之游、竹林七贤雅集、金谷园雅集、兰亭雅集开始,文人雅集遂成为文学活动常见的形式,成为一种文学风尚。历代文坛均不乏各种类型的文学雅集,如唐代滕王阁雅集、宋代的西园雅集,皆闻名于世。

较之前代,元代的文人雅集之风盛行,次数之多,人数之众,规模之大,远远超过唐宋。元前期如至元初年大都廉园清露堂游宴、至元二十五年(1288)雪堂雅集、大德元年(1297)清香诗会、至大延祐间(1308—1320)万柳塘燕集。元前期,大都之外,文学雅集最多的还在江南,如至元二十三年(1286)杨氏池堂燕集,而同年月泉吟社以《春日田园杂兴》征诗活动历时三月,2735 卷诗应征,参与人数达两三千人,①规模盛大,影响甚远,这算是另一种类型的雅集。元中后期的成规模的文学雅集就有数十次,著名者如天历(1328—1329)、至顺(1330—1332)间大都圣安寺雅集、贯穿元中后期的昆山玉山草堂雅集、西湖竹枝词唱和、许有壬圭塘别墅唱和、杨维桢草玄阁雅集、倪瓒清閟阁雅集、释来复定水寺唱和、聚桂文会、应奎文会等等,而三二好友,诗酒唱和,无时不在,在元人文集中,随处可见。朱彝尊云:"古来友朋酬和之乐,无如元人",②元代雅集风尚之盛可谓前无古人。

元进士多参与在元中后期的雅集活动,这在他们的文集中多有记载。以下以许有壬、欧阳玄、宋褧、杨维桢、刘基等文集中雅集为例。

1. 许有壬诗文集中的雅集

(1)圭塘雅集。

圭塘为许有壬在安阳别墅。至正戊子(1348 年)秋,许有壬"以赐金得康氏废园于相城(安阳)之西",十一月初建成,因形如桓圭,故曰"圭塘",偶或"招佳宾挈子弟觞咏其间"。③ 圭塘有十二景:景延堂、泠然台、嘉莲亭、安石院、松竹径、桃李蹊、双州、孤屿、柳巷、菊坛、药畦、蔬圃,许有孚有《圭塘十二咏》。④ 圭塘别墅"塘可五亩强,余地通二十亩而广",⑤大约是 22883 平方米,⑥虽然其大小不能与玉山草堂相比,但也是雅集的私家别墅之大者。

至正八年(1348)之前,许有壬曾四次回安阳,居停时间都很短。至正八年,六十二岁的许有壬辞归安阳,建圭塘别墅。至正十三年,拜河南左丞。至正十七年,以老兵辞归安阳,至其去世,大部分时间在圭塘居住。周伯琦《圭塘欸乃序集》作于至正十年七月,周溥跋作于至正十年十月,⑦则圭塘雅集主要在至正八年末至至正十年间。

圭塘雅集实为许有壬、许有孚、有壬子许桢及其客马熙唱和之诗。《圭塘欸乃集》就是由圭塘唱和之诗词编成。集中诗 326 首,词 64 首,马熙诗 78 首,词

---

① 欧阳光:《宋元诗社研究丛稿》,广东高等教育出版社 2011 年版,第 74 页。

② 朱彝尊:《小方壶存稿序》《曝书亭集》卷三九,第 4 页下,四部丛刊初编本。

③ 许有孚:《圭塘欸乃并引》,许有壬撰:《圭塘欸乃集》,丛书集成新编第 57 册,第 571 页。

④ 许有壬:《圭塘小稿·续集》,文渊阁四库全书第 1211 册,第 724 下—728 页上。

⑤ 欧阳玄:《圭塘记》《圭斋文集补编》卷六,欧阳玄撰,汤锐校点:《欧阳玄全集》第 563 页。

⑥ 张苗:《元代文人私园圭塘别墅考》《安阳工学院学报》2016 年第 6 期。

⑦ 许有壬等:《圭塘欸乃集》卷首及卷末,丛书集成新编第 57 册,第 571 页,第 586 页。

18 首,其中 10 首《摸鱼儿》为马熙在圭塘所作,其他诗为后来补和。实际上,圭塘雅集是许有壬、许有孚及许桢一家唱和之集,这在元代乃至文学史上父子兄弟唱和最多的一次,"一门之中,父子兄弟,自相师友,其风流文雅之盛,犹有可以想见者焉。"①

圭塘雅集不止许有壬、许有孚、有壬子许桢、马熙四人。《圭塘欸乃集》有许有孚和许桢诗序云:"至正己丑岁,相城春夏不雨,旱既甚。六月二十九日始雨,入夜沾足。吾兄乘橹舆,挈婿姪来圭塘,纵观乐甚,犹子桢具馔且有诗……"。②许有壬《水龙吟》注:"己亥中秋用婿韵。"③其婿未详,亦与圭塘雅集。

参与者或还有杜秉彝。

许有孚《十二月廿又二日观雪泠然台城郭山川四顾清爽小儿诵东坡先生聚星堂诗甚习殊可乐也因忆马明初云往岁德常杜左司尝与诸公和之成巨轴然皆不及一见仆则不敢言和但对景成兴谨用其韵尔僭越之罪观者恕之》,杜秉彝,安阳人,或曾在圭塘唱和。

(2)水木清华亭宴集。

许有壬《水木清华亭宴集十四韵》序云:

> 水木清华亭,侍御史王公公俨别墅也。位都城巽隅,出文明门余里许。园池构筑,甲诸邸第。予客京有年,识公俨亦久,而未尝迹其地。至正乙未(1355)春,自汴召入。俄,公俨由辽省拜中台,握手倾倒,屡约宴集,尘冗不果,致期宿具,复有意外之挠。乃七月二十又三日始遂盍簪。左辖吕仲实、中执法杜德常、右司王本中、左司尚彦文,实同尊俎,酒旨乐备,物腴意勤。适雨霁秋清,尘空地迥,庭木涌翠,渚莲散红。北瞻闉阇,五云杳霭。极目西望,舳舻汎汎于烟波浩渺、云树参差之间,萧然有江乡之趣,不知其为毂击肩摩之境也。烦襟滞虑,涤濯净尽,兹游奇绝,宜造物之不轻畀也。公俨请曰:"人生四美,百年几遇,不可不纪也。"乃即水木清华亭为韵赋诗,有壬分华字。④

---

① 永瑢:《四库全书总目》卷一八八,第 1708 页下。
② 许有壬等:《圭塘欸乃集》,丛书集成新编第 57 册,第 576 页。
③ 许有壬:《圭塘小稿·别集》卷上,文渊阁四库全书第 1211 册,第 699 页下。
④ 许有壬:《圭塘小稿》卷三,文渊阁四库全书第 1211 册,第 596 页下—597 页上。

雅集者有六人。王公俨,曾任翰林学士,为此次雅集之发起者。吕仲实,即吕思诚,泰定元年进士。杜秉彝,字德常,缑山杜瑛之曾孙。历监察御史,官至礼部尚书、参知政事,进中书左丞,集贤大学士。有集四十卷。[①] 王本中,王时,字本中,太原人,进士。至正十五年为中书右司郎中。曾任南台掾,中书省郎,左丞,以翰林承旨致仕。明初,与刘基、张以宁同为弘文馆学士。有诗,佚。尚彦文,不详。以上数人分韵之诗未见。

(3)南台官员石头城之游。

《至正集》卷一五《九日登石头城诗》序云:

> 至治壬戌(1322)九日,中执法石公、侍书郭公,具酒肴登焉。监察御史刘传之、李正德、罗君宝、八札子文、廉公瑞、阿鲁灰梦吉、照磨万国卿暨有壬实佐行……酒一再行,二公督诗不已,乃各诵所记九日诗,率古作之杰出者,相与大笑倾倒,不知深杯之屡空也。

此次游览之会的发起者为中执法石公、侍书郭公。石公,即石珪,顺州人,忽必烈时代中书左丞石天麟(1219—1310)之子。[②] 历内台治书、枢密副使,元贞元年(1295)迁南台侍御史,累迁河南右丞,至治元年升南台中丞。[③]

侍书郭公即郭思贞,字幹卿。河中人,以儒业进拜监察御史,累迁南台治书、西台中丞、奎章阁大学士。[④]

石珪、郭思贞均能诗,皆佚。

刘传之,即刘宗悦(1268—1336),长沙人,官至侍御史。[⑤]

李秉中,字正德,陕西汉中人,官御史。[⑥]

罗廷玉,字君宝,至治二年任南台御史。[⑦] 未见诗文。

① 崔铣:《(嘉靖)彰德府志》卷一,四库全书存目丛书史部 184 册,第 347 页下。
② 萧㪺:《石公神道碑铭》,《勤斋集》卷三,文渊阁四库全书第 1206 册,第 412 页上。
③ 王德毅、李荣村、潘柏澄:《元人传记资料索引》,中华书局 1987 年版,第 272 页。
④ 王德毅、李荣村、潘柏澄:《元人传记资料索引》,第 1262 页。
⑤ 欧阳玄:《侍御史刘公碑铭》,《圭斋文集》卷一〇,欧阳玄撰,汤锐校点:《欧阳玄全集》,第 260—265 页。
⑥ 同恕:《送李正德序》,《榘庵集》卷二,文渊阁四库全书第 1206 册,第 676 页。
⑦ 张铉:《(至大)金陵新志》卷六下,文渊阁四库全书第 492 册,第 329 页上。

八札子文、廉公瑞为色目人,万嘉间为蒙古人,阿鲁灰梦吉则为蒙古或色目人。[1]

《至正集》卷二一有《雄飞同年自杞县来访尊酒论文时雪适降》。二三同志饮酒论诗亦可称为雅集,这在元代诗文集中甚多。

2. 黄溍诗文集中的雅集

(1)北山纪游。

见上文吴师道《北山游卷跋》,同集者有吴师道、叶谨翁、黄溍、张枢、释无一,在至大庚戌(1310)距至顺癸酉(1333)二十有四年间,游必有作,妍唱导前,清和继后。[2] 黄溍游《北山纪游》诗八首,吴师道有和诗,吴师道《礼部集》卷二另有《金华观分得琴字》、卷一二《金华北山游记》。

(2)城南雅集。

黄溍《金华黄先生文集》卷一有《休□集于城南》,诗云"休沐集诸彦,迁趾惠前诸。稍空林中尊,复咏霞上作",但未知"诸彦"为谁。

另外,黄溍集中有多首诗是与试院同僚雅集时所作,如《金华黄先生文集》卷一《陪诸老夜饮》、《试院诸公西湖同泛分韵得仪字》、卷五《试院同诸公为主试官作》、《试院同诸公为监试官作》。黄溍为至正八年考官,然其他人均无考。

3. 宋褧《燕石集》中的雅集

(1)如舟亭雅集。

见前宋褧分韵赋诗。

(2)同年小集。

宋褧《燕石集》卷一二《同年小集诗序》云:

> 天历三年(1330)二月八日,同年诸生谒座主蔡公于崇基万寿宫寓所。既退,小集前太常博士、艺林使王守诚之秋水轩,坐席尚齿,酒肴简洁,谈咏孔洽,探策赋诗。右榜则前许州判官粤鲁不华、前沂州同知曲出、前大司农谐笃乐、奎章阁学士院参书雅琥。左榜则前翰林编修王瓒、前翰林修撰张益、前富州判官章谷、翰林应奉张彝、编修程谦。疾不赴者,前陈州同知纳臣、深州同知王理、太常太祝成鼎。

---

① 萧启庆:《九州四海风雅同:元代多族士人圈的形成与发展》,第247页。

② 吴师道:《礼部集》卷一六,文渊阁四库全书第1212册,第230页。

座主蔡公即蔡文渊,东平人。曾任翰林学士、国子祭酒,官至中书参政。泰定元年以翰林学士为会试考试官。

此次同年小集参与者十一人,疾不赴者三人。十四人中,右榜五人,左榜九人,除宋褧《燕石集》卷二《同年小集探策赋诗得天字》外,其他人之诗不存。

4.杨维桢诗文集中的雅集

至正末,杨维桢主持的雅集甚多,较大者有草玄阁雅集、西湖竹枝词唱和及玉山雅集,这也是元代规模最大最具影响的文学活动。

(1)草玄阁雅集。

草玄阁,至正二十年(1360)顾逊所建,杨维桢在松江居所。① 顾逊,字思邈,昭阳人。至正兵后为松江府同知。② 存诗二首。小蓬台,杨维桢寓所楼名,在百花潭上,别有挂颏楼、草玄阁,皆为东吴胜概。阁在迎仙桥西北,成化间犹存。③

自至正十九年(1359)十月,以松江同知顾逊邀请,杨维桢合家徙居松江,至洪武三年(1370)五月卒,大部分时间居在松江。其间,苏大年、贝琼、秦约、谢节、宋克、赖良、陶宗仪、张经、王晟(张士诚左相)、顾逊、陆蒙、释寿宁、释新、倪瓒、虞堪、王蒙、钱岳、薛如鉴、顾瑛、唐升、章琬、詹同、张习、袁用、朱芾、李扩、金信等来拜访,常有诗酒酬唱。④ 史载杨维桢"筑室松江上,有小蓬壶、草玄阁诸胜,海内荐绅大夫与东南才俊之士,造门纳屦,殆无虚日。"⑤显然,杨维桢草玄阁雅集颇为热闹。

草玄阁雅集其实是杨维桢在松江的游览、唱和、联句、交游、燕集等文学活动。杨维桢门人章琬编《铁崖先生诗集》十卷,为杨维桢本人之诗,然没有如《圭塘欸乃集》、《皋堂雅集》合集汇编,但据清人记载有"草玄阁诗和者一册。张经、张枢,又陆居仁、鲁渊、吕恒、龚显忠、沈钦、张宁,诸生弗教、贝阙、陈元善、张程、陈璧、沈雍、张稷、陈善、林世济、吕恂。"⑥此乃《石渠宝笈》中所载"元人诗帖一册",⑦仅是二十一幅一时唱和的诗帖,未能成集。

(2)西湖竹枝词的唱和。

---

① 孙小力:《杨维桢年谱》,复旦大学出版社1997年版,第243页。

② 顾清撰:《(正德)松江府志》卷二三,四库全书存目丛书史部第181册,第721页上。

③ 顾清撰:《(正德)松江府志》卷一六,四库全书存目丛书史部第181册,第617页上。

④ 孙小力:《杨维桢年谱》,第236—311页。

⑤ 顾嗣立:《元诗选初集》,第1975页。

⑥ 顾复撰,林虞生校点:《平生壮观》卷四,上海古籍出版社2011年版,第123页。

⑦ 张照:《石渠宝笈》卷二八,文渊阁四库全书第825册,第158页。

　　《西湖竹枝集》是杨维桢编辑的竹枝词集。西湖集咏是元代后期规模颇大、影响颇广的"同题集咏"活动。①

　　至正八年七月，杨维桢序云：

　　　　予闲居西湖者七八年，与茅山外史张贞居，苕溪郯九成辈为唱和交。水光山色，浸沉胸次，洗一时尊俎粉黛之习，于是乎有竹枝之声。好事者流布南北，名人韵士属和者无虑百家。道扬讽谕，古人之教广矣。是风一变，贤妃贞妇，兴国显家，而《烈女传》作矣。采风谣者其可忽诸？②

　　此为西湖竹枝词之缘起。

　　杨维桢首倡，和诗119人，多为江南士人，其中元代汉族进士除杨维桢外还有杨载、宋本、宇文公谅、朱彬四人。

　　（3）玉山雅集。

　　玉山雅集是元末最大的文人雅集，持续时间之长，参加人数之多，文采风流，照映当世，足与东晋兰亭雅集、北宋西园雅集并称。

　　玉山雅集的组织者为昆山顾瑛。"元之季，吴中多富室，争以奢侈相高，然好文喜客者，皆莫若顾玉山。百余年来，吴人尚能道其盛。"③顾玉山即顾瑛，筑别业扁曰玉山佳处，日夜与客酌酒赋诗其中。四方文学之士，若张翥、杨维桢、柯九思、李孝光，与凡一时名士，咸主其家。其园池亭榭之盛，图史之富，与夫饩馆声伎，并鼎甲一时，而才情妙丽，与诸公亦略相当。风流文雅，著称东南。④诗汇为《草堂雅集》十三卷。

　　到访玉山佳处及与顾瑛有交游的大约400人⑤，"玉山草堂之会，推主敦盘"，⑥杨维桢实为玉山雅集的盟主。汉族进士高明、李祁参与玉山雅集，张士坚、赵期颐、葛元喆、黄潪、鲁渊与杨维桢、顾瑛有交游，或亦参与玉山雅集。

　　杨维桢文集中记载其参与的其他燕集游览之诗甚多，如《八月五日偕钱唐

①　杨镰：《元诗史》，第641页。
②　杨维桢：《西湖竹枝集序》，清光绪《武林掌故丛编》本，《丛书集成续编》第223册，第384页上。
③　吴宽：《跋桃园雅集记》，《匏翁家藏集》卷五一，第4页上，四部丛刊初编本。
④　方鹏：《昆山人物志》卷五，四库全书存目丛书补编第93册，第555页下。
⑤　谷春霞：《顾瑛交游人员表》，《玉山雅集研究》，中国社科院研究生院2008年博士学位论文。
⑥　顾嗣立：《元诗选初集》，第1975页。

王观海昌李勋大梁滑人过湖赴玛瑙山主之招题诗双松亭》、《至正庚子重阳后五日再饮谢履斋光漾亭履斋出老姬楚香者侍酒之余与紫箪生(李升)赋诗》、《十月六日席上与同座客陆宅之夏士文及主人吕希尚希远联句》、《联句书桂隐主人斋壁至正已亥冬十月四曰子偕吴兴桃庭美义兴高玉囱夏长佑吴郡张学湖西张吉富春吴毅东海徐子贞阳羡高瑛云间谢思盛同游淞之顾庄酬橘隐老仙墓因过郁聚学聚齐见桂隐主人供茶设醴席上与诸客联七字句成一十韵十有八句书于斋之壁》、《游虎丘与句曲张贞居遂昌郑明德毗陵倪元镇各追和东坡留题石壁诗韵》、《二月十二日玉山人买百花船泊山塘桥下呼琼花翠屏二姬招予与张渥叔厚于立彦成游虎阜俄而雪霰交作未果此行先以此诗写寄就要诸公各和》、《乙酉四月二日与蒋桂轩伯仲诸友同泛震泽大小雷望洞庭之峰吹笛饮酒乘月而归盖不异老杜坡仙游渼陂赤壁也舟中各赋诗余赋二十韵为首唱》、《嘉树堂主人》、《娄东园雅集分韵得深字》、《玉山草堂题卷率姚娄东郭羲仲同作》等等,文人的文学活动大抵如此。

5.刘基文集中的雅集

(1)竹林宴集。

至正十四年(1354)年四月,刘基在温州曾参与竹林宴集。刘基《竹林宴集诗序》云:

> 基既从左丞公至越而解戎事,始得与越士大夫游。乃四月丁巳,与嘉兴王纶、赵郡吴溥、会稽王俨、王麟、华亭唐虞民会于黄本之舍。主人出酒肴劳客,乐甚,徙席其竹林之下。主人奉觞酌客而言曰:"昔司马氏之臣,有饮于竹林而以贤称者七人,今日之会亦七人,其乐同。与彼七人者,涵淫以自放,袒裸以为达,浮诞以为高,悖理伤教,以沦天下于夷狄,君子疾之。吾党以此为鉴。虽然,今日之会,文会也……"①

王纶,字昌言,嘉禾人。至正间官学正,与刘基友善。②

王俨,字思敬,山阴人。③

---

① 陶宗仪《游志续编》卷下,清嘉庆宛委别藏本第50册,江苏古籍出版社1988年版,第139—140页。刘基著,林家骊点校《刘伯温集》未收。

② 顾嗣立、席世臣:《元诗选癸集》下,第964页。

③ 顾嗣立、席世臣:《元诗选癸集》下,第1107页。

黄本,号中甫,江夏人。曾与耕渔轩之会。①

王麟、吴溥、唐虞民,不详。

(2)妙成观掀蓬雅集。

掀篷雅集赋诗是指至正十七年十八年间(1357—1358)石抹宜孙在处州为官时,在妙成观内建构掀篷邀诸名士同题集咏式的雅集。石抹宜孙"性警敏,嗜学问,于书务博览,而长于诗歌。在处州时,用刘基、胡深、叶琛、章溢诸人居幕府。自引诸名士投壶赋诗,尝构掀篷于妙成观,何宗姚首倡,一时和者数十人。"②

妙成观掀蓬唱和诗原本已佚,《元诗选癸集》庚上有石抹宜孙《妙成观掀蓬和何宗姚韵》诗③。《元诗选癸集》辛集上收有何宗姚《妙成观掀蓬》及费世大、谢天与、廉公直、赵时奂、陈东甫、郭子奇、孙原贞、吴立、张清、宁良十人《妙成观掀蓬和何宗姚韵》诗,④未见刘基同题诗。但《刘伯温集》卷二三有《妙成观用何逸林通判韵》、《妙成观北亭用何逸林韵》⑤,与何宗姚《妙成观掀蓬》诗"前、川、船、天、边"用韵完全相同,明显是次韵之作,故何逸林即何宗姚。刘基也参与了妙成观掀蓬雅集。

表3-6　其他进士雅集表

雅集	出处	人物	时间
王沂《九日同乐大成诸公小集》	《伊滨集》卷二	馆阁文人,具体不详	
宋本《至正二年中秋与达兼善舣于谢月海(谢德润号月海)寓馆做客林彦广者吹洞箫酌玻璨杯以银叶蒸素馨香因赋五绝句馆在北澄清下闸桥下》	《全元诗》第31册⑥	宋本、泰不华、谢德润、林彦广	至正二年(1342)
宋本《南城校文联句并序》	《全元诗》第28册⑦	宋本、马祖常、谢端	
杨载《偕虞伯生魏雄卿魏池燕集分韵得阁字》	《杨仲弘集》卷一	杨载、虞集、魏雄飞	不详

①　杨镰:《全元诗》第52册,第140页。
②　顾嗣立、席世臣:《元诗选癸集》下,第926页。
③　顾嗣立、席世臣:《元诗选癸集》下,第926页。
④　顾嗣立、席世臣:《元诗选癸集》下,第1224—1229页。
⑤　刘基著,林家骊点校:《刘伯温集》卷二三,第538页、第559页。
⑥　杨镰:《全元诗》第31册,第98页。
⑦　杨镰:《全元诗》第31册,第102页。

续表

雅集	出处	人物	时间
吴师道《三月十八日张仲举赵伯器吴伯尚王元肃同游西山玉泉遂至香山》	《礼部集》卷五	吴师道、张翥、赵琏、吴当、王冕（非画家王冕）	
《至大庚戌黄君晋卿客杭与邓善之翰林黄松瀑尊师儒鲁山上人会集赋诗今至正辛巳晋卿提举儒学与张伯雨尊师高丽式上人会再和前诗上人至京以卷相示因写往年所和重赋一章》	《礼部集》卷八	吴师道、黄溍、邓文原、黄松瀑尊师、儒鲁山上人 黄溍、张雨、式上人	至大三年（1310） 至正元年（1341）
张以宁《子懋王尹次予韵君越人尝忆己巳春与胡允文赵彦直陶师川游鉴湖陟玉笥登山阴兰亭问修竹尚无恙否酒酣赋诗一慨千古江海十载故人天方因君兴怀借韵一笑》	《翠屏集》卷一	张以宁、王子懋、胡允文、赵彦直、陶师川	天历二年（1329）
卢琦《梅山行》	《圭峰集》卷上	卢琦、胡允文、李士瞻、杨大年	不详
陈高《近山轩燕集》	《不系舟渔集》卷三	张思诚、孔正夫、曾伯大、陈德华、徐德显、金士名、吕敬中、卢文威、郑子敬	至正十二（1352）年夏四月八日
陈高《荼蘼花下宴集时以古人诗莫道春归有遗恨典刑犹在此杯中为韵分得典字》	《不系舟渔集》卷三	不详	不详
陈高《同诸友游宴丰山》	《不系舟渔集》卷六	商尚敬、施谦、朱伯贤、朱伯良、黄顺德、章子皓、陈大章、陈师圣、张子材及弟子温	至正戊子（1348）春正月七日
黄清老《丁丑三月七日会同年于城南子期工部仲礼省郎世文编修文远照磨学升县尹子威主事笃列图秘书至能照磨子通编修凡十人二首》	《元诗选二集》卷一五	黄清老、赵期颐、罗允登（字学升）、李黼（字子威）、笃列图（字克成）、偰善著（字世文）、观音奴（字志能）、仲礼、文远、子通，不详。	丁丑三月七日（至元三年1337）

其他汉族进士参与的文学雅集还有不少（见表3-6），如余姚海堤集、奎章阁品赏雅集。

余姚海堤集的发起者为叶恒。

叶恒，字敬常，鄞人，元天历间为余姚判官，后迁翰林国史院编修官、国子助教，调淮安路盐城尹。其在余姚时，筑隄捍海，民赖其利。当时人作文赋诗赞颂。其子晋为南台掾，尝辑当时名人序记诗文为一集。未及刊而毁于火。宣德中，其孙叶翼复衰缀散佚，以成《余姚海隄集》。①

是集序记诗文作者有59人，汉族进士有王沂、王守诚、杨维桢、欧阳玄、张以宁、曾坚、夏以忠、宇文公谅、江存礼、李黼、刘闻、段天佑、黄溍十三人。

品赏雅集较多，仅举一例，因元进士多人参与其中。

元文宗赞赏柯九思善于鉴赏，赐之王羲之书《曹娥碑》一卷。据张照《石渠宝笈》卷十三记载，泰定五年（1328）正月十日，虞集、宋本、谢端、宋褧、林宇，同观。又康里巎记云：康里巎、逯鲁曾同观于柯氏玉文堂。又宋本记云：天历二年（1329）春正月九日，宋本、谢端、王守诚、简正理、傅玉立、林宇、赵期颐，同观于典瑞院都事柯九思家。后虞集又跋云：阁下同观者，大学士忽都鲁弥实，承制李泂，供奉李讷，参书雅琥，授经郎揭傒斯，内掾林宇、甘立。又记云金源纥石烈希元、武夷詹天麟、长沙欧阳玄、燕山王遇，天历三年正月廿五日丁丑同观。从上述记载看，前后有二十余人观赏王羲之所书《曹娥碑》。元人的这种书画观赏活动在《赵氏铁网珊瑚》、《珊瑚网》、《式古堂书画汇考》等书记载颇多。

总之，在诗歌发展过程中，诗歌唱和、寄赠、送行、同题题咏及各种类型的文学雅集越来越成为文学活动的经常形式，元人诗坛中的此类文学活动较之唐宋更为普遍，已经成为文人生活不可缺少的组成部分。在这些文学活动中诗人均可称之为诗友。

欧阳玄存诗189首，唱和诗17首，酬唱对象8人。黄溍存诗637首，唱和诗60首，酬唱对象39人。许有壬存诗1454首，唱和诗429题，酬唱对象约60人。王沂存诗833首，唱和诗38首，唱和对象40余人。杨载存诗447首，唱和诗39首，唱和对象40余人。这些诗友有试院同僚、同乡、同年，有江湖相士、方外之士，有高官，有平民，有隐居之士，有蒙古、色目、高丽及安南诗人。这些诗友之

---

① 顾嗣立、席世臣：《元诗选癸集》上，第329页。永瑢：《四库全书总目》卷一九一，第1738页下、1739页上。

中,或为文坛领袖,名声赫赫;或为山野之士,默默无闻。总之,元代进士的诗友几乎包括元代各种身份,各种阶层,各种民族,从而构建了一个多元化的文坛网络。

文人唱和、联句、分题(分韵)赋诗及各种雅集是文坛生态最为直接的体现。从宽泛的意义看,各种类型的文学活动,大凡文学雅集、文艺雅集、题画、唱和、游览、送行、联句、分韵分题赋诗等等,都可称之为文人雅集,只是规模有大小,人数有多少。规模大的,如达数百人的如玉山雅集;规模小的,有两三人之间的诗酒唱和游赏览胜。后者在文集中比比皆是,已经成为文人生活的一种形式和状态。二人之间的诗歌唱和,更多地反映了唱和者之间的密切交谊,是文人个体与个体之间的友朋关系。人数较多的联句、分题(分韵)及各种雅集则是反映了文人群体关系。文人的文学活动即是文人社会网络的一个重要侧面。从唱和诗的数量和文学活动的频率看,元代文坛就是在这种个体与个体、群体的各种不同的文学活动得以发展和延续,这也是元代诗坛继唐宋之后能够繁荣的最重要因素。

第三节　元代汉族进士文学家社会网络

文学家的社会网络与文学活动是文坛的重要内容。元代进士文学家的社会网络与文学活动一方面反映了他们实际的文学创作一个侧面,另一方面也反映他们在元代文坛的位置。

元代汉族进士有文集信息的文学家有一百余人,他们的交游几乎涉及元代中后期所有的文学家。其中如欧阳玄、许有壬、杨载、高明、宋本、宋褧、刘基、杨维桢、宋讷等本身都是元代文坛的巨擘,他们的社会网络,从宏观角度看,可以反映元代文坛的基本生态。

一、师长与座师

师长或座师对元代进士文学家有很大的影响,一则是师门承传,一则是社会关系,两者与文坛密切相关。

欧阳玄早年"从宋故老习为词章"，[①]后与揭傒斯、朱公迁、方用同游于许谦之门，以羽翼斯文相砥砺，时称许门四杰。[②] 所谓"宋故老"，即乡先生张贯之，宋进士方山李公某、吾山邓公某。[③] 无论是学于旧宋故老，还是游于白云之门，都说明了欧阳玄文学思想的渊源所自。

许谦(1269—1337)，字益之，号白云山人，金华人，自幼力学，于书无所不读。闻金履祥道学，往从之，以求圣贤之心。晚年四方来从者数百人，然素志冲澹，恬不近名，世号白云先生。所著有《诗集传》、《四书丛说》。[④]《元史》卷一八九有传。

许谦为元代儒学大家，与何基、王柏、金履祥合称"北山四先生"，[⑤]名气甚大。敬俨、[⑥]至正十一年进士李国凤、至顺元年进士李裕、至治元年进士吴师道、方道叡均为白云门人，学有脉络，文有所依。

许谦秉持"道本义术"、"文以载道"的文论，崇尚自然、平分缕析的文风，[⑦]白云门人的文风多受此影响。《至正直记》有两则论及欧阳玄作文云：

> 以欧阳玄文不妄作，有德行，且明经学，当笔。于是，传旨命玄撰（《许衡神道碑》）。可见欧阳公为人，得遇圣恩所眷，亦平昔公议如此。虽延祐诸贤及天历名士，未能为之，直待欧阳公了此，可拟前宋文忠公也。
>
> 作文必询其实事而书，未尝代世俗夸诞。时人尝有论云："文法固虞、揭、黄诸公优于欧，实事不妄，则欧过于诸公多矣。"[⑧]

① 宋濂：《元史》卷一八二，第4196页。

② 黄宗羲原著，黄祖望补修，陈金生、梁运华点校：《宋元学案》卷八二，中华书局1982年版，第2772页。

③ 危素：《大元故翰林学士承旨光禄大夫知制诰兼修国史圭斋先生欧阳公行状》，欧阳玄撰，汤锐校点：《欧阳玄全集》之《附录》一，第801页。

④ 李贤撰：《明一统志》卷四二，文渊阁四库全书第472册，第1031上。

⑤ 黄宗羲将何基、王柏、金履祥、许谦四先贤自成一派的递相传授，命名为"金华学案"，全祖望后续更名为"北山四先生学案"。见黄宗羲原著，黄祖望补修，陈金生、梁运华点校：《宋元学案》卷八二《北山四先生学案》，第2725页。

⑥ 章律修，张才纂，徐珏重编：《弘治保定郡志》卷一一《古今科第》，第8页上："敬俨，至治二年进士。"《天一阁藏明代方志选刊》第4册。

⑦ 李文胜：《欧阳玄年谱·家世学脉》，第6页。

⑧ 孔齐：《至正直记》卷一，上海古籍出版社1987年版，第28页。

欧阳玄或受许谦等理学思想影响,"道本文末",不妄作,不夸诞,实书其事,以此而论,则优于虞集、揭傒斯、黄溍,延祐、天历诸名士未能及之,时人比之为宋之欧阳修。

金毓黻云:

> 若乃唐宋以来官修之史,胥成于众人之手,其中即有史家,亦无由自见子玄不乐……正史作者如宋代之欧阳修、宋祁,元代之王鹗、欧阳玄,明代之宋濂,清代之万斯同,诚卓卓可称矣。[①]

欧阳玄为辽、金、宋三史的实际主编,对三史修撰,功劳甚大。其重视历史的借鉴作用,[②]"先儒性命之说,资圣代表章之功。先理致而后文辞,崇道德而黜功利。书法以之而矜式,彝伦赖是而匡扶"[③],显然与许谦等理学思想一脉相承。

黄溍的师长据记载有傅肖说、王炎泽、刘应龟、孙潼发、方凤、石一鳌、牟应龙七人。

傅肖说(1195—1290),又名金城,字商佐,义乌杜门人。黄溍弟子傅藻为其从孙。黄溍八岁入学即从傅肖说学,应是黄溍最早的老师。[④]

王炎泽(1252—1324),字威仲,义乌人。宋亡,专意探索圣贤微旨,穷居约处,开门授徒,学者尊为南稜先生。为文简质而主于理,诗极浑厚而间出奇语,不屑以雕刻求工,著有《南稜类稿》二十卷。[⑤] 黄溍"自总角忝预弟子列",[⑥]为黄溍少年之老师。

刘应龟(1244—1307),字元益,人称山南先生,义乌人。潜心义理之学,每以古人自期。咸淳间,游太学,丞相马骥高其才,将以女妻之,应龟不可乃止。由是名称籍甚。元至正初,起为月泉书院山长,改杭州学正,以身为教,士遵矩

---

① 金毓黻:《中国史学史》,商务印书馆 2017 年版,第 169—170 页。
② 欧阳玄:《进辽史表》《进金史表》,《圭斋文集》卷一三,欧阳玄撰,汤锐校点:《欧阳玄全集》,第 354—356 页,第 359—361 页。
③ 欧阳玄:《进宋史表》,《圭斋文集》卷一三,欧阳玄撰,汤锐校点:《欧阳玄全集》,第 365 页。
④ 黄溍:《跋傅氏所受诰命》《金华黄先生文集》卷二二,续修四库全书第 1323 册,第 302 页上;《杜门傅氏宗谱》卷六上,转引自何晓东《黄溍年谱》第 14 页。
⑤ 徐象梅:《两浙名贤录》卷一,续修四库全书第 542 册,第 54 页上。
⑥ 黄溍:《金华黄先生文集》卷三三,续修四库全书第 1323 册,第 431 页下。

嫂,著有《梦稿》、《痴稿》、《听雨留稿》共二十卷。① 黄溍年十三,作吊诸葛亮文,为乡先生刘应龟所奇,因留受业。②

孙潼发(1244—1310),桐庐人,登咸淳进士,授徐州军事判官。宋亡,避地万山中。元侍御史程钜夫求遗逸,以潼发应诏,辞弗起。③ 黄溍年十六七,与之相识。④

方凤(1241—1322),一名景山,字韶卿,浦阳人。宋末授容州文学,国亡不仕,放浪山泽间,与谢翱、吴思齐友善,为宋遗民。有《存雅堂遗稿》五卷。⑤ 元贞丙申(1296),黄溍二十岁时执弟子礼见方凤于仙华山之下。⑥

石一鳌,字晋卿,义乌人。景定乡贡进士。少从王世杰得徐侨之端绪,学茂而声远,从游数百人,多取高第。晚年覃思于易,著《互言总论》十卷。⑦ 黄溍二十岁时受业于石一鳌门下。⑧

牟应龙(1247—1324),字成父,湖州人。牟巘子。咸淳进士,对策忤贾似道,调定城尉。宋亡不仕,父子自为师友,讨论经学,六经皆有成说。以文章大家称于东南,号隆山先生。⑨"湖州八骏"之一。黄溍自称门生。⑩

黄溍自少年至于弱冠,有记载的师长有上述七人,皆为南宋遗民,虽未必都是理学家,但深受理学影响是事实。方凤在"龙川学案"中与谢翱同为"(吴)全归讲友",而黄溍为"方氏门人"⑪。石一鳌在"沧州诸儒学案下"为"唐卿(王世杰,字唐卿)门人",黄溍为"蟠松(石一鳌号蟠松)门人"⑫。牟应龙在"鹤山学案"中为"鹤山门人"牟子才之孙,为"存斋家学"⑬。四库馆臣评黄溍云:"其文原本

① 嵇曾筠监修,沈翼机等编纂:《浙江通志》卷一七六,文渊阁四库全书第 523 册,第 613 页下。
② 杨维桢:《故翰林侍讲学士金华先生墓志铭》,《东维子文集》卷二四,杨维桢著,邹志方点校:《杨维桢集》,第 1058 页。
③ 凌迪知:《万姓统谱》卷二一,文渊阁四库全书第 956 册,第 381 页下。
④ 黄溍:《盘峰先生墓表》,《金华黄先生文集》卷三〇,续修四库全书第 1323 册,第 391 页下。
⑤ 永瑢:《四库全书总目》卷一三七《野服考提要》,第 1162 页下;徐象梅《两浙名贤录》卷四三,续修四库全书第 543 册,第 499 页。
⑥ 黄溍:《送吴良贵诗序》,《金华黄先生文集》卷一七,续修四库全书第 1323 册,第 256 页上。
⑦ 嵇曾筠监修,沈翼机等编纂:《浙江通志》卷一七六,文渊阁四库全书第 523 册,第 612 页上。
⑧ 黄溍:《蒋君墓志铭》,《金华黄先生文集》卷三四,续修四库全书第 1323 册,第 438 页下。
⑨ 凌迪知:《万姓统谱》卷六三,文渊阁四库全书第 956 册,第 950 页上。
⑩ 黄溍:《题〈脱靴〉〈返棹〉二图》,《金华黄先生文集》卷二一,续修四库全书第 1323 册,第 297 页上。
⑪ 黄宗羲著,全祖望补修、陈金生、梁运华点校:《宋元学案》卷五六,第 1857 页。
⑫ 黄宗羲著,全祖望补修、陈金生、梁运华点校:《宋元学案》卷七〇,第 2345 页、第 2352 页。
⑬ 黄宗羲著,全祖望补修、陈金生、梁运华点校:《宋元学案》卷八〇,第 2679 页、第 2690 页。

经术,应绳引墨,动中法度"①,显然黄溍文章受理学师承影响甚大。

表 3-7　欧阳玄、黄溍之外元代汉族进士文学家师承表

科次	姓名	师长	出处	传略
元祐二年	梁宜	吴澄姚登孙	吴澄《茌平梁君政绩记》,《吴文正公集》卷三〇	吴澄(1249—1333),字幼清,晚字伯清,临川郡崇仁县(今江西省乐安县)人。历国子监丞、翰林学士。有《吴文正公集》一百卷传世。吴澄是元朝大儒,与许衡齐名,并称"北许南吴"。《元史》有传。姚登孙,字廷礼,慈溪人。与兄梦午皆英锐早发,人称二难。景定间举乡贡。会宋运将讫,遂退居双峰别墅,穷究经史百氏,为文渊奥宏博,超绝蹊迳,闯古作者之域。元时起为国子助教,诸生辨疑质微,立馆下者日数百人,发蔀击蒙,无不意满。《浙江通志》卷一八〇
延祐二年	杨载	赵孟頫	杨载《赵公行状》,《全元文》第25册	赵孟頫(1254—1322),字子昂,汉族,号松雪道人,吴兴(今浙江省湖州市)人,宋太祖赵匡胤十一世孙,元代最著名书法家、画家、诗人。至元二十三年(1286),赵孟頫被荐赴京,受元世祖、武宗、仁宗、英宗四朝礼敬。历任集贤直学士、济南路总管府事、江浙等处儒学提举、翰林侍读学士等职,累官翰林学士承旨、荣禄大夫。晚年逐渐隐退,延祐六年(1319)借病乞归。至治二年(1322),赵孟頫逝世,年六十九,谥号"文敏",故称"赵文敏"。著有《松雪斋文集》等。《元史》有传
延祐二年	王弈	鲁子翚(即孛术鲁翀)	同恕《送王君冕序》,《榘庵集》卷二	孛术鲁翀,字子翚,(女直)顺阳人。为学一本于性命道德,文章典雅,深合古法,累官集贤直学士兼国子祭酒。所著有文集六十卷。《元史》有传
延祐二年	李路	吴澄	吴澄《跋曾翰改名说》,《吴文正集》卷五五	已见

---

① 永瑢:《四库全书总目》卷一六七,第1443页上。

科次	姓名	师长	出处	传略
延祐五年	李岳	吴澄	吴澄《跋曾翰改名说》，《吴文正集》卷五五	已见
延祐五年	谢端	王奎文	《元史》卷一八二《谢端传》	王奎文，江陵人，明性命义理之学，有《中庸发明》一卷
延祐五年	岑良卿	黄叔英	袁桷《江陵儒学教授岑君墓志铭》，《清容居士集》卷二九	黄叔英，字彦贯，慈溪人。父黄震，文天祥榜进士。负材能，尚气节，而甚邃于经术，尝为晋陵、芜湖、宣城三学教谕，又为和靖、采石两院山长。为文俊拔伟丽，意气奔放，若不可御，而要其归，能弗畔于道，有《懿庵下笔》三卷，诗文杂著总二十卷藏于家。凌迪知撰《万姓统谱》卷四七
延祐五年	何克明	刘彭寿	欧阳玄《元故承务郎建德路淳安县尹眉阳刘公墓志铭》，《圭斋文集》卷一〇	见汉族进士文学家
延祐五年	虞槃	吴澄	《元史》卷一八一《虞集传》	已见
至治元年	赵珪	许谦 胡助	许谦《颍州赵珪从余游》，《许白云集》卷一　胡助《纯白先生自传》，《纯白斋类稿》卷一八	胡助，字履信，号古愚，东阳人。历温州路儒学教授、国史院编修官，同修宋、辽、金三史，以太常博士致仕，时年七十。有《纯白斋类稿》二十卷
至治元年	宋本	王奎文	《元史》卷一八二《宋本传》	已见
至治元年	吴师道	于石	吴师道《吴礼部诗话》、《礼部集》卷一七《于介翁诗选后题》	于石，字介翁，婺之兰溪人。貌古气刚，喜诙谐，早慕杜古高之为人，后从王宗菴业词赋，自负甚高。年三十而宋亡，隐居不出。一意于诗，出入诸家，豪宕激发，气骨苍劲，望而知其为山林旷士。因所居乡自号紫岩，晚徙城中，更号两溪。有诗三卷，门人同里吴师道选次，金履祥为之序。《元诗选二集》小传

续表

科次	姓名	师长	出处	传略
至治元年	岑士贵	黄叔英	袁桷《江陵儒学教授岑君墓志铭》,《清容居士集》卷二九	已见
至治元年	孟泌	许师敬	苏天爵《朝列大夫监察御史孟君墓志铭》,《滋溪文稿》卷一三	许师敬,字敬臣,许衡第四子,官至参知政事、翰林承旨。明经务诚,学尚节概,克有父风。黄宗羲撰《宋元学案》卷九〇
泰定元年	吕思诚	胡助	胡助《纯白先生自传》,《纯白斋类稿》卷一八	已见
泰定元年	冯翼翁	刘友益(水窗先生)	王礼《高州通守冯公哀辞》,《麟原前集》卷一二	刘友益,永新人。宋亡卜筑万山间,杜门读书,不与世接,著《通鉴纲目书法》五十卷,研精覃思,历三十年而后成。元揭傒斯称之曰百世之下,先生此心。先生不作,山高水深。居邑西水窗,学者称为水窗先生。凌迪知撰《万姓统谱》卷五九、余之祯撰《(万历)吉安府志》卷二五
泰定元年	曾翰	熊朋来	吴澄《跋曾翰改名说》,《吴文正集》卷五五	熊朋来,字与可,豫章人。宋咸淳进士。宋亡,隐处州里间,教授生徒。元初,以荐为福建庐陵教授,调建安主簿,不赴,晚以福宁州判官致仕。自号称为天慵先生。延祐初,诏以进士科取士,江浙、湖广皆卑词致礼请为主文,朋来屡往应之,及对大廷,其所选士居天下三之一。卒年七十八。有家集三十卷,虞集志其墓。《元史》入儒学传。冯从吾撰《元儒考略》卷三
泰定元年	程端学	欧阳玄	欧阳玄《积斋程君(端学)墓志铭》,程敏政撰《新安文献志》卷七一	见汉族进士文学家

科次	姓名	师长	出处	传略
泰定元年	史駉孙	欧阳玄	欧阳玄《积斋程君（端学）墓志铭》，程敏政撰《新安文献志》卷七一	见汉族进士文学家
泰定元年	王守诚	虞集 邓文原	《元史》卷一八一《虞集传》	
泰定元年	杨衢	郝天挺	刘崧《扬州判挽诗》，《槎翁诗集》卷五	郝天挺，安肃人。英爽刚直，有志略。累官中书左丞。注《唐诗鼓吹》及修《云南实录》。凌迪知撰《万姓统谱》卷一二〇
泰定四年	李黼	欧阳玄	欧阳玄《喜门生中状元》，《圭斋文集》卷三	见汉族进士文学家
泰定四年	刘思诚	黄溍 欧阳玄	金涓《送杨仲章归东阳诗卷序》，《青村遗稿》；欧阳玄《喜门生中状元》，《圭斋文集》卷三	见汉族进士文学家
泰定四年	徐容	欧阳玄 彭幼元	欧阳玄《喜门生中状元》，《圭斋文集》卷三	见汉族进士文学家
泰定四年	黄清老	严斗岩	苏天爵《元故奉训大夫湖广等处儒学提举黄公墓碑铭并序》，《滋溪文稿》卷一三	严羽弟子
泰定四年	李稷	夏镇 方回孙	《元史》卷一八五	见汉族进士文学家
泰定四年	余贞	熊朋来	虞集《熊先生墓志铭》苏天爵《元文类》卷五四	

续表

科次	姓名	师长	出处	传略
泰定四年	贺据德	程端学字术鲁翀	欧阳玄《积斋程君（端学）墓志铭》，程敏政撰《新安文献志》卷七一；王沂《故将仕郎翰林国史院编修官贺君墓碣》，《伊滨集》卷二三	已见
泰定四年	方回孙	张卿弼	虞集《蓝山书院记》，《道园学古录》卷八	张卿弼，登咸淳戊辰进士，仕兴化倅。宋亡，隐居教授，其门人杨应桂等以来学者众，建蓝山书院以处之。其孙张纯仁，至治元年进十。见虞集《蓝山书院记》
至顺元年	方道叡	吴畎（泰定元年）	《浙江通志》卷一百八十二、《经义考》卷一九五、黄宗羲撰《宋元学案》卷七四	见汉族进士文学家
至顺元年	冯勉	程端礼	程端礼《送冯彦思序》，《畏斋集》卷四	程端礼，字敬叔，鄞人。教谕建平、建德，历江东书院山长，官至台州路学教授，有《畏斋文集》。其弟端学，由进士仕主翰林编修，所著《春秋本义》行于世。兄弟自相师友，动合礼法，人比河南二程子云。黄润玉撰《（成化）宁波府简要志》卷四
元统元年	李齐	韩性	黄溍《安阳韩先生墓志铭》，《文献集》卷八下	韩性（1266—1341），字明善，会稽人。博综群籍，尤深性理之学，文博达俶伟，自成一家，四方受业者辐辏其门，宪府举为教官，辞不就，卒，赐谥庄节先生。所著《礼记说》《诗音释》《书辨疑》若干卷、《五云漫稿》十二卷
元统元年	李哲	程端学	欧阳玄《积斋程君（端学）墓志铭》，程敏政撰《新安文献志》卷七一	见汉族进士文学家

续表

科次	姓名	师长	出处	传略
元统元年	刘基	胡助 郑原善 林定老	胡助《纯白先生自传》,《纯白斋类稿》卷一八 《明史》卷一二八《刘基传》 贡师泰《龙泉县君潘氏墓志铭》,《玩斋集》卷一〇	已见 见汉族进士文学家
元统元年	成遵	夏镇	《元史》卷一八六	见汉族进士文学家
元统元年	朱文霆	林冈孙	宋濂《元嘉议大夫泉州路总管朱公墓志铭》,《宋学士文集》卷第七三	见汉族进士文学家
至正二年	傅亨	黄溍 王沂	《宋元学案补遗》卷七〇 王沂《傅亨字说》,《伊滨集》卷一七	见汉族进士文学家
至正五年	高明	黄溍	《隆庆东阳县志》卷二三	见汉族进士文学家（王祎、宋濂、陈基为其门人）
至正二十年	童梓	吴师道	《嘉庆兰溪县志》卷一三《文学》	见汉族进士文学家
年次不详	冯思温	邓文原	黄溍《邓公神道碑》,《文献集》卷一〇下	本书有传

欧阳玄、黄溍之外元代汉族进士文学家有明确记载之师承关系如表3-7所示,蒙古、色目（进士）与汉族（进士）的师长及座师则在蒙古色目进士文学家中论述。

元代进士师生关系在元代文献中多有记载,但也有读书于私塾之中塾师之名未详者,如元初乌泥泾赵弘毅"辟斋舍,延名儒以教诸子,生徒自远至者皆馆谷之。未几,子庭芝第进士,调丞归安。来学越人郭性存、色目人札剌里丁亦相继登第。"①高丽进士李穑在国子监学习,师从欧阳玄。这种师徒关系缺少记载者应该很多。

座师是中第进士之考官,是及第者自然而形成的重要社会网络,也是文坛中极为重要的关系。

从《元代历科考官表》②可以看出,元代十六科考官几乎包括元代大部分有影响的文学家,如张养浩、元明善、赵孟頫、赵世延、袁桷、李术鲁翀、虞集、曹元用、邓文原、马祖常、贡奎、苏天爵、宋本、张起岩、许有壬、揭傒斯、欧阳玄、余阙、李好文、张翥、范梈、吴当等等,他们都是文坛巨擘,有的是文坛领袖,在当时的影响和地位毋庸多言,但从另一个视角反映了座师在进士交游中的一个重要的关系。

无论是师生关系,还是座师与门生关系,都可以统称为师生关系。"师生关系不仅为士人圈提供文化基础,而且在儒家伦理规范下,也成为其最强固的一环。"③这种师生情谊在文献中也多有记载。

杨载受业于赵孟頫几二十年,尝次第其言语,"为《松雪斋谈录》二卷,复采平生行事以为行状,谂当世立言君子,且移国史院请立传,移太常请谥。"④作为门人,至矣尽矣!

杨景行,延祐二年(1315)进士,欧阳玄同年。欧阳玄《杨公墓碑铭》:"公(杨景行)性廉正刚果,当官临政,淑慝分明,好恶端直,与朋友交,悃愊诚一,急于义举,如迫饥渴。座主李韩公,晚敫爵命。泰定初,公在京师,闻同年在言路者欲上章申雪之,数往见同年,风切之以义。同年感公言,章上,遂还旧授。"⑤

座主李韩公,即李孟,字道复,元仁宗之师,官至翰林院承旨、平章政事。延祐二年,进金紫光禄大夫、上柱国,封韩国公。延祐七年(1320),仁宗崩,元英宗初立,太师铁木迭儿复相,因李孟先前共理政事时不肯依附自己,谗言诬谤,全部收回前后封拜的命令,降授集贤侍讲学士、嘉议大夫。至治元年(1321)卒。

欧阳玄所谓李孟被"还旧授",即《元史》所云"御史累章辨其诬,诏复元官"⑥,即是此事。但未知同年御史为谁。

① 顾清撰:《(正德)松江府志》卷三二,四库全书存目丛书史部第181册,第842页下—843页上。
② 见第二章第二节。
③ 萧启庆:《九州四海风雅同:元代多族士人圈的形成与发展》,第141页。
④ 杨载:《赵公行状》,《全元文》第25册,第587页。
⑤ 李修生:《全元文》第34册,第739页。
⑥ 宋濂:《元史》卷一七五,第4089页。

韩性晚年，"门人李齐为南台监察御史，力举其行义。"①刘彭寿去世，其门人为之汇编文集，门人何克明为其撰行状并请欧阳玄撰墓志铭。② 刘基为其师林定老之妻潘氏撰行状。③ 熊朋来去世，其门人陕西行省左丞廉惇、进士余贞、曾翰等使以书来京师求虞集作墓志铭。④ 邓文原去世，其门人时任集贤大学士冯思温"请特赠公中奉大夫、江浙等处行中书省参知政事、护军追封南阳郡公"。⑤

延祐二年座师张养浩卒，门生张起岩作神道碑铭，⑥黄溍为张养浩祠堂作碑铭（至顺二年）、欧阳玄序其文。许有壬作张文忠公年谱序，并称张养浩为豪杰之士⑦。赵孟頫为欧阳玄座师，其卒，欧阳玄为作神道碑。⑧ 座师李孟卒，欧阳玄为李孟作行状⑨，后二十七年许有壬为其文集作序⑩。泰定四年座师贡奎卒，门生李黼作行状。

傅亨为其师黄溍请谥《请谥文移》、《谥议》（见《日损斋笔记附录》），吴师道为其师于石编集。

为老师编辑文集，撰写行状，请赠谥号，请作墓志铭，反映了元代门人弟子对老师的敬重和稳固的师生之谊，这些也构成了元代文坛的一个侧面。

另一方面，师生的交往也令人感动。据欧阳玄《积斋程君端学墓志铭》⑪，程端学是欧阳玄在至治癸亥（1323）为江浙行省考试官时所得之士。无欧阳玄极力推荐，程端学当年必被考官黜之，也无以成泰定元年（1324）进士。

十二年后，1336年，欧阳玄以国子祭酒谒告南归，为见程端学，假道其任职之筠州。至，始知端学卒已二年。欧阳玄记之，感慨唏嘘，感情异常沉重。

宋本卒，"非赙赠几不能给棺敛，执绋者近二千人，皆缙绅大夫、门生故吏及

① 宋濂：《元史》卷一九〇，第4343页。
② 欧阳玄：《元故承务郎建德路淳安县尹眉阳刘公墓志铭》，《圭斋文集》卷一〇，欧阳玄撰，汤锐校点：《欧阳玄全集》，第305页，第307页。
③ 贡师泰：《龙泉县君潘氏墓志铭》，《玩斋集》卷一〇，文渊阁四库全书第1215册，第721页下。《刘伯温集》未见此行状。
④ 虞集：《熊先生墓志铭》，苏天爵编，张金铣校点：《元文类》卷五四，第1094页。
⑤ 黄溍：《邓公神道碑》，《文献集》卷一〇下，文渊阁四库全书第1209册，第634页上。
⑥ 李修生：《全元文》36册，第152—158页。
⑦ 许有壬：《张文忠公年谱序》，许有壬：《至正集》卷三四，文渊阁四库全书第1211册，第245页下。
⑧ 欧阳玄：《圭斋文集》卷九，欧阳玄撰，汤锐校点：《欧阳玄全集》，第195—206页。
⑨ 黄溍：《元故翰林学士承旨中书平章政事赠旧学同德翊戴辅治功臣太保仪同三司上柱国追封魏国公谥文忠李公行状》，《文献集》卷三，文渊阁四库全书第1209册，第319—322页。
⑩ 许有壬：《秋谷文集序》，《至正集》卷三五，文渊阁四库全书第1211册，第254页。
⑪ 欧阳玄：《圭斋文集补编》卷一四，欧阳玄撰，汤锐校点：《欧阳玄全集》，第749—753页。

国子诸生,未尝有一杂宾,时人荣之。"①

赵世延为许有壬座师。后许有壬丧偶,赵世延以女赵鸾妻之。② 至治元年(1321),赵世延受权相铁木迭儿陷害入狱,许有壬上疏为其平反。③ 赵世延后隐居金陵,其后圃之瓜有一蒂生五瓜,时人视为祯祥,许有壬撰《瑞瓜颂》云:"有壬以诸生擢科,公实坐(座)主,行非鲍宣,过辱桓公之知,既厚且亲"④,赵世延与许有壬既是座师与门生,也是翁婿,故"既厚且亲"。

二、同僚

师生之外,有族人、同乡、同僚、朋友、同年等各种不同的社会关系,这一群人数最多,其中一部分是当时的文士,或有诗文集,或互相唱和,或参与文学雅集。

馆阁文臣是元大都文坛的中坚力量,现以翰林国史院及奎章阁为中心,考察元代汉族进士文学家的同僚关系。

元代翰林国史院、集贤院、秘书监、奎章阁任职的进士有 206 人,其同僚也是一个人数众多的文人群体。

元代翰林院成员多为通经史,能文辞者,通观元代翰林国史院成员,元代文坛有成就的文学家几乎都曾在其中。

元代前期翰林成员多为金宋遗民和原金朝士族后人。

王鹗(1190—1273),字百一,曹州东明(今山东省东明县)人。金哀宗正大元年(1224)状元,授翰林应奉,累迁尚书省郎中。元代首任翰林学士承旨(1260),荐李冶、李昶、王磐、徐世隆、高鸣为学士。有诗文集《应物集》四十卷,已佚。

李冶(1192—1279),原名李治,字仁卿,自号敬斋,真定栾城(今石家庄市栾城区)人。金正大末进士。金亡北渡后,常往来于西州,与元好问赓唱迭和,世称"元李"。有《敬斋文集》四十卷。

李昶,字士都,东平须城人。金兴定二年进士。元中统二年(1261),以翰林侍读学士行东平路总管同议官。

---

① 宋濂:《元史》卷一八二,第 4206 页。
② 陈旅:《故鲁郡夫人赵氏墓志铭》,《安雅堂集》卷一一,文渊阁四库全书第 1213 册,第 144 页上。
③ 许有壬:《辩平章赵世延》,《至正集》卷七六,文渊阁四库全书第 1211 册,第 535 页。
④ 许有壬:《瑞瓜颂》,《至正集》卷六八,文渊阁四库全书第 1211 册,第 479 页上。

王磐(1202—1293),字文炳,号鹿庵先生,广平永年(今河北省邯郸市)人。登金至大四年进士第。元中统间(1260—1264)授翰林直学士,至元元年(1264)后历太常少卿、翰林学士承旨。文章不蹈袭前人,波澜宏放,浩无津涯。其居翰林,持文柄者二十年,天下学士大夫想闻风采,得从容晋接,终身为荣。元初开国诸公,未有出其右者。① 有《鹿庵集》。

徐世隆(1206—1285),字威卿,陈州西华(今河南西华)人。登金正大四年进士第,辟为县令。至元元年(1264),拜翰林侍讲学士,历吏部尚书、东昌路总管,擢山东道按察使,移江北淮东道,至元十七年召为翰林学士,又召为集贤学士。有《瀛洲集》百卷,文集若干卷。②

高鸣(1209—1274),字雄飞,真定人。少以文学知名。忽必烈即位,诏为翰林学士,历待御史、礼部尚书。有文集五十卷。

孟攀鳞(1204—1267),字驾之,云内人。金正大七年进士,元中统二年(1266)授翰林待制、同修国史。

宋子贞,字周臣,潞州长子人。性敏悟好学,工词赋。弱冠,领荐书试礼部,与族兄知柔同补太学生,俱有名于时,人以大小宋称之。至元二年(1265),授翰林学士,参议中书省事务。宋子贞及以上诸人《元史》有传。

其他如翰林待制刘德渊(1209—1286)、金元大儒侍读学士郝经(1223—1275)、翰林修撰宋衜(？—1286)、翰林直学士王德渊、翰林直学士夹谷之奇(？—1289)、翰林直学士王利用(约1222—1298)、翰林侍讲学士徒单公履(金进士,女真族)、翰林学士王恽(1227—1304)、翰林学士承旨赵居信、翰林学士胡祗遹(1227—1317)、文章大家翰林承旨姚燧(1238—1313年)、翰林承旨王思廉(1238—1320)、翰林承旨阎复(1236—1312)、翰林承旨徐琰(约1220—1301)、翰林承旨李谦(1234—1312年)、应奉翰林文字、总管孟祺(1230—1281)(孟祺、阎复、李谦、徐琰号"东平四杰")、翰林承旨张孔孙(1233—1307)、翰林承旨杨文郁、翰林直学士陈俨、翰林承旨王构(1245—1310)、翰林承旨董文用(1223—1297)、翰林侍讲学士张之翰(1243—1296)、翰林直学士、祭酒尚野(1244—1319)、翰林侍讲学士李之绍(1253—1326)、翰林承旨刘赓(1248—1328)、翰林应奉王执谦(1266—1313)、翰林学士畅师文(1247—1317),皆是金朝遗民和金

①　顾嗣立:《元诗选二集》(上),第168页。
②　顾嗣立:《元诗选二集》(上),第175页。

朝士族后代。元代前期的翰林院以北方士人为主,多为金元时期著名文学家。在延祐科举尚健在者有胡祇遹、王思廉、尚野、李之绍、刘赓、畅师文。

南宋人入翰林院者以留梦炎、程钜夫、吴澄、赵孟頫、张伯淳最有影响。

留梦炎(1219—1295),字汉辅,号忠斋(一作中斋),衢州(今浙江衢州)人。宋理宗淳祐四年(1244)甲辰科状元。德祐元年(1275),为左丞相,元军逼近临安(杭州),遁去。后降元。官至礼部尚书、翰林学士承旨。

程钜夫(1249—1318),初名文海,因避元武宗海山名讳,改用字代名,号雪楼,又号远斋。建昌军(今江西南城)人。元兵南下,随叔父飞卿入觐燕京。因受元世祖赏识,应奉翰林文字,迁翰林集贤直学士。至元二十四年(1287),拜侍御史,行御史台事,于江南推荐赵孟頫、张伯淳等二十余人,皆获擢用。大德八年(1304),为翰林学士。武宗朝(1308—1311),进翰林学士承旨。[1] 有《雪楼集》三十卷。

吴澄(1249—1333)曾仕为翰林学士。吴澄自少与程钜夫同门,均为江西文人巨擘。

赵孟頫(1254—1322)累官翰林学士承旨。

张伯淳(1242—1302),字师道,号养蒙,杭州崇德(今浙江桐乡)人。咸淳七年(1271)进士。累除太学录。至元二十三年(1286)与赵孟頫等二十人为程钜夫举荐。至元二十九年,授翰林院直学士,同修国史。大德四年(1300),拜翰林侍讲学士。有《养蒙先生集》。[2]

元前期翰林院官员多为金宋遗民,在元代进士的社会网络中交集较少,多非同僚,因为延祐二年(1315)科举考试之时,前期翰林官员多已去世,由宋入元的只有程钜夫、吴澄、赵孟頫等人尚在。

元进士中与前期翰林官员为同僚且多有交游记录者是延祐二年进士杨载,因其未第之前即以布衣入翰林之故。

杨载约在至大三年(1310)进京,户部贾国英数言其材能于朝,遂以布衣召入擢翰林国史院编修官,与修《武宗实录》。[3] 此前,大德九年(1305),杨载受业于赵孟頫门下。至大三年(1310)赵孟頫被任命为翰林侍讲学士、知制诰同修国史,次年改集贤侍讲学士,皇庆二年(1313)改翰林侍讲学士、知制诰同修国史,

---

① 顾嗣立:《元诗选初集》(上),第501页。

② 顾嗣立:《元诗选二集》(上),第309页。

③ 黄溍:《杨仲弘墓志墓》,《金华黄先生文集》卷三三,续修四库全书第1323册,第427页上。

复改集贤侍讲学士。① 杨载此时与乃师赵孟頫为同僚。

起初，赵孟頫在翰林时，得杨载所为文章，极推重之，由是杨载之名，"隐然动京师"。② 杨载之名，起初与赵孟頫推许有关。杨载是少数的能接前朝大家的元进士。

姚燧（1238—1313），字端甫，号牧庵，金末元初大儒姚枢之侄，洛阳（今河南洛阳）人。早年从师许衡。至元二十三年（1286），任翰林直学士后历大司农丞、翰林学士、江东廉访使、江西行省参政。至大二年（1309）为荣禄大夫、集贤大学士、翰林学士承旨，知制诰兼修国史，主修《成宗实录》、《武宗实录》。《元史》卷一七四有传。姚燧在文坛名声甚高，被奉之为文坛盟主。原有文集，已佚。四库馆臣从《永乐大典》中辑出《牧庵集》三十六卷。杨载《杨仲弘集》卷四《寿姚承旨》，系为其祝寿之作。

张之翰（1243—1296），字周卿，邯郸人，别号西岩。至元末，自翰林侍讲学士来知松江府事，文声政绩，辉辉并著，有古循吏风。尝建西湖书院。③ 有《西岩集》三十卷。《全元词》录其词 70 首，是元代存词较多的词人。杨载《杨仲弘集》卷三有《赠张之翰》。④

杨载在翰林院期间，皇庆二年（1313）同僚翰林应奉文字王执谦（字伯益）去世。杨载、杜本访其平生所为诗文传之，并请虞集为之作墓表。杨载赞其诗："诚使伯益广之以山水之胜，视陈子昂、李太白未知何如！"⑤

周驰，字景远，晚年号西岩老人，聊城人。有文名，尤工书法，自号如是翁。历官南台监察御史，时分治过浙省，日与朋友往复。⑥ 杨载《寄周御史二十韵》云："同游河北后，共抵浙西初。独倚知心旧，翻成会面疏。三年仍契阔，万里更吹嘘。"⑦黄溍《杨仲弘墓志铭》云："周御史景远强之至京师，俄以母丧去。"⑧盖杨载与周驰相识甚早，在周驰任南台御史之时，曾同游河北（京师），故多见前朝

① 孙国彬：《赵孟頫年谱》，《美术史论》1986 年第 1 期。

② 顾嗣立：《元诗选初集》（中），第 935 页。

③ 顾清撰：《（正德）松江府志》卷二三，四库全书存目丛书史部第 181 册，第 716 页下。

④ 杨载诗有"外台收掾属"之句，二人交游或在张之翰任松江府事之时。然张之翰卒年甚早，此张之翰未必为曾任翰林侍讲学士之张之翰，故录于此，待考。

⑤ 虞集：《王伯益墓表》，《道园学古录》卷二〇，文渊阁四库全书第 1207 册，第 296 页下。

⑥ 顾嗣立：《元诗选三集》，第 146 页。

⑦ 杨载：《杨仲弘集》卷四，文渊阁四库全书第 1208 册，第 28 页上。

⑧ 黄溍：《金华黄先生文集》卷三三，续修四库全书 1323 册，第 427 页上。

文士。《杨仲弘集》卷一有《次韵景远学士立春日》,卷四《赠周景远学士》,则周驰或后任翰林学士,与杨载为同僚。

袁桷(1266—1327),字伯长,庆元人。大德初,阎复、程文海、王构荐为翰林国史院检阅官。升应奉翰林文字同知制诰兼国史院编修官,迁待制,拜集贤直学士。改翰林直学士知制诰同修国史。至治元年,以集贤直学士为考试官。迁侍讲学士。有《清容居士集》。[①] 杨载《杨仲弘集》卷一有《次韵袁伯长》、卷六《送伯长扈驾》、《寄袁伯长》、《次韵伯长待制》。

约在1314年,杨载调海船万户府照磨,杨载在翰林大约有四年的时间。在京师期间,杨载所交游之人物,除赵孟頫为其师长外,最著名者莫过虞集、揭傒斯、范梈,四人并称“元诗四大家。”大德十一年(1307),虞集为国子助教,至大四年(1311)为国子博士,皇庆间(1312—1313)为翰林待制。是年,三十六岁的范梈始游京师,以朝臣荐为翰林院编修官。延祐元年(1314),揭傒斯被程钜夫、卢挚荐为翰林国史院编修官。揭傒斯《范先生诗序》云:“(范梈)与浦城杨载仲弘、蜀郡虞集伯生齐名,而余亦与之游。伯生尝评之曰:杨仲弘诗如百战健儿,范德机诗如唐临晋帖,以余(揭傒斯)为三日新妇,而自比汉庭老吏也。”[②]这是元诗四大家的来源。

杨载在京之时,尝与虞集同游唱和。《杨仲弘集》卷一有《偕虞伯生魏雄卿魏池燕集分韵得阁字》、卷六有《虞待制魏录事述怀有作次韵奉和二首二公皆故相之后》。

杨载与范梈在翰林为同僚,《杨仲弘集》卷六《送范德机》云:

> 往岁从君直禁林,相于道义最情深。有愁并许诗频和,已醉宁辞酒屡斟。漏下秋宵何杳杳,窗开晴昼自阴阴。当时话别虽匆遽,只使离忧搅客心。

此诗可见二人交往甚密,感情甚笃。

康里回回(1291—1341),康里氏,字子渊,号时斋,不忽木之子,巎巎兄。在成宗朝宿卫,大德末(约1307),擢太常寺少卿。寺改为院,为太常院使。英宗即

---

① 宋濂:《元史》卷一七二,第4025—4026页。苏天爵《袁文公清墓志铭》,《滋溪文稿》卷九,第133—137页。

② 揭傒斯:《文安集》卷八,文渊阁四库全书第1208册,第215页上。

位(至治元年,1321),除户部尚书。曾任翰林侍讲学士,官至中书右丞。与弟嵊嵊皆为时之名臣,世号为双璧。回回长于书法,耆学能文。《全元诗》(第36册)录其诗2首。

杨载与回回、嵊嵊皆有交往。《杨仲弘集》卷四有《题康里氏家谱》、卷六《送户部康里尚书》、《寄康里公》、《寄康大夫》(二首)、卷八《次韵康子山(嵊嵊)舍人》。

杨载在京师与西域诗人唱和记录的还有薛昂夫、辛文房。

薛昂夫(1267—1359),原名薛超吾,回鹘人(今维吾尔族)。先世入居中原,先居孟路(今河南沁阳),后迁南昌。汉姓为马,又字九皋,故亦称马昂夫、马九皋。早年曾执弟子礼于南宋遗民刘辰翁(1234—1297)门下。历官江西省令史、典瑞院金院、太平路总管、衢州路总管等职。至正初,以秘书监卿致仕。薛昂夫善篆书,有诗名,有《薛昂大诗集》,已佚,是元代著名散曲家。《杨仲弘集》卷七《呈马昂夫金院》作于皇庆(1312—1313)任典瑞院金院之时。

辛文房,字良史,西域人,居豫章,官翰林编修。能诗,与王执谦、杨载齐名。有《披沙诗集》,已佚。编《唐才子传》十卷,文笔秀润,评论亦精。《杨仲弘集》卷七《元日早朝次韵辛良史》。

许有壬在大德十年(1306)二十岁时,入京,得翰林侍讲学士畅师文赏识,荐翰林院,但未成功。及第之后,有交游者有赵世延、张养浩、孛术鲁翀、王士熙、许师敬、虞集、李孟、康里嵊嵊、苏天爵、周伯琦、柳贯、揭傒斯、陈旅、胡助。

杨载、许有壬所见翰林前辈尚多,欧阳玄、黄溍则有所不同。泰定二年(1325),欧阳玄被召为国子博士,泰定四年成为国子监丞。次年(1328),授翰林待制,始入翰林。黄溍以马祖常之荐,除应奉翰林文字、同知制诰兼国史院编修官。至顺二年(1331)赴京上任。此时,元翰林官员中金宋遗民沦亡殆尽。

欧阳玄虽"六入翰林,而三拜承旨"[1],翰林院文士所交甚多,但多为新朝文士。除元进士为翰林官员同僚外,有诗文唱和在元代文坛上著名者有袁桷、虞集、揭傒斯、嵊嵊、苏天爵、李泂、周伯琦及色目人贯云石、迺贤等。

黄溍五十五岁始入翰林,历国子博士、江浙儒学提举、秘书少监、翰林直学士,仕至翰林侍讲学士。至正十年(1350)辞职回乡,黄溍在翰林院总共不足五年。其诗中翰林文士有赵世延、邓文原、王士点、虞集、康里嵊嵊、周伯温、胡助、

---

[1] 宋濂:《元史》卷一八二,第4198页。

柳贯、苏天爵等。

　　王沂及第后初官临淮、嵩州。至顺三年（1332）为国史院编修官，元统三年（1335）为国子博士，后至元六年（1340）始入翰林院。至正四年（1344）任翰林直学士。五年任礼部尚书。王沂在翰林院有五年时间。其《伊滨集》所及翰林官员并不是很多，在文坛著名者有胡助、周伯琦、苏天爵、张翥、王士熙、孛术鲁翀、阿鲁威（蒙古人）等。

　　以上是延祐二年进士有文集传世者五人，都曾入翰林院。在翰林所相唱和交游者均为当时文坛之闻人。

　　科举之后，以进士身份入翰林院的人数最多，达到 168 人。见第二章第二节《元代大都文坛》，其中许有壬、张起岩、欧阳玄、廉惠山海牙、李好文、吕思诚、周仲贤、徐昺、马彦翚、王时十人为翰林承旨，廉惠山海牙为色目人。从整体上看，仅以翰林国史院为例，元代进士所交游同僚之中非进士而入翰林者亦多为文坛闻人。

　　奎章阁（后改称宣文阁、端本堂）是元代馆阁文人聚集的另一个地方。与翰林国史院、集贤院、秘书监相比，奎章阁同僚人数相对较小（见表 3-8），或因奎章阁成立时间较晚，持续时间较短之故。

表 3-8　奎章阁同僚（奎章阁 1329 年成立，1340 年改宣文阁，1349 年改端本堂）

序号	姓名	任职	任职时间
1	元文宗图帖睦尔（1304—1332）	皇帝（奎章阁的缔造者）	1329—1332
2	忽都鲁都儿迷失	奎章阁大学士	1329—1332
3	赵世延（1263—1339）	奎章阁大学士	1329—1331
4	阿荣（1292—1332）	奎章阁大学士	1329—1333
5	阿邻帖木儿	奎章阁大学士	1329—1332
6	燕帖木儿	奎章阁大学士	1331—1333
7	伯颜	奎章阁大学士	1334—1340
8	撒迪	侍书学士 奎章阁大学士	1329—1331? 1335—1340
9	阿吉剌	奎章阁大学士	1338

续表

序号	姓名	任职	任职时间
10	沙剌班（? —1340）	供奉学士 侍书学士 奎章阁大学士	1329—1330 1335—1336 1336—1340
11	达识帖睦迩	奎章阁大学士	1340
12	康里巙巙（1295—1345）	群玉内司监 承制学士 侍书学士 大学士、翰林学士承旨兼领宣文阁事 端本堂太子谕德	1329—1333 1333 1335—1336 1340
13	铁木儿塔识	奎章阁侍书学士	1331？
14	朵来	承制学士 奎章阁侍书学士	1329—? 1333
15	虞集（1272—1348）	奎章阁侍书学士	1229—1333
16	许有壬（1286—1364 延祐二年进士）	奎章阁侍书学士	1334—?
17	尚师简	供奉学士 奎章阁承制学士 侍书学士	1335 1336— 1338—1339 前后
18	朵儿直班（? 1315—? 1354）	供奉学士 奎章阁承制学士 侍书学士	约 1333 约 1336 约 1339
19	李泂（1274—1332）	奎章阁承制学士	1329—1332
20	宋本（1281—1334）至治元年进士	艺文监大监兼检校书籍事（艺文监监司） 奎章阁供奉学士 承制学士	1329 1330 —1331 1333
21	靳荣（科次不详进士）	奎章阁承制学士	1337—1340 以后
22	李讷	供奉学士	1329—1332

续表

序号	姓名	任职	任职时间
23	揭傒斯	授经郎 艺文监丞 供奉学士	1329—1332 1334—1335 1340
24	岑良卿(延祐五年进士)	学士(未明何种学士)	
	柯九思	参书 鉴书博士	1329 1330
25	雅琥(? 1300—?,泰定元年进士)	参书	1329—1331
26	泰不华(1304—1352,至治元年进士)	典签	1329—1330
27	张景先	典签	1329
28	张中立	典签	1330
29	斡玉伦都(斡玉伦徒,进士)	典签	1330—1332
30	杜秉彝	典签	1330
31	甘立(? —1343)	照磨	1330—1332
32	林次渊(希颜)	授经郎	1329
33	苏天爵(1294—1352)	授经郎	1330? —1335
34	陈旅(1288—1343)	群玉内司官	1329—
	铁柱	群玉内司丞	1335
35	欧阳玄(1283—1357,延祐二年进士)	艺文监少监兼检校书籍事 艺文监大监同检校书籍事	1329 1331
36	宋沂(字子与)	艺文监令史(监掾)	1329—1332
37	吴炳(归旸同里)	艺文监典簿	1331
38	方积(泰定四年进士)	艺文监修书	1329—1332
39	毕申达	艺林库提点	1329—1331
40	杨瑀	广成局副使	1329—1332
41	王守诚(1296—1349,泰定元年进士)	艺林库使 鉴书博士	1329 133? —1332
42	王沂(? —1362,延祐二年进士)	宣文阁鉴书博士	1340—?

序号	姓名	任职	任职时间
43	周伯琦(1298—1369)	宣文阁授经郎、宣文阁鉴书博士	1341、1343—1343.7
44	麦文贵	宣文阁鉴书博士	1345
45	归旸(至顺元年进士)	宣文阁鉴书博士 端本堂赞善	1346—1347 1349—1350
46	杨俊民(至顺元年进士)	宣文阁鉴书博士	1351
47	郑深(1314—1361)	宣文阁授经郎、鉴书博士	1341—1345 1354—1354
48	李黼(1298—1352，泰定四年进士)	宣文阁鉴书博士	1352 前
49	贡师泰(1298—1302)	宣文阁授经郎	1348
50	樊执敬(？—1352，泰定四年进士)	宣文阁授经郎	1350 前
51	李好文(至治元年进士)	端本堂太子谕德	1349
52	偰伯僚逊(至正五年进士)	端本堂正字、崇文监丞	1345
53	宋讷(至正二十三年进士)	崇文监典簿	1363 年后
54	杨宗瑞(延祐二年进士)	崇文太监	1344 前后
55	赵时敏(泰定元年进士)	崇文少监、大学士(正二品)	不详

据不完全统计，奎章阁官员有五十五人，进士二十人，即延祐二年进士许有壬、欧阳玄、杨宗瑞、王沂，延祐五年进士岑良卿，至治元年进士泰不华、宋本、李好文，泰定元年进士雅琥、王守诚、赵时敏，泰定四年进士李黼、樊执敬、方积，至顺元年进士归旸、杨俊民，至正五年进士偰伯僚逊，至正二十三年进士宋讷，科次不详者斡玉伦徒、靳荣，其中雅琥、偰伯僚逊、斡玉伦徒为色目人。

需要指出的是，元文宗图帖睦尔也被列入其中，主要是因为其是奎章阁的创建者，不仅能诗，亦能书画，与奎章阁文臣流连于奎章阁中，是元代帝王之中最为风雅的一位。《全元诗》(第 45 册)录其诗四首，颇见其汉文水平。奎章阁创立于天历二年(1329)，至元文宗去世，前后总四年的时间，但其间与文臣交往颇多。如奎章阁大学士赵世延、阿荣，奎章阁侍书学士虞集，供奉学士李泂、宋本、李讷，群玉内司监康里巎巎，授经郎泰不华、揭傒斯，参书柯九思、雅琥，艺文少监欧阳玄,典签斡玉伦徒,鉴书博士王守诚……,他们是元文宗时期奎章阁核心人物,也是元代文坛之闻人。元文宗是奎章阁主人,亦是元代进士同僚职位最高者。

元代进士的同僚在文坛和政治上相当显赫,元代之硕学名儒及著名文学家率与馆阁有直接或间接之关系。邱江宁《奎章阁文人核心成员群体表》列举 120 人(进士 22 人),几乎囊括了元代馆阁最著名的文学家。①

至正十五年(1355),王祎《宣城贡公文集序》云:

> 当至元、大德间,有若陵川郝文忠公(郝经)、柳城姚文公(姚枢)、东平阎文康公(阎复)、豫章程文宪公(程钜夫)、吴兴赵文敏公(赵孟頫),皆以前代遗老,值国家之兴运,其文庞蔚质奥,最为近古。延祐以后,则有临川吴文正公(吴澄)、巴西邓文肃公(邓文原)、清河元文敏公(元明善)、四明袁文清公(袁桷)、浚仪马文贞公(马祖常)、侍讲蜀郡虞公(虞集)、尚书襄阴王公(王沂),其文典雅富润,益肆以宏,而其时则承平浸久,丰亨豫大,极盛之际也。今天子元统(1333)以来,致治为尤盛,而文学之士至于今,则遂以日继沦谢而几于寥寥矣。如广阳宋正献公(宋本)、豫章揭文安公(揭傒斯)、待制东阳柳公(柳贯)、承旨济南张公(张起岩)、参政赵郡苏公(苏天爵)皆不可复作,而承旨庐陵欧阳公(欧阳玄)、谕德东明李公(李好文)、侍讲金华黄公(黄溍)虽岿然犹存,而亦既老矣。其方向任用而擅文章之名者,唯吾宣城贡公(师泰)乎。②

元代文坛之盛,馆阁文人最具影响。王祎把元代文学分为三个时期:前期即至元、大德(1264—1307)间,中期即延祐、元统间(1314—1334),后期即元统(1333)至于元末。王祎所列郝经、姚枢、阎复、程钜夫、赵孟頫、吴澄、邓文原、元明善、袁桷、马祖常、虞集、王沂、宋本、揭傒斯、柳贯、张起岩、苏天爵、欧阳玄、李好文、黄溍、贡师泰(似亦以任职馆阁时间排列)二十一人,无论是金宋遗老,还是新朝官员,皆曾为馆阁文人,皆有盛名于文坛。

---

① 邱江宁:《奎章阁文人群体与元代中期文学研究》,人民出版社 2013 年版,第 396—398 页。
② 王祎:《王忠文集》卷六,文渊阁四库全书第 1226 册,第 127 页下—128 页上。

二十一人之中，郝经（1223—1275）、姚枢（1203—1280）、阎复（1236—1312）、程钜夫（1249—1318）、赵孟頫（1254—1322），吴澄（1249—1333）、邓文原（1258—1328）、元明善（1269—1322）、袁桷（1266—1327）等是元文坛前中期著名的馆阁文人。科举之后，进士始入馆阁，马祖常、王沂、宋本、张起岩、欧阳玄、李好文、黄溍诸人擅文章之名于当世，成为元代文坛最具有影响的文学家。元代进士与馆阁同僚创作与交游反映了整个大都文坛的面貌。

三、同年

同年是科举时代比较特别且十分重要的社会关系，其情谊颇为深厚。欧阳玄《元故翰林待制朝列大夫致事西昌杨公（杨景行）墓碑铭》："延祐二年乙卯，皇元初设进士科取士，左右榜通得五十六人。至正乙酉、丙戌（1345—1346）间，余与抡魁济南张公梦臣（张起岩）同为三史总裁，暇日馆中论及同年，因叹五十六人之中，物故过半，盖三十有余矣。"①欧阳玄闻同年罗曾去世，"乃哭诸寝门之外"，并为作墓志铭。② 哈八石去世，王沂作《挽丁文苑》（《伊滨集》卷九），许有壬作《哈八石哀辞并序》（《至正集》卷六八），黄溍有诗《题丁文苑同年哀词后》（《文献集》卷二）。杨载去世，黄溍有诗《怀杨仲弘》（《文献集》卷一）怀念同年杨载。

同年之谊在文坛上大抵通过推许、唱和、寄赠、诗序、送行、登览、碑铭、墓志、哀辞及各种类型的雅集活动等方式体现出来。

以下仅从延祐二年进士撰写碑铭与推许两个方面说明同年之谊。

表 3-9　延祐二年进士之间所撰碑铭表

作者	碑铭	出处
许有壬	《敕赐故资德大夫御史中丞赠摅忠宣宪协正功臣河南行省右丞上护军魏郡马文贞公神道碑铭》（马祖常）	《至正集》卷四六
	《故忠翊校尉广海盐课司提举赠奉训大夫飞骑尉渔阳县男于阗公碑铭》（哈八石之父，刺马丹）	《至正集》卷五一

---

① 欧阳玄《圭斋文集补编》卷一四，欧阳玄撰，汤锐校点，《欧阳玄全集》，第 740 页。

② 欧阳玄：《元故将仕郎临安路录事罗君墓志铭》，《圭斋文集》卷一〇，欧阳玄撰，汤锐校点，《欧阳玄全集》，第 309—311 页。

续表

作者	碑铭	出处
欧阳玄	《故嘉议大夫广东道都转运盐使赠通议大夫户部尚书上轻车都尉追封昌郡侯合剌普华公墓志铭》（偰哲笃之祖父）	《至正集》卷五四
	《欧阳生哀辞》（欧阳玄之子）	《至正集》卷六八
	《有元赠中奉大夫湖广等处行中书省参知政事护军追封鲁郡公许公神道碑铭有序》（许有壬之父）	刘昌《中州名贤文表》卷二二
	《赵忠简公祠堂记》（赵篧翁六世祖赵鼎）	《圭斋文集》卷五
	《得全书院记》（赵鼎谪潮州号得全居士,赵篧翁为潮州推官时因是而建）	《广东通志》卷五九
黄溍	《元封祕书少监累赠中奉大夫河南江北等处行省参知政事护军追封齐郡公张公先世碑》（张起岩之父）	《圭斋文集》卷九
	《高昌偰氏家传》（偰哲笃家世）	《全元文》34 册 590 页
	《眉阳刘公墓志铭》（刘彭寿）	《全元文》34 册 727 页
	《西昌杨公墓志铭》（杨景行）	《全元文》34 册 737 页
	《杨仲弘墓志铭》	《金华黄先生文集》三三
	《张弘道（士元）墓志铭》	《金华黄先生文集》三三
	《茶陵州判官许君（晋孙）墓志铭》	《金华黄先生文集》三三
	《魏郡夫人伟吾氏墓志铭》（偰哲笃之妻）	《金华黄先生文集》卷三九
	《哈剌普华公神道碑》（偰哲笃祖父）	《金华黄先生文集》二五
	《应中甫墓志铭》	《金华黄先生文集》三四
	《干公（干文传）神道碑》	《金华黄先生文集》二七
	《曹公（敏中）墓志铭》	《金华黄先生文集》三三
张起岩	《欧阳龙生神道碑铭》（欧阳玄之父）	《全元文》36 册 127—128 页

　　如表 3-9 所示,撰写碑铭者往往名声极大且善于文章者。元代文家名高望重者,文集之中碑铭甚多。如许有壬《至正集》卷四四至六四共二十一卷全为碑志,欧阳玄《圭斋文集》有两卷为碑志,黄溍《文献集》三卷为碑志,而《金华黄先生文集》第二十四卷至四十二卷共十九卷为碑志阡表塔铭一类。这些人往往因

此应接不暇,如黄溍任江浙儒学提举,"谒文者填至,必取予(杨维桢)笔代应"。①

因同年而撰写碑铭,最直接的是为同年本人和同年家人。为同年家人做墓志铭是同年关系的一个方面,许有壬为哈八石之父、偰哲笃祖父、欧阳玄之子,黄溍为偰哲笃之妻,张起岩为欧阳玄之父作碑铭。这些碑铭都是因为同年关系而写。

为同年本人写墓志,更能显示同年之谊的深厚。如许有壬与马祖常"托知尤厚",马祖常去世,许有壬为作墓志铭,欧阳玄为书,张起岩篆其额。杨载去世,黄溍撰墓志铭云:"溍与仲弘不相识,辄以书缔文字交凡五年。始识仲弘后十有一年,乃与仲弘同举进士,又八年而仲弘死矣。鸣呼!其忍执笔而铭诸……",②从墓志铭可以看出深厚的同年之谊。

同年推许是其关系的最重要的体现。

同年的推许有两个方面的内容,一是政府职位的推荐,二是文章诗歌的推重。前者涉及的是政事能力,后者关乎的是文学水平。这两个方面都是在同年关系上体现出来的。

欧阳玄《西昌杨公(杨景行)墓志铭》云:"缙绅间论初科南士,所至以政事称者,江浙如干寿道、江西如杨贤可,诚不易得者。"③许有壬因太师伯颜欲罢科举,争之云:"若张梦臣、马伯庸、丁文苑辈皆可任大事。又如欧阳元功之文章,岂易及邪?"④此中可见许有壬对同年张起岩、马祖常、丁文苑、欧阳玄的推重。

泰定三年(1326),欧阳玄因虞集、马祖常之荐入朝为国子博士。至顺二年(1330),黄溍也因同年马祖常之荐,除应奉翰林文字、同知制诰兼国史院编修。⑤

杨维桢隐居十年,至正元年始因同年友荐举为杭州四务提举。杨维桢《上樊参政书》云:"同年之士有举某于钱唐典市之官。"⑥但未知同年是何人。

诗文的推重则与文坛有直接的关系。

---

① 杨维桢:《故翰林侍讲学士金华先生墓志铭》,《东维子集》卷二四,杨维桢著,邹志方点校:《杨维桢集》,第1059页。

② 黄溍:《杨仲弘墓志铭》,《金华黄先生文集》卷三三,续修四库全书第1323册,第427页上。

③ 欧阳玄《圭斋文集补编》卷一四,欧阳玄撰,汤锐校点:《欧阳玄全集》,第742—743页。

④ 宋濂:《元史》卷一四二,第3405页。

⑤ 宋濂:《故翰林侍讲学士中奉大夫知制诰同修国史同知经筵事金华黄先生行状》,《宋濂全集》第306页。

⑥ 杨维桢:《东维子集》卷二七,杨维桢著,邹志方点校:《杨维桢集》,第1108页。

许有壬赞扬同年唐兀氏张翔"尤工于诗,往往脍炙人口,佳章奇句,不可悉举"①。王沂亦称颂其诗名云:"不见张都事,诗名到处传。"②张翔在元代已有名声,与师友、同年的揄扬必有关系。然而,到了明代,张翔已无人知之。博学如杨慎已不知其人。③赵笃翁未见诗歌存世。许有壬称读其"文若诗凡六十余首,然后见其春容寂寥之各适其当"④。欧阳玄称其诗"极清婉而骨气森然。评者但美其不事雕饰"⑤。赵笃翁之诗虽不见,但我们稍能知道其在元代文坛的信息。

四、姻亲

延祐二年进士许有壬为其座师赵世延之婿。

赵世延(1260—1336),字子敬,其先雍古族人,色目人,居云中北边(今内蒙古托克托东北)。祖父按竺迩,为元朝开国功臣,镇蜀,因家成都。至元二十六年(1289),官至奎章阁大学士、翰林学士承旨、中书平章政事、鲁国公。赵世延历事凡九朝,在省台任职达五十余年,忠义行事,清介自守。凡军国利病,生民休戚,知无不言,拳拳于儒学名教。为文章波澜浩瀚,终归于理。尝较定律令,汇次《风宪宏纲》,行于世。⑥

赵世延为许有壬座师,前文已述。后许有壬丧偶,赵世延以女赵鸾妻之。赵世延与许有壬既是座师与门生,也是翁婿,故二人关系"既厚且亲"。

延祐二年进士欧阳玄与至顺元年进士刘粹衷(刘性)为姻友。刘及第后出宰旌德,欧阳玄东游,"造邑以谒,留止弥月",⑦后为作《安成刘氏儒行阡表》,可见二人关系之密切。

泰定元年进士彭士奇之子彭镒为江西名儒刘诜之婿。

刘诜(1268—1350)字桂翁,号桂隐,吉安庐陵人。性颖悟,幼失父。年十二,能文章。成年后以师道自居,教学有法,声誉日隆。江南行御史台屡以遗逸荐,皆不报。为文根柢《六经》,躏跞诸子百家,融液今古,而不露其踔厉风发之

①　许有壬:《至正集》卷三三,文渊阁四库全书第 1211 册,第 240 页上。
②　王沂:《寄南台张雄飞》,《伊滨集》卷一〇,文渊阁四库全书第 1208 册,第 470 页上。
③　钟崇文:《(隆庆)岳州府志》卷一八《杂传》,《天一阁藏明代方志选刊》第 57 册,第 81 页上,上海古籍出版社 1982 年版。
④　许有壬:《题赵继清覆瓿集后》,《至正集》卷七一,文渊阁四库全书第 1211 册,第 502 页上。
⑤　黄溍:《书赵继清诗集后》,《全元文》第 29 册,第 149 页。
⑥　宋濂:《元史》卷一八〇,第 4163—4167 页。
⑦　欧阳玄:《旌德吕氏家谱序》,《旌德吕氏续印宗谱》卷一,第 9 页,上海图书馆藏 1917 版。

状,四方求文者日至于门。卒,私谥文敏。有《桂隐集》。①

刘诜为江西名儒,诗文与同郡龙仁夫、刘岳申齐名,"当时诸老宿评其诗,以为高逼古人。"②彭士奇去世,刘诜为作祭文,③沉痛深切。其诗《十五夜无月》④三首其二有"五羊诗尚在,搔首更凄然"之句。注云:"彭冲所去年中秋留宦广州,寄诗时已死",可见二人感情之深厚。

至治元年进士孟泌妻子为奎章阁承制学士李泂之女。⑤

李泂(1274—1332),字溉之,滕州人。姚燧叹异其文,荐为翰林国史院编修官。历集贤院都事、太常博士、秘书监著作郎、太常礼仪院经历、翰林待制。文宗方开奎章阁,延天下知名士充学士员,超迁翰林直学士,特授奎章阁承制学士。与修《经世大典》。有文集四十卷。⑥

李泂为馆阁闻人,与范梈等多有唱和。其侨居济南,有湖山花竹之胜。作亭曰"天心水面",元文宗尝敕虞集作文记之⑦,张养浩、王沂有诗。

至正五年国子进士解子元了媳高妙莹为至治元年进士高若凤之女。

高妙莹,字叔琬,解开之妻,明解缙之母。高妙莹通经史传记,善小楷,晓音律算数,女工极其敏妙。解子元、高若凤,皆死于战乱。高妙莹之兄镗、钜、铨,皆以举义兵死于军。时乱离无书,妙莹手写《孝经》、《古文》、《杜诗》,授缙与其兄纶,所著有《酒食议》、《女德议》若干卷,《高文海(高钜)死节事》一卷。⑧

元统元年进士杜彦礼为蒲道源之婿。⑨

蒲道源,字得之,号顺斋。自眉州徙居兴元,尝为郡学正,罢归,晚以遗逸征入翰林,改国子博士,岁余引去。十年后起提举陕西儒学,不就。卒。有《闲居丛稿》二十六卷,黄溍为之序。⑩ 其子蒲机为延祐五年进士。

赵期颐之妻为答禄乃蛮氏,别的因之孙女,同年答禄守礼之姐妹,至正二年

① 宋濂:《元史》卷一九〇,第4341—4342页。
② 顾嗣立:《元诗选二集》,第764页。
③ 刘诜:《祭彭冲所》,《桂隐文集》卷三,文渊阁四库全书第1195册,第172页。
④ 刘诜:《桂隐诗集》卷三,文渊阁四库全书第1195册,第292页下。
⑤ 苏天爵:《监察御史孟君墓志铭》,《滋溪文稿》卷一三,第213页。
⑥ 宋濂:《元史》卷一八三,第4223—4224页。
⑦ 顾嗣立:《元诗选二集》,第568页。虞集《天心水面亭记》,《道园学古录》二二,文渊阁四库全书第1207册,第326页下—327页上。
⑧ 何乔远:《名山藏》卷八九,续修四库全书第427册,第444页下—445页上。
⑨ 蒲机:《顺斋先生墓志文》,蒲道源《闲居丛稿》附录,元至正刻本(四库全书本无此附录)。
⑩ 永瑢:《四库全书总目》卷一六七,第1443页下—1444页上。

进士答禄与权之姑。①

至正八年进士冯文举之妻为马祖常之孙女。②

高明为永嘉陈昌时之婿。陈氏有家集《阁巷陈氏清颍一源集》二卷,附录高氏家族高天锡、高彦和高明祖孙三代数十首诗作。③ 陈氏自宋淳祐至元延祐,八十年间,一门四世,更迭唱和,极负名声,显然为文化世家。

元代汉族进士姻亲所记甚少,但从上述仅有的材料可知,一是姻亲之中多为元代文坛名家,如赵世延、马祖常、刘诜、李洞、蒲道源、答禄与权,在元代文坛影响甚大。需要一提的是高妙莹之子解缙诗文书法俱佳,洪武二十一年(1388年)中进士,官至内阁首辅、右春坊大学士,参预机要事务,被称为明代三大才子之一,有《解学士集》,在明初文坛颇有影响。二是,姻亲关系之中,有进士家族之间的联姻,有与文化世家的联姻,即汉族进士的姻亲家庭皆为当时的士人家庭,无论汉族之间还是汉族与蒙古色目家庭之间都是如此。三是汉族与蒙古色目家族的联姻,则显得颇引人注目。

五、同乡

所谓同乡,大多指居于他乡者而言。同乡关系往往是地域文坛的最重要组成部分,一地域文学之状况往往也是由同一籍贯文学家的成就高低和人数多寡所决定。因流寓作家而繁荣的地域文坛主要是京师大都,其次是江浙。流寓大都的顶级作家甚多,尤其是馆阁文臣,是大都文坛的最重要的组成部分。

以延祐二年进士为例,许有壬、张起岩、王沂、杨载、干文传、黄溍、欧阳玄都是曾仕于大都的汉族进士且为文学名家,他们文学作品和交游中的同乡文学家也构成了当时文坛网络。

下仅以欧阳玄和许有壬为例。

欧阳玄原籍江西庐陵,尝多次自题“庐陵欧阳玄”。自曾祖欧阳新始迁居湖南浏阳,遂为湖南人。同乡之中,科举及第者有同年李政茂、孙以忠、李㷭、杨宗瑞、刘彭寿、陈奎、李朝端等,同年兼同乡双重关系自是社会网络中最为密切的一环。同年已有论述,此不复论。

李祁,字一初,号希蘧,茶陵人。元统元年进士。授应奉翰林,以母老就养

---

① 黄溍:《答禄乃蛮氏先茔碑》,《金华黄先生文集》卷二八,续修四库全书第1323册,第377页上。

② 虞怀中等纂:《万历四川总志》卷八,四库全书存目丛书史部第199册,第336页下。

③ 裴庚辑,吴论续辑:《阁巷陈氏清颍一源集》抄本,温州市图书馆藏。

江南,改授婺源县同知,擢江浙儒学提举。

欧阳玄《送翰林应奉李一初南归序》云:"国家有科举以来,凡七科、二十有
一年。第一甲置三人,三人者皆赐进士及第。自元统初元之癸酉岁始,南士居
第二人而膺是宠者自云阳李君一初始;以第二人南士初登第入官,即得供奉天
子词林,预典制诰、修史事,又自一初始,是皆儒者之所难遇也。"①李祁能以南
人登左榜进士第二人,即授应奉翰林文字、同知制诰兼国史院编修官,这在南人
中从李祁开始。欧阳玄在文中称李祁为"固吾乡之人吾党之士",可见对李祁的
认可。

陈泰,字志同,长沙茶陵人。延祐初,与欧阳元同举于乡,以《天马赋》得荐,
官龙泉主簿,生平以吟咏自怡,别号所安,有《所安遗集》一卷。所作歌行,出语
清婉有致。②《所安遗集提要》称其才气纵横,颇多奇句,亦自有不可湮没者,并
云:"泰与欧阳玄同举于乡,以《天马赋》得荐。考官批其卷曰:'气骨苍古,音节
悠然,天门洞开,天马可以自见矣。'"③其在湖广文坛颇有名声。

陈泰与欧阳玄为乡贡进士同年,与欧阳修交厚。多年之后,其乡贡同年欧
阳玄、鲁伯昭拜访陈泰,陈泰《留别欧阳玄鲁伯昭二同年》云:

> 麒麟骨骼虎豹文,当年湖湘谈两君。胸中磊落富经史,岂独下笔
> 空凡群。贵戚权门皆倒屣,南北风云会于此。谈笑真堪鲁仲连,风流
> 亦到欧阳子。玉堂万卷图书新,冉冉翳凤骖星辰。天孙云锦不浪织,
> 帝旁已染红徽春。我身亦生大国楚,尊前作歌能楚舞。屈原贾谊今已
> 矣,世间人才吁可数。④

欧阳玄为延祐元年湖广行省乡贡第一名,陈泰同州人陈奎、鲁伯昭、李朝瑞
试《天马赋》,泰赋居最。⑤ 欧阳玄、陈奎、李朝端皆中延祐二年进士。鲁伯昭为
延祐元年乡贡进士,是否及第及生平事迹不详。"麒麟骨骼虎豹文,当年湖湘谈
两君",显然因欧阳玄、鲁伯昭在湖广科举而得名。"屈原贾谊今已矣,世间人才

———————————

① 欧阳玄:《圭斋文集》卷八,欧阳玄撰,汤锐校点:《欧阳玄全集》,第169页。
② 顾嗣立:《元诗选初集》,第1635页。
③ 永瑢:《四库全书总目》卷一六七,第1444页上。
④ 杨镰:《全元诗》第28册,第15—16页。
⑤ 廖道南:《楚纪》卷二三,四库全书存目丛书史部第47册,第633页上。

吁可数",对欧、鲁二人极尽赞扬,亦见同乡同年之谊。

欧阳玄原籍江西庐陵,自其高祖欧阳安时于宋孝宗淳熙四年(1177)自庐陵防里迁往浏阳马渡,遂为湖南人。然江西庐陵是其故乡,庐陵人亦其同乡。至正二年(1342)冬,欧阳玄省亲防里,回乡祭祖,结交宗人及江西诗人。故其《圭斋文集》中多与江西文人交往的记录。

欧阳巽翁,号齐吾,浏阳人,欧阳玄族弟,有《环山诗稿》,欧阳玄为序。①

孙春洲,秀江人,其母欧阳氏,与欧阳修有诗唱和和书信往来,有诗《虚籁集》,欧阳玄序云"(其)诗清旷简远,拟古精到,有韦柳风"②。

欧阳宾实,道士,有诗集,欧阳玄为之序。③

刘玉振,安成人,有《玉振诗》,欧阳玄为序。④

易南友,高安人,虞集弟子,有《梅南诗集》,欧阳玄为序。

李宏谟,安成人,欧阳玄有《李宏谟诗序》。

李希说,安成人,欧阳玄有《李希说诗序》。

刘执中,安成人,有《鸣皋集》,欧阳玄有《刘执中诗序》。

萧同可,庐陵人,欧阳玄有《萧同可诗序》。

罗舜美,庐陵人,欧阳玄有《罗舜美诗序》。

刘诜(1268—1350),庐陵人,元代江西最著名的文学家之一。欧阳玄有《刘桂隐先生文集序》。

欧阳南翁,庐陵人。欧阳玄有《族兄南翁文集序》。

欧阳玄与江西士人多有交往,在文坛著名者虞集、揭傒斯、刘诜,高昌偰哲笃,至顺元年进士刘粹衷、刘闻。而在《圭斋文集》中与江西文人相关内容最多,如唱和、诗序。虽然,欧阳玄高祖时即迁移庐陵,但欧阳玄仍自认为是庐陵人,这在其诗文中多有体现。

许有壬与欧阳玄有所不同。许有壬出生之后,一直随父居住。八岁时,其父许熙载官永州,许有壬随父读书零陵,后徙武昌、衡阳。至二十岁时以翰林侍读学士畅师文荐入翰林,不报,授开宁路学正,始离开湖广入京。及第后,曾短

---

① 欧阳玄:《环山诗稿序》,《圭斋文集》卷七,欧阳玄撰,汤锐校点:《欧阳玄全集》,第154页。

② 欧阳玄:《虚籁集序》,《圭斋文集》卷七,欧阳玄撰,汤锐校点:《欧阳玄全集》,第140—141页。

③ 欧阳玄:《欧阳宾实诗序》,《圭斋文集》卷七,欧阳玄撰,汤锐校点:《欧阳玄全集》,第151—152页。

④ 欧阳玄:《玉振诗序》,《圭斋文集》卷八,欧阳玄撰,汤锐校点:《欧阳玄全集》,第155页。以下均见《圭斋文集》卷八。

暂任职辽州、南京、扬州。泰定四年(1327)葬父,至顺三年(1332)葬母、妹、兄、妻,至元四年(1338)因病请归,拜扫洹阡,为父刻铭神道。至正三年(1343)罢中书左丞,其致仕之前四次归安阳,留居时间甚短。至正八年(1348)在安阳城西康氏废园建圭塘。1357年病归安阳,至其去世大部分时间在圭塘度过。与欧阳玄不同的是,许有壬有近十年的时间在祖籍安阳度过。

许有壬在江夏有家庙。其《先公祠祝文》云:"江夏家庙,奉守有严,惟是璚江,实我先公庐墓之地"。① 许有壬在江夏有别业,其《送马明初教授南归诗》序云:"后至元戊寅(1338)予得请归江夏别业。"②其《有怀江夏别业》云:

> 翠鹄山前鹦鹉洲,眼中风物梦中游。手栽松菊成三径,御赐诗书满一楼。胜地方将专相土,老怀无奈忆并州。此身天幸成闲散,陆有轻车水有舟。③

相土,即相城,圭塘因相城之西康氏废园而建。④ 此诗应作于许有壬将致仕居安阳时作,表达了对江夏生活的怀念。

《送黄文复归长沙》云:

> 半生湖海梦依稀,但诵湘南远寄诗。先友凋残公独健,故园荒尽我方归。百年未满常忧畏,千里相逢又别离。他日璚江松下路,西州难似此沾衣。⑤

此诗也表达了同样的感情。

许有壬祖父许毅早卒,其父许熙载年方七岁。其祖母宋氏遂带熙载投靠父母。许熙载成人,娶乡里高氏,因外舅(岳父)仕湖广行省,遂往依之,而后入仕。⑥ 故许有壬江夏有家庙,有别业,琅璚江(长沙)又是其先公庐墓之地(许有

---

① 许有壬:《先公祠祝文》,《至正集》卷六九,文渊阁四库全书第1211册,第486页下。
② 许有壬:《至正集》卷一四,文渊阁四库全书第1211册,第110页上。
③ 许有壬:《至正集》卷二一,文渊阁四库全书第1211册,第160页上。
④ 许有孚:《圭塘欸乃并引》,许有壬:《圭塘欸乃集》,丛书集成新编第57册,第571页。
⑤ 许有壬:《至正集》卷一五,文渊阁四库全书第1211册,第111页下。
⑥ 欧阳玄:《许公神道碑铭》,《圭斋文集补编》卷一〇,欧阳玄撰,汤锐校点:《欧阳玄全集》,第635—641页。

壬祖母于 1311 年前去世,父熙载庐墓之地)。以生平而论,江夏与安阳都是许有壬之家乡。故许有壬同乡有二,一是江夏为中心的湖广之文士,二是祖籍安阳之文士。

马熙,字明初,衡阳安仁人。用荐为嶷山书院山长,擢右卫率府教授。与许有壬唱和最为密切,尝游相城与许有壬、有孚及有壬子桢闲居倡和。《圭塘款乃集》录有其诗词,《全元诗》据之录其诗七十八首,《全元词》据之录其词十八首,《全元文》录其文一篇。

许有壬《至正集》、《圭塘小稿》、《圭塘欸乃集》中马熙出现八十余次,其中唱和寄赠之诗甚多。许有壬曾记云:“后至元戊寅(1338),予得请归江夏别业。明年冬,游长沙。明年二月,安仁马君明初来见于琅瑯山。其人温醇,其文粹精,倾盖如平生”,其后十余年如一日,始终无间言。至正九年,马熙买书江南,归省其家,过安阳访许有壬,[1]从此一别,再无信息,或与战乱有关。

林春野,长沙人,有《林春野文集》,许有壬为之序。[2]《至正集》卷二有《和林春野见寄韵二首》,但未见林春野诗。

熊尧章,江夏人,有诗集《击壤同声集》。《至正集》卷三有《题熊尧章击壤同声集》、卷三一有《击壤同声集序》,但未见其诗。

黄澹,字文复,长沙人。元统间,曾修乔山书院(在长沙县西北九十里)为义学,[3]许有壬《至正集》卷七〇有《修乔江书院疏》。黄澹与许有壬多曾同游,《至正集》有与黄澹唱和诗九首,但未见黄澹诗。

刘嗛,字光远,浏阳人。乡贡进士。汉阳教授,历湖广行省掾、理问、江西省掾。有《江汉集》,许有壬为之序[4]。苏天爵《滋溪文稿》卷二九有《题刘光远文稿后》。

陈一霆,号玉渊,许有壬友陈雍之父,有《玉渊集》,许有壬为之序。[5]

陈雍,字季和,衡州安仁人。历教授、宁都巡检。曾与许有壬唱和,未见其诗。

黎崱,字景高,号东山,安南人。随昭国王益稷归国,居汉阳。崱性冲退,薄

---

① 许有壬:《送马明初教授南归诗并序》,《至正集》卷一五,文渊阁四库全书第 1211 册,第 110 页。
② 许有壬:《至正集》卷三三,文渊阁四库全书第 1211 册,第 235 页。
③ 李贤撰:《明一统志》卷六三,文渊阁四库全书第 473 册,第 330 页上。
④ 许有壬:《至正集》卷三二,文渊阁四库全书第 1211 册,第 231 页。
⑤ 许有壬:《至正集》卷三一,文渊阁四库全书第 1211 册,第 221 页。

声利,嗜文章,诗多可传。① 有《安南志略》十九卷,元明善、许有壬、欧阳玄为之序。李文凤撰《越峤书》卷二〇有其诗,《全元诗》未录。

《至正集》有与黎崱唱和诗四首,未见黎崱唱和诗。

欧阳玄为浏阳人,杨宗瑞为醴陵人,色目人哈八石、张翔都曾同在湖广,都与许有壬同为延祐二年进士,都有诗歌唱和。其他如任职浏阳人汤弥昌、任职湖广泰定元年进士冯翼翁与许有壬皆有交游。

荀凯霖,字和叔,西域阿鲁浑氏。因官彰德路,遂家安阳。荀凯霖与其兄荀暗都剌攻儒书,取汉名汉字,师友相与。历官宝庆路邵阳县、彰德路临漳县、林州、彰德路总管府达鲁花赤。②

许有壬与荀凯霖关系甚密。荀凯霖居安阳后,多次相谐游览。荀凯霖为西域人,读书学礼,《至正集》中也有多首诗与之相关,但未见其写作的记载。

胡彝(1281—1338),字安常,号雪垫,安阳人。以文学授大都路儒学录,历官中书省右司掾工部主事、河南行省左右司员外郎、河西陇右道肃政廉访司事、监察御史、右司都事、左司员外郎、工部侍郎、陕西行省治书侍御史、户部尚书、治书侍御史、御史、江北淮东道肃政廉访使。许有壬与胡彝在京城同朝,在安阳亦曾相往,既为同乡,亦为同僚。《至正集》卷五三有《胡公墓志铭》,叙其生平。

许有壬与胡彝有寄赠唱和之诗,如《至正集》卷一七《和胡安常廉使盆池红白莲韵》十首,但胡彝之诗或不存于世。

郭思恭(1274—1345),字子敬,彰德安阳人。肄业国子学,历官汝宁州教授、光山县主簿、猗氏县尹、国子助教、博士、监察御史,出佥燕南、河南两道廉访司事,转淮西道,谢病归,中途召为集贤直学士,兼国子祭酒。至正五年卒,年七十二。③

《至正集》有在安阳与郭思恭唱和诗七首,词六首,然未见郭思恭诗词。王士俊修《(雍正)河南通志》卷四二、武亿《安阳县金石录》卷一一有郭思恭《彰德路儒学雅乐记》,《全元文》未录。

赵彝,字秉彝,安阳人,许有壬妹巽贞之夫。历翰林编修官、抚州路推官、江西行省都事。《至正集》中有数首与赵彝唱和之诗,未见赵彝之作。

① 顾嗣立:《元诗选三集》,第742页。

② 许有壬:《西域使者哈只哈心碑》,《至正集》卷五三,文渊阁四库全书第1211册,第378页—379页上。

③ 柯劭忞撰,张京华、黄曙辉总校:《新元史》卷二二九,上海古籍出版社2018年版,第4396页。

杜秉彝,《至正集》有诗词唱和二首。杜秉彝为杜瑛(1204—1273)曾孙,《至正集》卷六七有《杜猴山画像赞》。

其他安阳士人如吴密(字安之)、雷志(字天益)与许有壬有交游。

要之,元代进士文学家社会关系主要由师生、座师与门生、同僚、姻亲、同年、同乡、诗友等构成的社会网络。在这种社会网络中,一是多族格局。在社会网络中,元代汉族进士所交游者大部分是汉族,但蒙古、色目、高丽人也有一定比例。元代进士社会关系的顶点是元代帝王,元文宗就是一个例子。元文宗创建奎章阁学士院,与汉族文士交往,在一定意义上必然对元代文学艺术有一定的促进作用,可惜英年早逝,其在位仅仅五年,虽然未必看得出对元代文坛有多大的影响,但是馆阁文坛的兴盛与其必有一定的关系。在非汉族政权的背景之下,这一点尤其重要。二是社会网络宽泛。元代进士的社会网络从馆阁到山林,从大都到江南,从高官到隐士,从一般官僚到方外之士……,涉及范围之广,阶层之多,身份差别之大,反映了一个时代的文坛的基本状况和特点,这与汉人政权似也没有多大区别。三是座师、同年是其他文士所没有的社会关系,也是进士与其他文士的不同之处。而唐宋以来,座师、同年往往是文坛网络中最重要的社会关系,元代文坛也不例外。换言之,元代进士的社会网络是其在文坛地位与影响的重要因素。

第四节　元代汉族进士文学家与元代文坛

元代文坛,与唐宋相比,最大的特点是真正的多族共存。元代进士文学家的教育和社会背景也大大不同,中国首次出现了由中央政府批准成立的、全国性的国子学,还有少数民族语言文字教育机构——蒙古国子学和回回国子学。元朝的建立,打破了此前历史上出现过的人为的文化屏蔽现象,中华文化多样性的现实得到普遍认可,"四海为家"、"天下一家"的观念深入人心,多元一体格局在统一的环境里变为事实。在中国封建王朝历史上,元朝政府官员包括蒙古色目、契丹、汉人、南人、高丽人、安南人,民族成分最为复杂。元朝也是中国统一王朝史上第一个多民族文字并用的王朝,虽是少数民族汉族文学作品的存世最多,但也有巴斯巴文、畏吾儿文的写作。由元进士作总裁的《辽史》、《宋史》和《金史》,是廿四史中仅有的、由多民族史家共同编修的史籍,也在中国史学史上首开一朝官修三朝历史之先河,为后世保存了珍贵的历史文化遗产。①

元代文学家就是在这种历史文化背景中产生和创作的。本书元代汉族进士指元代的汉人进士和南人进士。元代汉人、南人进士在进士的比例中最大,其中的文学家也最多,如欧阳玄、许有壬、黄溍、杨载、杨维桢,在文坛上均为一时风流人物,在元中后期的文坛起到了重要的作用。

关于元代进士与文坛的研究不是很多。当前有关元代进士文学的研究中,汉族进士与蒙古色目进士所受关注的程度明显不同,差距很大(见表 3-10)。

表 3-10　各族进士研究著作表

族属	研究著作
蒙古	0
色目	5
汉族	19
高丽	0

整体上看,在元代进士诗文家研究中,关于蒙古色目进士诗人的研究著作主要是萨都剌(4)、余阙(1),汉族进士诗文家则是刘基(10)、杨维桢(5)、高明(3)、张以宁(1)。显然,无论是汉族进士还是蒙古色目进士的文学研究都比较薄弱,空白较多。

虽然,汉族进士在政治上多无能为力,但相比较蒙古色目进士文学家而言,汉族进士在文坛上却有绝对的优势和影响力,元代文坛的倾向与风貌大抵也是汉族进士主导和决定的。

一、元代汉族进士文学家创作丰富

元代进士有文集传世者 37 人,另顾嗣立在《元诗选》辑佚 11 人。《四库全书》收入元人文集 168 种,作家 164 人,其中元代进士别集 21 种,作家 21 人,占四库全书元代作家作品的 12.8%。另外,元代进士作家文集散佚者有 95 人,约有 120 种诗文集散佚。元代汉族进士有文集传世者 19 人,文集散佚者 83 人。

---

① 田秀芳:《简读中国通史》,黄山书社 2009 年版,第 154 页。

表 3-11 元代汉族进士存世文集表

序号	姓名	科次	传世文集	版本	
1	欧阳玄	延祐二年	《圭斋文集》十五卷	四部丛刊本	四库
2	黄溍	延祐二年	《金华黄先生文集》四十三卷	四部丛刊本	四库
3	许有壬	延祐二年	《至正集》一百卷（存八十一卷）、《圭塘小稿》十三卷附《别稿》二卷《外稿》一卷《续稿》一卷、《圭塘欸乃集》二卷（与许有孚唱和）	四库全书本	四库
4	王沂	延祐二年	《伊滨集》二十四卷《陶集注》三卷	《永乐大典》辑录本（四库全书本）	四库
5	杨载	延祐二年	《翰林杨仲弘诗集》八卷	四部丛刊本	四库
6	吴师道	至治元年	《吴礼部集》二十卷《敬乡录》二十三卷《吴礼部诗话》一卷	续金华丛书本金华丛书本说郛本	四库四库
7	程端学	泰定元年	《积斋集》五卷	四明丛书	四库
8	宋褧	泰定元年	《燕石集》十五卷	四库全书本	四库
9	张以宁	泰定元年	《翠屏集》四卷	四库全书本	四库
10	杨维桢	泰定元年	《东维子集》三十卷《铁崖古乐府》十卷《乐府补》六卷《复古诗集》六卷《丽则遗音》四卷《铁崖赋稿》二卷《西湖竹枝集》一卷	四部丛刊四库全书本四库全书本四库全书本四库全书本武林掌故丛编	四库
11	李祁	元统元年	《云阳集》十卷	四库全书本	四库
12	刘基	元统元年	《诚意伯文集》二十卷	四部丛刊本	四库
13	胡行简	至正二年	《樗隐集》六卷	四库全书本	四库
14	卢琦	至正二年	《圭峰集》二卷	四库全书本	四库
15	高明	至正五年	《柔克斋集》（二十卷，今仅存诗55首，词曲4首，文12篇）《琵琶记》	今人编《高则诚集》	
16	鲁渊	至正十一年	《清溪鲁渊诗》一卷	华东师范大学图书馆藏	

续表

序号	姓名	科次	传世文集	版本	
17	陈高	至正十四年	《不系舟渔集》十五卷附录一卷	四库全书本	四库
18	李延兴	至正十七年	《一山文集》九卷	四库全书本	四库
19	宋讷	至正二十三年	《西隐集》十卷	四库全书本	四库

表 3-12　元代汉族进士散佚文集表

序号	姓名	科次	散佚诗文集	出处
1	张起岩	延祐二年	《华峰漫稿》《华峰类稿》《金陵集》	钱大昕《元史艺文志》卷四
2	干文传	延祐二年	《仁里漫稿》	钱大昕《元史艺文志》卷四
3	杨景行	延祐二年	《雅南集》或《杨贤可诗集》	欧阳玄《杨景行墓志铭》(《圭斋文集补编》卷一四)虞集《杨贤可诗序》(《道园学古录》卷三三)
4	赵筭翁	延祐二年	《覆瓿集》	钱大昕《元史艺文志》卷四
5	王士元	延祐二年	《拙庵集》	钱大昕《元史艺文志》卷四
6	汪泽民	延祐五年	《巢深稿》《燕山稿》《宛陵稿》	钱大昕《元史艺文志》卷四
7	雷机	延祐五年	《龙津稿》《龙山稿》《鄞川稿》《环中稿》《黄鹤矶稿》《梅易斋稿》《碧玉环稿》	宋濂《元故翰林待制朝散大夫致仕雷府君墓志铭》(《宋学士文集》卷三)
8	虞槃	延祐五年	《虞槃文集》	钱大昕《元史艺文志》卷四
9	郑原善	延祐五年	有文集行于世	袁桷《郑原善思亲诗编序》(《清容居士集》卷二二)《寰宇通志》卷四三"有文集行于世"
10	谢端	延祐五年	遗文若干卷	苏天爵《元故翰林直学士赠国子祭酒谥文安谢公神道碑铭并序》(《滋溪文稿》卷一三)
11	冯福可	延祐五年	《存拙稿》	吴师道《冯景仲存拙稿序》(《礼部集》卷一五)

续表

序号	姓名	科次	散佚诗文集	出处
12	黄常	延祐五年	《黄养源诗》	吴澄《黄养源诗序》(《吴文正集》卷一七)
13	李好文	至治元年	《河滨苦瓻集》	唐锦撰《(正德)大名府志》卷七
14	宋本	至治元年	《至治集》	钱大昕《元史艺文志》卷四
15	杨舟	至治元年	《鸡肋集》	钱大昕《元史艺文志》卷四
16	刘震	至治元年	《簧箧骈俪》	《光绪吉水县志》卷三四
17	储磻	至治元年	《东樵吟稿》	《寰宇通志》卷一二
18	王守诚	泰定元年	文集若干卷	宋濂《元史》卷一八三
19	叶现	泰定元年	《见山集》	黄溍《见山集序》(《金华黄先生文集》卷一六)
20	吕思诚	泰定元年	《介轩集》《岭南集》	《成化山西通志》卷九
21	吴暾	泰定元年	《齐城集》《吴修撰集》	王圻《续文献通考》卷一八一 黄宗羲《宋元学案》卷七四
22	郑僖	泰定元年	《三湘集》《春梦录》	朱晞颜《瓢泉吟稿》卷三 田艺蘅《诗女史》卷一二
23	段天佑	泰定元年	《庸音集》《学文斋遇抄绀珠》《双南金》《葬玉》	《万姓统谱》卷一〇一
24	孔涛	泰定元年	《存存斋稿》	黄溍《承直郎潮州路总管府孔君墓志铭》(《金华黄先生文集》卷三四)
25	汪文璟	泰定元年	《居朝稿》《明农稿》	《万姓统谱》卷四六
26	冯翼翁	泰定元年	《冯翼翁文集》	钱大昕《元史艺文志》卷四
27	黄清老	泰定四年	《樵水集》	钱大昕《元史艺文志》卷四
28	张以宁	泰定四年	《淮南集》《南归纪行》《安南纪行集》	陈鸣鹤《东越文苑》卷六
29	颜旒	泰定四年	《归闲集》	董斯张《(崇祯)吴兴备志》卷一二
30	张敏	泰定四年	《月山集》	钱大昕《元史艺文志》卷四

序号	姓名	科次	散佚诗文集	出处
31	索元岱	泰定四年	《索士岩诗》	萨都拉《题进士索士岩诗卷》（《萨天锡诗集》）
32	罗学升	泰定四年	《罗学升文稿》	苏天爵《书罗学升文稿后》（《滋溪文稿》卷三〇）
33	徐容	泰定四年	《徐容集》	《永乐大典》卷二五三九
35	刘闻	至顺元年	《容窗集》《刘文霆集》）	钱大昕《元史艺文志》卷四
36	方道叡	至顺元年	《愚泉诗稿》	倪灿《补辽金元艺文志》
37	归旸	至顺元年	《鸡肋集》	《成化山西通志》卷八
38	冯勉	至顺元年	《土苴集》	《大清一统志》卷一一九
39	刘耕孙	至顺元年	《平野先生集》	钱大昕《元史艺文志》卷四
40	林泉生	至顺元年	《觉是先生文集》《观澜集》	钱大昕《元史艺文志》卷四
41	李裕	至顺元年	《中行斋稿》	王崇炳《金华征献略》卷一一
42	支渭兴	至顺元年	《龙溪诗集》	钱大昕《元史艺文志》卷四
43	杨俊民	至顺元年	《漳川文集》	钱大昕《元史艺文志》卷四
44	成遵	元统元年	《成中丞诗》《奏议塞责稿》	许有壬《成中丞诗序》（《圭塘小稿》卷五）钱大昕《元史艺文志》卷四
45	朱文霆	元统元年	《朱葵山文集》	宋濂《朱葵山文集序》（《宋学士文集》卷七二）
46	宇文公谅	元统元年	《折桂集》《观光集》《辟水集》《以斋诗稿》《玉堂漫稿》《越中行稿》	钱大昕《元史艺文志》卷四
47	张兑	元统元年	《溪堂集》	曾国荃《（光绪）湖南通志》卷二五四
48	滕克恭	至正二年	《谦斋集》	黄虞稷《千顷堂书目》卷一七
49	刘杰	至正二年	《刘学士集》	王有年《康熙金溪县志》卷一〇
50	程养全	至正二年	《白粥稿》	吴维新《元铅山州判程先生养全行实》（程敏政撰《新安文献志》卷六六）

续表

序号	姓名	科次	散佚诗文集	出处
51	孔旸	至正二年	《洁庵集》	苏伯衡《洁庵集序》(《苏平仲集》卷五)
52	王廓	至正二年	《寥天集》	《宋元诗会》卷七八
53	赵晋	至正二年	《漫泉集》	《嘉靖陕西通志》卷一七
54	高明	至正五年	《柔克斋集》	黄虞稷《千顷堂书目》卷一七
55	练鲁	至正五年	《侹侗集》八卷《外集》四卷	黄虞稷《千顷堂书目》卷一七
56	邹奕	至正八年	《吴樵稿》	王鏊《正德姑苏志》卷五四
57	葛元喆	至正八年	《葛元喆文集》	钱大昕《元史艺文志》卷四
58	吴彤	至正八年	《弱龄稿》《壮游稿》《南游稿》《山居稿》《金兰稿》	黄虞稷《千顷堂书目》卷一七
59	董彝	至正八年	《平桥诗文集》	钱大昕《元史艺文志》卷四
60	陈光裕	至正八年	《安老堂集》	黄虞稷《千顷堂书目》卷一七
61	盛景年	至正十一年	《盛修龄诗集》《寓庵稿》	《永乐大典》卷二五三六
62	许汝霖	至正十一年	《东冈集》《礼庭遗稿》	倪灿《补辽金元艺文志》
63	何淑	至正十一年	《蠖闇集》	钱大昕《元史艺文志》卷四
64	程国儒	至正十一年	《雪厓文集》	钱谦益《列朝诗集》甲集卷一八
65	潘从善	至正十一年	《松溪集》	嵇曾筠《(雍正)浙江通志》卷二四八
66	刘丞直	至正十一年	《雪樵诗集》	黄虞稷《千顷堂书目》卷一七
67	裴梦霆	至正十一年	《鸣秋稿》	潘懿修、朱孙诒《(同治)清江县志》卷八
68	鲁渊	至正十一年	《鲁道原诗集》	黄虞稷《千顷堂书目》卷一七
69	李贯道	至正十四年	《敝帚编》	顾嗣立《元诗选三集》戊集
70	曾坚	至正十四年	《曾学士文集》	《康熙金溪县志》卷一〇
71	林温	至正十四年	《林伯恭诗集》《栗斋文集》	宋濂《林伯恭诗集序》(《宋学士文集》卷三三)钱大昕《元史艺文志》卷四

续表

序号	姓名	科次	散佚诗文集	出处
72	李吉	至正十四年	《海滨子集》	李文藻《(乾隆)历城县志》卷二一
73	龚友福	至正十七年	《龚伯达集》	王士俊《(雍正)河南通志》卷六六
74	陈介	至正二十三年	《陈彦硕集》	《康熙金溪县志》卷一〇
75	蒋允文	至正二十三年	《苍崖先生文集》	《弘治温州府志》卷一八
76	薛弥充	至正二十三年	《薛弥充文稿》	《康熙福建县志》卷六〇
77	王钝	至正二十六年	《野庄集》	黄虞稷《千顷堂书目》卷一八
78	张昌	年次不详	《存斋集》	《成化山西通志》卷一〇
79	刘志行	年次不详	《梅南集》	李贤《明一统志》卷八四
80	王茂	年次不详	《东村野叟诗稿》	黄虞稷《千顷堂书目》卷二九
81	管祎	年次不详	《管学士文集》	《光绪光州志》卷八

从表3-11、表3-12可知,元代汉族进士有文集至少应有99人(张以宁重复),其中文集存世者占19.2%,因此,元代汉族进士文集散佚比例甚多。

随着新的文献的发掘和研究的深入,元代作家的统计数量也在增加,进士文学家的数量也随之增加。但元代进士文学家的绝对数量不是很大。即使元代1139名进士皆有诗传世,仅占《全元诗》作者的22.8%,况且许多进士并未有作品传世,更没有写作记录。

元代进士文学家的比例不大的原因有以下几点。

一是元代科举举行较晚,时间较短,其间尚有停废,元代进士数量远低于前后王朝。

元代科举可追溯到元太宗窝阔台十年(1238)的"戊戌选试",但"戊戌选试"最终成为恢复科举的失败尝试[1]。此后近八十年,科举停废。至元仁宗皇庆二年(1313)诏行科举,延祐二年(1315)始行。后至元元年(1335),右丞相伯颜擅权,执意停罢科举,至至元六年(1340),诏黜伯颜,科举始得恢复。科举停罢六年两科。从延祐二年(1315)科举开始至至正二十八年(1368)元亡,除去停罢六年,元代科举举行的时间实际上仅四十八年,共十六科,录取1139名进士,录取

---

[1]　姚大力:《元代科举制度的兴废及其社会背景》,南京大学元史研究室:《元史及北方民族史研究丛刊》第6期,1982年,第26—59页。

进士在历代是最少的。

从表 1-1　《历代进士录取名额》表可以看出,元代科举举行时间最短,榜数最少,进士总数最低,"每榜平均数及年平均数仅高于辽代,但辽代仅统治中原东北一隅。与其他各汉族王朝及征服王朝相比,元朝科举的规模在这几个方面都显得微不足道。"①

科举时间短,规模小,录取人数低,对元代进士文学家的数量自然有很大影响。以谭正璧《中国文学家大辞典》统计,宋辽金文学家 1170 人。宋代进士文学家 465 人(北宋 303,南宋 162);金代进士文学家 81 人;元代文学家 594 人,进士文学家 44 人;元代进士文学家的绝对数量最小,比例最低,显然,这与元代录取进士的人数低有直接的关系,元代进士文学家比例不高也在情理之中。

宋金著名文学家几乎全部出自进士群体,元代则不同。元代中后期许多最著名的文学家不在进士群体之中,如"元诗四家"(虞集、杨载、范梈、揭傒斯)和"儒林四杰"(虞集、揭傒斯、黄溍、柳贯)中的虞集、揭傒斯、范梈、柳贯,再如张翥、廼贤、贯云石、丁鹤年,等等。当然,这并不能说明元代进士文学家的影响不足,但足以反映元代文坛构成多样性的特点。

许多乡贡进士也是元代著名的文学家如吴莱、陈泰、钱宰,但没有进入进士文学家群体。

二是元末战乱,许多地方科举废止或仅为形式,许多乡贡进士没有进京会试,而只能"便宜授官"。如丁子仪,"以书经中江浙乡试上名,于是南北阻兵,道里不通,欲贡之春官,未能,浙省丞相便宜授吴之甫里山长。"②如唐肃,至正二十二年,中江浙乡试,"以道梗不得上春官,省臣便宜授杭州路黄岗书院山长。"③贾祥麟、贾祥凤中江浙至正十九年乡贡。至正二十年,"行宰相以京师道梗,不能使试于礼部,遂以便宜授校官。于是祥麟为长洲县学教谕,祥凤为学道书院山长。"④伯颜子中,乡贡进士,"会四方兵起,江西行省以便宜授赣州路经历。"⑤元末乡贡进士因战乱而不能参加会试而未能及第者不在少数。

三是不愿或没有参加科举考试,如著名文学家张翥、高启等等。

①　萧启庆:《元代进士辑考》,第 29 页。
②　戴良:《送丁山长序》,《九灵山房集》卷一三,文渊阁四库全书第 1219 册,第 402 页下。
③　苏伯衡:《翰林应奉唐君墓志铭》,《苏平仲集》卷一二,第 20 页上,四部丛刊初编本。
④　高启:《送二贾君序》,《凫藻集》卷二,《高青丘集》,上海古籍出版社 1985 年版,第 875 页。
⑤　何乔远:《名山藏》卷八七,续修四库全书第 427 册,第 435 页下。

即便如此,元代进士文学家在元代却是最重要的文人群体,虽然人数少,但文学创作宏富。

第一,据清人倪灿、卢文弨《补辽金元艺文志》和钱大昕《元史艺文志》统计,辽、金、元三代诗文集有四百七十一种,其中元代在四百种以上,但不少已散佚。清修《四库全书》时,著录元人诗文集(包括"存目"在内)共二百零五种,不甚完备。据目前统计元人诗文集现存约二百五十种左右,其中文集约一百五十种,诗集约一百种。①

元代进士文集存世比例不高,而已知散佚的八十余部,加上存世二十余部(许有壬有两部,杨维桢有两部以上),占元代文集四分之一。考虑到元代科举从延祐二年(1315)首科开始至1368年元亡,中间六年科举废止,元代科举实际不足五十年,时间短,录取人数少。从这个角度看,占整个元代四分之一的一百余种文集创作数量和实绩其实非常可观。

第二,以元诗数量论,《全元诗》录近5000诗人132000首,而元文集存世的十九个汉族进士的诗歌就9500余首,加上马祖常、萨都剌、余阙、金哈剌、偰逊之诗,总共近12000首,仅此二十四人诗歌数量就占整个元诗的9%,而许有壬1454首,杨维桢1340首,刘基1295首,马祖常802首,萨都剌794首,都在元代创作数量最多的诗人之中。

第三,以元文的数量论,《全元文》收录3000余作者的30000余篇文章。十八个汉族进士(宋本文集散佚)文章3856篇(见表3-13),占《全元文》12.9%。这个比例是超过诗歌在《全元诗》的比例。

第四,从元曲的角度看,高明《琵琶记》为南曲之宗,在当时及后世影响巨大,在中国戏曲史和文学史上的地位不需赘言。

表 3-13　元代汉族进士文章篇数表(20 篇以上者)

作者	篇
许有壬	394
王沂	204
黄溍	685
欧阳玄	268

---

① 黄卓越、桑思奋主编:《中国大书典》,中国书店1994年版,第1307页。

续表

作者	篇
张起岩	54
宋本	22
吴师道	292
程端学	83
宋褧	90
杨维桢	925
李祁	159
陈高	100
李继本	102
宋讷	91
胡行简	40
卢琦	26
刘基	226
张以宁	95
合计	3856

　　从诗文存世的数量看,元代汉族进士的创作不可谓不多。至于词作,《全元词》有作者 340 人,词 4639 首。进士作者有王沂、马祖常、萨都剌、欧阳玄、张起岩、许有壬、许有孚、宋褧、偰玉立、杨维桢、李穀、张以宁、高明等人,马祖常、萨都剌、偰玉立为色目人,李穀为高丽人,其中许有壬存词 180 首,在元人之中存词最多(《全元词》录词最多的元好问应属金人)。再若论及科举时间短,进士人数少,仅以数量论,元代汉族进士文学家对文坛的贡献和影响不可谓不大。

二、元代汉族进士文学家在元代文坛多负盛名,极具影响力

　　元代馆阁文学家是文坛网络的顶端,除了本身的文学成就外,政治因素及朝廷、门生友朋的推崇,元代馆阁文学家也因此负有盛名。

　　第一是"主文衡"。"主文衡"即知贡举或做科举考官。知贡举始于唐代,是主掌进士考试的官员。历代知贡举和其他考官大都是当时著名的文士,且有较高的政治地位。如唐代房玄龄、卢承庆、崔湜都曾拜相。北宋知贡举翰林学士钱惟演、资政殿大学士晏殊、翰林学士欧阳修、龙图阁直学士司马光、翰林学士苏轼，南宋礼部尚书范成大、翰林学士洪迈、吏部尚书兼翰林学士楼钥，……都是文坛地位极高的人物，或为一时文坛领袖。元代知贡举与前朝大致相似，如延祐二年知贡举李孟为中书平章政事（从一品），张养浩是礼部侍郎（正四品）。其他考官元明善为翰林侍讲学士（从二品），赵孟頫为集贤大学士（从一品）、赵世延为参知政事（从二品）、潘昂霄为侍讲学士（从二品）、刘赓为翰林学士承旨（从一品），这些主文衡者都是文学名家，影响极大，除张养浩品秩较低外，其他全是高官。

　　从元代科举第五科即泰定四年（1327）科开始，元代"主文衡"者有进士出身的官员。终元一代，曾为元代会试和殿试的进士出身的考官有马祖常、欧阳玄、宋本、张起岩、杨宗瑞、谢端、王沂、许有壬、张翔、吕思诚、黄溍、韩镛、王思诚、余阙、李齐、李好文、宋褧、斡玉伦徒、陈祖仁、张以宁、赵时敏、傅亨、徐昺、王时二十二人。泰定四年知贡举为礼部尚书曹元用，马祖常以翰林直学士同知贡举。至顺元年（1330）马祖常为知贡举。元统元年知贡举为宋本。至正二年知贡举为许有壬。至正五年知贡举为欧阳玄，同知贡举王沂。至正十一年知贡举为韩镛，赵琏为同知贡举。至正十四年知贡举欧阳玄，同知贡举王思诚。至正二十年李好文为同知贡举，至正二十六年知贡举王时，徐昺为同知贡举。[①]

　　元代进士也主文盟于行省乡闱。如雷机持文衡江西乡闱，所甄拔"皆通经艺者。"[②] 干文传，"江浙、江西乡闱聘公同考试者三，主其文衡者四，所取士后多知名。"[③] 黄溍与同年张士元"同校文江西，又同校文江浙。"[④] 林温典闽浙文衡。[⑤] 杨维桢曾为江浙行省乡试考官。[⑥]

　　元代考官都是"于见任并在闲有德望文学常选官内选差"，[⑦]这些人在文坛多已非常出名，再任考官，选拔人才，其影响更大。科举时代，科举及第是文人

---

　　①　见上节《元代历科考官表》。

　　②　宋濂：《元故翰林待制朝散大夫致仕雷府君墓志铭》，宋濂著，罗月霞主编：《宋濂全集》，浙江古籍出版社 1999 年版，第 393 页。

　　③　黄溍：《嘉议大夫礼部尚书致仕干公神道碑》，《金华黄先生文集》卷二七，续修四库全书第 1323 册，第 364 页上。

　　④　黄溍：《张弘道墓志铭》，《金华黄先生文集》卷三三，续修四库全书第 1323 册，第 427 页下。

　　⑤　汤日昭：《（万历）温州府志》卷一二，四库全书存目丛书史部第 211 册，第 68 页下。

　　⑥　杨维桢：《杨文举文集序》，《东维子文集》卷六，杨维桢著，邹志方点校：《杨维桢集》，第 782 页。

　　⑦　宋濂：《元史》卷八一，第 2020 页。

的整个人生。因此,考官的好恶和文学倾向也在很大程度上影响时代的文风。

欧阳玄在乡闱慧眼得冯翼翁、程端学,不能不说是一时佳话。

王礼《高州通守冯公哀辞》:

> 庚申(1320)乡试,考官以义与胡氏小异,将斥之。主斋欧阳公得所赋科斗文字,以蟾兔问答,大惊赏,曰:"大华峰尖,忽见秋隼,未足以喻奇俊。"以示麟洲龙公,公时主试,亦叹曰:"空中起五凤楼,若天造神设,奇哉!"亟擢之,由是名动远近。[1]

欧阳玄《积斋程君端学墓志铭》:

> 至治癸亥(1323),予以鸠兹宰浙省,聘为秋闱试官。第二场《四灵赋》,本房得一卷,爱其词气高迥,拟置选中。覆考官谓非赋体,欲黜之。予争之力,且曰:"其人赋场如此,经义必高。"手画三不成字号,督掌卷官对号参索,取其本经观之。至则伟然老成笔也。主司是予言,乃与选。[2]

科举考官不仅建立了与考生的座师与门生的关系,而且必然影响文学倾向。从元代科举程序看,古赋因此取代律赋,在元代一时兴盛。科举要求"举人宜以德行为首,试艺则以经术为先,词章次之。"[3]故刘赓"持文衡,先质行而后文,时人化之"。[4] 从大的方面说,这对元代盛世文风的形成有很大作用。

第二,朝廷的重视。在元代,汉人、南人文士虽无军事政治之实权,但黼黻元化,炳焕皇猷,权舆治道则必不可少,是以馆阁多汉人南士。元代翰林国史院、集贤院、秘书监、奎章阁任职的进士有206人,而至高官者甚多,从三品以上有81人次。从一品十二人:许有壬、吕思诚二人曾任集贤大学士;许有壬、张起岩、欧阳玄、廉惠山海牙、李好文、吕思诚、周仲贤、徐晸、马彦翚、王时十人曾任

---

① 王礼:《麟原文集前集》卷一二,文渊阁四库全书第1220册,第449页下—450页上。

② 欧阳玄:《圭斋文集补编》卷一四,欧阳玄撰,汤锐校点:《欧阳玄全集》,第749—750页。

③ 宋濂:《元史》卷八一,第2018页。

④ 虞集:《翰林承旨刘公神道碑》,《道园学古录》卷一七,文渊阁四库全书第1207册,第249页上。

翰林学士承旨,①除廉惠山海牙、马彦翚为西域色目人外,都是汉人南人。

经筵为古代帝王讲习经典特设的讲席,在宋代开始确立。开经筵以养君德,以史为鉴,所以经筵官必为高德博学者,如王鹗、徐世隆、王思廉、张珪、李孟、张养浩、王结、赵世延、虞集、揭傒斯等。元进士许有壬、张起岩、黄溍、盖苗、宋本、吕思诚、李黼、归旸、索士岩,或为知经筵官、同知经筵官、经筵官,虽不能有直接的政治权力,但经筵的内容多少会影响皇帝的决策。如重开科举,李孟功劳甚大,或为经筵的作用。

皇帝的重视,亦见文学家在朝廷的地位。黄溍"涪上章求归,不俟报而行,帝闻之,遣使者追还京师,复为前官。"②欧阳玄因病数次要求致仕,元顺帝不允,"免其行朝贺礼","玄久病,不能步履,丞相传旨,肩舆至延春阁下。"③至正九年(1349)开端本堂,命皇太子入学,以李好文以翰林学士兼谕德,教授太子。④谢端与宋本以文学齐名,时号"谢宋"。元文宗建奎章阁,搜罗中外才俊置其中,尝诣阿荣曰:"当今文学之士,朕惟未识谢端。"⑤

虽然,翰林国史院、集贤院、奎章阁乃清要之地,从馆阁高官,到作为经筵官员,并没有实际的政治权力,虽有笼络汉人之意,但多少都显示朝廷的一点重视,并从另一个侧面显示了馆阁进士文学家在文坛的地位和影响。

第三,文学影响。许多汉族进士文学家在元代最著名的文学家之列,甚至是当时文坛领袖。

许有壬,其"文章亦雄浑闳肆,赡切事理,不为空言,称元代馆阁巨手。"⑥"许可用中丞文章表著一时,有盛名。"⑦

黄溍为"儒林四杰"之一,"其文原本经术,应绳引墨,动中法度,学者承其指授,多所成就"⑧,其门人宋濂、王祎在明初为文坛大家,尤其是宋濂被明太祖朱元璋誉为"开国文臣之首",与高启、刘基并称为"明初诗文三大家"。

---

① 见第二章第二节《馆阁进士高官表》、《翰林集贤进士文学家表》。
② 宋濂:《元史》卷一八一,第4188页。
③ 宋濂:《元史》卷一八二,第4197—4198页。
④ 宋濂:《元史》卷一八三,第4217页。
⑤ 宋濂:《元史》卷一八二,第4207页。
⑥ 永瑢:《四库全书总目》卷一六七,第1444页上。
⑦ 永瑢:《四库全书总目》卷一六七,第1444页下。
⑧ 永瑢:《四库全书总目》卷一六七,第1443页上。

欧阳玄与黄溍也都在"元代文章六家"之中。① 欧阳玄是宋、辽、金三史的实际主编,在当时文坛影响之大可以想见。"宋濂称其文如雷电恍惚,雨雹交下,可怖可愕,及乎云散雨止,长空万里,一碧如洗。……元发轫之初,声价已与集(虞集)相亚矣。"②欧阳玄与当时文坛宗主虞集友情密切,在当时人看来,他们名声相埒。

"元诗四大家"之一杨载,其"文章一以气为主,而于诗尤有法度,自其诗出,一洗宋季之陋"。③ "文名隐然动京师,凡所撰述,人多传诵之"。④

杨维桢"以横绝一世之才,乘其弊而力矫之。根柢于青莲、昌谷,纵横排奡,自辟町畦,其高者或突过古人",文采照映一时,⑤独步当代。杨维桢为元末江南文坛盟主,其领袖的铁崖诗派风靡江南,影响甚大。

其他如王沂"诗文春容和雅,犹有先正轨度"⑥。吴师道"诗文具有法度。其文多阐明义理,排斥释老,能笃守师传。其诗则风骨遒上,意境亦深,褎然升作者之堂,非复仁山集中格律矣"⑦。刘基"诗沉郁顿挫,自成一家,足与高启相抗。其文阂深肃括,亦宋濂、王祎之亚"⑧。张以宁"诗高雅俊逸,超绝畦畛,如翠屏千仞,可望而不可跻。虽推挹稍过,然亦几乎近矣"⑨。程端学"其文结构缜密,颇有阂深肃括之风"⑩。宋褧"诗务去陈言,燕人凌云不羁之气,慷慨赴节之音,一转而为清新秀伟……足为一家"⑪。

至正十五年(1355),王祎在《宣城贡公文集序》中列元代文坛名家郝经、姚枢、阎复、程钜夫、赵孟頫、吴澄、邓文原、元明善、袁桷、马祖常、虞集、王沂、宋本、揭傒斯、柳贯、张起岩、苏天爵、欧阳玄、李好文、黄溍、贡师泰二十一人,元中后期名家除虞集、揭傒斯、苏天爵、贡师泰四人,马祖常、王沂、宋本、张起岩、欧

---

① 邓绍基、杨镰:《中国文学家大辞典·辽金元》,中华书局2006年版,前言第12页。

② 永瑢:《四库全书总目》卷一六七,第1443页中。

③ 永瑢:《四库全书总目》卷一六七,第1441页上。

④ 宋濂《元史》卷一九〇,第4341页。

⑤ 永瑢:《四库全书总目》卷一六八,第1462页中。

⑥ 永瑢:《四库全书总目》卷一六七,第1442页下。

⑦ 永瑢:《四库全书总目》卷一六七,第1445页上。

⑧ 永瑢:《四库全书总目》卷一六九,第1465页上。

⑨ 永瑢:《四库全书总目》卷一六九,第1466页中。

⑩ 永瑢:《四库全书总目》卷一六七,第1445页上。

⑪ 永瑢:《四库全书总目》卷一六七,第1445页中。

阳玄、李好文、黄溍七人皆为进士。^①

显然，元代汉族进士文学家在元代文坛有足够的影响力。

要之，元代进士以文学成就而负盛名者甚多，是元代文坛的主导力量，在一定意义上受到朝廷重视，开经筵，主文衡，从而进一步提高了文坛地位和影响。元代馆阁文人的文学是文坛的风向标，开启并完成了元代的盛世文风。

三、元代馆阁进士文学家促成元代文坛的盛世文风

元代是诗、文、词、曲、小说诸体文学全部具备的时代，也是文学家众多的时代。后人或囿于"一代有一代之文学"的观念，对元代元曲之外的文学体裁轻而视之。然而如表 3-14 所示，从《全元文》、《全元诗》、《全元戏曲》、《全元散曲》作家作品统计均可以看出，元代文学仍以诗文为主体。

表 3-14　元代各题作品作者及数量表

集名	作者数量	作品数量
全元文	3000	30000
全元诗	5000	132000
全元戏曲	64	270（不包括宋元辑佚戏文）
全元散曲	216	4363（小令 3885 首，套数 478 套）

元代诗文作者中馆阁文人最有影响力，"从蒙元到元末，元代文学的创作主体一直是馆阁文人。^②"

据不完全统计，元代翰林国史院、集贤院、秘书监、奎章阁任职的进士有 206 人，占整个元代进士的 18％，占整个馆阁官员的 22％。^③ 而馆阁进士多是元中后期著名文学家（见表 3-15），是盛世文风的主体。

---

① 王祎：《王忠文集》卷六，文渊阁四库全书第 1226 册，第 127 页下—128 页上。
② 邱江宁：《元代馆阁文人活动系年》，第 2 页。
③ 见本书第二章第二节。

表 3-15　翰林院主要汉族馆阁进士文学家表

姓名	任职	备注
许有壬	翰林学士承旨(从一品)	奎章阁学士院侍书学士 集贤大学士
张起岩	翰林学士承旨(从一品)	国子司业(正五品)
王沂	翰林学士(正二品)	国子博士(正七品) 宣文阁监书博士(正五品)(至正改元,改奎章阁为宣文阁)
杨载	翰林国史院编修官(正八品)	
欧阳玄	翰林学士承旨(从一品)	艺文少监(从四品) 国子祭酒(从三品)
黄溍	翰林侍讲学士(从二品)	国子博士(正七品)、秘书少监
谢端	翰林直学士(从三品)	国子司业
宋本	翰林修撰(从六品)	集贤直学士、经筵官兼国子祭酒(从三品)、奎章阁供奉学士(正四品)承制学士(正三品)、艺文太监
王思诚	翰林待制(正五品)	集贤侍讲学士、国子祭酒、秘书监丞
李好文	翰林国史院编修官(正八品) 翰林侍讲学士(从二品) 翰林学士(正二品) 翰林学士承旨(从一品)	集贤侍讲学士兼国子祭酒
赵埏	翰林待制(正五品)	国子助教
宋褧	翰林直学士(从三品)	
吕思诚	翰林学士承旨(从一品)	集贤学士、国子祭酒
程端学	翰林国史编修官(正八品)	国子助教
周仲贤	翰林学士承旨(从一品)	
李黼	翰林修撰(从六品)	
张以宁	翰林侍读学士(从二品)	国子博士
黄清老	翰林院典籍官 应奉翰林文字(从七品)	
李齐	翰林修撰(从六品)同知制诰国史院编修官(正八品)	

续表

姓名	任职	备注
李祁	应奉翰林文字(从七品)同知制诰国史院编修官(正八品)	
李毂	翰林国史院检阅(正八品)	
宇文公谅	应奉翰林文字(从七品)同知制诰国史院编修官(正八品)	
成遵	应奉翰林文字(从七品)	
程益	翰林国史院编修官(正八品)	秘书监秘书郎、国子博士
朱彬	翰林国史院编修官(正八品)	
答禄与权	翰林国史院经历(从五品)	秘书监管勾、秘书郎
陈祖仁	翰林侍讲学士(从二品)	国子祭酒
胡行简	翰林修撰(从六品)	
滕克恭	翰林院经历(从五品)	集贤院直学士
高明	翰林国史院典籍(正八品)	
李国凤	应奉翰林文字(从七品)	
牛继志	同知制诰国史院编修官(正八品)	
曾坚	翰林直学士(从三品)	国子助教
李穑(高丽)	应奉翰林文字(从七品)同知制诰国史院编修官(正八品)	
钱用壬	翰林国史院编修官(正八品)	
李延兴	翰林检讨(从七品)	
龚友福	翰林学士(正二品)	
王时	翰林学士承旨(从一品)	
周尚文	翰林国史院编修官(正八品)	国子助教
申屠駧	翰林待制(正五品)	
干文传	集贤待制(正五品)	
汪泽民	集贤直学士(从三品)	
王守诚	秘书郎(正七品)	奎章阁鉴书博士

宋代理学兴盛,出现了二程、张载、朱熹、陆九渊等理学大师。元代理学不仅延续了宋代的兴盛,而且培育出许多兼文学家和理学家的著名人物,前期如刘因、姚燧、阎复、赵孟𫖯、程钜夫、吴澄,中后期如张养浩、虞集、揭傒斯、元明善、邓文原、柳贯、苏天爵、周伯琦、陈旅、危素,进士如黄溍、欧阳玄、许有壬、张起岩、杨载、马祖常、谢端、泰不华、宋本、宋褧、王守诚、萨都剌、余阙,等等。"有元一代,理学不仅是文人群体共同的知识谱系和思想资源,同时也是联系文人的纽带和桥梁"①,其文学理念即理学思想的外在表现。

文与道是文学与思想的重要话题。从更早的"文以明道"、"文以载道"、"文以贯道"到二程的"作文害道",朱熹的"文从道出","文"、"道"关系颇多争论。元人论文,颇有不同。许有壬提出"文与道一"的观点:

> 文与道一,而天下之治盛;文与道二,而天下之教衰。经籍而下,士之立言,力非不勤也,辞非不工也,施之于用,卒害其政者,与道二焉耳。昔苏子以韩愈配孟子,而以欧阳子为韩愈,天下以为知言,后世不敢有异议者,韩也,欧阳也,推而达于孔子之道也。欧阳子曰:三代而上,治出于一,而礼乐达于天下。三代而下,治出于二,而礼乐为虚名。又曰:我所谓文必与道俱。呜呼! 此欧阳子之所以为文,而先儒谓自荀、杨以下,皆不能及者也。②

许有壬继承了朱熹之说而首次提出"文与道一"的观点实际上是对理学与文学关系的认识,从"文"的角度看,理学与文学实为一体二用。

许有壬彰德汤阴人,"曾高以上,金乱失谱",然自其父许熙载"为儒则通"③,"在乡校时,获拜缑山杜先生,手录其诗,挟之游江南。有壬总角,尝受读焉"④。缑山杜先生即杜瑛(1204—1273),与元好问、辛愿等为友,金源遗民。许有壬自

---

① 蒲宏凌:《元代文人与理学之关系》,《推进朱子学与闽学的深入研究——朱子闽学与亚洲文化论坛文集》,2016 年 12 月。
② 许有壬:《题欧阳文忠公告》,《至正集》卷七一,文渊阁四库全书第 1211 册,第 497 页。
③ 欧阳玄:《许公神道碑铭》,《圭斋文集补编》卷一〇,欧阳玄撰,汤锐校点:《欧阳玄全集》,第 637、640 页。
④ 许有壬:《司狱杜君墓志铭》,《至正集》卷五六,文渊阁四库全书第 1211 册,第 400 页下。

幼随父生活在南方,其所记载师长有李秋山①、吴刚中②、陈一霆③,皆为南宋故老。许有壬自言"时混一才二十年,故老尚多,幸及从学,粗有得也"④。理学在南宋得到快速发展,"至晚宋朱学再传、三传时,朱学实已遍及南宋各地"⑤。许有壬所从学的南宋故老也多有理学教育的背景。

许有壬在诗中多次赞扬南宋理学家朱熹、张栻,如"朱张操大舟,涉海示我湄"、"朱张挹洙泗,一滴沾濒湘。源远流不沱,导之日以长。"⑥其《青崖魏忠肃公文集序》云:

> 我元一文轨,然后程朱之学大明于世,造诣深者蔚为名贤,推绪余为文章,亦莫不度越世习,盖理胜则文在其中矣。⑦

从中可以看出理学之于许有壬的浸润与影响,其"文与道一"的思想也是从理学流出。

欧阳玄为文学侍从之臣,曾持掌当世文柄,是元代馆阁文人的领袖人物,在文坛具有重要的地位,影响甚大。

欧阳玄的另一身份是具有理学背景的文学家。欧阳玄曾祖欧阳新、祖父欧阳逢、父欧阳龙生均有较深的理学背景。欧阳玄为理学家许谦门人,与揭傒斯、朱公迁、方用,以羽翼斯文相砥砺,时称"许门四杰"。⑧ 其理学思想必然对其文学观点和创作产生很大的影响。

欧阳玄对文坛的影响也基于这两重身份,坚持以雅正为核心的文风一则是理学思想的实践,一则是盛世心态的影响。

欧阳玄在文论中两次提到雅正:

① 许有壬:《李遂初文集序》,《至正集》卷三〇,文渊阁四库全书第 1211 册,第 218 页下。
② 许有壬:《跋甲戌混补公据》,《至正集》卷七一,文渊阁四库全书第 1211 册,第 501 页上。
③ 许有壬:《玉渊集序》,《至正集》卷三一,文渊阁四库全书第 1211 册,第 221 页下。
④ 许有壬:《故承务郎江西等处儒学副提举叶先生墓碑》,《至正集》卷五〇,文渊阁四库全书第 1211 册,第 359 页上。
⑤ 何俊:《南宋儒学建构》,上海人民出版社 1992 版,第 362 页。
⑥ 许有壬:《题乔江书院》《游岳麓书院登风雩亭寻朱张遗躅用疏斋卢先生韵》,《至正集》卷三,文渊阁四库全书第 1211 册,第 24 页上、25 页下。
⑦ 许有壬:《至正集》卷三四,文渊阁四库全书第 1211 册,第 241 页下。
⑧ 黄宗羲原著,全祖望补修,陈金生、梁运华点校:《宋元学案》卷八二,中华书局 1982 年版,第 3772 页。

宋讫,科举废,士多学诗,而前五十年所传士大夫诗,多未脱时文故习。圣元科诏颁,士亦未尝废诗学,而诗皆趋于雅正……抑国朝取士之文,先尚雅与?不知旧习浮靡,故他所作亦然与?抑亦治世之音,流布乐府,自是始与?[①]

我元延祐以来,弥文日盛,京师诸名公咸宗魏、晋、唐,一去金、宋季世之弊,而趋于雅正,诗丕变而近于古。江西士之京师者,其诗亦尽弃其旧习焉。庐陵罗舜美以诗一帙属予题其端,读之,佳句叠出,诗不轻儇,则日进于雅;不锼薄,则日造于正。诗雅且正,治世之音也,太平之符也。[②]

欧阳玄认为元诗趋于雅正,一是去金宋之弊而近于古,一是科举取士之文尚雅。

"近于古"即为元代宗唐复古之风。在欧阳玄看来,诗歌的雅正与复古是一回事。"京师近年诗体一变而趋古,奎章虞先生实为诸贤倡。"[③]

不轻儇、不锼薄谓之雅正,这是矫正金宋诗风提出的。欧阳玄认为雅正之诗为"治世之音"、"太平之符",其实是盛世文风的心态。

所谓盛世文风,是文人们倡导一种与这一盛世相副的文风,以期其诗文能够表现"大元盛世"的时代精神,元代的盛世文风所追求的是一种阔大的盛世气象。[④] 许有壬云:

我元四极之远,载籍之所未闻,振古之所未属者,莫不涣其群而混于一。则是古之一统,皆名浮于实,而我则实协于名矣。[⑤]

盛世心态显而易见。在元代文人心中,"海宇混一"、"华夷一统"所谓的大元盛世,是他们自信之处,也使他们油然有盛世之感。元明之际学者叶子奇(1327—1390)云:

---

① 欧阳玄:《李宏谟诗序》,《圭斋文集》卷八,欧阳玄撰,汤锐校点:《欧阳玄全集》,第157页。
② 欧阳玄:《罗舜美诗序》,《圭斋文集》卷八,欧阳玄撰,汤锐校点:《欧阳玄全集》,第160页。
③ 欧阳玄:《梅南诗序》,《圭斋文集》卷八,欧阳玄撰,汤锐校点:《欧阳玄全集》,第156页。
④ 查洪德:《"海宇混一"鼓舞下的元代盛世文风》,《南开学报》(哲学社会科学版),2008年第4期。
⑤ 许有壬:《大一统志序》,《至正集》卷三五,第251页上。

元朝自世祖混一之后，天下治平者六七十年。轻刑薄赋，兵革罕用。生者有养，死者有葬。行旅万里，宿泊如家。诚所谓盛也夫。[①]

元代六七十年的天下治平时期，士大夫从容于文字之间是必然之事，文人必有盛世之文的追求。虞集《跋程文宪公遗墨诗集》云：

公（程钜夫）之在朝，以平易正大振文风、作士气，变险怪为青天白日之舒徐，易腐烂为名山大川之浩荡。[②]

虞集认为盛世文风应该是平易正大，舒徐浩荡，而非险怪腐烂。虞集是盛世之文的提倡和推动者，尝感叹盛世之文没有出现，长太息斯文斯道。[③] 欧阳玄则对元代盛世之文充满了信心：

三代而下，文章唯西京为盛。逮及东都，其气寖衰。至李唐复盛，盛极又衰。宋有天下百年，始渐复于古。南渡以还，为士者以泛焉无根之学，而荒思于科试间，有稍自振拔者，亦多诞幻卑冗，不足以名家，其衰又益甚矣。

我元龙兴，以浑厚之气变之，而至文生焉。中统、至元之文庞以蔚，元贞、大德之文畅而腴，至大、延祐之文丽而贞，泰定、天历之文赡以雄。涵育既久，日富月繁，上而日星之昭晰，下而山川之流峙，皆归诸粲然之人文，意将超宋唐而至西京矣。[④]

欧阳玄认为文章以西汉为盛，东汉寖衰。唐代盛极而衰，北宋复古，南宋衰甚。盛衰之理，因时代而变。元代一统，文章又变，超越宋唐而至于极盛。所谓"庞以蔚"、"畅而腴"、"丽而贞"、"赡以雄"，就是盛世文风之特点。对于在元代天下六七十年治平之世，盛世文风是元代文人的自觉追求，也是文学评价的标准，亦为时代之风气，时代之心情。范梈《杨仲弘集序》云：

① 叶子奇：《草木子》卷三上，中华书局1959年版，第47页。
② 虞集：《道园学古录》卷四〇，文渊阁四库全书第1207册，第563页上。
③ 虞集：《庐陵刘桂隐存稿序》，《道园学古录》卷三三，文渊阁四库全书第1207册，第467页下。
④ 欧阳玄：《潜溪后集序》，《圭斋文集》卷七，欧阳玄撰，汤锐校点：《欧阳玄全集》，第148页。

今天下同文而治平,盛大之音称者绝少。于斯际也,方有望于仲弘也。①

显然,文学的"盛大之音"是他们自觉的使命与责任。② 欧阳玄在为他人作诗序中多次提到"治世之音",③胡行简赞扬许有壬之诗为"治世之音",④这些都显示他们对盛世之风的追求和推崇。

元代盛世文风的开始于元初,姚燧、卢挚、刘因、赵孟頫等为先导,至元中期,盛世之风形成代表者为元诗四家虞集、杨载、揭傒斯、范梈,及马祖常、萨都剌、余阙诸人,"一时作者,悉皆餐淳茹和,以鸣太平之盛治。"⑤上述诸人及许有壬、欧阳玄、黄溍等馆阁文人文学创作、文学理论及在文坛的影响,在促成盛世文风的形成起到了核心作用。

至正七年(1347),陈高《上达秘卿》曾感叹"世道方盛而文章不振者,非世之然也,倡之者无其人也。非无其人也,有其人而不为文章之司命,或为文章之司命,又循常习故而莫之变焉。此文气所以日卑下而其势固不能以振起也",并言希望借助泰不华作为"执文章司命之柄者"以改变世盛文卑的状况。⑥ 所谓文章之司命者,即馆阁文人,这里主要指科举考官。

天历(1328—1330)以后,"文章渐趋委靡"。⑦ 至正年间,盛世之文渐少,卑弱之文正多,盛世文风不复存,"作养当代之人才,振起当代之文气,一变而之古⑧"犹是文章司命者之责任。然一二十年间,世变时移,盛极而衰,盛世文风遂成元代文坛之绝响。

四、元代汉族进士文学家在文坛最大的功绩还在于地域文坛的地位和影响,强化了南北文坛格局

从地域上,元代文学有两个比较重要的构成,即大都文坛和江南文坛。大

---

① 杨载:《杨仲弘集》卷首,文渊阁四库全书第 1208 册,第 3 页上。
② 查洪德:《元代文学通论》,第 888 页。
③ 欧阳玄:《虚籁集序》、《李宏谟诗序》、《罗舜美诗序》、《圭斋文集》卷七、卷八、卷八。
④ 胡行简:《许承旨同声诗序》、《樗隐集》卷四,文渊阁四库全书第 1221 册,第 141 页下。
⑤ 戴良:《皇元风雅序》、《九灵山房集》卷二九,文渊阁四库全书第 1219 册,第 588 页上。
⑥ 陈高:《上达秘卿》、《不系舟渔集》卷一五,文渊阁四库全书第 1216 册,第 270—272 页上。
⑦ 杨维桢:《王希赐文集再序》、《东维子集》卷六,杨维桢著,邹志方点校:《杨维桢集》,第 781 页。
⑧ 陈高:《上达秘卿》、《不系舟渔集》卷一五,文渊阁四库全书第 1216 册,第 271 页下—272 页上。

都文坛以馆阁作家群最为重要。延祐科举之后,在元代馆阁文人中,进士逐渐成为最有影响的群体。此部分在馆阁进士作家中已有论述。江南文坛则有吴、越、闽、粤、江右五个地域文学流派鼎足而立的文坛格局。明胡应麟云:"国初吴诗派昉高季迪,越诗派昉刘伯温,闽诗派昉林子羽,岭南诗派昉于孙蕡仲衍,江右诗派昉于刘崧子高。"①其实,江南五个地域文学群体在元后期已经形成。刘伯温(刘基)是元统元年进士,被认为是明初文坛的"执牛耳者"②,其"锐意摹古,独标高格,力追杜韩,而出以沉郁顿挫,遂开明三百年风气"③。显然,刘基在明初的实际影响已超出在元代的名气和成就,俨然成为明三百年文坛开山者。

　　然而,吴诗派影响最大,在文坛上,杨维桢的名气要大于刘基。而以杨维桢为首的铁崖诗派有一百余人,"是中国文学史上规模最大、诗人最多、影响最为深远的一个乐府诗派。④"

　　杨维桢为铁崖诗派的倡导者,更是名副其实的江南诗坛盟主和文坛领袖。铁崖诗派中李孝光、张雨、倪瓒、顾瑛、陈基、杨基、王逢、袁凯都是当时有影响的诗人,而吴诗派遂成为元末最大的诗歌流派。

　　刘基尤工乐府,乐府诗的成就最高⑤,与杨维桢的铁崖诗派的"古乐府运动"有相通之处,抑或受铁崖诗风的影响。铁崖乐府出,"泰定文风为之一变"。⑥所谓"泰定文风为之一变",即指铁崖诗派所倡导的"古乐府运动"的成就和影响力之大,使元代诗风为之一变。这"使元末乐府诗的创作,成为乐府诗史的一座无与伦比的高标"⑦,在中国文学史上的意义也颇为重大。

　　总之,元代汉族进士文学家在元代文坛的意义有三,一是元代汉族进士是元中期之后文坛生力军,在创作实绩和文学思想都卓越于当时,地位和影响甚大。馆阁汉族进士文学家是大都文坛的主力,是盛世文风的创作主体,"二宋"、"谢宋"有名于当时,许有壬、欧阳玄、黄溍堪称大家,杨载与虞集、揭傒斯、范梈并称"元诗四家",黄溍与虞集、揭傒斯、柳贯被誉为"儒林四杰",他们文章道德,卓然名世,共同造就了元中期的盛世文风。二是元代汉族进士文学家强化了地

---

① 胡应麟:《诗薮·续编》卷一,上海古籍出版社 1979 年新 1 版,第 342 页。

② 孙家政:《论刘基和高启的词创作》,《南京师大学报》(社会科学版) 1998 年第 2 期。

③ 钱基博:《明代文学》,台湾商务印书馆 1999 年版,第 78 页。

④ 王辉斌:《杨维桢与元末"铁崖乐府诗派"》,《伊犁师范学院学报》(社会科学版),2011 年第 3 期。

⑤ 钱基博:《明代文学》,第 78 页。

⑥ 杨维桢:《潇湘集序》,《东维子文集》卷一一,杨维桢著,邹志方点校:《杨维桢集》,第 849 页。

⑦ 王辉斌:《杨维桢与元末"铁崖乐府诗派"》,《伊犁师范学院学报》(社会科学版),2011 年第 3 期。

域上的南北文坛格局，使大都文坛和江南文坛相互融通，又各自独立。三是以杨维桢为首的铁崖诗派发起的"古乐府运动"始补元诗古乐府之缺，使元代后期诗风为之一变，影响深远，不止在元代文坛，在明代犹有余音，在整个文学史上也有重大意义。

第四章 元代蒙古色目高丽进士与元代文坛

第一节 元代蒙古色目文学家

一、有文集传世者

1.马祖常（1279—1338），字伯庸，光州人。高祖锡里吉思，汉名马庆祥。曾祖，月合乃。父马润。马祖常师蜀儒张𡐫。延祐初，科举法行，乡贡、会试皆中第一，廷试为第二人，登延祐二年（1315）进士。授应奉翰林文字。拜监察御史。延祐五年，改宣政院经历，辞归，起为社稷署令。除翰林待制。泰定建储，擢典宝少监、太子左赞善。寻兼翰林直学士，除礼部尚书。天历元年（1328），召为燕王内尉，仍入礼部，两知贡举，一为读卷官，时称得人。升参议中书省事，拜治书侍御史，历徽政副使，迁江南行台中丞。又历同知徽政院事，遂拜御史中丞。除枢密副使，辞归光州。复除江南行台中丞，又迁陕西行台中丞，皆以疾不赴。后至元四年（1338）卒，年六十。有《石田集》十五卷。生平事迹见《元史》卷一四三。

《全元文》（第 32 册）录其文 137 篇，《全元诗》（第 29 册）录其诗 802 首。

2.萨都剌（约公元 1272—约 1348 年），字天锡，号直斋，其先世为西域人，答失蛮(回回)氏,一说蒙古人①。泰定四年进士。元代著名诗人、画家②。

萨都剌祖思兰不花,父阿鲁赤受知忽必烈,命仗节钺,元英宗朝留镇云代。萨都剌生于代州(即雁门,今山西代县),故萨都剌自称雁门人。萨都剌年轻时家境贫寒,曾远到吴楚经商谋生。泰定四年(1327)三甲及第,已五十五岁,授镇江路录事司达鲁花赤,有善政。除翰林国史院应奉翰林文字。至顺三年(1332)迁江南御史台掾史,元统二年(1334)任燕南廉访照磨,调福建廉访司知事。后至元三年(1337)调任燕南廉访司经历,终淮西廉访司经历③,不久致仕,其后事迹无考。一说曾入方国珍幕中④。有《雁门集》。

萨都剌《元史》无传,生平事迹见《新元史》卷二三八、《元诗选初集》小传。

《全元文》(第28册)录其文9篇,《全元诗》(第30册)录其诗794首,另有词14首,散曲套数1套。

3. 余阙(1303—1358),余阙,字廷心,一字天心,唐兀氏,世居武威。父沙剌藏卜,官庐州,遂为庐州合肥人。早年丧父,授徒养母。与吴澄弟子张恒游。元统元年进士及第,授同知泗州事。召为应奉翰林文字,转刑部主事,与上官议事不合,乃弃官归。未几,召修辽、金、宋三史,复入翰林为修撰。拜监察御史。至正十三年(1353)江淮用兵,起阙为元帅府副使,分兵守安庆,屡败诸寇,拜淮南行省左丞。十七年冬,为陈友谅所围,次年正月初七城破身死,官民将士从死者以千计。事闻,赠淮南江北等处行中书省平章政事,追封豳国公,谥忠宣。余阙死后,陈友谅用重金赎回其遗体,具棺殓葬于安庆西门外。明太祖朱元璋嘉其忠节,立庙于忠节坊。由于其曾读书青阳山中,称"青阳先生。"有《青阳集》四卷。生平事迹见宋濂《余左丞传》(《宋文宪公文集》卷四〇),《元史》卷一四三,《新元史》卷二一八,《蒙兀儿史记》卷一三一,《元诗选初集》小传。

《全元文》(第49册)录其文81篇,《全元诗》(第44册)录其诗103首。

4. 金哈剌(约1310—1378),字元素,号葵阳(或葵阳老人),拂林人。至顺元年进士。也里可温。马祖常族弟。其先赐姓"金",世居燕山。至顺间(1330—

---

① 永瑢:《四库全书总目》卷一六七,第1445页下。

② 陈垣:《元西域人华化考》,第97页。故宫博物院藏有萨都剌《严陵钓台图》、《梅雀》。

③ 萨都剌:《雁门集》卷一〇《溪行中秋玩月》后萨龙光按语。上海古籍出版社1982年版,第274页。

④ 钱谦益《列朝诗集小传·刘左司仁本》:"当方氏盛时,招延士大夫,折节好文,与中吴争胜,文人遗老如林彬、萨都剌辈,咸往依焉。"同书《方参政行》:"萨天锡、朱右辈,咸往依焉。"上海古籍出版社1983年版,第44、45页。

1333），为钟离县达鲁花赤，至正四年（1344）官刑部主事。累官江南浙西道廉访司佥事，江浙行省左丞。改福建海道防御，升行省参知政事。入朝为工部郎中，历中政院使、参知政事，拜枢密院使。后随元顺帝北去，不知所终。有《玩易斋集》、《南游寓兴诗集》。生平未见碑传。赵由正《南游寓兴诗集序》、刘仁本《南游寓兴诗集序》、《书史会要·补遗》、《录鬼簿续编》、《隆庆中都志·名宦志》（卷六）、《康熙凤阳府志》卷二五，均有相关资料。①

《玩易斋集》已佚，金哈剌诗存于《南游寓兴诗集》。

《全元诗》（第 42 册）录其诗 368 首，未见文章。

5. 偰伯僚逊②（1319—1360），字公远，汉名偰恭，畏兀氏，家溧阳。至正五年（1345）进士。延祐二年进士偰哲笃之子。进士及第，授应奉翰林文字、同知制诰兼国史院编修官，迁宣政院断事官经历，选为端本堂正字，授皇太子经。因其父与丞相哈麻有怨，出任单州达鲁花赤。丁内艰，寓大宁（今河北平泉县）。至正十八年避红巾军，挈子弟至高丽。因与其国恭愍王（1352—1374 在位）在端本堂有旧谊，礼遇优渥，封高昌伯，改富原候，更名偰逊。至正二十年卒于松京（开城），其家遂定居高丽。子孙先后出仕高丽、朝鲜，并绵延至今。有《近思斋逸稿》，为其在中国时旧作。其子偰长寿于恭愍王二十二年（1373）刊行，后收入《庆州偰氏诸贤实记》，现存。另有《之东录》为入高丽之稿，已佚。③ 生平见郑麟趾《高丽史》卷一一二《偰逊传》、《千顷堂书目》卷二八。

《全元诗》（第 59 册）录其诗 120 首。

二、文集散佚者

1. 偰玉立（约 1294—?）字世玉，号止堂，又号止庵。高昌回鹘人。偰伯僚逊伯父。偰氏家族发祥于蒙古偰辇河，因以偰为姓。入中原始居南昌，后居溧阳。父文质，官正议大夫，吉安路达鲁花赤。玉立登延祐五年（1318）进士第，历官秘书监著作郎，授翰林院待制，兼国史院编修官。至正五年（1345），为嘉议大夫、河东山西道佥宪。至正八年，迁湖广佥事，至正九年，为泉州路达鲁花赤，终海北海南道肃政廉访使。偰氏一门九进士（偰玉立、偰直坚、偰哲笃、偰朝吾、偰

---

① 参见萧启庆：《元色目文人金哈剌及其〈南游寓兴诗集〉》，《内北国而外中国 蒙元史研究》，第 749—765 页。杨镰：《元诗史》149—158 页。

② 伯或作百，僚或作辽，本书除引文外，均称偰伯僚逊。

③ 参见萧启庆：《元代进士辑考》，第 312 页。

簏、偰哲笃从兄弟善著、偰哲笃之子偰伯僚逊、善著之子正宗及阿儿思兰），为元代最成功的科第世家。顾嗣立《元诗选三集》辑其诗为《世玉集》。生平见欧阳玄《高昌偰氏家传》(《圭斋集》卷一二)、《元诗选三集》小传。

《全元文》(第 39 册)录其文 4 篇，《全元诗》(第 37 册)录其诗 16 首，《全元词》录其词《菩萨蛮》1 首。

2.偰哲笃(?—1356)，字世南，贯龙兴路。偰文质第三子，偰玉立之弟。延祐二年进士。历任泗州同知、陕西、江南行台御史、广东道廉访司金事，因事被劾，弃官归，于至元元年(1335)移家溧阳。后起为海南道廉访使，至正七年(1407)任工部尚书、同金枢密院事，九年任江浙行省参政，十年任吏部尚书，十二年调淮南行省左丞，十五年因故被流放，明年卒于流放地大宁。有《白雪堂集》，佚。生平事迹附见《元史·哈刺普华传》(卷一九三)、《沙溪偰氏宗谱》①。

《元诗选三集》偰玉立《世玉集》附收偰哲笃诗 3 首(《全元诗》第 37 册同)，《全元文》(第 31 册)收其文《重修县学记》一篇，此外尚有散见诗文②。

3.泰不华(1304—1352)，字兼善，号白野，蒙古伯牙吾台氏。初名达普化，元文宗赐名泰不华。父塔不台，任台州录事判官，遂定居台州。至治元年(1321)右榜状元。授集贤修撰，转秘书监著作郎，调任江南行台御史、奎章阁典签、中台御史。元顺帝即位，出金河南廉访司事，转任淮西，迁江南行台经历，江浙行省左右司郎中，礼部侍郎。至正元年(1341)除绍兴路总管，入史馆，与修辽、宋、金史，书成，授秘书卿，升礼部尚书兼会同馆事。九年，除江东廉访使，翰林侍读学士、都水庸田使。十一年任浙江宣慰使都元帅，以攻方国珍，国珍招安，迁台州路达鲁花赤。十二年，方国珍复叛，泰不华讨之，战死，年四十九，封魏国公，谥忠介。立庙台州，额曰"崇节"。有《顾北集》，佚，顾嗣立辑《顾北集》。生平见《元史·泰不华传》(卷一四三)、《新元史》卷二一七、《元诗选初集》小传。

《全元文》(第 52 册)收泰不华文 6 篇，《全元诗》(第 45 册)收其诗 32 首。

4.雅琥，初名雅古，字正卿，也里可温人。尝家于衡鄂。泰定元年(1324)进士，授秘书监著作郎，至顺元年(1330)任奎章阁参书，次年被劾罢。至元(1335—1340)间，行中书省事，出为静江府同知，未上。转福建盐运司同知、峡

---

① 《溧阳沙溪偰氏宗谱》卷首孟和《沙溪偰氏续修宗谱原序》，南京图书馆藏。
② 《北京图书馆藏中国历代石刻史料拓本汇编》第 50 册(第 44、73 页)有偰哲笃《句容儒学碑》及篆书撰额《道林堂记》。

州路达鲁花赤①。有《正卿集》(顾嗣立辑)。生平见《元诗选二集》小传、《元西域人华化考》卷四。

《全元诗》(第 37 册)辑其诗 47 首,无文。

5.昂吉(1317—1366),汉姓高,字起文(亦作启文),西夏唐兀氏,居永嘉。曾祖蒙古歹,千户。祖探马赤,罗源县尹。父僧家奴,任吏家温州。昂吉少从乡先生陈履常,受《尚书》。至正元年(1341),中江浙乡试副榜。七年,领江浙乡荐。八年,中三甲进士。授池州录事,历绍兴路录事、贵溪县丞。丁忧,教授乡里。后受福建行省平掌燕赤不华的拔擢,任行省检校官。至正二十六年八月卒,年五十。有《启文集》(《元诗选三集》,顾嗣立辑),录其诗 15 首。生平见唐肃《故福建等处行中书省检校官高君墓志铭》(《丹崖集》卷八)、《草堂雅集》卷一〇、《吴中人物志》卷一〇、《元诗选三集》小传。《元西域人华化考》列之为"西域之中国诗人"。

《全元诗》(第 58 册)录其诗 19 首,无文。

6.达溥化,字仲渊(仲困),号鼇海,蒙古人。进士,科次不详。曾任江浙行省郎中。其诗为时所重,与萨都剌为好友,在东南诗坛并享盛誉。② 有《笙鹤清音》③,已佚。日本静嘉堂文库所藏抄本《鼇海诗人集》仅收录其诗十四首。生平见《大雅集》卷七、虞集《笙鹤清音序》、钱熙彦《元诗选补遗》。

《全元诗》(第 51 册)录其诗 16 首。

7.张翔,字雄飞,唐兀氏。延祐二年(1315)进士,历西台御史,至元元年(1335)任南台御史,二年进都事,三年升浙东廉访司金事,转湖南廉访金事。有《张雄飞诗集》,许有壬序,已佚。生平见《至正金陵新志》卷六、《元诗选癸集》丙集小传。陈垣《元西域人华化考》列之为"西域之中国诗人"。

《全元诗》(第 33 册)录其诗 16 首。

8.观音奴(？—1343 前),字志能,号刚斋,唐兀人氏,居新州(广东新兴)。登泰定四年(1327)进士第,历户部主事、太禧宗禋院照磨。后至元五年(1339),任江南行台监察御史,转广西廉访司经历,升应奉翰林文字,转知归德府,断狱

① 参见《元代进士辑考》第 212 页,《元人传记资料索引》第 2728 页。
② 虞集:《笙鹤清音序》,李修生《全元文》第 26 册,第 146 页。
③ 钱大昕《元史艺文志》卷四:"傅仲渊,《笙鹤清音》,蒙古人进士。"钱大昕著,陈文和点校:《嘉定钱大昕文集》第五册,江苏古籍出版社 1997 年版,第 81 页。傅即溥。溥仲渊即达溥化。见钱熙彦:《元诗选补遗》,中华书局 2002 年版,第 181 页。

有声，廉明刚毅，升都水监官。有诗集《新乐府》。生平见《元史》卷一九二、《新元史》卷二二九。

《全元诗》（第 40 册）仅辑得其诗 4 首。

9.普达世理（1308—?），字原理，又作元理、元礼、原礼，自号安节先生。贯别失八里，高昌畏兀儿人氏。居岳州录事司。元统元年进士。授常德路龙阳州判官，历浙省都事、江南诸道行御史台监察御史，后迁江南湖北廉访司事。时所治郡县，已皆入于冦，遂诣长沙，假分司印，征兵属郡。未几，授岭南参知政事，兵溃，一门死者过半，而元理终不屈而死。有《普达世理诗集》，已佚。生平见《新元史》卷一二九。

嘉靖《湖广图经志书》卷六载其事迹，谓"有诗集行于世。"①诗集已佚，诗亦一首不存。《全元文》（第 58 册）录其文《太平路儒学归田记》一篇，是至正九年（1349）其在江南行台御史时所作，是普达世理仅存于世的文字。

10.月鲁不花（1308—1367），字彦明，号芝轩，蒙古逊都思氏。元统元年进士。授台州路录事司达鲁花赤，迁穆县达鲁花赤。丁外艰。至正元年（1341），为都水监经历，擢广东廉访司经历。历任集贤待制、吏部员外郎、吏部郎中、监察御史、吏部侍郎、工部侍郎、保定路达鲁花赤，除吏部尚书，改大都路达鲁花赤，转吏部尚书，迁翰林侍讲学士，拜江南行御史中丞，除浙西道肃政廉访使。至正二十六年，任山南江北道肃政廉访使。二十七年二月，浮海北上，遇倭贼，不屈遇害。顾嗣立辑其诗为《芝轩集》。生平见《元统元年进士录》、《元诗选三集》小传、《元史》卷一四五。

《全元诗》（第 46 册）录其诗 13 首。

11.慕尚（1308—1388），字仲伦，号乐泉翁，贯大都路宛平县，回回于阗人氏，居杭州，元统元年进士。延祐二年（1315）进士哈八石（丁文苑）之子。授天临路同知湘阴州事，历广西省郎中、浙东瑞安州税，终南宁路某处达鲁花赤，后弃官卜居湘阴。洪武初，聘至京，年八十一而终，葬湘阴城中义井头。有《揽余集》。生平见《元统元年进士录》、《嘉靖湘阴县志》卷二。

慕尚《揽余集》已佚。现存诗三首②，杨镰《全元诗》（第 46 册）仅录其诗1 首。

---

① 嘉靖《湖广图经志书》，日本藏中国罕见地方志丛刊，书目文献出版社 1991 年版，第 539 页下。

② 顾嗣立、席世臣：《元诗选癸集》丁集（第 459 页）有丁仲伦《题明秀亭》，《光绪湘阴县图志》卷二有《游秀野斋怀郑菊隐》，《永乐大典》卷 2323 引《苍梧志》有《报恩寺避暑偶题》。

12.答禄与权(？—1381)字道夫，号洛上翁，蒙古达鲁乃蛮氏。贯汴梁路陈州(洛阳)。父字兰奚，宣城县达鲁花赤。从父答禄守礼、答禄守恭分别为泰定四年(1327)进士、至顺元年(1330)进士。答禄与权登至正二年进士，历秘书郎、秘书监管勾、翰林院经历、河南江北道廉方佥事。曾任监书博士、太子文学。入明，寓居河南永宁。以元故官入朝。洪武六年(1373)受推荐，被明太祖任以泰府纪善，同年，改任监察御史。七年初，任广西按察佥事，未行，复命为御史。八年三月擢翰林院修撰。坐事，降为翰林院典籍。九年升应奉。十一年致仕，十四年(1381)卒。有《答禄与权文集》十卷、《窥豹管》、《庚申君大事记》，与修《洪武正韵》。生平见黄溍《答禄乃蛮氏先茔碑》(《金华黄先生文集》卷二八)、《明史》卷一三六、释来复《澹游集》卷上、廖道南《殿阁词林记》卷八、陈田《明诗纪事》甲签卷四、杨镰《答禄与权事迹钩沉》①。

答禄与权长于诗文，《答禄与权文集》、《窥豹管》已佚，其多篇诗文存于《永乐大典》中②，《全元诗》(第49册)辑其诗56首，《全元文》未录其文。

13.哈珊沙(合珊沙)，字可学，汉名沙可学，贯永嘉(浙江温州)，居杭州，至正二年(1342)右榜进士。西域人，③应为回回④。曾任浙江枢密院都事，与至正五年进士高明、至正八年进士葛元喆三人俱贤能，杨维桢称"三人用而浙省称治。"⑤其人当在明初尚在。有《沙可学诗集》，已佚。生平见《静志居诗话》卷五、《元诗选癸集》辛上。

《全元诗》(第51册、第52册)录其诗3首。⑥

14.纳璘不花，字文璨，号絅斋，高昌畏兀人。泰定四年(1327)进士。历湘阴州判官、历阳县达鲁花赤。后至元三年(1337)，任盱眙县达鲁花赤。曾任江浙行省都事、江西行省员外郎、四川行省理问。有《纳璘文璨诗》，佚。生平见揭傒斯《盱眙县题名记》(《中都志》卷七)、许有壬《絅斋记》(《至正集》卷四〇)。

①　《新疆大学学报》(哲学社会科学版)1993年第4期。

②　栾贵明《永乐大典索引》，第1141页。答禄与权《答禄与权前题》(《宋濂全集》，第2616页)不见于《全元文》。

③　释来复《澹游集》卷上"哈珊沙，字可学，西域人。至正壬午拜住榜登进士第，行枢密院都事。"续修四库全书1622册，第225页上。

④　萧启庆：《元代进士辑考》，第293页。

⑤　杨维桢：《送沙可学序》，《东维子文集》卷五，杨维桢著，邹志方点校：《杨维桢集》，第770页。

⑥　释来复《澹游集》卷上《奉题定水见心禅师天香室》，杨镰《全元诗》(第51、第52册)暂把哈珊沙与沙可学列为二人，此诗收在哈珊沙名下。

许有壬《跋纳璘文璨诗》云:"(纳璘不花)迨守湘阴归,汲汲问学。犹未第时,予嘉其有志于远到也。出诗一帙,求言甚切。"①《纳璘文璨诗》已佚,其仅存诗一首《题第一山答余廷心》,是其在任官盱眙县时给余阙的答诗。②

三、无诗文集但有诗文传世者

1.八儿思不花(八时思溥化),字元凯,蒙古人。③ 出身国子学,延祐五年(1315)右榜进士第二名,授秘书监秘书郎。④ 至顺二年(1331)迁浦江县达鲁花赤,修月泉书院。⑤ 后至元四年(1338),任御史,与宋褧按行河南四道。⑥ 至正十六年(1356)任浙东元帅。⑦ 生平见《秘书监志》卷一〇、郑太和《麟溪集》丁卷。《全元诗》(第35册)录其诗《咏郑氏义门》1首。

2.哈八石(1284—1330),汉姓丁,字文苑。回回。于阗人,世居大都宛平县,居永州路祁阳县。曾祖斡儿别亦思八撒剌儿,耶儿干牧民官。祖迷儿阿里,入中原,大名宣课题领。父剌马丹(堪马剌丁,1239—1297),官至广海盐课司提举。其子慕凬,元统元年进士。哈八石延祐二年(1315)及第,历固安州判官、中书省左司掾、礼部主事。至治二年(1322),改秘书著作郎,拜监察御史,迁户部员外郎。历浙西、湖北、北山等道廉访司金事。天历三年(1330),赴任山北廉访司,行至淮安,染病而卒,葬西湖之侧。子孙或因此居杭州路。生平见许有壬《哈八石哀辞并序》(《至正集》卷六八)、《故忠翊校尉广海盐课司提举赠奉训大夫飞骑尉渔阳县男于阗公碑铭》(《至正集》卷五一)。

3.铁闾,字充之,哈剌鲁人,鄞县人(浙江宁波)。至治元年(1321)进士,授余姚州同知。泰定二年(1325)任象山县达鲁花赤。天历二年(1329)任义乌县达鲁花赤。生平见《至正四明续志》卷二、《元诗选癸集》丙集、《成化杭州府志》卷三九。

《全元诗》(第52册)录其诗2首。

4.三宝柱,字廷珪,畏兀儿人,居平江(江苏苏州),至治元年(1321)进士。

---

① 许有壬:《至正集》卷七二,文渊阁四库全书第1211册,第503页上。

② 杨镰:《全元诗》第40册,第419页。

③ 黄溍:《送八元凯序》,《金华黄先生文集》卷一七,续修四库第1323册,第261页上。

④ 王士点、商企翁编次,高荣盛点校:《秘书监志》卷一〇,浙江古籍出版社1992年版,第199页。

⑤ 黄溍:《重修月泉书院记》,《金华黄先生文集》卷一四,续修四库全书第1323册,第226页。

⑥ 宋褧:《菩萨蛮》,杨镰《全元词》下册,第1176页。

⑦ 汪克宽:《师山先生郑公行状》,《环谷集》卷八,文渊阁四库全书第1220册,第725页上。

历瑞安州知州、兵部员外郎、江浙行省郎中。至顺三年（1332）任浙西廉访司副使。后至元四年（1338）任庆元市舶提举司提举，擢浙省左右司郎中，至正十一年（1351）改徐州兵马都指挥。十五年任温州路达鲁花赤。十六年与御史喜山合攻方国珍，兵败被执，后放还。后又历廉访使、宣慰使。死于战乱。生平见《辍耕录》卷九《题屏谢客》、《万历温州府志》卷九、《元史》卷一四四附《星吉传》、《元诗选癸集》丙集。

《全元诗》（第40册）录其诗3首。

5.伯笃鲁丁，字至道，汉名鲁至道。贯上元（今南京）。至治元年（1321）进士。后至元二年（1336），任浙东廉访副使。三年转岭南广西道廉访副使。至正元年（1341）由礼部侍郎任秘书太监，转任国子监。历赣州路、建德路、绍兴路达鲁花赤。至正十二年任潭州总管，后以罪废，卒葬金陵南门外。其孙洪武间游宦粤西，定居桂林，改姓白。今人白崇禧即出于此族。生平见《秘书监志》卷九、杨瑀《山居新诂》、《元诗选癸集》丁集。陈垣《元西域人华化考》列之为"回回教世家之中国诗人。"

伯笃鲁丁在当时已有诗名，丁戴良《鹤年先生诗集序》列之为元代西域十二个著名色目诗人之一。

《全元诗》（第37册）录4首：《挽樊时中参政》、《挽宝哥参政》、《逍遥楼》、《浮云寺》。清汪森《粤西诗载》有《鬼门关》1首未录。《全元文》（第48、58册）录其文三篇。[①]

6.偰朝吾，至治元年进士。有《乌侯梅前州政绩碑》，[②]不存。

7.廉惠山海牙，字公亮，畏兀人，出身高昌廉氏。至治元年（1321）进士。曾祖吉台海牙，畏兀国世臣。祖布鲁海牙（1197—1265），官至顺德等路宣慰使。父阿鲁浑海牙，官至广德路达鲁花赤。从父廉希宪，官至中书平章政事。廉惠山海牙幼孤家贫，肄业集庆路学，为名儒胡助弟子。[③]后入国学。至治元年，登进士第，授承事郎、同知顺州事。期年，召入史馆，预修英宗、仁宗《实录》，寻拜监察御史。迁都水监，历秘书丞、衡州路总管、会福总管府治中，出金淮东廉访司事，迁江浙行省左右司员外郎，既而历金河东、河南、江西廉访司事，升江南行

---

①　李修生：《全元文》第48册、第58册之"伯笃鲁丁"似当为一人。

②　杨维桢：《书乌马沙侯德政记后》，《东维子文集》卷二一，杨维桢著，邹志方点校：《杨维桢集》，第1011页。

③　胡助：《纯白先生自传》，《纯白斋类稿》卷一八，文渊阁四库全书第1214册，第661页上。

御史台经历。至正三年(1343)初,行郊礼,召拜侍仪使。四年,预修辽、金、宋三史,迁崇文太监。是年六月,为兵部尚书,户部尚书。历河南、湖广、西行省右丞,除佥江浙行枢密院事,改拜福建行省右丞、宣政院使,入为翰林学士承旨、知制诰兼修国史。卒,年七十有一。生平见《元史》卷一四五、《至正金陵新志》卷六。

廉惠山海牙"也许还是北庭廉氏家族与诗坛关系颇密切的一人。"① 与元中后期诗人李孝光、萨都剌、王结、宋褧、贡师泰、答禄与权、张以宁都有交往,唱和颇多,如张以宁《次韵廉公亮承旨夏日即事》六首、② 王结《次廉承旨韵》四首、③ 刘嵩《奉和右丞廉惠山凯牙喜雨诗》。④ 李孝光有诗《送廉公亮佥事江西》,⑤ 萨都剌有《彭城杂咏呈廉公亮佥事》四首、《偕廉公亮游钟山》,⑥ 最后一首有"使君五老峰前去,应有新诗寄病僧"之句,显然,廉惠山海牙能诗,且作诗也有一定的数量,但作品流传极少,现仅见《咏郑氏义门》、《奉题见心和尚天香室》诗二首,⑦ 文三篇。⑧

8. 忽(护)都达儿(1296—1349),字通叟,蒙古捏古䚟氏。世居云中。居澧州路。延祐五年右榜状元。母冯氏,蜀人,宋某路提点刑狱立之孙女。延祐四年,湖广乡试第一,廷试右榜第一。授秘书监著作郎。历任湖广行省左右司员外郎、南台监察御史、江浙行省左右司员外郎、都水庸田副使、同知饶州路事。至正五年,同知衡州路总管府事,迁济南路总管,官至婺州路总管。至正九年十二月卒,年五十四。生平见黄溍《嘉议大夫婺州路总管兼管内劝农事捏古䚟公神道碑》(《金华黄先生文集》卷二七)。《全元文》(第47册)录其文1篇。

9. 完迮溥化,字元道,蒙古忙兀台氏,贯沔阳府景陵县(今湖北天门)。泰定元年进士,授秘书监著作郎,后至元三年(1337)任乌程县达鲁花赤。至正五年任平乐府达鲁花赤。官至江浙行省理问所官。弟完迮帖木,乡贡进士;弟完迮

① 杨镰:《元西域诗人群体研究》,第243页。
② 张以宁:《翠屏集》卷二,文渊阁四库全书第1226册,第575页。
③ 栾贵明:《永乐大典索引》,作家出版社1997年版,第81页。
④ 刘嵩:《槎翁诗集》卷二,文渊阁四库全书第1227册,第258页下。
⑤ 偶桓编:《乾坤清气集》卷一四,文渊阁四库全书第1370册,第399页上。
⑥ 萨都剌:《雁门集》卷五,第114页;卷六,第191页。
⑦ 杨镰:《全元诗》第36册,第446页。
⑧ 张金吾《爱日精庐藏书志》卷二二《活幼心书决证诗赋》有"天历己巳八月廿又一日朝散大夫同知衡州路总管府事廉公亮引。"中华书局编辑部:《清人书目题跋丛刊》(四),中华书局1987年版,第464—465页。杨镰:《元西域诗人群体研究》,第244页。李修生《全元文》未录此二篇。

也先，元统元年进士，为元代成功的科举家族。生平见《秘书监志》卷一〇，《元统元年进士录》。

《全元诗》(第50册)录其诗一首《挽宋褧诗》，有文《重修广法寺记》[①]、《盐官县捕盗司记》[②]，《全元文》未收其文。

10. 完泽溥化，汉名沙德润，哈剌鲁人。居松江府。泰定元年(1324)进士。授归安县丞，历襄阳县尹、诸暨州判官、松江府达鲁花赤、汴梁路郾城县达鲁花赤。生平见《正德松江府志》卷二五、《元史》卷一三二。

沙德润能诗词，与邵亨贞、任以南、朱晞颜、王冕交游，邵亨贞《蚁术诗选》卷一、《蚁术词选》卷三有唱和记录，但未见存世诗词，有文《重修听鹤亭记》(《正德松江府志》卷一四)，《全元文》未录其文。

11. 燮理溥化，字元溥，一作元圃，贯湘潭，蒙古斡罗纳儿氏。泰定四年(1327)进士。历舒城、乐安二县达鲁花赤。后至元四年(1338)任南台御史。至正二年(1342)任西台御史。曾任内台监察御史。生平见王闓运《(光绪)湘潭县志》卷八、揭傒斯《送燮元溥序》(《文安集》卷九)、虞集《抚州路乐安县重修儒学记》(《道园学古录》卷三五)、《元诗选癸集》丁集。[③]

燮理溥化为揭傒斯弟子，揭傒斯文集由燮理溥化校录。[④] 燮理溥化能诗，但存诗不多，《全元诗》(第40册)录其诗二首。《全元文》(第56册)录其文二篇。

12. 沙班，字子中，西域人，居杭州。泰定四年(1327)进士。历建康路经历、建宁路经历、永康县达鲁花赤[⑤]。至正十一年(1351)在杭州筹建义塾，刘基《诚意伯文集》卷五有《沙班子中兴义塾诗序》记之。子善材、善庆皆为至正十一年进士，于是更名所居之山螺蛳为联桂山，又以"联桂"名堂，张以宁为记[⑥]，成廷珪

---

① 《永乐大典》卷2343，13页下—14页上，中华书局1959年影印本。

② 许传霈原纂，朱赐恩续纂：《海宁州志稿》卷一九，成文出版有限公司1983年影印本，第2037—2038页。

③ 顾嗣立、席世臣《元诗选癸集》丁集"燮右丞元圃"称其为宋咸淳进士，误。罗汝怀《绿漪草堂文集》(续修四库全书本)卷二七《五品衔候选知县李君墓志铭》已指出此误。

④ 四部丛刊本《揭文安集》有"门生前进士燮理溥化校录"数字。

⑤ 胡宗宪修，薛应旂纂：《嘉靖浙江通志》卷一五《建置志第二之三》：至正三年，永康县学毁于兵，"监县沙班重建"。《天一阁藏明代方志选刊续编》第24册，第786页。成廷珪《居竹轩诗集》卷三有《沙子中监县二子善才善庆俱登第因名其所居之山曰联桂所以纪瑞也诗以美之》，或其至正十一年任永康县监。文渊阁四库全书第1216册，第340页。

⑥ 张以宁：《联桂堂记》，《翠屏集》卷四，文渊阁四库全书第1226册，第629页下—630页。

赋诗①。沙班家族为元代科第成功之家族。沙班卒于元明易代之际,凌云翰有诗挽之。② 生平见《元诗选癸集》丁集。

沙班与元后期诗人张以宁、成廷珪、凌云翰、刘基、吴克恭、卜友曾多有交游,但存诗较少。《全元诗》(第 43 册)录其诗 2 首。

13.蒲里翰,字文苑,一作文渊,其先西域人。③ 贯广州路。祖鲁尼氏流寓广东。泰定四年(1327)进士。授郑州同知。至正十年(1350)由漕运副使转溧阳知州,任职三年,前云南廉访佥事。生平见《嘉庆溧阳县志》卷九、《乾隆镇江府志》卷二五。

《全元诗》(第 40 册)录其诗 4 首。

14.李颜忽都(? —1355),字元卿,又作原卿,玉耳伯里伯牙吾氏,钦察族。泰定四年进士。授中兴路江陵县达鲁花赤,历知荆门、郑州,入为翰林院经历,除和南廉访司佥事。至正十二年,任台州路达鲁花赤,仕至江浙行宣政院判官。生平见《元史》卷一三四、杨维桢《李元卿墓铭》(《东维子文集》卷二四)。

李颜忽都作诗有古风。杨维桢《李元卿墓铭》:"擢第后,尽合所为文。博极经史,诸子百家、古诗人骚选、乐府歌行,出语务追古人。"④然诗文不存于世。

15.笃列图(1312—1348),字敬夫,捏古台氏,燕山人。至顺元年(1330)右榜状元。历官集贤修撰、太医院都事、湖广行省理问。后至元二年(1336)任南台御史,不赴。迁内台御史。以疽卒,年三十七。妻其座师马祖常之妹,后以揭为姓。子揭毅夫,至正壬午(1342)进士。生平见王逢《梧溪集》卷三《故内御史捏古氏笃公挽词序》、《元诗选癸集》丙集、柯劭忞《新元史》卷二一四。

笃列图与虞集、王沂、王逢有交游,《全元文》(第 54 册)录其文一篇。

16.哲理野台,字子正,蒙古脱托历氏。居平江。至顺元年进士。黄溍弟子。至顺三年(1332)年任丹徒县达鲁花赤,后任湖广行省理问官。生平见《至正镇江志》卷一六、黄溍《陈子中墓碣》(《金华黄先生文集》卷四〇)、刘涓《送杨仲章归东阳诗卷序》(《青村遗稿》)、《元诗选癸集》丙集。

《全元诗》(第 41 册)录其诗 1 首。

---

① 成廷珪:《居竹轩诗集》卷三,文渊阁四库全书第 1216 册,第 340 页。
② 凌云翰:《挽沙子中进士二子元之即之俱进士》,《柘轩集》卷二,文渊阁四库全书第 1227 册,第 783 页下—784 页上。
③ 萧启庆据清王昶《金石萃编未刻稿》卷中蒲里翰《万春觉寺留题》落款"云南金宪天竺西人蒲哩翰和南",认为是天竺人。见《元代进士辑考》,第 238 页。
④ 杨维桢著,邹志芳点校:《杨维桢集》,第 1066 页。

17. 赫德尔,字本初,至顺元年进士。历奉化州同知、江浙行省员外郎。至正九年任福建廉访佥事。十五年任江浙行省郎中,杭州陷,坐黜,后复其官,官至江浙行省郎中。生平见《至正四明续志》卷二、《山居新话》、《南村辍耕录》卷一四。存《道山亭联句》及《万岁山》残句。① 《全元诗》未录。

18. 偰列篪,字世德,畏兀人,贯龙兴路(南昌),高昌偰氏,偰文质第五子,偰哲笃弟。至顺元年进士。历官湖广行省管勾、潮阳县达鲁花赤、河南府经历。至正十八年,陈友谅攻龙兴,城陷,投井死,妻妾子女死者十有一人。生平见黄溍《广东道都转运盐使赠推诚守忠全节功臣资德大夫河南江北等处行中书省右丞上护军追封高昌郡公谥忠愍合刺普华公神道碑》(《金华黄先生文集》卷二五)、许有壬《故嘉议大夫广东道都转运盐使赠通议大夫户部尚书上轻车都尉追封高昌郡侯合刺普华公墓志铭》(《至正集》卷五四)、《万历南昌府志》卷一八。有文《周伯温游白牛岩诗序》,② 未见诗。

19. 美里吉台,字洪范,唐兀氏。至顺元年进士。至顺四年(1333)任秘书监校书郎,至正六年任南台监察御史。生平见《秘书监志》卷一○、《至正金陵新志》卷首、屠寄《蒙兀儿史记》卷第一五四。

《全元诗》(第 42 册)录其诗 2 首。

20. 伯颜,字景渊,蒙古人,燕郡人。至顺元年进士。由太常礼仪院太祝迁江南行台经历、江东道肃正廉访副使。生平见《澹游集》卷上。

《全元诗》(第 42 册)录其诗 1 首。

21. 同同(1302—?),字同初,蒙古人。贯真定路录事司,侍卫军户。元统元年(1333)右榜状元。授集贤修撰。官至翰林待制。生平见《元统元年进士录》、《西湖竹枝集》、《元诗选癸集》丁集。

后至元二年(1336)四月,同同撰并正书《祀中岳记》。③ 三年作《钱翼之四体千文卷跋》。④《全元文》录其对策一篇。《全元诗》(第 43 册)录其《西湖竹枝词》一首。《文翰类选大成》卷五九有同同诗《奉旨祀桐柏山》,《全元诗》未收。

---

① 杨瑀:《山居新话》,《宋元笔记小说大观》第六册,第 6082 页。冯登府:《闽中金石志》卷一三,续修四库全书第 912 册,第 516 页下—517 页上。

② 嵇璜:《续通志》卷一六九,文渊阁四库全书 394 册,第 667 页下。孙星衍:《寰宇访碑录》卷一二"偰列篪撰序,正书"《周伯温游白牛岩诗》,续修四库全书第 904 册,第 598 页下。

③ 姚晏:《中州金石目》卷四,丛书集成初编 1538 册,第 140 页。

④ 卞永誉:《式古堂书画汇考》卷一七,文渊阁四库全书第 827 册,第 793 页上。

杨维桢《西湖竹枝集》:"诗多台阁体,天不假年,故其诗文鲜行于时云。"①《西湖竹枝集》编成于至正八年(1348),同同之死应早于此年。② 同同能诗文,善书法,然英年早逝,故作品传世极少。

22.亦速歹(? —1365),释来复称之为亦速台,字鼎实,号西炯(堈),蒙古札只剌歹人。居龙兴路录事司,侨居四明。元统元年进士。授瑞州路同知新昌州事。曾官松江达鲁花赤。至正二十五年,赴任武州监州,客死于鄞县,释来复买山以葬。生平见《元统元年进士录》、释来复《澹游集》、《光绪慈溪县志》卷四〇。

亦速歹与月鲁不花、刘仁本、释来复等元末诗人有交游,仅存二诗于《澹游集》中。《全元诗》(第45册)录此二诗。亦速歹是元代蒙古进士诗人中的特例,"仕至松江长,廉介自守,竟坐贫以死,而无所归。方外来复上人买地葬于寺西偏,度其子铉为僧。"③元代进士,纵是蒙古国族,也有至于"贫不能葬"④的地步,或可见元代科举中第者未必都能呼风唤雨,影响一时。

23.察伋(1305—?)字士安,自号海东樵者,贯般阳路莱州掖县,塔塔儿氏。元统元年进士。授翰林院国史编修官,累迁监察御史及江西廉访佥事、江南行御史台经历。至正十八年(1358)任浙江宪副,除侍御史。生平见《元统元年进士录》、《澹游集》卷上、《元诗选癸集》戊集下。

至正二十年、二十一年间察伋曾参与合兵攻陈友谅之战,并复龙兴。⑤ 杨维桢《东维子集》卷三〇有《江西铙歌二章》赞其恢复之功。察伋与杨翮、胡助、许有壬、余阙、王逢、杨维桢、顾瑛、释来复都有交往,似也参与了玉山草堂的唱和⑥,显然,察伋是元末交游广泛的诗人,可惜作品流传较少。《全元诗》(第45册)录其诗9首,其中7首为寄赠和题画之诗。

24.也先溥化(1306—?),字西英,贯平阳路,蒙古弘吉剌氏。元统元年进士。生平见《元统元年进士录》。《全元诗》(第45册)录其诗1首。

25.寿同海涯(1306—?),字弘毅,自号清冰玉壶。贯绍兴路,别失八里畏吾儿氏。元统元年进士。授应奉翰林文字、同知制诰兼国史院编修官,迁兴国路经历。官至岳州路总管。生平见《元统元年进士录》、《燕石集》卷九、《隆庆岳州

① 杨维桢:《西湖竹枝集》,丛书集成续编第223册,第386页下。
② 萧启庆:《元代进士辑考》,第55页。
③ 刘仁本:《赠僧铉二首》原注,《羽庭集》卷三,文渊阁四库全书第1216册,第39页下。
④ 月鲁不花:《谢见心上人》诗序,顾嗣立《元诗选三集》,第322页。
⑤ 贡师泰:《建安忠义之碑》,《玩斋集》卷九,文渊阁四库全书第1215册,第675—677页。
⑥ 顾瑛:《题刘德方经历西村图次察士安御史韵》,《玉山璞稿》卷上,中华书局2008年版,第24页。

府志》卷一三。

寿同海涯与黄溍、宋褧、王沂、贡师泰交往密切。其出任兴国路经历,黄溍、贡师泰作诗钱行①。其挈家南行觐省,宋褧作诗十首送行。② 贡师泰《玩斋集》卷四《送寿弘毅应奉赴兴国路经历》有"幕府秋来清似水,吟诗应对白鸥沙。"王沂《伊滨集》卷七有诗《寿宏毅和韵有酒筒花担之句再和答之》,可见寿同海涯能诗,但其诗一首不存。《全元文》(第59册)录其文《对策》一篇。

26.买住(1307—?),字从道,贯广平路,唐兀人氏,居成安县(河北成安)。元统元年进士。授保定路同知安州事。后至元六年(1340)任松阳县达鲁花赤,在职三年,有善政。至正三年(1343),松阳县学教谕季仁寿撰《达鲁花赤买住公善政碑》。③ 至正六年,刘基撰《邑令买住公去思碑》。④ 生平见《元统元年进士录》、《万历括苍汇记》。

买住诗存世极少,《全元诗》(第46册)仅录其诗《和伯笃鲁丁浮云寺》一首。陈镒《午溪集》卷四有《题买从道枯木石图》。陈镒,丽水人,曾官松阳教授,为买住之僚属,诗中之买从道应即买住,买住或能画。⑤

买住《和伯笃鲁丁浮云寺》是次韵伯笃鲁丁诗,伯笃鲁丁诗今存,⑥韵脚用字完全相同,流畅自然,富有生活意趣,完全看不出次韵的逼仄。买住虽仅存诗一首,但也是元人之能诗者。

27.乌马儿(1307—?),字希说,贯阿里马里(今新疆伊犁哈萨克自治州霍城西),回回氏,大名路人,居襄阳。元统元年进士。授翰林国史院编修官,至正十五年任翰林待制,奉命招降张士诚。同年六月,将作院判官。生平见《元统元年进士录》、《元史》卷四四。

乌马儿仅存文《代祀南镇记》一篇⑦。

---

① 贡师泰:《送寿弘毅应奉赴兴国路经历》,《玩斋集》卷四,文渊阁四库全书第1215册,第553上;黄溍《送寿应奉赴兴国经历》,《金华黄先生文集》卷五,续修四库全书第1323册,第144页下。

② 宋褧:《送翰林应奉寿同海涯挈家觐省十首》,《燕石集》卷九,文渊阁四库全书第1212册,第450页下—451页上。

③ 李修生:《全元文》第47册,第32—34页。

④ 支恒春主修,丁凤章等分纂:《光绪松阳县志》卷一一,台北成文出版社有限公司1975年版,第898—902页。

⑤ 萧启庆:《元代进士辑考》第59页注67。

⑥ 顾嗣立、席世臣:《元诗选癸集》丁集,第383页。

⑦ 李修生:《全元文》第52册,第453—454页。

28.别罗沙(1308—?)①,字彦诚,号桂林,贯西域别失八里人,回回氏,居龙兴录事司。元统元年进士。授吉安路同知某州事。历天台达鲁花赤,官至光州达鲁花赤。生平见《元统元年进士录》、《西湖竹枝集》、《元诗选癸集》丁集、《民国台州府志》卷一二。

《全元诗》(第51册)录其诗3首。

29.襄加歹(1308—?),字逢原,贯济南路济阳县,察罕达达氏(塔塔儿之一部)。元统元年进士。授河间路陵州判官,仕至同知制诰兼国史院编修官。生平见《元统元年进士录》、《乾隆济阳县志》卷七。《全元文》(第54册)录其文1篇。

30.塔不歹(1308—?),又作塔不癞、塔不台,字彦翚,贯东昌路聊城县,唐兀人氏。② 元统元年进士。授太常礼仪院太祝,迁安乡知县,官至西台御史。生平见《元统元年进士录》、《隆庆岳州府志》卷一三、《康熙安乡县志》卷七、《元诗选癸集》丁集。

塔不歹"有善政,尤工诗赋,邑之南禅寺、宝灵宫八景皆经题咏。"③《全元诗》(第32册)录其诗5首。

31.百嘉纳(1306—?),字若思,贯河南洛阳县,蒙古人氏。元统元年进士。襄阳路录事司达鲁花赤。至正十四年任奉元路同州知达鲁花赤。生平见《元统元年进士录》、《金石萃编未刻稿》卷三。

32.和里互达(1308—?),字兼善,号天山,或称达天山。贯建德路录事司(今浙江建德),燕只吉台氏,蒙古人。元统元年进士。授国史院编修官,历江浙行省检校官、应奉翰林文字。转诸暨州同知,又任融州太守、御史。入明,为遂安教谕,家遂安东南,其地遂名达家井。生平见《元统元年进士录》、《青楼集》、《万历遂安县志》卷二、《雍正浙江通志》卷一九五、《光绪诸暨县志》卷二一。

和里互达任江浙行省检校官时与名妓李真童相恋,至其任诸暨州同知方备礼娶之,为一时韵事。④ 其与翰苑同僚及东南文士多有唱和。其自翰林院国史

---

① "别罗沙"即"别里沙"。顾嗣立、席世臣:《元诗选癸集》丁集,385页;戊下,第659页;杨镰:《全元诗》第51册第158页;陈垣:《元西域人华化考》卷六,第74页;萧启庆:《元代进士辑考》,第62页。

② 杨镰认为塔不歹是蒙古人。见《元代蒙古色目双语诗人新探》,《民族文学研究》2004年第2期;杨镰:《全元诗》第32册,第193页。

③ 王基巩纂修:《康熙安乡县志》卷七,中国科学院图书馆编《稀见中国地方志汇编》第41册,中国书店1992年版,第282页上。

④ 夏庭芝:《青楼集》,《中国古典戏曲论著集成》第二册,中国戏曲出版社1959年版,第35页。

编修官转任江浙行省检校官,吴师道、陈旅、李毂等作诗饯行。其作诸暨州同知时,高明曾去拜访。[①] 其赴任融州知州,吴当作诗赠之[②]。《草堂雅集》卷五有吴克恭《送达天山应奉北上》有"幸得草堂同晚饭,少陪高论惜迟留。"[③]看来,和里互达曾到访玉山草堂,与东南文士颇有交往。然未见一诗一文存世,甚为可惜。

33.拜住,字明善,蒙古逊都思氏。就读国子学,为黄溍弟子。至正二年右榜状元。历兵部员外郎、南台御史、山东廉访金事、翰林待制,曾由兵部郎中迁秘书太监。官至枢密院副使。明洪武三年(1370,北元至正三十年,高丽恭愍十九年),朝鲜太祖李成桂克兀剌山城(辽宁新滨东南),获之。知其为元朝状元,厚遇之。拜判司农寺事,赐姓名韩复,累迁至大匡西原君、进贤馆大提学。生平见郑麟趾《高丽史》卷一一二、桂栖鹏《元代蒙古状元拜住事迹考略》[④]。

在元时,同年卢琦有诗《寄同年状元拜住善御史》,[⑤]诗作于拜住任南台御史时。诗有"石头城下题诗遍,天目山前揽辔回"之句,显然拜住也为一诗人。《高丽史》卷一一二《韩复传》云:"与(李)仁复、李穑相从唱和,举子多以程文取正",存词一首,[⑥]然未见其诗文存世。

34.揭毅夫,旧名沈,捏古台氏,原贯燕山,后贯信州路永丰县(江西广丰)。至正二年进士[⑦]。至顺元年进士笃列图(字敬夫)之子,曾官江西行省郎中。生平见《嘉靖广信府志》卷一八、《嘉靖永丰县志》卷一、《元诗选癸集》丙集。《全元文》(第58册)录其文一篇。存诗《赠冯原桢》,[⑧]《全元诗》未录其诗。

35.马彦翚,西域世胄,早岁寓金陵,曾入国子学。用大兴府乡举,登至正二年右榜进士。至正四年赴任江西行省管勾,历参议、翰林承旨。明洪武四年(1371)六月,马彦翚与平章洪保保谋杀元指挥同知刘益。马彦翚为明右丞张良佐擒获杀之。[⑨] 生平见杨翮《送马彦翚赴江西省管勾诗序》(《佩玉斋类稿》卷四)、桂栖鹏《元代进士显宦考》(《元代进士研究》第一章)。

---

① 高明:《过达天山别驾所居》,顾嗣立《元诗选三集》,第450页。

② 吴当:《送达天山融州大守》,《学言稿》卷五,文渊阁四库全书第1217册,第294页下。

③ 顾瑛辑,杨镰、祈学明、张颐青整理:《草堂雅集》卷五,中华书局2008年版,第453页。

④ 桂栖鹏:《元代进士研究》,兰州大学出版社2001年版,第163—168页。

⑤ 顾嗣立:《元诗选初集》,第1796页。卢琦《圭峰集》卷上,文渊阁四库全书第1214册,第712页下。

⑥ 杨镰:《全元词》(中册),中华书局2019年版,第868页。

⑦ 沈仁国认为揭毅夫为至正二十年进士。《元朝进士集证》,第453页、589页。

⑧ 双全修,顾兰生纂:《同治广丰县志》卷九,台北成文出版社有限公司1975年版,第2073页。

⑨ 钱谦益:《国初群雄事略》卷一二,中华书局1982年版,第271页。

马彦翚与东南文士多有交往,其赴任江西行省管勾,"所尝与游尤长于诗者咏歌之以张其行……四方之秀人名公之在金陵者亦附诗卷中。"①赠诗者有丁复、刘仁本、李仁复。张以宁有《元日早朝次马彦翚学士韵二首》②,但马彦翚诗不见传世。

36.马世德,字元臣,自号清风道人。也里可温氏,雍古人。延祐二年进士马祖常从父③。至正二年进士。历翰林应奉、枢密院都事、中书省检校、庸田司佥事,至正十一年任淮西廉访佥事。十九年任晋宁路达鲁花赤兼刑部尚书。生平见余阙《合肥修城记》(《青阳先生文集》卷三)、黄溍《马氏世谱》(《金华黄先生文集》卷四三)、《元诗选癸集》丁集。

《草堂雅集》有释来复《送马元臣佥宪淮西》,④可能马世德曾游玉山草堂。马世德存诗不多,《全元诗》(第52册)录其诗3首。

37.定住(? —1363),字子静,西域色目人。至正二年进士。至正十年,任中书省断事官。十二年,为临江镇帅,抗徐寿辉军,升为元帅。十八年陈友谅军至,定住降,后死于鄱阳湖之战。生平见周闻孙《赠宋君良玉之临江谒子静太守序》(《鳌溪先生集》卷一)。

《全元诗》(第47册)录其诗2首。

38.笃列图,字彦诚,号敬斋,蒙古逊都思氏。原贯燕山,后居绍兴路。元统元年进士月鲁不花之弟,同学于韩性。至正五年进士,授衡州路衡阳县丞,未赴,改绍兴路录事司达鲁花赤,历太常礼仪院太祝、南台照磨、南台监察御史、江浙行省员外郎,官至行宣政院判官。生平见黄溍《明威将军管军上千户所达鲁花赤逊都台公墓志铭》(《金华黄先生文集》卷三五)、释来复《澹游集》卷上、刘基《敬斋铭》(《诚意伯集》卷八)、陶安《送笃彦诚赴官绍兴序》(《陶学士先生文集》卷一二)。

《全元诗》(第49册)录其诗6首,其中四首在定水寺所作,另两首为题画(跋)之作。

39.雅理,字玉渊,西域人。至正五年进士,任翰林国史院典籍官。生平见

---

① 杨翮:《送马彦翚赴江西省管勾诗序》,《佩玉斋类稿》卷四,文渊阁四库全书第1220册,第86页下—87页。

② 张以宁:《翠屏集》卷二,文渊阁四库全书第1226册,第556页下—557页上。

③ 一说马世德为马祖常从弟。王德毅:《元人传记资料索引》第二册,中华书局1987年版,第986页。

④ 顾瑛辑,杨镰、祈学明、张颐青整理:《草堂雅集》卷一六,中华书局2008年版,第1164—1165页。

释来复《澹游集》卷上。《全元诗》(第 56 册)录其诗 2 首。

40. 袁州海牙,字伯源,高昌人。其祖也初任袁州税务大使,因家于宜春。至正五年进士。授进贤县达鲁花赤。其弟中都海牙,贡士,授教官。生平见《正德袁州府志》卷八。

袁州海牙善属文,《全元文》(第 58 册)名作"海牙",录其文 2 篇。

41. 山同,字伯谦,龙沙人,蒙古族。① 至正五年进士,由陕西行省管勾起家,仕至水军检校。生平见释来复《澹游集》卷上。《全元诗》(第 56 册)录其诗 1 首。

42. 吉雅谟丁,汉姓马,字元德,原德,贯燕山,侨居京口,回回人。丁鹤年从兄。至正八年进士。由江浙行省管勾起家,历南台掾吏、定海县尹,迁江西行省左右司都事。至正二十二年摄奉化州事,调昌国知州,任浙东金都元帅,死于难。生平见戴良《题马元德伯仲诗后》(《九灵山房集》卷一二)、释来复《澹游集》卷上、《嘉靖定海县志》、《元诗选三集》小传。

吉雅谟丁能诗,陈垣称为"回回教世家之中国诗人。"戴良《题马元德伯仲诗后》云:"元德骑鲸上天六七年矣,平生诗词流落人间者,六丁取之殆尽,独此三诗,犹为其弟鹤年所蓄。鹤年联之为卷,且追书和答之作,并题四韵于后。予得而读之,于是知二君之诗为足传矣。"②《全元诗》(第 60 册)录其诗 15 首。

43. 阿鲁温沙,字仲德,回回氏,贯不详。至正八年进士,十八年人江西都事。《全元诗》(第 51 册)录其诗 1 首。

44. 马速忽,字子英,丁鹤年族兄,居吉水。至正八年进士。历官福建行省员外郎。生平见《道光晋江县志》卷五九。丁鹤年有《题族兄马子英进士梅花》、《题前人竹石嘉树图》③。显然,马速忽善画。王翰有《和马子英见寄韵》④,此马子英或是马速忽,然未见诗歌存世。

45. 伯颜帖木儿,字元臣,占籍大都,畏吾儿。至正十一年进士。至正十九年以兵部尚书至江浙征海运粮。⑤ 二十七年任中书平章政事,与李国凤谋进皇

---

①　萧启庆:《元代进士辑考》,第 311 页。

②　戴良:《九灵山房集》卷二二,文渊阁四库全书第 1219 册,第 509 页下。

③　丁鹤年:《鹤年诗集》卷二,文渊阁四库全书第 1217 册,第 535 页下。《题前人竹石嘉树图》,光绪琳琅秘室丛书本《鹤年先生诗集》作《题族兄马子英进士竹石嘉树图》。

④　王翰:《友石山人遗稿》,文渊阁四库全书第 1217 册,第 139 页上。

⑤　宋濂:《元史》卷四五,第 949 页。

太子,事败被诛。① 《全元诗》(第 67 册)录其诗 1 首。

46.合珊沙(哈珊沙),字子山,寓杭州。至正十四年进士。非至正二年科哈珊沙字可学者。② 《全元诗》(第 53 册)录其诗 1 首

47.张吉,西夏人,原名长吉彦忠(一作中)。至正十四年进士,授宣城录事,乱中奉母教授华亭。③ 至正十九年十月曾与杨维桢唱游松江。④《全元诗》(第 53 册)录其诗 1 首。

48.哲马,字道原,贯杭州。⑤ 或为《元诗选癸集》癸之戊下之"大食哲马":字□□,□□人。大食人。《全元诗》(第 53 册)录其诗 3 首。

49.宝宝,蒙古族,杨维桢弟子。⑥ 自署"云中宝宝。"⑦至正二十三年右榜状元。《全元诗》(第 52 册)录其诗 1 首。

50.月忽难,字德明,蒙古人。进士,年次不详。初任江浙掾史。后至元六年(1340)迁临江路经历,寻擢工部主事。至正九年(1349)任江浙财赋副总管,十一年去职。曾任某部侍郎。⑧《全元诗》(第 49 册)录其诗 1 首。

51.斡玉伦徒,或作斡玉伦都,字克庄,号海樵子,唐兀氏。进士,年次不详。西夏宰相斡道冲之裔,肄业国子学,为虞集弟子。历奎章阁典签,淮西金宪。后至元六年(1340)任南台经历。至正元年(1341),任福建闽海道廉访副使。至正五年,以工部侍郎充御试读卷官,迁山南廉访使,拜侍御史。与修《宋史》。生平见《书史会要》卷七、《元诗选癸集》癸之丁。《全元诗》(第 42 册)录其诗 8 首。

52.爱理沙,字允中,回回人,居武昌。进士,年次不详。丁鹤年次兄,延祐五年进士塔海之弟,至正八年进士吉雅谟丁从兄弟。曾任翰林应奉。生平见《爱理沙小传》(《丁鹤年集·附录……》)、戴良《高士传》(《九灵山房集》卷九)、《元

① 权衡撰,任崇岳笺证:《庚申外史笺证》卷下,中州古籍出版社 1991 年版,第 140—147 页;宋濂:《元史》卷一一三,第 2863—2864 页。沈仁国《元朝进士集证》(第 637 页)列入年次不详进士。

② 萧启庆:《元代进士辑考》,第 343 页。

③ 王逢:《梧溪集》卷四《赠张俊德教谕彦中录事》、卷五《俭德堂怀寄凡二十二首》第五首小序,文渊阁四库全书第 1218 册,第 690 页下,第 784 页下。

④ 杨维桢:《联句书桂隐主人斋壁》,杨维桢著,邹志方点校:《杨维桢集》,第 1150 页。

⑤ 陈让修,夏时正纂:《成化杭州府志》卷三九《科贡·进士》,四库全书存目丛书史部第 175 册,第 560 页上。

⑥ 杨维桢《东维子集》卷一《送三士赴京师会试序》:"至正己亥夏四月,江浙省试吴越之士,吾门弟子在其选者三人焉。南士曰忻忭,色目曰宝宝,曰何生。三人者择日赴春官。"杨维桢著,邹志方点校:《杨维桢集》第 722 页。萧启庆《元代进士辑考》(第 368 页):"'色目'应采广义,包括蒙古。"

⑦ 叶翼编:《余姚海堤集》,四库全书存目丛书集部第 289 册,第 649 页上。

⑧ 此传录自《元代进士辑考》,第 384 页。

诗选初集》辛集。《全元诗》(第50册)录其诗3首。

53.忽欲里赤,进士,年次不详。历兴和路判官,至元四年任泽州同知,至正九年任句容县达鲁花赤。二十三年任庆元路总管,建置白马庙①。曾撰《西石路记》、《加号至圣文宣王碑》,②《全元文》未录其文。

54.倚南海牙(易南海牙),进士,年次不详。历任集贤修撰、兴和路判官,迁福建崇安县尹,再授延平路判官,以故不赴,复除浦城县尹以终。③ 至正十年撰《道林堂记》、《小金山寺记》,④《全元文》未录。《全元诗》(第46册)录其诗1首。

55.脱脱木儿,字时敏,号松轩,高昌畏兀尔氏。进士,年次不详。至正四年任秘书监典簿。十七年以户部侍郎出为奉元路总管。⑤《全元文》(第58册)收其文2篇,《全元诗》(第45册)录其诗11首。

56.海鲁丁,字东之,回回人,居龙阳州,进士,年次不详。至顺元年进士获独步丁之兄。除兰溪同知。至正十六年仕丽水县达鲁花赤,十八年任信州路上饶县达鲁花赤。陈友谅攻信州,死难。《全元诗》(第56册)录其诗2首。

57.奚莫伯颜,进士,年次不详。"官湖南行台侍御史。"⑥《全元诗》(第66册)录其诗3首。

第二节　元代色目进士文学家与元代文坛

元先定西域,后定中原,既一中国,遂统华夏,西域人接踵而来,入居中原。元地域之广,民族之多,文化之杂,风俗之异,宗教之别,杂居而同处,耳濡而目染,文明因之浸淫,族群因之交融,遂成中国历史上前所未有闻所未闻之文化大

---

① 廉公亮:《至正二十三年郡守忽欲里持建置白马庙记略》,《全元文》第47册,第51页。
② 杨世沅:《句容金石记》卷六,《石刻史料新编》第2辑第9册,第6514页;孙星衍:《寰宇访碑记》卷一二,续修四库全书第904册,第589页下。
③ 王祎:《齐琦传》,《王忠文集》卷二一,文渊阁四库全书第1226册,第450页上。
④ 北京图书馆金石组编《北京图书馆藏中国历代石刻史料拓本汇编》第50册,第73页。杨世沅撰:《句容金石记》卷六,《石刻史料新编》第2辑第9册,第6514—6515页。
⑤ 王士点、商企翁编次,高荣盛点校:《秘书监志》卷九,第182页;《脱脱木儿帅正堂漫成诗刻》,北京图书馆金石组编《北京图书馆藏中国历代石刻史料拓本汇编》第50册,第114页;魏锡曾:《续语堂碑录》,《石刻史料新编》第2辑第1册,第434—435页。
⑥ 顾嗣立、席世臣:《元诗选癸集》上册,第396页。

融合时期。色目人与汉族人文化互动,各受影响,①然"自辽、金、宋偏安后,南北隔绝者三百年,至元而门户洞开,西北拓地数万里,色目人杂居汉地无禁,所有中国之声明文物,一旦尽发无遗,西域人羡慕之余,不觉事事为之仿效。……故儒学、文学,均盛及一时"②。

　　元代文坛,以民族视角,大致可分为汉人文坛和蒙古色目文坛。后者之中,色目人在儒学、文学、艺术汉化较深,其中不乏杰出者。作为文学群体,与蒙古人相比,色目人人才济济,实力最强,也最有影响,进士文学家最为突出,可以与汉族文学家相颉颃,为元代文坛一个有力之群体。

　　元代色目文学及文学家的研究,自上个世纪初以来,取得了丰硕的成果。陈垣《元西域人华化考》是近代以来关于西域人(色目人)系统研究的开山之作。其中卷四《文学篇》论述了元代西域诗人、文家及曲家。除此之外,其他部分也与元代文学都有密切的关系。杨镰《元西域诗人群体研究》论述了西域诗人的生平历史与文学创作,是第一部把西域作家作为群体进行全面研究的著作。杨镰《元诗史》论述了蒙古色目诗人群体的出现及历史命运,专章论述了马祖常、萨都剌、贯云石、廼贤、金元素元代五个重要的色目文人。秦琰《元代也里可温作家群体研究》是对元代基督教家族的色目作家群体专门的研究,是关于色目作家研究的最新成果。以上三部是较为系统地研究元代色目人文学的重要著作。其他如萧启庆《元代的族群文化与科举》③、张沛之《元代色目人家族及其文化倾向研究》④、王明荪《元代唐兀人的汉学》⑤等对元代色目进士文学都有所涉及。

　　再论文学史。钱基博《中国文学史》仅论及马祖常一人。郑振铎《插图本中国文学史》仅论及萨都剌、马祖常二人。吴梅《辽金元文学史》中文家有马祖常,诗家有耶律楚材、马祖常、萨都剌、余阙、廼贤、丁鹤年,词家有萨都剌,曲家有贯云石、萨都剌。程千帆《元代文学史》仅论及马祖常、萨都剌。邓绍基《元代文学

---

　　①　"元代多元文化体系内的交流影响,并不局限于文化的单向变动,而是蒙、汉、色目不同文化之间的相互'涵化'。"李治安:《元代汉人受蒙古文化影响考述》,《历史研究》,2009年第1期;邱江宁、周玉洁:《13—14世纪西域人的东迁高潮与元代的文化走向》,《东方丛刊》,2018年第2期;蔡凤林:《元西域人蒙古化考》,《内蒙古民族大学学报》(社会科学版),2005年第1期。

　　②　陈垣:《元西域人华化考》卷八,第132页。

　　③　台湾联经出版公司2008年版。

　　④　天津古籍出版社2009年版。

　　⑤　韩格平、魏崇武主编:《元代文献与文化研究》第1辑,中华书局2012年版。

史》较晚,所论及的色目诗文家有马祖常、萨都剌、遒贤、丁鹤年、余阙。朱昌平、吴建伟主编《中国回族文学史》论及高克恭、萨都剌、贯云石、马九皋、辛文房、遒贤、泰不华(实为蒙古人)、买闾、伯笃鲁丁、沙班、伯颜子中、别里沙及散曲作家不忽木、阿里耀卿、玉元鼎、阿里西瑛、兰楚芳、孟昉、沐仲易等。元代色目文学家的数量远大于此,从文学史的视角看,论述明显不足。

本文第一次把元代色目进士文学家作为考察对象,以期探讨其在色目文人群体及元代文坛的意义。

一、色目进士文学创作

元代科举实行之前,色目人在元代文坛已展露才华。如薛昂夫(马昂夫、马九皋),回鹘(今维吾尔族)人。善篆书,有诗名,与虞集、杨载、张雨、萨都剌相互唱和,与张可久有交往。他的散曲前祧马致远,风格疏宕豪放,飘逸华美,现存散曲小令六十五首,套数三套,①是元代著名的散曲家。薛昂夫三十岁时编成《薛昂夫诗集》,未见传本。赵孟頫序云:"诗、乐府皆激越慷慨,流丽闲婉,累世为儒者或有所不及。"②王德渊序云:"诗词新丽飘逸,如龙驹奋迅,有并驱八骏一日千里之想,振珂顿辔,未见其止。"③再如不忽木、回回、嵘嵘、廉希宪、赡思、赵世延等,均文采斐然,显示了元初色目人在汉文文学的成绩。

科举实行之后,色目人"多感励奋发,以读书稽古为事"。④"元代乡举十七科产生蒙古、色目乡贡进士约二千人,而乡试不幸落榜者可能十倍于此。"⑤科举之兴,大批色目人学习汉文的积极性骤然增加,元代色目文学家的大批出现与此有直接的关系。

元代色目人有文集传世者有蒲寿宬、马祖常、萨都剌、余阙、金哈剌、偰逊、王翰、遒贤、丁鹤年、杨崇喜十人,其中马祖常、萨都剌、余阙、金哈剌、偰逊五人为进士。

①　杨镰:《全元诗》第 27 册,第 32 页;冯文楼、张强主编:《元曲观止》,陕西人民教育出版社 2019 年版,第 274 页。

②　赵孟頫:《薛昂夫诗集序》,赵孟頫著,黄天美点校:《松雪斋集》卷六,西泠印社出版社 2010 年版,第 158 页。

③　周南瑞:《天下同文集》卷一五,文渊阁四库全书第 1366 册,第 635 页上。

④　顾嗣立:《元诗选初集》,中华书局 2002 年版,第 1729 页。

⑤　萧启庆:《元代科举特色新论》,《"中央研究院"历史语言研究所集刊》第八十一本,2010 年版,第 12 页。

马祖常在马氏家族中最为出名,是元代名臣和最有成就的文学家之一,被陈垣列入"基督教世家之儒学"、"基督教世家之诗人"、"西域之中国文家"。①

马祖常有《石田集》十五卷,被收入四库全书。《石田集》现存版本有元刻本、明刻本、影写本、清抄本多种,但究其源流仅有元后至元五年和明弘治六年两个底本而已②。今人有李叔毅、傅瑛点校《石田先生文集》(中州古籍出版社1991年)、王媛校点《马祖常集》(吉林文史出版社2010年)两种。

马祖常工于文章,宏赡而精核,务去陈言,专以先秦两汉为法,而自成一家之言。尤致力于诗,圆密清丽,大篇短章,无不可传。尝预修《英宗实录》,又译润《皇图大训》、《承华事略》,又编集《列后金鉴》、《千秋记略》③,均已散佚,不存于世。

马祖常是蒙古色目诗文存世最多的一个。马祖常的诗八百余首,五言、七言、杂言、乐府歌行,诸体尽备。其诗题材广泛,涉及社会现实、赠别赠答、咏史咏物、山水田园、题画、边塞等,大凡诗人之所作,应有尽有。

马祖常是关心社会现实的人,其《建白一十五事》④尤为详之。"来宜思舜慕,去合体尧情",⑤这种思想使其一部分诗歌能够反映民生疾苦,反映社会现实。其诗《六月七日至昌平赋养马户》反映了元代养马户艰难的生活。其诗云:

> 马足与石斗,石齿啮马足。足跛背生疮,突兀瘦见骨。官家日有事,陆续使者出。使者贵臣子,骑驰日逐毂。驿吏报马毙,鞭挞寡妇哭。寡妇养马户,前年夫死役。占籍广川郡,有田种菽粟。翁姑昔时在,城邑复有屋。连岁水兼旱,洊饥罹不淑。夫死翁姑亡,田屋尽质鬻。寡妇自养马,远适雕窝谷。绩纺无麻丝,头蓬胫肤黑。塞下藜苋小,空釜煮水泣。驿吏鞭买马,磨笄向山石。安得天雨金,马壮口有食。⑥

---

① 陈垣:《元西域人华化考》,第18、65、75页。

② 李言:《马祖常与〈石田集〉研究》,南京师范大学2006年硕士学位论文,第26页。

③ 宋濂:《元史》卷一四三,第3413页。

④ 马祖常著,李叔毅、傅瑛点校:《石田先生文集》卷七,第147—151页。

⑤ 马祖常:《送王伯弘平章》,马祖常著,李叔毅、傅瑛点校:《石田先生文集》卷二,第32页。

⑥ 马祖常著,李叔毅、傅瑛点校:《石田先生文集》卷一,第13页。

元代"民之受役,莫重于站赤"①。站赤,蒙古语,元代的驿站。元代按不同行业把人民分成不同"户",如儒户、军户、匠户、民户、医户、站户等,其中站户与驿站相关。元代有船站户、马站户等。

此诗叙述了养马户寡妇的艰难处境:丈夫死于劳役,因连年天灾,翁婆也双双去世。无奈,卖尽田地房屋,到一个叫"雕窝谷"荒僻之地做养马户谋生。作为皇帝使者的权势官要扬鞭跃马,驱车追逐,从不顾惜马的死活。马死,却要鞭挞作为养马户的寡妇。艰难的生活已无以为继,驿吏依然鞭挞寡妇去买马。"马足与石斗,石齿啮马足。足跛背生疮,突兀瘦见骨",是驿马,又何尝不是养马户! 许有壬《至正集》卷三有《养马户次同年马伯庸中丞韵》也同样写出了养马户的悲惨境遇。

再看《踏水车行》:

> 松槽长长栎木轴,龙骨翻翻声陆续。老父踏车足生茧,日中无饭倚车哭。干田荦确稚禾槁,高天有雨不肯下。富家操金射民田,但喜市头添米价。人生莫作耕田夫,好去公门为小胥。日日得钱歌饮酒,朝朝买绢与豪奴。识字农夫年四十,欲踏车脚脚失力。宛转长谣陇亩间,谁能听此无凄恻。②

此诗之作,乃为农夫而悲。天旱田干禾枯,为天灾;富家乘时射利,是人祸。与上诗一样,天灾已足惧,人祸更可悲。这或许是古代社会底层民生艰难的缩影和难以改变的魔咒。

其他如"野市饥无米,流离惜子孙。"(卷一《西方泺》)"驺奴横索马鞭丝,妇姑房中拆繐经。"(卷五《散繐丝行》)"儿啼妇悲灶无火,寒浆麦饭晡时取。"(卷五《拾麦女歌》)"艰难憔悴不易状,谁实为之俾无养。"(卷五《室妇叹》)这些诗句表达了作者对底层百姓生命艰危的同情,更是中国古代士人"为生民立命"的使命自然觉悟的表现。马祖常继承汉乐府"感于哀乐,缘事而发"的诗歌传统,③其诗

---

　　①　黄溍:《宣徽使太保定国忠亮公神道第二碑》,《金华黄先生文集》卷二四,续修四库全书第 1323 册,第 330 页上。

　　②　马祖常著,李叔毅、傅瑛点校:《石田先生文集》卷五,第 110—111 页。

　　③　段海蓉:《感于哀乐,缘事而发——读元代维吾尔族诗人马祖常的乐府诗》,《新疆大学学报》(哲学社会科学版)1995 年第 1 期。

歌反映现实,针砭时事,真实地揭示了元代窳政,显示了诗人心忧黎元的时代之精神。作为基督教世家的西域人,马祖常在诗歌中表现出来的强烈的民生意识与汉族诗人如杜甫的忧国忧民,白居易"歌诗合为时而著,文章合为事而作"的思想并无二致。"吾生赖陶化,孔阶力攀跻。敷文佐时运,烂烂应璧奎。"(卷一《饮酒》其五)或许,我们从中可以看到,儒家思想对蒙古色目诗人的影响。

马祖常是一个全面的诗人。其题画诗的清而不浮、边塞诗的质朴刚健、怀古诗的沉雄悲壮、山水田园的清新流动、①竹枝词的音格矫健,②诸作均具特色,其应制诗颇具规格,如《龙虎台应制》:

> 龙虎台高秋意多,翠华来日似鸾坡。
> 天将山海为城堑,人倚云霞作绮罗。
> 周穆故惭黄竹赋,汉高空奏大风歌。
> 两京巡省非行幸,要使苍生乐至和。③

龙虎台在昌平北。据刘基《龙虎台赋》:"龙虎台去京师相远百里,在居庸之南。右接太行之东,地高平如台,背山而面水,每车驾行幸上都往还驻跸之地,以其有龙盘虎踞之形,故名。"④元世祖定都大都之后,每年四月至八月巡幸上都(今内蒙古正蓝旗境内)。龙虎台是往返驻跸之所。回銮之时常于此设宴款待出京迎驾群臣。词臣近侍,常应帝王要求应制赋诗,以纪盛典。⑤ 元代龙虎台之诗颇多,如胡助《龙虎台》(《纯白斋类稿》卷八)、廼贤《龙虎台(注:大驾巡幸往返皆驻跸台上)》(《金台集》卷二)、许有壬《龙虎台迎接次焦德元韵三首》(《至正集》卷二一)、袁桷《龙虎台》(《清容居士集》卷一五)、张之翰《龙虎台》(《西岩集》卷八)、周伯琦《龙虎台》(《扈从集》)》,等等。

此诗作于元文宗北幸还驻龙虎台之时。"公奏事幄殿,敕近侍给笔札,命公榻前赋诗。卒章言两京巡幸非以游豫,盖为民尔。因诗以寓规谏,上览之,甚

---

① 杜泳林:《马祖常及其诗文研究》,西北师范大学 2011 年硕士学位论文,第 66—117 页。
② 顾嗣立:《元诗选初集》,第 717 页。
③ 马祖常著,李叔毅、傅瑛点校:《石田先生文集》卷三,第 59 页。
④ 刘基著,林家骊点校:《刘伯温集》卷一五,浙江古籍出版社 2015 年版,第 274 页。
⑤ 上海辞书出版社文学鉴赏辞典编纂中心编《元明清诗鉴赏辞典》(辽、金、元、明),2018 年版,第 177 页。

悦。"于是有"孰谓中原无硕儒乎"①的赞赏,可见本诗影响之大!

马祖常"诗才力富健,如《都门》《壮游》诸作,长篇巨制,回薄奔腾,具有不受羁勒之气。"②"古诗似汉魏,律句入盛唐。"③"西夏氏之诗,振始于《石田集》也。"④马祖常在西夏汉文学中极具大影响,是元代最有成就和影响的色目诗人之一。

马祖常存文 137 篇,超过其他所有蒙古色目进士文章的总和,是元代色目人存文最多的作家之一。

马祖常为元代文章大家。在大德、延祐之后,承平日久,四方俊彦,若吴澄、元明善、邓文原、袁桷、王沂,及"儒林四杰"虞集、柳贯、黄潜、揭傒斯……"萃于京师,笙镛相宣,风雅迭唱,治世之音,日益盛矣。"⑤元代文章进入极盛时期,"而主持风气,则祖常等数人为之巨擘。"⑥

马祖常文章的成就与影响奠定了其在元代文坛的地位,在文学史上的意义是主持元代文风,使"文章为之一变。"⑦

马祖常的文章有赋、制诏、表笺、祝文、章疏、铭、箴、赞、诔、策问、题跋、记、序、碑志、行状、传记,诸体皆备(见表 4-1)。

表 4-1　马祖常文章统计表⑧

文种	赋	制诏	表笺	清词祝文	章疏	铭	箴	赞	杂文	策问	题跋	记	序	碑志	行状	传记
篇数	5	9	11	2	13	12	2	4	4	2	9	12	19	29	1	3

这 137 篇文章之中,政事及应用文居多。作为馆阁文臣,政事文章是份内之事。即便如此,这些作品直陈实事,正气凛然,仍然体现了作者关心民瘼、关心国事的责任感。如《请量移流罪》(卷七)文很短,兹录如下:

---

① 苏天爵:《元故资德大夫御史中丞赠摅忠宣宪协正功臣魏郡马文贞公墓志铭》,《滋溪文稿》卷九,第 144 页。

② 永瑢:《四库全书总目》卷一六七,中华书局 1965 年版,第 1440 页上。

③ 陈旅:《马中丞文集序》,《安雅堂集》卷六,文渊阁四库全书第 1213 册,第 78 页上。

④ 杨维桢:《西湖竹枝集》,清光绪《武林掌故丛编》本,丛书集成续编第 223 册,第 385 页。

⑤ 欧阳玄:《雍虞公文集序》,《圭斋文集补编》卷九,欧阳玄撰,汤锐校点:《欧阳玄全集》,第 617 页。

⑥ 永瑢:《四库全书总目》卷一六七,中华书局 1965 年版,第 1440 页上。

⑦ 永瑢:《四库全书总目》卷一六七,中华书局 1965 年版,第 1440 页上。

⑧ 唐值瀚:《马祖常文风革新之功刍议》,《西安建筑科技大学学报》(社会科学版),2018 年第 5 期。

礼乐刑政,治国之具,有一不修,则弛法度。钦惟国朝有天下以来,不嗜杀人,仁覆生齿,涵濡煦育,洽然太和,而于用刑尤切慎重。然伏见近年颁降德音,中间屡无量移流徙之文。窃虑圣人爱物之仁,推恩未悉,有伤至化。夫大辟死罪,或被赦原,释然归保妻子,而减死流罪,竟无宽宥,不得生还里闾,此岂法之平允哉!乞今后如有例合长流罪恶,别请定拟长流条例。其不应长流者,亦请验情轻重,度地善恶,每遇恩泽,辄行量移。如蒙检举典故施行,则天下生灵幸甚。①

马祖常认为礼乐刑政是治国之具,国家应不以刑杀治国,"不嗜杀人,仁覆生齿",应"验情轻重,度地善恶",应轻刑减罚,惠及百姓。《论执弓矢禁例》(卷七)列举了"汉人百人以上执弓矢猎者,处重刑;百人以下,流远方,微及一兔之获,罪各有差。……且今日见行条例,已有禁弓矢之科,又有禁诸人聚众之制,若复以上项打围处重刑等例,错综而网罗之,诚恐愚氓举足蹈罪,难避易犯,实为可怜。"②汉人执弓矢动辄得罪,此亦反映了元代的民族压迫。马祖常此类文章,往往切中事理,辞情恳切,显示了作者关心民瘼,眷注苍生及致君泽民的情怀。

马祖常既为色目人之儒学世家,"吾生赖陶化,孔阶力攀跻。"③"以得受孔道陶化为幸,以努力攀跻孔阶自矢,磊落光明,莫有伦比。"④大凡碑志、赠序、章疏、记跋都颇有崇儒尊孔之倾向,如《光州孔子新庙碑》、《安丰路孔子庙碑》、《大兴府学孔子庙碑》、《仁本堂解》、《送李公敏之官序》、《送简管勾序》、《送刘文可之官汝州序》。前文已及的《建白一十五事》(卷七)则"全面阐发了马祖常以儒治国的政治理想"。⑤

马祖常的文章宗秦汉,尚质朴,古雅中正,简洁精核,在当时及后世产生了广泛的影响。⑥

---

① 马祖常著,李叔毅、傅瑛点校:《石田先生文集》卷七,第151页。
② 马祖常著,李叔毅、傅瑛点校:《石田先生文集》卷七,第152页。
③ 马祖常:《饮酒诗》(其五),马祖常著,李叔毅、傅瑛点校:《石田先生文集》卷一,第11页。
④ 陈垣:《元西域人华化考》,第21页。
⑤ 秦琰:《元代也里可温作家群体研究》,上海人民出版社2017年版,第149页。
⑥ 王树林:《马祖常散文的文化成因及审美特质》,《民族文学研究》2005年第1期。

马祖常同年许有壬《马文贞公神道碑》云:"为文精核,务去陈言,师先秦两汉。"①苏天爵《马文贞公墓志铭》云:"少慕古学,非三代两汉之书弗好也。"入仕之后,"日与会稽袁公桷、东平王公士熙,以文章相淬砺。""每叹魏晋以降,文气卑弱,故修辞立言,进古作者。"②陈旅《马中丞文集序》:"散语得西汉之体。"③以上是同时人对马祖常文章特点的评定。

具体言之,"富丽典雅",④制诏、表笺、章疏是也;效法秦汉,碑志是也;铺采摘文,辞赋是也。马祖常文章,简而论之,质文并重,质胜于文。

苏天爵《御史中丞马公文集序》云:"文则富丽而有法,新奇而不凿。诗则接武隋、唐,上追汉、魏。后生争慕效之,文章为之一变。"⑤"文章为之一变"是马祖常在元代文坛和元代文学史上的意义。

关于元代文章之变,元人曾作过探讨和论述。

陈基在《孟待制文集序》云:"国朝之文凡三变。"即元初中统、至元年间(1260—1294),"风气开辟,车书混同",万象更新,元初文坛呈现昂扬气象。延祐间(1314—1320),天下承平,社会安定,作家"出其所长,与世驰骋,黼黻皇猷,铺张人文,号极古今之盛。"到了天历(1328—1329)之际,"作者中兴,上操《诗》《书》《礼》《乐》之源,下泳秦汉唐宋之澜,摆落凡近,宪章往哲",文章趋于古朴之风。⑥欧阳玄《潜溪后集序》列出四个不同时期的文风,即"中统、至元之文庞以蔚,元贞、大德之文畅而腴,至大、延祐之文丽而贞,泰定、天历之文赡以雄。"⑦杨维桢则列出不同时期的代表作家,其《王希赐文集再序》云:"我朝文章,肇变为刘(因)、杨(杨弘道),再变为姚(燧)、元(明善),三变为虞(集)、欧(阳玄)、揭(傒斯)、宋(本),而后文为全盛。"⑧刘夏(1314—1370)云:

> 元有天下,文章大概三变。如刘秉忠长江大河,规摹阔略;静修变
> 化蝉蜕。许平仲圣贤心胸,谆谆王道;卢疏斋、姚牧庵苛核纠紧,此国

①　许有壬:《至正集》卷四六,文渊阁四库全书第 1211 册,第 332 页下。
②　苏天爵:《滋溪文稿》卷九,第 138—145 页。
③　陈旅:《安雅堂集》卷一三,文渊阁四库全书第 1213 册,第 78 页上。
④　苏天爵:《滋溪文稿》卷九,第 144 页。
⑤　苏天爵:《滋溪文稿》卷五,第 65 页。
⑥　陈基:《孟待制文集序》,李修生:《全元文》第 50 册,第 313 页。
⑦　欧阳玄:《圭斋文集》卷七,欧阳玄撰,汤锐校点《欧阳玄全集》,第 148 页。
⑧　杨维桢:《王希赐文集再序》,《东维子文集》卷六,杨维桢著,邹志方点校《杨维桢集》,第 781 页。

初文气也。马伯庸、宋诚夫、袁伯长诸人，铺张盛大，援据端确，此中朝文气也。若夫恣意驰骋，发散在外，汗漫浸淫，无壮激之势者，则虞雍公、揭文贞，近代之文气也。①

苏天爵所谓"文章为之一变"，当是马祖常诸人主柄文坛，继业前贤（姚燧、元明善），文追秦汉，剪除宋金卑弱文风，使中朝文风铺张盛大，号极古今之盛。

元初文坛承宋金欹骫萎薾之余绪，②作者"慨然以振起斯文为己任"③。要使"文章为之一变"，只有"足以鸣一世而服群彦"④的文章水平，才能使"后生争慕效之"，培养后进，扩大影响，这样才能转变文坛风气。

马祖常于泰定四年和至顺元年两知贡举，下仅以泰定四年为例。

泰定四年，会试：知贡举翰林学士曹元用，同知贡举翰林直学士马祖常，考试官：虞集、宋本、欧阳玄。廷试：监试官王士熙，读卷官：马祖常、贡奎。⑤

泰定四年录取进士85人，有诗文传世者有阿察赤、哈剌台、孛颜忽都、萨都剌、沙班、观音奴、纳璘不花、蒲里翰、燮理溥化、王士元、索元岱、郭嘉、刘沂、周泰、李永、董守忠、康若泰、刘尚质、赵期颐、杨惠、李黼、张敏、颜尩、俞焯、卢端智、李质、胡一中、赵宜浩、杨维桢、黄清老、方回孙、徐容、张以宁、余贞、刘文德、戴迈、江存礼、谢升孙、何槐孙、周镗、卜友曾、樊执敬41人。

上述诸人中，李黼、萨都剌、杨维桢、张以宁、黄清老，都是元代文坛赫赫有名的人物。

作为知贡举，马祖常"选士专求硕学，崇雅黜浮。"⑥"择士务求实学，空言浮

---

① 刘夏：《书孟左司文集后》，《刘尚宾文集》卷三，续修四库全书第1326册，第77页上。

② 宋金文风前人多有论述。虞集《刘桂隐存稿序》："中州隔绝，困于戎马，风声习气，多有得于苏氏之遗，其为文亦曼衍而浩博矣。"（《全元文》第26册，第111页）胡祗遹认为金代散文"剽窃掇拾"（《紫山先生大全集》卷二六《语录》，文渊阁四库全书第1196册，第476页上）。危素《与苏参议书》指出："金之亡，其文粗而肆。"（《全元文》第48册，第148页）《陵川集提要》中曾评价："其文雅健雄深，无宋末肤廓之习。"（永瑢《四库全书总目》卷一六六，第1422页中、下）欧阳玄《潜溪后集序》："南渡以还为士者以泛焉无根之学，而荒思于科试间，有稍自振拔者，亦多诞幻单冗，不足以名家，其衰又益甚矣！"（《圭斋文集》卷七，欧阳玄撰，汤锐校点：《欧阳玄全集》，第148页）《元史·戴表元传》："宋季文章气萎薾而辞骫骳，骳弊已甚。"（宋濂：《元史》卷一九〇，第4336页）

③ 宋濂：《元史》卷一九〇，第4336—4337页。

④ 王结：《书松厅事稿略》，《文忠集》卷四，文渊阁四库全书第1206册，第234页上。

⑤ 沈仁国：《元朝进士集证》，第229—230页。

⑥ 苏天爵：《御史中丞马公文集序》，《滋溪文稿》卷五，第65页。

词悉弃不取,中选者多知名于时。"①马祖常的"质雅可观"②的文风,关心民瘼、致君泽民的儒家思想必然会通过科举选才的平台传播与扩大,从而影响元代的文风。如杨维桢登第之后,与时龃龉,仕途不顺,"遂大肆其力于文辞,非先秦两汉弗之学,久与俱化。见诸论撰,如睹商敦周彝,云雷成文,而寒芒横逸,夺人目睛。其于诗尤号名家,震荡凌厉,骎骎将逼盛唐。骤阅之,神出鬼没,不可察其端倪。其亦文中之雄乎!"③其诗有《复古诗集》,"欲为诗于古,度越齐梁,追踪汉魏,而上薄乎骚雅。"④"国朝承宋以来,政厖文抏,而未有能振起之者。务铲一代之陋,归于浑厚雄健,故其所著,卓然成一家言。"⑤马祖常等人所矫正的是宋金文章"一代之陋"的卑弱风气,"以浑厚之气变之",⑥"文章为之一变"。这或与马祖常等推崇的文宗秦汉的盛世之文有必然的联系。

雅琥为也里可温,即基督教信徒,和马祖常一样,被陈垣称之为"基督教世家之中国诗人"⑦。

雅琥前为奎章阁参书,为文学之臣。马祖常《石田集》卷九有送《雅琥参书之官静江诗序》:"(雅琥)以文学才谞遇知于天子,出贰郡治。"⑧其诗名藉甚。

雅琥的诗观与元代宗唐复古的风气一致,谓"唐后虽有诗,终不如能唐。"⑨,其诗大抵以唐诗为旨归,如《汴梁怀古》、《和韵王继学题周冰壶四美人图》,颇有唐风。瞿佑《归田诗话》卷下盛称其诗《唐宫题叶》云:"雅正卿有《四美人图诗》,惟《御沟流叶》最佳。'彩毫将恨付霜红,恨自绵绵水自东。金屋有关防虎豹,玉书无路托鳞鸿。秋期暗度惊催织,春信潜通误守宫。莫道人间音问杳,明年锦树又西风。'琢句甚工。"⑩胡应麟《诗薮外编》卷六:赵孟頫、邓文原、虞集、马祖常、范德机、揭曼硕、雅正卿……"句格庄严,词藻瑰丽,上接大历、元和之轨,下

① 苏天爵:《马文贞公墓志铭》,《滋溪文稿》卷九,第141—142页。
② 谢肃:《长林先生文集序》,《密庵文稿》辛卷,第11页下,四部丛刊三编本。
③ 宋濂:《杨君墓志铭》,罗月霞主编《宋濂全集》,第681页。
④ 章琬:《铁雅先生复古诗集叙》,杨维桢著,邹志方点校:《杨维桢集》,第1195页。
⑤ 贝琼:《铁崖先生大全集序》,李修生《全元文》第44册,第213页。
⑥ 欧阳玄:《潜溪后集序》,《圭斋文集》卷七,欧阳玄撰,汤锐校点:《欧阳玄全集》,第148页。
⑦ 陈垣:《元西域人华化考》卷四,第65—68页。
⑧ 马祖常著,李叔毅、傅瑛点校:《石田先生文集》卷九,第188页。
⑨ 许有壬:《跋雅琥所藏鲜于伯机词翰》,《至正集》卷七三,文渊阁四库全书第1211册,第513页下。
⑩ 丁福保:《历代诗话续编》,中华书局1983年版,第1284页。

开正德、嘉靖之途。今以元人，一概不复过目，余故稍为拈出，以俟知者。"①我们可以看出，在明人眼里，雅琥在元代诗坛的地位与影响。

复古的诗学主张与坎坷的经历"使得雅琥诗歌从总体上呈现出富赡沉郁、淳厚深健的特色。②"如《上执政四十韵》、《赋得月漉送方叔高作尉江南》，③可以看出雅琥诗歌的功力气势已臻圆熟。

萨都剌被陈垣《元西域人华化考》列之为"回回教世家之中国诗人。"④萨都剌是元代一流诗人，也是元代诗人中研究难度最大的诗人。⑤ 其生年、生平、籍贯、族属都存在争议，但现在可以确定萨都剌是答失蛮氏。而《雁门集》（十四卷本）在元代诗集中也是作者重出数量最多，达到231首。⑥ 另外《全元文》（第28册）辑其文9篇，《全元散曲》录套数1套。《全元诗》（第30册）录其诗794首，诸体俱备，其中"宫词"及时事诗尤其引人注目。

宫词是以宫廷生活为题材的诗歌，"于诗中自为一体"，⑦多是吟咏深宫怨情，中唐以后盛行。⑧ 顾况、白居易、元稹、王建、朱庆余、张祜、杜荀鹤都善作宫词。其中王建作百首《宫词》，最引人注目，以至于"天下传播，效此体者虽有数家，而建为之祖"。⑨ 唐之后，历代诗人作宫词者颇多。宋代宫词蔚成风气，一是以帝后、文官为主体的创作群，如赵佶、宋白、王硅、王仲修、张公库、周彦质、夏竦、文彦博、张耒、李邴、胡仲弓、张枢、卢秉、范纯仁、刘克庄、方一夔、周密。二是作品达一千余首，其中宋徽宗存世《宫词》达296首，创作数量最多。⑩ 元代宫词也颇有可观。耶律铸、尹廷高、贯石石、马祖常、袁桷、张观光、杨维桢、萨都剌、廼贤、顾瑛、柯九思、张昱、许有壬、王沂、贡师泰、钱惟善、周伯琦、宋无、陈樵、刘仁本、黄庚、马玉麟、陶宗仪等二十多人都有宫词存世，现存"宫词数量近

---

① 胡应麟：《诗薮外编》卷六，第233—234页。

② 秦琰：《元代也里可温作家研究》，上海人民出版社2017年版，第258页。

③ 杨镰：《全元诗》第37册，第435、441—442页。

④ 陈垣：《元西域人华化考》"西域之中国画家"，第68页。

⑤ 段海蓉：《萨都剌文献整理与研究（1949—2019）述评》，《民族文学研究》，2019年第3期。

⑥ 段海蓉：《萨都剌文献考辨》，第248—249页。

⑦ 蒋寅：《金陵生小言》，广西师范大学出版社2004年版，第96页。

⑧ 陶文鹏等：《唐诗三百首新译》，北京出版社1993年版，第438页。

⑨ 魏庆之：《诗人玉屑》卷一六，吴文治主编《宋诗话全编》第九册，江苏古籍出版社1998年版，第9178页。

⑩ 参见常德荣：《宋代宫词刍论》，《安徽大学学报》（哲学社会科学版）2011年第2期。王春婧：《宋代宫词研究》，辽宁大学2014年硕士学位论文。

三百首"。①"本朝宫词,自石田公(马祖常)而次,亡虑数十家"②,但以萨都剌最为著称。

杨维桢云:"为本朝宫词者多矣,或拘于用典故,或拘于用国语,皆损诗体。天历间,余同年萨天锡善为宫词,且索余和什,通和二十章,今存十二章。"③然萨都剌宫词仅存八首,即《四时宫词四首》《春词》《秋词》《醉起》《宫词》。萨龙光按语云:"以上八首皆据杨维桢《宫词序》编次"。④ 杨维桢"通和二十章,今存十二章"全是七言绝句,而萨都剌《四时宫词四首》为七言律诗,其他四首为七言绝句。"萨诗的七绝《宫词》四首,以杨维桢的和诗十二章比堪,其中《宫词》《秋词》《醉起》三首同韵不次韵,《春词》一首更不同韵,因而此四首似乎均未必就是原唱诗。不过,无论是否原唱诗都有理由推测,萨都剌的宫词散佚起码在20首以上甚至更多。"⑤

萨都剌"以宫词得名,其诗清新绮丽,自成一家"⑥,"人莫不脍炙之"⑦。如《宫词》(或名《秋词》):

> 深夜宫车出建章,紫衣小队两三行。石阑干畔银灯过,照见芙蓉叶上霜。⑧

建章,汉代宫名,借指元宫。陶宗仪《南村辍耕录》卷二一:"太液池在大内西,周回若干里,植芙蓉。"⑨宫车悄悄夜出建章宫,两三队紫衣宫女成行。银灯照过太液池畔,照见荷叶一层白霜。此诗言简意丰,宫车深夜里,何故出建章?令人遐想无穷。

再如《四时宫词》:

---

①　张建伟、王文:《宫词与元代政治制度》,《晋阳学刊》2020 年第 4 期。

②　杨维桢:《李庸宫词序》,《东维子文集》卷一一,杨维桢著,邹志方点校:《杨维桢集》,第 846 页。

③　杨维桢:《宫词序》,杨维桢著,邹志方点校:《杨维桢诗集》,第 360 页。

④　萨都剌:《雁门集》卷四,上海古籍出版社 1982 年版,第 92～94 页。

⑤　龚世俊、皋于厚:《试论萨都剌的宫词与艳情诗》,《宁夏大学学报》(社会科学版)2005 年第 6 期。

⑥　瞿佑:《归田诗话》卷中,丁福保辑:《历代诗话续编》,中华书局 1983 年版,第 1271 页。

⑦　杨瑀:《山居新话》,上海古籍出版社编:《宋元笔记小说大观》第六册,上海古籍出版社 2001 年版,第 6072 页。

⑧　萨都剌:《雁门集》卷四,第 93 页。

⑨　上海古籍出版社编:《宋元笔记小说大观》第六册,上海古籍出版社 2001 年版,第 6403 页。

　　　　御沟涨暖绿潺潺，风细时闻响珮环。芳草宫门金锁闭，柳花帘幕
　　玉钩闲。梦回绣枕听黄鸟，困倚雕栏看白鹇。落尽海棠天不管，修眉
　　慵恨锁春山。

　　　　日长缝就缕金衣，高柳风清拂翠眉。闲倚小楼题画扇，但闻别院
　　笑弹棋。主家恩爱有时尽，贱妾心情无限思。又向晚凉新浴罢，琵琶
　　自拨断肠词。

　　　　宫沟水浅不通潮，凉露瑶街湿翠翘。天晚不闻青玉珮，月明偷弄
　　紫云箫。正宫夜半羊车过，别院秋深鹤驾遥。却把闲情望牛女，银河
　　乌鹊早成桥。

　　　　悄悄深宫不见人，倚门惟有石麒麟。芙蓉帐冷愁长夜，翡翠帘垂
　　隔小春。天远难通青鸟信，瓦寒欲动白龙鳞。夜深怕有羊车到，自起
　　笼灯照雪纹。①

　　如果说，上面的《宫词》是写君王夜出巡幸后宫之事，这四首则反映宫女妃
嫔孤独寂寥之忧、失宠凄凉之怨。这些宫词似为元宫生活的实录：宫门深锁，流
水潺潺，芳草萋萋，柳花乱飞，而诗中主人却百无聊赖，无可奈何，"主家恩爱有
时尽，贱妾心情无限思。""正宫夜半羊车过，别院秋深鹤驾遥。""夜深怕有羊车
到，自起笼灯照雪尘。"其寂寥无计而情思未泯，细腻传神，可谓言有尽而意
无穷。

　　萨都剌的竹枝词、艳体诗也同样有此特点。

　　《西湖竹枝词》为杨维桢首唱，"和之者数百家"。② 萨都剌的《竹枝词》仅存
一首：

　　　　湖上美人弹玉筝，小莺飞渡绿窗棂。沈郎虽病多情在，倦倚屏山
　　不厌听。③

　　沈郎，即南朝梁沈约。沈约曾致书友人，称自己身体病弱。典出《梁书》卷
一三《沈约传》。南唐李璟《浣溪沙》有"沈郎多病不胜衣"之句。这里写人间情

──────────

　　① 萨都剌：《雁门集》卷四，第92—93页。
　　② 田汝成：《西湖游览志余》卷一一，文渊阁四库全书第585册，第430页上。
　　③ 萨都剌：《雁门集》卷一二，第328页。

事，含蓄蕴藉，别有风味，故广为流传，"一时伎女多歌之"。①

再如著名的《芙蓉曲》：

> 秋江渺渺芙蓉芳，秋江女儿将断肠。绛袍春浅护云暖，翠袖日暮
> 迎风凉。鲤鱼吹浪江波白，霜落洞庭飞木叶。荡舟何处采莲花，爱惜
> 芙蓉好颜色。②

秋江渺渺，荷花盛开。秋江女儿，郁悒伤哀。自春及秋，相伴至今。鱼肥浪
大，木叶纷纷。棹动芙蓉落，愁杀荡舟人。

诗题下有"兼善状元御史"，或是与泰不华寄赠酬唱之作。萨龙光以为"举
兼善劝子寿也"。张子寿即张益，泰定元年进士左榜第一。至顺二年（1331）任
中台监察御史，上书弹劾四川行省平章钦察台，左迁西台御史。萨都剌"虑其有
退志，而以兼善（泰不华）劝之"③。

泰不华曾因正直敢言，几于被杀。④ 张益有相似之经历，故作者举泰不华劝
之，"爱惜芙蓉好颜色"，是知音相惜，或也有是以诗自况，难以确指。朦胧婉约
之处，令人遐思回味。

杨维桢《西湖竹枝集》称"其诗风流俊爽，修本朝家范，《宫词》、《芙蓉曲》，虽
王建、张籍，无以过矣。"⑤虞集《傅与砺诗序》："（萨都剌）最长于情，流丽清婉，作
者皆爱之。"⑥于此可见一斑。

萨都剌许多诗记当时史事，可补史阙。如《记事》：

> 当年铁马游沙漠，万里归来会二龙。周氏君臣空守信，汉家兄弟
> 不兼容。只知奉玺传三让，岂料游魂隔九重。天上武皇亦洒泪，世间

① 冯金伯：《词苑萃编》卷二三，续修四库全书第1733册，第661页上。

② 萨都剌：《雁门集》卷一一，第304页。

③ 萨都剌：《湖南张子寿钦点第一人弹劾权贵左迁西台御史旋拜前职素有退志故举兼善劝之》，《雁门集》卷一一，第303页。

④ 《元史·泰不华传》：元统元年（1333年），元顺帝即位，加封文宗皇后卜答失里为太皇太后，大臣燕铁木儿、伯颜皆裂地封王。泰不华率领朝中同列上疏诤言："婶母不宜加徽称，相臣不当受王土。"太后怒，欲杀言者。泰不华语众曰："此事自我发之，甘受诛戮，决不敢累诸公也。"已而太后怒曰："风宪有臣如此，岂不能守祖宗之法乎？"赐金币二，以旌其直。出金河南廉访司事，俄移淮西。继迁江南行御史台经历，辞不赴，转江浙行省左右司郎中。宋濂《元史》卷一四三，第3423页。

⑤ 杨维桢编：《西湖竹枝集》，光绪《武林掌故丛编》本，丛书集成续编第223册，第386页下。

⑥ 虞集：《傅与砺诗集序》，李修生：《全元文》第26册，第266页。

骨肉可相逢。①

瞿佑《归田诗话》云：

> 《纪事》一首，直言时事不讳。盖泰定帝崩于上都，文宗自江陵入
> 据大都，而兄周王远在沙漠，乃权摄位，而遣使迎之。下诏四方云："谨
> 俟大兄之至，以遂固让之心。"及周王至，迎见于上都，欢宴一夕，暴卒。
> 复下诏曰："夫何相见之顷？宫车弗驾，加谥明宗。"文宗遂即真，皆武
> 宗子也。故天锡末句云然。②

元文宗篡位弑兄之事，不为正史所载，当时文人学士，亦未敢记其事。萨都
剌直书其事，直言不讳，胆量令人佩服。清代顾嗣立《读元史诗》八首之一云：

> 黄帝哀鼎湖，汉文迎代郡。沙漠有大兄，固让诚得体。车驾次和
> 宁，青宫拜玉玺。须臾行帐中，仆御闻出涕。烛影斧声疑，当时被诃
> 诋。扶玺上马驰，物议恐难洗。史氏多忌讳，纪事只大氐。独有萨经
> 历，讽刺中肯綮。游魂洒泪诗，千载笑兄弟。③

萨都剌虽对篡位弑兄之事颇多讽刺，但《鼎湖哀》④云"五年晏然草不动，百
谷穰穰风雨时。修文偃武法古道，天阁万丈奎光垂。"对文宗五年（1328—1332）
治国，还是肯定的。

此诗作于文宗驾崩，宁宗未立之时。元文宗篡位弑兄之主谋是大都留守签
枢密院事燕铁木儿。致和元年（1328）七月，泰定帝崩于上都，燕铁木儿谋逆，遣
使迎元武宗次子怀王图帖睦尔入大都，九月十三日即位，是为元文宗。文宗即
位后，便派人去察合台汗国迎其异母兄周王和世㻋称帝，并称自己登位乃不得
已之举。天历二年（1329）正月，和世㻋即位于和林之北，是为元明宗。三月四
日，文宗遣右丞相燕铁木儿奉皇帝玉玺北上，四月初七，燕铁木儿抵达和世㻋所

---

① 萨都剌：《雁门集》卷二，第64页。
② 瞿佑：《归田诗话》卷中，丁福保辑：《历代诗话续编》，中华书局1983年版，第1271—1272页。
③ 萨都剌：《雁门集》卷二，第65页。
④ 萨都剌：《鼎湖哀》，《雁门集》卷五，第144—145页。

在地,率百官献上玉玺,并陪同和世㻋返京,而后宣布封图帖睦尔为"皇太子"。同年八月南下大都,驻跸王忽察都(即晃忽叉,今河北张北北),宴请从大都而来迎接的文宗图帖睦尔、诸王及大臣,不幸被燕帖木儿毒死。图帖睦尔则被认为是幕后真凶。和世㻋之子妥懽帖睦尔(元顺帝)在后至元六年(1340)六月,称元文宗"假让位之名,以宝玺来上,皇考推诚不疑,即授以皇太子宝。文宗稔恶不悛,当躬迓之际,与其臣月鲁不花、也里牙、明里董阿等谋为不轨,使我皇考饮恨上宾。归而再御宸极,思欲自解于天下,乃谓夫伺数日之间,宫车弗驾。海内闻之,靡不切齿"。① 文宗临死之际,或因对弑兄之愧疚,赎罪之心理,遗令明宗和世㻋之子懿璘质班继位。至顺三年八月十二日(1332 年 9 月 2 日),元文宗病逝。燕帖木儿为继续专权,请立元文宗之子为帝。皇后卜答失里不从。至顺三年十月初四(1332 年 10 月 23 日),年仅 7 岁的懿瞵质班即位,是为元宁宗。

诗后九句云:"吾皇想亦有遗诏,国有社稷燕太师。太师既受生死讬,始终肝胆天地知。汉家一线系九鼎,安肯半路生狐疑。孤儿寡妇前日事,况复将军亲见之,况复将军亲见之!"所谓"遗诏"即宁宗继位之遗令。燕帖木儿"既受生死讬",就要"始终肝胆天地知",劝告尊奉遗诏,翼戴新君。"孤儿寡妇谓泰定皇太子阿速吉八不知所终,皇后弘吉剌氏迁于东安州也。事皆由燕帖木儿之谋逆,然亦倒剌沙逾月不立君之故。重言'将军亲见之',岂徒示以前车之鉴,而诛恶之旨微矣。"② 作者在这里表达迟迟不立新君,可能会酝酿新危机之忧虑,也警告燕帖木儿不要别有所图。

萨都剌写记时事的诗颇多,有的反映了元代民间疾苦和战争灾难的社会现实。

《鬻女谣》③ 作于天历二年(1329),萨都剌时任镇江录事司达鲁花赤。作者叙述了在天灾中"道逢鬻女弃如土,惨淡悲风起天宇。荒村白日逢野狐,破屋黄昏闻啸鬼"的农村残破,百姓卖儿鬻女,"悲啼泪尽黄河干"的艰难处境。而卖弄风情的"红楼女",声色犬马,绣衣貂帽的"白面郎",醉饱不问民艰的官员,奢侈的宫廷,无不透露出天灾中的人祸。诗人只愿人民能够丰衣足食,天下太平,这是诗人美好的愿望。"对于民生疾苦的同情和关怀,本来是中国传统诗学的中心之一,在少数民族诗人的作品中也有着突出的表现,而在当时汉族诗人的集

---

①　宋濂:《元史》卷四〇,第 856 页。

②　萨都剌:《雁门集》卷五,第 146 页。

③　萨都剌:《雁门集》卷二,第 62—63 页。

子中,这样的内容却相对薄弱。"①而这种精神在元代色目诗人中,萨都剌最为强烈。

再如《早发黄河即事》、《过居庸关》、《征妇怨》、《燕姬曲》、《织女图》、《百禽歌》、《黯淡滩歌》等反映社会不公,贫富悬殊,人民苦难,皆感事而发,针砭时事。"去岁干戈险,今年蝗旱忧。关西归战马,海内卖耕牛。"②"为歌生民病"是萨都剌诗歌的一大特点。

萨都剌因经商、做官,遍游"荆楚燕赵闽粤吴"。③ 徐象梅《两浙名贤录》卷五四《萨都剌天锡》:

> 萨都剌天锡,雁门人。寓居武林,博雅,工诗文,风流俊逸,而性好游。每风日晴美,辄肩一杖,挂瓢笠,脚踏双不借,遍走两山间。凡深岩邃壑人迹所不到者,无不穷其幽胜。至得意处,辄席草坐,徘徊终日不能去。兴至则发为诗歌,以题品之。今两山多有遗墨,而《西湖十景词》尤脍炙人口。④

萨都剌的纪游诗描写山川风景,风土人情,随见所感,"以遨游万里为壮举,所以绝少羁旅乡愁之作"。⑤

如《清明游鹤林寺》:

> 青青杨柳啼乳鸦,满山烂开红白花。小桥流水过古寺,竹篱茅舍通人家。潮声卷浪落松顶,骑鹤少年酒初醒。计将何物赏清明,且伴山僧煮新茗。⑥

鹤林寺在镇江,大德六年(1302)萨都剌吴楚经商时经过镇江时所作。前四句写鹤林寺在山林幽静之处,后四句写作者醉酒被潮声惊醒。诗人不徐不迫,

---

① 张伯伟:《略论辽金元少数民族汉诗》,《中国典籍与文化》编辑部编:《中国典籍与文化论丛》第五辑,中华书局 2000 年版,第 224 页。

② 萨都剌:《漫兴》,《雁门集》卷二,第 63 页。

③ 萨都剌:《溪行中秋玩月并序》,《雁门集》卷一〇,第 274 页。

④ 徐象梅:《两浙名录》卷五四,续修四库全书第 544 册,第 123 页上。

⑤ 殷孟伦、朱广祁:《雁门集前言》,第 4 页。

⑥ 萨都剌:《雁门集》卷一,第 7 页。

煮茗聊天，悠然自得，自然明快。这个超脱清雅的"骑鹤少年"似与一般商人的形象大不相同。

萨都剌祖籍雁门，又自称燕山人，并一度在北方任官。《上京即事》五首是萨都剌元统元年（1333）六月在上都所作。上京即上都，在今内蒙古自治区锡林郭勒盟正蓝旗境内。元代实行"两都巡幸制"。叶子奇在《草木子》中记载："元世祖定大兴府为大都，开平府为上都。每年四月，迤北草青，则驾幸上都以避暑，颁赐予其宗戚，马亦就水草。八月草将枯，则驾回大都。自后官里岁以为常。车驾虽每岁往来于两都间，他无巡狩之事。"[①]上都实为陪都。官里，元代大汗（皇帝）之别称。每年初夏，皇帝、大臣、后妃均往上都处理政务和避暑，又被称作"夏都"。萨都剌《上京即事》诗（五首）云：

> 大野连山沙作堆，白沙平处见楼台。行人禁地避芳草，尽向曲栏斜路来。
>
> 祭天马酒洒平野，沙际风来草亦香。白马如云向西北，紫驼银瓮赐诸王。
>
> 牛羊散漫落日下，野草生香奶酪甜。卷地朔风沙似雪，家家行帐下毡帘。
>
> 紫塞风高弓力强，王孙走马猎沙场。呼鹰腰箭归来晚，马上倒悬双白狼。
>
> 五更寒袭紫毛衫，睡起东窗酒尚酣。门外日高晴不得，满城湿露似江南。[②]

大漠连山，白马如云，牛羊散漫，朔风卷地，白沙如雪……一派塞外风光。这里呈现出的是非同于中原和江南的游牧民族的真实生活，很有亲切感，这或许与萨都剌本身祖居北方及民族性格有关。

这五首纪游诗也是边塞诗。与传统的边塞诗不一样，《上京即事》五首写的不是惨烈的战争，不是上马杀敌，不是建功立业，不是离别哀怨，而是塞外的自然景色和风土人情，感情变得宁静和煦，充满北方民族风情和生活气息，颇具

---

① 叶子奇：《草木子》卷三下，第64页。
② 萨都剌：《雁门集》卷六，第163—164页。

特色。

　　萨都剌大部分时间生活在江南,大部分诗也写于江南,江南的山川、古迹、人物都成为萨都剌纪游诗中的内容,如《过采石驿》、《采石怀李白》、《过乌石驿》(一说卢琦作)、《过闽关》、《宿龙潭寺二首》、《望武夷》、《宿武夷》、《谒抱朴子墓》、《和靖墓》、《贾似道废宅》、《吴越两山亭》、《季子庙》、《登凤凰台》、《游钟山》等,江南明媚的景色和文化历史都在诗句之中。

　　虽然,萨都剌纪游诗多清新明快,少羁旅忧愁。但随年事增长,岁月磨砺,其诗也表现出另一种风味。《过广陵驿》是萨都剌晚年再赴江南任职经过扬州所作,已非"骑鹤少年"悠然自得,格调完全不同。诗云:

　　　　秋风江上芙蓉老,阶下数株黄菊鲜。落叶正飞扬子渡,行人又上广陵船。寒砧万户月如水,老雁一声霜满天。自笑栖迟淮海客,十年心事一灯前。①

　　诗中秋风、芙蓉、黄菊、行人、寒砧、老雁、月如水、霜满天,无不显示凋零萧瑟之意。萨都剌诗中少有乡思之作,如《秋夜京口》"雁声堕地梦回枕,月色满城人捣衣。塞北将军犹索战,江南游子苦思归。"②此诗"寒砧万户月如水,老雁一声霜满天",已流露出浓郁的故乡之思。诗人栖迟他乡,十年心事,孤灯相依,字字入心,笔笔传情,风格已从风流俊赏变得沉郁悲怆。这或许是萨都剌前后时期诗歌的不同。

　　萨都剌行旅南北,所作怀古诗也很多。如《过贾似道废宅》:

　　　　贾生亦何者,此地起楼台。社稷无人物,湖山构祸胎。前朝亡国恨,遗迹后人哀。落日空江上,王宫亦草莱。③

　　贾似道废宅在西湖葛岭。此诗作于至正三年(1343),萨都剌时任江浙行省郎中。国家没有救国的人物,美丽的湖山却种下祸胎。此诗借古讽今,告诫当朝只知权力,荒淫无度,横征暴敛,毫无民生意识的权贵,不要酿成祸胎,遂成前

---

① 萨都剌:《雁门集》卷一三,第344页。
② 萨都剌:《雁门集》卷二,第65页。
③ 萨都剌:《雁门集》卷一二,第329页。

朝亡国之恨，让后人徒自哀叹。萨都剌关心国事显而易见，其忧国之思在诗中经常出现。

萨都剌怀古诗中的人物有季札、王昭君、李陵、苏武、诸葛亮、抱朴子、李白、杨玉环、孙虎臣等，与其抱负及社会现实有关。

《雁门集》卷一〇《台山怀古》（或《越台怀古》）云：

> 越王故国四围山，云气犹屯虎豹关。铜兽暗随秋露泣，海鸦多背夕阳还。一时人物风尘外，千古英雄草莽间。日暮鹧鸪啼更急，荒台丛竹雨斑斑。①

此诗借古之英雄，表达了自己怀才不遇、壮志难酬的感慨。"一时人物风尘外，千古英雄草莽间"，英雄人物被排斥在风尘之外，只能窜伏于草莽之间。若与萨都剌经历相联系，诗更觉沉郁、悲怆，令人欲哭无泪。

《登歌风台》是萨都剌怀古诗中最长的一首，是至顺三年（1332）萨都剌由应奉翰林文字出任江南行御史台掾吏路过歌风台所作。诗云：

> 歌风台下河水黄，歌风台上春草碧。黄河之水日夜流，碧草年年自春色。当时汉祖为帝王，龙泉三尺飞秋霜。五年马上得天下，富贵乐在归故乡。里中故老争拜跪，拄杖麻鞋见天子。龙颜自喜还自伤，一半随龙半为鬼。翻思向日亭长时，一身传檄日夜驰。只今宇宙极四海，一榻之外难撑持。却思猛士卫神宇，安得长年在乡土。可怜创业垂统君，却使乾机付诸吕。淮阴年少韩将军，金戈铁马立战勋。藏弓烹狗太急迫，解衣推食何殷勤。致令英杰遭妇手，血溅红裙急追首。萧何下狱子房归，左右功臣皆掣肘。还乡却赋太风歌，向来老将今无多。咸阳宫阙亲眼见，今见荆棘埋铜驼。台前老人泪如雨，为言不独汉高祖。古来此事无不然，稍稍升平忘险阻。荒凉古庙依高台，前人已矣今人哀。悲歌感慨下台去，断碑春雨生莓苔。②

---

① 萨都剌：《雁门集》卷一〇，第259—260页。
② 萨都剌：《雁门集》卷五，第113—114页。

歌风台,在刘邦故乡江苏省沛县。公元前195年,汉高祖刘邦回乡,设宴招待父老,作《大风歌》,筑土台。刘邦慷慨悲歌,泪如雨下。相传为纪念刘邦回乡唱《大风歌》而筑此台。

作者以河水、春草起兴,暗示历史的沧桑变化。然后追溯曾在歌风台唱《大风歌》汉高祖刘邦,"五年马上得天下",而当年的谋臣武将"一半随龙半为鬼"。然而,天下已定,却把权力交给诸吕,"狡兔死,良狗烹;高鸟尽,良弓藏;敌国破,谋臣亡。"韩信被杀,萧何下狱,张良隐退,功臣遭戮,却思猛士守四方,岂不怪哉! 然历代王朝"稍稍升平忘险阻"让人感慨嘘唏! 本诗沉郁顿挫,感情真切,或仅是一时所感,借古鉴今,亦见萨都剌关心国事和极强的历史责任感。

萨都剌的怀古诗往往与现实社会现实政治关联一起在,如萨都剌《季子庙》中对元文宗弑兄之事也有所影射。"李家兄弟一朝暮,莫过延陵季子祠",[①]赞扬季札让国而去,对于文宗弑兄背约,颇有质问之声。

萨都剌的怀古诗多有悲怆之感,如"孙刘事业今何在? 百年断石生莓苔。"(《雁门集》卷一《同克明曹生清明日登北固山和韵》)"休唱后庭旧时曲,六朝宫殿草萧萧。"(《雁门集》卷七《层楼晚眺》)"空遗故国山如画,依旧长江浪拍天。"(《雁门集》卷一三《和马昂夫登楼有感》)"千古兴亡堪一笑,买花载酒赏心亭。"(《雁门集》卷五《望金陵》)"废馆尚传陈后主,新碑犹载晋南朝。"(《雁门集》卷五《秋日登石头城》)"莺儿别去空歌榭,燕子归来无主家。"(《雁门集》卷二《过孙虎臣园》)"春色不随亡国尽,野花只作旧时开。"(《雁门集》卷五《次韵登凌歊台》)"梁武台城芳草合,吴王宫殿野桃开。"(《雁门集》卷五《登凤凰台》)等等。萨都剌的怀古诗,与汉族诗人怀古诗一样,毫无区别,颇有历史使命感和沧桑感。

萨都剌的诗所涉范围较广,大凡宫禁、山水、边塞、战争、灾难、艳情、题画、怀古等多有反映了诗人对底层人民的关注与同情,对世道不公,政治昏暗的痛斥与控诉。在萨都剌的一些诗中也流露出战争的痛恨,对太平世界的向往:

上天胡不呼六丁,驱之海外休甲兵。男耕女织天下平,千古万古无战争。(卷六《过居庸关至顺癸酉》)

要令四海无战争,千古万古歌太平。(卷一〇《题画马图》)

五风十雨乐太平,肯使人间有冤狱。(卷五《送广信司狱》)

---

① 萨都剌:《雁门集》卷三,第80页。

这种儒家的社会理想与萨都刺一贯的历史使命感是一致的。

萨都刺素以词闻名,《全元词》仅录其词十六首,内容有怀古、寄赠、题画、游历、咏怀、宗教法曲。萨都刺存词不多,但在元代词坛也属上乘之作,其中怀古词最具代表性。

萨都刺的怀古词有《满江红·金陵怀古》、《酹江月·登凤凰台怀古用前韵》、《酹江月·姑苏台怀古》、《百字令·登石头城》、《木兰花慢·彭城怀古》、《酹江月·过淮阴》等,占存词的三分之一以上,其中《满江红·金陵怀古》最负盛名:

> 六代豪华,春去也、更无消息。空怅望,山川形胜,已非畴昔。王谢堂前双燕子,乌衣巷口曾相识。听夜深、寂寞打孤城,春潮急。
>
> 思往事,愁如织。怀故国,空陈迹。但荒烟衰草,乱鸦斜日。玉树歌残秋露冷,胭脂井坏寒螀泣。到如今、惟有蒋山青,秦淮碧。①

六代繁华,春光已去,了无消息。金陵山川,风景依旧,空自惆怅,已非畴昔。王谢堂前,乌衣巷口,多少陈迹。山围故国,潮打空城,无限孤寂。思往事,怀故国,但见"荒烟衰草,乱鸦斜日。玉树歌残秋露冷,胭脂井坏寒螀泣",令人感慨嘘唏。到如今,青山不改,秦淮依旧,所谓"风景不殊,正自有山河之异"。

此词化用刘禹锡《乌衣巷》、《石头城》诗意,借陈后主、张丽华之事,寂然凝虑,思接千载,抚今追昔,表达了人世的沧桑变幻,意味深长。

此词与一般怀古词不同,"它所抒发的怀古情绪,几乎近似于一种"纯粹'而又混茫的历史兴亡的感叹",不评判历史事件、历史人物,也不借古讽今或倾吐个人愤懑,只想抒发笼统沉重的历史失落感。②

有研究者认为,"自王安石《桂枝香》和周邦彦《西河》两首金陵怀古词之后,大概只有此词能与之匹敌了"③。

《木兰花慢·彭城怀古》是萨都刺经过徐州是所作。萨都刺曾两次经过徐

---

①　杨镰:《全元词》,中华书局 2019 年版,第 930—931 页。

②　钱仲联撰写:《元明清词鉴赏辞典》,上海辞书出版社 2017 年版,第 195 页。

③　陶然编撰:《金元词一百首》,岳麓书社 2011 年版,第 185 页。

州,一次为元顺帝至元二年(1336),一次是至正三年(1343),①作有《登歌风台》、《过洪》、《彭城杂咏送廉公亮佥事七首》、《木兰花慢·彭城怀古》等十一首诗词。②《木兰花慢·彭城怀古》未知作于何年,必是南北行旅经过徐州所作。其词云:

> 古徐州形胜,消磨尽,几英雄。想铁甲重瞳,乌骓汗血,玉帐连空。楚歌八千兵散,料梦魂,应不到江东。空有黄河如带,乱山回合云龙。汉家陵阙起秋风,禾黍满关中。更戏马台荒,画眉人远,燕子楼空。人生百年寄耳,且开怀,一饮尽千钟。回首荒城斜日,倚栏目送飞鸿。③

徐州乃兵家之地,多少英雄把生命消磨在流血之中。项羽之成败,汉朝之兴亡,曲终人不见,燕子楼已空。面对历史,人生忽如寄,不如一饮千钟。作者怅然若失,内心实波澜万千。清陈廷焯《词则·放歌集》评云:("楚歌八千"数句),声调高朗,直逼幼安。("人生百年"数句):一笔撇开,兔起鹘落。④ 吴梅《词学通论》亦云萨都剌"长调有苏辛遗响"。⑤

萨都剌最长于吊古,"多感慨苍莽之音,是咏古正格。"⑥其"词以登临怀古为最主要的内容,苍凉感慨,磊落旷达,允推作手",⑦被誉为"有元一代词人之冠"。

余阙,唐兀人的文学家。余阙博学多才,工诗文,善书法。宋濂:"公文与诗皆超逸绝伦,书亦清劲。"⑧陈垣称之为"西域之中国诗人"、"西域之中国文人"、"西域之中国书家"⑨。

《青阳先生文集》共收文章 67 篇,主要有策、书、序、跋、记、碑铭、墓表、表、

---

① 蒋成德:《地域文史纵横》,中国书籍出版社 2019 年版,第 146 页。

② 《诗渊》第五册(第 3379 页)有萨都剌《黄楼歌》,此诗又见陈孚《陈刚中集》,未能笃定为萨都剌作品。杨光辉《萨都剌佚作考》,《古籍整理研究学刊》2004 年第 4 期。

③ 杨镰:《全元词》,第 934 页。

④ 钟陵:《金元词纪事会评》,黄山书社 1995 年版,第 442 页。

⑤ 吴梅:《词学通论》第八章,华东师范大学出版社 1996 年版,第 132 页。

⑥ 李佳:《左庵词话》卷上,唐圭璋编《词话丛编》,中华书局 1986 年版,第 3132 页。

⑦ 陈廷焯:《词则·放歌集》卷三,上海古籍出版社 1984 年影印。陶然编撰:《金元词一百首》,岳麓书社 2011 年版,第 185 页。

⑧ 宋濂:《题余廷心篆书后》,宋濂著,罗月霞主编:《宋濂全集》,浙江古籍出版社 1999 年版,第 1577 页。

⑨ 陈垣:《元西域人华化考》,第 55 页,第 75 页,第 84 页。

笺、祝文等,是马祖常外存文最多的色目作家。陈垣《元西域人华化考》:"马祖常外,西域人厥推余阙。"①"作为一个用汉语写作的色目作家,余阙诗文齐名。文章典雅凝重,但特色不鲜明。诗更有成就。"②若说余阙文章的特点,"集中所著,皆有关当世安危"。③

余阙《元统癸酉廷对策》④提出"君天下者凡以仁而已",并认为当政者应"轻徭役,薄赋敛,罢土木之役,恤鳏寡之民,而仁厚之泽果有以大被于天下。"这种以人文本的思想也影响了余阙的政治作为和文学写作,即关注民生,指斥时弊,心忧天下。

从现存诗文看,蒙古色目作家如前述之马祖常、萨都剌,多关心民生艰难,余阙文章也明显具有这一特点。

《送樊时中赴都水庸田使序》记载元末官员侵民之事:

　　国家置都水庸田使于江南,本以为民,而赋税为之后。往年使者昧于本末之义,民尝以旱告,率拒之不受,而尽征其租入。比又以水告,复逮系告者,而以为奸治之,其心以为,官为都水,而民有水旱之患,如我何?⑤

余阙是深切了解元末民生艰难的处境及官员只知压榨,无所用心的恶劣风气。作者认为"善为国者疏其赋而厚其民,理之较然者也",希望当政者能减轻人民负担。余阙《赠刑部掾史镏彦通使还京序》云:

　　舒岸大江为城,北走英、颍,南亘番、歙,西通黄、蕲、湘、汉、鄂、岳,东距鸠巢,所谓四通八达之地也。自兵兴,所在从乱,舒介其间而独徇义乘节,不与之共戴天。故群盗环攻之,舒亦不少屈挠。日治矜戟弓矢,以与之相格斗。盗大至,则男操兵,妇给饷,童子负瓦石,空巷乘城,与之决战。如是者今五年,其劳如此。故其富者日贫,而贫者日

①　陈垣:《元西域人华化考》,第76页。
②　杨镰:《元诗史》,第183页。
③　永瑢:《四库全书总目》卷一六七,第1447页下。
④　李修生:《全元文》第49册,第102—106页。
⑤　李修生:《全元文》第49册,第124—125页。

死,以耗。入其市,廛里萧然。适其野,榛莽没人,不见行迹。至其馆,篚篚不治,饩牵不具,委积不充。使者之道此,怒而去者往往有焉。其以公事来者,多眠睐以为喜愠。喜为春温,愠为秋凛。或怒而去,则民相与踧踖曰:"祸其始此耳!"①

元中后期,战乱频仍,民不聊生,朝堂无恢复之力,官员多昏聩之气,至于百姓之疾苦,朝廷之安危,已无人用心,而天下之危殆,即生于此。作者直言弊政,忧天下之心溢于辞矣。

至正四年(1344)春正月,黄河决曹州、汴梁。五月,"大霖雨,黄河溢,平地水二丈,决白茅堤、金堤,曹、濮、济、兖皆被灾。"②"六月,又北决金隄。并河郡邑济宁、单州、虞城、砀山、金乡、鱼台、丰、沛、定陶、楚丘、武城,以至曹州、东明、钜野、郓城、嘉祥、汶上、任城等处皆罹水患,民老弱昏垫,壮者流离四方。"③当时人高志道《至正四年黄河为害》写道:"屋倒人离散,风声水滔滔;周围千里外,多少尽居巢。"④而后又罹旱灾。廼贤《颍州老翁歌》记载当时百姓悲惨的处境:"河南年来数亢旱,赤地千里黄尘飞。麦禾槁死粟不熟,长镵挂壁犁生衣。"而官员则不关心民生疾苦,"黄堂太守足宴寝,鞭扑百姓穷膏脂。聒天丝竹夜酣饮,阳阳不问民啼饥。"而又疫毒四起,奸人作盗,民流离失所,无以为生,至于卖儿卖女,"大孙十岁卖五千,小孙三岁投清漪。"⑤读此令人感叹嘘唏!至正八年,余阙《书合鲁易之(廼贤)作颍州老翁歌后》云:

> 至正四年,河南北大饥。明年,又疫,民之死者半。朝廷尝议鬻爵以赈之,江淮富民应命者甚众,凡得钞十余万锭,粟称是。会夏小稔,赈事遂已。然民罹此大困,田莱尽荒,蒿藜没人,狐兔之迹满道。时予为御史,行河南北,请以富民所入钱粟贷民,具牛、种以耕,丰年则收其本,不报。览易之之诗,追忆往事,为之恻然。⑥

---

① 李修生:《全元文》第 49 册,第 129—130 页。
② 宋濂:《元史》卷四一,第 869 页、870 页。
③ 宋濂:《元史》卷六六,第 1645 页。
④ 顾嗣立、席世臣:《元诗选癸集》庚上,第 967 页。
⑤ 廼贤:《金台集》卷一,文渊阁四库全书第 1215 册,第 284 页。
⑥ 李修生:《全元文》第 49 册,第 143 页。

余阙时任监察御史,奔走河南北,亲历此境,并"请以富民所入钱粟贷民,具牛、种以耕,丰年则收其本,不报。"作者尽用心,朝廷无作为,具见元末民生之艰难和朝政之腐败。至正八年,作者读廼贤诗,犹"为之恻然"不已。

余阙长期受儒家思想影响,[①]心忧天下在文章中多有论述。《题宋顾主簿论朋党书后》云:"天下之大患在于人之不得言,而得言者不以言,与虽言之而不用。其情甚者,至以为俗。虽有忧天下之心之人,而知天下得失、利害、治乱之故者亦不敢言,而国遂以乱亡。"[②]人不得言,乃天下之大患,甚者,以至于国破家亡。余阙认为君主应广开言路,广纳谏言,方能避免国家乱亡。此论,关系到当世之安危,在元中后期,必有所指。

最能反映余阙关注时局,心忧天下是《上贺丞相书》四封书信。[③] 据余阙生平,文约写于至正十五年(1355)冬。贺丞相,即贺惟一。贺惟一(1301—1363),字允中,鄠县人。元中书左丞贺胜之子。袭父职虎贲亲军都指挥使。至正四年,累官中书平章,迁宣徽院使,拜御史大夫,后赐蒙古姓氏,改名太平,升中书左丞相,九年罢为翰林承旨,辞归。十五年,为淮南行省左丞相,移辽阳。十五年入为中书左丞相,忤皇太子,二十三年诬以罪,逼令自裁,年六十三。[④]

据书信,贺惟一对余阙有知遇之恩。余阙在困守孤城,孤立危难之际,得到贺惟一南下督师消息,自是喜出望外。第一书叙说了到金华任浙东道廉访司事的政绩与"上无知己,即罹谤议"及父母去世的艰难处境。现在独守孤城安庆,"仰天号痛,譬犹中流遇风波,无所维楫",只能决心"与城俱毙而已"。然后介绍了防务情况,并强调江南的重要性,"国家经费太半仰之,非砂碛不毛郡县之所比也。今者不幸半沦于盗。切计以为,江南不定,中原殆难独守。中原不守,则朝廷不能独安。朝廷不安,则宰相不能独富贵。"关注时局,殷殷之心,自是可见。

第二书分析当时形势,强调安庆的重要性,"孤城倘危,则淮西之地尽为盗有,长江之险谁与控制?"指出朝廷战略谋划之误,"已致盗势复振,武昌随陷,沿江诸城闻风皆溃,岂天未欲平治天下,亦由人谋不臧以至此耳。"此"人"即丞相

①　魏红梅:《论余阙散文的儒家情怀》,《德州学院学报》2005年第1期。查洪德、刘嘉伟:《儒学视阈下的元代色目文学家余阙》,《长春工程学院学报》(社会科学版)2007年第4期。
②　李修生:《全元文》第49册,第139页。
③　李修生:《全元文》第49册,第106—111页。
④　王德毅、李荣村、潘柏澄:《元人传记资料索引》,中华书局1987年版,第1450页。

脱脱，"虽有功于江淮，而实阶乱于蕲黄之地"。① 最后提出解除蕲黄危机之战略。第三书为征敌建议，提出"擒必先擒其首"。

第四书指出官军屡败之原因是"委任失宜，赏罚不当，以致余孽复张，江襄大震"。"比日将兵惟用大臣，或用谪官。夫战陈之难如赴汤蹈火，市井贫贱未得富贵者或肯捐身为之，大臣富贵已极，夫复何望？又谪官者心志俱丧，岂能有为？覆军杀将，皆由于此。用人不效，甚至用贼。"又云："比见军将勇怯，在上有若不知，而上之赏罚与外议绝不相似，颇闻庆刑之典多出爱憎，或左右便嬖为之营干。"沉痛悲愤！元军之败，实由于此。

余阙"为文有气魄，能达其所欲言"。② 其"上贺丞相四书，言蕲黄御寇之策，尤为深切，使阙计果行，则友谅之能陷江东西否，尚未可知也。"③余阙所论，"慨然忧国家之颠危，恻然悯生民之困悴"，④皆关乎国家社稷，实为"忧天下之心之人，而知天下得失、利害、治乱之故者"，其心殷殷，其情切切，最终为元朝死节，"可谓不负科名者哉！"⑤

余阙工诗，素有诗名，前人评价颇高。戴良认为，"余公之诗则与阴铿、何逊齐驱而并驾"。⑥《元史·余阙传》："诗体尚江左，高视鲍、谢，徐、庾以下不论也。"⑦"其诗以汉魏为宗，优柔沉涵，于元人中别为一格"。⑧"无论从哪个角度来说，余阙都是元代最重要、最有影响力的河西诗人。"⑨

余阙是色目诗人存诗较多的一个，存诗 103 首，从内容看，不外是行旅、登临、送别、题画、山水、咏物、怀古、哀挽、应制几类，但颇具特色。

余阙诗与文章一样，关注民生疾苦，关乎当世安危。《送康上人往三城（寺）》云：

> 尝登大龙岭，横槊视四方。原野何萧条，白骨纷交横。维昔休明
> 日，兹城冠荆杨。芳郊列华屋，文榱被五章。乘车衣螭绣，贵拟金与

① 永瑢：《四库全书总目》卷一六七，第 1447 页下。
② 宋濂：《元史》卷一四三，第 3429 页。
③ 永瑢：《四库全书总目》卷一六七，第 1447 页下。
④ 王汝玉：《青阳先生文集序》，《青阳先生文集》卷首，第 1 页上，四部丛刊续编本。
⑤ 赵翼著，王树民校证：《廿二史札记校证》卷三〇"元末殉难者多进士"，中华书局 2013 年版，第 744 页。
⑥ 戴良：《鹤年诗集序》，《九灵山房集补编》卷下，文渊阁四库全书第 1219 册，第 612 页上。
⑦ 宋濂：《元史》卷一四三，第 3429 页。
⑧ 永瑢：《四库全书总目》卷一六七，第 1447 页下。
⑨ 杨镰：《元诗史》，第 181 页。

张。此祸谁所为,念之五内伤。竖儒谬乘障,永赖天降康。枞阳将解甲,皖邑寖开疆。耕夫缘南亩,士女各在桑。念子中林士,振策亦有行。我闻三城美,龙岭在其傍。连林积修阻,下有澄湖光。明当洗甲兵,从子卧石床。①

此诗作于至正间余阙任淮南行省左丞驻守安庆之时。三城寺在安庆北郊渌水乡,初为北宋建隆元年(960)伏虎禅师所建。② 大龙岭在安庆市莱子湖东南小龙山脉,最高峰名大龙岭。"兹城"即指安庆。战乱之前,"芳郊列华屋,文榱被五章。乘车衣螭绣,贵拟金与张",一派繁华的景象。战乱之后,原野萧条,白骨交横,破败凋敝,令人为之感伤。作者希望天降安康,四方平定,"耕夫缘南亩,士女各在桑",这种对天下太平的祈盼,对安定生活的向往,在元末战乱频仍,家国不保,人民生命涂炭的背景之下,使此诗更具有不同一般的时代意义。

"此祸谁所为",作者没有在诗中解释,但在其他的诗文中业已指出,如《白马谁家子》:

白马谁家子,绿綮缦胡缨。腰间双宝剑,璀璨雪花明。甫出金华省,还过五凤城。君王赐颜色,七宝奉威声。夜入琼楼饮,金樽满绣楹。燕姬陈屡舞,楚女奏鸣筝。慷慨顾宾从,英风四坐生。一朝富贵尽,不如秋草荣。黔娄固贫贱,千载有余名。③

此诗仿照曹植《白马篇》题目。曹植诗下注云:"白马者,见乘白马而为此曲。言人当立功立事,尽力为国,不可念私也。"④曹植《白马篇》描写和歌颂的是"捐躯报国难,视死忽如归"保卫边疆的"幽并游侠儿"。袁淑、鲍照、孔稚珪、沈约、王僧孺、徐悱、王胄、辛德源、李白都曾以此为题写过边塞征战,少年英雄守卫边疆之事。余阙此诗是为讽刺豪门世家子弟游玩逸乐的生活。骑白马,佩宝剑,光鲜亮丽,出入于宫廷官署,沉溺于舞榭歌楼,风流倜傥,然终究是无所事事。徒有其表的豪门纨绔子弟,与曹植等所描绘的少年英雄不可同语。"一朝

---

① 杨镰:《全元诗》第44册,第255页。
② 朱洪编著:《皖江文化史》,华文出版社2017年版,第126页。
③ 杨镰:《全元诗》第44册,第246页。
④ 郭茂倩:《乐府诗集》卷六三,上海古籍出版社2016年版,第790页。

富贵尽,不如秋草荣",一旦靠山不再,连秋草不如。哪能像春秋战国齐国黔娄一样安守贫贱,千古留名。这或许是一个王朝末世权贵世家无所作为、骄奢淫逸生活的写照,抑或是一个王朝病入膏肓、不可救药的投射。

再如《拟古》其一描写"丞相大将军"住宅之豪华:"皇皇九衢里,列第起朱门";生活之奢侈:"芍药调羹鼎,拂犹铸酒尊"。这些达官贵人到处游谒,遂扬名天下。与之相反,"谬言拟宣尼,幽思切玄文"的东家狂生,虽有满腹经纶,一腔才华,最终却是"著书空自苦,名宦乃不振"。① 通过鲜明的对比,揭示社会的不平,抒发怀才不遇的感慨,表达了对豪贵的批判。②

豪门世家的骄奢淫逸,无所作为与余阙类的官员还是有天壤之别。《拟古杨沛》赞扬了杨沛奉公廉洁,"谋国不谋身"③,或是余阙以诗明志了。

余阙的此类诗关注现实,"取材建安",④志深笔长,梗概多气,颇有建安诗风的特点,故戴良在《鹤年吟稿序》称赞"有中国古作者之遗风",⑤翁方纲亦云:"余忠宣五言,卓有风骨,非同时诸家所可及。"⑥

余阙的山水诗最多,约占其诗的三分之一,清新明丽,颇有六朝韵致。

如《秋兴亭》:

> 涉江登危榭,引望二川流。双城共临水,两岸起飞楼。汉渚深初绿,江皋迥易秋。金风扬素浪,丹霞丽彩舟。登高及佳日,能赋命良俦。御者奉旨酒,庖人供膳羞。一为山水媚,能令车骑留。为语同怀者,有暇即来游。⑦

此诗作于余阙任湖广行省左右司郎中之时。《元诗别裁集》录余阙《秋兴亭》及《安庆郡庠后亭宴董金事》二首。秋兴亭"在汉阳县治北凤栖山上,唐刺史贾载建,中书舍人贾至为记。《明统志》:亭后飞阁瞰大湖,对大别山,景趣尤

---

① 杨镰:《全元诗》第 44 册,第 245 页。
② 李明主编;林忠亮,王康,徐希平等编著:《羌族文学史》,四川民族出版社 2009 年版,第 501 页。
③ 杨镰:《全元诗》第 44 册,第 246 页。
④ 黄道月:《余忠宣公文集后序》,《余忠宣公集》卷后,明万历十六年(1588)庐州知府张道明刊本。
⑤ 李修生:《全元文》第 53 册,第 276 页。
⑥ 翁方纲:《石洲诗话》卷五,《谈龙录 石洲诗话》,人民文学出版社 1981 年版,第 176 页。
⑦ 杨镰:《全元诗》第 44 册,第 248 页。

胜"①。二川,即长江与汉水;双城即汉口与汉阳。

作者登秋兴亭,所见江流相汇,双城临水,两岸高楼。时值初秋时节,江水澄清。登高赋诗,燕燕相和。江景之美,登览之趣,都在于此。"金风扬素浪,丹霞丽彩舟",清新流丽,颇有格调。

《登太平寺韵董宪副》是写战后登临太平寺所见所感,诗云:

> 萧寺行春望下方,城中云物变凄凉。野人篱落通潜口,贾客帆樯出汉阳。多难渐平堪对酒,一樽未尽更焚香。凭将使者阳春曲,消尽征人鬓上霜。②

太平寺,在潜山县北太平山。在前二联写春日出巡劝民农桑,登太平寺塔所见战乱后舒州景物的凄凉与大地山河之壮美;后二联则写对酒抒怀,表达其登高望远所生忧国忧民之情怀与人生短暂之感慨。全诗风格质朴淳厚,沉郁悲凉,而又不失清丽之美。尤其"野人篱落通潜口,贾客帆樯出汉阳"一联,颇受明人胡应麟称赏,以为"句格庄严,词藻瑰丽。上接大历、元和之轨,下开正德、嘉靖之途",在元诗中为上乘。③

余阙山水诗中颇多佳句,如"远岫云中没,春江雨外流。"(《吕公亭》)"树色青蹲绿,荷花女脸红"(《宴晴江山拱北楼》),"红莲凋绮芷,微澜见跃鱼"(《兰亭》),"荫向曲池好,声唯雪夜清"(《题刘氏听雪楼》),"绿树莺初下,金沟絮渐飞"(《送李好古之南台御史》),"紫蔓林中合,红莲叶底香"(《竹屿》)。

胡应麟《诗薮外编》谓:"元人制作,大概诸如一家。惟余廷心古诗近体,咸规仿六朝,清新明丽,颇自足赏。惜中厄王事,使成就当有可观。"④余阙诗歌在元代宗唐复古的风气之下,尊崇汉魏,规仿六朝,有不同于其他诸家诗人的特点。

余阙"留意经术,《五经》皆有传注"⑤,儒学底蕴深厚。余阙诗文崇尚质

---

① 穆彰阿、潘锡恩等纂:《(嘉庆)大清一统志》卷三三八,续修四库全书第 620 册,第 98 页上。

② 杨镰:《全元诗》第 44 册,第 263 页。

③ 韩结根著:《舒州天柱山诗词辑校注解》(上),复旦大学出版社 2019 年版,第 498—499 页;胡应麟:《诗薮外编》六,上海古籍出版社 1979 年新一版,第 234 页。

④ 胡应麟:《诗薮外编》卷六,第 242 页。

⑤ 宋濂:《元史》卷一四三,第 3429 页。

朴。① 粗略统计,余阙近体诗有 41 首,绝句 16 首,古体诗最多,共 46 首。余阙在实际的写作中虽然并不轻视近体诗的创作,②但古体诗的成就最高,尤其是五言古诗,如《送康上人往三城》、《七哀》、《马伯庸中丞哀诗》、《黄鹤楼》、《秋兴亭》等。

余阙弟子不少,有记载的有郭奎、汪广洋、吴去疾、杨俱、江河、涂颖、戴良、王无霸、汪睿等,他们志行节操和艺文风格深受其影响。③

郭奎,字子章,巢县人。早从元余阙学,慷慨有志节。朱文正开大都督府于南昌,尝参其军事。后文正得罪,奎亦坐诛。《明史·文苑传》附见《王冕传》中。奎当干戈扰攘之际,仗剑从军,备尝险阻,苍凉激楚,一发于诗。五言古体原本汉魏,颇得遗意。④ 有《望云集》五卷,赵汸序云:"古五言远宗魏晋,得其高风远韵,不杂后人一语,近体亦质厚微婉,足以达其志气所存,信乎渊源之有自(余阙)也。"⑤郭奎诗风源于余阙。

余阙死后,诗文散佚,郭奎掇拾辑遗,得诗七十九首,文六十篇,后世维扬张仲刚续辑诗十四首,文八篇,正统十年刊行,凡九卷。⑥ 郭奎于乃师诗文有存留之功。

汪广洋,字朝宗,高邮人。元末举进士,朱元璋渡江,召为元师府令史,官至右丞相。洪武十二年,坐贬广南,于中途赐死。事迹具明史本传。有《凤池吟稿》十卷。

汪广洋"少师余阙,淹通经史,善篆隶,工为歌诗",⑦汪广洋诗歌"大都清刚典重,一洗元人纤媚之习",⑧继承了余阙以汉魏为宗的风格,又善篆隶,受余阙影响很大。

涂颖,字叔良,豫章人。涂颖亦为江西杨显民、宣城贡师泰弟子,诗集散佚,诗散见于《草堂雅集》、《雅颂正音》等书。

---

① 郑永晓:《多元文化背景下余阙的文艺观念与文化倾向探析》,《甘肃社会科学》2018 年第 1 期。

② 赵汸《东山存稿》卷三,《郭子章望云集序》:"公(余阙)平居崇尚选学,于后来变体,一无取焉。而五七言近体,每欲弃绝不为。"余阙于近体诗的态度远不如古诗。文渊阁四库全书第 1221 册,第 224 页下。

③ 邱强:《唐兀氏诗人余阙的授徒及其影响》,《浙江社会科学》2010 年第 6 期。

④ 永瑢:《四库全书总目》卷一六九,第 1474 页中。

⑤ 赵汸:《郭子章望云集序》,《东山存稿》卷三,文渊阁四库全书第 1221 册,第 224 页下。

⑥ 张元济:《青阳先生集跋》,《青阳先生集》卷尾,四部丛刊续编本。

⑦ 张廷玉:《明史》卷一二七,中华书局 1974 年版,第 3774 页。

⑧ 永瑢:《四库全书总目》卷一六九,第 1465 页中。

《青阳先生文集》卷八《题涂颖诗集后》："涂君叔良来京师，与余同寝处凡两载。羹藜饭糗之余，相与论古今人。诗皆有造诣，尤长于五言，其精丽有谢宣城步骤，平淡闲适不减孟浩然。"余阙诗歌五古成就最高，涂颖尤长于五言，或可见余阙对涂颖诗歌的影响。

戴良，字叔能，浦江人。尝学文于柳贯、黄溍、吴莱，学诗于余阙。生平见《明史·文苑传》。其诗"风骨高秀，迥出一时"。[①] 有《九灵山房集》。戴良是元末浙东最著名的诗人。戴良受诗法于余阙后，诗艺精进，遂杰出于元明之间。

贾良《余忠宣公死节记》云：余阙"钟光岳之灵气，有文武之全才，方气运之盛，黼黻大猷，焕然可述。当多难之秋，战守之功，鲜有俪者。及夫援绝城陷，竟能秉节不屈，视死如归，尤人之所不能及。"[②]余阙在元代诗坛的影响不惟在自身的创作，更在于其志行节操的震撼力。陈垣《元西域人华化考》云："马祖常外，西域文家厥推余阙。阙以忠烈显，重其人者兼重其文。[③]"余阙以忠烈名世，亦以诗文名世，是元代政治和文坛的著名人物。

除余阙外，昂吉、张翔、斡玉伦徒也为唐兀人。

昂吉存诗 15 首，均出自玉山诸集（《草堂雅集》、《玉山名胜集》、《玉山唱和集》），皆在吴中所作，因昂吉与昆山顾瑛关系颇密，时往来玉山，为草堂雅集常客之故。

昂吉诗与元代"宗唐复古"的诗风一致，其《芝云堂以蓝田日暖玉生烟分韵得日字》颇具汉魏之风：

> 凉风起高林，秋思在幽室。维时宿雨收，候虫语啾唧。池浮荷气凉，鸟鸣树阴密。主人列芳筵，况乃严酒律。客有二三子，题诗满缃帙。双双紫云娘，含笑倚瑶瑟。清唱回春风，靓妆照秋日。人生再会难，此乐亦易失。出门未忍别，露坐待月出。[④]

此诗作于至正十年（1350）秋七月十三日。昂吉自苏州泛舟携酒肴访顾瑛玉山草堂，会饮芝云堂上。与顾瑛、于立、释良琦、顾衡、顾进、徐彝等以"蓝田日

① 永瑢：《四库全书总目》卷一六八，第 1458 页中。
② 李修生：《全元文》第 59 册，第 61 页。
③ 陈垣：《元西域人华化考》，第 76 页。
④ 顾瑛辑，杨镰、叶爱欣整理：《玉山名胜集》卷上，第 108 页。

暖玉生烟"分韵赋诗,昂吉得日字①。此诗乃应景之作,却能"出自心声,温厚缠绵,通过具体事物的描摹以寄托作者微妙的感情体验。既带有《古诗十九首》之落寞,又带有阮籍古风之闷骚,造诣匪浅"。②

昂吉诗歌存诗虽不多,但无论是写景送别,"气象浑成,神韵轩举"③,多有唐人风采。

昂吉送别诗"几乎都是运用的古乐府这种体裁来创作,这一点和他的宴会酬唱诗歌及写景诗歌均有所不同"④。昂吉与杨维桢交情不浅,杨维桢有《送启文会试诗》。⑤昂吉的乐府诗显然与风靡江南的铁崖诗风有直接的关系。如《乐府二章送吴景良》二首:

> 吴门柳,东风岁岁离人手。千人万人于此别,长条短条那忍折。送君更折青柳枝,莫学柳花如雪飞。思君归来与君期,但愿柳色如君衣。
>
> 采采叶上莲,吴姬荡桨云满船。红妆避人隔花笑,一生自倚如花妍。低头更采叶上莲,锦云绕指香风传。殷勤裁缝作莲幕,为君高挂黄堂边,待君日日来周旋。⑥

前诗以柳起兴,离人年年岁岁,折柳送别,而今不忍折柳,而又折柳。后诗以"莲"起兴,采莲赠别,低回徘徊。"思君归来与君期,但愿柳色如君衣。""低头更采叶上莲,锦云绕指香风传。"把离别之情写得深挚婉约,余韵袅袅,颇有唐人深致。

再如《渔庄》:"待得桃开泛钓艖,春光三月到渔家。风回池上凭栏立,一对鲤鱼吹浪花。"⑦春光三月,桃花盛开,泛舟垂钓,双鲤闲来。吹浪之鲤鱼,鱼也?人也?此诗格调舒畅,颇有高致,置于唐人之作,亦无逊色。

---

① 顾瑛辑,杨镰、叶爱欣整理:《玉山名胜集》卷上,第106—110页。
② 刘成群:《玉山雅集与党项遗裔昂吉的创作》,《西夏学》(第六辑),2010年9月,第194页。
③ 胡震亨:《唐音癸签》,古典文学出版社1957年版,第82页。
④ 刘成群:《玉山雅集与党项遗裔昂吉的创作》,《西夏学》(第六辑),2010年9月,第195页。
⑤ 顾嗣立:《元诗选三集》,中华书局1987年版,第414页。
⑥ 顾瑛辑,杨镰、祈学明、张颐青整理:《草堂雅集》卷一〇,中华书局2008年版,第844页。
⑦ 顾瑛辑,杨镰、叶爱欣整理:《玉山名胜集》卷下,中华书局2008年版,第240页。

张翔原有集,许有壬为序,①集已佚,仅存诗 16 首。从现存文献记载看,同年许有壬与张翔关系密切。许有壬《雄飞喜作诗而例禁不得相见作词调之》云:

张子能诗擅士林,无时无地辍搜寻。文场咫尺不相见,春兴几多应自吟。炼字直教成白首,知音岂待铸黄金。何时尊酒论真诀,要自康谣说到今。②

张翔写诗用心如此!

王沂《试院中闻帘官张雄飞赋诗甚多分题得春草赋送孟功郎中使淮南》。③看来张翔喜作诗,作诗甚多,"无时无地辍搜寻",且已有诗名。《张雄飞诗集》虽不传,但从现存诗看,"张翔的确是刻意为诗的西域诗人之一。"④

张翔现存十六首诗几乎全为写景和怀古之诗。⑤《耒阳怀古》三首:

迢递来南纪,仓皇问北征。诗通高叟固,才到屈原清。天地心无愧,风云气不平。徘徊江上月,昨夜照文明。

集贤学士宪台宾,奉使衡湘忆古人。烂醉有亭寻野客,独醒无酒莫累臣。奇兵斩将诗成史,直道遭谗德照邻。昨夜耒阳江上望,梅花索笑自伤神。

手抉天河洗甲兵,气吞云梦擅才名。蜀川遗恨依严武,楚泽伤心吊屈平。献赋蓬莱声炬赫,斩鲸辽海志澄清。我来欲定推敲字,黄鹂惊飞野雉鸣。⑥

此三诗是为凭吊屈原、杜甫而作。屈原、杜甫忠君爱国,可谓于天地之间,问心无愧。然风云之气,郁郁不平。如屈原纵有奇兵斩将之谋,却因直道遭谗,被流放于汨罗之滨,凄凉沉沙。杜甫纵有"斩鲸辽海波"之志,也因直道被贬,流

---

① 许有壬:《至正集》卷三三,文渊阁四库全书第 1211 册,第 240 页。
② 许有壬:《至正集》卷二〇,文渊阁四库全书第 1211 册,第 153 页上。
③ 王沂:《伊滨集》卷六,文渊阁四库全书第 1208 册,第 434 页上。
④ 杨镰:《元西域诗人群体研究》,新疆人民出版社 1998 年版,第 378 页。
⑤ 张翔唱和之诗不存,如许有壬《至正集》卷二〇《雄飞有诗次其韵二首》、王沂《伊滨集》卷七《次张雄飞王君冕倡和诗韵二首》。
⑥ 杨镰:《全元诗》第 33 册,第 251 页。

落于蜀山楚水之间,郁郁而终。然二人"独步才超古,余波德照邻",①正如江上之夜月,光照寰宇,表达了作者无限的赞颂之情。

诗末意味深长!《楚辞》无梅,"梅花索笑",孤寂失落,溢于辞矣。黄鹂惊飞,野雉哀鸣,悲凉惘怅,见乎情矣。

三诗格律精严,气韵沉郁,对仗精工,用典浑然,为元诗之佳作。

其诗《碧鸡山》②十韵五言长律,神话与现实相融,写景与模物为一,最后曲终奏雅。意象构思,颇为精工。

杨慎云:

> 余昔过岳阳楼,见一诗云:'楼上元龙气不除,湖中范蠡意何如。西风万里一黄鹄,秋水半江双白鱼。鼓瑟自今悲二女,沉沙何处吊三闾。朗吟仙子无人识,骑鹤吹箫上碧虚。'乃视其姓名,则元人张翔,字雄飞。不知何地人也。雄飞在元,不著诗名,然此诗实可传。同时虞伯生、范德机皆有《岳阳楼诗》,远不及也。故特表出之。③

杨慎称此为元诗之冠。④

虞集、范梈均列于"元诗四大家",杨慎认为二人所作《岳阳楼诗》远不及张翔同题诗歌,可见张翔诗歌的水平。许有壬所云张翔"尤工于诗,往往脍炙人口,佳章奇句,不可悉举",⑤不为无据。

杨慎为明代学问大家,以才学淹博著称,已不知张翔为何地人也。元至明百年之间,许多诗人如张翔者已寂寂无名了。

斡玉伦徒曾预修《宋史》,累迁山南廉访使,拜侍御史,在元顺帝前期颇有影响力,有诗文名,⑥其诗仅存八首。

陈垣《元西域人华化考》:"唐兀去中国最近,其地又颇崇儒术,习嗜汉文,故

---

① 杜甫著,钱谦益笺注:《钱注杜诗》,上海古籍出版社 2009 年版,第 281 页。
② 杨镰:《全元诗》第 33 册,第 252—253 页。
③ 杨慎著,王仲镛笺证:《升庵诗话笺证》卷一二,上海古籍出版社 1987 年版,第 465 页。
④ 钟崇文:《(隆庆)岳州府志》卷一八《杂传》,《天一阁藏明代方志选刊》第 57 册,第 81 页上,上海古籍出版社 1982 年版。
⑤ 许有壬:《张雄飞诗集序》,《至正集》卷三三,文渊阁四库全书第 1211 册,第 240 页上。
⑥ 杨镰:《全元文》第 42 册,第 326 页。

入元以来,以诗名者较他族为众。余阙、斡玉伦徒之外,尚有张雄飞、昂吉、完泽等。"①昂吉、张翔、斡玉伦徒诗虽存世不多,但其诗歌质量和情怀都表明他们是元代优秀的诗人,"非独述作可称,其行尤足尚也"②。

金哈刺"是重要的西域色目诗人,也是元诗史有待定位的一家。③"日本内阁文库藏金哈刺《南游寓兴诗集》为江户写本,孤本,存诗 365 首,《全元诗》(第 42 册)录其诗 368 首,金哈刺是存诗较多且有诗集传世而最缺乏研究的色目诗人。

《南游寓兴诗集》在复显之前,金哈刺仅有 20 余首诗见于《永乐大典》残帙、《元诗选癸集》。

《南游寓兴诗集》在明初于内府确有藏本,在编撰《永乐大典》之后流失。杨士奇《文渊阁书目》记载:"余元素《南游寓兴》一部,阙。《秘阁书目》余作金。"④《秘阁书目》为宣德状元(1427)马愉所编,"其时内府本《南游寓兴诗集》当仍存"⑤,"散失时间在宣德到正统之间"⑥。故清顾嗣立编《元诗选》未见此集。《南游寓兴诗集》在流失近六百年,在 20 世纪九十年代初始见存世信息⑦,萧启庆《元色目文人金哈刺及其〈南游寓兴诗集〉》⑧对其版本作了研究。日本内阁文库藏金哈刺《南游寓兴诗集》,卷首有至正二十年刘仁本、赵由正二序。

《南游寓兴诗集》是金哈刺任职浙闽期间的诗歌。

至正八年(1348),方国珍起事于海上,对于朝廷屡降屡叛,"命再下而官益加"⑨。至正十六年春,张士诚占据平江(今苏州)。是年三月,方国珍又降,元廷封为"海道运粮漕运万户,兼防御海道运粮万户。其兄方国璋为衢州路总管,兼防御海道事"。⑩ 十七年,张士诚降。元廷招降方国珍、张士诚主要目的就是为了恢复海运。但"张士诚据浙西有粮,方国珍据浙东有船,二家攻战不和,粮竟

---

① 陈垣:《元西域人华化考》,上海古籍出版社 2000 年版,第 59 页。
② 顾瑛辑,杨镰、祈学明、张颐青整理:《草堂雅集》卷一〇,中华书局 2008 年版,第 844 页。
③ 杨镰:《元诗史》,第 151 页。
④ 杨士奇:《文渊阁书目》卷一〇,丛书集成新编(新文丰)第 1 册,第 729 页。
⑤ 萧启庆:《元色目文人金哈刺及其〈南游寓兴诗集〉》,《内北国而外中国:蒙元史研究》,第 762 页。
⑥ 杨镰:《元诗史》,第 151 页。
⑦ 周清澍:《日本所藏元人诗文集珍本》,《日本东洋文库书报》第二三号(1991 年)
⑧ 此文最初发表于台湾《汉学研究》第一三卷第二期(1995 年 12 月)。
⑨ 王祎:《送汤子诚序》,《王忠文集》卷六,文渊阁四库全书第 1226 册,第 123 页上。
⑩ 宋濂:《元史》卷四四,第 931 页。

不至"。① 自至正十九年,元廷多次派遣大臣至江浙催粮,②始由张士诚供粮,方国珍备舟北运。

金哈剌就是在这样的背景下出任海道防御都元帅(正三品)。海道防御都元帅是元廷为恢复海运而设置于台州的官职,初称海道运粮万户。"至正十五年七月,升台州海道巡防千户所为防御海道运粮万户府。九月,置分府于平江。"③金哈剌任海道防御都元帅在至正十六年。④

至正十九年,金哈剌出任福建行省参政(从二品),⑤仍兼海道防御。⑥ 至正二十年转任江浙行省参政。金哈剌在福建、江浙参政皆兼海道防御元帅。金哈剌北返不会早于至正二十二年。至正二十三年九月起,因粮道中断,海运不通。金哈剌可能此时被调北返。⑦ 要之,金哈剌在至正十六年至二十三年之间在江浙、福建任职。

据《南游寓兴诗集》,金哈剌长期生活在台州、温州、庆元一带,与刘仁本、张本仁、邱楠、郑永思等方氏幕僚都有酬唱,而与主理方氏海运的刘仁本交谊尤殷。⑧

金哈剌"能文辞"⑨,"风流蕴藉,度量宽宏,笑谈吟咏,别成一家",⑩虽并未能大显名于元代文坛,但大凡行旅、游览、山水、寄赠、送别、酬唱、题画、咏物诸

---

① 任崇岳:《庚申外史笺证》,中州古籍出版社 1991 年版,第 100—101 页。

② 《元史·食货志五·海运》:"至十九年,朝廷遣兵部尚书伯颜帖木儿、户部尚书齐履亨征海运于江浙;方、张互相猜疑,士诚虑方氏载其粟而不以输于京,国珍恐张氏掣其舟而因乘虚以袭己。是年秋,又遣户部尚书王宗礼等至江浙,二十一年九月,又遣兵部尚书彻彻不花、侍郎韩祺往征海运;二十二年九月,遣户部尚书脱脱欢察尔、兵部尚书帖木至江浙。"见宋濂:《元史》卷九七,第 2482—2483 页。

③ 宋濂:《元史》卷九二,第 2337 页。

④ 萧启庆:《元代色目文人金哈剌及其〈南游寓兴诗集〉》,《内北国而外中国:蒙元史研究》,第 758 页。

⑤ 赵由正《南游寓兴诗集序》,见《南游寓兴诗集》。赵由正,字文直,平江路儒学教授。黄瑞辑《台州金石录》卷一三《元邬处士挽诗碑》:至正辛丑六月望日,国子进士、仕郎、绍兴路嵊县尹兼劝农事浚仪赵由正书并篆。《石刻史料新编》第 1 辑第 15 册,第 11172 页下。

⑥ 刘仁本:《贺金元素拜福建行省参政仍兼海道防御》,《羽庭集》卷一,文渊阁四库全书第 1216 册,第 7 页下。

⑦ 金哈剌《西乡杂诗》之六有"来兹近六霜"之句。萧启庆《元代色目文人金哈剌及其〈南游寓兴诗集〉》,《内北国而外中国 蒙元史研究》,第 760 页。

⑧ 萧启庆:《元代色目文人金哈剌及其〈南游寓兴诗集〉》,《内北国而外中国:蒙元史研究》,第 759 页。《南游寓兴诗集》中酬赠刘仁本诗达十四首,刘仁本《羽庭集》有与金哈剌父子唱和诗四首,《永乐大典》有《次金防御过海门韵》一首(不见于《羽庭集》)。

⑨ 陶宗仪:《书史会要·补遗》,陶宗仪、朱谋垔:《书史会要 续书史会要》,第 301 页。

⑩ 《录鬼簿续编》,钟嗣成:《录鬼簿》(外四种),上海古籍出版社 1978 年版,第 108 页。

诗,几乎涉及诗歌题裁的全部,颇有成就。就其体裁而言,368 首诗中,绝句 150
首,古诗 7 首,排律 2 首,楚辞体诗 1 首,五七言律诗达到 200 余首。这在元末复
古之风盛行和以杨维桢为首的铁崖体遍及大江南北,同时诗人大量创作古体诗
(乐府诗)的风气之下,金哈剌确是一个特例。

"忠君忧国之心,倦倦弗忘"①是金哈剌的诗一大特点。

与马祖常、余阙、萨都剌色目文人一样,金哈剌有深厚的儒学积蕴,故他们
的诗文常显示着关心国家、关注民生的特点。金哈剌祖父辈或亦华化,接受汉
文化的教育。然其父祖何人,无从考据。刘仁本《南游寓兴集序》云:

> 余闻君伯氏中丞石田公以诗文名当世,黼黻明堂清庙,能一变前
> 代尘陋之习,为后来矜式。是编殆又家学有所受欤?

马氏累世华学,马祖常为元代诗坛巨擘。马祖常即为哈剌兄长,则金哈剌
与马祖常同出汪古,应无可疑。马祖常家族自其高祖习礼吉思,汉名马庆祥
(1177—1222),已采用马姓,定居开封,故有"浚仪可温氏"之称。金哈剌"其先
赐姓金氏,世居燕山",②至少自祖父辈已自马氏分出,别为一支。金哈剌与马祖
常至多为同曾祖之族兄弟。③ 据马祖常《马公神道碑》称其曾祖父礼部尚书月合
乃"学问文献过于邹鲁之士……俾其子孙百年之间革其旧俗。"④显然,哈剌是有
家学渊源的。

金哈剌也有授业之师。其《呈仲肃先生师席》有"程门曾立雪,敢问得陶成"
⑤之句。显然,仲肃是哈剌之师。仲肃,即王壎。

王壎,字仲肃,婺源在城人。自幼力学,长游京师。太保定住闻其贤,辟为
掾,迁太医院掾,授承事郎,袁州路经历。丁外艰,服阕,迁儒林郎,大同路经历。
考试河东秋闱,授承务郎,嘉兴盐场检校,调台州推官,升承直郎,本府判官。会

---

① 刘仁本:《南游寓兴诗集序》,见《南游寓兴诗集》。
② 刘仁本:《南游寓兴诗集序》。
③ 萧启庆:《元代色目文人金哈剌及其〈南游寓兴诗集〉》,《内北国而外中国:蒙元史研究》,第 753
页。
④ 马祖常著,李叔毅、傅瑛点校:《石田先生文集》卷一三,第 238 页。
⑤ 杨镰:《全元诗》第 42 册,第 361 页。

大兵下台城,墙死之。所著有《云中》、《云屋》二稿。①

金哈剌《王仲肃先生画像赞》云:

> 猗欤吾师,生于徽国。道学之区,仕于皇元,雍熙之朝。才华益
> 充,名誉孔昭。②

王墙是徽州婺源人,儒学大师朱熹祖籍亦是徽州婺源,故称"道学之区",王墙也应是深通儒术的。程端礼《寄王仲肃》其二有"藩府多才彦,宫墙入讨论。勒铭须大手,不朽在功言",③赞扬其为藩府才彦,应为地方的名儒。

据《澹游集》,金哈剌有《玩易斋集》,故哈剌喜读周易,亦深通易学。

金哈剌思想以儒家建功立业、忠君忧国为核心,④为官践行儒学,重视教育,诗篇中洋溢着忧国忧时、仁民爱物、笃于友情的儒者情怀。"⑤这在哈剌的诗中多有表现。《观海上灵异敬成近体一首》云:

> 片帆高挂海门秋,满袖西风作壮游。神火现光诚有验,潜粮分运
> 定无忧。夜深星月辉鲛室,波静云霾结蜃楼。一寸丹心千里目,日边
> 春色望皇州。⑥

这是描写海上灵异之作。海上灵异即"神火现光",即海火。海火确实是一种神秘奇异的现象,现在还是未解之谜。⑦刘仁本《跋浙东金宪刘彦常航海传》云:

> 余尝一再拜命,皆为海道防御漕运官,既涉舟楫,出没风涛,于灵

---

① 汪舜民撰:《(弘治)徽州府志》卷九,《天一阁藏明代方志选刊》第21册,第13页下,上海古籍书店1982年版。

② 杨镰:《全元诗》第42册,第379页。

③ 程端礼:《寄王仲肃》(三首),《畏斋集》卷二,文渊阁四库全书1199册,第630页下。

④ 段海蓉:《从交友诗看金哈剌的思想》,《民族文学研究》,2009年第1期。

⑤ 刘嘉伟:《元代莆林文士金哈剌的儒者情怀》,《管子学刊》,2016年第4期。

⑥ 杨镰:《全元诗》第42册,第334—335页。

⑦ 马云飞主编:《世界未解之谜》,湖北科学技术出版社2013年版,第130—131页。

妃神火之事,屡亲见之。而凡漕舟之值险,将覆溺者祷叩如响,卒
获免。①

　　刘仁本亦曾见之,不过把海火当成"灵妃神火",是神秘的力量,可以保佑漕
运船只的平安。金哈剌"神火现光诚有验,潜粮分运定无忧",显然也是相信这
个说法的。

　　方国珍时期的海上漕运已尽显颓势,②一是战乱带来的困境,再是海况的恶
劣,包括倭寇的出没。金哈剌主持东南漕运,数年间周旋于方国珍及其幕僚之
间,③使其"岁岁治海舟,为元漕张士诚粟十余万石于京师",④是殚精竭虑,竭尽
全力,也当然期望漕运安全。尾联"一寸丹心千里目,日边春色望皇州",忠君爱
国之心更是溢于言表了。再如"小臣再拜无他祝,四海从兹寿域卅"(《元日和刘
德玄先生韵》)、"白雁传书去,丹心恋阙深"(《刘经历先生席上三首》其二)、"日
边云五色,直北望枫宸"(《新正书怀二首》其一)、"仰瞻北阙酬恩泽,立使南邦息
战尘"(《简八元凯监丞》)⑤。刘仁本《南游寓兴诗集序》云哈剌诗"忠贞慷慨之
忧,蔼于言表";赵由正序亦云金哈剌"诗寓兴于南游,公之心期效忠于北阙者。"
刘仁本称赞金哈剌"回澜砥砥石,心赤葵倾阳"。⑥ 哈剌"后随元驾北去,不知所
终",⑦正是对元廷的一片丹心和效忠于北阙的实际行动。

　　哈剌诗中忧时忧国,在诗中多有表现,如"早晚烟尘息,芹香满泮宫"(《秋丁
有感》)、"烟尘从此息,联佩五云边"(《写扇寄南台纳御史》)、"谁念玉关征战子,
黄金铠底汗流浆"(《夏日》其一)、"士卒劳当恤,黎民病望瘥"(《送解源善照
磨》)、"戎马何时息,吾将访隐君"(《江乡图》)、"兵甲何时息,予心日夜忧"(《登
楼》)。⑧

---

　　① 刘仁本:《羽庭集》卷六,文渊阁四库全书第 1216 册,第 115 页上。
　　② 张如安:《元代庆元港海上漕运始末》,宁波市水文化研究会、绍兴市鉴湖研究会编《浙东水利史
论 首届浙东(宁绍)水利史学术研讨会论文集》宁波出版社 2016 年版,第 103 页。
　　③ 《明太祖实录》(卷八八,第 1564 页)方国珍传记载"国珍与兄弟俱不知书,时佐其谋议者,同邑刘
仁本、张本仁、郑永思、永嘉丘楠辈",《南游寓兴诗集》有与刘仁本、张本仁、邱楠、郑永思都有酬唱之诗。
　　④ 张廷玉撰:《明史》卷一二三,第 2398 页。
　　⑤ 杨镰:《全元诗》第 42 册,第 339、339、341、351 页。
　　⑥ 刘仁本:《贺金元素拜福建省参政仍兼海道防御》,《羽庭集》卷一,文渊阁四库全书第 1216 册,第
7 页下。
　　⑦ 钟嗣成等:《录鬼簿》(外四种),第 108 页。
　　⑧ 杨镰:《全元诗》第 42 册,第 350、354、354、370、374、377 页。

哈剌的诗也表现出对民生疾苦的关心。《乞雨谣》是其中有一首,诗云:

> 白稻满田秋不收,池干井涸河绝流。老农踏车足生茧,嗷嗷莫救
> 饥寒忧。郡侯持香扣龙户,清醑在樽牲在俎,神能鉴诚沛霖雨,不见悲
> 啼见歌舞。[1]

天旱禾苗不收,老农踏水车,足生茧,依然饥寒无救。诗人希望天降霖雨,
"不见悲啼见歌舞"。另一首《乞雨谣》云:"为国洗甲兵,为民救禾黍。不独台邦
足沾溉,四海苍生咸鼓舞。"[2]这种美好的愿望在哈剌的诗中屡屡出现,如"闻到
近来民力困,老夫挥泪洒江波"(《早发》)、"邑民饥渴否? 立马问田夫"(《钱清
驿》)、"但愿时和民俗厚,清香日日佛前烧"(《书观音寺壁》)、"政用蠲徭纾兆姓,
更宜束帛聘名贤"(《和陈继善都事闻喜诗》)、"秉政谁能如汲黯,大开仓廪救饥
民"(《祈雨》)等[3]。

金哈剌的诗中,"太平"多次出现,如"太平无事日,击壤听讴歌"(《山水横
波》)、"马骏如龙人似画,王孙曾见太平来"(《唐公子出游图》)、"太平欣有兆,比
屋诵琅琅"(《生意》)[4]。在金哈剌主持东南漕运,所见烽烟四起,天下动荡,"俎
豆干戈里,箫韶鼓角中"(《秋丁有感》)[5],期盼太平,也是慨然有感于时事了。

除去忧时忧国,关注民生的诗歌外,在《南游寓兴诗集》中,"出现更多的则
为翰林个人日常生活片段和情趣的记录",无论游览、访古、寄赠、酬唱、雅集、题
画,"全然是传统士大夫文化的承传。"[6]如《陈克履员外小景》:

> 微茫烟树映楼台,沙际渔舟去复来。流水落花春满地,故人居处
> 是天台。[7]

---

① 杨镰:《全元诗》第 42 册,第 354—355 页。
② 杨镰:《全元诗》第 42 册,第 363 页。
③ 杨镰:《全元诗》第 42 册,第 335、336、345、375、381 页。
④ 杨镰:《全元诗》第 42 册,第 344、345、347 页。
⑤ 杨镰:《全元诗》第 42 册,第 350 页。
⑥ 萧启庆:《元代色目文人金哈剌及其〈南游寓兴诗集〉》,《内北国而外中国:蒙元史研究》,第 764
页。
⑦ 杨镰:《全元诗》第 42 册,第 392 页。

陈克履天台居处,微茫烟树,沙际渔舟,流水落花,真一派人间仙境。诗人之情趣隐含在不动生气的描写之中。

再如《偶成》:

> 海天春雨正霏霏,半逐东风半作泥。明日清溪舟楫便,看花直过画桥西。[1]

诗人游赏之乐,淡然可喜。

赵由正序云:"公之寓兴于诗也,词语平和,意趣高淡。不习乎体制之崛奇,不尚乎章句之雕琢。"金哈剌此类诗颇多,皆清幽空灵,或超然物外,或情趣益然,颇有唐人韵致。

蒙古进士月鲁不化曾作《题高节书院》,颇见功力。金哈剌也有一首,题为《高节书院》:

> 汉陵翁仲已成尘,高节相传世愈新。空使客星侵帝座,不教贤主得贤臣。滩流七里烟波晚,庙枕孤山草树春。西望钓台桐水上,利名羞杀往来人。[2]

严光,字子陵,余姚人。少有高名,与光武帝刘秀同游学。及光武即位,乃变名姓,隐身不见。引入朝。除为谏议大夫,不屈,乃耕于富春山,后人名其钓处为严陵濑。"客星侵帝座",事亦见《后汉书·严光传》:"帝从容问光曰:'朕何如昔时?'对曰:'陛下差增于往。'因共偃卧,光以足加帝腹上。明日,太史奏客星犯御坐甚急。帝笑曰:'朕故人严子陵共卧耳。'"[3]

严光虽与光武帝同学,但不为利所诱,终归耕于富春山,其高风亮节,为后人赞颂。第三联是"转":富春山七里烟波,孤山草树,有"鸢飞戾天者,望峰息心;经纶世务者,窥谷忘反"的境味,至此,世俗之功名利禄皆不足语。诗最后感叹世上为名为利者犹然熙来攘往。或此时,身在东南的金哈剌,所关心的是漕运,忧国忧民,至于个人之名利,已淡然处之了。这首诗超越尘世的困扰、喧嚣、

---

① 杨镰:《全元诗》第42册,第354页。
② 杨镰:《全元诗》第42册,第392页。
③ 范晔撰,李贤等注:《后汉书》卷八三,中华书局1965年版,第2764页。

纷争,与月鲁不花之同题诗沉重的历史沧桑感还是有很大不同的。

据段海蓉统计,金哈剌的交游诗约180首,占全部诗歌的一半。① 这在元代诗人中也是特例。交游的有著名的文学家有黄溍(进士)、李国凤(至正十一年进士)、廼贤、刘仁本、柯九思、王冕、释来复、朱右,同年的理翰、铁德刚(铁穆尔布哈)、月沧海,进士八元凯(八儿思不花,延祐五年进士),其中多人都是元代著名的文人。

不仅如此,金哈剌还曾入玉山草堂,游夏盖湖,或至魏氏福原精舍,咏余姚海堤,题续兰亭会图并简会中诸作者,为释来复天香室作诗,②为处士邬庚作挽诗,③元代东南所有的文学活动,金哈剌几乎都曾参与。显然,哈剌在元代东南诗坛还是比较活跃的。

偰氏进士仅偰伯僚逊有诗集存世。偰伯僚逊《近思斋逸稿》在中韩学术界都认为已经失传,在20世纪九十年代又复显于世。是集版本流传极为曲折。偰逊在中国时将所作诗文编为十三卷,七册。因至正十八年红巾之乱而亡失。至高丽后重新编辑,名《近思斋逸稿》,二卷二册,诗文七百余篇。至正二十一年,《近思斋逸稿》因战乱再次焚毁,仅偰逊在江南时诗仍存。洪武五年,其长子偰长寿刻板印行。朝鲜高宗八年(清同治十年,1871),偰氏后裔将《近思斋逸稿》及偰长寿、偰眉寿等偰氏文集、记录,合并一起,编辑为《庆州偰氏诸贤实记》④。

现存《近思斋逸稿》诗八十一题,一一一首,文一篇。减去孱入他人之诗五首。偰逊一百零六首中,五篇为登第北上任官后作,四篇是赴高丽和在高丽作。其余三分之二皆为偰逊在江南时作品,上起至元元年(1335),下至至正五年(1345)登第,前后十年的作品。《全元诗》第59册收入偰逊诗120首。

偰逊诗集在入高丽之前,未曾刊刻,仅为手稿,并未被广泛传播。在入高丽前后,惜被散失。从煨烬之余仅存作品看,偰逊"在遁入高丽之前就是诗人,是

---

① 段海蓉:《从交友诗看金哈剌的思想》,《民族文学研究》2009年第1期。

② 《玉山草堂为和希尹赋》,《观续兰亭会图寄呈刘德玄郎中兼简谢玉成都事及会中诸作者》,《夏盖湖》,《咏余姚海堤》,《天香室敬为见心老尊宿赋》,见《全元诗》42册,第367、381、391、397、396页。

③ 邬庚(1260—1339),临海人,读书勤学,不仕。年八十卒,卒后,有二十余人挽诗,泰不华,其次是金哈剌,原作哈剌金元来,"来"当为"素"之误。黄瑞辑:《台州金石录》卷一三,《石刻史料新编》第1辑第15册,第11170页下。

④ [韩国]朴现圭:《回纥人偰逊的〈近思斋逸稿〉之发掘、分析》,《民族文学研究》1996年第2期。

著名的西域诗人,遗憾的是此前元代诗坛就没有他的一席之地。①"所以,偰逊文学作品在中国从元明清至今鲜有评价,仅《山雨》一首被选入《明诗别裁集》、《明人诗话补》,被评为"纯乎天籁"②、"妙入自然"③。但在韩国却有更多的信息。李穑《近思斋逸稿后序》云:

> 元朝北庭进士,以古文显于世,如马祖常伯庸、余阙廷心,尤其傑然者也。乙酉(至正五年)乙科偰伯僚逊公远学于南方,年未逾冠,尽通举业,间攻古文,名大振……其文炳然直与伯庸、廷心相上下,可传与后者无疑。身未殁,而已失之。失而又失,以至于无几,其亦可悲也。今观此稿,皆少作,苍然有老气。壮时所著,盖可想也。④

显然,偰逊年轻时所作古文即有很大名声,与马祖常、余阙相颉颃。然其文章一篇不存,尤为憾事。偰逊少时之诗,"苍然有老气",已浑厚老成,其后期的诗歌更有苍凉沉痛之感。其《宵梦》云:

> 龙蛇犹格斗,豺虎尚纵横。不见风尘息,胡为江汉行?有身真大累,无地托余生。寂寞中宵梦,凄凉去国情。⑤

此诗有注:"出东时吟",写于入高丽之时。至正十八年,偰哲笃去世,偰逊丁内艰,寓居大宁。当年十二月,关先生、破头潘率领的红巾军攻下上都,迫近大宁。偰逊为避乱,"挈子弟,单骑渡辽水,入高丽,既行数日,而贼下大宁矣。"⑥当时元朝龙蛇格斗,豺虎纵横,烽火遍地,只得渡水东行。不知何时风尘能息?何地可托余生?家国之痛,凄凉之情,见之于梦!故曹伸《诹闻琐录》"附录"称此诗"沉痛"⑦,南龙翼《壶谷诗话》评之为"哀抗"⑧,实沉痛之极,哀抗之至!

----

① 杨镰:《元西域人群体研究》,第 260 页。
② 沈德潜:《明诗别裁集》卷一二,吉林出版集团股份有限公司 2017 年版,第 315 页。
③ 彭端淑:《明人诗话补》,续修四库全书第 1700 册,第 97 页下。
④ 李穑:《近思斋逸稿后序》,徐居正编:《东文选》卷八六,第 3 页下—4 页,日本内阁文库藏本。
⑤ 杨镰:《全元诗》第 59 册,第 15 页。
⑥ 李穑:《近思斋逸稿后序》,徐居正编:《东文选》卷八六,第 4 页上。
⑦ 蔡美花、赵季主编:《韩国诗话全编校注》第一册,人民文学出版社 2012 年版,第 362 页。
⑧ 蔡美花、赵季主编:《韩国诗话全编校注》第三册,第 2198 页。

曹伸《谀闻琐录》卷三：

偰逊绝句："攲斜草帽花枝重，宽博絺衣水气凉。山月忽当船尾照，野风浑作瓮头香。"平易写景而语实。《圃隐》："腹里有书还误国，囊中无药可延年。龙愁岁暮藏深壑，鹤喜秋晴上碧天。"之联含蓄意思而语虚。又"客路半年孤枕上，窗棂依旧送明来。""窗棂"、"送明"，能道人所未道。[①]

这里对偰逊诗的评价甚高。

偰逊之父偰哲笃"文学政事称于时[②]"，曾任《辽史》提调官[③]，其《白雪堂集》已佚，仅存文三篇，诗三首，其中两首为题画诗。其《题赵千里夜潮图卷》：

风涛汹涌千堆雪，拍岩翻空倒银阙。雁声惊起一江秋，万里无云挂明月。[④]

此诗想象阔大，意象清绝，显然，诗人有非常之气魄。然文集不存，无从见其全貌。

偰哲笃之兄偰玉立存诗十六首，顾嗣立辑其诗为《世玉集》。至正五年七月十五日，时任嘉议大夫佥河东山西道肃正廉访司事偰玉立自河中(河中府，治所在河东，今山西永济县蒲州镇。元代河中府地处中书省与陕西行省交界处，属于中书省)谳狱还司，途径绛州，访居园池，作《绛守居园池》诗。序云："昔日亭墅悉已埋没，独回涟亭、花萼堂复构，以还旧观。流泉莲沼，犹仍故焉。堤柳阴翳，径花鲜妍，庭竹数杆，清风泠然，有尘外之思，即事赋诗。"是年十二月，复至绛州，因题诗于壁，以纪岁月。[⑤]

绛邑旧名藩，牧守优鸿儒。逶迤山水中，旷达园池居。雄并历晋

① 蔡美花、赵季主编：《韩国诗话全编校注》第一册，第 354 页，"圃隐"未加书名号，原书标点有误。

② 宋濂：《元史》第一九三《哈剌普华传》，第 4386 页。

③ 脱脱等纂：《辽史・附录》，中华书局 2008 年版，第 1559 页。

④ 杨镰：《全元诗》第 37 册，454 页。

⑤ 山西新绛存有"登绛守居园池"石刻，至正六年立。石刻刻偰玉立此诗及序，序文见于《全元诗》、《全元文》。张学会主编：《河东水利石刻》，山西人民出版社 2004 年版，第 104—195 页。

魏,揖让隆唐虞。世远民俗漓,讼剧古道疏。环列多馆墅,莽苍变丘墟。惨恻岁年深,牢落兵烬馀。迴涟复亭构,花萼悬堂虚。被襖引流觞,宾筵闻鼓竽。锦香缀迳蹊,琅玕绕庭除。公暇寡接交,游观足清娱。缅怀前哲人,冠盖秉钧枢。遗爱勒琬琰,清风生坐隅。卉木均雨露,薮泽乐禽鱼。端来濯尘缨,泳歌登舞雩。夕阳明翠巘,秋色淡红蕖。乡关动离思,云烟隔荒芜。绣斧倦行羁,霜日烈修途。故园有松菊,盍用还菑畬。①

绦守居园池系绦州衙署花园,太守、僚属及其妻儿游乐之所。此园历代俗称"隋代花园"、"隋园"、"莲花池"、"新绦花园"、"居园池",始建于隋开皇十六年(596)。②绦守居园池历经隋、唐、宋、元、明、清各代官衙州牧的添建维修。历代文人,多有题咏。唐绦州刺史樊宗师有《绦守居园池记》,宋绦州通判孙冲有《重刻绦守居园池记》,范仲淹、欧阳修均有诗。

世事风云变幻,居园池也屡毁屡建。回涟亭、花萼堂重构,已成旧观。居园池锦香缀迳(径),绿竹绕庭,可被襖流觞,可宾筵鼓竽,可游观,可养情。然离乡既久,已动离思。"故园有松菊,盍用还菑畬",未必有归隐之思,必有林泉之趣。

陈垣《元西域人华化考》录其《绦守居园池》云:"对于古人遗迹,加意保存,发为咏歌,寄其遐想如此,此又西域人爱慕林泉也。林泉之好,为人类所共,不能谓为中华所独,然西域人率以武功起家,其性质宜与林泉不相近。而有时飘然物外,辄令人神往,不料其为西域人者,不得不谓之华风。"③

偰玉立的诗歌有山林之思,《止堂诗并序》④云:

余去朝之二年,禄馀不给于食,益厌城市。瀍阳村求田数亩,结庐以居,遂得躬耕焉。扁兹室曰"止堂",为之铭,复系以诗,抑亦见安于义命云耳。

筑庐向南山,艺田在东皋。悠悠木石居,晾晾耕凿谣。饮水白日

---

① 杨镰:《全元诗》第37册,第334页。此诗与《河东水利石刻》有异文。
② 程国政编注、路秉杰主审:《中国古代建筑文献集要(修订本)·宋辽金元上》,同济大学出版社2016年版,第80页。
③ 陈垣:《元西域人华化考》,第124页。
④ 杨镰:《全元诗》第37册,第332页。

长,看云青松标。流泉振宫徵,好花落琼瑶。嗟我尘俗人,惊心逐喧嚣。濯然牛山木,惭彼燕谷苗。归来薜萝深,坐见猿鹤招。虚室炫光景,微风动飘飖。凉无陶猗金,亦有颜许瓢。于焉遂栖止,终焉以逍遥。

据诗序,此诗是其退隐时作,另有"铭",已不可见。濑阳村,现溧阳市竹箦镇有濑阳村,应是偰玉立家族聚居之地。诗颇有陶诗意趣,显示一个色目诗人另一面的精神状态,与中国古代汉族知识分子并无二致。

偰玉立现存诗歌大多作于在山西、福建任职期间。《全元诗》录其诗十六首大多游览怀古之作,语言清新,意境深远。"与其他元代西域少数民族诗人相较,偰玉立不像马祖常、萨都剌、乃贤等人写有贴近现实,指陈时弊的作品;也不像贯云石、薛昂夫才华横溢,对多种体裁的文学形式皆有所成就。偰玉立的作品更侧重于个人见闻和主观感受的表现。"①

除《绛守居园池诗序》与《九日山题名》外,偰玉立有《正旦贺表》、《皇太子笺文》公文二篇,不论。

观音奴《新乐府》收录古今体乐府绝句等数十篇。② 然观音奴诗歌传世不多,仅存四首。《咏四见亭》表达了"今时不见古时人"的感慨,《咏七星岩》则流露出学仙之思想。"学佛抑学仙,本无庸细辨,今所欲说明者,西域人中有此一派耳。"③观音奴或可列入"西域词人之佛老"。《赈宁陵》则完全不同:

> 春蚕老后麦秋前,驰驿亲颁赈济钱。属邑七城蒙惠泽,饥民万口得生全。荒村夜月闻春杵,破屋薰风见灶烟。圣主仁慈恩似海,更将差税免今年。④

此诗是观音奴任归德知府赈济宁陵时所作。归德府属河南江北行省,宁陵在今商丘西三十公里处,为归德府属邑。因为朝廷赈灾,饥民才得以生全。荒村闻春杵,破屋见灶烟,显示了赈灾之后的生机。"驰驿亲颁赈济钱",诗人是欣

---

① 石晓奇:《在中原文化熏陶下的偰玉立及其诗词创作》,《西域研究》,1996年第1期。
② 虞集:《跋陈君章所藏观志能新乐府引》,《全元文》第26册,第381页。
③ 陈垣:《元西域人华化考》,第43页。
④ 杨镰:《全元诗》第40册,第423页。

喜的。此诗体现了诗人对灾难之中百姓的关心，故《元史》列之于《良吏传》，不无道理。

慕嵩现存诗三首全为长诗。如《游秀野斋怀郑菊隐》：

> 子期闻笛悲山阳，雍门援琴愁孟尝。自古壮士多慷慨，每逢旧迹增哀伤。妙年宦游罗子国，卜居来入郑公乡。五载栖迟忘魏晋，一门诗礼接辉光。安节先生事高尚，秀野幽人致清爽。斋居花竹常新妍，诗酒亲朋恣游赏。萍蓬一旦得所凭，烟尘四海无时停。风帘月榭久寂寂，兔葵燕麦愁青青。谁怜海鹤归来日，欲觅铜驼问世人。①

诗末有注：所谓秀野斋，即菊隐草堂也。

郑菊隐，号秀野，祖籍福建莆田县，元代隐居县城东湖，其居庐名"菊隐园"。曾于元统年间（1333—1334）仕职朝廷，至元年间再聘不就，赐号"安节处士。"②

此诗当作作者于弃官卜居湘阴之时，已阅五载。"烟尘四海无时停"，元末战乱，交游断绝，风帘月榭寂寥，但烟尘此时或未及湘阴，作者如居"桃花源"。"欲觅铜驼问世人"，诗末表达了对世事的沧桑。

哈珊沙"诗集失传"③，仅存诗三首。其《咏怀》二首：

> 疏凿功成王气衰，九重端拱尚无为。贪夫柄国忠良没，巨敌临郊社稷危。万里朔云沙漠漠，六宫禁御草离离。金舆玉辂无消息，肠断西风白雁飞。
>
> 独上高城望远郊，雁飞黄叶下萧萧。天旋西极余残照，江涌狂波作暮潮。尘世百年双鬓改，乡关万里一身遥。何由从猎滦河曲，霜冷弓强铁马骄。④

朱彝尊《静志居诗话》卷五录其一云："盖忆庚申君北狩而作，首句指贾鲁挑河言也。"⑤贾鲁治理黄河功成，王气因此而衰。奸臣当国，忠臣已没。皇帝临

---

① 郭嵩焘纂修：《光绪湘阴县图志》卷二《舆图》，清光绪六年县志局刻本，第5页上。
② 湘阴县志编辑委员会编：《湘阴县志》，生活·读书·新知三联书店1995年版，第908—909页。
③ 顾嗣立、席世臣：《元诗选癸集》辛集上，第1154页。
④ 杨镰：《全元诗》第52册，第361—362页。
⑤ 朱彝尊：《静志居诗话》卷五，人文文学出版社1990年版，第123页。

朝，无所作为。巨敌临郊，社稷殆危。至正二十八年（1358），元顺帝最终被迫仓皇遁入大漠，而后杳无消息。作者历经易代之变，乡关万里，沧桑之悲，自然情切难禁。前诗"肠断西风白雁飞"，后诗"何由从猎滦河曲"，故国之思，深且重矣。《澹游集》卷上《奉题定水见心禅师天香室》中"承恩曾记金銮殿，满袖携烟朝九关"之句也流露了同样的感情。

元亡之后，哈珊沙或寓居江南。亡国之痛，或是来自西域的色目诗人共同的心态。

铁闾存诗二首[①]：

《寒草岩》：

> 寒草岩前春色稀，桃花无数映清溪。我行已到仙家窟，不比渔人此路迷。

《升仙木》：

> 辟谷升仙世所奇，几人到此亦成迷。齐眉化羽归何处，树老山空鸟自啼。

寒草岩，又叫韩采岩，在余姚。寒草岩无数桃花映清溪，游人来此，似有入桃花园的喜悦之情。后诗"齐眉化羽归何处，树老山空鸟自啼"，流露出空寂和失落之意。二诗格律谨严，皆有仙家气象，这在元诗中颇为常见，或与元人的道教思想与情趣有很大关系。

三宝柱长于诗，戴良《鹤年先生诗集序》列三宝柱为元代西域十二个著名色目诗人之一，诗"皆清新峻拔，成一家之言。"[②]陈垣《元西域人华化考》列之为"西域之中国诗人。"

其诗仅存三首，然犹可窥见其诗之大概。如《游北湖》：

> 一月不来湖上路，湖边桃李已成荫。苍苍山色故人面，荡荡风光

---

① 杨镰：《全元诗》第52册，第487页。
② 戴良：《九灵山房集补编》卷下，文渊阁四库全书第1219册，第612页上。

游子心。沽酒楼高斜欲堕，卖茶船小巧相寻。自怜鹦鹉洲中客，手撚江蓠和楚吟。①

此诗自然流畅，颔联、颈联真切生动，诗人以祢衡与屈原自比，似有抒发了怀才不遇和政治失意之感慨，颇能在写景中抒发胸臆，才藻器识，殊有意味。

陶宗仪《辍耕录》卷九《题屏谢客》载三宝柱事迹，颇见其为人：

> 三宝柱颇以才学知名。虽湛于酒色，而能练达吏事，刚正有守。为浙省郎中日，大书四句于门屏之上曰："逆刮蛟龙鳞，顺捋虎豹尾。若将二伎论，尤比干人易。"其意盖以杜绝人之求请耳。然亦隘矣哉。终不显达而死于难。②

元末战乱频仍，农民起义此起彼伏，风起云涌。元朝官员或守气节，尚操守者有之；或性怯懦，不战而逃者有之。伯笃鲁丁的两首纪事诗就记载了这样的历史现状。

《挽樊时中参政》：

> 主将无谋怫众情，贤参有志惜言轻。狐群冲突成妖孽，黔首惊惶望太平。奋志从军全节义，杀身殉国显忠诚。岁寒桥下清泠水，夜夜空闻哽咽声。

《挽宝哥参政》：

> 香魂俊骨堕深渊，无智无谋亦可怜。妖寇猖狂如有祟，生民凋瘵似无天。芳名苟得千年在，死节应当二日先。欲向西湖酹樽酒，凄风冷雨浪无边。③

前诗是对浙江参政樊执敬杀身殉国的赞扬，后诗是对杭州路总管兼参政宝

---

① 杨镰：《全元诗》第 40 册，第 218 页。
② 陶宗仪：《南村辍耕录》卷九《题屏谢客》，中华书局 1959 年版，第 111 页。
③ 杨镰：《全元诗》第 37 册，第 78—79 页。

哥无智无谋,遁匿藏身而不免溺水而死的批评与感慨。

关于这两首诗所记之事,杨瑀《山居新话》有详细的记载:

> 至正十二年(1352)壬辰七月初十日,徽贼入寇杭城。时樊时中执敬为浙省参政,亟出御贼,北行至岁寒桥遇害。先,浙省以杭州路总管宝哥惟贤摄参政,调守昆山之太仓,领军而往,驻守昆山旧州山寺,离太仓州治三十余里,终于不往。闻寇至,遂遁,匿于杭之寓舍。适值贼破杭,乃挈家潜于西湖身中。越三日,邻居无赖之徒利其所将,恐之,遂与次妻□氏连接其衣袂,溺水而死。时潭州路总管鲁至道作二诗挽之,以寓褒贬之意。①

另外三首《逍遥楼》、《浮云寺》、《鬼门关》为纪游之诗。
《逍遥楼》诗云:

> 身世云霄上,飘然思不穷。晴山排翠闼,暮霭闶琳宫。牧笛残云外,渔歌落照中。蓬莱凝望眼,隐隐海霞红。②

此诗是经行桂林逍遥楼之作。诗生动飘逸,"牧笛残云外,渔歌落照中"对仗工整,清新流丽,颇有韵味。

伯笃鲁丁的文章"文笔优美,脉络清晰"。③《建学记》、《鼎建庙学记》反映了其重视教育的思想。《建学记》云:"诚以国之所图治者,系于人才;而人才之所自出者,系于士学也。"④《鼎建庙学记》云:"学校教化,相为终始;教化风俗,相为污隆。"⑤史载:伯笃鲁丁,至正中为达鲁花赤时,豪右武断,蹊田夺牛,因狱为市。廉得之,悉裁以法。不数月,令行禁止。因叹曰:"吾民幸知向背,不进之以礼乐,未善也。"即饬学舍,延师儒养育士类,阐明教化,俗亦少变。⑥ 能这样重视教育,强调礼乐,深知人心向背,未尝不为入居中原西域文人之杰出者也。

① 杨瑀:《山居新话》,《宋元笔记小说大观》第六册,上海古籍出版社 2001 年版,第 6079 页。
② 杨镰:《全元诗》第 37 册,第 79 页。
③ 丁一清:《回族文学史》,民族出版社 2015 年版,第 60 页。
④ 李修生主编:《全元文》第 58 册,第 522—523 页。
⑤ 李修生主编:《全元文》第 48 册,第 6 页。
⑥ 董天锡:《(嘉靖)赣州府志》卷八,第 6 页上,《天一阁藏明代方志选刊》第 38 册。

二、元代色目进士与元代文坛

元代少数民族作家包括蒙古、色目、契丹、高丽诸族,其中色目作家最多,是汉族之外人数最多的一个群体。陈垣《元西域人华化考》文学篇录入西域色目诗人、文家、曲家共计58人(除去重复),其中诗人36人,文家8人。根据《全元诗》诗人小传,检出属于西域色目诗人有111位(凡标"蒙古色目人"者未算)。①显然,在元代文坛,色目人的文学家已经不少。

(一)元代色目进士诗文家文学网络

作家的交游是文学网络的重要组成部分,色目进士的文学交游从一个方面显示他们在元代文坛的文学活动及地位与影响。

1. 唱和

表 4-2　有义集色目进士交游人物数量表

作者	文坛交游人物数
萨都剌	192
马祖常	220
余阙	88
金元素	167
偰逊	29

色目进士文学家的文学互动几乎涉及元代所有著名的有影响的文学家(见表4-2)。下面仅以马祖常为例。

马祖常《石田先生文集》802首诗中涉及的人物约有190人,其中有寄赠酬唱的有政府高官,有文坛领袖,有普通官员,有平民文士,有方外人士……择其要者录之如下:

首先,马祖常交游人物中,多有政府高官、馆阁文人及文坛领袖。

阿荣,《石田先生文集》卷二《次韵阿荣参政》。虞集、许有壬、傅若金有诗与其唱和,但《全元诗》未辑得其诗。

赵成庆(1284—?),字伯宁,郏县人。至治间(1321—1323),为监察御史,累迁山南廉访副使,升云南廉访使,入为侍御史,拜御史中丞,至正二年(1342)除

---

① 李军:《元西域诗人散佚诗集考》,《中北大学学报》(社会科学版)2019年第2期。

南台侍御史,寻进南台中丞。①《石田先生文集》卷二《赞御书雪林二字为赵伯宁中丞作》。

袁桷(1266—1327),《石田先生文集》卷一有《送袁伯长归浙东》三首。

贡奎(1239—1329),字仲章,宁国路宣城人,贡师泰之父。累擢应奉翰林文字,江西等处儒学提举。延祐五年(1318),迁翰林待制。泰定四年(1327),拜集贤直学士。有《云林小稿》、《听雪斋》、《青山谩吟》、《倦游集》、《豫章稿》、《上元新录》、《南州纪行》等凡百二十卷。生平见马祖常所撰碑铭。《石田先生文集》卷一《贡待制文修撰王都司同赋牡丹分得色字》。

元明善(1269—1322),字复初,大名清河人,以浙东使者荐为学正,擢太子文学,参议中书省事,历翰林学士。延祐二年(1315),会试天下进士,首充考试官,及廷试又为读卷,与曹元用、张养浩同时号为三俊。元明善早以文章自豪,出入秦、汉间,晚益精诣,有文集行世。事迹具《元史》卷一八一、《石田先生文集》卷一《田居二诗寄元参议》。

王结,字仪伯,定兴人。元仁宗在潜邸时,以荐充宿卫。及即位,迁集贤直学士。至治二年(1322)参议中书省事。元统中(1333—1335),官至中书左丞。有《王文忠集》六卷,事迹具《元史》一七八。《石田先生文集》卷一《奉和王仪伯参议龙门》。

赵孟頫,《石田先生文集》卷二《题赵承旨枯木竹石图》。

栗院使,名不详。在燕京东营内乃栗院使之别墅,内有玩芳亭,一时文彦,品题甚富。②《石田先生文集》卷二《都城粟氏玩芳亭》,王士熙、薛元卿(薛玄曦)有题诗。

王伯弘,平章政事,中书左丞。《石田先生文集》卷二《送王伯弘平章》、卷五《辨王左丞等》。

李端,字彦方,号静斋,保定人,由艺文太监出任福建廉访副使。历浙东廉访副使,迁淮东,升广东廉访使。《石田先生文集》卷一《送别李彦方宪副之官》及卷四《和李彦方》七首。

王士熙,字继学,东平人,翰林学士承旨王构之子。以文学世其家,任翰林修撰,历官中书省参知政事。在馆阁日,与虞集、袁桷等唱和,论者比之唐岑、

---

①　王德毅、李荣村、潘柏澄:《元人传记资料索引》,中华书局1987年版,第1731页。

②　于敏中:《日下旧闻考》卷九〇,文渊阁四库全书第498册,第429页下。

贾,宋杨、刘,为有元盛世之音。① 有《王鲁公诗钞》一卷。《石田先生文集》中与王继学寄赠唱和之诗达 26 首,两人交往颇为密切。

商琦,字德符,曹南人。至治三年(1323)任秘书卿,官至集贤学士。山水师李营丘,得用墨法墨竹自成一家,亦有妙处。②《石田先生文集》卷二《题商德符山水图》。

李孟,《石田先生文集》卷二《秋谷平章生日》。

文矩,字子方,长沙人。历官荆湖北道宣慰司照磨、秘书省校书郎。延祐间,升著作郎,改翰林修撰,同知制诰兼国史院编修官。至治初,以礼部郎中诏谕安南国,使还,进太常礼仪院判官。③ 生平见吴澄撰墓志(《吴文正公集》卷八〇)。《石田先生文集》卷一《贡待制文修撰王都司同赋牡丹分得色字》、卷二《过文著作家》、《送文著作往鄂州谕南使》。

周应极,字南翁,鄱阳人。至人间以献呈元颂,姚燧辈荐擢集贤待制,出同知池州路。所著有《拙斋集》。周伯琦之父。生平见王崇撰《(嘉靖)池州府志》卷六、曾廉《元书》卷八九《周伯琦传》。《石田先生文集》卷二《送周南翁之官池阳》、《送周南翁待制》,卷五《悠然阁赋为周南翁作》。

秦起宗,字元符,上党人。历中台御史、抚州路总管,以兵部尚书致仕。生平见《元史》卷一七六。《石田先生文集》卷二《秦元卿家庆图》。

辛文房,与杨载有唱和。《石田先生文集》卷二《辛良史披沙集诗》。

杨敬悳,字仲礼,台之临海人。历官应奉翰林文字。泰定三年(1326)夏,以选授浙江儒学提举。王士熙作序送之。④《石田先生文集》卷二《送杨仲礼江浙提举儒学》。

刘致,字时中,号逋斋,石州宁乡人。工诗文散曲,至治二年(1322)历官太常博士,出为江浙行省都事,终翰林待制。⑤ 与姚燧、邓文原、文矩、杨载、钱惟善、李祁、唐元有交游酬唱。《石田先生文集》卷三《赠刘时中》。

赡思(1278—1351),字得之,其先大食国人,徙居真定。天历三年(1330)召入为应奉翰林文字,以母老辞。至顺四年除国子博士,丁内艰,不赴。后至元二

①　永瑢:《四库全书总目》卷一七四,第 1546 页中。

②　王士点、商企翁编次,高荣盛点校:《秘书监志》卷九,第 161 页;夏文彦:《图绘宝鉴》卷五,文渊阁四库全书第 814 册,第 616 页上。

③　顾嗣立:《元诗选二集》,中华书局 1987 年版,第 336 页。

④　顾嗣立:《元诗选三集》,中华书局 2002 年版,第 290 页;《全元诗》33 册第 375 页。

⑤　王德毅、李荣村、潘柏澄:《元人传记资料索引》,中华书局 1987 年版,第 1768 页。

年(1336)拜陕西行台监察御史,三年除佥浙西肃政廉访司事。至正四年(1344)改佥浙东肃政廉访司事,以病免归,十一年卒。生平见宋濂撰《元史》卷一九〇。《全元文》(第32册)录其文4篇。《元西域人华化考》称之为"西域之中国文家"。①《石田先生文集》卷二《赠得之庆母寿十韵》。

姚左司(姚子中)②,江浙行省参政,中丞。

贾仲章,尚书,其他不详。《石田先生文集》卷二《姚左司墨竹为贾仲章尚书赋十韵》

许诚夫,不详,《石田先生文集》卷二《送许诚夫大监祠海上诸神》。

李源道,字仲渊,号行斋(一作冲斋),关中人。为监察御史。延祐中,迁翰林直学士,出为云南肃政廉访使。累官翰林侍读学士,出为云南行省参知政事。③《石田先生文集》卷三《次韵李行斋集贤》二首。

胡助,《石田先生文集》卷三《送胡古愚归东阳》二首,卷四《送胡古愚还越》四首。

嵊嵊,《石田先生文集》卷四《与嵊嵊子山郎中》。

虞集,《石田先生文集》卷二《虞伯生学士画像》、卷四《调虞伯生》等。

此外,马祖常同僚陈旅、柯九思,同年和其他科次进士,如许有壬、赵笃翁、欧阳玄、忽都达儿(延祐五年状元)、宋显夫、萨都剌、王沂、宋诚夫都曾官于翰林、集贤、国子监、秘书监,都曾是元代的馆阁文人。

马祖常诗集中寄赠酬唱的多有政府高官和馆阁文士,如阿荣、李孟、赵孟頫、袁桷、贡奎、元明善、许有壬、王结、王士熙,其中元明善、李孟、赵孟頫是其座师。元明善工古文,与姚燧齐名,是元代文学复古的先驱,是元代最著名的古文家之一。④李孟是元仁宗之师,是恢复科举的主要推动者,而赵孟頫文学艺术名满天下。袁桷诗歌、散文都有很大的影响。⑤"当大德、延祐之世,(邓文原)独以

---

① 陈垣于《常山贞石志》发现其文五篇,《全元文》仅录其中二篇,见陈垣:《元西域人华化考》卷四,第78—79页。

② 袁桷《清容居士集》卷一三有《姚子中左司墨竹》,则姚左司即姚子中。见袁桷:《清容居士集》,文渊阁四库全书第1203册,第172页下。

③ 顾嗣立:《元诗选三集》,第287页;《全元诗》第28册,第146页。

④ 参见周双利:《元代拓跋族作家元明善》,《内蒙古民族师院学报》(哲学社会科学汉文版)1991年第2期。张文澍:《元代古文双雄侧论——小议鲜卑族古文家元明善》,《民族文学研究》2008年第3期。

⑤ 参见杨亮:《元代散文的创获与发展——袁桷散文创作论》,《江南大学学报》(人文社会科学版)2010年第1期。

词林耆旧主持风气。袁桷、贡奎左右之，操觚之士，响附景从；元之文章，于是时为极盛。"①这些人不光是政府高官，其实也是当时文学领袖。

其次文人画家，这一部分多是一般官员和文人。

林宽（1281—1319），字彦栗，乐清人。寓居吴中二十年，以授徒为业。延祐六年，以气羸卒于京师，年三十九。有《林彦栗文稿》②，不传。虞集撰墓志（《道园学古录》卷一八），袁桷撰哀辞（《清容居士集》卷二），马祖常《石田先生文集》卷一有《挽林彦栗秀才》。

史绳武，字正翁，眉山人，家长沙。官兴国主簿，累迁嘉兴路经历。③《石田先生文集》卷二有《送史正翁经历之嘉兴》，贡奎《云林集》卷四有《和马伯庸学士送史正翁赴嘉兴幕官》，胡助《纯白斋类稿》卷八有《送史正翁嘉兴经历》。

何失，字得之。昌平（今属北京）人，负才气，与高彦敬、鲜于枢同学为诗。家善织纱毂，日出卖纱，骑驴歌吟道中，指意良远。至正间，名公交荐，以亲老不就。揭傒斯雅重其人，赠以句曰："心事巢由上，文章陶阮间。"虞集见其所作，叹曰"当序而传之，使后之作者，亦知世有斯人。"④有《得之集》一卷。何失以织帽纱为业，言不二价。《石田先生文集》卷三《挽何得之先生》。

赵伯显，善画马。⑤《石田先生文集》卷二《求赵伯显画家山图用唐李中韵》。

其他如卫大隐卜者、（丁）幼度御史、彭教授、张君仲（县长或州判）、米孝廉、郭用可教授、翰林书佐杜元美、苏子宁郎中、陈仲礼知州、杜时可提举等等，其中一部分在元代文坛上毫无信息，只是马祖常日常交往的一部分，但更有一部分如何失、林宽、史绳武等是与当时文坛领袖有寄赠唱和的低级官员和诗人，这也反映了文坛的另一侧面和事实。

再次方外之士。

方外之士是几乎所有元代文人交游唱和不可缺少的组成部分。马祖常文集中也有不少的方外之士。

吴全节（1269—1346），字成季，号闲闲，安仁人，年十三学道于龙虎山。至元中至京师，从张留孙见世祖，其后成宗召见授玄教嗣师，进玄教太宗师、崇文

---

① 永瑢：《四库全书总目》卷一六六《巴西文集提要》，第 1426 页中。
② 苏天爵：《书林彦栗文稿后》《滋溪文稿》卷二八，第 471—472 页。
③ 王德毅、李荣村、潘柏澄：《元人传记资料索引》，中华书局 1987 年版，第 242 页。
④ 顾嗣立《元诗选二集》，第 433 页。柯劭忞撰，张京华、黄曙辉总校：《新元史》卷二三八，上海古籍出版社 2018 年版，第 4544 页。
⑤ 孙岳颁撰：《佩文斋书画谱》卷五三，文渊阁四库全书第 821 册，第 291 页上。

弘道玄德真人,总摄江淮荆襄等处道教、知集贤院道教事,继张留孙后主盟全国道教二十余年。生平见《元史》本传。①《石田先生文集》卷三《寿闲闲真人和吴养浩博士韵》、《和闲闲宋宗师牵字韵》、卷四《吴宗师送牡丹二首》等。

薛玄曦,字玄卿,河东人。徙居信州之贵溪。年十二,辞家入道龙虎山,师事张留孙、吴全节。延祐间,用荐者召见侍祠,制授大都崇真万寿宫提举,升提点上都崇真万寿宫。泰定元年(1324),奉诏征嗣天师,扈从滦阳,还至龙虎台,辞归。至正三年(1343),制授弘文裕德崇仁真人、佑圣观住持兼领杭州诸宫观。五年卒,年五十七,自号上清外史。所著有《上清集》、《樵者问》,荟萃群贤诗文为《琼林集》。玄卿负才气,倜傥不羁,善为文,而尤长于诗。②《石田先生文集》卷四《薛玄卿华山隐二高道士过访不及见》、《再答薛玄卿并谢墨二首》。

王寿衍,字眉叟,号玄览、溪月,仁和人。道士陈义高弟子。先后任杭州开元宫主持。延祐元年,授弘文辅道粹德真人,领杭州路教事。至正十三年卒,年八十一。③《石田先生文集》卷二《送王眉叟真人》、卷三《送王眉叟真人还钱塘》。

张元杰,廼贤《金台集》卷二有《病中答张元杰宗师惠药》,为道教人物。《石田先生文集》卷二《张元杰祠龙虎武当》。

简天碧,道士,善画。虞集《道园遗稿》卷二有《赠简天碧画士》诗、《傅与砺诗集》卷三有《题香室僧所藏简天碧松桧图》、刘嵩《槎翁诗集》卷四有《题胡典史所藏简天碧西山南浦图》。《石田先生文集》卷二《题简天碧画山水》。

吴全节为元代道教领袖人物,薛玄曦、王眉叟也颇有声名。其他还有如道士华山隐、可升法师、武当山道士、云巢道士、项子虚炼师、杨洞天道人、舒真人、道士赵虚一、陈玉林道士、弘长老云山、壶洲道士、王炼师等等,显然,马祖常与道教人物的交往也十分密切。

马祖常的交游范围极为广泛,涉及元代的各个阶层和各个族群,其社会网络远不止于此,但根据以上信息,马祖常寄赠酬唱的对象和交游有三大特点,一是政府高官较多,馆阁文人较多;二是几乎包括当时所有的文坛领袖;三是与方外之士多有交往,其中与道教领袖及重要人物交往密切。这与马祖常政治身份与文学家身份有必然联系,也是其在文坛上地位和影响的重要因素。

---

① 宋濂:《元史》卷二〇二,第4528—4529页,
② 顾嗣立:《元诗选二集》,第1354页。
③ 王祎:《元故弘文辅道粹德真人王公碑》,《王忠文集》卷一六,文渊阁四库全书第1226册,第332—335页。

萨都剌交游文坛的重要人物有虞集、邓文原、李洞、苏天爵、杜本、张雨、曹鉴、陈旅、张翥、揭傒斯、王伯循、王本中（王时）、贯云石、吴全节、忻大隐、释来复、顾瑛、吴克恭、沙剌班、张益、宋本、泰不华、韩镛、干文传、李孝光、郑元祐、陈基、朱德润、成廷珪、杨维桢、米思功、李遵道、观音奴、索士岩、李质、廉公亮、王士熙、马祖常、许有壬、也先不花、马昂夫、王守诚，等等。

余阙交游文坛的重要人物有贺惟一、沙剌班、虞集、揭傒斯、李好古、酒贤、周伯琦、贡师泰、杨显民、程以文、危素、刘炳、酒贤、孟昉、涂颖、段吉甫、成遵、归旸、月鲁不花、虎仲桓、宋本、宋褧、段吉甫、观音奴、李好文、普原理、察士安、樊执敬、许广大、葛元喆，等等。

金元素交游文坛的重要人物有刘仁本、张本仁、丘楠、王壎、柯九思、酒贤、王冕、朱右、释来复、李国凤、月沧海、铁德刚、八元凯、的理翰，等等。

偰逊交游文坛的重要人物笃列图（敬夫）、脱脱木儿等等。

要之，元代色目进士文学家交游广泛，涉及上至高官，下至平民文士，涉及社会各个层次。马祖常、萨都剌、余阙唱和的高官，尤其是馆阁文人较多，金元素唱和诗人主要在江浙行省，集中在台州、庆元，官职较低，人数较少，偰逊唱和之人则更少，这与他们的任职与文学活动的范围有直接关系。相与唱和官位之高低及人数之多少或许就决定其在文坛上名望和影响之大小。显然，马祖常、萨都剌、余阙在元代文坛名望和影响大于金哈剌、偰逊。但他们的交游共同构建了元代的文坛网络。

2. 同乡

余阙贯庐州路录事司（合肥），生于斯，长于斯。青年时期在城东南巢湖之北创青阳山房，作为读书之处，入仕之后，又扩而充之。① 《青阳集》中后期诗文仍能见到与本乡士人之情谊。如葛闻孙，字景先，擢翰林国史院编修官，辞不赴召，教授于其家。余阙与之交往密切，曾到其家拜谒其母。至正五年，其母卒后又往吊唁。葛闻孙去世为作墓表和挽歌，"扁舟望湖曲，消泪湿江蓠"，② 可见二人情谊。

高昌偰氏入居中原之后，大德年间（1297—1307），偰文质任江西行省理问，定居龙兴（今南昌），诸子偮皆在此成长，又皆在江西联翩登第，偰文质为此筑

---

① 程文：《青阳山房记》，余阙《青阳集》卷首附，第 4—5 页，四部丛刊本。
② 余阙：《葛征君墓表》，《青阳集》卷七，第 1—2 页；《葛编修景光挽歌》，杨镰《全元诗》第 44 册，第 261 页。

“三节六桂堂”，六桂指的是偰文质五子一侄，五子即偰玉立世玉，偰直坚世学、偰列篪世德、偰哲笃世南、偰朝吾世则，一侄即善著世文。寓居龙兴的江西文学名家刘岳申、刘诜作文颂其事。

刘岳申《三节六桂堂记》云：“大德中，元帅理问江西，入奉太夫人甘脆，出领诸子就外傅。书声琅琅东湖之上，昼夜不绝。余时贰教豫章，尝从众宾后亲见元帅奉亲教子。”[①]孔齐曾造访偰哲笃书馆，并称其“教子有法，为色目本族之首。”[②]显然，偰文质与当地士大夫多有交往，其子侄亦应多在其中，因文献缺失，难以考察。偰哲笃长子偰逊《近思斋逸稿》中《惜别行赠陈彦宾》之陈彦宾便是其一。据此诗，陈彦宾赴京会试，二人在金陵相见，而有送别之事。其时，偰哲笃十余年前已又龙兴迁居溧阳，在金陵读书。

偰玉立、偰哲笃一度归隐溧阳。偰氏在溧阳接触最多的当地人是其家庭教师储惟贤。[③] 储惟贤，字希圣，宜兴荆溪人，两举乡贡进士，湖州路安定书院山长。荆溪与偰氏所住的下桥比邻。储惟贤之父储能谦，字大有，长于诗。至正四年，储能谦去世，储惟贤央请时任礼部尚书的偰哲笃作行状，翰林检讨危素作墓志铭。[④] 偰哲笃之文不存，危素允其请，也与偰哲笃有关，萧启庆先生已论之。[⑤]

3. 雅集

(1) 马祖常参与礼部同仁圣安寺游宴。

巎巎《圣安寺诗》序云：

> 去冬十二月，圣安寺提调水陆会。本部伯庸尚书及咬住尚书、梁诚甫侍郎等相访毕。咬住尚书邀往其伯父秃坚帖木儿丞相葫芦套，尽日至醉而还。马尚书作序诗，及诸公各赋数首。见徵荒恶，遂僶俛应之，寄呈彦中判州贤友一笑。巎再拜。[⑥]

此次燕集大约在天历(1328—1329)、至顺(1330—1332)间。参与者有马祖常、巎巎、咬住、梁诚甫、秃坚帖木儿五人。梁诚甫，汉人；巎巎、马祖常，色目人；

① 刘岳申：《三节六桂堂记》，《申斋集》卷五，文渊阁四库全书第 1204 册，第 233 页下。
② 孔齐：《至正直记》卷三，上海古籍出版社 1987 年版，第 116 页。
③ 孔齐：《至正直记》卷三，上海古籍出版社 1987 年版，第 116 页。
④ 危素：《宜兴储先生墓志铭》，《危学士全集》卷一二，四库全书存目丛书第 24 册，第 819 页上。
⑤ 萧启庆：《九州四海风雅同 元代多族士人圈的形成与发展》，第 64 页。
⑥ 杨镰：《全元诗》第 37 册，第 364 页。

咬住、秃坚帖木儿为蒙古人。此次雅集,马祖常诗存,《全元诗》未录。

(2)玉山雅集。

参与玉山雅集的蒙古色目人有泰不华、昂吉、施嘉问、聂镛、邾经、达爽曼、达识帖睦迩、萨都剌、孟昉、察伋、脱因、马九霄、斡玉伦徒十三人,其中昂吉、萨都剌、斡玉伦徒为色目进士,泰不华、察伋为蒙古族进士。

(3)玄沙寺雅集。

贡师泰《春日玄沙寺小集序》云:

> 至正二十一年春正月廿六日,宣政院使廉公公亮,崇酒载肴,同治书李公景仪、翰林经历答禄君道夫、行军司马海君清溪,游玄沙且邀予于城西之香严寺。……乃相率以杜工部"心清闻妙香"之句分韵,各赋五言诗一首。①

时间是1360年春,地点是福州城西玄沙寺,发起者廉公亮,即廉惠山海牙,字公亮,畏兀人,高昌廉氏,至治元年进士。参加者六人:治书御史李公景仪,即李国凤,字景仪,至正十一年进士。翰林经历答禄君道夫,即答禄与权,蒙古人,至正二年进士。海清溪(铁清溪),畏兀人。② 僧藏石及贡师泰。此次雅集,包括蒙古人、色目人、汉人(李国凤)、南人(贡师泰)四大族群,反映了多族士人圈已经形成。

(4)西湖竹枝词的唱和。

元末杨维桢发起的西湖竹枝词的唱和诗为元代声势浩大的"同题题咏"。《西湖竹枝集》收录120人的作品。蒙古色目诗人十人,其中蒙古诗人有同同、聂镛、不花帖木儿,色目诗人马祖常、萨都剌、边鲁、掌机沙、完泽(字兰石)、燕不花(字孟初,张掖人)、别罗沙。马祖常、萨都剌、别罗沙为色目进士。

(5)同年小集。

天历三年(1330)二月八日,泰定元年进士同年燕集前太常博士、艺林使王守诚之秋水轩,探策赋诗。右榜则前许州判官粤鲁不华、前沂州同知曲出、前大司农谔笃乐、奎章阁学士院参书雅琥。见第三章第二节。

以上是主要的人数较多的雅集活动,三二两人的雅集在马祖常、萨都剌等

---

① 贡师泰:《玩斋集》卷六,文渊阁四库全书第1215册,第595页。

② 贡师泰:《武经总要序》,《玩斋集》卷六,文渊阁四库全书第1215册,第588页下。

诗文集中还很多。

4. 姻戚

笃列图(字敬夫)娶马祖常之妹。见本章第三节。

泰不华之妹嫁三宝柱之子。见本章第三节。

廉方娶赵密女。廉方,字士矩,读于国子学,元统元年进士,授翰林国史院检阅官。① 廉方为廉惠山海牙族侄。赵密,元初汉军将领赵柔之孙,官至鹰房都总管,刘因弟子。②

偰哲笃娶月伦石护笃。月伦石护笃(1301—1341),字顺贞系出,伟吾氏。父八里麻吉而的,资善大夫,福建道宣慰使都元帅。母廉氏,中书右丞布迷失海牙(廉希恕)之女。③ 其兄弟丑闾(字时中,元统元年进士)、观闾(又作观驴,字元宾)皆长于诗书。④

(二)书画题跋

色目进士书画题跋者有马祖常、偰哲笃、萨都剌、昂吉、金哈剌、哲马鲁丁、大食哲马、哈散沙等。

马祖常《石田先生文集》中有59题60余首题画诗,多为同时代画家,包括《高彦敬(高克恭)黄州云山图》(卷三)、《题赵承旨(赵孟頫)枯木竹石图》(卷二)、《题赵子昂墨竹》(卷四)、《息斋(李衎)风竹图道士华山隐得之命予赋之(卷二)》、《题李仲宾(李衎)墨竹》(卷三)、《题商德符(商琦)山水图》、《姚子中墨竹》(卷四)。高克恭、赵孟頫、李衎、商琦、姚子中均为当世名家。赵孟頫是延祐二年廷试读卷官,马祖常座师。

萨都剌是西域人中无画名而有画传于世者,故宫博物院藏有其《严陵钓台图》和《梅雀》二图。其《雁门集》至少有31首题画诗,如《登众妙堂题商学士画雨霁归舟图》(商琦)、《为姑苏陈子平题山居图黄公望作》(黄公望)、《题李遵道画竹木图》、《题江乡秋晚图》(李遵道)、《题李蓟丘画竹》(李遵道)、《桃源行题赵仲穆画》(赵雍)、《子昂画卧雪图》(赵孟頫)、《云山图》(唐棣)、《题朱泽民画雪谷

<hr />

① 《元统元年进士录》;王沂:《送廉县尹序》,《伊滨集》卷一五,文渊阁四库全书第1208册,第524页上。

② 苏天爵:《元故鹰坊都总管赵侯墓碑铭》,《滋溪文稿》卷一五,第249页。

③ 黄溍:《魏郡夫人伟吾氏墓志铭》,《金华黄先生文集》卷三九,续修四库全书第1323册,第502页下。

④ 王逢:《梦观闾元宾有序》,《梧溪集》卷五,文渊阁四库全书第1218册,第750页下。萧启庆:《元代科举与菁英流动:以元统元年进士为中心》,《内北国而外中国:蒙元史研究》,第95页。

晓行》(朱德润)、《吴僧子庭古竹木》(柏子庭)①。

黄公望(1269—约1354),字子久,号大痴道人。本常熟陆氏,少丧父母,依永嘉黄氏,遂因其姓。补浙西宪掾,以忤权豪弃去。黄冠野服,往来三吴,博洽群书,于技能无不通晓,尤精山水,师董源、巨然,后稍变其法,自成一家,所著《山水诀》,世多宗之。② 黄公望与王蒙、倪瓒、吴镇并称元四家,在明清两代备受推崇,《富春山居图》是其传世著名作品。

李士行(1282—1328),字遵道,息斋李衎子,少从赵孟頫、鲜于枢学,故歌诗字画,悉有前人风致。官至黄岩知州。诗清远萧散,画品尤高。③ 画竹石得家学而妙过之,尤善山水。④ 萨都剌有题其画三首。

赵雍,字仲穆,赵孟頫之子。善书画,名重当世。授海州知州,在官期年,后除集贤待制,湖州路总管。⑤

朱德润(1294—1365),字泽民,昆山人。延祐末,游燕京,赵孟頫荐为编修,后任征东儒学提举,以归。康里巎巎、袁桷皆与友善。至正中,浙省辟为参谋,后摄守长兴,招徕流离,寻以病免,卒。有《存复斋稿》十卷。⑥

唐棣,字子华,归安人。善画山水,尝游赵子昂之门。马煦进荐仁宗,诏绘嘉禧殿御屏,称旨。待诏集贤院,迁嘉兴路照磨。至正五年,除休宁县尹,有善政。世号唐休宁。进奉议大夫,吴江州知州,致仕。后起福建行省佥事。年六十九,有《休宁稿》、《味外味稿》。

祖伯,号子庭,通常称之为柏子庭,四明人,寓居嘉定,尝讲台教于赤城,性好浪迹云游,乞食村落,对人不作长语,间杂谐谑,喜画石、菖蒲,题句甚多。⑦ 柏子庭有诗名,著《不系舟集》。

余阙《青阳集》中也有不少题画诗,如《题虞邵菴送别图》、《题段应奉山水图二首》(段天佑)、《题段吉甫助教别墅图》(段天佑)、《题合鲁易之四明山水图》

---

① 见《全元诗》第30册,第151、259、187、242、287、255、282、228、265、288页。《云山图》、《雁门集》卷一〇作"闽帅资善公以息斋着色'竹'见遗赋余以唐子华'云山图'酬之并赋诗其上",第266页。
② 赵弘恩监修、黄之隽编纂:《江南通志》卷一六八,文渊阁四库全书第511册,第832页下。
③ 苏天爵:《李遵道墓志铭》,《滋溪文稿》卷一九,第313—314页。
④ 夏文彦:《图绘宝鉴》卷五,文渊阁四库全书第814册,第615页下—616页上。
⑤ 董斯张:《吴兴备志》卷一二,文渊阁四库全书第494册,第414页上。
⑥ 王鏊:《(正德)姑苏志》卷五一,《天一阁藏明代方志选刊续编》第14册,第433页。
⑦ 孙岳颁撰:《佩文斋书画谱》卷五四,文渊阁四库全书第821册,第333页上;顾嗣立:《元诗选三集》,第720页。

（廼贤）、《题合鲁易之鄞江送别图》、《题光禄主事虎仲桓海棠图》、《题周伯宁画》、（以上卷一）数首，题赠对象涉及虞集、段天佑、廼贤、虎仲桓、周伯宁。虞集、廼贤已见。

段天佑（一作天祐）字吉甫，汴人。泰定甲子进士，授静海县丞，后擢国子助教，迁应奉翰林文字，除浙江儒学提学。见《汉族进士文学家》。

虎仲桓，即虎理翰，字仲桓，贯奉元。弘吉剌人氏。元统元年进士，授应奉翰林文字、同知制诰兼国史院编修官。至正五年，时任上都左司掾。至正十一年，时任光禄寺主事。[①] 余阙同年。

周伯宁，即周濆，字伯宁，鄱阳人。江西十才子之一，明初官至刑部尚书。[②]

金哈剌《南游寓兴诗集》题画诗甚多，达 86 首。其中涉及的元代画家和诗人有高克恭（《高彦敬山水》二首、《高彦敬横披》）、李遵道（《李遵道竹》、《李遵道竹》二首）柯九思（《柯敬仲竹》、《兰竹》、《柯敬仲小景》、《柯敬仲画》）、赵孟頫（《子昂画渊明像并书归去兮辞》、《子昂人马图》）、李衎（《息斋学士竹》、《息斋竹为郑明道处士题二首》）、商琦（《商学士画》）、鉴仲明（《鉴仲明画》、《鉴仲明画为习斋老人题》）、王冕（《王元章梅》、《王元章梅竹为省掾郑起清赋》）。[③]

王冕（1287—1359），字元章，会稽上虞人。能诗，善墨梅，万蕊千花，自成一家。凡画成，必自题诗其上，字俊逸诗，浑厚俱可爱。[④] 有《竹斋集》四卷。

鉴仲明，即照鉴，字仲明，号湛然静者。俗姓徐氏，世居钱塘。至正末，为僧，住惠山寺。善画能诗。有《双清集》。[⑤]

昂吉现存十九首诗之中有十三首诗题画诗，其中《题玉山雅集图》九首、《题姚廷美有余闲图》、《题赵孟頫竹石幽兰图卷》。

姚彦卿，即姚廷美，吴兴人。至正二十五年作《有余闲图》，与赵孟頫《竹石幽兰图卷》现存 Cleveland Museum of Art。[⑥] 此图后有杨维桢、昂吉等二十二人题咏。[⑦]

雅琥有《题周昉明皇水中射鹿图》、《和韵王继学题周冰壶四美人圗》（四

① 沈仁国：《元朝进士集证》，第 351 页。

② 谢旻：《（雍正）江西通志》卷八九，文渊阁四库全书第 516 册，第 53 页。

③ 以上均见《全元诗》第 42 册。

④ 曹昭撰，舒敏、王佐增：《新增格古要论》卷五，续修四库全书 1185 册，第 218 页下。

⑤ 顾嗣立、席世臣：《元诗选癸集》，中华书局 2001 年版，第 1401 页。

⑥ 萧启庆：《九州四海风雅同：元代多族士人圈的形成与发展》，第 276 页。

⑦ 张照撰：《石渠宝笈》卷三三，文渊阁四库全书第 825 册，第 350 页上。

首)、《题张彦辅棘竹幽禽图》、《题董源夏景山口待渡图》七首题画诗。

雅琥因曾在奎章阁任职,多参与入藏书画的品题。天历二年(1329)十一月赵幹《江行初雪图卷》入藏奎章阁,后列元季忽都鲁都儿迷失、赵世延、撒迪、虞集、朵来、李洞、沙剌班、李讷、雅琥、柯九思、张景先诸臣衔位。时雅琥为奎章阁学士院参书奉训大夫。① 至顺元年(天历三年1330)正月,奎章阁审定重装李成《寒林采芝图》,奎章阁校书字术鲁翀、参书柯九思、雅琥、侍书虞集审定,朝列大夫宋本、国史院编修宋褧覆校定,供奉李讷、内掾林于、甘立重装。② 同月,奎章阁侍书柯九思鉴定董源《夏景山口待渡图》并跋,奎章阁侍书学士虞集、奎章阁承制学士李洞、奎章阁参书雅琥题诗。③ 雅琥之诗即《题董源夏景山口待渡图》。

张彦辅,前有传。

周冰壶,永嘉人,与张彦辅齐名。④

此外,哈珊沙、大食哲马有《题赵彦征画赤骥》,⑤张吉题朱德润《秀野轩图卷》,⑥㺜哲笃题赵千里《夜潮图卷》,⑦斡玉伦徒题范宽《山水图》,⑧三宝柱题《竹枝图卷》,⑨脱脱木儿题宋张先《十咏图》,⑩哈珊沙(沙可学)题《溪山春晓图》⑪等等。

三、结语

元代文坛第一次真正形成了多元的民族格局,元代色目进士作家贡献甚大。

(一)元代色目进士文学家是西域文人的半壁江山

从文学史的角度看,元代色目文学家是元代文坛的一个特殊的群体,他们

① 吴升辑:《大观录》卷一二,续修四库全书第1066册,第588页下。

② 庞元济撰:《虚斋名画录》卷七,续修四库全书第1090册,第484页上。

③ 吴升辑:《大观录》卷一二,续修四库全书第1066册,第591页上。

④ 陈基《跋张彦辅〈拂郎马图〉》:"永嘉周冰壶、道士张彦辅,并以待诏上方,名重一时。然冰壶所作,论者固自有定论。"《夷白斋稿外集》卷下,文渊阁四库全书第1222册,第391页下。

⑤ 汪砢玉:《珊瑚网》卷三二,文渊阁四库全书第818册,第611页下。

⑥ 赵琦美:《赵氏铁网珊瑚》卷一五,文渊阁四库全书第815册,第778页上。

⑦ 卞永誉:《书画汇考》卷四四,文渊阁四库全书第828册,843页上。

⑧ 铃木敬:《中国绘画总合图录》,A15—001,东京大学出版社1982年版。《全元诗》未录此诗。

⑨ 卞永誉:《书画汇考》卷四一,文渊阁四库全书第828册,第725页上。

⑩ 王杰等辑:《石渠宝笈续编》第三册,台北故宫博物院1971年版,第1513页。杨镰:《全元诗》第45册,第305页。

⑪ 顾复撰,林虞生校点:《平生壮观》卷六,上海古籍出版社2011年版,第240页。

用汉语写作,研究古代经典,参与史书编撰,编辑诗文总集,参与雅集、唱和等文学活动,与汉蒙文学家有姻戚关系,并有诗文集传世。然今存约二百五十种元人诗文集中①,色目文人完整著作不过六种②,在唐兀崇喜《述善集》、金元素《南游寓兴诗集》、偰逊《近思斋逸稿》发现之后,元代色目文人完整著作增至十种,而陈垣《元西域人华化考》就列举了元代色目诗文作家 35 人③,色目文人的文集散佚当亦不少。

表 4-3　色目人存世诗文集表

作者	进士	诗文集
蒲寿宬	否	《心学泉诗稿》《心泉诗余》
迺贤	否	《金台集》
王翰	否	《友石山人遗稿》
丁鹤年	否	《丁鹤年诗集》
唐兀崇喜(杨崇喜)	否	《述善集》
马祖常	是	《石田先生文集》
余阙	是	《青阳先生文集》
萨都剌	是	《雁门集》
金元素	是	《南游寓兴诗集》
偰逊	是	《近思斋逸稿》

表 4-4　《元诗选》辑出色目人诗文集

作者	进士	诗文集
偰玉立	是	《世玉集》
聂古柏	是	《侍郎集》
昂吉	是	《启文集》
雅琥	是	《正卿集》
高克恭	否	《房山集》
贯云石	否	《酸斋集》
伯颜子中	否	《子中集》
甘立	否	《允从集》

---

① 陈高华、陈智超等:《中国古代史料学》,北京出版社 1983 年版,第 337 页。
② 萧启庆:《内北国而外中国:蒙元史研究》,中华书局 2007 年版,第 749 页。
③ 陈垣:《元西域人华化考》,第 55—80 页。

表 4-5　散佚的色目人诗文集①

作者	进士	散佚诗文集
偰哲笃	是	《白雪堂集》
张翔	是	《张雄飞诗集》
观音奴	是	《新乐府》
哈珊沙（沙可学）	是	《沙可学诗集》
纳璘不花	是	《纳璘文璨诗》
普达世理	是	《普达世理诗集》
贯云石	否	《贯公文集》《酸斋文集》
廼贤	否	《金台后集》《海云清啸集》
马润	否	《樵隐集》
薛超吾	否	《薛昂夫诗集》
辛文房	否	《披沙集》
孟昉	否	《孟待制文集》
贺庸	否	《野堂集》②
释鲁山	否	《鲁山文集》③
沙剌班	否	《学斋吟稿》
蒲仲昭	否	《蒲仲昭诗集》

从表 4-3、表 4-4、表 4-5 可以看出，元代色目人有诗文集传世的并不多，仅有十人，其中五人为进士。顾嗣立《元诗选》辑有诗文集的有七人，其中四人为进士。诗文集已经散佚者有十六人，其中六人为进士。以此而论，色目进士在整个色目文人群体中占有半壁江山。

据《全元诗》，明确为色目人的 111 诗人存诗 4021 首，占现存非汉族诗总数的三分之二（非汉族诗 6070 首）。④ 而色目进士存诗 2378 首，占 111 色目诗人诗歌总量的 59％，非汉族诗人诗歌总量的 39％。元代色目进士还存文 242 篇，

---

① 李军：《元西域诗人散佚诗集考》，《中北大学学报》（社会科学版）2019 年第 2 期。
② 顾嗣立、席世臣：《元诗选癸集》下册，第 1150 页。
③ 《永乐大典》卷一九四二六。栾贵明《永乐大典索引》，作家出版社 1997 年版，第 373 页。
④ 本表参阅了李军：《元西域诗人散佚诗集考》，《中北大学学报》（社会科学版）2019 年第 2 期。

词 18 首，曲 3 首。这一数据，显示色目进士的创作实绩，对于考察色目进士诗人在元代非汉族诗人群体及元代文坛的构成颇有参考和指向价值，即元代色目进士诗人是一个极为重要的群体，研究元代文坛格局不可忽视之处，这也是考察元代色目进士文学家的一个重要意义。

（二）元代色目进士文学家是汉族之外最有影响力的文学群体，是形成元代多族文坛格局的决定因素

陈垣《元西域人华化考》卷四《文学篇》涉及元代诗文曲家 51 人，诗人有泰不华（实为蒙古人）、迺贤、余阙、聂古柏、斡玉伦徒、三宝柱、张雄飞、昂吉、完泽、伯颜子中、薛超吾、郝天挺、辛文房、马彦翚、阿里、马润、马祖常、马世德、雅琥、别都鲁沙、萨都剌、丁鹤年、吉雅谟丁、爱理沙、鲁至道、哲马鲁丁、别里沙、仉机沙、买闾 29 人。文家有赵世延、马祖常、余阙、孟昉、贯云石、赡思、亦祖丁、察罕 8 人。曲家有贯云石、马九皋、琐非复初、不忽木、兰楚芳、沐仲易、虎伯恭及其弟伯俭、伯让、丁野夫、赛景初、全子仁、金元素及其子文石、武石 14 人。杨镰《元西域诗人群体研究》对西域诗人做了整体研究，包括不忽木及康里诗人、贯云石及贯氏家族、廉氏家族、高克恭、迺贤、高昌偰氏家族、马祖常、萨都剌、余阙、答禄与权，其中高昌偰氏、马祖常、萨都剌、余阙、答禄与权为元代进士。

元代色目文学家是汉族之外人数最多，成就最高，影响最大的诗人群体，对于元代文坛的影响，从民族方面说，是对文坛格局构成的变化起到关键的作用。在元之前，文坛是以汉族为主体，虽有非汉族文学家，如唐代刘禹锡、元稹，但人数太少，对文坛格局几无影响。元代的文坛虽仍以汉人为主体，但明显发生变化。一是非汉族文学家增多到一定数量，足以影响文坛的民族构成；一是更多的非汉族诗文家文学创作负有盛名，甚至成为文坛领袖。这在其他朝代是未曾出现过的。

《全元诗》明确标明为色目人的 111 人，并有许多身份不明（或为色目或为蒙古）的文人。这是不小的文学家群体，他们与汉蒙文人构建了姻戚、同年、同僚、同乡、师生、朋友等不同的社会关系，交游唱和，负盛名者甚多，已成为元代文坛不可缺成的组成部分。

元代在汉族之外的文学家除色目人外，蒙古、契丹、高丽、安南都在其中，其地域之广，文化之博，民族之多，为其他朝代所无。这些文学家聚集于中国，尤其集中在大都、江南，与汉族文人更唱迭和，遂使元代成为第一个真正的多族构成的文坛格局，色目进士在色目文人中有半壁江山之功，在元代文坛的贡献不

容忽视。

（三）元人及后世对色目进士文学家评价甚高

元代"名家称赵子昂、虞伯生、杨仲弘、范德机、揭曼硕外，如元好问、马伯庸、陈刚中、李孝光、杨廉夫、萨天锡、傅若金、余廷心、张仲举辈，不下十数家。"[①]他们多有对本朝诗人评价之语。

元人评元诗是认识元代诗坛的一个重要且直接的途径。对本朝色目诗人，元人评价最多的马祖常、萨都剌，足见他们在当时文坛的名气和影响。以下仅举几例。

虞集《傅与砺诗集序》云："大德中文章辈出，赫然鸣其治平。集所与游者亦众，而贫寒相望，发明斯事者，则浦城杨仲弘，江右范德机其人也。杨之合作，吴兴赵公最先知之。而德机之高古神妙，诸君子未有不许之者也。其后马伯庸中丞用意深刻，思致高远，亦自成一家，观者无间言。而进士萨天锡者最长于情，流丽清婉，作者皆爱之。"[②]

王守诚《石田先生文集序》云："公（马祖常）志气修洁，而笔力尤精诣，务刮除近代南北文士习气，追慕古作者，与姚文公燧、元文敏公明善实相继后先，故其文词简而有法，丽而有章，卓然成家。"[③]

杨维桢《西湖竹枝词序》云：萨都剌"诗风流俊爽，修本朝家范，《宫词》及《芙蓉曲》，虽王建、张藉无以过矣。"[④]

章懋《杨铁崖咏史古乐府序》云："虞伯生、范德机、杨仲弘、揭曼硕、欧阳原功、马伯庸、萨天锡，暨吾乡黄晋卿、柳道传诸人，各以其诗文鸣于时，莫不涵淳茹和，出入汉唐，郁乎彬彬，何其盛也。"[⑤]

上述评语，一是可见当时人认定的文坛名家，二是相关的评价甚高。虞集认为大德年间（1297—1307），以诗著称的有杨载、范梈。其后马祖常、萨都剌皆自成一家。王守诚认为马祖常文章慕古作者，与当时文坛大家姚燧、元明善齐名。杨维桢极赞赏萨都剌《宫词》。

对色目诗人整体评价的是戴良《丁鹤年诗集序》：

---

① 胡应麟：《诗薮·内编》二，上海古籍出版社 1979 年新一版，第 39 页。
② 虞集：《傅与砺诗集序》，《全元文》第 26 册，第 265—266 页。
③ 王守诚：《石田先生文集序》，马祖常著，李叔毅、傅瑛点校：《石田先生文集》卷首。
④ 杨维桢：《西湖竹枝词》，武林掌故丛编本，丛书集成续编第 223 册，第 386 页。
⑤ 章懋：《铁崖古乐府序》，杨维桢著，邹志方点校：《杨维桢集》附录一，第 1199 页。

我元受命,亦由西北而兴。西北诸国若回回、吐蕃、康里、畏吾儿、也里可温、唐兀之属,往往率先臣顺,奉职称藩,其沐浴休光,沾被宠泽,与京国内臣无少异。积之既久,文轨日同,而子若孙,遂皆舍弓马而事诗书。至其以诗名世,则贯公云石、马公伯庸、萨公天锡、余公廷心其人也。论者以马公之诗似商隐,贯公、萨公之诗似长吉,而余公之诗则与阴铿、何逊齐驱而并驾。他如高公彦敬、玃(嵲)公子山、达公兼善、雅公正卿、聂公古柏、斡公克庄、鲁公至道、二(三)公廷圭辈,亦皆清新俊拔,成一家之言。①

元代色目文学家继汉魏之轨辙,承晋唐之余风,与汉地文士朝夕共游,风雅相尚,遂使元代文坛呈现别样格局。从文学史的角度看,"元代诗学最值得注意的应该是异族诗人群体的出现。②

戴良提到"以诗名世"者有贯云石、马祖常、萨都剌、余阙四人;"成一家言"者高克恭、康里嵲嵲、泰不华(实为蒙古人)、雅琥、聂古柏、斡玉伦徒、鲁至道、三廷珪八人。并云他们"有中国古作者之遗风,亦足以见我朝王化之大行,民俗之丕变,虽成周之盛莫及也。"③

戴良所列十二人,"其诗名高下不同,而其可与中国作者抗衡则一也。戴良初以十二人并举,正可见其同负诗名,足为今日言西域诗人者之参考。"④贯云石、马祖常、萨都剌、余阙、高克恭、康里嵲嵲、泰不华、雅琥、聂古柏、斡玉伦徒、鲁至道、三廷珪,若加上迺贤,元代最有成就的色目诗人几乎被囊括殆尽。这十二人中,马祖常、萨都剌、余阙、泰不华(蒙古人)、雅琥、聂古柏、斡玉伦徒、鲁至道、三廷珪十人为进士,亦见色目进士在元代文坛的地位和影响。

自西域入中国版图,西域之文学家,汉唐以来,偶有其人,然至元始盛。元初文坛,承金宋余绪,西北倡自元好问,东南倡自赵孟頫,"时际承平,尽洗宋金

---

① 李修生:《全元文》第 53 册,第 275—276 页。

② 张伯伟:《略论辽金元少数民族汉诗》,《中国典籍与文化》编辑部编:《中国典籍与文化论丛》第五辑,第 222 页。

③ 戴良:《九灵山房集补编》卷下,文渊阁四库全书第 1219 册,第 612 页上。四部丛刊本所录作家不同,仅有马祖常、萨都剌、余阙三人。

④ 陈垣:《元西域人华化考》,第 57 页。

余习,而诗学为之一变①。"延祐开科之后,进士群体渐成文坛主力,色目进士文学家马祖常、萨都剌、余阙、金哈剌、偰玉立、雅琥、张翔、聂古柏、斡玉伦徒、鲁至道、三廷珪诸人在当时皆负盛名。所交游者,上至台阁名公,下至山林逸士,与汉、蒙、高丽文学之士更迭唱和,金石相宣,文学网络遍及整个文坛。色目进士诗人接盛唐之雅,追汉魏之风,"各呈才华,标奇竞秀,亦可谓极一时之盛者②"。然文章与时相高下,亦因世而盛衰。元代官场腐败,民生维艰,至元后期,兵戈扰攘,四海兵尘,关注社会民生,关注国家安危,向往天下太平,遂成诗文一个主题,如马祖常《六月七日至昌平赋养马户》《踏水车行》,萨都剌《鬻女谣》《征夫怨》,余阙《送康上人往三城(寺)》《上丞相书》,金哈剌《乞雨谣》《早发》……,而余阙终成烈士。

清人王士禛道:

> 元名臣,如移剌楚材(耶律楚材),东丹王突欲孙也;廉希宪、贯云石,畏兀人也;赵世延、马祖常,雍古部人也;孛术鲁翀,女真人也;廼贤,葛逻禄人也;萨都剌,色目人也;郝天挺,朵鲁别族也;余阙,唐兀氏也;颜宗道,哈剌鲁氏也;瞻思,大食国人也;辛文房,西域人也。事功、节义、文章,彬彬极盛,虽齐鲁吴越衣冠士胄,何以过之?③

总之,元代色目进士文学家是色目文人中最为优秀的群体,在当时和后世评价甚高,影响甚大,他们的诗文创作是色目文学家的半壁江山,显示了色目文人对元代文坛贡献。在人数上,色目进士文学家是汉族进士文学家之外最多的,与其他色目作家共同成为元代多族文坛格局的决定因素。

第三节　元代蒙古族进士的文学家与元代文坛

公元九世纪前后,蒙古族进入蒙古高原,开始与突厥等北方民族融合,继承吸收了匈奴、鲜卑、柔然等北方民族的古老文化传统。到十二、三世纪蒙古族兴

---

① 顾嗣立:《寒厅诗话》,丁福保编:《清诗话》(上册),上海古籍出版社1978年版,第83页。
② 顾嗣立:《元诗选初集》(中),中华书局2002年版,第1186页。
③ 王士禛:《池北偶谈》,中华书局1982年版,第165页。

起时,这一文化的继承与融合基本完成,"蒙古族文化已经成为北方游牧民族文化之集大成和新的历史时期的代表。"①蒙元之前,蒙古族传统文学主要是民间文学,包括神话传说、萨满教祭祀神歌、祝赞歌、民歌、英雄史诗、英雄故事等。蒙元时期的《元朝秘史》是蒙古族第一部书面历史文学作品,开启了蒙古族书面文学作品时代。蒙古族汉文创作在蒙古族书面文学作品中占有重要的地位。

蒙古族的汉文创作或真正始于蒙元时代。在蒙元之前,尚未见蒙古族作家汉文创作的痕迹,已难知道最早的蒙古族汉文创作始于何时。但从文学史的视角看,蒙元时期蒙古族文学家的汉文创作异军突起确是事实,也不容忽视。

元代文坛,以民族视角,大致可分为汉人文坛和蒙古色目文坛。后者之中,色目人在儒学、文学、艺术汉化较深,其中不乏杰出者。作为文学群体,与蒙古人相比,色目人人才济济,实力最强,也最有成就,进士文学家最为突出,可以与汉族文学家相颉颃,为元代文坛一个有力之群体。陈垣《元西域人华化考》论述颇为全面。然"色目人之文化成就不足作为蒙古人动向之指标。"②

关于元代蒙古文学家和文学研究尚少。民国钱基博《中国文学史》、胡适《白话文学史》、郑振铎《插图本中国文学史》均未论述蒙古族作家。自20世纪五十年代程千帆《元代文学史》③,到九十年代初邓绍基《元代文学史》依然未见蒙古诗文家的踪影。④ 其主要原因有二,一是民国以来,元代文学研究重元曲而轻诗文的风向;二是元代蒙古族少见优秀汉语写作的诗文家,少有诗文集传世。但20世纪八十年代开始,元代蒙古族诗文家开始引起了研究者的关注,如朱永邦《元明清以来蒙古族汉文著作家简介》(五篇)⑤、白乙拉《元代蒙古族诗人泰不华》⑥、门岿《元代蒙古族及色目诗人考辨》⑦等等。此后,元代蒙古诗文家的研究有了更大范围的开拓,其中比较重要的有萧启庆《元代蒙古人的汉学》、⑧杨镰

① 荣苏赫等:《蒙古族文学史》第一册,内蒙古人民出版社2000年版,第4页。

② 萧启庆:《元代蒙古人的汉学》,《蒙元史新研》,台湾允晨文化1994年版,第99页。

③ 程千帆《元代文学史讲义》后经吴志达修订,名为《元代文学史》,武汉大学出版社2013年初版。

④ 邓绍基《元代文学史》已专章论述萨都剌。萨都剌有蒙古族之说,根据相关学者考证,萨都剌为色目人。

⑤ 朱永邦:《元明清以来蒙古族汉文著作家简介》,《内蒙古社会科学》,1980年第2期、第3期、第4期,1981年第1期,1982年第3期。

⑥ 《内蒙古师大学报》(哲学社会科学版)1988年第3期。

⑦ 《文学遗产》1988年第5期。

⑧ 萧启庆:《蒙元史新研》,允晨文化实业股份有限公司1994年版。

《元诗史》①及《元代文学编年史》②中蒙古诗文家的研究、荣苏赫等《蒙古文学史》等。

相比蒙古本族语言，从已知文献看，蒙元时期蒙古汉文作家数量多、成就高，超过之前任何一个朝代。"从元代以后到新中国成立前，用汉文创作、有作品传世的蒙古族文人约一百六十余人，与元代的四十余人合在一起，总计二百余人。"③蒙古族汉文作家第一次以引人注目的群体进入中国文学史，其中蒙古进士文学家是其中佼佼者。

元代蒙古族进士文学家的研究寥寥无几。桂栖鹏《元代进士研究》主要论述了元代进士的仕宦状况、政治素质与明政权的关系及其文化活动。余来明《元代科举与文学》④主要考察元代科举兴废与文学的兴衰。二书因体例原因，均未专门考察元代蒙古进士诗文家群体及其与元代文坛的关系。刘芳《元代右榜蒙古族进士诗人汉文诗歌研究》⑤、吴悠《元代蒙古族汉诗作家考述》⑥是对蒙古进士诗人诗歌创作有所研究。其他的蒙古族进士诗文家的个案研究不多。

显然，元代蒙古族进士文学研究还非常薄弱，其原因或由于文献不足，或蒙古族进士诗文家总体成就和影响都不大。因此，元代蒙古族进士文学研究呈现两个方面的不足：一是缺乏整体全面的考察；二是尚未探讨元代蒙古族进士文学群体在元代文坛中地位与影响。鉴于此，本文拟考察元代蒙古族进士的文学及其与元代文坛之关系，或能为元代文学的研究提供基础性的线索和资料。

与汉族、色目进士文学家相比，元代蒙古进士文学家数量相对较少，诗文存世不多。这是元代文坛构成的基本事实。但即便如此，在蒙古文学史和整个中国文学史的视角上看，元代蒙古族进士诗文家的数量和创作成就仍为前代所无，元代为蒙古族文学家汉文创作最为丰厚最为特别的时期。

元代共录取进士1139人，右榜进士289人，其中蒙古族进士77人，色目进士108人，蒙古或色目进士104人。有诗传世的蒙古进士有泰不华、达溥化、月鲁不花、答禄与权、八儿思不花、完连溥化、爕理溥化、笃列图（字敬夫）、哲理野台、伯颜（字景渊）、同同、亦速歹、察伋、也先溥化、揭毅夫、笃列图（字彦诚）、拜

---

① 杨镰：《元诗史》，人民文学出版社2003年版。
② 杨镰：《元代文学编年史》，山西教育出版社2005年版。
③ 荣苏赫等：《蒙古族文学史》第一册，第6页。
④ 武汉大学出版社2013年版。
⑤ 内蒙古师范大学2019年硕士学位论文。
⑥ 上海师范大学2015年硕士学位论文。

住、山同、宝宝、月忽难、赫德尔①共二十人。

蒙古进士文学家有文传世者护都答儿、忽（护）都达儿、笃列图（字敬夫）、泰不华、燮理溥化、笃坚溥花（化）、完迮溥化、那木罕、阿察赤、答禄与权、哈剌台、月鲁不花、同同十三人。去掉重复，元代蒙古族进士有诗文传世者共二十三人，约占已知蒙古进士的1/4强。虽然有蒙古进士作品散佚，如和里互达、伯颜、萧伯颜、曩加歹，但无论是作家数量还是作品数量，蒙古进士诗文家在整个元代文坛中确是很少。

由于文献散失，或蒙古族文学家缺乏诗文结集的习惯，我们很难看到元代蒙古族文人汉文创作的全貌。已知的元代蒙古族作家的文集有僧嘉纳《崞山诗集》、勔实带《伊东拙稿》、泰不华《顾北集》、月鲁不花《芝轩集》、答禄与权《答禄与权文集》、达溥化《鼇海诗人集》，除达溥化《鼇海诗人集》存有日本静嘉堂藏抄本外，其他均无存本。

据《全元词》，除拜住有词1首外，其他未见词作。《全元散曲》，未见蒙古族进士的散曲作品。

一、蒙古进士诗人及其诗

（一）蒙古进士诗人及创作

《全元诗》共辑得蒙古进士诗歌150首，其中答禄与权56首、泰不华32首、达溥化16首、月鲁不花13首、察伋9首、笃列图（字彦诚）6首。显然，元代蒙古族进士诗人存诗的数量远不能与色目进士诗人2378首相比。

汉唐以来，少数民族以汉文写作者本来就历历可数，蒙古文学家更是罕见。元代蒙古族文学家本来不多，进士文学家更少，有诗文传世者仅二十余人。然自"皇元混一以来，诸国人（蒙古人）以诗文鸣者，前代罕有。"②与前代蒙古汉文文学家相比，元代蒙古文学家的数量最多，也最有成就。

元代蒙古族汉文创作与元代儒学及科举有很大关系。元统一之后，蒙古人入居中原，受汉文化熏陶，子孙多有学习汉学，使用汉文，进而有进行文学创作的蒙古族诗文家。汉蒙文化交融中，汉文化影响较大。科举考试则从另一个方

---

① 萧启庆《元代进士辑考》（第263页）列之为至顺元年"贯不详"的右榜进士。沈仁国《元朝进士集证》（第303页）也未辨别为蒙古族或色目人。萧启庆《九州四海风雅同：元代多族士人圈的形成与发展》（第248页）称之为蒙古人。

② 欧阳玄：《金台集叙》，《圭斋文集补编》卷九，欧阳玄撰，汤锐校点：《欧阳玄全集》，第622页。

面影响元代蒙古士人的文化取向和汉文文学创作。

蒙元之前,蒙古文学史中汉文诗文创作几无成就和影响。抑或,自元混一以来,蒙古族才真正有以汉文写作的诗人。上至帝王元世祖忽必烈、元文宗图帖睦尔、元惠宗妥欢帖睦尔、北元皇帝昭宗爱猷识理达腊都存有汉文诗歌。其中元文宗善诗赋,精书画,稽古右文,开奎章阁,修《经世大典》,是元代皇帝中汉学水平最高、存诗最多的一位,其诗"真情本色,不雕饰而饶诗意。"①如《自集庆路入正大统途中偶吟》:

> 穿了毡衫便着鞭,一钩残月柳梢边。二三点露滴如雨,六七个星犹在天。犬吠竹篱人过语,鸡鸣茅店客惊眠。须臾捧出扶桑日,七十二峰都在前。②

后人评价云:"此则不烦描绘,天然入妙,方诸谢诗,其亦所谓后来居上者欤!"③

帝王尚能受汉文化和文学风雅的影响而成为汉文诗人,而科举之士,由于科举需要,并长期与汉族诗人交游,这其实也是成为诗人的过程。

元代蒙古族文学史在元代才真正进入繁荣和辉煌时期。"元代蒙古族作家,可考者有四十二人,确有创作记载,而作品尚待搜集者又有数十人。"④其中一半是科第出身,有人身居要职,如泰不华至礼部尚书,月鲁不花至集贤学士、吏部尚书。

早期的蒙古族文学创作尚有民族特色,如蒙古族英雄史诗、历史文学《元朝秘史》,"形成了蒙古民间文学和书面文学雄壮、豪迈、粗犷、遒劲的风格。"⑤这或多或少地也影响了蒙古族汉文创作的风格。如中书丞相伯颜《奉使收江南》:"剑指青山山欲裂,马饮长江江欲竭。精兵百万下江南,干戈不染生灵血。"⑥此诗杀气腾腾,阔大雄健,有气吞山河之势。"干戈不染生灵血",有悲矜之念,不

---

① 顾奎光:《元诗选》卷一,第1页,清乾隆十六年刻本。
② 杨镰:《全元诗》第45册,第184—185页。
③ 谢诗指谢朓《京路夜发》云:"晓星正寥落,晨光复泱漭。犹需余露团,稍见朝霞上。"写昧旦之景,极其清妙。见清倪思宽:《二初斋读书记》卷四,续修四库全书第1156册,第595页下。
④ 白·特木尔巴根:《古代蒙古作家汉文创作考》,内蒙古教育出版社出版2002版,第72页。
⑤ 荣苏赫等:《蒙古族文学史》第一册,第11页。
⑥ 杨镰:《全元诗》第9册,第110页。

妄开杀戒,体现了伯颜雄才大略的才识与胸襟,也反映了蒙古人战胜之余威和北方民族豪迈之性格。这种豪迈强劲,意气风发的风格①颇具游牧民族文化特征。

泰不华(1304—1352)是元代最著名的蒙古诗文家。陈垣《元西域人华化考》卷四《文学篇》列泰不华为"西域之中国诗人"。顾嗣立推泰不华为元代诗人第一。《元诗选初集》"泰不华传"云:"兼善好读书,以文章名。善篆隶,温润遒劲,盛称于时。自科举之兴,诸部子弟类多感励奋发,以读书稽古为事。迨至正用兵,勋旧重臣与有封疆之责者,往往望风奔溃败衄,遁逃之不暇。而挺然抗节,秉志不回,乃出于一二科目之士,如达兼善、余廷心者,其死事为最烈,然后知爵禄豢养之恩,不如礼义渐摩之泽也。故论诗至元季诸臣,以兼善为首,廷心次之,亦足见二人之不负科名矣。"②

泰不华死于方国珍之难,"报国岂知身有死,誓天不与贼俱生"③,"岂直文章惊宇宙,尚余威武振山河。中原正想刘安世,南海空思马伏波。"④泰不华乃一世之英豪。顾嗣立称泰不华与雅琥、廼贤、余阙并呈词华,新声艳体,竟传才子,异代所无,⑤推之为元诗第一亦缘于此。

《全元文》(第52册)收泰不华文6篇,《全元诗》(第45)册收其诗32首。生于江南,长于江南,大部分时间仕于江南,泰不华却以北方民族豪爽豁达的性格,使其诗歌尽显粗犷刚劲之美,在元代蒙古族诗人乃至整个元代诗人中也独具面貌和审美情趣。其《送琼州万户入京》:

> 海气昏昏接蜃楼,飓风吹浪蹴天浮。族旗昼卷蕉花落,弓剑朝悬瘴雨收。曾把乌号悲绝域,却乘赤拨上神州。男儿坠地四方志,须及生封万户侯。⑥

此诗气象恢弘,磊落不羁,骨气刚健。"曾把乌号悲绝域,却乘赤拨上神

---

① 木兰:《豪迈强劲意气风发自成一家—元代蒙古族汉文诗歌的创作先河者伯颜及其创作》,《内蒙古民族大学学报》(社会科学版)2005年第1期。

② 顾嗣立:《元诗选初集》,第1729页。

③ 杨维桢:《挽达兼善御史辛卯八月殁于南洋》,杨维桢著,邹志方点校:《杨维桢诗集》,第338页。

④ 王冕:《悼达兼善平章》,《竹斋集》卷上,文渊阁四库全书第1233册,第5页下。

⑤ 丁福保辑:《清诗话》,上海古籍出版社1978年版,第84页。

⑥ 杨镰:《全元诗》第45册,第175页。

州。"英雄气概,呼之欲出。

再如《卫将军玉印歌》:

> 武皇雄略吞八荒,将军分道出朔方。
> 甘泉论功谁第一,将军金印照白日。
> 尚方宝玉将作匠,别刻姓名示殊赏。
> 蟠螭交钮古篆文,太常钟鼎旌奇勋。
> 君不见祁连山下战骨深,中原父老泪满襟。
> 卫后废狙太子死,茂陵落日秋风起。
> 天荒地老故物存,摩挲断壁悲英魂。①

吴郡陆友仁得白玉方印,其文曰卫青。临川王顺伯定以为汉物。② 当时闻人虞集、张雨、吴莱、揭傒斯均有题咏。

此诗赞颂汉武帝雄才大略,继赞卫青之殊功与殊赏,"既美其所称,又美其所为",③以昭著后世。然诗笔锋一转,"君不见祁连山下战骨深,中原父老泪满襟。""一将功成万骨枯",卫青虽获殊赏,然其赫赫战功,也是建立在累累白骨之上。皇后卫子夫、戾太子刘据死于非命,茂陵已落日秋风,万木凋零,荒寂凄其。天荒地老,人物全非,唯将军玉印犹在,历史之诡谲,命运之无常,后人只能徒增悲慨而已。

此诗沉郁悲壮,寓意深远,诗人之精神可以想见。

泰不华诗歌不止粗犷,亦且沉郁。前者虽非为当时蒙古人所独有,但其豪健之气却为北方民族所常见。故有研究者认为,"泰不华的诗有一种雄浑壮丽的美感和昂扬向上的精神,带有鲜明的北方诗歌特色。"④后者乃为中国传统士大夫精神之核心,亦见汉文化于蒙古士人之影响。

泰不华"清韵标雅,蔚有晋、唐风度。⑤"如《衡门有余乐》:

---

① 杨镰:《全元诗》第 45 册,第 173 页。
② 虞集:《陆友仁得白玉印文曰卫青王顺伯定为汉物》,朱存理《珊瑚木难》卷八,张雨、吴莱诗见于本卷,文渊阁四库全书第 815 册,第 248 页。揭傒斯诗见杨镰:《全元诗》第 27 册,第 223 页。
③ 刘沅著,谭继和、祁和晖笺解:《礼记恒解》,《十三经恒解》(笺解本)卷六,巴蜀书社 2016 年版,第 370 页。
④ 刘季:《元代色目诗人泰不华诗歌的壮美与柔美》,《名作欣赏》2011 年 32 期。
⑤ 苏天爵:《题兼善尚书自书所作诗后》,《滋溪文稿》卷三〇,第 511 页。

衡门有余乐,初日照屋梁。晨起冠我帻,亦复理我裳。虽无车马喧,草木日夜长。朝食园中葵,暮撷涧底芳。所愿不在饱,馁颇亦何伤。①

隐居山野,清贫能独善其身,不堕气节,此诗自然纯朴,颇有陶诗意趣。"朝食园中葵,暮撷涧底芳",深得清寒之乐。②

再如《送友还家》:

君向天台去,烦君过我庐。可于山下问,只在水边居。门外梅应老,窗前竹已疏。寄声诸弟侄,老健莫愁予。③

此诗流畅自如,犹如与人随意谈心,属前人所谓诗格清淡之作。④ 泰不华此类诗一如其人,清标雅韵,大有晋唐之风。

泰不华存诗不多,皆写个人心境,真情实感,"绝不是那种向壁虚构之作,……在元代近二百名少数民族诗人中,也是独树一帜的。"⑤泰不华的诗歌壮美和柔美兼而有之,以其独特的面貌和审美情趣为元末诗坛注入了新的活力。⑥

在元代文坛,蒙古族进士诗人月鲁不花、达溥化、答禄与权也颇有影响。

月鲁不花(1308—1367),字彦明,号芝轩,蒙古逊都思氏。元统元年进士。官至廉访使。

《元诗选三集》录月鲁不花诗十一首,名《芝轩集》,然未知月鲁不花是否曾有《芝轩集》行世。顾嗣立所辑《芝轩集》是根据来复《澹游集》编成。《澹游集》卷上"月鲁不花传"有"有诗文行世"之句。《全元诗》(第46册)录其诗13首。

月鲁不花受业于韩性,"为文下笔立就,粲然成章"⑦,少时就有很高的文学修养。月鲁不花现存十三首诗均写于与僧来复的交游之时,因编入《澹游集》而得以保存。显然,月鲁不花之诗不仅仅有十三首诗。然其诗虽存世不多仍可见

① 顾嗣立:《元诗选初集》,第 1730 页。
② 王筱云、韦凤娟等:《中国古典文学名著分类集成》(5),百花文艺出版社 1994 年版,第 341 页。
③ 顾嗣立:《元诗选初集》,第 1731 页。
④ 邓绍基辑注:《元诗三百首》,百花文艺出版社 1991 年版,第 240 页。
⑤ 何方形:《泰不华诗歌创作初论》,《民族文学研究》2007 年第 1 期。
⑥ 刘季:《元代色目诗人泰不华诗歌的壮美与柔美》,《名作欣赏》2011 年第 32 期。
⑦ 宋濂:《元史》卷一四五《月鲁不花传》,第 3448 页。

其诗的水平与特点。如《题高节书院》：

> 远聘羊裘到汉庭，竟忘龙衮略仪刑。先生不为干人爵，太史何劳
> 奏客星。潮上严滩浮海白，山连禹穴入云青。高风千古成陈迹，唯有
> 荒祠绕翠屏。①

高节书院为纪念东汉隐士严子陵而建，在今慈溪市。此诗表达了对光武帝
与严光的友谊及对严光的高风亮节的倾慕。"潮上严滩浮海白，山连禹穴入云
青。"对仗精严，颇有历史沧桑感。

再如《题天童寺兼元明长老》：

> 山盘九陇翠岩峣，太白星高手可招。路入松关云气合，天连宝阁
> 雨花飘。承恩赐额开名刹，奉敕文碑荷圣朝。晨鼓暮钟思补报，行看
> 四海甲兵消。②

此诗描写天童山寺风景，山葱翠岩峣，手可摘星辰。云生雾气合，宝阁雨花
深，很有仙家意象，颇具浪漫色彩。"行看四海甲兵消"，反映了元末战乱频仍、
豪强割据的社会现实，抒发了作者平息战乱、四海清平的企望。

其他的诗多为与释来复唱和之作。如"客边邂逅情何密，方外交游迹似
疏。"（《次韵答见心上人二首其一》）"相过未尽登临兴，更把琴书且暂留。"（《余
来定水见心禅师登临未暇又邀试舟湖上相欢竟日遂成一律以谢》）"海内才名通
翰苑，江南声誉冠丛林。"（《余尝遣仆奉商学士山水图一幅为见心禅师寿又尝与
师同宿大慈山和金左丞壁间所题诗韵而师有白河影落千峰晓碧海寒生万壑秋
之句故末章及之》）"买山葬友开神道，度子为僧奉母居。"（《谢见心上人》③）这些

---

①　杨镰：《全元诗》第 46 册，第 408 页。

②　杨镰：《全元诗》第 46 册，第 406 页。下引月鲁不花诗均出自《全元诗》第 46 册，不注。

③　月鲁不花《谢见心上人》诗序云："至正乙已秋八月，访见心禅师于定水。出翰林欧、虞诸公往来
诗文，皆当代杰作也。叹赏久之，因语及同年鼎实监州将挈家赴任，客死于鄞。贫不能丧，见心买山以葬，
使其存殁皆有所托。感其高义，因成一律以谢。""同年鼎实"指的是亦速夗，字鼎实，蒙古札只剌歹人，与
月鲁不花为同年进士。曾任武州监州，尝寓居四明，至正二十五年（1365），卒。释来复"闵其贫，为买地寺
西以葬之。"其仲子从释来复薙落为僧，名昙铉。江晃《宿定水寺天香室赋赠昙铉上人就呈蒲菴禅师方
丈》，释来复《澹游集》卷上，续修四库全书 1622 册，第 237 页。

诗表达了他们之间的深厚友情和对释来复才学品德的赞扬。

月鲁不花存世的十三首诗均为律诗,语言流畅,对仗工整,偶有用典,自然融洽,艺术手法纯熟。写景或超脱空灵,或清新蕴藉;写情则志趣投合,委婉动人。其关心现实,最后不屈而死,是元末诗人最为令人感激之处。总之,月鲁不花是元代有较高汉诗写作水平的蒙古诗人。

达溥化,字仲渊(仲因),号鼇海,蒙古人。进士,科次不详。曾任江浙行省郎中。其诗为时所重,与萨都剌为好友,在东南诗坛并享盛誉。[①] 有《笙鹤清音》[②],已佚。日本静嘉堂文库所藏抄本《鼇海诗人集》仅收录其诗十四首。《元诗选补遗》《全元诗》录其诗十六首。虞集序其诗云:"其新乐府数十篇,清而善怨,丽而不矜。因其地之所遇感于事,而有发才情之所长,悉以记之。数年前有萨君天锡,仕于东南,与仲渊雅相好,咏歌之士,盖并称焉。"[③]

《笙鹤清音》应该是将数十篇新乐府诗结为一集[④]。"从金、元诗人作品编集的角度进行审视,'新乐府数十篇',实际上就是一卷乐府诗,如《元好问全集》于卷六将 50 首乐府诗编为一卷者,即可证之。而在蒙元少数民族诗人中,创作了一卷乐府诗的诗人并不多见,此则表明,达溥化于乐府诗的创作,是应可与金代元好问比肩而论的。"[⑤]评价或有过之。然遗憾的是,达溥化的新乐府诗一首不存。但其现存诗歌也大致反映了其创作水平。

第一,《鼇海诗人集》《元诗选补遗》所收之诗均为七言律诗。这些诗中,大凡写景、游览、题咏、题跋,皆语言整洁,对仗精工,亦"清而善怨,丽而不矜"。如"四月池塘荷叶大,千家窗户绿阴深。"(《新夏偶题》)"不见鸳鸯秋作并,只闻翡翠夜深啼。"(《寂照堂荷池》)显然,达溥化是近体诗中的高手。

第二,诗中饱含对时局的关心和忧虑。

如《凤凰山望潮日》:

---

①　虞集:《笙鹤清音序》,《全元文》第 26 册,第 146 页。

②　钱大昕《元史艺文志》卷四:"傅仲渊,《笙鹤清音》,蒙古人进士。"傅即溥。溥仲渊即达溥化。见钱熙彦:《元诗选补遗》,第 181 页。

③　虞集:《笙鹤清音序》,《全元文》第 26 册,第 146 页。

④　《笙鹤清音》或为达溥化词集。刘倩《元蒙古族诗人达溥化生平及其著作研究》:"虞集序中寥寥数语高度概括了词的发展历程,所列苏轼、辛弃疾、秦观、晁补之、贺铸、晏几道皆为北宋或南宋著名词人,故其所称达溥化"新乐府数十篇"当称其词作,而非其诗。《笙鹤清音》无疑应为溥仲渊之词集。"文载《民族文学研究》2009 年第 3 期。

⑤　王辉斌:《唐后乐府诗史》,黄山书社 2010 年版,第 191 页。

　　沧海全吴当百二,坐临溟渤郁陶开。日含金雾天边出,潮卷银河
地底来。云净定山浮砥柱,天高秦望见蓬莱。东南樯橹年来少,独向
江头一怆怀。①

　　作者登临凤凰山,心胸开阔,抑郁全消。"日含金雾天边出,潮卷银河地底
来",景象奇异,气魄雄壮。元末战乱,家国危难,粮道不通,一片萧条。"东南樯
橹年来少,独向江头一怆怀"流露了作者对时局动荡的无奈感怆。

　　再如《读班叔皮王命论》:

　　丹凤黄龙降自天,玉皇金鼎在遗编。汉王未必从陈胜,秦帝何曾
愧鲁连。尧圣善推行揖让,启贤能继事相传。叔皮宏论终天在,好为
群雄一再宣。②

　　班叔皮,即班彪,班固之父。此诗附和班彪《王命论》宣扬王者在天命的思
想。诗或作于元末战乱之时,一是赞扬了尧的揖让,启贤任能,秦帝、汉王皆天
命所在。二是"好为群雄一再宣",希望元末群雄如刘福通、朱元璋、张士诚、方
国珍、陈友谅等应知觉悟,杜绝称王邪念。这是诗人在元末天下大乱时对时局
的思考和关心,当然,这仅仅是一种幻想而已。

　　答禄与权长于诗文。《答禄与权文集》、《窥豹管》已佚,其多篇诗文存于《永
乐大典》中③,《全元诗》(第 49 册)辑其诗 56 首。

　　答禄与权元时之诗存世不多,但"多与国事有关,颇见抑郁情怀。"④入明之
后,其《杂诗》47 首感兴托物,流露了对社会、人生及命运的思考,最能见其心境。

　　第十二首:寒蝉响不息,宛在庭树丛。朝饮叶间露,夕吟木杪风。
浮游埃尘外,蜕形浊秽中。尸解等仙游,凡类孰与同。
　　第十三首:蛄蛆杂粪壤,反以安其躬。斥鷃笑鹏鸟,奋翼翔篙蓬。

---

①　杨镰:《全元诗》第 51 册,第 258 页。
②　杨镰:《全元诗》第 51 册,第 257 页。
③　栾贵明:《永乐大典索引》,第 1141 页。答禄与权《答禄与权前题》(宋濂著,罗月霞主编:《宋濂全
集》第 2616 页)不见于《全元文》。
④　杨镰:《答禄与权事迹钩沉》,《新疆大学学报》(哲学社会科学版)1993 年第 4 期。

物类有清浊，世道有污隆。怅然拂衣起，目送天边鸿。

第二十首：楚国贱荆璞，弃之等沙砾。宋人宝燕石，藏之重圭璧。举世目多盲，茫然无所识。贤愚共乘轩，谁分尧与跖。[1]

寒蝉吟风饮露，浮游埃尘之外，蜕形浊秽之中。尸解成仙，清高洁白，自与凡类不同。诗人以寒蝉自喻，表达孤芳自赏的心情。蛈蛆安于粪壤，斥鷃讥笑鹏鸟。"举世目多盲，茫然无所识。"才不遇时，世道本就如此！怅然拂衣，目送飞鸿。作者在大乱初定，心中仍有彼岸之理想，或许，答禄与权后来在明朝任职尽心尽责的原因。

此类诗感兴托物，流露了对社会、人生及命运的思考。

第三首：静坐掩虚室，尘事何扰扰。斋心服我形，稍欣繁虑少。披襟淡忘机，味道穷幽香。俯听枝上蝉，仰看云间鸟。好风何处来，悠悠动林杪。一笑天宇开，百年静中了。

世事扰扰，清斋静坐，而能淡然忘机，穷幽极微。此中真意，欲辩无言，唯一笑而已。"凌晨适南亩，驾言观我田"（第十四首）、"抱瓮时灌溉，植杖自覆锄"（第二首）之情趣，"林光动逸兴，鸟语清闲耳"之兴致（第四首），此类田园生活，颇有陶诗风味。

《杂诗》之中，也有表达自己志向抱负与节操之作。如第十七首"陈藩既下榻，蔡邕还倒屣。上有贤主人，下有高世士。今古同一时，胡宁独异此。周公躬吐握，千春照文史。"作者隐居田园之中，希望幸逢明主于当世，用事于当时。然第十六首"负暄茅屋下，采芹南涧濆。野人效微忠，持此将献君。矧兹青云士，学道观人文。大节诚有亏，功名安足云。"献君微忠，但须大节不亏。显然，作者以节操为重。这是答禄与权在元亡明兴，改朝换代之际的深切思考，还是是否出仕于明王朝的矛盾心理？

《杂诗》四十七首"写于大乱初定、生计艰难的明初，以一个避居荒村的异域王孙作为贯穿全篇的抒情主人公，通过内心的独白，倾吐了对人生、命运、情感、

---

[1] 杨镰：《全元诗》第49册，第473—474页。下引答禄与权诗均见《全元诗》49册，不一一注。

节操等的思考。"①魏晋时期,阮籍有《咏怀》八十二首、江淹《杂体诗》三十首、陶渊明《饮酒》二十首,但以几十首"杂诗"式的独白表达自己的内心世界,在元代绝无仅有的。这或许是因为"答禄与权和魏晋人士一样都是处于政权更迭之际的乱世,所以都用'杂诗'的形式写出了自己复杂的感受。"②

需要特别关注的是"在中国文学史上,答禄与权是唯一一位有诗文作品流传至今的乃蛮籍人士。"③答禄与权诗歌与元代所有诗人创作倾向是相同的,与"宗唐得古"的诗风是一致的,他们都反映了时代之风气和时代之心情。

以上四人是存诗最多。以下十六人除察伋、笃列图(彦诚)外,存诗较少、

察伋存诗9首,其中7首为寄赠和题画之诗,笃列图(字彦诚)存诗6首,也先溥化存诗1首,宝宝存诗1首,忽难存诗1首,八儿思不花(八时思溥化)存诗1首,完迮溥化存诗1首,达理溥化存诗2首,哲理野台存诗1首,列笃列图(字敬夫)存诗1首,揭毅夫存诗1首,赫德尔存《道山亭联句》及《万岁山》残句,④伯颜(字景渊)存诗1首,同同存诗2首,亦速歹存诗2首,山同存诗1首。

另外,和里互达、拜住有作诗记录,但无诗存世。

已知元代蒙古进士有诗存世的仅二十人,但他们的成就代表着元代蒙古族文学家的成就。

蒙古作家虽少,但不乏名家出现。而其中蒙古族进士文学家最有影响。如被推为元季诗人第一的泰不华,其他如月鲁不花、答禄与权、达溥化等等,他们不仅成名于当时,而且作品传之于后世。

这一方面为蒙古文学史增添了珍贵的新的内容,另一方面使元代文坛格局具有前所未有的多样性。

(二)元代蒙古进士诗歌重要的特点是反映乱世风尘,具有强烈的时代精神

元代文学继承汉魏晋唐之风甚强,在文坛成为一代之风气。后人于是总结出"宗唐复古"之倾向。有元一代,诗文创作无不受其影响。

元诗宗唐复古之倾向,每见于元人之自述。"元兴,作者间起。比年矣,四方之士雷动响应,其所歌咏,下者齐盛唐,高乃与汉魏等。"⑤"近世诗满南北,当

---

①　杨镰:《答禄与权事迹钩沉》,《新疆大学学报》(哲学社会科学版)1993年第4期
②　牛贵琥:《论答禄与权〈杂诗〉及皈依汉文明的原因》,《北方工业大学学报》2020年第1期。
③　杨镰:《全元诗》第49册,第471页。
④　杨瑀:《山居新话》,《宋元笔记小说大观》,第6082页。冯登府:《闽中金石志》卷一三,续修四库全书第912册,第516页下—517页上。
⑤　杨翮:《九曲韵语序》,《佩玉斋类稿》卷八,文渊阁四库全书第1220册,第112页。

轶唐凌厉晋魏。"①"熙熙然有非汉唐宋之所可及……以诗名世者犹累累焉。"②
"我元延祐以来,弥文日盛,京师诸名公咸宗魏、晋、唐。"③"我朝诗人往往造盛唐
之选,不极乎晋魏汉楚不止也。"④显然,元人对元代诗坛颇为自信。

自元混一,"缀文之士云起风生,以词章相雄长。"⑤自皇庆(1312—1313)、延
祐(1314—1320),尤其是延祐科举之后,元诗渐入盛境,虞集、马祖常、杨载、范
梈、揭傒斯倡于前,泰不华、萨都刺、余阙、杨维桢、刘基殿于后,遂开元诗之盛
况,元进士诗人功不可没。

蒙古进士诗人二十余人,存诗仅一百五十余首。但即便如此,蒙古进士诗
人仍展示出明显的文学风向和强烈的时代精神。

元代蒙古进士诗人未见有关于诗歌理论的论述,但是他们的诗歌却明显地
显示了宗法晋唐的创作实践,延续了延祐以来文学风向。

泰不华"蔚有晋唐风度。"⑥非唯在蒙古诗人中为佼佼者,即在整个元代文坛
也是出类拔萃者。达溥化"新乐府数十篇,清而善怨,丽而不矜。"⑦月鲁不花诗
自然融洽,清新蕴藉,也以唐人为宗。答禄与权《杂诗》颇有魏晋诗歌的意趣。
他们的诗"有中国古作者之遗风,亦足以见我朝王化之大行,民俗之丕变,虽成
周之盛莫及也。"⑧

元代后期,天下扰攘,战乱频起。元代诗歌因时代变化而变化。元人蒋易
总结了元代百年诗坛云:

> 皇元混一海宇,百年于兹,而诗凡三变。至元以来,若静修刘公、
> 鲁斋许公、牧庵姚公、疏斋卢公所作,熙熙乎,澹澹乎,典实和平,蔼然
> 有贞观、上元气象。至大、皇庆以来,若吴兴赵子昂、浦城杨仲弘、清江
> 范德机、蜀郡虞伯生、豫章揭曼硕诸作,讽讽乎,洋洋乎,雄深雅丽,旬

① 何梦桂:《贵德诗集序》,《潜斋集》卷六,文渊阁四库全书1188册,第462页上。
② 戴良:《皇元风雅序》,《九灵山房集》卷二九,文渊阁四库全书第1219册,第588页上。
③ 欧阳玄:《罗舜美诗序》,《圭斋文集》卷八,欧阳玄撰,汤锐校点:《欧阳玄全集》,第160页。
④ 杨维桢:《无声诗意序》,《东维子集》卷一一,杨维桢著,邹志方校点:《杨维桢集》第三册,第852页。
⑤ 苏天爵:《西林李先生诗集序》,《滋溪文稿》卷五,中华书局1997年版,第63页。
⑥ 苏天爵:《题兼善尚书自书所作诗后》,《滋溪文稿》卷三〇,第511页。
⑦ 虞集:《笙鹤清音序》,李修生:《全元文》第26册,第146页。
⑧ 戴良:《鹤年先生诗集序》,《九灵山房集补编》卷下,文渊阁四库全书1219册,第612页上。

然有开元、大历音韵。壬辰以来，寇盗荐至，士大夫流离颠沛，小民荡
析离居，哀怨之音呻吟载路，戚戚乎，卹卹乎，湫乎悠乎，闻之者蹙额，
见之者堕泪，变风变雅于是乎作矣。①

元诗仿之初唐、盛唐、晚唐之诗，从元初之典实和平，蔼然可观，到元中期雄
深雅丽，訇然雷动，再到元末凄凉哀怨，感伤乱离，儿女之情未少，风尘之气渐
多。元诗有此三变，时代使然。

元进士生于乱世，出处行藏却成为时代的标签，他们有死难，有隐居，有投
敌，有颠沛流离，有客死异乡。然由于受儒家思想的影响，元进士多有报国死身
者。元末蒙古进士的诗歌则显示了感伤离乱与风尘之气。

陶宗仪《南村辍耕录》卷一五《吊四状元诗》：

> 平江一驿舟中，有题吊四状元诗者，不知谁所作。诗曰："四榜状
> 元逢此日，他年公论定难逃。空令太守提三尺，不见元戎用六韬。元
> 举何如兼善死，公平争似子威高。世间多少偷生者，黄甲由来出俊
> 髦。"元举，王宗哲字也。至正戊子科三元进士，时为湖广宪佥。兼善，
> 泰不华字也，时为台州路达鲁花赤。公平，李齐字也，时为高邮府知
> 府。子威，李黼字也，时为江州路总管。此四公者，或大亏臣节，或尽
> 忠王事，或遇难而亡，故云。若论其优劣，则江州第一，台州次之，高邮
> 又次之，宪佥不足道也。

赵翼《廿二史札记》卷三〇"元末殉难者多进士"列举了十六个在元末战乱
中死难的进士，其中就有蒙古进士诗人泰不华、月鲁不花。并云："诸人可谓不
负科名者哉，而国家设科取士亦不徒矣。"②

至正十二年，泰不华与方国珍战于海上。"即前搏贼船，射死五人，贼跃入
船，复斫死二人，贼举棹来刺，辄斫折之。贼群至，欲抱持过国珍船，泰不华瞋目
叱之，脱起，夺贼刀，又杀二人。贼攒棹刺之，中颈死，犹植立不仆。"③其英雄之
气节如此！

---

①　蒋易：《徐长卿望乡诗序》，李修生：《全元文》第 48 册，第 132—133 页。
②　赵翼著，王树民校证：《廿二史札记校证》卷三〇，中华书局 2013 年版，第 744 页。
③　宋濂：《元史》卷一四三，第 3425 页。

　　泰不华关心国事，忧国忧民，其诗或慷慨激昂，壮怀激烈，屡屡体现出自己的远大志向和忠君报国、忧国忧民之情。如"汉廷将相思王允，晋代衣冠托谢安。"(《寄姚子中》)表达了报效国家的渴望和壮志难酬的苦闷。"君不见祁连山下战骨深，中原父老泪满襟。"(《卫将军玉印歌》)元中后期蒙古宗室争夺帝位，互相征伐，白骨露于野，生灵多涂炭，作者忧国忧民之情溢于言辞。

　　最能体现泰不华忠君报国之情的是《题岳忠武王庙》：

　　　　将军有意拔天旌，直取黄龙复汉京。谁谓君王轻屈膝，久知戎虏定渝盟。属车不返三关路，燧火长连五国城。独使英雄含恨血，中原何以望澄清。①

　　岳飞之死乃忠君报国之念使然。本欲"直抵黄龙府，与诸君痛饮"，不料君王屈膝，戎虏背盟。自誓徽钦二帝若不能返回，烽火必至五国城，有此等决心！但无法恢复中原才是真正让英雄悲恨之处。此诗显示了诗人无限悲凉和忠义之气，或许，正是这种尽心报国和忠义之气使泰不华最后不屈而死。

　　月鲁不花也在战乱中死难。至正二十七年，月鲁不花"改山南道廉访使，浮海北而往，道阻，还抵铁山，遇倭贼船甚众，乃挟同舟人力战拒之，倭贼绐言投降，弗纳。于是贼即登舟攫月鲁不花令拜伏，月鲁不花骂曰：'吾朝廷重臣，宁为贼拜邪！'遂遇害。当遇害时，麾家奴那海刺杀首贼。次子枢密院判官老安、侄百家奴捍敌，亦死之。同舟死事者八十余人。"②可谓不亏臣节，尽忠王事，遇难而死。

　　月鲁不花诗仅见十三首，其中多为寄赠之诗，然犹可见诗人忧国之心。在烽火连年之中，诗人犹有"四海甲兵消"的强烈期望。③

　　月鲁不花之弟笃列图(字彦诚)存诗六首，均为寄赠和题画之作，如"江右风尘归未得"、"却愁道路风尘隔"，④犹能见元末风尘之气。

　　达溥化之诗《凤凰山望潮日》、《读班叔皮王命论》已见其对时局的关心和忧虑，前文已论。此处再做补充，如《与萨天锡登凤凰台》：

---

①　杨镰：《全元诗》第45册，第176页。
②　宋濂：《元史》卷一四五，第3451页。
③　月鲁不花：《题天童寺兼简元明长老》，《全元诗》第46册，第406页。
④　笃列图：《蒲菴为见心禅师题》、《定水寺述怀奉承见心方丈》，《全元诗》第49册，第282、283页。

凤凰高飞横四海，锦袍犹赋凤凰游。天随没鹘低淮树，江学巴蛇入楚流。勋业何如饮名酒，衣冠未省识神州。天涯芳草萋萋绿，王粲归来便倚楼。①

此诗为登凤凰台怀古之作，气象雄阔，沉郁顿挫。诗人借李白、王粲之不遇，表达了对乱世的忧虑。其忧时伤事之情，怀才不遇之慨，颇为深重。

元代蒙古进士以汉族异族的身份而成为中国之诗人，并能继轨汉唐之风，"一时俊彦，翕然和之。元之声容，于斯为盛"，②为中国文学史之一大壮观。

二、蒙古进士文家

蒙古族何时用汉文写文章已难考知。《全元文》收有元太祖成吉思汗的诏令 19 篇、太宗窝阔台诏令(1186—1241)4 篇、乃马真皇后(？—1264)2 篇、元宪宗蒙哥(1208—1259)12 篇当均非本人所作。虽然元世祖忽必烈(1215—1294)似已通汉文，③但《全元文》收录诏令 386 篇也应是词臣之作。

元世祖至元年间(文中有至元庚午，即 1270 年)，蒙古人忽剌息作《武当事迹序》是较早存世的蒙古族汉文文章。文云："仆蒙古人玑鲁古氏，祖父拓疆宇之功，分驻东鲁。仆自幼从银青荣禄大夫、行中书省左丞相蒙古台南征，三教之书颇尝涉猎，虽累历仕途，心未敢怠。"④忽剌息已善以汉文属文。元前期之中，坚童能文，曾参修《起居注》。⑤但蒙古族汉文写作的记载实在不多。

入元之后，亡金之士大夫和亡宋文臣进入大都，蒙古族散居中原，国子学的开设，尤其是科举的实行，蒙古族的汉文写作才真正开始。

(一)蒙古进士的文章

蒙古族进士文学家是蒙古文学家中最有成就和影响的群体。萧启庆《元代蒙古人的汉学》列元代有文章传世的蒙古族作家三十一人，其中进士十人，但不包括爕理溥化、笃坚溥花(化)、阿察赤。据此，三十四个有文传世的蒙古族作家

---

① 达溥化：《与萨天锡登凤凰台》，《全元诗》第 51 册，第 259 页。此诗又见于李孝光《五峰集》。

② 蒋易：《蓝涧诗集序》，李修生《全元文》第 48 册，第 136 页。

③ 忽必烈：《陟玩春山纪兴》，张豫章：《四朝诗元诗》卷一，文渊阁四库全书第 1439 册，第 463 页。

④ 任自垣、卢重华著，杨立志点校：《明代武当山志二种》，湖北人民出版社 1999 年版，第 222 页。

⑤ 萧启庆：《元代蒙古人的汉学》，《蒙元史研究》，第 161 页。

其中十三人是进士,占 38%。

上文已及,蒙古进士文学家有文传世者延祐二年状元护都答儿、延祐五年状元忽(护)都达儿、至顺元年状元笃列图、泰不华、燮理溥化、笃坚溥花(化)、完迮溥化、那木罕、阿察赤、答禄与权、哈剌台、月鲁不花、同同十三人。① 文章仅不足二十篇,在《全元文》30000 余篇文章中更是微不足道。

陈垣曾感慨:"考元西域文家,比考元西域诗家其难数倍。"②元诗总集多于元文总集,西域人专集多有诗无文,"而总集中则皆无蒙古散文作者手笔,考索甚为困难。"③

有记载的有文章的蒙古进士如下:

护都答(沓)儿,蒙古讬讬里氏,延祐二年右榜状元。④ 延祐五年任翰林待制承直郎兼国史院编修官。曾撰《重修关帝庙碑》⑤、《跋〈快雪时晴帖〉》。前文已佚。后文犹在,其跋云:

> 晋王羲之墨迹,前贤已多论者,当为天下法书第一。《快雪时晴帖》历年虽远,神物护持,不至磨灭,传之今日,甚可珍藏也。又使四海之内学儒诸生,知万几之暇,不事游畋,不宝珠玉,博古尚文,致精如此。延祐五年四月廿三日赐进士及第翰林待制承直郎兼国史院编修官臣护都沓儿奉敕恭跋。⑥

此跋前有赵孟頫延祐五年(1318)四月二十一日奉敕跋、翰林学士刘赓奉圣旨跋。显然,《快雪时晴帖》在元代流入内廷。护都答儿此跋不仅赞扬《快雪时晴帖》为天下法书第一,而且表达了"不事游畋,不宝珠玉,博古尚文"之思想。仅此一跋,亦见其汉文水平非止一般。

延祐五年右榜状元忽都达儿"比长,雅好儒术。游学湖湘间,从名师受经史

---

① 萧启庆《元代蒙古人的汉学》列蒙古散文作家 16 人,其中进士作家 10 人,燮理溥化、笃坚溥花、阿察赤未被列出。

② 陈垣:《元西域人华化考》,第 75 页。

③ 萧启庆:《元代蒙古人的汉学》,《蒙元史新研》,第 160 页。

④ 宋濂:《元史》卷八一,第 2026 页。

⑤ 孙星衍:《寰宇访碑录》卷一二,续修四库全书第 904 册,第 587 页上。

⑥ 张照:《石渠宝笈》卷一〇,文渊阁四库全书第 824 册,第 266 页下。

而究其大义,肆笔成文,咸造于理。侪辈敬叹,自以为莫及。"①至治元年(1321)八月二十九日,忽都达儿南归,袁桷为其题《子昂逸马图》云:"通叟状元以秘书满职言归,泊然若无营者。桷旧与殿庐详定得通叟卷,气完以充,议者争缄口。今其南归,以子昂画马求言,怆然以别。吾徒之责,深缺然矣。"②所谓"通叟卷",当为忽都达儿诗文集,"气完以充,议者争缄口",与黄溍所言,并无二致。忽都达儿所撰《皇太子受册贺笺》、《重修关王庙记》③今存。

《皇太子受册贺笺》字数不多,兹录如下:

> 鸿册东宫,允叶推尊于太极。龙墀南面,应符储位于前星。宗社无疆,臣民有庆,中贺聪明时宪,刚健日新。遵祖训以绍丕图,宸闱昼永。奉慈颜而隆至养,宇宙春回。爰守器之克勤,实肇邦之是赖。臣某等式瞻鹤禁,叨职麟台,隆仪如日之方升,休光仰荷,盛典与天而齐久,眷命恢洪。④

这篇《皇太子受册贺笺》作于延祐六年(1319),仅一百余字,但已很能看出忽都达儿汉文已达到很高的水平。《重修关王庙记》写关羽之生平,要略得当,不失人物之精神;叙建庙之始末,言简意赅,并见重建之功德;至于陈言务去,言理相宜,与汉人作家文字已无二致。

笃列图(字敬夫)为至顺元年(1330)右榜状元,其存文《瑞盐记》及御试对策二篇,后者是会试之文,兹不论述。《瑞盐记》是一篇短文,记叙了至顺四年(1333)七月赴山西解州盐池祭祀之事。解州盐池自致和、天历(1328)以来,五六年间,因水旱之故,盐池致耗,而今"雨旸时若,山泽效灵,货利浡兴,国赋充溢,此实圣天子元德彰闻,神祇感格之所致也。"所谓"圣天子"即元顺帝孛儿只斤·妥懽帖睦尔,其于至顺四年六月八日即位于上都。文章又云:"圣人首出庶物,德浃仁博,而天锡之福。昔伏羲、大禹之时,河洛出图书;尧、舜、文王之世,凤仪于庭,或鸣于岐,此天人交感之理,为不诬也。今皇帝圣德龙飞,而盐池瑞

---

① 黄溍:《嘉议大夫婺州路總管兼管内劝农事揑古觧公神道碑》,《金华黄先生文集》卷二七,续修四库全书第1323册,第364页下。
② 袁桷:《清容居士集》卷一三,文渊阁四库全书第1203册,第173页上。
③ 李修生:《全元文》第47册,第384—385页。
④ 王士点、商企翁编次,高荣盛点校:《秘书监志》卷八,第145—146页。

应,岂苟然哉?凡百有司,各敬其事,以修厥职,共承天休。"①

天人交感即天人感应之说,是中国古代哲学中天人关系的唯心思想。天人相感,阴阳相和。天能预示灾祥,影响人事。人也能感应上天。自汉董仲舒以来,这种学说影响甚巨。笃列图借用此种思想表达了天生圣人,天下天平的期望。显然,笃列图受汉文化之影响,不仅仅汉文写作水平很高,而且其受儒学思想影响也甚大。

泰不华为至治元年右榜状元,诗文兼善,文章存世七篇,②在蒙古进士中存文最多。

《重建灵溥庙记》和《明伦堂记略》是两篇记文。

《重建灵溥庙记》③应作于元统三年(1335)泰不华任江浙行省左右司郎中期间,期望重建灵溥庙"盖将永赖以弗暵潦,获丰年焉。"虽然,后来在至正三年(1343),作者在绍兴路总管任上所作《祷雨歌序》④中直言"余信道不笃,又以百姓故",遂设坛祈雨。神灵之事,作者未必全信,但"以百姓故",还是虔诚行之。泰不华关心民生在《元史·泰不华传》已有记载:"浙西大水害稼,会泰不华入朝,力言于中书,免其租。至正元年(1341),除绍兴路总管。革吏弊,除没官牛租,令民自实田以均赋役。"⑤《明伦堂记略》⑥记载上虞县尹建明伦堂事。"今夫环千里而郡,百里而邑,莫不建学立师。学之所以明人伦者,岂惟(阙)。"泰不华重教兴学。《元史》本传载泰不华在绍兴路总管任上,"行乡饮酒礼,教民兴让,越俗大化。"⑦《重建灵溥庙记》、《明伦堂记略》、《祷雨歌序》都反映出儒家思想对蒙古士人的熏染及仕进思想。

最能反映泰不华思想的是后至元三年(1337)九月十五日的两篇跋文:《题范文正公书伯夷颂卷后》和《题范文正公与尹师鲁二札卷后》。

《题范文正公书伯夷颂卷后》:

---

① 李修生:《全元文》第54册,第54—55页。
② 李修生《全元文》第52册录其文六篇,美国普林斯顿大学博物馆藏鲜于枢《御史箴》有泰不华跋文,《全元文》未收。
③ 李修生:《全元文》第52册,第67页。
④ 李修生:《全元文》第52册,第65页。
⑤ 宋濂:《元史》卷一四三,第3423—3424页。
⑥ 李修生:《全元文》第52册,第69页。
⑦ 宋濂:《元史》卷一四三,第3424页。

魏国文正范公在宋朝为名臣，称首当时，论者或直以为圣人，或方之以夔、高，是岂泛然而为之言哉？观魏国出处，始终大节，一合乎道，其丰功盛德，焕乎简册，若日星之不可掩，山岳之不可齐，与天地相为悠久，其穷理尽性以至于命者欤？今观魏国所书《伯夷颂》，笔法森严，直可与《黄庭》《乐毅》等书相颉颃。是则魏公非特于德行功业超然杰出，其于书法亦造乎其极者也。然公不他书，而书韩子《伯夷颂》者，尤见公切切于纲常世教，未尝一日而忘也。披玩再三，令人敛衽起敬。①

此文不在于赞扬范仲淹书法森严，造乎其极，而在于赞扬其"切切于纲常世教，未尝一日而忘。"观范仲淹出处，"始终大节，一合乎道，其丰功盛德，焕乎简册，若日星之不可掩，山岳之不可齐，与天地相为悠久。"其乃泰不华之心语者乎？观泰不华之出处，始终大节，一合乎道，"自分以死报国"，②亦"与天地相为悠久"。

不烦再录后文《题范文正公与尹师鲁二札卷后》：

范文正公以论事忤执政，遂落职知饶州。于时直范公者相属于朝，尹师鲁亦自请同黜，可以见一时贤才之盛矣。师鲁既贬监郓州酒税，观魏公二书中语，略不及当时事，亦不以师鲁因己被黜而加存问，盖范公所论为国也，而师鲁之请以义也，是岂有一毫私意于其间哉？书末云："惟君子为能乐道"，前贤之用心于此可见矣。二帖笔力道劲，有晋人遗意，尤非泛泛于书者。范氏其世宝之。③

惟君子为能乐道，故范仲淹所论为国，尹师鲁之请以义，皆无一毫之私意。此所以为泰不华推崇备至之由。

韩愈《伯夷颂》云："士之特立独行，适于义而已。不顾人之是非，皆豪杰之士，信道笃而自知明者也。一家非之，力行而不惑者，寡矣；至于一国一州非之，力行而不惑者，盖天下一人而已矣；若至于举世非之而不惑者，则千百年乃一人而已耳。若伯夷者，穷天地亘万世而不顾者也。昭乎日月不足为明，崒乎泰山

---

① 李修生：《全元文》第 52 册，第 65 页。
② 宋濂：《元史》卷一四三，第 3425 页。
③ 李修生：《全元文》第 52 册，第 66 页。

不足为高,巍乎天地不足为容也。"①其伯夷之谓乎？其范仲淹之谓乎？其泰不华之谓乎？

泰不华家贫,好读书,以集贤待制周仁荣为师。至治元年,进士及第。在任江南行台监察御史期间,御史大夫脱欢怙势贪暴,被泰不华参劾罢免。元顺帝即位,加文宗后太皇太后之号,大臣燕铁木儿、伯颜皆得以封王列地。泰不华率同列上章反对,太后怒欲杀言者。泰不华语同僚:"此事自我发起,甘受诛戮,决不连累诸公。"与方国珍决战于海上,死,犹植立不倒。② 所谓"大将精忠贯白日"、"甘心一死是男儿"。③

论泰不华之文,不得不论其人。观泰不华之生平,尚气节,不畏祸,清厉骨鲠,出生入死,临危不惧,始终大节,可谓昭乎日月,崒乎泰山,巍乎天地,乃一代豪杰之士。故其文直而不曲,磊落光明,忠直之气,昂扬之志,自在其中,其文果如其人矣！

燮理溥化,《全元文》(第 56 册)辑其文二篇:《乐安县志序》、《重修南岳书院记》④。

《乐安县志序》是燮理溥化任乐安县达鲁花赤时,见旧志不全,编帙散乱,无从披阅,遂令人校点增续。此文见作者对历史之熟稔,对县志之重视,以一蒙古人,确难能可贵。

在任乐安县达鲁花赤时,重建县学。⑤ 在任舒城县达鲁花赤之时,修龙眠书院,⑥建舒城县学明伦堂。⑦"廉敏明恕,见许于士君子,赈饥兴学,有恩惠予民。"⑧《重修南岳书院记》作于至正五年十月。文章记载了重修书院的始末,强调了儒家思想和重教兴学的重要。

燮理溥化有祭临川孙辙文一篇⑨,已佚。燮理溥化为揭傒斯弟子,揭傒斯文

---

① 韩愈撰,马其昶注,马茂元整理:《韩昌黎文集校注》,上海古籍出版社 1986 年版,第 65 页。

② 宋濂:《元史》卷一四三,第 3423、3425 页。

③ 危素《挽达兼善》,杨镰:《全元诗》第 44 册,第 236—237 页。

④ 李修生:《全元文》第 56 册,第 152—154 页。

⑤ 虞集:《重建乐安县学记》,黎喆纂:《弘治抚州府志》卷一四,《天一阁藏明代方志选刊续编》第 48 册,第 99 页。

⑥ 揭傒斯:《舒城县龙眠书院记》,《文安集》卷一〇,文渊阁四库全书第 1208 册,第 234 页上。

⑦ 虞集:《舒城县学明伦堂记》,《道园学古录》卷八,文渊阁四库全书第 1207 册,第 130 页上。

⑧ 揭傒斯:《送燮元溥序》,《文安集》卷九,文渊阁四库全书第 1208 册,第 230 页下。

⑨ 危素:《临川隐志孙先生行述》,《危学士全集》卷一三,四库全书存目丛书集部第 24 册,第 824 页下。

集由燮理溥化校录。① 其任乐安县达鲁花赤时,曾拟刻曾丰文集二十卷,因召拜御史书而未及。② 此可见其保存文献之意识,在蒙古色目士人中确为少见。

答禄与权"善为文",原有文集传世。杨士奇《文渊阁书目》卷二《答禄与权文集》,一部五册。明代孙能传《内阁藏书目录》卷三《答禄与权文集》五册,焦竑《国史经籍志》卷五《答禄与权集》十卷。《答禄与权文集》明代尚存。

清黄虞稷《千顷堂书目》卷一七《答禄与权文集》十卷,吴人黄省曾序其集传之。黄省曾(1490—1540)《监察御史翰林院修撰答禄与权集序一首》云:

> 我闻之皇典,洪武七年秋八月,监察御史答禄与权上书请行禘礼,乃知与权者亦慕古而愿举君于三代者也。又得其集于鬻市,读之喜,始知其出处之贤。间以谂之博藏之家,与夫洛之人,罔有识其名姓者,况其文乎?览昔声之不朽,崇蒇传于知己,则永宁之乡儒而馆者王伯宗廉秀,而交者李孝思也,可谓与权知己矣。岂无一编以遗于若之子孙乎?何洛之人宜传而不传也。且夫昭金匮而信将来者莫如国史。士之弹冠于朝,殚精劬思以效尺寸之见者,庶几竹帛之光也。今观与权诸疏,若定治体,庙三皇,备坊官,教国子,以至修北平三关之屯田,皆章章乎矢谟之大者,而不少见录于史,则是左右之书亦不能必其公而采也。呜呼,士之职苦当年,而欲垂空名于人代也,亦难矣。与权之逝且百有六十余年,仅此线发之余尔。虽然,一卷之编,数翻之纸,其亡与泯亦甚易也,使复泡烂而灰烬,则穹壤之间不睹斯人经国之衷矣,乃为缮写帙次,凡若干首,以传于洛之人。不惟其文,惟其志,其有好而存之,同予心而闵之者乎?别有《雅谈》一卷,撷菁指奥,可为作述之镜。其希尚之心,此可表见。惜其多艰而未遑也。文画多谬,方兹正之,将俾从集而行也。③

显然,至明嘉靖间(1522—1566),答禄与权已灭名于历史之烟尘,"博藏之家,与夫洛之人,罔有识其名姓者。"黄省曾于鬻市所得《答禄与权文集》,"一卷之编,数翻之纸",已非十卷之本,其中之文章应是答禄与权当年之奏疏。黄省

---

① 四部丛刊本《揭文安集》有"门生前进士燮理溥化校录"数字。
② 虞集:《曾搏斋缘督集序》,《道园学古录》卷三四,文渊阁四库全书第 1207 册,第 479 页下。
③ 黄省曾:《五岳山人集》卷二五,四库全书存目丛书集部第 94 册,第 739 页。

曾"乃为缮写帙次,凡若干首,以传干洛之人",然后不见记载。先师杨镰先生曾到洛宁寻找,一无所获。①

答禄与权曾参与编撰《洪武正韵》,另有《雅谈》一卷,《庚申君大事记》②,《窥豹管》,已佚。《永乐大典》引用其文集及《窥豹管》若干条,皆系诠释《中庸》之作,可能撰于明初。③

《答禄与权文集》盖于明末已散佚无存,《全元文》未辑得答禄与权文。明李濂《书宋氏传芳录后》:"《宋氏传芳录》六卷,乃金华宋景濂先生存日命诸门人辑其入国朝所藏诰、敕、赐书、御制诗歌,暨一时墨卿学士赠送之篇。而以答禄与权所撰文集序、王子充所撰宋太史传终焉。"④文亦不存。

笃坚溥花存文《昌乐重修宣庙记》⑤。完迓溥化,存文《广法寺记》⑥、《盐官县捕盗司记》⑦。那木罕,泰定三年(1326)撰《贺皇后笺》存于《秘书监志》卷八。阿察赤一篇对策存于《类编历举三场文选》壬集卷三。哈剌台存文《圭塘欸乃集跋》。同同存文对策⑧、《祀中岳记》(《天一阁碑目》附)二篇。月鲁不花,"为文下笔立就,粲然成章。"⑨但不见文章传世。

以上是元代蒙古进士传世文章,但显然数量很少,不只是与汉族作家相比,即使与色目作家相比也是如此。

(二)蒙古进士存世文章少的原因

首先,蒙古族进士不多,汉文创作也不多。

元代蒙古进士文学家文章极少的原因也能从元代蒙古进士诗人诗歌的数量大致可以判断。蒙古进士的诗歌数量,《全元诗》辑得蒙古进士诗歌为150首,可考知蒙古进士文章不到20篇,这个比例实为正常。

其次,蒙古作家多无文集,诗文易于散佚。蒙古汉文诗文集仅有勖实带《伊东拙稿》、僧家奴《崞山诗集》、达溥化《笙鹤清音》、《鳌海诗人集》、《答禄与权文

---

① 杨镰:《双语诗人答禄与权新证》,《许昌学院学报》2012年第6期。

② 全祖望:《跋庚申外史》,《鲒埼亭集外编》卷二九,续修四库全书第1430册,第32页下。

③ 萧启庆:《元代蒙古人的汉学》,《蒙元史新研》,第164页。

④ 李濂:《嵩渚文集》卷七二,四库全书存目丛书集部71册,第208页。

⑤ 李修生:《全元文》第54册,第88—89页。

⑥ 解缙、姚广孝等编:《永乐大典》卷2343,第13页下—14页上,中华书局1986年影印本。

⑦ 许传霈原纂,朱赐恩续纂:《海宁州志稿》卷一九,台北成文出版有限公司1983年影印本,第2037—2038页。

⑧ 李修生:《全元文》第56册,第260—264页。

⑨ 宋濂:《元史》卷一四五,第3448页。

集》等几种,除仅有十几首诗的《鳌海诗人集》抄本存世外,其他都未能流传至今。泰不华《顾北集》、月鲁不花《芝轩集》更多的可能是顾嗣立辑佚命名的。在历史上,有文集尚能失传,无文集更易淹没。蒙古族文人或也没有汉人编集之习惯和热情,更容易散佚。

最后,文章多为应用文,真正的文学创作并不多。

已知元代蒙古进士的文章(包括知题目已散佚者)如下:

护都答(沓)儿:《重修关帝庙碑》(佚)、《跋〈快雪时晴帖〉》

忽都达儿:《皇太子受册贺笺》、《重修关王庙记》

笃列图(字敬夫):御试对策、《瑞盐记》

泰不华:《重建灵溥庙记》、《明伦堂记略》、《祷雨歌序》、《书李孝光汉洛阳令方圣公储传后》、《题范文正公书伯夷颂卷后》、《题范文正公与尹师鲁二札卷后》、《御史箴跋》

燮理溥化:《乐安县志序》、《重修南岳书院记》、《祭临川孙辙文》

笃坚溥花:《昌乐重修宣庙记》

那木罕:《贺皇后笺》

阿察赤:对策

完迮溥化:《广法寺记》、《盐官县捕盗司记》

哈剌台:《圭塘欸乃集跋》

同同:对策、《祀中岳记》

答禄与权:(宋濂)文集序

以上十一篇为碑、记,三篇对策,五篇跋,二篇贺笺,一篇祭文,三篇序。显然,以上文章多为应用之文,少见真正的文学创作。当然,文章多能表达作者思想观点,也显示了蒙古进士的汉文水平。

但元代科举考试"考试程式:蒙古、色目人,第一场经问五缘,《大学》、《论语》、《孟子》、《中庸》内设问,用朱氏章句集注。其义理精明,文辞典雅者为中选。第二场策一道,以时务出题,限五百字以上。"[①]按此,蒙古色目进士皆应能文,色目进士仅马祖常、余阙有文集传世,然蒙古进士除答禄与权外,尚未见完

---

① 宋濂:《元史》卷八一,第 2019 页。

整文集之信息，况且有文章传世的蒙古进士也寥寥可数。或许，蒙古族汉化的范围和影响并非如想象之大，能写五百字"义理精明，文辞典雅"的汉文对多数蒙古士人甚至蒙古进士并非易事。文学家少，传世作品自然也少，这或许是蒙古进士文学家诗文俱少最根本的原因。

三、元代蒙古族进士文学家与元代文坛

"元代蒙古族文人的汉文创作是蒙元时期蒙古族文学不可缺少的组成部分"，同时反映了蒙元时期蒙古文学的整体面貌和元代文学的广博、丰富与多样。[①] 元代蒙古进士文学家代表元代蒙古族汉文创作的最高水平，在元代文坛应有一席之地。

（一）元代蒙古族进士诗文家文学活动

文学家的文学互动是一代文坛的重要内容。文学家可以借此切磋学习，敦睦情谊。文学家的文学活动很多，如诗文酬唱、观赏书画、题跋赠序、雅集宴游、同题题咏、书籍编刊等活动。元代蒙古进士诗文家同样通过这样的文学活动显示其在元代文坛的存在和影响。

1. 酬唱

诗文酬唱指诗文互相酬答，是文人互动最常见的交游形式。元代诗文家的酬唱极多，蒙古色目文人也参与其中。

据《全元诗》泰不华 32 首诗中，其酬赠的对象有宋褧、宋本、虞集、姚子中、李讷、萧存道（述律杰）数人，其中萧存道（述律杰）契丹人。

宋本，至治元年左榜状元。宋褧，泰定元年进士。宋本、宋褧兄弟在文学上颇有名声，合称"二宋"。泰不华是至正元年右榜状元，是宋本的同年。泰不华有诗《寄同年宋吏部》，宋吏部，即宋本。至顺二年（1331），宋本为礼部尚书，正三品。其时，泰不华为奎章阁学士院典签（1330—1331），从六品，至顺二年（1331）外放为江南行台监察御史，官职都不高。诗有"嗟予已属明时弃，自整丝纶觅钓矶"，[②]感叹自己仕途不顺，为时所弃，借诗歌向同年好友一诉衷肠。《春日次宋显夫韵》，宋显夫，即宋褧。诗有"处处笙歌移白日，扬雄空读五车书"，表达了同样的感慨。

---

① 荣苏赫等：《蒙古族文学史》第一册，第 622 页。
② 杨镰：《全元诗》（第 45 册），第 174 页。以下所引泰不华诗均出自《全元诗》第 45 册，不注。

虞集是元诗四家之首,是泰不华的文坛前辈,文坛领袖,曾任奎章阁侍书学士(从二品),是泰不华的上级,二人在阁中多有唱和。

泰不华《春日宣则门书事简虞邵菴》尾联云:"从臣尽献河东赋,独有相如得赐金。"把虞集比作司马相如,极尽赞誉。虞集归隐江西之后,泰不华作《赠坚上人重往江西谒虞阁老》有云:"绝代佳人怜庾信,早年辞赋动天颜。"把虞集比作庾信,再度表达对虞集"辞赋"的倾倒。

至顺二年(1331),泰不华由奎章阁转任南台御史,同僚为其赋诗送行,虞集作序,多有勉励之意。① 或也在此时,虞集为之题画有云:"江南御史龙头客,暂别那能不相忆",②表明二人关系的密切。

姚子中,曾任御史中丞,浙江行省参知政事。③ 有诗,但不见传世。④ 与马祖常、宋褧、许有壬、袁桷有交游。泰不华《寄姚子中》云:"汉廷将相思王允,晋代衣冠托谢安"极尽赞誉之意。

李讷,字彦敏,江右人,一作河南人。至大四年(1311)任秘书监秘书郎。天历二年(1329)被任命为奎章阁供奉学士,正四品。⑤ 与张羽《怀友诗》之李讷、《破窗风雨图》作者李讷,当非一人。⑥

萧存道,善吟咏,为政儒雅雍容。⑦ 元代文学人士,乃至政要、方外,与之交游者有三十三人。⑧ 虞集、揭傒斯、胡助、吴师道皆有赠诗。泰不华有《与萧存道元帅作秋千词分韵得香字》,未见萧诗。

与泰不华诗文酬唱的还有袁桷、柯九思、苏天爵、吴师道、康里崾崾、贡师泰、王沂、傅若金、郑元祐、郯韶、吴克恭、陈基、张翥、钱惟善、杨维桢、钱宰、朱德

---

① 虞集:《送达溥化兼善赴南台御史诗序》,《道园学古录》卷六,文渊阁四库全书第 1207 册,第 105 页上。

② 虞集:《为达兼善御史题墨竹》,《道园学古录》卷二,文渊阁四库全书第 1207 册,第 15 页上。

③ 许有壬:《陪姚子中中丞晚生》,《至正集》卷一三,文渊阁四库全书第 1211 册,第 101 页下。《送姚子中参政江浙行省》,宋褧:《燕石集》卷五,文渊阁四库全书第 1212 册,第 400 页上。

④ 许有壬:《独石和姚子中壁间韵》,许有壬:《至正集》卷三,文渊阁四库全书第 1211 册,第 28 页下。

⑤ 王士点、商企翁编次,高荣盛点校:《秘书监志》卷一〇,第 199 页;张照:《石渠宝笈》卷四三,文渊阁四库全书第 825 册,第 617 页下。

⑥ 杨镰:《全元诗》第 53 册,第 247 页;姜一涵:《元代奎章阁及奎章阁人物》,台湾联经出版事业公司 1981 年版,第 114 页。

⑦ 顾嗣立、席世臣:《元诗选癸集》,第 334 页。

⑧ 方龄贵《元述律杰交游考略》,郝时远、罗贤佑主编:《蒙元史暨民族史论集——纪念翁独健先生诞辰一百周年》,社会科学文献出版社 2006 年版,第 242—268 页。

润、陈高、李孝光等。

袁桷为翰苑名臣,泰不华的座师。泰不华任集贤修撰,袁桷曾为集贤直学士,为其上官。至治三年(1323),泰不华受命出使祭祀山川,袁桷作《送达兼善祠祭山川序》为其壮行。[①]

柯九思(1290—1343),字敬仲,号丹丘生,台州人。官至奎章阁鉴书博士(正五品)。博学能文,喜写墨竹,师文湖州。亦善墨花。[②]有《丹邱生集》。元文宗对柯九思颇为宠信。

柯九思与泰不华在奎章阁既是同乡又为同僚,其交往颇为密切。

《丹邱生集》有《题达兼善书渔庄篆文》、《送达兼善赴南台御史》、《送赵季文之湖州参军与达兼善祕书同赋》[③]。其中《送赵季文之湖州参军与达兼善祕书同赋》是送赵季文任湖州参军之作。赵季文,即赵涣,一名同麟,字季文。常熟人。由宪掾升湖州从事,改湖州知州。累迁富州知州。[④]从政之暇,放情诗画,皆为时所重。《元诗选癸集》存其诗三首。泰不华《送赵季文之湖州参军》诗存。

苏天爵(1294—1352)是元代史学家,有《答达兼善郎中书》,[⑤]泰不华曾求祝泌《皇极经世说》,苏天爵因赠而论之。以此可知泰不华曾有志于邵雍之学。[⑥]《元西域人华化考》列泰不华于《西域之儒学》。泰不华之与友人往来,不止诗歌酬唱而已。[⑦]

苏天爵《题兼善尚书自书所作诗后》:

> 白野尚书向居会稽,登东山,泛曲水,日与高人羽客游。间遇佳纸妙墨,辄书所作歌诗以自适。清标雅韵,蔚有晋唐风度。予犹及见尚书先考郡侯,敦庞质实,宛如古人,而于华言犹未深晓。今有子如此,信乎国家文治之盛,然人知尚书才华之美,而不知其政术之可称也。每当论大事、决大疑,挺正不阿,凛然有直士风,而贡举得贤之效益可

---

①　袁桷:《清容居士集》卷二三,文渊阁四库全书第 1203 册,第 313 页下—314 页上。

②　夏文彦:《图绘宝鉴》卷五,文渊阁四库全书第 814 册,第 616 页上。

③　柯九思:《丹邱生集》卷三、卷五,续修四库全书第 1324 册,第 421 页下—422 页上、第 426 页上、第 443 页下。

④　王德毅、李荣村、潘柏澄:《元人传记资料索引》,中华书局 1987 年版,第 1701 页。

⑤　苏天爵:《滋溪文稿》卷二四,第 415—416 页。

⑥　陈垣:《元西域人华化考》卷二,第 13—14 页。

⑦　萧启庆:《九州四海风雅同:元代多族士人圈的形成与发展》,第 192 页。

征焉。①

文章赞扬了泰不华的才华、政术、人格和科举取士之效。泰不华日与高人羽客，登览赋诗。显然，泰不华常常参与这样文学活动。

吴师道（1299—1344）与泰不华是同年。至正元年（1341）泰不华出任绍兴路总管京城诸友分题赋诗送行，吴师道有诗《分韵赋石鼓送达兼善出守绍兴》。②

巎巎（1295—1345）字子山，康里部人。丞相不忽木之子。也里可温。幼年就读于国学，师吴澄，博通群书。先后任监察御史、集贤直学士、礼部尚书、奎章阁学士院侍书学士、翰林学士承旨、江浙行省平章政事等职。兄回回，官至中书右丞。兄弟世号为双璧。③ 元代著名书法家。巎巎有《分赋清风岭送达兼善总管绍兴》。④

贡师泰（1298　1362），字泰甫，宣城人。曾任宣文阁授经郎，仕至江浙行省参知政事。贡师泰为元代诗文大家，有《玩斋集》。《玩斋集》卷一有《春日同达兼善秘卿燕兰亭分韵得工字》。

王沂（约1287—约1363），延祐二年进士。偶桓《乾坤清气集》卷一二有王沂诗《送达兼善金宪河南》。

傅若金（1302—1342），字与砺，新喻人。佐使安南，除广州文学教授，有《傅与砺诗文集》。《傅与砺诗集》卷三有《奉题达兼善御史壁间刘伯希所画古木图》，卷七有《奉送达兼善御史赴河南宪佥十二韵》，卷八有《戏效子夜歌体六首与达兼善御史同赋》三首。

郑元祐（1292—1364），字明德，遂昌人。仕为平江路学教谕，终江浙儒学提举。所著有《侨吴集》、《遂昌杂录》。泰不华任都水庸田使，治平江，过从甚密，也与泰不华诗文来往最多。《侨吴集》中寄酬泰不华诗文、书信多达十二篇。泰不华卒后，又作文悼念。⑤

郯韶有《投赠兼善都水》二首。⑥

①　苏天爵：《滋溪文稿》卷三〇，第511页。
②　吴师道：《礼部集》卷三，文渊阁四库全书第1212册，第22页上。
③　宋濂：《元史》卷一四三，第3413—3417页。
④　陈焯：《宋元诗会》卷八二，文渊阁四库全书第1464册，第498页下。
⑤　郑元祐撰，徐永明校点：《侨吴集》卷四、卷五、卷六、卷七、补遗。萧启庆：《九州四海风雅同：元代多族士人圈的形成与发展》，第194页。
⑥　顾瑛：《草堂雅集》卷一二，第953页。

吴克恭有诗《秘书行送达密监》、《达兼善除秘书监未上而有侍郎之命赋诗奉送》。①

陈基有《次郑遂昌韵喜雪简白野监司》。②

张翥(1287—1368),字仲举,号蜕菴,河东人。官至翰林学士承旨。博综群书,作为文辞,擅一时之誉。③《蜕庵诗》卷四有《寄达兼善经历柯敬仲博士》。

钱惟善于至正二年(1342)会试时曾借住泰不华家。④《江月松风集》卷二《花如雪扣渔榔奎章典签达兼善除南台监察御史因寄小诗奉贺并简大龙翔笑隐长老》、卷三《送著作兼善赴奎章典签》、卷五《奉送前御史监察河南佥事达兼善移官淮西三十韵》、卷八《送兼善郎中朝京师》、卷一一《杨廉夫司令以诗美杜清碧先生达兼善郎中率吾曹同赋》五首皆为泰不华而作。

杨维桢(1296—1370)以诗赞美杜本⑤、泰不华,但诗已不见。

钱宰(1299—1394),字子予,会稽人。入明,为国子助教。有《临安集》。⑥《临安集》卷一有《陪白野太守游贺监故居得水字》。

朱德润(1294—1365)《存复斋文集》卷九《送达兼善元帅赴浙东》。

陈高(1315—1367)《不系舟渔集》卷一五有《上达秘卿书》。

雅琥在至顺元年(1330)任奎章阁参书,与泰不华为同僚。孙原理《元音》卷九有雅琥《寄南台御史达兼善二首》。

廼贤(1309—1368),字易之,也名纳新、乃贤、葛逻禄易之,别号河朔外史,为葛逻禄氏,属色目人。随其兄宦游江浙。以荐授翰林编修官。有《金台集》。⑦顾嗣立《元诗选初集》卷四一《病起书事呈兼善尚书》。

李孝光《五峰集》卷五《寄达兼善》、卷六《送达兼善佥事》、卷九《送达兼善典签》、卷一七《喜雨次神字韵录呈达兼善》(二首)。

从民族看,以上有诗与泰不华酬唱、寄赠二十八人,除嶤嶤、雅琥、廼贤为色

---

① 顾嗣立:《元诗选三集》,第 460 页、465 页。

② 陈基:《夷白斋稿》卷七,文渊阁四库全书第 1222 册,第 212 页下。

③ 宋濂:《元史》卷一八六,第 4284—4285 页;陶宗仪《书史会要》卷七,陶宗仪、朱谋垔:《书史会要续书史会要》,第 206 页。

④ 宋褧:《送钱思复下第还杭州分得秋字》,《燕石集》卷七,文渊阁四库全书第 1212 册,第 427 页上。

⑤ 杜清碧(1278—1305),即杜本,字伯原,号清碧,清江人。著名隐逸诗人。

⑥ 钱谦益:《列朝诗集小传》甲集,第 104 页。

⑦ 顾嗣立:《元诗选初集》,第 1437 页。

目人,萧存道为契丹人(元代称为汉族),泰不华所酬唱、寄赠的对象主要是汉族诗人。

从地域看,这二十八人,除宋本、宋褧、萧存道、傅若金、雅琥、廼贤、苏天爵、嵘嵘外,皆为江南人,而廼贤卜居鄞县,苏天爵、嵘嵘曾任职江南。

从人物关系看,这二十八人中,有师长、座师、同僚、同年、朋友,有馆阁官员,有江湖游士;有高官,有平民。

从文坛身份看,这二十八人中,有文坛前辈、领袖,而且,其中大多在当时已为著名诗人,在文坛有很大的影响。

要之,泰不华的酬唱、寄赠的文人圈反映了其在当时文坛网络的状况。

月鲁不花在其存世的十三首诗中,酬唱、寄赠的有释来复、金哈剌。

释来复(1319—1391),字见心,号蒲庵、竺昙叟,丰城人。元末明初名僧。善诗文,有《蒲庵集》。其主四明之定水寺,与名卿大夫交集其往来投赠诗篇,编为《澹游集》。月鲁不花十三首诗中是与释来复的酬唱寄赠之诗,二人关系密切可见。

月鲁不花有次韵金哈剌诗二首。

与月鲁不花赠文酬唱的还有黄溍、程端礼、刘仁本、廼贤、钱惟善、沈梦麟、余阙、高明。

黄溍《金华黄先生文集》卷三五《明威将军管军上千户所达鲁花赤逊都台公墓志铭》,是为月鲁不花之父写的墓志铭。

程端礼《畏斋集》卷二《寄都水经历月彦明并柬仲礼监丞三绝句》。

刘仁本,字德元,天台人。历官江浙省左右司郎中,佐方国珍谋议,朱亮祖克温州被获,有《羽庭诗稿》。[1]《羽庭集》卷二《寄月彦明中丞》、《见南御史台中丞月彦明》。

廼贤《金台集》卷二《月彦明都水月石研屏盖欧阳公故物也》。

钱惟善《江月松风集》卷二《送月彦明之台录事司宣差》。

沈梦麟,字元昭,归安人。在元为婺州学正,迁武康尹。入明,五司闽浙文衡。所著有《花溪集》。[2]《花溪集》卷三《送月彦明河内监县》。

余阙《青阳先生文集》卷四《送月彦明经历赴行都水监序》。

---

① 朱彝尊:《静志居诗话》卷二四,第 771 页。

② 凌迪知:《万姓统谱》卷八九,文渊阁四库全书第 957 册,第 310 页上。

高明，顾嗣立《元诗选三集》卷一一高明《寄月彦明省郎（二首）》、《同月彦明省郎》。

释来复，《列朝诗集》闰集卷一有来复诗《奉寄月彦明中丞》、《次芝轩中丞韵》。

达溥化，十六首存诗中有二首与萨都剌酬唱之作，有二诗选入赖良《大雅集》卷七。

答禄与权诗中酬唱可考者有释来复、宋濂，诗均作于入明之后。

察伋酬唱者有释来复、郑太和、顾瑛。

郑太和，即郑文融，字顺卿，婺州浦江人。其家十世同居，凡二百四十余年。余阙为书"东浙第一家"以褒之，有《家范》三卷，传于世。[①] 又有《麟溪集》，裒辑宋以来诸家题赠诗赋及碑志序记题跋之类。

顾瑛，察伋曾为刘德方《西村图》题诗，顾瑛次韵，见《玉山璞稿》卷上《题刘德方经历西村图次察士安御史韵》。

笃列图（字彦诚）酬唱者有释来复、刘基、刘仁本、陶安。

刘基《诚意伯文集》卷八有为笃列图作《敬斋铭并序》。

刘仁本《羽庭集》卷四《送笃彦诚赴南台照磨任》。

陶安，字主敬，当涂人。领元至正四年乡荐，为明道书院山长。洪武初，置翰林院，首召为学士。仕至江西行省参政。[②] 有《陶学士集》。陶安《陶学士集》卷一二《送笃彦诚赴官绍兴序》。

八儿思不花，酬唱赠序者有郑太和、黄溍。

八儿思不花有《咏郑氏义门》诗。

黄溍《金华黄先生文集》卷一七有《送八元凯序》。

完迮溥化，有挽宋褧诗。

爕理溥化，酬唱赠序者有揭傒斯、虞集。

虞集《道园学古录》卷二九有《与爕元溥登仙游和李浩卿韵》、卷三五有《抚州路乐安县重修儒学记》、卷三六《抚州路乐安县新建三皇庙记》，时爕理溥化为抚州乐安县达鲁花赤。

揭傒斯《文安集》九有《送爕元溥序》为送爕理溥化自舒城迁乐安的送行之

---

① 宋濂：《元史》卷一九七，第 4451—4452 页。

② 廖道南：《殿阁词林记》卷四，文渊阁四库全书第 452 册，第 184—186 页上。

文,卷一〇有为燮理溥化作《舒城县龙眠书院记》。

字颜忽都,酬唱赠文者有杨维桢,《东维子文集》卷二四《字元卿墓铭》。

笃列图(字敬夫),酬唱赠文者有傅若金、贡师泰、王逢。

傅若金《傅与砺诗集》卷三《送笃敬夫御史之南台》、卷六《送赵宗吉御史兼寄笃敬夫》。

贡师泰《玩斋集》卷四《送笃敬夫赴南台御史》。

王逢《梧溪集》卷一《笃敬夫御史夜过萝月山房》、卷三《故内御史捏古氏笃公挽词有序》。

哲理野台,酬唱赠文题画者有钱重鼎。

钱重鼎,字德钧,号水村,通州人。徙居嘉兴分湖之涯,构水村,聚书其中。赵孟頫为作《水村图》,一时名士俱有诗题之。[1]

伯颜(景渊),赠诗释来复。

亦速歹,赠诗释来复二首。

山同,赠诗释来复一首。

拜住,同年卢琦有诗《寄同年状元拜住善御史》。[2]

月忽难,酬唱赠文的有傅若金、刘基。

傅若金《傅与砺诗集》卷六《送月明德经历赴工部主事明德名月忽难工篆在临江有声誉》、刘基《诚意伯文集》卷五《送月忽难明德江浙府总管谢病去官序》。

赫德尔,酬唱赠文的有程端礼、申屠駉、僧家奴、奥鲁赤,后三人在雅集中叙述。

程端礼,王元恭《(至正)四明续志》卷七有程端礼为作《重修奉化州学记》。

2. 雅集

(1)玉山雅集。

参与玉山雅集的蒙古进士有泰不华、察伋二人。

后至元五年(1339),顾瑛建拜石坛。后三月泰不华至,为作古篆"拜石"、隶书"寒翠"。[3]泰不华为玉山佳处多处题匾。"泰不华以后未能再至玉山,却可以

----

① 沈季友撰:《槜李诗系》卷四,文渊阁四库全书第1475册,第86页下。

② 顾嗣立:《元诗选初集》庚集,第1796页;卢琦:《圭峰集》卷上,文渊阁四库全书第1214册,第712页下。

③ 顾瑛:《拜石坛记》,《玉山名胜集》卷下,中华书局2008年版,第354—355、356—358页。

说是玉山草堂雅集之先驱。"①

察伋与顾瑛有二首酬唱之诗,但似也到访过玉山草堂。

(2)玄沙寺雅集。

前文已述,本次雅集发起者至治元年色目进士廉公亮,即廉惠山海牙参加者六人:治书御史李公景仪,即李国凤、答禄君道夫、海清溪(铁清溪)、僧藏石及贡师泰。答禄与权为蒙古进士。

(3)西湖竹枝词的唱和。

参加元末杨维桢发起的西湖竹枝词唱和的蒙古人有聂镛、同同是蒙古人,同同是元统元年右榜状元。

(4)道山亭联句。

至正九年(1349)福建廉访司长官游福州乌石山作《道山亭燕集联句》:

追陪偶上道山亭,叠嶂层峦绕郭青。(申屠駧)

万井人家铺地锦,九衢楼阁画帡屏。(僧家奴)

波摇海月添诗兴,座引天风吹酒醒。(赫德尔)

久立危栏频北望,无边秋色杳冥冥。(奥鲁赤)

至正九年八月望日,经历赵谭记云:"宪使嶂山僧家奴元卿公、金宪奥鲁赤文卿公、申屠駧子迪公、赫德尔本初公。暇日宴集联句也。(赵)谭忝备宪幕,重惟诸公文章名士,南北偶隔数千里,同仕于闽,以道义相处为娱,诚一时之嘉会。"②

四人之中,僧家奴(僧嘉讷、僧家讷),蒙古人,官至广东宣慰使都元帅、江浙行省参政,有《嶂山诗集》,佚。③ 申屠駧,字子迪,东平人。登进士。赫德尔,蒙古人,至顺元年进士。奥鲁赤,族不详,应为蒙古人。④

(5)余姚海隄集。

①　萧启庆:《九州四海风雅同:元代多族士人圈的形成与发展》,第 232 页。

②　冯登府:《闽中金石志》卷一三,续修四库全书第 912 册,第 516 页下—517 页上。

③　萧启庆:《元代蒙古人的汉学》,《蒙元史新研》,第 148—149 页。

④　萧启庆:《九州四海风雅同:元代多族士人圈的形成与发展》,第 249 页。

是集中有宝宝,蒙古族,杨维桢弟子。^① 自署"云中宝宝。"^②至正二十三年右榜状元。

《敦交集》及《续兰亭会》未见蒙古色目人。

3.书画题诗

书画题跋是文人互动的一个重要方面。元之前,画工是作画者的主体,"文人只是偶尔参与,元代的绘画群体,已是文人唱主角"。"元代是题画诗文崛起的时代。"^③"宋以前诗文书画,人各自名,即有兼长,不过一二。胜国则文士鲜不能诗,诗流靡不工书,且时旁及绘事,亦前代所无也。"^④元代许多士人诗书画兼善。因此,元代的题书题画之风极为盛行。元中后期,不少蒙古色目士人在诗书画成就甚高,与汉族士人一样进入题跋诗人群体之中。《书史会要》卷七载元代书家较为详备,其中蒙古书家十一人。有书画题跋的蒙古进士有泰不华、哲理野台、察伋、也先溥化、同同、护都(沓)笃儿、笃列图(字敬大)。

泰不华题画有《题祁真人异香卷》、《题柯敬仲竹》、《题梅竹双清图》、《题玉山所藏水仙画卷》。^⑤

祁真人,即祁志诚(1219—1293),全真教掌教,《元史》有传。《题祁真人异香卷》是题前人书画。

泰不华《题梅竹双清图》,《草堂雅集》卷七附于张雨诗后,似皆作于玉山草堂。《题玉山所藏水仙画卷》亦当于玉山草堂为顾瑛作。

泰不华是元代最为杰出的蒙古族书法家,在蒙古士人中题书最多,其题书有韩琦《尺牍》、《伯夷颂》、《与尹师鲁书》、欧阳修《自书诗文稿》、苏轼《游虎跑泉试卷》、薛尚功《摹钟鼎彝器款识》^⑥及现藏美国普林斯顿大学美术馆的《跋鲜于枢〈御史箴〉》。

哲理野台存诗一首,即《题水村隐居图》。^⑦《水村图》为大德六年(1302)为

---

① 《东维子集》卷一《送三士赴京师会试序》:"至正己亥夏四月,江浙省试吴越之士,吾门弟子在其选者三人焉。南士曰忻忻,色目曰宝宝,曰何生。三人者择日赴春官。"杨维桢著,邹志方校点:《杨维桢集》第三册,第722页。萧启庆《元代进士辑考》(第368页):"'色目'应采广义,包括蒙古。"

② 叶翼编:《余姚海堤集》,四库全书存目丛书集部第289册,第649页。

③ 孙小力:《元明题画诗文初探——兼及"诗画合一"形式的现代继承》,《上海大学学报》(社会科学版),2005年第1期。

④ 胡应麟:《诗薮·外编》卷六,第240页。

⑤ 杨镰:《全元诗》第45册,第172、175页。

⑥ 萧启庆:《九州四海风雅同 元代多族士人圈的形成与发展》,第302页。

⑦ 杨镰:《全元诗》第41册,第312页。

钱德钧(钱重鼎)作。① 诗后有"学生哲理野台谨题",则哲理野台为钱重鼎弟子。

察伋曾题赵孟頫《番马图》、张溪云《勾勒竹卷》、钱选《秋江待渡图》。② 钱选(约1239—1299),与赵孟頫、张复亨、牟应龙、萧子中、陈无逸、陈仲信、姚式、钱选,号"吴兴八俊"。③《秋江待渡图》藏于北京故宫博物院。张溪云,即张逊,字仲敏,号溪云,吴郡人。善画竹,作钩勒法,妙绝当世。④ 张逊此图藏北京故宫博物院,名《双钩竹石图》,后有十四家所题诗文。

也先溥化有题赵孟頫《人骑图》⑤。

笃列图(彦诚)曾题董旭《长江伟观图》。⑥

董旭,字泰初,新昌人。少负英气,博通群书,方国珍据台、庆,欲罗致幕下,坚拒不受,作诗讥之,遂遇害。尤善画山水。尝作《长江伟观图》,题咏者数十人。⑦

同同有《跋钱良右四体千字文》。⑧

护都(沓)答儿,延祐二年首科状元。延祐五年任翰林待制,与赵孟頫奉题王羲之《快雪时晴帖》,现存台北故宫博物院。⑨

笃列图(字敬夫)有题范仲淹《伯夷颂》一首。⑩

(二)元代蒙古进士诗文家的社会网络

元代"蒙古色目人随便居住。"⑪蒙古、色目人或因任官、屯戍或因营商而在汉地、江南安家落户,散居民间,不构成独立之社群。⑫ 他们与汉族人共同杂居,从而淡化了民族界限。⑬ 又因科举的实行,蒙古色目士人与汉族士人文化互动

① 赵琦美:《赵氏铁网珊瑚》卷一二,文渊阁四库全书第815册,第662页上。
② 杨镰:《全元诗》第45册,第295—296页。
③ 董斯张:《(崇祯)吴兴备志》卷一二,文渊阁四库全书第494册,第414页下。
④ 夏文彦:《图绘宝鉴》卷五,第814册,第620页下—621页上。
⑤ 杨镰:《全元诗》第45册,第477页。
⑥ 杨镰:《全元诗》第49册,第283页。
⑦ 顾嗣立、席世臣:《元诗选癸集》庚集上,第936—937页。
⑧ 卞永誉:《式古堂书画汇考》卷一七,文渊阁四库全书第827册,第793页上。
⑨ 台北故宫博物院编:《故宫法书》第1辑,台北故宫博物院1986年版,第5页。
⑩ 赵琦美:《赵氏铁网珊瑚》卷二,文渊阁四库全书第815册,第325页上。杨镰《全元诗》(第49册第283页)作笃列图(彦诚)诗。
⑪ 赵翼:《陔余丛考》,河北人民出版社1990年版,第291—292页。
⑫ 萧启庆:《九州四海风雅同 元代多族士人圈的形成与发展》,第37页。
⑬ 潘清:《元代江南文化风习与民族关系》,《学海》2000年第3期。

逐渐频繁,遂亦形成以同乡、姻戚、师生、座师门生、同年、同僚为基础的社会网络。① 这个社会网络既包括蒙古本族的内部网络,也包括蒙古族与色目、汉人的外部社会网络。

1. 同乡

蒙古色目人入居中原之后,因游宦、征戍、营商,往往再三迁徙。萧启庆先生把他们在汉地最初落脚之地称之为"旧贯",把现居地称之为"本乡"。② 至顺元年进士笃列图(字敬夫)及其子至正二年进士揭毅夫,蒙古族,原贯燕山,后寓道州路录事司。笃列图曾自称"燕山笃列图"。③ 汪古人金哈剌,笃列图同年,"世居燕山"。④ 至正十四年进士哈珊沙尝自署"燕山哈珊沙"。⑤ 又如萨都剌,其祖先镇守云、代,萨都剌生于雁门,却自称"燕山萨都剌",可能是因为早年以质子身份入居大都之故。⑥ 再如蒙古诗人聂镛,蓟丘人,早年就学江南,但自称"蓟丘聂镛茂宣"、"蓟斤聂镛"。⑦ 泰不华与同乡关系的记载最多。

泰不华早年随父居台州,周仁荣养而教之。泰不华除短暂任官于京城和河南,大部分时间任职于江南。其生于台州,死于台州。其在江南同乡的社会关系也颇广。

柯九思,已见前文。

王鋆、王钟、王毅三兄弟。王钟,字元鼎,号樗翁,黄岩人。与兄鋆、弟毅与泰不华友,绝意仕进,吟咏自适。泰不华为之记,叹其生扰攘之时,能以智自全。⑧ 王毅,字伯宏(一字元宏),号松岩博学,亦长风角。至治间,荐授福州教

---

① 萧启庆《九州四海风雅同:元代多族士人圈的形成与发展》、刘嘉伟《元代多族士人圈的文学活动与元诗风貌》(人民出版社2016年版)颇有论述。

② 萧启庆:《九州四海风雅同:元代多族士人圈的形成与发展》,第39页。

③ 笃列图:《题范仲淹〈伯夷颂〉》,赵琦美:《赵氏铁网珊瑚》卷二,文渊阁四库全书第815册,第325页上。

④ 金哈剌:《南游寓兴诗集》卷首,刘仁本序。

⑤ 哈珊沙:《题赵子昂仲穆彦徵〈三马图〉》,汪砢玉《珊瑚网》卷三二,文渊阁四库全书第818册,第611页。

⑥ 萨兆沩:《萨都剌考》,北京燕山出版社1997年版,第45—59页。

⑦ 赵琦美:《赵氏铁网珊瑚》卷八《于云间寓舍赠胜伯贤良表侄》、《送张吴县之官嘉定》,文渊阁四库全书第815册,第497页上。以上参见萧启庆:《九州四海风雅同:元代多族士人圈的形成与发展》,第43—44页。

⑧ 喻长霖等纂修:《台州府志》卷一二一《人物传二十二》,《中国方志丛书》,成文出版社1983年版,第1634页上。

授,迁徽州路蒙古学正。所著《松岩集》十卷,泰不华为之序。① 已佚。

郑守仁,号蒙泉,黄岩人。幼着道士服,长游京师,寓蓬莱坊之崇真宫,不事干谒,斋居万松间,一夕大雪填门,僵卧读书自若,号独冷先生。至正间,主白鹤观。② 与泰不华、廼贤、危素为诗友。③ 所著《郑蒙泉诗集》,见称于泰不华、危素。④《登桑干岭迎达礼部》⑤是其为泰不华所作。

邬庚(1260—1339),临海人,读书勤学,不仕。年八十卒,卒后,有泰不华等二十余人挽诗。⑥

泰不华对同乡的引荐可以看出其在台州的社会关系。“泰不华贯台州,进士及第。及其跻要路,见台之老成前辈,待之如乡先生。”⑦泰不华所引荐的有朱嗣寿、闻达熙、闻达颐、曹一介、周润祖等。

朱嗣寿(1287—1355),字得仁,本台之临海人,徙仙居。少以文雄,一切文词必根柢于理。同郡周润祖,敛衽叹服。长潭陶凯以师礼待之。泰不华欲荐于朝,未受荐引。晚治别业于东园,莳菊甚盛。自号鞠隐,学者不呼其姓,但称为鞠隐先生。⑧

闻达熙,字子和,天台人。与弟达颐俱通《尚书》,达熙能医。泰不华为秘书少监,以山长、教谕连荐闻氏兄弟,皆辞不赴,终于家。⑨

曹一介,字筠轩,天台东林人。读书博古,好义轻财。泰不华以长山教谕荐,辞不赴。所著《友竹稿》。⑩

周润祖,字彦德,临海人。学于周仁荣,与泰不华为同门。隐居教授四十

① 喻长霖等纂修:《台州府志》卷一二五《人物传二十六》、卷七六《艺文略》,第 1673 页上、1091 页下。
② 顾瑛:《草堂雅集》卷八,中华书局 2008 年版,第 703 页。
③ 喻长霖等纂修:《台州府志》卷一三九《方外记上》,第 1856 页下。
④ 喻长霖等纂修:《台州府志》卷七六《艺文略》,第 1096 页上。
⑤ 顾瑛:《草堂雅集》卷八,706 页。
⑥ 王沂:《邬处士墓志铭》,黄瑞辑:《台州金石录》卷一三,《石刻史料新编》第 1 辑第 15 册,新文丰出版公司 1977 年版,第 11163 页上—11164 页上;《邬处士挽诗碑》,《台州金石录》卷一三,《石刻史料新编》第 1 辑第 15 册,第 11170 页下—11172 页下。
⑦ 徐一夔:《鞠隐先生墓碣》,徐一夔撰,徐永恩校注:《始丰稿》卷三,浙江古籍出版社 2008 年版,第 65 页。
⑧ 徐一夔:《鞠隐先生墓碣》,《始丰稿》卷三,第 65—66 页。
⑨ 喻长霖等纂修:《台州府志》卷一二一《人物传二十二》,第 1634 页上。
⑩ 顾嗣立、席世臣:《元诗选癸集》己下,第 841 页。

年,至正中被召,已卒。乡人即其所居,称之曰紫岩先生。所著有《紫岩集》十卷。① 萧启庆先生认为泰不华极有可能是其荐引者。②

王冕游大都,馆秘书卿泰不华家,泰不华荐以馆职。③

2. 姻戚

姻戚是蒙古进士诗文家社会网络的重要方面,也是元代文坛构成的要素。这种姻亲主要以婚姻关系为主要内容。

忽都达儿,延祐五年右榜状元。其母冯氏,蜀人,宋某路提点刑狱冯立孙女。其妻河东聂氏,宋某路提点刑狱聂光孙女。④ 聂氏应为汉族。

泰不华妻石抹继祖(1281—1347)之女。石抹继祖,字伯善,自号北野兀者,契丹人。袭父职,为沿海上副万户。初以沿海军分镇台州,皇庆元年,又移镇婺、处两州。为学本于经术,而兼通名法、纵横、天文、地理、术数、方技、释老之说,见称荐绅间。在四明,师事宋进士史蒙卿。所著《抱膝轩吟》若干卷,清新高古,有作者风。其子石抹宜孙(? —1359),见前文。

答禄守恭、守礼之姊,答禄与权之姑答禄乃蛮氏嫁赵期颐。答禄守恭,至顺元年进士。答禄守礼,泰定四年进士。答禄与权,至正二年进士。⑤ 答禄乃蛮氏为元代科第家族。赵期颐,泰定四年进士。官至河南行省参政。⑥ 赵期颐与答禄守礼为同年,复为姻亲。

月鲁不花之女嫁孔希学。孔希学(1335—1381),字士行,曲阜人,孔子五十六代孙,元代袭封衍圣公,曾任秘书卿。入明,孔希学仍袭封衍圣公。"希学好读书,善隶法,文词尔雅。每宾客宴集,谈笑挥洒,烂然成章。"⑦"继室孙氏,前进士辽阳行省平章彦明女。"⑧孔继汾《阙里文献考》则云孔希学继室为"逊都思氏"。⑨ 萧启庆先生认为,"'孙氏乃'孙(逊)都思氏'之简写。孔希学之继室显然

① 黄宗羲:《宋元学案》卷八二,中华书局 1982 年版,第 2799 页。
② 萧启庆:《九州四海风雅同:元代多族士人圈的形成与发展》,第 50 页。
③ 宋濂:《王冕传》,《宋濂全集》,浙江古籍出版社 1999 年版,第 1474 页。
④ 黄溍:《嘉议大夫婺州路总管兼管内劝农事揑古觯公神道碑》,《金华黄先生文集》卷二七,续修四库全书第 1323 册,第 364 上,第 365 页下。
⑤ 黄溍:《答禄乃蛮氏先茔碑》,《金华黄先生文集》卷二八,续修四库全书第 1323 册,第 377 页上。
⑥ 顾嗣立、席世臣:《元诗选癸集》丙集,第 317 页。
⑦ 宋濂:《明史》卷二八四,第 7295—7297 页。
⑧ 宋讷:《袭封衍圣公神道碑》,《西隐集》卷七,文渊阁四库全书第 1225 册,第 910 页。
⑨ 孔继汾:《阙里文献考》卷九,续修四库全书第 512 册,第 44 页上。

为月鲁不花之女。"①

笃列图(字敬夫)娶马祖常之妹。② 笃列图为至顺元年右榜状元。至顺元年,马祖常为知贡举。马祖常与笃列图为座师与门生之关系。"笃列图与马祖常之妹联姻即系因此。"③

泰不华之妹嫁三宝柱之子。朱右《撄宁生传》云:"三宝廉使仲子之妻,泰不华尚书妹也。"④三宝廉使即三宝柱。三宝柱,字廷珪,畏兀儿人,至治元年进士,泰不华同年。长于诗,戴良《鹤年先生诗集序》列三宝柱为元代西域十二个著名色目诗人之一。⑤

完迬溥化娶万嘉闾之女。完迬溥化,泰定元年进士。万嘉闾是元代蒙古族士人。

元代各族通婚颇为普遍,⑥元代蒙古、色目与汉族通婚甚多。据萧启庆先生统计,元统元年蒙古进士之母为汉人者高达 68.18%,妻子更高达 71.43%。⑦

蒙古族进士与汉族家庭、蒙古族进士与色目人家庭的姻亲都有存在。从以上已知蒙古进士诗文家的社会关系网其实不局限于本族士人。

3. 师生(包括座师与门生)

师生关系是蒙古进士诗文家社会关系中的一个重要方面。师生是文学渊源和风尚传承的重要途径,也是构成一代文坛的要素之一。蒙古人入居中原,尤其是科举制度举行之后,蒙古人舍弓马而事诗书,研习汉学动因愈强,求师问学者益多。

这种师生关系包括私学与官学两类。私学可分为家塾及门馆二类。⑧ 蒙古家族延请汉儒为师在元建号之前早已开始,如拔不忽家族聘请李康伯、周正方、

---

① 萧启庆:《九州四海风雅同:元代多族士人圈的形成与发展》,第 91 页。

② 王逢:《故内御史揑古氏笃公挽词有序》,《梧溪集》卷三,文渊阁四库全书第 1218 册,第 641 页上。

③ 萧启庆:《九州四海风雅同:元代多族士人圈的形成与发展》,第 96 页。

④ 朱右:《撄宁生传》,《白云稿》卷一一,续修四库全书第 1326 册,第 324 页下。

⑤ 戴良:《九灵山房集·补编》卷下,文渊阁四库全书第 1219 册,第 612 页。

⑥ 洪金富:《元代汉人与非汉人通婚问题初探》,《食货》(复刊)第六卷第 12 期(1977)、第七卷 1、2 期(1977)。

⑦ 萧启庆:《元代科举与菁英流动:以元统元年进士为中心》,《内北国而外中国:蒙元史研究》,第 208 页。

⑧ 萧启庆:《九州四海风雅同:元代多族士人圈的形成与发展》,第 102 页。

张翌、吴澄。脱脱家族聘请吴直方、郑深。① 家塾之中，万嘉间家族"雅尚儒术，延名士以教其子。故伯也以才谞亢厥宗，仲也以笃慎世其禄，流庆所及，甥海直亦以科第显。"②

门馆指学者教授生徒之处，元代有数名进士曾入门馆学习。

泰不华师事周仁荣、李孝光，李孝光前有传。

周仁荣（约1269—约1329年），字本心，台州临海人。父敬孙，宋太学生。金华大儒王柏之徒。仁荣承其家学，治《易》、《礼》、《春秋》，而工为文章。用荐者署美化书院山长。后辟江浙行省掾史。泰定初，召拜国子博士，迁翰林修撰，升集贤待制。其所教弟子多为名人，而泰不华实为进士第一。其弟仔肩，字本道，登延祐五年进士第，终惠州路总管府判官。与其兄俱以文学名。③

月鲁不花、笃列图兄弟师事韩性，元统元年左榜状元李齐亦为韩牪门人。④

答禄与权从学李问。李问，字好问，号樾翁，容城人。⑤

曩加台从学瞿炳。曩加台，字秉彝，蒙古人。寓居澧州，受学于瞿炳，举湖广乡试第一，官至河南行省参政。⑥ 瞿炳，不详。

燮理溥化师事揭傒斯。见前文。

笃坚溥化受业黄清老。⑦

宝宝师事杨维桢。见前文。

蒙古进士在国子学、地方官学、书院官学之中，仅见哲理野台就读于西湖书院。⑧ 哲理野台为黄溍弟子⑨，亦师事钱德均。见前文。

座师与门生是科举时代必然产生的人际关系，也是师生关系。一旦座师与门生都是文坛中成员，这种关系即是文坛成员之间的关系。这在汉人及色目进

①　姚燧：《珊竹公神道碑》，缪荃孙：《江苏金石志》"金石一九"，《石刻史料新编》第1辑第13册，新文丰出版公司1982年版，第9936—9938页；萧启庆《九州四海风雅同：元代多族士人圈的形成与发展》，第105—106页。

②　许有壬：《赠金太常礼仪院蟇克笃公神道碑铭》，李修生：《全元文》第38册，第416—417页。

③　宋濂：《元史》卷一九〇，第4346页。

④　宋濂：《元史》卷一九〇，第4342—4343页。

⑤　李继本：《李樾翁传》，《一山文集》卷六，文渊阁四库全书第1217册，第758页上。

⑥　李文明、刘玑纂修：《弘治岳州府志》卷七，《天一阁藏明代方志选刊续编》第63册，上海书店出版社1990年版，第562页。

⑦　苏天爵：《儒学提举黄公墓志铭》，《滋溪文稿》卷一三，第211页。

⑧　金涓：《送杨仲章归东阳诗卷序》，《青村遗稿》，文渊阁四库全书第1217册，第474页下。

⑨　黄溍：《陈子中墓碣》，《金华黄先生文集》卷四〇，续修四库全书第1323册，第508页上。

士部分已有论述,此不复述。

4. 同年

同年会往往是多族参与的,很少会有完全都是蒙古进士的会集。

天历三年(1330)二月八日,泰定元年进士同年小集,右榜五人之中,雅琥、纳臣为色目人,粤鲁不华、曲出、谙笃乐(三人无诗存世),[①]不能确定是蒙古还是色目人,或有蒙古进士。而在祭奠座师王结八人之中,塔布台、谙都乐(谙笃乐)、伯颜、萧伯颜为蒙古色目人,可以确定萧伯颜为蒙古人。

至元三年(1337)丁丑,泰定四年进士十人在大都城南小集。黄清老有二诗记其事,诗题为:

> 丁丑三月七日,会同年于城南。子期工部、仲礼省郎、世文编修、文远照磨、学升县尹、子咸主事、克成秘书、志能照磨、子通编修,凡十人。[②]

此十人中,克成秘书,即笃列图,字克成,蒙古人。世文编修,即傻善著,畏兀尔氏。志能照磨,观音奴,字志能,唐古氏。二人为色目人。其他为汉族(包括南人)。

元代同年会的记载较少,蒙古进士参加的更少,仅能举出以上两例。但无论是拜会或祭奠座师,还是偶然相约,但蒙古、色目、汉人、南人俱在,是多族共同参与。唐宋以来,更多的同年会,作文赋诗是其中一项重要内容,元代也不例外。这也反映了蒙古色目进士诗文家的交游与元代文坛的构成。

5. 同僚

同僚也是元代蒙古进士社会交往的重要方面。秘书监、翰林院、集贤院、国子学、奎章阁及宣文阁等文史、教育、图书典藏等机构汉族官员占多数,[③]也最是文人聚集之处。

元代蒙古进士进入上述机构的有泰不华,曾为集贤修撰、秘书监著作郎、奎

---

① 宋褧:《同年小集诗序》,《燕石集》卷一二,文渊阁四库全书第1212册,第480页。

② 杨镰:《全元诗》第36册,第177页。

③ 山本隆义在其《关于元代的翰林学士院》(《东方学》第11辑,1955年10月)一文中所作不完全统计:元代翰林国史院成员中,汉人、南人约占52%,蒙古、色目贵族约占31%,还有大约16%的成员族属不明,但其中多数可以判定为蒙古、色目人。张帆《元代翰林国史院与汉族儒士》(《北京大学学报》1988年第5期)认为翰林国史院中汉人、南人的比例,应当比山本氏的估计还要高一些。

章阁典签、秘书卿、翰林侍读学士。月鲁不花,曾任集贤待制、翰林侍讲学士。答禄与权,曾任秘书郎、秘书监管勾、翰林院经历。八儿思不花(八时思溥化)、完迣溥化,曾任秘书监著作郎。笃列图(字敬夫),曾任集贤修撰。同同,曾任集贤修撰、翰林待制。察伋,曾任翰林院国史编修官。囊加歹,曾任同知制诰兼国史院编修官。和里互达,曾任国史院编修官、应奉翰林文字。拜住,曾任翰林待制、秘书太监。

以任职奎章阁为例,文士有赵世延、阿荣、沙剌班、虞集、许有壬、康里巎巎、李泂、宋本、揭傒斯、柯九思、雅琥、泰不华、斡玉伦徒、王守诚、林希颜、苏天爵、陈旅、欧阳玄、杨瑀、毕申达等,其中许有壬、宋本、雅琥、泰不华、斡玉伦徒、王守诚、欧阳玄为进士出身,而赵世延、虞集、许有壬、康里巎巎、宋本、揭傒斯、柯九思、泰不华、苏天爵、陈旅、欧阳玄都是当时名动一时的诗文家。

泰不华以典签任职于奎章阁的 1329—1330 年间。赵世延、阿荣为奎章阁学士院大学士,虞集为侍书学士,李泂为承制学士,李讷为供奉学士,柯九思、雅琥为参书、鉴书博士,揭傒斯、林希颜为授经郎,康里巎巎为群玉内司监,陈旅为群玉内司官员,宋本为艺文监监司,欧阳玄为艺文少监,杨瑀为广成局副使,王守诚为艺林使,毕申达为艺林库提点。这些不同民族的馆阁文臣构成元代文坛多族构成不可缺少的组成部分。在元代蒙古进士中,泰不华在馆阁同僚最多。泰不华身处其中,必能相互交流。在奎章阁中,泰不华与虞集、柯九思、李讷有交往记录,与前二人最为密切,多有唱和,已见前文。

泰不华在翰林院、秘书监,并曾参与修撰辽、宋、金史,与当时文坛闻人多有相处,但文献记载缺失,无从论述。

再以翰林院为例。元代,"翰林院宜选通经史、能文辞者。"[①]故"翰林皆极天下之选"。[②] 著名作家姚枢、姚燧、程钜夫、赵世延、张伯淳、不忽木、刘赓、吴澄、邓文原、畅师文、刘敏中、李孟、赵孟頫、辛文房、张养浩、袁桷、元明善、康里巎巎、贯云石、虞集、范梈、欧阳玄、揭傒斯、字术鲁翀、赡思、周仁荣、泰不华、护都沓(答)儿、杨载、苏天爵、马祖常、贡奎、黄清老、黄溍、宋本、宋褧、张起岩、王结、贡师泰、陈旅、杜本、柳贯、赵雍、王沂、谢端、李士瞻、干文传、王士熙、余阙、张翥、吴当、偰玉立、李好文、危素、周伯琦、林希元、李黼、郑玉、李穀(高丽)、李穑

---

① 　宋濂:《元史》卷八三,第 3064 页。

② 　揭傒斯:《上李秦公书》,《文安集》卷七,文渊阁四库全书第 1208 册,第 206 页上。

（高丽）、曾坚、乌马儿、萨都剌、林泉生、钱用壬、孟昉、胡助、刘鹗、揭汰等等都曾任职翰林院。元代翰林国史院遂成为元代文坛的重镇。元代蒙古进士泰不华、护都沓(答)儿、月鲁不花、答禄与权、同同、察伋、囊加歹、和里互达、拜住曾任职翰林院，与当时馆阁文臣必有所交往。泰不华之师周仁荣曾任延祐间翰林待制。延祐二年右榜状元护都沓(答)儿延祐五年任翰林待制，与赵孟頫、刘赓等奉敕题王羲之《快雪时晴帖》，而赵孟頫、刘赓正是其座师。这也反映了馆阁文臣的社会关系的一个方面。

蒙古进士文学家的数量在元代文坛占很少比例，他们的诗文数量与整个元代诗文数量相比也实在微不足道，但他们不是默无声息，而是积极地融入了汉文文学队伍，成为元代文坛引人注目的群体，从而展示了元代文坛格局构成的重大变化，至此，多族文坛才真正形成。

元代蒙古族进士诗文家一开始就以高水平的诗文进入元代文坛。蒙古族进士诗文家与各族诗人交游、唱和、题画、题跋，风气相通，创作倾向几无二致，共同反映了有元一代的社会现实和时代精神。在此方面，蒙古族进士的诗文并未表现大漠之风和本族文化，而是融入了当时文坛，使元代真正形成一个多族而融合的文坛。

蒙古进士文学家在元代文坛的地位和影响，从时人的评价和推重即可看出。如达溥化，其诗为时所重，与萨都剌为好友，在东南诗坛并享盛誉。[①] 泰不华名望更高。泰不华任秘书卿时，即名著于朝野，俨然已为影响元代文坛的关键人物。至正八年(1348)六月，陈高寄书泰不华云：

> ……文章之气与世变上下，而亦有系夫上之人与夫作者之为之倡也。故有世道方盛而文章不振者，非世之然也，倡之者无其人也；非无其人也，有其人而不为文章之司命，或为文章之司命，又循常习故而莫之变焉。此文气所以日卑下，而其势固不能以振起也。凡今世之为进士以取科第者，工虫篆之辞，饰粉黛之语，缉陈言，夸记问，斗侈靡，寖寖焉竞取于萎薾颓堕溃败腐烂之乡，而莫知其所止。以今海宇混一，际古所未有，太和冲原之气，融融焉，熙熙焉，而君上方观人文以化成天下。当此之世其盛矣乎，而文章之气独尔卑下何欤？然则世之盛也

---

① 虞集：《笙鹤清音序》，《全元文》第 26 册，第 146 页。

若此,而文气之不振也若此! 非无其人为之倡欤? 为文章司命者尚得以逃其责哉? 天下之好尚,视上之趋向而何如耳? 又况于禄位之存焉者乎! 今如是焉,则进而得禄与位;不如是焉,则退而黜伏。人亦孰不乐为此去为彼耶? 设有以太史公、贾生、董仲舒、司马相如、刘向、班固之文,而试于今,其有不见退黜者乎? 其能见拔擢而采择者乎否也。十数年前,进士之文章,犹时时有浑朴敦庞之气,亦其一时诸老儒先知所以造就之故也。假设其转而试于今,亦必藐焉不为主文衡者之所屑顾矣。呜呼,世之盛而文之卑,文章司命者之忧也。

又云:

伏惟阁下抱隽才,负实学,擢于巍利,跻于膴仕。其文章,其节操,其政事,当世孰可与比者。而其名誉昭闻日久,言而人信之,唱而人和之。而今岁执文章司命之柄者,又在于阁下,故高敢以其说进焉。以为非阁下,则高之言不能售;非高,则亦无有能以此为阁下言者。高非有所私便也,特以悲世之盛而文之卑,怀其情而不容以自嘿耳。夫朝廷以文章取士,其立法之意至善也,其取人之道至悉也,其责之文章司命者至深且重也。

又云:

今试能变更积弊,使所试之文,必欲其理明而辞确,议论有余,格律高古,曲雅而精深,一切屏去浮华偶俪之习,如是焉而取,反是焉则退而黜。若此,则非豪杰之士不克进,而小子后生不能以售,决也。作养当代之人才,振起当代之文气,一变而之古也,岂不美哉! 高也性质顽钝,学疏而文卑,俛俛焉驱逐于乡贡进士之班列者,于今秋为再矣。其得失是有命焉,高之愚,尚何敢望焉。区区之怀,诚愿盛世之文气一变而之古,于吾身亲得见之,则虽退伏田野,黯黯然终其身无复声光之闻于人,亦且慊然以无恨矣。……又况阁下之志,与吾同者哉。[①]

[①] 陈高:《上达秘卿书》,《不系舟渔集》卷一五,文渊阁四库全书第 1216 册,第 270—272 页上。

节录陈高之文甚长,非此,无以见元末元代文坛之面貌,无以见泰不华在当时文坛之地位。

由于忧于当时文章之风世盛而文卑,陈高认为文章司命者应有所作为。泰不华文章、节操、政事,名誉昭闻,世无与比,为至正八年文章司命之柄者(或即会试考试官),①必能改变文坛之风向。陈高之寄托深且重也,显见泰不华在当时文坛之影响与地位。

陈高在信中多次表达了自己的文学观点:"十数年前,进士之文章,犹时时有浑朴敦庞之气,亦其一时诸老儒先知所以造就之故也。""使所试之文,必欲其理明而辞确,议论有余,格律高古,曲雅而精深,一切屏去浮华偶俪之习。""作养当代之人才,振起当代之文气,一变而之古也,岂不美哉!""诚愿盛世之文气一变而之古。"这些观点即为元代文章的复古之风。然而,至于元末,文气卑下,浮华偶俪,筋骨柔弱,"寖寖焉竞取于萎薾颓堕溃败腐烂之乡"。

陈高称"阁下之志,与吾同者哉。"未见泰不华之论文,于此,或可知其论文之观点:复古之文风。反观泰不华之文,宗汉宗唐,乃盛世之文。

总之,从文学的视角看,元代蒙古族进士作家如泰不华或能在一定程度上影响元代文坛,但不足以领袖文坛。其真正的意义在于一方面与其他元代蒙古族文学家一起,真正开启了蒙古族士人的汉文学创作,填补和充实了双语的蒙古文学史;另一方面,与色目进士作家、高丽进士作家一起融入汉文创作,共同形成了多民族的多语言的元代文坛。

第四节　元代高丽进士与元代文坛

1258 年,高丽崔氏政权垮台,高丽国王投降大蒙古国。双方达成和平协议,高丽成为大蒙古国藩属国,但保留高丽原有政府体系和传统文化。② 后蒙古在

---

①　至正八年会试,翰林学士黄溍为考试官即延试读卷官,余皆不可考。陶宗仪《南村辍耕录》卷二八《非程文》有"切惟考官实文章之司命,讵宜伪定于临期;员外郎执科举之权衡,安可公然而受略。"(第344—345 页)据陈高《上达秘卿书》,泰不华或为本年考试官。

②　孛儿只斤·苏和、孛儿只斤·苏日娜、包·巴雅尔、牧人:《蒙古历史一百名人》,内蒙古人民出版社 2017 年版,第 161 页。

高丽设立征东行省。征东行省的"丞相",例以高丽国王兼任,主要管理本国,下属行政体制如旧,①使自治其国,"有宗庙蒸尝以奉其先也,有百官布列以率其职也,其刑赏号令专行其国,征赋则尽是三韩之壤,唯所用之,不入天府。"②征东行省性质与元朝国内各行省有所不同。③

高丽科举始于985年。高丽初期,朝廷政权主要被"勋臣宿将"、"世臣故家"的世族地主垄断。高丽光宗为改变"君弱臣强"的不利形势,决定采纳我国后周人、翰林学士双冀提出的设科取士的建议,为庶族地主出身的知识分子创造步入仕宦之途的机会,进而达到抑制世族地主势力和扩大庶族地主参政范围的目的。④

元仁宗皇庆二年(1313),颁行科举诏,在十一行省、二宣慰司、直隶四部十七处设乡试考场。征东行省于高丽王京,分配录取名额三人,即蒙古、色目、汉人各一人。⑤ 高丽人属于汉人。

高丽人通过本国科举可以进入仕宦阶层,但高丽士人更愿意参加元朝科举,其主要原因,陈旅在《李中父使征东行省序》说得很明白:

> 皇庆间,诏大比天下士,(高丽)自是始有试礼闱者,然多缀末第,或授东省宰属,或官所近州郡。既归,即为其国显官,鲜更西度鸭绿水者。夫自封建既废,天下仕者无不登名王朝,其势然也。今高丽得自官人,而其秀民往往已用所设科仕其国矣。顾复不远数千里来试京师者,盖以得于其国者,不若得诸朝廷者之为荣。故虽得末第冗官,亦甚荣于其国,况擢高科、官华近,为天下之所共荣者乎?⑥

元代高丽士人在元朝科举及第,在本国即名声大振,归国之后几乎都能仕至高官。在十名及第者中,有曾在元朝任职,如李榖、李穑父子;有不赴任者,如安轴。赴任者,在元代最高为八品,但他们在本国均仕至通显,其中六人仕至宰

---

① 王颋:《行省制度浅谈》,《文史知识》1985年第3期。

② 姚燧:《高丽沈王诗序》,《牧庵集》卷三,文渊阁四库全书第1201册,第434页上。

③ 白寿彝总主编,陈得芝主编:《中国通史》第8卷《中古时代·元时期》上,上海人民出版社2013第2版,第531页。

④ 田以麟:《朝鲜教育史》,吉林教育出版社1999年版,第79页。

⑤ 宋濂:《元史》卷八一,第2018、2021页。

⑥ 陈旅:《安雅堂集》卷四,文渊阁四库全书第1213册,第52页。

相。他们"多是高丽文坛领袖或儒林巨子,撰写了许多文学或学术著作,留下了丰富的文化遗产。"①如李穀、李穡父子,是文章大家,在高丽文坛有极大的影响,并且与元朝文士多有交游。元代高丽进士是元代文坛另一支特别的群体。

一、高丽进士文学家

元代十名高丽进士中,安震、赵廉、崔瀣、安轴、李穀、李仁复、安辅、李穡八人有诗文存世。

安震(? —1360),高丽昌定人。忠宣王五年(1313)登本国进士第,任艺文检阅。延祐五年(1318),中元三甲进士。归本国,升艺文应教总部直郎。忠惠王后五年(1344)以密直副使兼御书筵。忠穆王二年(1346)封安山君,四年任检校金议参理,迁艺文馆大提举、知春秋馆事。恭愍王元年(1352)任正堂文学。恭愍王九年卒。曾参与纂修忠烈、忠宣、忠肃三朝《实录》,参与增修闵渍《编年纲目》。②《高丽史》中无传。徐居正《东文选》录其诗8首。

崔瀣(1287—1340),字彦明,一字寿翁,号拙斋,又号猊山农隐,高丽国鸡林(庆州)人。新罗入唐留学生崔致远后裔。父伯伦,忠烈王八年(1282)状元及第,官至民部议郎。元朝授高丽王京儒学教授。崔瀣于忠烈王二十九年(1303)登本国第,补成均学官,迁艺文春秋馆主簿。忠肃王八年(1321,至治元年)入元应举,登进士第,授辽阳路盖州判官,在任五月,归仕本国,官至检校成均大司成、艺文馆提学、同知春秋馆事。有《拙稿千百》二卷,并选本国名贤诗文《东人之文》二十五卷。③《全元文》(第52册)录其文2篇。徐居正《东文选》录其诗30首。

崔瀣文集《拙稿千百》二卷,存文42篇,涉及送行、诗文序、行状、祭文、墓志铭、策、跋、传、记、书信,多均为在高丽所作。

崔瀣对高丽文学史的重要贡献是编本国名贤诗文《东人之文》二十五卷。

---

① 桂栖鹏:《元代科举中的高丽进士》,浙江大学韩国研究所编:《韩国研究》(第二辑),1995年版。
② 萧启庆:《元代进士辑考》,第165页;沈仁国:《元代进士集证》,第80页;桂栖鹏《元代进士研究》,第155页。安震生平散见于《高丽史》卷三四《忠肃王世家》、卷三七《忠穆王世家》、卷三九《恭愍王世家》、卷七四《选举志》、卷一一〇《李齐贤传》。李穀:《稼亭集·稼亭杂录》(第7页下)有安震送李穀还朝诗,署款"昌定安震"。
③ 郑麟趾:《高丽史》卷一〇九《崔瀣传》,《四库全书存目》丛书史部第161册,第699页下—701页上。李穀:《大元故将仕郎辽阳路盖州判官高丽国正顺大夫检校成均大司成艺文馆提学同知春秋馆事崔君墓志铭》,《稼亭集》卷一一,第5—6页,韩国京城大学(现首尔大学)图书馆藏本。

《东人之文序》道出了其编纂的原因。高丽文章"咸有可观者焉,然而时尚惇庞,凡有家集,多自手写,少以版行,愈久愈失,难以传广",散失颇多。崔瀣在元朝科举及第之后,与元朝文士相接,"间有求见东人文字者,予直以未有成书对,退且耻焉。"回国十年,至1338年,始编选此书。起于新罗崔致远,止于高丽忠烈王时。诗若干首,题曰"五七";文若干首,题曰"千百";骈俪文若干首,题曰"四六"。序末云:

> 言出乎口而成其文。华人之学,因其固有而进之,不至多费精神,而其高世之才,可坐数也。若吾东人,言语既有华夷之别,天资苟非明锐而致力千百,其于学也,胡得有成乎? 尚赖一心之妙,通乎天地四方,无毫末之差。至其得意,尚何自屈而多让乎?①

序中指出高丽人用汉语文学创作要付出几倍于汉人的努力,然所选诗文与中国人的作品相比,毫不逊色,也不需"多让"。其文化自负,显而易见。

《东人之文》今已散佚不存,然《东人之文四六》尚存140余篇。《东人之文》是较早的文人总集,是一百多年后徐居正(1420—1488)编纂朝鲜大型文学文献《东文选》的重要来源之一。

赵廉(1290—1343),字鲁直,淳昌人。忠肃朝登第,又中元朝制科,授辽阳等路总管知府事,官至密直副使。尝与中朝士大夫讲明经史,无不通。② 有诗存世,徐居正《东文选》卷一录其诗1首。

安轴(1287—1348)字当之,号谨斋,高丽福州兴宁县人。父硕,以县吏登第,隐不仕。安轴本国中第,调金州司录,选补史翰,除司宪纠正。忠肃十一年(泰定元年1324),中元朝制科,授辽阳路盖州判官。本国超授成均乐正,迁右司议大夫,累升金议赞成事,监春秋馆事,封兴宁君。表笺词命,多出其手。有文集《关东瓦注》(《谨斋文集》)、《关东录》,与李齐贤等增修闵渍所撰《编年纲目》,又修忠烈、忠宣、忠肃三朝《实录》。③

---

① 崔瀣:《拙稿千百》卷二,韩国国立图书馆藏至正十四年刻本,第26页。
② 郑麟趾:《高丽史》卷一〇九《赵廉传》,四库全书存目丛书史部第161册,第701页下—702页上。
③ 郑麟趾:《高丽史》卷一〇九《安轴传》,四库全书存目丛书史部第161册,第696页下—697页上;李榖《大元故将仕郎辽阳路盖州判官高丽三重大匡兴宁府院君领艺文馆事谥文贞安公墓志铭》,《稼亭集》卷一一,第9页下—11页。

现存《谨斋文集》诗 147 首,几乎全为在高丽所作,所写在元朝之事甚少。

安辅(1302—1357),字员之,安轴之弟。年十九登本国第,调庆州司录选,补春秋修撰,累升编修官。至正五年(1345),中元朝制科,授辽阳行中书省照磨兼承发架阁库。弃官东归,历官艺文供奉、门下注书、监察纠正等职,后拜密直提学兼监察大夫、政堂文学,以母老乞骸归养,为东京留守。安辅为文章,去华取实,达而已矣。① 有诗《送李穀奉使回朝》,见《稼亭集·稼亭杂录》。

李仁复(1308—1374),字克礼,号樵隐,高丽京山府龙山里人。祖兆年(1269—1343),官至政堂文学,封星山君。父褒,位密直副使。李仁复年十九,中本国第,授福州司录,选补春秋供奉。忠惠王时(1337—1344)除起居舍人,征东乡试第二名,至正二年(1342)中元朝三甲进士,授大宁路锦州判官。东还,迁起居注,官至检校侍中、艺文馆大提举、知春秋馆事。元授征东省都事、员外郎。有《樵隐集》,存。尝修阂渍《编年纲目》,忠烈、忠宣、忠肃三朝《实录》及《古今金镜》二录。② 徐居正《东人之文》录其诗 22 首。

李穀(1298—1351),字中父(中甫),初名芸白,号稼亭,谥文孝,高丽国杨广道韩州人。延祐四年(1317)(忠肃王四年)中本国举子科,延祐七年(1320)中本国秀才,调福州司录参军。泰定三年(1326,丙寅),中征东省乡试第三名。次年,赴大都会试,不第。至顺二年(1331,辛未;忠惠元年),迁艺文检阅。至顺三年(忠肃后元年),中征东省乡试第一名。至顺四年三月会试第五十名,元统元年廷试,登左榜第二甲第八名进士,授翰林国史院检阅官。明年,奉兴学诏还高丽。至元元年(1335)还京师。元廷先后授徽政院管勾、征东行省左右司员外郎、中瑞司典簿、中书差监舍、征东行省左右司员郎中。高丽先后授试典仪副令直宝文阁、成均祭酒、判典校寺事、艺文馆提学、密直副使、知司事、政堂文学、都金议成事,封韩山君。与李齐贤等增修阂渍所撰《编年纲目》,又修忠烈、忠宣、忠肃三朝《实录》。至正十一年(1351)卒,年五十四。所著《稼亭集》二十卷行于世。③

李穑(1328—1396),字颖叔,号牧隐,李穀之子。年十四中成均试。至正元

---

① 郑麟趾:《高丽史》卷一〇九《安辅传》,四库全书存目丛书史部第 161 册,第 699 页;李穑《鸡林府尹谥文敬公安先生墓志铭并序》,《牧隐文稿》卷一九,第 2—5 页,东京图书馆藏永乐二年刻本。

② 郑麟趾:《高丽史》卷一一二《李仁复传》,四库全书存目丛书史部第 161 册,第 754—755 页;李穑《樵隐先生李公墓志铭并序》,《牧隐文稿》卷一五,第 6 页下—12 页,东京图书馆藏永乐二年刻本。

③ 郑麟趾:《高丽史》卷一〇九《李穀传》,第 692 页下—696 页;萧启庆《元代进士辑考》,第 81 页;沈仁国:《元朝进士集证》,第 386—388 页。

年(1341)李穀仕元为中瑞司典簿,稽以朝官子,补国子监生员,在学三年。十三年,李稽中本国科第一,征东乡试第一。如元应举,至正十四年,赴廷试,读卷官参知政事杜秉彝、翰林承旨欧阳玄,见稽对策,大加称赏,遂擢第二甲第二名,敕授应奉翰林文字、承仕郎、同知制诰兼国史院编修官。东归,历任典理正郎、艺文应教、内史舍人、翰林直学士、知制诰兼春秋馆编修官、枢密院右副丞、选知工部事,官至门下侍中。李稽博览群书,尤深于理学。凡为文章,操笔即书,如风行水流,略无凝滞;而辞义精到,格律高古,浩浩滔滔,如江河注海。有《牧隐集》五十五卷,与李仁复等合撰《增修金镜录》及《本朝金镜录》。① 《全元文》(第56 册)录其文。

李穀、李稽父子是高丽王朝后期著名的文学家,在当时高丽文坛地位甚高。其在元代文坛的意义有二,一是文学成就和影响大,二是元朝与高丽的文学交流多。

李穀、李稽父子作为文学家的影响主要是在高丽文坛。其一是父子相继登科于元朝。高丽登元科举者仅有十人,兄弟联袂登科者是安轴、安辅兄弟,李穀、李稽为父子相继登第。这在高丽是影响巨大之事。李朝初《跋稼亭集》(《稼亭集》附)云:"吾东方文学之士,登中朝科者多矣,然父子相继擢高科,登史翰,名闻中夏,世称其美,惟稼亭与牧隐两先生而已。"这在高丽文坛为一佳话。

柳思讷《跋稼亭集》云:"渊沉之学出于蔡西山,杜辙之文原(源)于苏老泉。谁知牧隐(李稽)道德文章之美实由于稼亭而化之,所从来者远矣。"②李穀在文坛的另外一个意义是培养出一代儒宗的李稽。

其二是李穀、李稽父子都是文坛大家,在高丽名声和成就甚大。李穀"文章冠绝今古,东人之仰之,若泰山北斗。"③从作品数量看,李穀《稼亭集》二十卷中,文 105 篇,诗 393 首,词 13 首。李稽《牧隐集》五十五卷,文 236 篇,诗 5785 首。二人诗歌共 6078 首,与《全元诗》中整个非汉族诗 6070 首几乎相等。李氏父子创作数量是巨大的,尤其是李稽的诗歌数量,远远超过整个元代蒙古色目进士2878 首(色目进士诗歌 2378 首,蒙古进士诗歌 150 首)。

---

① 郑麟趾:《高丽史》卷一一五《李稽传》,四库全书存目丛书史部第 162 册,第 55 页下—69 页上;权近:《朝鲜牧隐先生李文靖公行状》,《牧隐集》卷首。
② 柳思讷:《稼亭集跋》,《稼亭杂录》。
③ 李基祚:《稼亭集后识》,《稼亭集》附。

二、高丽进士文学家与元朝文士的交游

（一）师长与前辈

高丽进士与座师交往记录不多，只有李穀、李穡父子。

李穀为元统元年进士。元统元年科举知贡举为礼部尚书宋本，考试官为翰林编修官王沂。廷试读卷官为宋本、中书参议张起岩、监丞揭傒斯、集贤侍讲学士张升，而国子助教陈旅为帘外掌试卷官。李穀与元朝文士的交游或许就是从其"座师"开始的。

元统二年，李穀奉兴学诏还国，宣谕勉励学校制书。其行，宋本写了四首饯行诗，其四云：

> 鳌省门生衣锦还，白头座主送征鞍。新诗价不一钱值，莫遣鸡林贾客看。[①]

李穀是高丽参加元朝科举及第者第六人，已成大志，授翰林国史院。而今奉诏归国，衣锦还乡，"白头座师"写诗饯行，不无赞扬珍重之意。

在《稼亭集》中，李穀有一首诗写给宋本的，即卷一五《题宋祭酒六骏图》，亦可见二人多有交往。在《稼亭集》还有两次提到宋本，即卷一一《崔瀣墓志》、卷一六《题苏伯修参议滋溪书堂苏氏五世世增书至万卷座主宋尚书诚夫首为之记诸公皆有诗》，言语之间，无不体现李穀对"座主"宋本的敬重之意。

王沂也为李穀座师。至元三年九月，王沂作《稼亭记》（《稼亭杂录》）云："中甫始由其乡，歌《鹿鸣》而来，战艺春官，策于天子之庭，中乙科……逢晨休嘉，方施其所学，入从出藩，亦可谓荣矣。视其名亭，将与耘夫荛叟相从于陇亩之上，庸讵不忘民事之艰，其所以报者。"王沂在文中赞扬了李穀为官之时，以"稼"名亭和"不忘民事之艰"。《稼亭杂录》还有王沂送李穀《使征东行省》诗。上文与诗均不见王沂《伊滨集》。

在李穀三次归国中，座师揭傒斯、张起岩都有诗送行。

李穀"座师"之中唯不见集贤侍讲学士张升与之交往的信息。《稼亭杂录》中录"座师"之诗有三，一是元统二年（1335）李穀奉勉励学校诏出使征东省，二

[①]　李穀：《稼亭集·稼亭杂录》。

是至元三年(1337)为李穀"稼亭"作诗,三是至正六年(1346)送李穀颁朔征东省。元统元年(1334)张升已七十四岁,至正元年去世。《稼亭杂录》中不见张升交往信息或许与张升年老有关,而元代文献中也不见张升的诗文。

李穑在元朝时间仅四年左右,时间与交游人物都远低于乃父,但李穑能成为高丽末期一代文宗,除了出生于名儒之家,父亲李穀及高丽座主李齐贤的培养,更与在元朝的学习和师长的影响有很大关系。

师长之中有欧阳玄、宇文公谅、吴当、虞集,其中欧阳玄对李穑影响最大。

李穑为至正十四年进士,欧阳玄是年知贡举,王思诚同掌会试。廷试读卷官有欧阳玄、杜秉彝、张翥。故李穑称欧阳玄为"吾座主欧阳先生。"①据徐居正《东人诗话》记载:

> 牧隐初入元朝,文士稍轻之,嘲曰:"持杯入海知多海。"牧隐应声曰:"坐井观天曰小天。"嘲者更不续。尝谒欧阳学士玄,得印可。牧老晚有诗云:"衣钵当丛海外传,圭斋一语尚琅然。迩来物价皆翔贵,独我文章不值钱。"盖叹晚节之蹭蹬也。②

"衣钵当从海外传,圭斋一语尚琅然。"出自《牧隐稿·牧隐诗稿》卷一三《即事》。李穑是高丽后期程朱理学的传播者,是儒学大家,此诗表明了欧阳玄是"衣钵当从海外传"的宗师,是高丽儒学渊源所自。欧阳玄尝自叹:"吾衣钵当从海外传之于君也"③、"吾道东矣"④。李穑"在学三年,得受中国渊源之学,切磨涵渍,益大以进,尤邃于性理之书。"⑤欧阳玄起到了关键的作用。

前辈之中,李穑曾拜访过泰不华,《牧隐诗稿》卷二《上达兼善尚书》云:

> 玉树风标照世新,独悬徐榻播清尘。文超两汉仍谈理,笔继先秦更入神。名重状元工射策,秩崇宗伯俨垂绅。朋来自远从今始,门立

---

①　李穑:《松月轩记》,《牧隐文稿》卷四,东京图书馆藏永乐二年刻本,第9页下。

②　徐居正:《东人诗话》卷下,蔡美花、赵季主编《韩国诗话全编校注》第一册,人民文学出版社2012年版,第205页。

③　许筠:《惺叟诗话》,蔡美花、赵季主编《韩国诗话全编校注》第二册,第1477页。

④　李墍:《艮翁疣墨》,蔡美花、赵季主编《韩国诗话全编校注》第三册,第1766页。此书所记之事与《东人诗话》稍不同。

⑤　权近:《朝鲜牧隐先生李文靖公行状》,《牧隐集》卷首。

扶桑海外人。

泰不华为至治元年(1321)右榜状元。至正八年至九年间,泰不华为礼部尚书领会同馆事。此诗应作于此时,李穑当时为国子监学生。诗歌赞扬了泰不华的人格、威望及诗文水平,"门立扶桑海外人",李穑当以泰不华为师长去拜访,表达了极度尊重之意。

李穑与傅亨也有文字之交,《牧隐诗稿》卷三有《奉送傅子通应奉奉使东平赈济客户因过凤凰山》、《凤凰山十二咏子通临行索赋》(十二首)。傅亨,字子通,大都人,至正二年进士,为李仁复同年,与李穑父李穀亦有交往,看来与李穑交谊不浅。

成遵是李穀的同年,至正九年,成遵为户部侍郎。李穑以同年子身份拜谒。此时李穑"童心犹未化,汉语总非真"。成遵作为长辈,"学业频相励,盘餐每赐珍。"李穑以李穀手简进呈,成遵"深服奇妙,矜语座客。"① 余阙或此次"座客"之中。② 从中我们可以看出,元朝文士与高丽文士的交往细节。

(二)同年

高丽进士与元朝同年交游不少。

崔瀣九岁能诗,才奇志高,读书为文,辞不资师友,超然自得,不惑异端,不溺习俗,而务合于古人。同年状元宋本称其才,屡形于诗,自是名益著。③ 宋本之诗不存,然《送李中父使征东行省》其四有"新诗价不一钱直,莫遣鸡林贾客看"④,或此"鸡林贾客"即为崔瀣。

崔瀣与元代文人的交往记录不多,徐居正《东文选》卷一八有崔瀣诗《拙诗六韵,呈状元修撰宋本诚夫先生,兼奉示同年诸公,共为一笑》,其诗云:

> 我是唐朝侍御孙,笔耕遗业继专门。敢从圣域论超诣,粗向科场
> 免数奔。揣分始惭充国举,观光何幸拜天恩。簪因朋盖威仪盛,轨与
> 文同教化敦。重诸每承深感德,卑怀欲叙澹忘言。诸公若赐诗为宠,

---

① 李穑:《谒成谊叔侍郎》,《牧隐诗稿》卷二,第4页下。诗有注:"予以先人手简进呈,公深服奇妙,矜语座客。"

② 李穑:《成侍郎宅见余廷心先生退而志之》,《牧隐诗稿》卷二,第4页下—5页上。东京图书馆藏永乐二年刻本。

③ 李穀:《崔君(崔瀣)墓志》,《稼亭集》卷一一,第6页上。

④ 李穀:《稼亭集·稼亭杂录》。

归诧乡人永不谖。①

这应该是一次同年集会,然除宋本外,其他人不详。

崔瀣归国之后,宋本时常向人问询。② 崔瀣借高丽人闵璿③东觐西回,写诗以致感激之情:

> 平生事业愧空疏,也忝科名至治初。人使归来烦见问,因风寄谢
> 宋尚书。④

可见二人交情不浅。

安轴回国后,同年程端学有诗《赠安当之同年归高丽》送行,诗云:

> 我家东海西,君家东海东。总是东海上,海阔无由通。我如海中
> 云,君如海中龙。云龙以类应,万里终相从。君才起宾兴,我愚亦叨
> 蒙。春官俱战艺,论心此时同。人间岂无友,文会情自隆。去年别我
> 去,索居正忡忡。今年倏来思,诗酒聊从容。奄忽复远别,离合无定
> 踪。还如云与龙,聚散八纮中。相期啮冰蘖,岁寒以为功。⑤

此诗写于安轴回高丽之次年,诗中写了相识、相别和思念,表达了深厚的同年情谊。

安轴与元朝士人的交游仅见于此。

李仁复回本国之后,曾有诗寄同年马彦翚、傅亨:

> 每向琼林忆醉归,赐花春暖影离离。别来更觉交情厚,老去安知
> 世事非。驽钝尚惭怀栈豆,鹏飞谁复顾藩篱。请君莫笑东夷陋,海上

---

① 徐居正:《东文选》卷一八,第14页下—15页上,日本内阁文库藏本。

② 崔瀣《闵仲玉璿东觐西回,乱道为别》注云:"人使往来,屡承同年宋礼部荣问,兼此致谢。"徐居正:《东文选》卷二〇,第28页。

③ 闵璿,字仲玉,国子监生。见李穑:《跋仲玉〈还学〉诗卷》,《牧隐文稿》卷一三,第6—7页。

④ 徐居正:《东文选》卷一〇,第1—2页。

⑤ 程端学:《积斋集》卷一,丛书集成续编第137册,第225页上。

三山耸翠微。①

傅亨,见前。马彦翚,西域人,官至翰林承旨。

作者犹不能忘记及第之时琼林宴的美好记忆。而今已回故国,千里万里,始觉世事已非,交情更厚,思念之情,深且长矣。

李仁复与同年刘杰也有交游记录。

高丽恭愍王十五年(1366)十一月辛丑,河南王遣中书检校郭永锡偕金齐颜来报聘,②其回,李仁复有诗送行。诗有"冬官如有问,为我谢绸缪"之句,后有注"刘工部是我同年。"③刘工部即刘杰(? —1390),字良辅,金溪(今江西金溪)人。至正二年进士,累迁工部尚书。生平见第三章第一节。从诗中我们可见李仁复在元时与友人的交往。

李穀三次归国作诗送行的同年有余阙、成遵、周瑞、程益。

《稼亭集》有寄送成遵、和里互达诗。

《稼亭集》卷一五《寄同年成谊叔》:

　　喜君方展济时才,朝出花砖暮柏台。东省外郎无意味,却惭怀土早归来。

花砖,翰林之意。柏台,指御史台。成遵于元统元年先授翰林编修,至正二年八月,授监察御史。"朝出花砖暮柏台"即为此意。至正三年李穀为奉训大夫、中瑞司典簿。故此诗应作于至正二年李穀在征东行省左右司员外郎任上之时。此诗赞扬了成遵方展济时之才,同时也显示了自己在征东行省左右司员外郎任上的抑郁与怀土归乡的想法。

李穀与成遵是同年,诗歌的交往可以显示他们之间的友谊。李穀之子李穑与成遵的交往也更反映了他们之间的交情。见上述李穑《牧隐集》卷二《谒成谊叔侍郎》。

《稼亭集》卷一六《送同年达兼善检校浙省》,陈旅《安雅堂集卷》二有《送达天山江浙省检校》应为一时之作。此达兼善即和里互达,字兼善,非至治元年右

---

① 李仁复:《寄元朝同年马彦翚承旨兼柬傅子通学士》,徐居正《东人之文》卷一五,第18页。
② 郑麟趾:《高丽史》卷四一《恭愍王世家四》,四库全书存目丛书史部第160册,第64页下。
③ 李仁复:《送河南郭检校永锡九畴》,徐居正《东文选》卷一〇,第3页。

榜状元泰不华。

李穑的同年有交游记录者有牛继志、曾坚、哲马、顺童、王景初、赵致安（赵时泰）等数人。《牧隐诗稿》卷六《同年歌》云：

> 状元牛公冰玉清，璧水半面诗有声。子白白发已无余，江西文章独擅誉。马郎长身气颇豪，醉扫松树干青霄。顺童短小最精悍，欲振台纲立崖岸。当时座上八九人，风采俊逸词清新。文钟邦杰中兴将，事业直跨浯溪上……

这是一次八九人的同年小集，但只提到牛继志、曾坚、哲马、顺童四人。状元牛公即牛继志，字述善，河北武强人，至正十四年左榜进士第一。曾坚，字子白，江西金溪人。马郎，即哲马，字道原，贯杭州。顺童，不详，必是蒙古色目人。

李穑与牛继志交谊颇深，据成俔《慵斋丛话》卷一〇：

> 牧隐（李穑）入元登第，登黄甲三名。其第一则牛继志，第二则曾坚也。牧隐东还，牛状元作别诗曰："我有丈夫泪，泣之不落三十年。今日离亭畔，为君一洒春风前。"[①]

李穑与曾坚、王景初、赵致安有唱和之作。《牧隐诗稿》卷三有《题〈宣和蜂燕图〉与子白同赋》《题玢上人所畜〈神龙图〉与同年曾助教同赋》、《次同年王景初诗韵兼简曾子白赵致安二同年》诸诗，看来，李穑在大都翰林国史院任职时常与同年、同僚唱和，参与题画、雅集等文学活动。

（三）同僚及友朋

李仁复东归之时，元朝文士为之饯行。宋褧《燕石集》卷二有《送高丽进士李仁复东分题得箕子庙》，其他送行人不详。

李穀在元任职的地方有二，大都和征东行省。李穀于元统元年（1333）及第，六次往返于高丽与大都，其历官翰林国史院检阅官、徽政院管勾兼承发架阁库、征东行丞相府员外郎、中瑞司典簿、中书差监仓、征东行中书省左右司郎中，

---

① 成俔《慵斋丛话》卷一〇，蔡美花、赵季主编：《韩国诗话全编校注》第一册，第 303 页。李睟光《芝峰类说》卷一二所记相同，蔡美花、赵季主编：《韩国诗话全编校注》第二册，第 1258 页。杨镰《全元诗》未录此诗。

在元朝总共十年之久。李穀在大都和征东均有同僚与友朋。

苏天爵在元中后期大都文坛著名人物。至正壬午（1342）夏，苏天爵"拜湖广行省参知政事，大夫士又分题赋诗以饯。"①分题赋诗者有吴师道、宋褧、周伯琦，李穀也在送行人之中，②有诗《送苏伯修参政湖省分韵得东华尘》。苏天爵家有藏书之所，藏书万卷有余，名之滋溪书堂，宋本为记。③ 虞集、许有壬、谢端、傅若金、宋褧、潘纯有诗（铭）赠之。李穀《稼亭集》卷一六有《题苏伯修参议滋溪书堂苏氏五世世增书至万卷座主宋尚书诚夫首为之记诸公皆有诗》，所谓"诸公"即虞集、许有壬诸人。李穀参与上述的元朝文人的文学活动，"与中朝文士交游讲劘，所造益深，为文章，操笔立成，辞严义奥，典雅高古，不敢以外国人视也。"④李穀的文学水平的提高与元朝文人交往有很大的关系。

揭以忠，征东行省理问，李穀任职征东同僚。李穀《稼亭集》卷九《送揭理问序》："令兄集贤公为诗儒宗，名闻海内。余辱出门下，东归之日，承其教诲。早夜以无忘。而今而后，余知不负公矣。君归幸谢之"。"令兄集贤公"为揭傒斯，故揭以忠即揭傒斯之弟。《元人传记资料索引》不见其人。《稼亭集》卷七《题勤说后》云："胡君仲囷作《勤说》以贻洪守谦，揭君以忠续而勉之。"卷一五有《揭理问小酌邀余同饮以病不赴》、《病中承招谢揭理问》、《揭以忠见和又作四绝》、《寿揭以忠二绝》诸作，可见揭以忠与李穀关系密切。揭以忠诗不见。

李穡与在国子监的同学也多有交往。李穡《书〈江南纪行诗稿〉后》云：

> 予既冠，游燕京璧水（国子监）。弦诵之隙，与四方同舍问其乡里
> 古圣贤之遗迹及其衣冠风俗、山水景致，各各不同。⑤

1348 年，李穡入国子监，读书三年。"四方同舍"也应不少。《牧隐诗稿》卷二有《与同舍同赋》、《送同舍生归觐西川》，卷三有《送李文会归庐陵省亲》。

李穡与叶恒之子叶孔昭为国子监同学，关系最为密切。叶孔昭，名晋，字孔昭。官宣政院照磨，补官江南行御史台掾。曾衮辑当时赞颂其父叶恒筑余姚海

---

① 许有壬：《送苏伯修赴湖广参政序》，《至正集》卷三四，文渊阁四库全书第 1211 册，第 242 页下。

② 李穀：《稼亭集》卷一四，第 7 页上。

③ 宋本：《滋溪书堂记》，苏天爵编，张金铣校点：《元文类》卷三一，第 595—597 页。

④ 郑麟趾：《高丽史》卷一〇九，四库全书存目丛书史部第 161 册，第 693 页上。

⑤ 李穡《书〈江南纪行诗稿〉后》，见郑梦周：《圃隐先生集附录》，杜宏刚、邱瑞中、（韩）崔昌源编：《韩国文集中的蒙元史料》，广西师范大学出版社 2004 年版，第 641 页上。

隄诗文,为《余姚海隄集》四卷。① 叶恒在李穀东归时曾写诗送行,故叶晋与李穑
应为世交。《牧隐诗稿》卷二《与叶孔昭赋〈青山白云图〉(四明敬常助教子)》、
《次韵叶孔昭〈江南〉四绝》、《〈寒风〉三首与叶孔昭同赋》,二人唱和不少。

《牧隐诗稿》卷一〇有《咏木绵布》(其二)回忆二人在国子监的生活。其
诗云:

> 叶县孔昭情最亲,食同几案坐同茵。
>
> 镜湖镇浦非他水,月艇风樯似近邻。
>
> 丐我苎根烦海贾,送君绵实托乡人。
>
> 分明此语犹能记,三十余年似隔晨。

这是李穑东归三十余年后回忆与叶晋在大都的旧事,"叶县孔昭情最亲,食
同几案坐同茵",可见二人交谊之厚。

李穑所交游的元朝文士几乎都是大都文士,然与元人胡深、至正二年右榜
状元拜住、至正五年进士偰伯僚逊交游却是在高丽。

胡深,字仲渊,早岁游京师,适其父铤仕元为征东行中书省左右司员外郎,
乃居高丽。② 时胡深馆于征东行省理问高丽洪彬,授其子寿山,李穀此时亦在征
东行省,故李穑得同受业,③并从胡深学绝句。④

偰伯僚逊在至正十八年(1358)避红巾军,挈子弟至高丽。因与其国恭愍王
(1352—1374)在端本堂有旧谊,礼遇优渥,封高昌伯,改富原候,更名偰逊。有
《近思斋逸稿》。未见李穑与偰伯僚逊的唱和诗文,但李穑《牧隐文稿》卷七有
《近思斋逸稿后序》,⑤显然有交往,或因偰伯僚逊去世过早,交游信息甚少。

拜住,字明善,官至枢密院副使。洪武三年(1370)朝鲜太祖李成桂击兀剌
山城(辽宁新滨东南),城降,获之,执问,乃曰:"我元朝状元拜住也,贵国李仁复
吾同年也。"高丽恭愍王厚加遇之,拜判司农寺事,赐姓名韩复。与仁复、李穑相

---

①　丁丙:《善本书室藏书志》卷三九,第6—7页。《清人书目题跋丛刊》(二),中华书局1990年版,
第894页下—895页上。

②　王祎:《故参军缙云郡伯胡公行述》,《王忠文集》卷二二,文渊阁四库全书第1226册,第472页
下—476页下。

③　李穑:《唐城府院君洪康敬公墓志铭》,《牧隐文稿》卷一九,第14页下。

④　李穑:《静坐……又从胡仲渊先生处学绝句……》,《牧隐诗稿》卷一九,第26页下—27页。

⑤　李修生:《全元文》第56册,第442页。

从唱和,举子多以程文取正,累迁至大匡西原君,进贤馆大提学。^①拜住卒,李穑作歌以哭,对拜住客死他乡,深表哀痛。^②

(四)元朝文士对李穀的三次送行

李穀与元代诗人交往记录大规模的有三次,即奉命颁兴学诏、颁新历于高丽及赴任征东行省三次前的送行。这三次送行所参与的文士人数较多,且多为元代文坛的巨擘。

元统二年(1334),李穀奉兴学诏于高丽,送行者有十四人宋本、欧阳玄、谢端、焦鼎、岳至、王士熙、王沂、潘迪、揭傒斯、宋褧、程益、程谦、郭嘉,陈旅为序。

至元三年(1337)九月,李穀以儒林郎徽政院管勾兼承发架阁库擢征东行丞相府员外郎。其行,元朝士人以"稼亭"为题作诗送行。作诗者送行者十三人有谢端、黄溍、王思诚、宋褧、苏天爵、刘闻、刘阅、程益、贡师泰、余阙、王士点、成遵,王沂为序。

至正六年(1349),李穀以中瑞典簿受命颁新历高丽,送行者有八人有张起岩、□璘、林希光、叶恒、南阳□□、傅亨、方道叡、周曔,周璘为序。

在本书前文,潘迪、林希光、刘阅未见,兹简介如下:

潘迪,字允功,元城人。博学能文,历官国子司业、集贤学士。所著《易春秋庸学述解》及《格物类编》、《六经发明》诸书传于世。^③

林希光,疑是林希元之误。^④ 林希元,号长林子,台州人,博学能文章。由翰林应奉出尹上虞。所著有《长林存稿》。^⑤

刘阅,不详,应是当时馆阁文人。^⑥

三次送行者共三十五人,除去重复有三十一人。其中宋本、张起岩、陈旅、揭傒斯是李穀座师,余阙、成遵、周璘、程益是其同年,其他除王士点、苏天爵、陈

① 郑麟趾:《高丽史》卷一一二,四库全书存目丛书史部第 161 册,第 762 页下。

② 李穑:《奉怀明善先生》、《七月初八日听诏征东行省拜明善学士在焉廿一日王太医来语及明善仙去十余日焉惊呼之余作歌以哭》,《牧隐诗稿》卷八,第 4 页下、第 16 页下—17 页上。

③ 冯从吾:《元儒考略》卷三,文渊阁四库全书第 453 册,第 792 页下。

④ 陈高华:《〈稼亭集〉、〈牧隐集〉与元史研究》,郝时远、罗贤佑主编:《蒙元史暨民族史论集:纪念翁独健先生诞辰一百周年》,社会科学文献出版社 2006 年版,第 333 页。

⑤ 徐象梅:《两浙名贤录》卷三二,续修四库全书第 543 册,第 195 页上;顾嗣立、席世臣:《元诗选癸集》上,中华书局 2001 年版,第 444 页。

⑥ 刘闻、刘阅诗歌落款分别为安成刘闻、安成刘阅。据欧阳玄《元赠应奉翰林文字从仕郎安成刘聘君墓碑铭》,刘闻有弟刘阅,然未知是否是此刘阅。见《圭斋文集》卷一〇,欧阳玄撰,汤锐校点:《欧阳玄全集》,第 374 页。

旅、揭傒斯、潘迪、贡师泰、刘闳、林希光、叶恒、□璿外二十一人皆为进士。

以上人物大多任职于翰林国史院、国子监（集贤院）、秘书监，为当时的馆阁文人，其中很多人是活跃于元中后期文坛的菁英。欧阳玄、黄溍、宋本、张起岩、陈旅、揭傒斯、王士点、谢端、宋褧、贡师泰、余阙、王守诚都是元代文坛有影响的人物，而欧阳玄、张起岩、揭傒斯、王沂都是宋、辽、金三史的总裁，地位甚高。

高丽进士中，李穀在元朝时间最久，交游人数最多，范围也广，包括师生、同年、同僚、友朋，可考者有近 40 人。"从现存文献看，高丽文士与元朝文士交往最为密切的，除了《益斋集》的作者李贤（应为李齐贤）外，便是李穀。"①

与其父相比，李穡所交游者可考者有 17 人，包括师长、长辈、同年、同舍及后来到高丽的居住的拜住和偰逊。其他高丽进士在元朝时间很短，多任职于辽阳、锦州或征东省属，官职很低，与元朝文士交游人数甚少，而且多是同年，与元代文坛联系甚少。

李穀、李穡父子虽然是在元朝科举及第，并曾短期在元朝任职，然就其作品而言，如李穀，其诗歌一半作于元朝，然多纪游之诗，如扈驾上京之作，偶有与元朝人物的唱和，多是与高丽人物寄赠之作，其文学成就和影响也在本国影响较大，而在元朝较小。李穡更是如此。李穀、李穡父子与元代文坛的关系主要是与元朝士人的交游，这也是蒙丽文坛最直接的交流。

李穀六次入元，在元朝做官总计十年之久。② 李穡四次入元，求学、做官将近四年。③ 相对于其他高丽进士，李穀、李穡父子与元朝士人交往最多的，在元代文坛的知名率也最高。

三、高丽进士文学家与元代文坛

虽然，元代高丽进士在汉语文学创作卓有成绩，在高丽文坛极负盛名。尤其是李穀、李穡父子，影响极大。以诗而论，"牧隐之诗雄豪雅健，天分绝伦，非学可到；稼亭之诗精深平淡，优游不迫，格律精严。④"在高丽诗坛屈指可数。但他们并不是以文学创作影响元代文坛，而是在元代文坛的民族构成及蒙丽文学

---

① 陈高华：《〈稼亭集〉、〈牧隐集〉与元史研究》，郝时远、罗贤佑主编：《蒙元史暨民族史论集：纪念翁独健先生诞辰一百周年》，第 333 页。

② 刘刚：《李穀入元考》，《长春工业大学学报》（社会科学版）2014 年第 1 期。

③ 刘刚、潘越：《李穡入华考》，《黑龙江史志》2013 年第 23 期；吴光祖：《李穡汉诗研究》，延边大学2015 年博士学位论文，第 34 页。

④ 徐居正：《东人诗话》卷下，蔡美花、赵季主编：《韩国诗话全编校注》第一册，第 213 页。

家交流有重要的意义。

第一,高丽进士文学家加入元朝文坛进一步扩大了元代文坛民族多样性。高丽是元朝附属国,其国文人在元朝活动甚少。所谓"加入",是在元朝生活有一定时间,或在元朝做官,与元朝文学家交游、唱和,参加元朝的文学活动,成为元朝文坛中的一员。

高丽进士人数较少,但大都曾在元朝做官,虽然有的时间很短。他们与元朝文士的交游密切,似无国家、地域、民族之局限。这在他们的诗文中可以看出。如李穀之于苏天爵,李穑之于叶晋。从高丽进士在元代文坛的活动及高丽作为蒙古臣属国的特殊关系也在一定意义上,我们可以认定高丽文学家就是元代文坛的组成部分。《全元文》之所以收录李齐贤、李穀、李穑、崔瀣的文章的原因或在于此。

与历代文坛相比,元代文坛真正是多族共存的文坛。而这种共存,并非因一两个非主体民族的文学家的存在而形成的多族文坛格局。虽然,元代文坛的主体民族仍是汉族(汉人和南人),但蒙古、色目文学家都有相当的数量,尤其是色目中民族众多,仅以元代进士作家而论,有畏兀尔氏、汪古氏、回回氏、哈鲁氏、答失蛮氏……。而高丽文学家的加入(包括长期在元的李齐贤等),使元代文坛的民族多样性进一步扩大,而真正成为囊括了除日本民族之外整个东亚的文坛。这种多元民族格局在中国乃至世界各国文学史上前所未有。

第二,高丽进士与元朝文士的交游加深了元朝文坛与高丽文坛的联系。自唐时,新罗人开始参加为外国人开设的"宾贡科",新罗入唐者渐多。从唐代长庆年间(821—824)新罗人金云卿成为宾贡进士始,历经五代、元、明,至朝鲜人金涛成为明代进士止,约 550 年间里,通过中国科举考试的新罗、高丽、朝鲜的有姓名可考的进士有 53 人。① 他们中许多人在两国的文学交流起到了很大的作用。如崔瀣远祖崔致远,唐僖宗乾符元年(874)进士及第,留唐十六年间,与唐末文人诗客、幕府僚佐等交游甚广,"不仅是新罗汉文学中成就最卓著的汉文学家,也朝鲜国历史上第一位留下了个人文集的大学者、诗人,一向被韩国学术界尊奉为韩国汉文学的开山鼻祖,有'东国文学之祖'的称誉。"②

高丽文人李齐贤从 1315 年来中国,1341 年回国,在中国生活了 26 年,与元

① 裴淑姬:《宋元时期科举中的高丽进士》,《科举学论丛》2008 年第 1 期。
② 陆昌萍:《国外汉学概论》,安徽师范大学出版社 2017 年版,第 24 页。

朝文坛名家姚燧、阎复、赵孟頫、元明善、张养浩等过从甚密,引为知己。元代高丽进士与元朝文坛的交游稍密者以李穀、李穡父子为代表。

　　李穀所交游者虞集、宇文公谅、吴当、揭傒斯、欧阳玄、黄溍、王沂、张起岩、宋本、宋褧、苏天爵、谢端、贡师泰、余阙、泰不华、王士点、成遵等等,皆为馆阁文人,有的官位很高,都是元朝文坛名家,如虞集、欧阳玄、揭傒斯为大都文坛领袖,黄溍为当时婺州文派的盟主。

　　高丽进士与元朝文士的交游,师生同年是最为主要的关系。但"元代科举制下的师生同年关系与汉族王朝时代的主要差异有二:一是这种关系是以多元族群为范围,而不限于汉族。另一是由于进士从未构成元代官场的主流,因而座主、门生与同年的关系不足以形成主宰政治、威胁君权的派阀,其主要性质是基于共同文化素养与品味的联谊。①"这样,在排除利益之外的师生同年情谊就颇为深厚和久远,如欧阳玄之于李穡,宋本之于崔瀣。从小的方面讲,这种交游加深了蒙丽诗人的情感。从大的方面讲,这加深了蒙丽文坛之间的联系,增强了元朝文坛对高丽文坛的影响力,从而影响高丽文风。

　　第三,高丽进士在元代文坛的意义还在于影响高丽文坛的文风。高丽高宗(1213—1259)文化是以新罗时代输入的唐代文化为基础,再加上宋代文化。"高丽服属于元时,元帝室与高丽王室成了亲族关系,高丽子弟多在元留学。这些人学习朱子之学,为介绍朱学入朝鲜的先驱,尤以李穀、李齐贤为当时朱学大儒"②。李穡是当时最著名的政治家、思想家、文学家,也被认为是"崔致远以来,影响三韩汉学之第二人"③。李穡师承大儒李齐贤,与其父李穀同为在高丽传播朱子之学的主要人物,但比乃父影响更大。

　　权近云:

　　　　吾座主牧隐先生早承家训,得齿辟雍,以极正大光明之学。既还,儒士皆宗之。若圃隐郑公、陶隐李公、三峰郑公、潘阳朴公尚衷、茂松尹公绍宗,皆其升堂者也。④

①　萧启庆:《元代科举中的多族师生与同年》,《中华文史论丛》2010 年第 1 期。
②　潘公昭:《今日的韩国》,中国科学图书公司 1946 年版,第 209 页。
③　杜宏刚、邱瑞中、[韩]崔昌源辑:《韩国文集中的蒙元史料》卷下,广西师范大学出版社 2004 年版,第 376 页。
④　权近:《三峰集序》,《阳村集》卷一六,《韩国文集丛刊》第 7 册,第 171 页。

　　李穑在元国子监学之时，并师从欧阳玄，归国后，任成均馆大司成，改革学制，传播程朱理学，弟子甚众。如权近所言，圃隐郑公郑梦周（1338—1392）、陶隐李公李崇仁（1347—1392），三峰郑公郑道传（1342—1398）、朴尚衷（钧隐朴訔之父，李穑为朴訔之舅）、尹绍宗（1345—1393）皆为李穑弟子。他们都是高丽后期朱子学派的代表人物，如郑梦周被李穑赞为"东方理学之祖。"①受此影响，高丽文风为之一变。

　　徐居正在《东人诗话》中谈到了这一变化：

　　　　高丽光显以后，文士辈出，词赋四六秾纤富丽，非后人所及。但文辞议论，多有可议者。当是时，程、朱《辑注》不行于东方，其论性命义理之奥纰缪牴牾，无足怪者。盖性理之学盛于宋，自宋而上，思、孟而下，作者非一。唯李翱、韩愈为近正，况东方乎？忠烈以后《辑注》始行，学者骎骎入性理之域。益斋（李齐贤）而下，稼亭（李穀）、牧隐（李穑）、圃隐（郑梦周）、三峰（郑道传）、阳村（权近）诸先生相继而作，唱明道学，文章气习庶几近古，而诗赋四六亦自有优劣矣。②

　　高丽光宗（949—975）、显宗（1009—1031）诗歌词赋，秾纤富丽，沿袭晚唐风格。性理之学不行于高丽，其议论多有抵牾之处。忠烈王（1274—1298、1298—1308）时，安珦（1243—1306）将朱学传入高丽。而后李齐贤、李穀、李穑及其门人郑梦周、郑道传、权近后先相继，文章风气几于近古，诗歌词赋也因此优劣自明。这应是元代文坛复古之风的对外辐射。"高丽诗文词丽气富而体格生疏，近代著述，辞纤气弱而义理精到"③，这即是"文章所尚，随时不同。④"显然，高丽文风因朱子之学的传播而发生变化，"影响了这一时期高丽文风、诗风的发展趋势"⑤，以此而论，高丽进士李穀、李穑父子在丽末鲜初对文风的转变所起作用最大。

　　总之，高丽是元朝的附庸国，与元朝本土尚有不同，故高丽进士非同于蒙古

①　郑麟趾：《高丽史》卷一一七《郑梦周传》，四库全书存目丛书史部第162册，第97页上。
②　徐居正：《东人诗话》下，蔡美花、赵季主编：《韩国诗话全编校注》第一册，第197—198页。
③　徐居正：《东人诗话》下，蔡美花、赵季主编：《韩国诗话全编校注》第一册，第198页。
④　徐居正：《东人诗话》上，蔡美花、赵季主编：《韩国诗话全编校注》第一册，第185页。
⑤　朝鲜民主主义人民共和国科学院历史研究所：《朝鲜通史》第二卷第二部分，吉林人民出版社1984年版，第543—544页。

色目进士,其中一点是他们很少在元朝任职,归国之后,多官至显通,鲜有再回元任职。故其文学创作虽有部分作品与元朝风土人物相关,但相对较少,在元代文坛影响不大。但更为不同的是,高丽进士在本国文坛却名声赫赫,影响甚大,甚至为高丽文坛领袖。高丽文坛风气的转变与此有直接的关系。

高丽进士文学家与元朝文士的交游加深蒙丽文坛的联系,使唐以来中国与半岛文学的交流得以继续和深化,并对高丽文坛产生深刻影响。高丽进士文学家是元代文坛中一个特别的群体,虽然人数较少,但对元大一统的真正的多族文坛格局的形成起到了重要的作用。这是一个囊括除日本之外的东亚文坛,在整个文学史上,前之汉唐宋,后之明清,均未出现,以此而论,这在文学史上具有特别的意义。

结论　元代进士文学家与元代文坛的终结

　　自科举产生以来，唐宋时期，进士逐渐成为文坛的主要群体。元代科举举行时间短，进士的人数和政治地位远不如唐宋明清，元代进士文学家数量远低于同时代非科第出身的文学家，但元代文坛并未因此发生大的变化，即进士文学家仍然是文坛的主要群体。

　　本书的主旨是：元代科举加速了蒙古色目人、高丽人的汉化及对中国文学的认同，产生了一大批蒙古色目及高丽进士文学家，他们与汉族进士文学家一起，共同构建了多族文学格局。元代文坛具有明显的地域性，大都文坛和江南文坛是最核心最重要的区域。大都文坛是以馆阁文人为主，进士文学家是主要群体，欧阳玄、张起岩、许有壬、马祖常、王沂、黄溍、谢端、宋本、宋褧、李好文、余阙等曾一度是"文章司命者"，影响了整个文坛。江南文坛以两浙最为繁荣，黄溍、杨维桢是其盟主，铁崖诗风和婺州义派不仅繁盛于当时，而且影响于后世。元代进士文学家是元中后期文坛的决定力量。本书通过四个部分论述这一主旨。

　　第一，元代科举举行较晚，但科举一旦举行，蒙古人、西夏人、西域各族、高丽人积极参与科举考试，甚至出现了"一门九进士"的高昌偰氏，"一门八进士"的雍古马氏，一门两进士的家族更多，如蒙古捏古台氏笃列图父子、回回于阗人哈八石父子、高丽人李榖父子、乃蛮答禄守恭叔侄、蒙古逊都思氏月鲁不花兄弟、蒙古忙兀台氏完迮溥化兄弟、回回海鲁丁兄弟、哈剌鲁人完迮溥化兄弟等等，他们都因科举而进入元代文坛。再如蒙古人泰不华，回回人萨都剌，唐兀人余阙，都是元代文坛的顶级作家。元代文坛的多民族格局的形成，科举考试及各族进士起到了直接的巨大的推动作用。

第二，历代文坛都具有地域性的特点，元代文坛地域性的核心区域是大都和江南。大都文坛的繁荣主要由馆阁文人所造就。元代科举举行之后，元代馆阁文人逐渐主要由进士群体组成，如汉人欧阳玄、许有壬、黄溍、张起岩、杨载、王沂、谢端、宋本、宋褧、王守诚、李好文、吕思诚、程端学、李黼、张以宁、黄清老、李祁、宇文公谅、成遵、陈祖仁、傅亨、滕克恭、高明、李国凤、曾坚、钱用壬、李延兴、王时、申屠駉，蒙古色目人马祖常、泰不华、廉惠山海牙、偰玉立、观音奴、萨都剌、余阙、月鲁不花、察伋、乌马儿、答禄与权、偰伯僚逊、昂吉、哈剌台，高丽人李穀、李稿，等等，都曾在馆阁之中。元代翰林国史院、集贤院、秘书监、奎章阁任职的进士有 206 人，占元代整个馆阁官员的五分之一。馆阁文人一直是大都文坛的主体，也是元代文坛的主体，在元代文坛地域性的形成其决定性作用。

元代考官是元代"文章司命者"，在文坛影响巨大。可考知的元代历科考官有 96 人中，出自翰林、集贤、国子监、奎章阁（宣文阁）者有 51 人。自泰定四年（1327），元代进士出身的官员始以考官身份出现，考官共 74 人，进士出身的 43 人，占 58%。

其中泰定四年（1327）马祖常同知贡举，至顺元年（1330）马祖常知贡举；元统元年（1333）宋本知贡举；至正二年（1342）许有壬知贡举；至正五年欧阳玄知贡举，王沂同知贡举；至正八年不详；至正十一年韩镛知贡举，赵琏同知贡举；至正十四年知贡举欧阳玄，王思诚同知贡举；至正十七年不详；至正二十年同知贡举李好文；至正二十三年不详；至正二十六年知贡举王时，同知贡举徐昺。除至正八年、十七年不详，泰定四年、至正二十年知贡举非进士外，其他知贡举、同知贡举均为进士出身。既然元代考官被元代文人认为是主掌文风者，使"文章为之一变。"①那么，元代大都馆阁文人在元代文坛影响力可想而知。

江南文坛是元代文坛的另一个核心，也是元代后期逐渐超过大都的地域文坛。江南文坛最有影响的是在江浙行省，以杨维桢为领袖的铁崖诗派和以黄溍为盟主的金华文派是江南文坛的两大主体。这两大主体在元后期渐呈后来居上之势。铁崖诗派及李（孝光）、杨（维桢）乐府"始补元诗之缺，泰定文风为之一变。"②元朝灭亡，大都文坛也随之消沉，但江南文坛犹未改变其文坛核心之地位，并在明初犹有余响。

---

①　永瑢：《四库全书总目》卷一六七，第 1440 页上。
②　杨维桢：《潇湘集序》，《东维子集》卷一一，杨维桢著，邹志方点校：《杨维桢集》，第 849 页。

第三，中国文学史上，汉族文学家是文坛的主体，即便非汉族是统治阶层。在统一王朝之中，元朝是蒙古人作为统治民族，清朝是满族作为统治民族。但汉族仍是文坛的绝对主体。元朝出现了许多非汉族文学家，多人负有盛名，如蒙古族阿鲁威、泰不华，色目人马祖常、余阙、萨都剌、迺贤、贯云石，契丹人耶律楚材，高丽人李齐贤、李穀、李穡，但上述民族文学家人数的增多只能使元代真正形成了多族格局的文坛，但汉族文学家的主体主导地位不可动摇。从元代进士角度看，汉族进士人数多，作品多，名家多，名声大，影响大，主持文坛风气，成为元代中期盛世文风的提倡和完成者，在文坛的主导意义显而易见。元代并未因统治民族的改变而改变文坛的主要群体。

第四，少数民族文学家的数量大幅增长，汉文学水平大幅提高，出现了一定数量的有影响、负盛名的文学家，在中国文学史上还仅有此一次。蒙古、色目、高丽等多族文学家使元代文坛多族格局最后形成，非汉族进士文学家的存在是关键因素。这其中涉及三个条件，一是非汉族进士文学家要有一定的数量，二是要有一定的文学创作实绩，三是他们在文坛要有足够地位和影响。三者具备，元代文坛多族格局才算真正形成。这三条在元代都已具备。

有元一代文坛面貌的形成，多族共存的大环境是外在因素，汉文化的影响是内在因素，而科举考试则是直接的推动力。在元初科举未兴之70余年，文坛的主要群体是由金宋过渡而来，蒙古、色目、高丽文学家，未之有也。而后有少数非汉族汉文学作者的出现。至于延祐科举，各族文士始敦于诗书，沉于理学，出现了一批以汉文写作为主的蒙古、色目、高丽进士文学家，元代文坛彬彬之盛，亦由于此。

以上四个方面，旨在论述元代进士文学家基本状况与文坛关系。但有两个方面尚需补充。

一、元代进士文学家族

文学家族是文坛上重要的群体，是一个朝代文学繁荣与否的一个明显征象。在中国文学史上，许多重要的有影响的文学家出自某一文学家族，如汉代的班固之于班氏文学家族，魏晋的曹植之于曹氏家族，唐代的杜甫之于杜氏文学家族，宋代苏轼之于苏氏文学家族，他们对当时文坛和文学创作产生极大的影响。与历代文学家族研究比较看，元代文学家族的研究甚少，论文主要有刘达科《金元耶律氏文学世家探论》(《民族文学研究》，2003年第2期)、杨镰《元代

江浙双语文学家族研究》(《江苏大学学报》(社会科学版),2009 年第 3 期)、贾秀
云《辽金元时期耶律楚材家族的文学文化研究》(安徽师范大学 2009 年博士学
位论文)、顾世宝《元代江南文学家族研究》(中国社会科学院研究生院 2011 年
博士学位论文)、翟朋《元代宣城贡氏文学家族研究》(南开大学 2014 届博士学
位论文)、张建伟《高昌廉氏与元代的多民族士人雅集》(《中央民族大学学报》
(哲学社会科版) 2014 年第 4 期);著作有张建伟《元代北方文学家族研究》(商
务印书馆,2017 年版)。关于元代文学家族的研究仅见于此。而元代进士文学
家族、元代蒙古色目文学家族、入元高丽文学家族研究几于空白。

　　据不完全统计,元代文学家族至少有 112 个,其中著名者有洛阳姚氏家族、
汤阴许氏家族、陵川郝氏家族、济阴商氏家族、东平王公渊家族、大都宋氏家族、
湖州牟氏家族、赵氏家族、平江袁氏、昆山顾氏、鄞县程氏、绩溪舒氏家族、宣城
贡氏家族、汪氏家族、富州揭氏,蒙古色目文学家族高昌偰氏家族、廉氏家族、雍
古马氏家族等。①

元代进士家族表

序号	家族	关系	民族/地域	备注	家庭背景
1	普颜不花(正 5) 伯颜不花(不详)	兄弟	蒙古		仕宦
2	普贤奴(正 2) 哈剌台(正 14)	兄弟	蒙古		仕宦
3	答禄守礼(泰 4) 答禄守恭(顺 1) 答禄与权(正 4)	兄弟叔侄	蒙古		仕宦
4	笃列图(字敬夫,顺 1) 帖哥(正 5) 揭毅夫(正 2)	兄弟、父子	蒙古	帖哥为笃列图 族弟	仕宦
5	月鲁不花(统 1) 笃列图(字彦诚,正 5)	兄弟	蒙古		
6	虎笃达尔(正 11) 朵列图(正 11)	兄弟	蒙古	虎笃达尔为国子 进士	

---

① 张建伟:《元代北方文学家族研究》,商务印书馆 2017 年版;顾世宝:《元代江南文学家族研究》,
中国社会科学院研究生院 2011 年博士学位论文。

续表

序号	家族	关系	民族/地域	备注	家庭背景
7	马祖常(延 2) 马祖孝(延 2) 马祖善(不详) 马世德(正 2) 金哈刺(顺 1)	叔侄兄弟	色目	马世德为马祖常叔父,马祖善为马祖常从弟,马祖谦、马祖宪、马献子为国子进士	
8	偰哲笃(延 2) 偰玉立(延 5) 偰朝吾(治 1) 偰直坚(泰 1) 偰善著(泰 4) 偰列篪(顺 1) 偰伯僚逊(正 5) 偰正宗(正 5) 阿儿思兰(正 8) 偰元鲁(正 11) 偰里台(正 14)	父子兄弟	色目		
9	哈八石(丁文苑,延 2) 慕卨(统 1)	父子	色目		
10	安庆(泰 4) 关宝(正 14)	父子	色目		不详
11	默里契沙(泰 1) 别罗沙(统 1)	兄弟	色目		
12	哈刺台(字德卿,泰 4) 道同(统 1)	兄弟	色目		
13	海鲁丁(不详) 穆鲁丁(不详) 获独步丁(顺 1)	兄弟	色目		不详
14	廉惠山海牙(治 1) 廉方(统 1)	同宗叔侄	色目		
15	吉雅谟丁(马元德,正 8) 马速忽(正 8) 爱理沙(不详)	兄弟	色目	吉雅谟丁、马速忽为丁鹤年族兄	

序号	家族	关系	民族/地域	备注	家庭背景
16	捏古伯（泰 1） 穆必立（统 1）	父子	色目		
17	普达世理（统 1） 纳失理（不详）	兄弟	色目		仕宦
18	沙班（泰 4） 善材（正 11） 善庆（正 11）	父子兄弟	色目		不详
19	师李罗（泰 1） 丑闾（泰 4）	兄弟	色目	同辈族兄弟九人，"其四皆掇文科，余亦有仕资"	仕宦
20	完迮溥化（泰 1） 完迮□先（统 1）	兄弟	色目		仕宦
21	许有壬（延 2）许有孚（顺 1）	兄弟	汉族（汉人）	彰德路	仕宦
22	宋本（治 1） 宋褧（泰 1）	兄弟	汉族（汉人）	大都路	仕宦
23	李裕（顺 1） 李贯道（正 14）	父子	汉族（汉人）	上都路（东阳人）	仕宦
24	李黼（泰 4） 李秀（不详）	兄弟	汉族（汉人）	汝宁府	仕宦
25	张益（泰 1） 张大猷（不详）	父子	汉族（汉人）	冀宁路（今山西汾阳）	缺载
26	逯鲁曾（泰 4） 逯永贞（顺 1）	兄弟	汉族（汉人）	怀庆路	仕宦
27	司庠（延 2） 司廙（治 1）	兄弟	汉族（汉人）	东平区恩州（今山东武城）	缺载
28	滕克恭（顺 1） 滕叔颜（正 8）	兄弟	汉族（汉人）	汴梁路	仕宦
29	杨景行（延 2） 杨升云（泰 1）	叔侄	汉族（南人）	吉安路	布衣

续表

序号	家族	关系	民族/地域	备注	家庭背景
30	王相（治1） 王充耘（统1）	从兄弟	汉族（南人）	吉安路	布衣 曾大父精于史学
31	吴从彦（正5） 吴师尹（正8）	叔侄	汉族（南人）	抚州路	仕宦
32	陈异（正5） 陈介（至正23）	父子	汉族（南人）	抚州路	缺载
33	曾坚（正14） 曾仰（正23）	父子	汉族（南人）	抚州路	仕宦
34	岑良卿（延5） 岑士贵（治1）	兄弟	汉族（南人）	绍兴路	仕宦
35	林冈孙（延5） 林以顺（治1）	从兄弟	汉族（南人）	兴化路	仕宦
36	方德至（正11） 方景章（正26）	从兄弟	汉族（南人）	兴化路	仕宦
37	朱彬（统1） 朱倬（正2）	从兄弟	汉族（南人）	建昌路	布衣 家世儒业
38	雷机（延5） 雷杭（统1） 雷燧（正23） 雷伯埏（正26）	父子兄弟孙	汉族（南人）	建宁路	仕宦
39	林定老（治1） 林彬祖（正5）	父子	汉族（南人）	处州路	布衣 父乡贡进士
40	黄常（延5） 黄昭（顺1）	叔侄	汉族（南人）	饶州路（今江西乐平）	仕宦
41	刘让（顺1） 刘祥（正2）	兄弟	汉族（南人）	安庆路	缺载
42	黄雷孙（治1） 黄郯（正2）	父子	汉族（南人）	郴州路	缺载
43	张从道（泰4） 张渊道（泰4）	兄弟	汉族（南人）	沔阳府（今湖北天门）	缺载

续表

序号	家族	关系	民族/地域	备注	家庭背景
44	安轴（泰 1） 安辅（正 5）	兄弟	高丽		
45	李穀（统 1） 李穡（正 14）	父子	高丽		

　　元代进士家族大致有 45 个（见《元代进士家族表》），其中汉族进士文学家族 23 个，蒙古色目进士家族 13 个（有文学作品），入元的高丽进士家族 2 个。

　　（一）蒙古色目进士文学家族

　　蒙古进士文学家族主要是答禄与权家族、笃列图家族及月鲁不花家族。蒙古人以汉文写作，且有很高水平，在文学史上颇为少见。如月鲁不花兄弟、笃列图父子都有作品传世，答禄家族中答禄守礼、答禄守恭兄弟未见作品，但答禄与权创作甚富。其创作情况，前文已述。

　　色目进士文学家族吉雅谟丁为"回回教世家之中国诗人。"①其弟丁鹤年最负盛名。

　　廉氏家族是西域人华化最早且最有影响的家族。廉希宪十九岁入侍忽必烈藩邸，笃好经史，手不释卷。忽必烈称之为"廉孟子"。元宪宗四年（1254 年），任京兆宣抚使，暇日从名儒若许衡、姚枢辈谘访治道，首请用许衡提举学校，教育人材。②官至中书平章政事。"元色目人中，足为理学名臣者，以希宪为第一。"③廉惠山海牙、廉方为廉氏家族进士。廉惠山海牙为廉希宪从侄，官至翰林承旨，与元代中后期文士多有交往。廉方曾祖是布鲁海牙，廉希宪为其祖父辈，故廉惠山海牙为其族叔。廉方少而濡染典训，脱略贵美。为文章，贤士大夫皆慕称其人。④然未见其诗文。

　　色目人中进士家族最著名者为雍古马氏、高昌偰氏。

　　雍古马氏是元代色目人中著名的科第世家，也是有影响的文学世家。雍古马氏其先居净州天山（今内蒙古四子王旗），至锡里吉思，汉名马庆祥，仕金"为

---

　　①　陈垣：《元西域人华化考》，第 68 页。
　　②　宋濂：《元史》卷一二六，第 3085 页。
　　③　陈垣：《元西域人华化考》，第 10 页。
　　④　王沂：《送廉县尹序》，《伊滨集》卷一五，文渊阁四库全书第 1208 册，第 524 页上。

凤翔兵马判官,以节死赠恒州刺史,子孙因其官以马为氏。"①

马氏家族在金时已经开始了汉文化的学习。马祖常"自先世皆事华学,号称衣冠闻族。"②高祖马庆祥"以志气自负,善骑射而知书,凡诸国语言文字,靡所不通。"③显然已熟谙汉文。④ 曾祖马月合乃(1216—1263)在蒙哥汗时代有拯救流亡儒士之名⑤。马祖常在《故礼部尚书马公神道碑铭》说:"我曾祖尚书,德足以利人,而位不称德;才足以经邦,而寿不享年。世非出于中国,而学问文献过于邹鲁之士。时方遇于草昧,而赞襄制度则几于承平。俾其子孙百年之间革其旧俗,而衣冠之传,实肇于我曾祖也。"显然,月合乃在马氏家族的汉化过程起了重要的作用。马祖常之父马润在将官漳州路同知时曾教诲马祖常:"吾祖有德未尽发,吾官州郡不得施。今汝颇树立,其大将在汝也。"⑥马氏家族之期望显而易见。马润为元代一诗人,有诗《樵隐集》。《樵隐集》已佚,然"观其命名,足以知志意矣。"⑦

马氏在元代科举考试中极为瞩目。马世德⑧,至正二年进士;马世德从子马祖常、马祖孝兄弟中延祐二年进士,马祖善,马祖常从弟,进士。"国子进士"尚有马祖谦、马祖宪、马献子⑨。至顺元年进士金哈剌也出于马氏一族。⑩ 即元代雍古马氏家族有进士八人,马氏家族一以贯之的文化教育使之成为色目人群体中具有较高文化的家族,在元代科举考试中取得了令人瞩目的成绩,三辈之中

---

① 许有壬:《马祖常神道碑铭》,《石田先生文集》附录三,第 303 页。

② 苏天爵:《元故资德大夫御史中丞赠摅忠宣宪协正功臣魏郡马文贞公墓志铭》,《滋溪文稿》卷九,第 143 页。

③ 黄溍:《马氏世谱》,《金华黄先生文集》卷四三,续修四库全书第 1323 册,第 531 页上。

④ 元好问《恒州刺史马君神道碑》载马庆祥"年未二十,已能通六国语,并与其字画识之"。见李修生:《全元文》第一册,第 606 页。萧启庆:《元代的族群文化与科举》,台湾联经出版事业股份有限公司 2008 年版,第 129 页。

⑤ 宋濂《元史·月(乃合)合乃传》:"岁壬子,料民丁于中原,凡业儒者试通一经,即不同编户,著为令甲。儒人免丁者,实月(乃合)合乃始之也。性好施予,尝建言立常平仓。举海内贤士杨春卿、张孝纯辈,分布诸郡,号称得人。又罗致名士敬鼎臣,授业馆下,荐引马文玉、牛应之辈为参佐,后皆位至卿相。"宋濂:《元史》卷一三四,第 3245 页。萧启庆:《元代的族群文化与科举》,第 129 页。

⑥ 马祖常:《故礼部尚书马公神道碑铭》,《石田先生文集》卷一三,第 238 页。

⑦ 袁桷:《漳州路同知朝列大夫赠汴梁路同知骑都尉开封郡伯马公神道碑铭》,《清容居士集》卷二六,文渊阁四库全书第 1203 册,第 352 页上。

⑧ 王德毅、李荣村、潘柏澄编《元传记资料索引》(第 986 页)认为马世德为马祖常从弟。

⑨ 黄溍:《马氏世谱》,《金华黄先生文集》卷四三,续修四库全书第 1323 册,第 532 页下。

⑩ 萧启庆:《元色目文人金哈剌及其〈南游寓兴诗集〉》,《内北国而外中国:蒙元史研究》,第 749—765 页。

有八人成进士,在整个元代,仅次于高昌偰氏。苏天爵《题马氏兰蕙同芳图》云:"初尚书(月合乃)有子十一人,孙二十人,曾孙三十余人,或执业成均,擢进士第,皆清谨文雅,不陨其家声,遂为海内衣冠闻族。"①其中马祖常、金哈剌是文学家,马祖常尤为著名,在文坛影响甚大。可见马氏家族是"著名的书香科第世家"②和文学家族。

高昌偰氏始祖暾欲谷,在唐天宝之际,为畏兀(回鹘)相。唐以安史之乱求回鹘援兵,暾欲谷与太子阙特勒率师讨伐安禄山有功,封太傅忠武王,进司空,年百二十而终。其子孙为畏兀贵臣。偰氏家族发祥于偰辇河,因以偰为姓,③为摩尼教世家。

偰氏至合剌普华(1245—1284),官至嘉议大夫、广东道都转运盐使。至元二十一年(1284),在今广东博罗、东莞一带战死。合剌普华"幼侍母奥敦氏居益都,尝叹曰:'幼而不学,有不堕吾宗者乎!'父奇之,俾习畏兀书及经史,记诵精敏,出于天性。"合剌普华"子二人:偰文质,越伦质。偰文质官至吉安路达鲁花赤,赠宣惠安远功臣、礼部尚书,追封云中郡侯,谥忠襄。子五人,偰玉立、偰直坚、偰哲笃、偰朝吾、偰列篪,皆第进士。偰哲笃官至江西行省右丞。越伦质子善著,偰哲笃子偰伯僚逊,善著子正宗、阿儿思兰,皆相继登第。一门世科之盛,当时所希有。"④这就是人所赞誉的"一门九进士。"据沈仁国考证,偰氏家族又有偰元鲁及偰哲笃次子偰里台,总共十一名进士。从登第时间看,偰元鲁应该与偰伯僚逊同辈,但未知其父。

偰氏应是元代最成功的科第世家,文学也有名于时。偰哲笃是元代首科进士,"文学政事称于时⑤",有《白雪堂集》已佚,仅存文三篇,诗三首。偰玉立,《元诗选三集》有顾嗣立辑佚《世玉集》,存诗十三首。《全元诗》(第37册)录其诗十六首,《全元词》录其词《菩萨蛮》一首,《全元文》(第39册)录其文四篇。偰伯僚逊有《近思斋逸稿》,存诗一百余首。偰氏家族其他诸人亦应通于文学,但未见存世。

---

① 苏天爵:《滋溪文稿》卷二九,中华书局2007年版,第499页。
② 萧启庆:《元代的族群文化与科举》,第129页。
③ 欧阳玄:《高昌偰氏家传》,《圭斋文集》卷一一,欧阳玄撰,汤锐校点:《欧阳玄全集》,第322页。
④ 宋濂:《元史》卷一九三,第4384—4386页。
⑤ 宋濂:《元史》第一九三,第4386页。

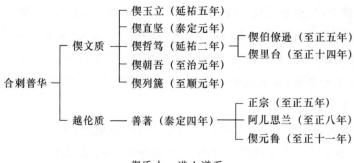

傻氏十一进士谱系

(二)汉族进士文学家族

汉族进士文学家族有 23 个,较著名者安阳许有壬家族、大都宋本家族,前文已述。以下仅从建安雷氏略加说明。

建安雷氏祖孙三代相继及第,元代汉人(南人)进士及第人数最多的家族。雷机为延祐五年进士。从弟杭,元统元年(1333)进士。子燧,至正二十三年(1363)进士。雷燧之子雷伯埏,至正二十六年进士。弟栱,次子燦,至正十年乡贡进士。雷机所著有《易斋》、《黄鹤矶》、《碧玉环》、《龙津》、《龙山》、《鄞川》、《环中》诸稿五十余卷,显然创作宏富,可惜大多不存。现在仅能看到雷机、雷杭、雷燧有少量诗歌

雷机曾大父为宋内舍生,大父为乡贡进士,父入元为福州路入学教授。母游夫人,善书而有文。妻危淑馨,字兰玉,宋礼侍郎春山先生某之曾孙女,元江西儒学提举彻之孙女,通书记,作字有楷法。[①] 显然,雷氏为书香门第之家。

元代南人进士可考家庭背景者中,66.1%是仕宦家庭,33.9%是平民家庭。[②] 而在二十三个元代汉族进士家族的家庭背景中,仕宦背景的十三个(汉人六个,南人七个),布衣四个,缺载六个。四个布衣家庭中,王相曾大父精于史学,朱彬家世儒业,林定老之父为乡贡进士。

元代进士文学家族多有仕宦背景,并主要集中在江南,尤其是江浙行省,这与进士文学家族除有政治背景外,多是书香门第有关。元代文坛的地域性也通过文学家族的分布表现出来。

文学家族的联姻扩大了文学家族的范围。如抚州陈昇、陈介进士家族。陈

---

① 宋濂:《元故翰林待制朝散大夫致仕雷府君墓志铭》,宋濂著,罗月霞主编:《宋濂全集》,第390—394页。

② 萧启庆:《元代的族群文化与科举》,第158页。

介妻程琼为刑部尚书鄞县程徐之女,程端学孙女。笃列图(字敬夫)为马祖常妹婿,赵期颐为答禄守礼妹婿,曾坚之子佽为危素之婿,杜彦礼为蒲道源(蒲机之父)之婿,解子元之子为高若凤之婿,等等。

要之,元代进士文学家族所展现的元代文坛的一个侧面:元代蒙古色目汉语文学家族的出现在文学史上尚属首次,是元代汉语文坛发展和多族格局的一个明显标志。元代进士文学家族的分布也显示了元代文坛的地域性及江南文坛的核心位置。

二、易代之际元代进士文学家之抉择与元代文坛的终结

元代后期,战乱频起,天下混乱。从至正十一年(1351)年红巾军起义至至正二十八年元顺帝退至漠北近二十年间,元代进士或死于战乱、或北随旧主,或流寓高丽,或仕于群雄,或改仕新朝,或为遗民逸士,元代文坛遂走向终结。

(一)死于王事

元代进士死于王事者甚多,萧启庆把此类称为"殉国忠义"①。杨维桢《送王好问赴春官序》云:"至正初盗作,元臣大将守封疆者不以死殉而以死节闻者,大率科举之士也。"②《元史·忠义传》列有七十余人,其中进士出身者有十六人。清人赵翼据此得出"元末殉难多进士"的结论。并云:

　　　元代不重儒术,延祐中始设科取士,顺帝时又停二科始复。其时所谓进士者,已属积轻之势矣,然末年仗节死义者,乃多在进士出身之人。……诸人可谓不负科名者哉,而国家设科取士亦不徒矣!③

元代死节殉国者蒙古进士有泰不华、月鲁不花、普颜不花、帖漠补化、燮理翰;色目进士有余阙、丑闾(字时中)、普达世理、偰列篪、迈里古思、吉雅谟丁、获独步丁、穆鲁丁、海鲁丁、塔不台、明安达尔、马合谋;未知蒙古或色目的进士有铁德刚、达海;汉人有李黼、李齐、孙㧑、赵琏、逯鲁曾、石普、王士元、郭嘉、文允中、布景范、杨惠、王得贞、张翀、陈祖仁、潘炎;南人有刘耕孙、朱倬、彭庭坚、黄

　　① 萧启庆:《元明之际士人的多元政治抉择:以各族进士为中心》,《元代的族群文化与科举》第211—271页。本文进士名单即依据该文。
　　② 李修生:《全元文》第 42 册,第 519 页。本处标点不从《全元文》。
　　③ 赵翼著,王树民校正:《廿二史札记校正》下册,中华书局 2013 年版,第 744 页。

绍、李廉、舒泰、程养全、王瑞、汤源、傅常、唐元嘉、雷杭、汪泽民、周铠、陈高、裴梦霆、黎应物。以上总计五十一人。

（二）北随旧主和流寓高丽

至正二十八年（1368），明兵逼近大都，元顺帝率太子、后妃逃至上都，史称北元。当时百官扈行者才百余人，[1]随从士人当亦不多。可考随顺帝北逃的进士有汪古人金哈剌和汉人龚友福二人。

流寓高丽者有至正五年进士偰伯僚逊和至正二年右榜状元拜住。偰伯僚逊于至正十八年因避红巾军挈子弟逃至高丽。拜住是洪武三年（1370）年李成桂攻辽阳获之，遂入高丽，赐名韩复。

（三）出仕群雄

元末群雄，据地称王近二十年，士人或因各种原因出仕群雄。仕于陈友谅的有至正二年进士定住，仕于明玉珍的有至顺元年进士刘桢，仕于张士诚的有至正十一年进士鲁渊、十四年进士钱用壬，仕于方国珍的有至正五年进士林彬祖。以上合计共五人。

（四）遗民、逸民

入明为遗民的元进士有蒙古人和里互达、铁毅，色目人哈珊沙（沙可学）、马速忽、张吉，汉人南人有王茂、李祁、方道叡、孔暘、陈介、鲁渊、许汝霖、魏俊民、胡行简、马翼、何淑、杨维桢、韩准、童梓、王彰、黄伯远二十一人。担任教职或考官者不为出仕新朝，此类有滕叔颜、李炳奎、李延兴、王幼学、徐宏、蒋允文、滕克恭、赵翱、林以顺、傅箕十人。二者合计三十一人。

在元亡之前弃官归隐的称之为逸民。元末进士成为逸民的汉人有王遵道、周友常、侯伯正、费著、罗涓，南人有高明、陈麟、汪文璟、吴裕、吴师尹、欧阳衡、刘杰十二人。

（五）改仕新朝

明朝开国之前仕于朱元璋的有刘基、程国儒、钱用壬、吴彤、刘丞直、朱梦炎、逯永贞七人。

开国之后，仕于明朝的进士有答禄与权、王时、张以宁、曾坚、李吉、魏元礼、王钝、宋讷、张元志、张昌、董彝、任昂、范济、吴颙、张敏行、孔克表、蒋宫、牛继

---

① 刘佶著，曹金成笺注：《北巡私记》，刘迎胜、姚大力主编：《清华元史》第 5 辑，商务印书馆 2020 年版，第 237—270 页。

志、傅公让、钟黎献、袁涣、徐恢、张兑、寻适、潘从善、邹奕、林温、杨万镒、胡季安、雷燧、薛弥充、曾昂、梅溢，总三十四人。开国前后合计四十一人。

以上元代进士一百四十四人在元末明初的不同走向和抉择。对元末文坛所造成的影响有三：

第一，元代文坛的终结首先从江南开始。元代进士文学家未能与元朝同时开启文坛，却与元朝同时终结一代文坛。

至至正十一年，红巾军大起义，韩山童、刘福通于颍州，徐寿辉、彭莹玉于蕲、黄，元末大乱开始，出现朱元璋、陈友谅、张士诚、方国珍、明玉珍、陈友定等群雄割据的局面。元朝半壁江山已非元朝所有。至明朝建立，在烽烟扰攘之际，元代南方文学家也因各种原因或隐或仕或亡，元代南方文坛开始展示出向新王朝过渡的局面。

元代战乱最先从江南开始，仕于江南的元代进士文学家最先面对易代的遭遇。元朝进士殉国人数甚多，可考者五十一人，如泰不华、月鲁不花、余阙、偰列篪、迈里古思、吉雅谟丁、获独步丁、李黼、杨惠、刘耕孙、舒泰、傅常、彭庭坚、程养全、汪泽民、陈高等等，皆为一代文坛名流，陈垣更以泰不华、余阙为元代诗人第一。因战乱而使这一批诗人的提前逝去预示着元代文坛在江南走向终结的迹象。

至正二年右榜进士定住，降陈友谅，最后死于至正二十三年鄱阳湖之战。《游宦余谈》云："观其人文雅风流，倘择贤主而仕，即不得与宋（宋濂）、刘（刘基）诸公旗鼓相向，当亦不失为礼士好文之守，乃为群雄所得，身名俱殒，惜哉。"[1]群雄割据自立，不接受元朝作为中央政权，仕于江南群雄的进士文学家之诗，虽不能称为非元朝之诗，但大批江南士人和进士或仕于群雄或隐逸山林，而元末江南渐非元朝天下，明王朝的建立更使江南彻底与元朝分割。元朝首先在江南消亡，元代文坛也最先在江南终结。

第二，大都文坛的终结意味着元代文坛的终结。

大都文坛在元顺帝之时，多名馆阁文坛著名人物或致仕回乡，或出京任职，或去世。如元统二年（1334）宋本卒，至元六年（1340）谢端卒，至正元年（1341）柳贯卒，至正二年（1342）陈旅卒，至正三年吴师道、王士熙、王沂卒，至正四年揭

① 德馨等修，朱孙诒等纂：《同治临江府志》卷一五，第 16 页上—17 页下（总第 189 页），成文出版社有限公司 1970 年影印。

偰斯卒,至正五年康里巎巎、陈绎曾卒,至正六年宋褧、董守简卒,至正八年黄清老卒,至正九年王守诚卒,至正十年李孝光卒,至正十一年赡思卒,至正十二年苏天爵、李黼、泰不华卒,至正十三年干文传、张起岩卒,至正十七年王守诚、吕思诚、欧阳玄卒,至正十八年余阙卒,至正十九年程文、王士点、成遵卒,至正二十年周闻孙、萨都剌卒,至正二十一年吴当卒,至正二十二年贡师泰卒……。虞集,元宁宗驾崩后(1332),称病返临川,自此不复出仕,至正八年(1348)去世。马祖常元统二年辞归光州,至元四年(1338)卒。至正五年胡助致仕归,二十二年卒。黄溍至正十年致仕还乡,十七年卒。许有壬至正十七年致仕归安阳,二十四年卒。李好文约至正二十年前致仕,周伯琦至正二十二年致仕。元中期以来盛况一时的馆阁文坛渐趋消沉。

红巾军的北上及后来明军的北伐,使大都渐成孤岛。元末战乱,南北陆上交通阻隔,从江南到大都更多的是通过海运才能到达。叶子奇云:

> 元京军国之资,久倚海运。及失苏州,江浙运不通;失湖广,江西运不通。元京饥穷,人相食,遂不能师矣。兼之中原连年旱蝗,野无遗育,人无食,捕蝗为粮。[1]

元亡之前,南北隔离,道阻不通,大都已极为困窘。留守大都文士也逐渐减少,可知的文学家有金元素、庆童、雅理、廉子祐、邬密执理、张翥、迺贤、陈肃、李升、危素、危於、大梓、曾坚、潘迪、毛元庆、黄晋、陈介、孙予初、胡益、张桢、贾俞、张士坚、陈祖仁、张佶、[2]张以宁、王时、程徐、雷焕、孙吾与、黄肃、[3]龚友福、李士瞻、王章(彰)等三十余人,其中金元素、雅理、危於、曾坚、毛元庆、陈介、张桢、贾俞、张士坚、陈祖仁、张以宁、王时、龚友福、王章(彰)十四人为进士出身,在大都留守文士中占很大的比例。

李士瞻(1313—1367),官至翰林承旨,有《经济文集》六卷。至正二十七年

---

① 叶子奇:《草木子》卷三上“克谨篇”,中华书局 1959 年版,第 47 页。

② 杨镰:《元代文学的终结:最后的大都文坛》,《文学遗产》2004 年第 6 期。

③ 《明太祖实录》(红格钞本,卷三八,第 776—777 页):“故元翰林学士承旨危素,学士张以宁、王时,编修雷焕、刑部侍郎程徐,太常博士孙吾与、胡益,礼部员外郎曾坚,主事黄肃等自北平至京,诏以新制衣冠赐之。寻以素及时为翰林侍讲学士,以宁为侍读学士,坚为礼部员外郎,徐为刑部侍郎,肃为礼部主事。”

十一月卒于大都。陈祖仁为作行状。① 九月之后，即至正二十八年(1368)八月二日，明兵陷大都，陈祖仁为乱军所杀。张翥、廼贤、陈肃、黄昺、庆童皆卒于本年。

陈祖仁是至正二年左榜状元，元亡前从翰林学士，迁为太常礼仪院使。"其学博而精，自天文、地理、律历、兵乘、术数、百家之说，皆通其要。为文简质，而诗清丽，世多称传之。"②在进士之中，王时为翰林承旨，张以宁为翰林学士，曾坚为翰林直学士，皆擅名于时，在元代后期大都的文坛颇有影响。

金元素、龚友福是已知北随顺帝的两个进士。金元素大约七年仕于浙闽，与刘仁本等江南文人交游甚密，其《南游寓兴诗集》大部分作品作于浙闽。至正二十三年回大都，以枢密院使随顺帝北奔。龚友福，号淮南夫子，有《龚伯达集》，是少有随顺帝北逃的汉人。

危素、曾坚、张以宁、王时、程徐、雷焕、胡益、孙吾与、黄肃以元故官至南京。王章、李升、大梓均南下，后李升被流放临濠。张桢至正二十七年卒，其他如贾俞、孙予初、毛元庆、陈介、潘迪、雅理、廉子祐、邬密执理等人或死于城破之时，或逃离大都，或不知所终。

这些人是元朝灭亡之际大都文坛的最后支撑者，也是馆阁文坛的最后力量。"元代文坛的终结，应该是大都文坛的消散。"③大都文坛的终结主要表现在馆阁文坛的解散和大都文坛的人物星散，元代文坛最终因大都城陷、元朝灭亡而终结，陈祖仁等十几名元代进士与危素等人成为元代文坛的"送终者"或"殉难者"。

第三，元代进士文学家在开启明代文学中起到先导作用

元代进士改事新朝有四十一人，占整个易代之际活着一四四名进士的28.5％。再加上为遗民、逸民者四十三人，则占58.3％。无论是仕于新朝，还是隐于山林，对明代文学的开启都起了先导作用。

洪武初，大批诗人齐聚京师，金陵诗坛空前繁荣。而此时金陵之诗人，原皆为元朝之诗人。前朝进士出身著名诗文家有刘基、程国儒、钱用壬、吴彤、刘丞直、朱梦炎、张以宁、曾坚、答禄与权、王时、宋讷、杨维桢、魏俊民、鲁渊等。他们之诗既为前朝之遗响，亦为新朝之先声。

---

① 陈祖仁：《李士瞻行状》，李士瞻《经济文集》附录，文渊阁四库全书第 1214 册，第 502—504 页上。
② 宋濂：《元史》卷一八六，第 4277 页。
③ 杨镰：《元代文学的终结：最后的大都文坛》，《文学遗产》2004 年第 6 期。

以元进士入仕最高者是刘基。刘基及第之时,揭傒斯曾云"此魏征之流,而英特过之,将来济时器也。①"而"树开国之勋业而兼传世之文章"②,明初唯刘基一人而已。"其诗沉郁顿挫,自成一家,足与高启相抗。其文闳深肃括,亦宋濂、王祎之亚。"③影响甚大,并称"明初诗文三大家。"

以诗歌影响最大的是杨维桢。杨维桢与鲁渊、魏俊民等以修书至京,并未在朝廷任职。洪武二年,明太祖召诸儒纂礼乐书,杨维桢以七十四岁高龄至京,所纂叙便例定,即乞骸骨还山。抵家卒,年七十五。杨维桢不为仕于新朝之贰臣,但其诗对朱明不无赞扬之意。④ 杨维桢文采照映一时,其古乐府及铁崖诗风影响深远,"明初袁海叟(凯)、杨眉庵(基)为开国词臣领袖,亦俱出自铁崖门。"⑤

明代诗歌起点甚高,入明进士诗人作用甚大。

总之,元代多族进士文学家是多族文坛格局形成的关键,是南北地域文坛的核心,在元代中后期文坛极具影响力。元代文坛多族格局是亘古未有,后世所无。汉族、蒙古、色目、高丽多族共处,迭和赓唱,九州四海,风雅相尚。文化因之融合,文学因之繁盛。当此之时,元代进士既立盛名于大都,又领风气于江南,既多创建之绩,复有开拓之功,元代文坛彬彬之盛,其力甚大。

---

① 黄伯生:《故诚意伯刘公行状》,刘基著,林家骊点校:《刘伯温集》附录一,第775页。
② 杨守陈:《重锓诚意伯文集序》,刘基著,林家骊点校:《刘伯温集》附录六,第847页。
③ 永瑢:《四库全书总目》卷一六九,第1465页上。
④ 贾继用:《元明之际江南诗人研究》,齐鲁书社2013年版,第105页。
⑤ 顾嗣立:《寒厅诗话》,丁福保编:《清诗话》上,上海古籍出版社1978年版,第84页。

参考文献

一、古代文献(包括今人编集)

范晔撰,李贤等注:《后汉书》,中华书局 1965 年版。

脱脱等纂:《辽史》,中华书局 2008 年版。

脱脱等纂:《金史》,中华书局 1975 年版。

宋濂等:《元史》,中华书局 1976 年版。

柯劭忞撰,张京华、黄曙辉总校:《新元史》,上海古籍出版社、上海书店出版社
    2018 年版。

屠寄:《蒙兀儿史记》,《元史二种》(2),上海古籍出版社 2012 年版。

邵远平撰:《元史类编》,续修四库全书本。

《明实录》,台湾"中央研究院"历史语言研究所校印。

张廷玉等纂:《明史》,中华书局 1974 年版。

陈高华、张帆、刘晓、党宝海点校:《元典章》,中华书局、天津古籍出版社 2011
    年版。

权衡撰,任崇岳笺证:《庚申外史笺证》,中州古籍出版社 1991 年版。

刘孟琛:《南台备要》,四库全书存目丛书本。

吴师道:《敬乡录》,文渊阁四库全书本。

徐学聚:《国朝典汇》,四库全书存目丛书本。

钱谦益:《国初群雄事略》,中华书局 1982 年版。

王崇炳:《金华征献略》,续修四库全书本。

赵翼著,王树民校证:《廿二史札记校证》,中华书局 2001 年版。

钱大昕著,陈文和主编:《嘉定钱大昕全集》第5册,上海古籍出版社1997年版。

郑烛辑:《济美录》,四库全书存目丛书本。

俞汝楫:《礼部志稿》,文渊阁四库全书本。

廖道南:《殿阁词林记》,文渊阁四库全书本。

文庆等撰:《国子监志》,续修四库全书本。

冯从吾:《元儒考略》,文渊阁四库全书本

孔继汾:《阙里文献考》,续修四库全书本。

凌迪知:《万姓统谱》,文渊阁四库全书本。

朱希召撰:《宋元科举题名录》,北京图书馆古籍珍本丛刊本。

吕朝熙等纂:《旌德吕氏续印宗谱》,上海图书馆藏1917版。

傂庚等纂:《溧阳沙溪傂氏宗谱》,南京图书馆藏1916年永思堂本。

王士熙、商企翁撰:《秘书监志》,浙江古籍出版社1992年版。

王德毅、李荣村、潘柏澄:《元人传记资料索引》,中华书局1987年版。

刘濬:《孔颜孟三氏志》,《北京图书馆古籍珍本丛刊》第14册。

钱谦益:《列朝诗集小传》,上海古籍出版社1983年新一版。

陶宗仪、朱谋垔:《书史会要 续书史会要》,浙江人民美术出版社2019年版。

钟嗣成:《录鬼簿》(外四种),上海古籍出版社1978年版。

徐象梅:《两浙名贤录》,续修四库全书本。

廖道南:《楚纪》,四库全书存目丛书本。

方鹏:《昆山人物志》,四库全书存目丛书补编本。

何乔远:《名山藏》,续修四库全书本。

穆彰阿、潘锡恩等纂:《(嘉庆)大清一统志》,四部丛刊本。

李贤:《明一统志》,文渊阁四库全书本。

虞怀中:《万历四川总志》,四库全书存目丛书本。

郑开极等纂:《康熙福建通志》,北京图书馆古籍珍本丛刊本。

阮元修,陈昌齐纂:《(道光)广东通志》,续修四库全书本。

赵弘恩监修、黄之隽编纂:《江南通志》,文渊阁四库全书本。

嵇曾筠监修,沈翼机等编纂:《浙江通志》,文渊阁四库全书本。

胡宗宪修,薛应旂纂:《嘉靖浙江通志》,《天一阁藏明代方志选刊续编本》,第24—26册。

董斯张:《吴兴备志》,文渊阁四库全书本。

黄廷桂监修,张晋生编纂:《(雍正)四川通志》,文渊阁四库全书本。

陈道撰:《(弘治)八闽通志》,四库全书存目丛书本。

李侃、胡谧纂:《成化山西通志》,四库全书存目丛书本。

觉罗石麟监修,储大文编纂:《雍正山西通志》,文渊阁四库全书本。

卞宝第、李瀚章等修,曾国荃、郭嵩焘等纂:《(光绪)湖南通志》,续修四库全书本。

赵廷瑞修,马理、吕柟纂:《(嘉靖)陕西通志》,《中国西北稀见方志续集》第1册。

谢旻:《(雍正)江西通志》,文渊阁四库全书本。

田文镜、王士俊监修,孙灏、顾栋高编纂:《(雍正)河南通志》,文渊阁四库全书本。

萧良幹等修,张元忭等纂:《万历绍兴府志》,四库全书存目丛书本。

宗源瀚主修,周学濬、陆心源等总纂:《同治湖州府志》,成文出版有限公司1970年版。

张铉:《(至大)金陵新志》,文渊阁四库全书本。

王元恭:《至正四明续志》,丛书集成三编本。

于慎行纂:《万历兖州府志》,影印明万历二十四年刻本,齐鲁书社1985年版。

顾清纂:《正德松江府志》,四库全书存目丛书本。

喻长霖等纂修:《台州府志》,成文出版有限公司1983年版。

陈让修,夏时正纂:《成化杭州府志》,四库全书存目丛书本。

范镐等纂:《嘉靖宁国县志》,《天一阁藏明代方志选刊续编》第36册。

周季凤纂:《正德云南志》,《天一阁藏明代方志选刊续编》第71册。

章律修,张才纂,徐珪重编:《弘治保定郡志》,《天一阁藏明代方志选刊》第4册。

常维桢:《康熙万载县志》,中国科学院图书馆编:《稀见中国地方志汇刊》第26册。

孙存等修,杨林等纂:《嘉靖长沙县志》,中国科学院图书馆编:《稀见中国地方志汇刊》第37册。

柯实卿修,章世昭纂,王崇续修:《嘉靖池州府志》,《天一阁明代方志选刊》第24册。

管大勋修,刘松纂:《(隆庆)临江府志》,《天一阁藏明代方志选刊》第47册。

刘鲁生:《(嘉靖)曲沃县志》,《天一阁藏明代方志选刊续编》第4册。

杨珮:《(嘉靖)衡州府志》,《天一阁藏明代方志选刊》第59册。

汪舜民撰:《(弘治)徽州府志》,《天一阁藏明代方志选刊》第 29 册。

杨渊纂修:《弘治抚州府志》,《天一阁藏明代方志选刊续编》第 48 册。

杨循吉撰:《嘉靖吴邑志》,《天一阁藏明代方志选刊续编》第 10 册。

樊深纂:《嘉靖河间府志》,《天一阁藏明代方志选刊》第 1 册。

徐泰等纂修:《正德蓬州志》,《天一阁藏明代方志选刊续编》第 67 册。

李孝经纂:《同治常宁县志》,《石刻史料新编》第 3 辑第 14 册,新文丰出版公司
  1986 年版。

蔡以常纂:《嵊县志》,《石刻文献新编》第 3 辑第 9 册,新文丰出版公司 1986
  年版。

程应熊、姚文燮纂修:《康熙建宁府志》,《日本藏中国罕见地方志丛刊续编》第 9
  册,北京图书馆出版社 2003 年版。

曾显:《(弘治)宿州志》,明弘治十二年刻本。

汤日昭:《(万历)温州府志》,四库全书存目丛书本。

崔铣:《(嘉靖)彰德府志》,四库全书存目丛书本。

黄维翰、袁传裘总纂:《道光巨野县志》,道光二十六年续修本。

陈瑗督修,陈世昌等参修:《光绪费县志》,光绪二十四年刻本。

周玑修,朱璿纂:《乾隆杞县志》,乾隆五十三年刻本。

陈揆编:《琴川续志草》,苏州古籍书店 1986 年版。

吕懋先等修,帅方蔚等纂:《同治奉新县志》,同治一一年刻本。

唐臣修,雷礼纂:《嘉靖真定府志》,四库全书存目丛书本。

万青黎、周家楣修,张之洞、缪荃孙纂:《(光绪)顺天府志》,续修四库全书本。

王有年纂:《康熙金溪县志》,中国科学院图书馆编:《稀见中国地方志汇刊》第
  29 册。

王瓒、蔡芳纂:《弘治温州府志》,《天一阁藏明代方志选刊续编》第 32 册。

张成德修,李友洙纂:《乾隆直隶绛州志》,乾隆三十年刻本。

张才纂,徐珪重编:《弘治保定郡志》,《天一阁藏明代方志选刊》第 4 册。

方家驹、廖文修、王文贞纂:《光绪汾阳县志》,光绪十年刻本。

王鏊:《(正德)姑苏志》,《天一阁藏明代方志选刊续编》第 13—14 册。

钟崇文:《(隆庆)岳州府志》,《天一阁藏明代方志选刊》第 57 册。

王昶:《(嘉庆)直隶太仓州志》,续修四库全书本。

秦簧等主修:《光绪兰溪县志》,光绪十五年(1889)刻本。

支恒春主修,丁凤章等分纂:《光绪松阳县志》,成文出版社有限公司 1975 年版。

许传霈原纂,朱赐恩续纂:《海宁州志稿》,成文出版有限公司 1983 年影印本。

嘉靖:《湖广图经志书》,日本藏中国罕见地方志丛刊,书目文献出版社 1991 年版。

王基巩纂修:《康熙安乡县志》,中国科学院图书馆编:《稀见中国地方志汇刊》第 41 册。

许传霈原纂,朱赐恩续纂:《海宁州志稿》,成文出版有限公司 1983 年影印本。

双全修,顾兰生纂:《同治广丰县志》,成文出版社有限公司 1975 年版。

郭嵩焘纂修:《光绪湘阴县图志》,清光绪六年县志局刻本。

湘阴县志编辑委员会编:《湘阴县志》,三联书店 1995 年版。

董天锡:《(嘉靖)赣州府志》,明嘉靖刻本。

王闿运:《(光绪)湘潭县志》,续修四库全书本。

李文明、刘玑纂修:《弘治岳州府志》,《天一阁藏明代方志选刊续编》第 63 册。

任自垣、卢重华著,杨立志点校:《明代武当山志二种》,湖北人民出版社 1999 年版。

陈镐撰,孔弘乾续修:《阙里志》,四库全书存目丛书本。

金桂馨、漆逢源:《逍遥山万寿宫志》,四库未收本。

北京图书馆金石组编:《北京图书馆藏中国历代石刻史料拓本汇编》第 50 册,中州古籍出版社 1987 年版。

魏锡曾:《续语堂碑录》,《石刻史料新编》第 2 辑第 1 册,新文丰出版公司 1979 年版。

冯登府:《闽中金石志》,续修四库全书本。

武亿撰,赵希璜补遗:《安阳县金石录》,续修四库全书本。

缪荃孙:《艺风堂金石文字目》,《石刻史料新编》第 1 辑第 26 册,新文丰出版公司 1977 年版。

杨世沅:《句容金石记》,《石刻史料新编》第 2 辑第 9 册,新文丰出版公司 1979 年版。

孙星衍:《寰宇访碑记》,续修四库全书本。

姚晏:《中州金石目》,丛书集成初编本。

毕沅:《山左金石志》,《辽金元石刻文献全编》第 1 册,北京图书馆出版社 2003 年版。

赵绍祖辑:《安徽金石略》,《石刻史料新编》第 1 辑第 16 册,新文丰出版公司 1977 年版。

缪荃孙:《江苏金石志》,《石刻史料新编》第 1 辑第 13 册,新文丰出版公司 1977 年版。

黄瑞辑:《台州金石录》《石刻史料新编》第 1 辑第 15 册,新文丰出版公司 1977 年版。

廖道南:《楚纪》,《北京图书馆古籍珍本丛刊》第 7 册,书目文献出版社 1998 年版。

赵绍祖辑:《安徽金石略》,《石刻史料新编》第 1 辑第 16 册,新文丰出版公司 1977 年版。

陈垣编撰,陈智超、曾庆瑛校补:《道家金石略》,文物出版社 1988 年版。

胡聘之:《山右石刻丛编》,《辽金元石刻文献全编》第 1 册,北京图书馆出版社 2003 年版。

阮元:《两浙金石志》,续修四库全书本。

钱大昕著,田汉云点校:《元史艺文志》,陈文和主编:《钱大昕全集》第 5 册,江苏古籍出版社 1997 年版。

倪燦:《补辽金元艺文志》,丛书集成新编本。

陆心源:《皕宋楼藏书志》,《清人书目题跋丛刊》(一),中华书局 1990 年版。

瞿镛:《铁琴铜剑楼藏书目录》,《清代书目题跋丛刊》(三),中华书局 1990 年版。

张金吾:《爱日精庐藏书志》,《清人书目题跋丛刊》(四),中华书局 1990 年版。

丁丙:《善本书室藏书志》,《清人书目题跋丛刊》《二》,中华书局 1990 年版。

黄虞稷撰,瞿凤起、潘景郑整理:《千顷堂书目》,上海古籍出版社 2001 年版。

永瑢等纂:《四库全书总目》,中华书局 1965 年版。

焦竑:《国史经籍志》,续修四库全书本。

胡文虎:《中国古代画家辞典》,浙江人民出版社 1999 年版。

马端临:《文献通考》,中华书局 1986 年版。

赵翼:《陔余丛考》,河北人民出版社 1990 年版。

黄宗羲著,全祖望补修,陈金生、梁运华点校:《宋元学案》,中华书局 1982 年版。

彭大雅撰,徐霆疏证:《黑鞑事略》,上海师范大学古籍整理研究所编:《全宋笔记》第 7 编第 2 册,大象出版社 2015 年版。

刘祁:《归潜志》,中华书局 1983 年版。

孔齐:《至正直记》,上海古籍出版社 1987 年版。

叶子奇:《草木子》,中华书局 1959 年版。

陶宗仪:《南村辍耕录》,中华书局 1959 年版。

陶宗仪:《游志续编》,清嘉庆宛委别藏本。

杨瑀:《山居新话》,上海古籍出版社编:《宋元笔记小说大观》第 6 册,上海古籍出版社 2001 年版。

刘佶著,曹金成笺注:《北巡私记》,刘迎胜、姚大力主编:《清华元史》第 5 辑,商务印书馆 2020 年版。

于敏中:《日下旧闻考》,文渊阁四库全书本。

陆容:《菽园杂记》,中华书局 2007 年版。

叶盛:《水东日记》,中华书局 1980 年版。

王士禛:《池北偶谈》,中华书局 1982 年版。

陈懋学辑:《事言要玄》,四库全书存目丛书本。

夏文彦:《图绘宝鉴》,文渊阁四库全书本。

曹昭撰,舒敏、王佐增:《新增格古要论》,续修四库全书本。

汪砢玉:《珊瑚网》,文渊阁四库全书本。

赵琦美:《赵氏铁网珊瑚》,文渊阁四库全书本。

孙岳颁撰:《佩文斋书画谱》,文渊阁四库全书本。

王杰等辑:《石渠宝笈续编》,台北故宫博物院 1971 年版。

卞永誉撰:《式古堂书画汇考》,文渊阁四库全书本。

张丑:《真迹日录》,文渊阁四库全书本。

彭蕴璨:《历代画史汇传》,续修四库全书本。

倪涛:《六艺之一录》,文渊阁四库全书本。

顾复撰,林虞生校点:《平生壮观》,上海古籍出版社 2011 年版。

张照:《石渠宝笈》,文渊阁四库全书本。

吴升辑:《大观录》,续修四库全书本。

安歧:《墨缘汇观录》,续修四库全书本。

庞元济:《虚斋名画录》,续修四库全书本。

铃木敬:《中国绘画总合图录》,东京大学出版社 1982 年版。

台北故宫博物院编:《故宫法书》,台北故宫博物院 1986 年版。

杜甫著,钱谦益笺注:《钱注杜诗》,上海古籍出版社 2009 年版。

韩愈撰,马其昶注,马茂元整理:《韩昌黎文集校注》,上海古籍出版社 1986 年版

林景熙:《霁山集》,文渊阁四库全书本。

元好问著,狄宝心校注:《元好问文编年校注》,中华书局 2012 年版。

何梦桂:《潜斋集》,文渊阁四库全书本。

姚燧:《牧庵集》,四部丛刊本。

程钜夫:《雪楼集》,文渊阁四库全书本。

赵孟頫:《松雪斋集》,西泠印社出版社 2010 年版。

袁桷:《清容居士集》,文渊阁四库全书

柳贯:《柳待制文集》,四部丛刊本。

萧㪺:《勤斋集》,文渊阁四库全书本。

蒲道源:《闲居丛稿》,文渊阁四库全书本。

李士瞻:《经济文集》,文渊阁四库全书本。

同恕:《榘庵集》,文渊阁四库全书本。

虞集:《道园学古录》,文渊阁四库全书本。

虞集:《道园类稿》,元人文集珍本丛刊本,新文丰出版有限公司 1985 年版。

王结:《文忠集》,文渊阁四库全书本。

胡助:《纯白斋类稿》,文渊阁四库全书本。

程端礼:《畏斋集》,文渊阁四库全书本。

吴当:《学言稿》,文渊阁四库全书本。

黄溍:《金华黄先生文集》,续修四库全书。

黄溍:《文献集》,文渊阁四库全书。

杨载:《杨仲弘集》,文渊阁四库全书本。

揭傒斯:《文安集》,文渊阁四库全书。

欧阳玄:《圭斋文集》,文渊阁四库全书本。

欧阳玄著,陈书良、刘娟校点:《欧阳玄集》,岳麓书社 2010 年版。

欧阳玄著,汤锐校点:《欧阳玄全集》,四川大学出版社 2010 年版。

马祖常:《石田先生文集》,中州古籍出版社 1991 年版。

许有壬:《至正集》,文渊阁四库全书本。

王沂:《伊滨集》,文渊阁四库全书本。

吴师道:《礼部集》,文渊阁四库全书本。

杨维桢:《东维子文集》,四部丛刊本。

杨维桢:《复古诗集》,文渊阁四库全书本。

杨维桢著,邹志方点校:《杨维桢诗集》,浙江古籍出版社 2010 年版。

杨维桢著,邹志方点校:《杨维桢集》,浙江古籍出版社 2017 年版。

陈旅:《安雅堂集》,文渊阁四库全书本。

刘诜:《桂隐文集》,文渊阁四库全书本。

释大訢:《蒲室集》,文渊阁四库全书本。

释来复:《澹游集》,续修四库全书本。

宋褧:《燕石集》,文渊阁四库全书本。

苏天爵:《滋溪文稿》,中华书局 1997 年版。

贡师泰:《玩斋集》,文渊阁四库全书。

杨翮:《佩玉斋类稿》,文渊阁四库全书本。

王祎:《王忠文集》,文渊阁四库全书本。

张以宁:《翠屏集》,文渊阁四库全书本。

高明著,胡雪冈、张宪文辑校:《高则诚集》,浙江古籍出版社 2013 年版。

刘岳申:《申斋集》,文渊阁四库全书本。

金涓:《青村遗稿》,文渊阁四库全书本。

陈高:《不系舟渔集》,文渊阁四库全书本。

陈高:《陈高集》,浙江古籍出版社 2014 年版。

郑元祐:《侨吴集》,文渊阁四库全书本。

徐永明校点:《郑元祐集》,浙江大学出版社 2010 年版。

周伯琦:《近光集》,文渊阁四库全书本。

柯九思:《丹邱生集》,续修四库全书本。

王礼:《麟原文集》,文渊阁四库全书本。

成廷珪:《居竹轩诗集》,文渊阁四库全书本。

胡行简:《樗隐集》,文渊阁四库全书本。

刘基著,林家骊校点:《刘伯温集》,浙江古籍出版社 2015 年版。

陈基:《夷白斋稿》,文渊阁四库全书本。

程端学:《积斋集》,丛书集成续编本。

宋讷:《西隐集》,文渊阁四库全书本。

李继本:《一山文集》,文渊阁四库全书本。

李孝光:《五峰集》,文渊阁四库全书本。

萨都剌:《雁门集》,上海古籍出版社 1982 年版。

苏伯衡:《苏平仲集》,四部丛刊本。

赵汸:《东山存稿》,文渊阁四库全书本。

王冕:《竹斋集》,文渊阁四库全书本。

刘仁本:《羽庭集》,文渊阁四库全书本。

刘夏:《刘尚宾文集》,续修四库全书本。

宋濂:《宋学士文集》,四部丛刊本。

宋濂著,罗月霞主编:《宋濂全集》,浙江古籍出版社 1999 年版。

危素:《危学士全集》,四库全书存目丛书本。

吕不用:《得月稿》,续修四库全书本。

顾瑛:《玉山璞稿》,中华书局 2008 年版本。

邵亨贞:《蚁术诗选》,续修四库全书本。

徐一夔撰,徐永恩校注:《始丰稿》,浙江古籍出版社 2008 年版。

戴良:《九灵山房集》,四部丛刊本。

谢肃:《密庵诗文稿》,四部丛刊本。

贝琼:《清江文集》,四部丛刊本。

丁鹤年:《鹤年诗集》,文渊阁四库全书本。

王翰:《友石山人遗稿》,文渊阁四库全书本。

王逢:《梧溪集》,文渊阁四库全书本。

刘嵩:《槎翁诗集》,文渊阁四库全书本。

张羽:《静居集》,四部丛刊本。

高启:《高青丘集》,上海古籍出版社 1985 年版。

袁华:《可传集》,文渊阁四库全书本。

汪克宽:《环谷集》,文渊阁四库全书本。

凌云翰:《柘轩集》,文渊阁四库全书本。

黄仲昭:《未轩文集补遗》,文渊阁四库全书本。

王世贞:《弇山堂别集》,文渊阁四库全书本。

张时彻:《芝园集》,明嘉靖刻本。

吴宽:《匏翁家藏集》,四部丛刊本。

李调元:《赋话》,中华书局 1985 年版。

钱谦益著,钱曾笺注,钱仲联校:《牧斋初学集》,上海古籍出版社 1985 年版。

陈寿祺:《左海文集》,续修四库全书本。

罗汝怀:《绿漪草堂文集》,续修四库全书本。

黄省曾:《五岳山人集》,四库全书存目丛书本。

全祖望:《鲒埼亭集》、《鲒埼亭集外编》,续修四库全书本。

朱彝尊:《曝书亭集》,四部丛刊本。

郭茂倩:《乐府诗集》,上海古籍出版社 2016 年版。

陈焯:《宋元诗会》,文渊阁四库全书本。

苏天爵编,张金铣校点:《元文类》,安徽大学出版社 2021 年版。

傅习、孙存吾:《元风雅》,文渊阁四库全书本。

蒋易:《皇元风雅》,续修四库全书本。

裴庚辑,吴论续辑:《阁巷陈氏清颍一源集》,抄本,温州市图书馆藏。

李袞:《元艺圃集》,文渊阁四库全书本。

沈季友:《檇李诗系》,文渊阁四库全书本。

无名氏:《诗渊》,书目文献出版社 1984 年版。

许有壬:《圭塘欸乃集》,丛书集成新编本。

周南瑞:《天下同文集》,文渊阁四库全书本。

叶翼编:《余姚海堤集》,四库全书存目丛书本。

杨维桢:《西湖竹枝集》,《武林掌故丛编》本。

佚名:《元赋青云梯》,丛书集成三编本。

顾瑛:《草堂雅集》,中华书局 2008 年版。

顾瑛:《玉山名胜集》,中华书局 2008 年版。

郑太和:《麟溪集》,四库全书存目丛书本。

刘仁初:《新刊类编历举三场文选》,日本内阁文库藏元至正刊本。

周敷:《皇元大科三场文选》,元至正刊本。

孙原理:《元音》,文渊阁四库全书本。

程敏政:《新安文献志》,文渊阁四库全书本。

史简编:《鄱阳五家集》,文渊阁四库全书本。

偶桓编:《乾坤清气集》,文渊阁四库全书本。

程敏政:《明文衡》,文渊阁四库全书本。

黄宗羲:《明文海》,文渊阁四库全书本。

陈元龙:《历代赋汇》,文渊阁四库全书本。

董斯张:《吴兴艺文补》,续修四库全书本。

汪森:《粤西诗载》,文渊阁四库全书本。

朱琰编:《金华诗录》,清乾隆三十八年(1773)金华府学刻本。

张豫章:《四朝诗·元诗》,文渊阁四库全书本。

顾嗣立:《元诗选初集》,中华书局1987年版。

顾嗣立:《元诗选二集》,中华书局1987年版。

顾嗣立:《元诗选三集》,中华书局1987年版。

顾嗣立、席世臣:《元诗选癸集》,中华书局2001年版。

钱熙彦:《元诗选补遗》,中华书局2002年版。

顾奎光:《元诗选》,清乾隆十六年刻本。

钱谦益:《列朝诗集》,续修四库全书本。

朱彝尊:《明诗综》,文渊阁四库全书本。

张景星、姚培谦、王永祺:《元诗别裁集》,上海古籍出版社1979年版。

沈德潜:《明诗别裁集》,吉林出版集团股份有限公司2017年版。

陈衍辑撰,李梦生校点:《元诗纪事》,上海古籍出版社1987年版。

陈田辑:《明诗纪事》,上海古籍出版社1993年版。

隋树森:《全元散曲》,中华书局2020年版。

李修生主编:《全元文》,中华书局1999年版。

杨镰主编:《全元诗》,中华书局2013年版。

杨镰主编:《全元词》,中华书局2019年版。

程国政编注,路秉杰主审:《中国古代建筑文献集要(修订本)宋辽金元》,同济大学出版社2016年版。

胡震亨:《唐音癸签》,古典文学出版社1957年版。

杨慎著,王仲镛笺证:《升庵诗话笺证》,上海古籍出版社1987年版。

胡应麟:《诗薮》,上海古籍出版社1979年新1版。

顾嗣立:《寒厅诗话》,丁福保编:《清诗话》上册,上海古籍出版社1963年版。

冯金伯:《词苑萃编》,续修四库全书本。

翁方纲:《石洲诗话》,《谈龙录 石洲诗话》,人民文学出版社1981年版。

朱彝尊:《静志居诗话》,人文文学出版社1990年版。

丁福保辑:《清诗话》,上海古籍出版社1978年版。

丁福保辑:《历代诗话续编》,中华书局1983年版。

陈廷焯：《词则·放歌集》，上海古籍出版社 1984 年影印。

彭端淑：《明人诗话补》，续修四库全书本。

李佳：《左庵词话》，唐圭璋编：《词话丛编》，中华书局 1986 年版。

胡才甫著，王永波整理：《诗体释例》，文化艺术出版社 2018 年版。

钟陵：《金元词纪事会评》，黄山书社 1995 年版。

陶然编撰：《金元词一百首》，岳麓书社 2011 年版。

邓绍基辑注：《元诗三百首》，百花文艺出版社 1991 年版、

冯文楼、张强：《元曲观止》，陕西人民教育出版社 2019 年版。

韩结根校注：《舒州天柱山诗词辑校注解》，复旦大学出版社 2019 年版。

二、今人论著

白·特木尔巴根：《古代蒙古作家汉文创作考》，内蒙古教育出版社出版 2002 版。

白寿彝总主编，陈得芝主编：《中国通史》第 8 卷《中古时代·元时期》，上海人民出版社 2013 年第二版。

孛儿只斤·苏和、孛儿只斤·苏日娜、包·巴雅尔、牧人：《蒙古历史一百名人》，内蒙古人民出版社 2017 年版

朝鲜民主主义人民共和国科学院历史研究所：《朝鲜通史》，吉林人民出版社 1975 年版。

陈高华、陈智超等：《中国古代史料学》，北京出版社 1983 年版。

陈高华：《元代画家史料汇编》，杭州出版社 2004 年版。

陈垣：《元西域人华化考》，上海古籍出版社 2000 年版。

邓绍基主编：《元代文学史》，人民文学出版社。

邓绍基、杨镰主编：《中国文学家大辞典·辽金元》，中华书局 2006 年版。

郑振铎：《插图本中国文学史》，山东美术出版社 2009 年版。

丁一清：《回族文学史》，民族出版社 2015 年版。

傅荣贤：《中国古代图书馆学思想史》，黄山书社 2016 年版。

傅秋爽：《北京元代文学》，知识产权出版社 2012 年版。

高洪岩：《元代文章学》，上海三联书店 2014 年版。

桂栖鹏：《元代进士研究》，兰州大学出版社 2001 年版。

郭伟玲：《中国秘书省藏书史》，武汉大学出版社 2015 年版。

蒋成德:《地域文史纵横》,中国书籍出版社 2019 年版。

姜一涵:《元代奎章阁及奎章阁人物》,联经出版事业公司 1981 年版。

金毓黻:《中国史学史》,商务印书馆 2017 年版。

韩格平、魏崇武主编:《元代文献与文化研究》第 1 辑,中华书局 2012 年版。

何俊:《南宋儒学建构》,上海人民出版社 1992 版。

何晓东:《黄溍年谱》,浙江大学出版社 2020 年版。

郝兆矩:《增订刘伯温年谱》,中州古籍出版社 1990 年版。

黄仁生:《杨维桢与元末明初思潮》,东方出版中心 2005 年版。

黄仁生:《中国文学古今演变刍议》,东方出版中心 2014 年版。

黄卓越、桑思奋主编:《中国大书典》,中国书店 1994 年版。

贾继用:《元明之际江南诗人研究》,齐鲁书社 2013 年版。

李明主编,林忠亮、王康、徐希平等编著:《羌族文学史》,四川民族出版社 2009 年版。

李文胜:《欧阳玄年谱》,广陵书社 2018 年版。

梁启超:《新史学》,商务印书馆 2014 年版。

陆昌萍:《国外汉学概论》,安徽师范大学出版社 2017 年版。

栾贵明:《永乐大典索引》,作家出版社 1997 年版。

罗贤佑:《元代民族史》,四川民族出版社 1996 年版。

雒竹筠、李新干:《元朝艺文志辑本》,北京燕山出版社 1999 年版。

马云飞主编:《世界未解之谜》,湖北科学技术出版社 2013 年版。

蒙思明:《元代社会阶级制度》,中华书局 1980 年版。

牛海蓉:《金元赋史》,人民出版社 2015 年版。

欧阳光:《宋元诗社研究丛稿》,广东高等教育出版社 2011 年版。

潘公昭:《今日的韩国》,中国科学图书公司 1946 年版。

钱基博:《明代文学》,台湾商务印书馆 1999 年版。

钱仲联:《元明清词鉴赏辞典》,上海辞书出版社 2017 年版。

秦琰:《元代也里可温作家群体研究》,上海人民出版社 2017 年版。

邱江宁:《元代馆阁文人活动系年》,人民出版社 2015 年版。

邱江宁:《奎章阁文人群体与元代中期文学研究》,人民出版社 2013 年版。

邱江宁:《元代文人群体的地理分布与文学格局》,中华书局 2021 年版。

荣苏赫等:《蒙古族文学史》,内蒙古人民出版社 2000 年版。

萨兆沩:《萨都剌考》,北京燕山出版社 1997 年版。

上海辞书出版社文学鉴赏辞典编纂中心编:《元明清诗鉴赏辞典》(辽、金、元、明),2018 年版。

沈仁国:《元代进士集证》,中华书局 2016 年版。

苏振申:《元政书经世大典之研究》,中国文化大学出版部 1984 年版。

孙克宽:《元代汉文化之活动》,台湾中华书局 1968 年版。

孙小力:《杨维桢年谱》,复旦大学出版社 1997 年版。

田秀芳:《简读中国通史》,黄山书社 2009 年版。

田以麟:《朝鲜教育史》,吉林教育出版社 1999 年版。

谭正璧:《中国文学家大辞典》,上海书店 1981 年版。

王辉斌:《唐后乐府诗史》,黄山书社 2010 年版。

王家伦、高万祥主编:《苏州文脉》,东南大学出版社 2019 年版。

吴梅:《辽金元文学史》,河南人民出版社 2015 年版。

吴梅:《词学通论》,华东师范大学出版社 1996 年版。

吴宗国:《唐代科举制度研究》,辽宁大学出版社 1992 年版。

萧启庆:《蒙元史新研》,允晨文化实业股份有限公司 1994 年版。

萧启庆:《元代的族群文化与科举》,(台北)联经出版事业股份有限公司 2008 年版。

萧启庆:《内北国而外中国 蒙元史研究》,中华书局 2007 年版。

萧启庆:《元代进士辑考》,台湾"中央研究院"历史语言研究所 2011 年版。

萧启庆:《九州四海风雅同:元代多族士人圈的形成与发展》,台湾联经出版事业股份有限公司 2012 年版。

徐永明:《元代至明代婺州作家群研究》,中国社会科学出版社 2005 年版。

杨果:《中国翰林制度研究》,武汉大学出版社 1996 年版。

杨镰:《元西域诗人群体研究》,新疆人民出版社 1998 年版。

杨镰:《元诗史》,人民文学出版社 2003 年版。

杨镰:《元代文学编年史》,山西教育出版社 2005 年版。

杨绍国:《元代畏兀儿内迁文学家族变迁研究》,中国社会科学出版社 2020 年版。

余来明:《元代科举与文学》,武汉大学出版社 2013 年版。

曾大兴:《中国历代文学家之地理分布》,商务印书馆 2018 年版。

查洪德:《元代文学通论》,东方出版中心 2019 年。

张建伟:《元代北方文学家族研究》,商务印书馆 2019 年版。

张希清、毛佩琦、李世愉主编:《中国科举制度通史》,上海人民出版社 2015 年版。

朱昌平、吴建伟主编:《中国回族文学史》,宁夏人民出版社 2007 年版。

朱洪编著:《皖江文化史》,华文出版社 2017 年版。

三、学术论文

安部健夫撰,索介然译:《元代的知识分子和科举》,刘俊文主编:《日本学者中国史研究选译》第五卷,中华书局 1993 年版。

蔡凤林:《元西域人蒙古化考》,内蒙古民族大学学报(社会科学版),2005 年第 1 期。

陈高华:《〈稼亭集〉、〈牧隐集〉与元史研究》,郝时远、罗贤佑主编:《蒙元史暨民族史论集:纪念翁独健先生诞辰一百周年》,社会科学文献出版社 2006 年版。

陈世松:《元"诗书名将"述律杰事辑》,《中国文化研究所学报》,新第 5 期(1996 年)

邓绍基:《我对元代散文的探索》,冯仲平:《中国文学史的理论维度:全国古代文学研究方法创新专题论文集》,广西师范大学出版社 2007 年版。

段海蓉:《感于哀乐,缘事而发—读元代维吾尔族诗人马祖常的乐府诗》,《新疆大学学报》(哲学社会科学版),1995 年第 1 期。

段海蓉:《从交友诗看金哈刺的思想》,《民族文学研究》,2009 年第 1 期。

方龄贵:《元述律杰交游考略》,郝时远、罗贤佑主编:《蒙元史暨民族史论集——纪念翁独健先生诞辰一百周年》,社会科学文献出版社 2006 年版。

方龄贵:《元述律杰事迹辑考》,《元史丛考》,民族出版社 2004 年版。

何方形:《泰不华诗歌创作初论》,《民族文学研究》,2007 年第 1 期。

洪金富:《元代汉人与非汉人通婚问题初探》,《食货》(复刊)第六卷第 12 期(1977)、第七卷 1、2 期(1977)。

胡传淮、陈名扬:《谢端年谱》,潘殊闲:《地方文化研究丛刊》(第十一辑),四川大学出版社 2017 年版。

胡传淮:《元代文学家谢端》,《遂宁历史名人研究》,巴蜀书社 2017 年版。

黄仁生:《论元代科举与辞赋》,文学评论,1995 年第 3 期。

黄仁生:《铁崖赋篇目及其版本源流考》,《文献》,1994 年第 1 期。

黄仁生:《铁崖诗派成员考》,《中国文学研究》,1998 年第 2 期。

霍艳芳:《元代实录编纂研究》,《档案学通讯》,2016 年第 2 期。

李军:《元西域诗人散佚诗集考》,《中北大学学报》(社会科学版),2019 年第 2 期。

李治安:《元代汉人受蒙古文化影响考述》,《历史研究》,2009 年第 1 期。

刘成群:《玉山雅集与党项遗裔昂吉的创作》,《西夏学》(第六辑),2010 年 9 月。

刘刚:《李穀入元考》,《长春工业大学学报》(社会科学版),2014 年底 1 期。

刘刚、潘越:《李穡入华考》,《黑龙江史志》,2013 年第 23 期。

刘季:《元代色目诗人泰不华诗歌的壮美与柔美》,《名作欣赏》,2011 年 32 期。

刘嘉伟:《元代斡林文士金哈刺的儒者情怀》,《管子学刊》,2016 年第 4 期。

孟凡人:《论别失八里》,《北庭史地研究》,1985 年版。

木兰:《豪迈强劲意气风发自成一家—元代蒙古族汉文诗歌的创作先河者伯颜及其创作》,《内蒙古民族大学学报》(社会科学版),2005 年第 1 期。

牛贵琥:《论答禄与权〈杂诗〉及皈依汉文明的原因》,《北方工业大学学报》,2020 年第 1 期。

[韩国]裴淑姬:《宋元时期科举中的高丽进士》,《科举学论丛》,2008 年第 1 期。

[韩国]朴现圭:《回纥人偰逊的〈近思斋逸稿〉之发掘分析》,《民族文学研究》,1996 年第 2 期。

蒲宏凌:《元代文人与理学之关系》,《推进朱子学与闽学的深入研究——朱子闽学与亚洲文化论坛文集》,2016 年 12 月。

邱江宁、周玉洁:《13—14 世纪西域人的东迁高潮与元代的文化走向》,《东方丛刊》,2018 年第 2 期。

石晓奇:《在中原文化熏陶下的偰玉立及其诗词创作》,《西域研究》,1996 年第 1 期。

市村瓉次郎:《元朝实录及经世大典考》,收入箭内亘著,陈捷、陈清泉译:《蒙古史研究》,商务印书馆 1932 年版。

孙家政:《论刘基和高启的词创作》,《南京师大学报》(社会科学版),1998 年第 2 期。

孙国彬:《赵孟頫年谱》,《美术史论》1986 年第 1 期。

孙小力:《元明题画诗文初探——兼及"诗画合一"形式的现代继承》,《上海大学学报》(社会科学版),2005 年第 1 期。

唐值瀚:《马祖常文风革新之功刍议》,《西安建筑科技大学学报》(社会科学版),2018 年第 5 期。

王辉斌:《杨维桢与元末"铁崖乐府诗派"》,《伊犁师范学院学报》(社会科学版),2011 年第 3 期。

魏红梅:《论余阙散文的儒家情怀》,《德州学院学报》,2005 年第 1 期

王树林:《马祖常散文的文化成因及审美特质》,《民族文学研究》,2005 年第 1 期。

王颋:《行省制度浅谈》,《文史知识》1985 第 3 期。

萧启庆:《元代科举特色新论》,《"中央研究院"历史语言研究所集刊》,第八一本,2010 年。

萧启庆:《元代科举中的多族师生与同年》,《中华文史论丛》,2010 年第 1 期。

杨镰:《答禄与权事迹钩沉》,《新疆大学学报》(哲学社会科学版),1993 年第 4 期

杨镰:《元代文学的终结:最后的大都文坛》,《文学遗产》,2004 年第 6 期。

杨光辉:《萨都剌佚作考》,《古籍整理研究学刊》,2004 年第 4 期。

杨亮:《元代散文的创获与发展——袁桷散文创作论》,《江南大学学报》(人文社会科学版),2010 年第 1 期。

姚大力:《元代科举制度的兴废及其社会背景》,南京大学元史研究室:《元史及北方民族史研究丛刊》第 6 期,1982 年版。

查洪德、刘嘉伟:《儒学视阈下的元代色目义学家余阙》,《长春工程学院学报》(社会科学版),2007 年第 4 期。

张伯伟:《略论辽金元少数民族汉诗》,《中国典籍与文化》编辑部编:《中国典籍与文化论丛》第五辑,中华书局 2000 年版。

张帆:《元代翰林国史院与汉族儒士》,《北京大学学报》,1988 年第 5 期。

张明:《元代馆阁文人群体构成探究》,《长春师范大学学报》,2020 年 05 期。

张韶华:《元代政书〈经世大典〉参修人员辨析补正》,《中国典籍文化》,2013 年第 3 期。

张文澍:《元代古文双雄侧论——小议鲜卑族古文家元明善》,《民族文学研究》,2008 年第 3 期。

郑永晓:《多元文化背景下余阙的文艺观念与文化倾向探析》,《甘肃社会科学》,

2018 年第 1 期。

周平尚：《元儒欧阳玄哲学思想探微》，《大理大学学报》，2020 年第 5 期。

周双利：《元代拓跋族作家元明善》，《内蒙古民族师院学报》（哲学社会科学汉文
　　版），1991 年第 2 期。

四、学位论文

梅新林：《中国古代文学地理形态与演变》，上海师范大学 2004 年博士学位
　　论文。

陈昭扬：《征服王朝下的士人——金代汉族士人的政治、社会、文化论析》，台湾
　　清华大学历史所 2007 年博士学位论文。

谷春霞：《玉山雅集研究》，中国社科院研究生院 2008 年博士学位论文。

顾世宝：《元代江南文学家族研究》，中国社会科学院研究生院 2011 年博士学位
　　论文。

苏鹏宇：《许有壬研究》，中央民族大学 2013 年博士学位论文。

翟朋：《元代宣城贡氏文学家族研究》，南开大学 2014 年博士学位论文。

吴光祖：《李穑汉诗研究》，延边大学 2015 年博士学位论文。

杜泳林：《马祖常及其诗文研究》，西北师范大学 2011 年硕士学位论文。

王春婧：《宋代宫词研究》，辽宁大学 2014 年硕士学位论文。

田祥：《许有壬年谱》，集美大学 2016 年硕士学位论文。

李言：《马祖常与〈石田集〉研究》，南京师范大学 2006 年硕士学位论文。

赵艳驰：《马祖常诗歌研究》，河北大学 2007 年硕士学位论文。

梁艳：《欧阳玄及其〈圭斋文集〉研究》，中南大学 2009 年硕士学位论文。

杜泳林：《马祖常及其诗文研究》，西北师范大学 2011 年硕士学位论文。

徐婧：《杨维桢的铁雅诗派研究》，上海外国语大学 2019 年硕士学位论文。

吴悠：《元代蒙古族汉诗作家考述》，上海师范大学 2015 年硕士学位论文。

冯红艳：《宋褧文学研究》，广西师范大学 2016 年硕士学位论文。

刘芳：《元代右榜蒙古族进士诗人汉文诗歌研究》，内蒙古师范大学 2019 年硕士
　　学位论文。

五、韩国文献

郑麟趾：《高丽史》，明景泰二年朝鲜活字本（四库全书存目丛书本）。

杜宏刚、邱瑞中、(韩)崔昌源编:《韩国文集中的蒙元史料》,广西师范大学出版社 2004 年版。

崔瀣:《拙稿千百》,昭和五年(1930)东京育德财团《尊经阁丛刊》珂罗版影印至正十四年(1354)高丽刻本。

李穀:《稼亭集》,韩国京城大学(现首尔大学)图书馆藏本。

李穑:《牧隐文稿》,东京图书馆藏永乐二年刻本。

权近:《阳村集》,《韩国文集丛刊》第 7 册。

徐居正:《东文选》,日本内阁文库藏本。

徐居正:《东人诗话》,蔡美花、赵季主编《韩国诗话全编校注》第一册,人民文学出版社 2012 年版。

许筠:《惺叟诗话》,蔡美花、赵季主编《韩国诗话全编校注》第二册,人民文学出版社 2012 年版。

李睟:《艮翁疣墨》,蔡美花、赵季主编《韩国诗话全编校注》第三册,人民文学出版社 2012 年版。

成俔:《慵斋丛话》,蔡美花、赵季主编《韩国诗话全编校注》第三册,人民文学出版社 2012 年版。

李睟光:《芝峰类说》,蔡美花、赵季主编《韩国诗话全编校注》第二册,人民文学出版社 2012 年版。

后 记

《元代进士与元代文坛》的研究与撰述，已经数年，今方成书，实为惭愧。

20世纪早些时候至今，元代文学的研究多集中在元曲。全于元代诗文在各种文学史中都不是研究和论述的重点，此或受"一代有一代之文学"观念之影响。

本世纪以来，尤其自《全元文》《全元诗》出版，元代诗文研究渐多，与元曲研究似有二分天下之势。以诗文而论，元初文坛，承金袭宋。金源遗老，赵宋王孙，扬声于大都，播名于江南。南北割裂既久，北方贞刚之气，南方清绮之风，此时遂混一而趋同。元代中期，科举始行。进士渐成文坛主力，时承平日久，文章正大光明，遂开盛世气象。元代后期，四海风尘，然挺然抗节，秉志不回，多出于科目之士，诗歌更多梗概之气。此元代百年文坛之大略，亦见进士文学家之影响。

近年来，科举与文学研究渐有上升之势，唐宋明清均有论著。然历朝进士文学家的研究尚有不少空白。元代科举时间短，进士人数少，但无论是馆阁文人，还是地方官员，元代进士多为诗文名家，一代胜流，在文坛地位甚高，影响甚大。故以进士而论文坛为本书之旨。

师有所从，学有所依。桂林七星高照，漓江烟雨朝夕，斯人已去；大漠万里平沙，天山云海苍茫，风范犹存。李复波、杨镰二先生已逝，于此以志怀念。

岁月忽忽，自来浙江商业职业技术学院工作，已十有余年。白驹逝水，杳不可寻，唯留得两鬓斑斑。曾几回，南辕北辙，穷途末路，长太息以掩涕，哀此生之多艰。十二年前,祖母弃世,今年 12 月 3 日慈母见背,死者已矣,生者戚戚,念此茫茫,凄然泪下,何可能言?

是书之成,不敢见教于大方,徒聊慰悠悠之心,是为记。

2022 年 12 月 22 日